高尔基文集

13

马特维·科热米亚金的一生

大爱

1909
|
1912

М. Горький

马克西姆·高尔基

目　　次

马特维·科热米亚金的一生

第一部 …………………………………… 3
第二部 …………………………………… 159
第三部 …………………………………… 279
第四部 …………………………………… 383

大爱 …………………………………… 539

马特维·科热米亚金的一生

耿济之 译

《马特维·科热米亚金的一生》是高尔基以描写沙俄时代外省城镇小市民生活为主题的三部曲中的第二部。写于一九一〇至一九一一年之间，同时分五次先后发表在《"知识"社文集》第三十、三十一、三十五、三十六和三十七各辑中，并于一九一一年在柏林首次出版单行本。

　　这部小说虽列为三部曲的第二部，但其内容却是第一部《奥库罗夫镇》中描写过的事件的早期历史，从中可以看到奥库罗夫镇从一八六一年农奴解放时期至一九〇五年革命这五十年间的生活。作者曾把现在、过去和未来称为"三个现实"，要在这三部曲里分别显示出来。

　　这部小说具体而微地描写了小市民因循保守、残暴腐败、猥琐无聊的市侩习气及其对社会生活的毒化，同时也写出了新兴进步势力对这种停滞不前、苟且偷安的"奥库罗夫气习"进行的有力冲击。

　　这个译本是我国著名俄罗斯文学翻译家耿济之先生的遗稿之一，先生生前一直没有发表过。我社一九五八年出版这个译本时，由先生友人沈颖同志补译了未译完的最后一章，复由王珍同志根据苏联《高尔基三十卷集》第九卷作了校订。收入本文集时，由张佩文同志再次作了校订。

第一部

马特维·萨韦利耶夫·科热米亚金由于年老不断失眠,每天夜里都坐在床上回忆自己的一生,用粗大的行书字体,很清晰地将自己的回忆写在一个厚本子上,这个本子的标题是:

几点看法与感受暨奥库罗夫镇若干生活片断
本城居民无名氏据他人传言与亲自观察所得记录

下面又用较小的字体附加一句:

供人诚心阅读并了解俄国县城之悲惨生活

那个本子放在他面前的斜面小几上;小几摆在被子上面,几腿下面装着两条木马玩具似的弧形横木。小几右侧挂着用铜链系住的墨水瓶;它摇晃着,一个小小的黑影投在被子上,仿佛一只老鼠。床头的高木架上点着一盏油灯,均匀的光线柔和地照着老人背后的枕头,照着他黄色的秃头顶,以及窄窄的一圈白发所遮掩不住的大耳朵。老人一抬头,本子上就落下一块圆圆的黑斑,他用一只浮肿的肥手掌去抚摩它,倾听疲劳的心房的不均匀的跳动,眯起眼睛观看脚头壁炉上的白瓷砖和占据着整整一面墙壁的大书橱,橱里塞满了黑压压的书籍。

老人凝注于往事的目光，在这间昏暗的大屋子中悠然地徜徉，他几乎看不出那些早已熟悉的家具的模糊轮廓了。家具为数不多，全很笨重，就像在地板上扎了根一样。这间屋子空空荡荡，昏暗之中透出一股寒气。

书橱旁边是门，在门和前面那堵墙之间放着另一只书橱，橱里也塞满了书。两个窗户用护窗板紧闭着，在两窗中间的墙上挂着一面旧式椭圆形镶金花框的镜子，镜子下面放一只沙发，沙发前面摆一张弯腿桌子，桌子上有一本皮面的旧《圣经》，它的银扣闪闪泛光。桌旁横七竖八地放着几把用帆布套罩住的软椅，地板上铺着灰色的厚毡。在床后迎门的角落里，放着一个三层的神龛，神龛里面供着九幅圣像。银链吊的水晶神灯阴郁地燃烧着，不时发出爆裂的声音，它照耀着上面一层的耶稣、圣母和施洗者约翰的慈祥的面容，中间一层是奇迹创造者尼古拉、"勿哭我圣母"和瓦西里·布拉任内，下面一列是基里尔和梅福基，安东尼、费奥多西和莫斯科奇迹创造者彼得、阿列克谢、约拿等的圣像。

床头墙上挂着一张六寸双人照片，镶在松果做的镜框里。照片上面是一位少妇，她的膝头上坐着一个鬈发的婴孩。这两个人像已经模糊不清，好像流水里映出的影子。

马特维·科热米亚金目不转睛久久地望着照片，然后，一边画十字，一边喃喃地说着：

"仁慈的主啊！愿你延长我的寿命，以便完成我的爱情和良心的事业！"

他说完以后，小心翼翼地把钢笔在墨水瓶里蘸了蘸，恭顺地低下头，用清晰的字体在本子上不慌不忙地写道：

在结束我如是可怜和可耻的一生的回忆时，我要怀着悲痛的心情说，我不止一次感觉到：似乎有某种力量在轻轻地，几乎是不知不觉地把我推到另一条我所不解的道路，但是我看得出，它要比我现在即将走至死亡的道路好得无可比拟。我由于精神和肉体的懒惰，一直走着现在的道路，因为大家都这样走着。我这个懒惰的奴隶,竟没有及时领会生活的悉心教诲和眷爱,反而加以抵抗,而等到这种善良的力量终于不知不觉地支配了我的时候,为时已经晚了。当我稍稍尝到一点甜头的时候,你看,我却要死去了。

屋内的寂静好像地毯一样厚实,色调也是灰的。隐约可以听到畏怯而小心的城市夜生活的含混声音。这些声音非常轻微,既不能冲破室内的沉寂,也没有打断老人沉湎往事的思路。

他感到自己好像独自站在一座高山的空旷的山脚下;他是从乌云笼罩的山巅,无声无息、糊里糊涂地滚到这里来的。现在这段路程整个展示在他的面前,他在头脑里已经走了几十遍。

他七岁的时候,他的母亲突然从家中消失了。她没有死,只是在一天夜里偷偷地出走了。在男孩的记忆里留下的是她那纤细身材的模糊轮廓,深色眼睛的怯生生的光芒,黝黑小手的急促动作——这双手总是畏缩地躲躲藏藏。在儿子的记忆里没有留下她的任何话。

父亲是个身材高大而肥胖的人,有一部红色的、圆形的、像马克西姆·格列克①画像中那样的大胡子和一个红鼻子。他那灰色的眼睛常带着粗暴和讪笑的神情。肥厚的下唇嫌恶地耷拉着。他走路很吃力,呼哧呼哧地喘着气,时常用嘶哑可怕的声音向厨娘和工人们吼叫。马特维长期惧怕父亲,但是有一天,不知怎地一下子便爱上了他。

那是复活节的第二天;最后的春雪融化了不久,从阳光晒热的大地上升起浓厚、温暖、馥郁的水蒸气;向阳的地方出现了一片片可爱的春草,像花边一样透明。

马特维穿着粉红色的粗绸衬衣,跟着父亲在院内走动,欣赏着太阳在新靴筒的漆面上反射出来的光辉。

"怎么样,小黑子?"父亲蹲在狗窝前面说。"怎么样,小狗,闷得慌?是吗?"

锁链当啷一声响,"小黑子"从狗窝的圆洞口冲出来。父亲叫喊

---

① 马克西姆·格列克(约1475—1556),阿丰修道院著名修士,教会作家。

着,甩着一只手,一滴滴热乎乎的鲜血洒落到儿子的脸上。

人们跑来了,忙乱和叫嚷了一阵。生着两道黑眉的胖厨娘弗拉西耶芙娜用毛巾包扎父亲的手。父亲跺脚大骂,叫人取枪来。狗把锁链弄得哗啦啦地响,疯狂地奔来奔去,喷着唾沫,发出苦闷、可怕的吼叫。

看院子的大麻脸索宗特取了枪来。父亲跪在地上,把枪筒随着狗的跑动转了好久,瞄准它那湿润的红嘴黄牙。索宗特用喑哑的声音唠叨着:

"别打死它吧……"

砰的一声枪响。父亲被一阵蓝烟所笼罩,摇晃一下,坐在了地上。浑身斑纹的、毛茸茸的狗抬起前腿,拉直锁链,号叫一声,痉挛地用前爪擦着血淋淋的嘴脸,随后牙齿碰得咯咯地响,侧身倒了下去。父亲用皮靴蹬了狗脸一脚,对索宗特说:

"打中了眼睛……"

弗拉西耶芙娜递过一罐水,带着哭腔说:

"萨韦尔·伊凡内奇,你洗洗手吧!"

"也应该用这支讨厌的枪打死你,"父亲一边挥动着他那只没有受伤的手,一边嚷叫着。"我早就说过,不要喂它肉吃!索宗特,你去请医生来!"

他解开手上染红了的毛巾。马特维由于恐怖和好奇呆呆地从弗拉西耶芙娜手里接过水罐,随着便把它扔掉,洒了好些水到自己靴子里,因为他看见红色的、柔韧的火舌从狗窝洞口冲出来,好像极力要舔到父亲的脚。但是,父亲立刻抓住狗窝,把它推倒,往外抖着燃着了的干草。他的脚下闪烁着黄色的火花。这些火花还在狗的嘴脸旁边燃烧着,在它的两侧闪着亮光。父亲周身冒着灰烟,他的鼻子哼着,嘴里骂骂咧咧,脑袋晃来晃去。

男孩闻到烧焦的干草和狗毛的刺鼻气味,感到头晕起来。他坐在台阶上,几乎要哭出来。他心惊胆战地等候父亲开口。父亲盯着他,一面把受伤的手放在没有受伤的那只手掌上掂量着。

他忽然走过来,并排坐下,很和蔼地问:

"吓了一跳吧,小伙子?"

"吓了一跳。"

"唔,不要紧!我也吓了一跳……"

马特维瞥了父亲一眼,他不相信父亲的话,心里感到很奇怪:像这样一个身材高大而威严的人,竟会如此随便地、不害羞地说自己害怕。

"我觉得可怜,"他想了想,说。

"可怜狗吗?"

"可怜你。"

"我——我?"父亲很奇怪拉长声音说。

"火突然扑到你身上。烧了起来!火是从哪儿来的呢?"

"从弹药塞发出来的。你知道,打枪时要往枪里塞一团大麻吗?"

马特维紧靠着父亲的肩膀,向他那变了色的脸和蒙眬的眼睛看了一眼。

"手疼得厉害吗?"

父亲很可笑地噘着下唇,斜眼看了看手,然后换了一种音调回答说:

"不要紧。是左手。"

在这天以前,男孩几乎从来没有和父亲这样畅谈过。现在他蓦地产生一种愿望,要向红头发的巨人打听许多事情。同时他觉得,父亲对起火的原因解释得不对;讲得太简单啦!

"爸爸,狗有灵魂吗?"

"它要灵魂做什么!"父亲说。

沉默了一会儿以后,男孩又轻轻拉长声音说:

"那火突然就往你身上扑过来了!"

父亲把一只沉重的、毛茸茸的手放到他的头上,用非常亲切的口气说:

"狗很可怜!它活了九年。不过,幸好它咬了我。要是忽然咬了你呢？主啊,宽恕我们吧!"

他的脸发红,两道红色的眉毛很严肃地皱到一起,在眼睛上耷拉着。但是,这并没有使马特维害怕,他更加靠近父亲,感到父亲身上的温暖。

一个矮小的、滚圆的人跑进院子。那个人喜气洋洋,身上穿着可笑的方格外套和散腿裤子。父亲陪他走进正房,说:

"你别进来,莫卡①,你没必要看血……"

男孩留在台阶上,想起他除了怕父亲外,心里还有一件难过的事情。

在母亲失踪以后不久,父亲雇了一个和蔼的乡下老太婆马卡里耶芙娜。她生着一双灵巧而暖和的手。她的声音十分悦耳,她常向男孩讲述一些可爱而又可怕的童话,她讲上帝在天上怎样生活的长篇故事时,讲得特别好:

> 威严的上帝坐在赤金色的宝座上,
> 一群天使,光明的安琪儿侍立两旁,
> 他们日夜唱歌,把永恒的上帝颂扬。
> 在祈求天主恕免罪徒们的罪孽时,
> 羞愧得不敢正视神主威严的目光……

当她唱这支歌的时候,她那双乌黑、善良的小眼睛闪耀着细碎的,像神像缘饰上的珍珠似的眼泪。

但是,过了三个月之后,弗拉西耶芙娜揭发她偷了钱。父亲、索宗特和厨娘把她按到厨房中间的长凳上,用毛巾把她的小手绑在长凳底下。弗拉西耶芙娜一面笑,一面抓住她的脚。索宗特扭过脸去,默默

---

① 马特维的小名。

地、阴郁地用细柳条鞭子抽打像肉冻一般颤抖的身体。

马卡里耶芙娜喃喃地说,好像被水呛住似的:

"主啊,饶了我吧!我在上帝面前没有罪,我没有错处……呜—呜……"

"打,索宗特!"父亲喊,他站在火炉旁边,紧紧抓住马特维的手。

弗拉西耶芙娜朝看院人那边挤了挤眼说:

"你瞧,还害臊呢!把脸扭过去啦,啊哟!"

马特维想求父亲不要打老太婆,但是不敢,只好呜呜地哭起来了。

"够了!"科热米亚金厉声喊道。

那天晚上,弗拉西耶芙娜坐在男孩的床边。他这回所听到的不是宁静的童话,而是一大顿甜腻的教训。

"应该做聪明的孩子,可怜你爸爸,听他的话,但是你总躲在角落里,怕见他,这是什么意思?"

以后,肥胖的农妇谢克列捷娅出现了。她有一张光滑的脸,嘴唇上面长着深黑的小胡子。左颊上生有一颗小痣。她的嘴很大,总带着一副昏昏欲睡的样子。她不会讲童话,只知道一些歌谣,讲得很快,像喳喳叫的喜鹊一样,枯燥无味。父亲遇见她时,挤眉弄眼,用手掌拍她的宽阔的背部,管她叫"掷弹兵"。男孩不止一次看见他把她紧紧挤在一个角落里,揉她,掐她。她低声叫着,好像发酵的面团。

弗拉西耶芙娜哭着,威吓着:

"我要走!异教徒……"

然而走的却是谢克列捷娅。

在打发她走的那天,马特维躺在床上,隔着薄薄的板壁,听见父亲在自己房里说话:

"喂,你为什么又喊又哭呢?你这个胖傻瓜?"

"你是我亲爱的,我的心上人儿,"弗拉西耶芙娜甜蜜蜜地说。

"你不要缠我,你以为随便什么女人我都无所谓吗?我关心的不是自己……"

"我还不能侍候莫卡么？……"

"他需要一个母亲……"

男孩把头钻到被子里,轻轻地哭了。

但是,现在他想忘掉那个和蔼的老太婆挨揍的情景,父亲和弗拉西耶芙娜的谈话简单明了地说明了整个那件不愉快和不体面的事情:

"他这是——为了我……"

父亲从窗内探出头来喊道:

"莫卡,来喝茶吧!"

他们喝着茶、伏特加和各种颜色的露酒,吃着蛋糕、干酪、鸡蛋。晚上还有吉他,一个快乐的医生,很兴奋地弹奏着特列帕克舞曲,弗拉西耶芙娜跳舞时使椅子都跳动起来,父亲大大地挥着那只没有受伤的手,一面打口哨,一面喊叫:

"跳吧,鬼婆!莫卡,到这儿来!你喜欢吗?我的可爱的小子丂儿,我的小修道士!你不要烦闷呀!"

他给儿子一小杯很浓的露酒,一面跺着沉重的脚,摇晃那生着火焰般红发的脑袋,对着他的脸,用极可笑的小嗓门唱着:

　　在野地里,在草原上
　　放着用桦皮囊盛着的家酿啤酒,
　　它是醉人的——
　　比一切的酒都更浓烈醇香……①

马特维不知为什么可怜起父亲来;他觉得他立刻会中止歌唱,开始痛哭。

"马尔科夫,加油啊!喂!你呀!加把劲啊!"父亲指挥着。

---

① 引自一首民歌。

矮小的医生弯腰折背完全变成了一个圆球,他把吉他压在肚子上,把那光秃的、布满汗珠的头伏在吉他上面;他的手指轻快而激烈地拨弄琴弦,在琴上面迅速地移动。他用柔和的中音恳切地吐着字句:

神甫会死,
士兵也一样,
不死的只有
死神不要的人!

"啊唷!"弗拉西耶芙娜尖声叫着,手在头上拼命地摇晃。
"马尔科夫!"父亲吼叫着。"你瞧!这不像野兽吗?"
"丘陵呀!高山呀!"医生回答说。拨出快乐的弦音。马特维望着医生,看不出他的膝盖究竟在哪里。

威严的高个子普什卡里忽然出现了,他紧皱着刮过的黑脸,用嘶哑的声音问:
"为什么打死小黑子,恶鬼?"
父亲举起那只包扎着的手,摇晃着。
"看见没有?一节小手指都去掉了!马尔科夫用剪刀剪下去的。你坐下,兵老爷!"
"将来还会把你的脑袋剪掉的,你等着吧!"那兵警告说,冷笑了一声,抓住马特维的手。
"睡觉去!"

几天以后,一个星期日,父亲从教堂里回来,在屋内走来走去,等着吃馅饼,一面唱着:

我从青年时起
就抵挡不住种种情欲,

11

> 但愿你设身处地,
> 救救我吧,我的上帝!①

普什卡里的灰色的头,从院中带花纹的天竺葵叶子里伸进窗来。他喊叫道:

"又在冒渎上帝吗,萨韦尔?又在说'但愿自己'吗?"

"滚开!"父亲说,没有停止走动。

"我说:求主保护我!是求主,不是自己!"

父亲走到窗前,用拳头捶自己的胸脯,郑重地说:

"自己!你明白吗,老鬼?不是我,是上帝!但愿自己……"

胜利的吼声冲进窗内:

"哈哈!前言不搭后语,异教徒!我不是我,自己不是自己……"

"去你的!"

"不许你冒犯救主!"

"嘿!嘿!"萨韦利·科热米亚金大声吼叫,两手抓起花盆,往普什卡里的头上扔去。

这事来得奇突,使孩子发笑。他一面笑,一面跑到窗前,但立刻又跑回来,他愣住了:父亲的脸显得浮肿,发黑;眼睛像盲人似的混浊,一眨也不眨地盯着一个地方;他用右手搔胸,尖声叫着:

"主啊!耶稣……耶稣……"

马特维从屋内跑出来。那兵弯下脖子,抱着长腿,摇摇晃晃地在院子里走着,还把一只手伸向前面,另一只手摸那撒满泥土的脑袋,从手指上弹去黏糊糊的、殷红的烂泥。

马特维奔到仓库里去,钻进银灰色的麻堆,不由得想起马卡里耶芙娜所讲的可怕的童话:因为在那些童话里,也是突如其来地出现可怕的事情。但是在童话里,善良的巫婆总是会搭救落难的小孩,而在

---

① 晚祷时唱诗班轮唱的一首教会歌曲。

这里,在现实中却只有弗拉西耶芙娜,她身上总是发出令人窒息的焦油味。

院内传出父亲的声音。

"我要把你们这些魔鬼拉到仓库里,关上门,放一把火!你们会惹得我这样做的!马特维!莫秋什卡!"

男孩吓得哆嗦着从麻堆里钻出来,站在仓库门前,全身沾满灰白的麻屑。父亲默默地把他领进花园,坐在苹果树底下的草土墩上,把儿子放在两膝之间,不高兴地说:

"你怕什么?害怕是没有好处的。你怕这怕那,躲躲藏藏,将来可怎么生活呀?你没发现那个兵喝醉了吗?"

"你把他的脑袋砸坏了!"男孩轻声地提醒他。

"那有什么要紧!他当兵的时候,挨的打还不止这样呐。"

他讲了半天军营内如何拷打士兵。马特维把脸颊偎在他的胸前,听见胸内有什么东西嘶叫着,心想那是刚才父亲脸上发作出来的那个黑暗的、可怕的力量在里面喘着气,消停了下来。

"你不要怕他!"红发人说。"他总是因为烦闷才发脾气。他其实是个好人。人们常常打架,——你不必害怕。打两下,以后还会和好的。"

他语气亲切,但有些勉强,而且显然是在费力挑选着词句。他时常把话停住,望着空荡荡的天空,打着哈欠,咂着厚嘴唇。

树木贪婪地吸收着阳光,树上布满了星星点点的嫩黄色的新叶。嫩芽绽开,发出轻微的响声。蜜蜂嗡嗡地飞来飞去。整个园子弥漫着浓郁的香气。幼小的生命欣欣向荣。

"你想睡觉吗?"马特维郁郁地问。

"不,我是由于烦闷才打哈欠。过节的时候总是很烦。"

"你平常日子也常说很烦。"

"就是在平常的日子也不十分快乐!"科热米亚金用膝盖把儿子紧紧夹住,精神仿佛振作了一些。"以前倒快乐些。虽不是一帆风顺,但是比较快乐。等什么时候我给你讲点比这婆婆妈妈的事儿更有意思的东西。你已经大了,应该知道你父亲是怎么生活的了……"

"你现在就讲吧!"马特维撒着娇请求说。

"现在也可以!"父亲想了一想,说。"比如说,我和我的父亲,也就是你的祖父,在河上拉纤,当纤夫,我们一共二十七个人,你祖父当头儿。他是一个身材高大的庄稼人,人很严厉,有些脾气……"

萨韦利·科热米亚金眯着眼睛,咳了一声,带着怀疑的神情望了望淡绿色树枝组成的密网。

"莫卡,这些事情太复杂,在你的小脑袋里盛不下!"他说着,怀疑地打量着儿子。"咱们以后再谈吧……"

"不,爸爸,你现在就讲吧!"男孩坚持着,用手拨开父亲的胡子。

"心里发痒吗?"萨韦利笑着问。"我一想起往事,也会发痒。"

他想了一下之后,从容不迫地讲了起来:

"唔,我们原是科斯特罗马人,住在魏特罗加,在奥什马和尼什马两条河中间;那是个荒僻的地方,全是森林,也是一个适于人和一切野兽居住的很舒适的地方。奥什马和尼什马河里有鲈鱼和又大又肥的鲻鱼,——我常去捕捉,简直多得不计其数!最著名的鲈鱼出在科托罗斯尔河,在罗斯托夫城附近,孩子,那个城才好呢!大教堂里的钟声特别响亮,要塞是攻不破的,无论是鞑靼人、波兰人,甚至波拿巴①本人,都不能攻破它!波拿巴是个勇敢的皇上,很聪明,把莫斯科和整个俄罗斯全占领了。当时他绕着罗斯托夫要塞走了一圈,搔了搔鼻梁,对自己的将军们说:'不行,为我效忠的骑士们,赶快离开!这个城我们也攻不下来!'其实,这是他在骗他们。你瞧,原来是这么回事;夜里,当他骑着马,独自围着要塞走的时候,罗斯托夫的僧侣一个劲儿地敲着内城里的钟。那些钟是用银子铸成的,而银子是许多年来从乞丐

---

① 即波拿巴·拿破仑,法国皇帝。萨韦利对儿子讲的显然是一种传说。事实上罗斯托夫城曾于一二三七年被鞑靼人占领并焚烧,一六〇九年又曾被波兰人烧毁,而拿破仑根本就没到过罗斯托夫一带。

手里换来的。人们给乞丐一个银币，罗斯托夫城就用铜币把它换下来。自然，乞丐是受骗了，但是钟并没有因为这个骗局受损，也许声音更加响亮了。就是这种钟声打动了波拿巴的良心。他当时想：'我取得了一切，但是对我有什么用处呢？我没有孩子。'他的孩子们那时候全死光了。罗斯托夫这才完整地保存下来了……唔，现在再来讲鲈鱼。鲈鱼，我的小宝贝，它是一种又贪又刁的鱼，必须懂得捕捉它的方法。我和我父亲有一次到奥什马河捕鲈鱼。我们走的是树林，天色很黑，忽然博洛京诺村的一位老爷迎面走来，带着猎枪和猎囊。我父亲，就是你的祖父，对我小声说：你钻进树丛里去！于是我就钻进去，躲藏起来……"

科热米亚金咳嗽一下，不作声了，他又忧郁地环顾一下整个花园，望了望修道院教堂的圆顶。男孩用手指轻搔父亲浓密的胡子，急不可耐地用臂肘顶他的胸脯。

"你倒是说下去呀……"

"唔，"父亲轻声地、沉思地接着说下去，"于是……后来，你祖父就跑到雷布内当了纤夫……"

"但是那个老爷呢？"马特维问。

"老爷吗，——他就这么着，"科热米亚金望着天空，勉勉强强地回答说，"那时候，孩子，老爷想怎样就怎样；人们做他们的奴隶，没有任何自由。大家都怕这帮老爷，比怕魔鬼或沼泽里的妖精还厉害。我的妹妹，也就是你的姑姑……"

红发巨人叹了一口气，好像抱怨似的说：

"又是这样……只要牵涉到人生的事，完全不能讲给孩子听了！完全不合适……你去吧，到大门口坐一会儿，让我打个盹，想一想……"

他把膝盖放松了，爱抚地把儿子轻轻推到一边。

看院人坐在大门口的板凳上。他穿着大红布衬衫，蓝裤子，光着脚。他和平常一样呆呆地坐着，他那宽阔的背和后脑勺就好像冻到院

15

墙上似的，他把手插到腰带里。他那张呆板的麻脸一动也不动。他徐缓地、深深地吸呼着，好像在喝酒似的。他的眼睛好像醉后那样半睁半闭直勾勾地望着。

他对马特维提的所有问题，都一成不变地回答说：

"我不知道。谁知道呢？谁也不知道这个……"

但他有时又像完全喝醉了似的，压低了声音，喃喃地说出一些难懂的话：

"现在应该到大路上去。霍霍尔①管大道叫作游荡的地方。人们在那里来回游荡。假使总一直向前走，一年工夫会走到什么地方去呢？不知道。五年呢？更不知道啦。谁都一点儿也不晓得。可大家却老是坐着。"

他挺一下身子，对自己的脚打量了好半天，好像不明白这双脚对他有什么用处。然后，他嘴里又一个接一个地吐出些沉闷而滞怠的字句来：

"在普斯科夫，有一个人对我说：'我走完了六千俄里路。'我说，那又怎么样呢？他说，'没有什么。'我说，看起来，大地是没有边的啰？他说，'我不知道。'后来，他把我的衬衫偷走了。"

他又沉默了，思想不知跑到哪里去了。而后，他突然推了马特维一把，说：

"假使能走到海边，走到看不见岸的最大最大的海边该多好。里海是有岸的。这是吉尔吉斯人告诉我的。他们常绕着里海走。吉尔吉斯人大半都是巫师……"

从这个人身上永远让人感到一种难以忍受的苦闷。全家的人都不喜欢他，骂他是懒汉，管他叫作疯子。马特维也不喜欢他。和他在一起，总是觉得很沉闷。有时觉得可怕。他那些没头没脑的话有时在儿童心灵里引起一种孤僻的情感，这种情感驱使着男孩长时间跑到一

---

① 旧俄时代俄罗斯人对乌克兰人的一种蔑称。

个角落,在那里孤零零地一连坐上几小时,忧郁地望着院子和房屋。

科热米亚金的房屋从前是布勃诺夫老爷家的账房,紧靠着老爷家的庄园。现在,这座房屋和贵族的土地之间隔着一个空场,空场上堆满失火烧掉的厢房的瓦砾,长满繁茂的野麻、酸模、牛蒡、忍冬和高大刺人的荨麻。在这浓密的、油绿的杂草中间,可怜巴巴地竖着几棵烧焦的树干,有些嫩枝从树根那里无力地伸向太阳。在莠草的压迫下,它们逐渐枯萎,柔细的干枝竖在绿草丛中,犹如根根白发。

科热米亚金的矮屋是用特别坚实的、一抱粗的大圆木建成的。它的侧面朝街。两扇窗户装有木栅和栏杆,使好奇的眼光无法向里窥探。院墙很高,大门很结实,门框是橡木的。房子的正面朝着院子,中间是带有雕饰的门廊。从正面的六扇窗户,可以看见老爷宅邸的黑洞洞的、昏暗的、关得紧紧的上层楼房,锈坏的红色屋顶,被风吹裂的烟囱,折弯的风信标,以及似乎带着鄙夷神情眯起眼睛的耳窗。耳窗的玻璃已经碎了。在老爷宅邸的阁楼上栖息着许多灰蓝色的鸽子,一些饿猫在屋顶上悄悄地走来走去,猎捕着这蠢笨的鸟儿。

在科热米亚金住宅的高高的屋顶上,伸出一个带两扇窗户的阁楼,它是那样奇特,就好像是冲破屋顶突然伸出来的一样。窗上的彩色玻璃已经褪色,活像猫头鹰在白天一眨不眨地望着光亮时的眼睛。房屋的另一侧有一个狭长的花园和几块菜园。在树莓丛的后面,甜菜、莱菔和胡萝卜的苗床之间,有一个澡房。花园和菜园也有很高的围墙,墙头上插着许多铁钉。墙那边是修道院的花园。修道院里有两个小教堂——冬季教堂和夏季教堂,那蔚蓝色的圆顶从老菩提树的浓荫中间露出来。当菩提树开花时,黄色的花粉撒落下来,给修道院的灰色屋顶镀了一层金。有一棵菩提树非常高,它的茂密的树枝一直伸到钟楼的窗边,像丝绸般光滑的树叶,几乎触到小铜钟上面。

科热米亚金家的院子是正方形的,周围盖满附属建筑,其中有许多舒适的角落。对着大门有一座坚固的仓库,它牢牢地立在地面上。在日晒雨淋的仓库里,塞满一团团灰绿色和银灰色的大麻。天气干燥时，仓库就张开大嘴，活像一只巨大的火炉，里面凝聚着充满麻油和焦油气味的灰色浓烟。绕过仓库，就可以来到一片空地，那里设有一个制绳场。空场很大，前面靠着田地。空场上也长满了杂草，只是在它的中间有一条踩出来的小径。在小径上方拉着一缕缕颤动着伸向远方的灰色麻线。在空场的尽头，这些麻线系在装满砖头的小雪橇上。麻线越搓越短，小雪橇便随之一抖一抖地发出咯吱咯吱的声音，向前移动着。麻线底下放着木栉，灰色的线在栉齿中间无声地抖动着。有四个工人从早到晚，日复一日地顺着这些绳子慢慢地走过去，退回来，好像一辈子都系在绳子上面似的。他们身穿蓝色的麻布衣，光着脚，神色阴郁，脚下乱扔着一些线轴——圆锥形的木制品。

仓库大门的对面，在坚固的橡树架子上，有一个直立的轮子慢慢地旋转着，轮子中央有一些铁钩，纤维的细流就是从这些钩子中流出来的。半瞎的、愚笨的农民瓦连京负责转动这个轮子。

轮子发出轻微的响声，瓦连京总是用难听的鼻音不停地唱着同一支歌。马特维一直未能听清歌词说的是什么。两个农民掌管麻梳，两个人在梳大麻。白发苍苍的普什卡里全身都沾着焦油，贴满麻屑和像蛛网般的银色纤维，他活像吉卜赛和谢尔加奇的大胡子农民所豢养的那种老熊。

大家都不慌不忙地，默默地走动着，只有他在一端的轮子周围打转，他用灰色的手指去摸麻线的紧度，然后又蹲下去，眯起眼睛，顺着麻线向前看，然后又站起来，跑向空场的尽头，去减轻或增添绳坠的重量。他咳嗽，唠叨，坐在木块上面，抓起算盘，一只手端着它，一只手来回拨动算珠，那些算珠紧贴在他的手指头上，在弯曲的铁丝上拨不动，这大兵就破口大骂起来。后来，他拿起一本狭长的账簿，用铅笔在上面乱涂，不时用发青的嘴唇去舐它。他没戴帽子；他那灰色毛发中间的红脸就像盖着一层灰的火炭。

马特维在烦闷时常常爬到土窖的草泥顶上去。土窖里堆放着焦油、油脂和各种器具。土窖掩在老柳树的浓荫底下。男孩从那里看得见整个空场,大片莠草,蒙着许多蜘蛛网似的乱麻。空场后面有一些丘陵,就像贫瘠而烦闷的土地叹息时刚一呼气就停住了似的。丘陵上生满黄色的金凤花和细茎的紫色铃铛花;褐色和黑色的母牛,灰色的绵羊在丘陵间徜徉;黯淡的太阳在模糊的天空融化,把潮湿的暑气喷洒在贫乏的土地上。丘陵不知向下伸向何处;光秃的丘陵后面露出一排黑黝黝树梢。在混浊的空气里大麻和涂满臭焦油的绳子的气味格外刺鼻,压倒了花园内浓郁的香味。园内苹果业已熟透,樱桃满布各处,香馥的红醋栗一串串地挂在那里,沉甸甸地垂向地面。

右面是厢房的废墟和死气沉沉的贵族宅邸,左面是静寂的修道院。扼杀一切愿望的寂寞情调,从四面八方渗入幼小、孤独的心灵。他的一切愿望都淹没在心底,正如阳光落入被它所照暖的沼泽的温水中间一样。

普什卡里竭力给马特维解闷。他一看见马特维,就嘎声喊道:

"喂,到这儿来!"

等马特维来了以后,他就谈谈士兵的痛苦生活,有一次还提议:

"要不要我给你唱一支歌?我想起了一支很好很好的歌!"

他不等回答,就哭丧着脸,眼向上翻,用女人似的细声唱道:

军官们非常严厉……

但接下去便突然像野兽似的瞪圆眼睛,用嘶哑的低音吼了一声:

非常严厉!

随后又无精打采地唱道:

一再毒打我们……

接着又是一声吼叫：

啊哟，——一再打！

而后，他就闭上眼睛，无望地摇晃着脑袋，哀怨地把声音拖得又细又长：

命令我们前进！

这士兵唱得很可笑，但是马特维觉得这支歌曲十分悲凉。
"别唱啦！"他请求说。
"你不喜欢这支歌吗？"普什卡里觉得有些奇怪地说。"喂，你这个小子了！这是因为我没有从头唱起，歌的开头是很好的！"

传来了可悲的消息，
沙皇昭示全体百姓：
征募新兵，
挨户挑丁！①

"去你的吧！"马特维说罢立即跑开了。
弗拉西耶芙娜有时把他捉住，一本正经地噘起嘴，让他在厨房里的桌旁，坐在她对面。
"让我们来规规矩矩，客客气气地谈一谈，何必像蜘蛛似的净待在角落里呢。"
于是，她严厉地问道：
"你知道主的年龄吗？"

---

① 这是一首关于征兵的民歌。

"不知道!"男孩没有瞧她,冷冷地回答说。

"你看着我的眼睛,"胖厨娘提议说。"你连这个都不记得!告诉你,他的岁数是三十三①!从亚当算起,主的祖先有多少代?"

"我不知道。"

"三百!现在你瞧……"

她用狡猾的声音继续说道:

"于是,反对基督的恶魔想出一个主意,——要让自己的辈分比基督长上一倍!因此他就翻一番,取了666这个数目②。至于画十字是用三个指头,而不是六个指头,——他竟忘记了这一点,真是傻瓜!从那时起,凡不捏起三个手指画十字③,守着真正旧教的人,全都看得出他来。"

她不常讲反对基督的恶魔,但讲的时候永远无所顾虑,而且露出鄙夷的神情。上帝的名字在她嘴里显得十分威严。她讲的时候,把声音压低,翻着白眼,画着十字。马特维起初惧怕上帝,惧怕那看不见的、无所不在、无所不知的力量,但是渐渐地,不知不觉地,他已经习惯于不去思索上帝,就像夏天不想温暖,冬天不想雪和寒冷一般。

胖厨娘最爱讲巫师、巫女和妖术;马特维聚精会神地听着这些故事。只有这些故事能减轻他对于厨娘所怀有的无法克服的恶感。

她讲巫术时把声音压得很低,喊喊喳喳地非常可怕,她那圆圆的、粉红的脸颊和肥胖的、满是脂肪的脖子变成灰白色,眼睛几乎完全合上,话里带有无可奈何、听天由命的意味。她讲巫师们如何取下人们的脚印,朝它念咒,吸干人血,借着风把疝气症和疟疾送到人身上,把用棺材板做成的钉子插进马蹄里去,到了夜里,僵尸——也就是那个棺材里的人,便走到马厩里来,折磨那匹马,弄断它的腿。

---

① 据教会人士研究,耶稣被钉死在十字架上时是三十三岁。
② 据基督教传说,魔鬼常在天黑前在每个人的右手或脸上画上自己的数字666。
③ 分裂派教徒骂官方教会拥护者的用语,因为他们画十字时是捏起三个指头,而不是像旧教徒那样只捏起两个指头。

男孩每次都注意到：当弗拉西耶芙娜讲了许多可怕的有关巫女和魔法师的邪法以后，她自己仿佛也突然害怕起来，于是便赶忙热烈地小声劝他：

"你可别以为他们全很凶。哦，不是的！他们也有心眼儿好的，将来还会更多！你要记住，他们知道所有草的用场，比如说千屈菜，龙胆草，羊齿草等等，他们还知道上哪里去弄这些草。这些草可以祛百病，避妖邪，它们完全可以制服一切妖魔鬼怪。比如说，你的仇敌借着风使妖术，迷惑你，巫师只要在你的腋下擦点龙胆草，就可以解除你受到的迷惑。我的爷，他们可是为人行了不少善呐！"

"他们是圣徒吗？"马特维问。

弗拉西耶芙娜想了想，迟疑不决地说：

"不，上帝喜欢的是那些在修道院、在隐修院修道的人，那些人是直接镇妖捉邪的……"

"上帝帮助他们吗？"

"那还用说！我的小爷爷，上帝帮助一切人啊。"

"那他最好用雷劈死万恶的巫师！"

弗拉西耶芙娜叹了一口气，回答说：

"看来他是可怜他们！终究是他把他们创造出来的呀。"

然而，父亲讲的有关伏尔加河的故事所给予马特维·科热米亚金的印象，比当时听到的任何故事都更加深刻。那是一个春日，在花园里，父亲到外县去收买大麻刚刚回来。他回来时显得特别和善、忧郁，说话时好像对全世界都有过失似的。

他们坐在莓果园里的桌旁，萨韦利·科热米亚金摇着头，深深吸了一口气，伸出一只手。

"你瞧，我的小宝贝，那条母亲伏尔加河！它特别宽，特别深，河水澄清，流着，流着……仿佛流进你的胸膛，或是从你的胸膛里流出来的。你简直体会不到，当这条被日光照耀成金色的宽阔的河流横在你的面前时，心里够多么痛快。大肚子的单舱渔船，扬起白帆，像天鹅似的在水上奔驰。装着薄木板的金色驳船,像穿着粗毛布衣的贵族夫人,神气活现,从容不迫地行驶着。还有单桅木帆船,大运槽船,各色各样的平底船和驳船,彩色斑驳的船头向上翘着,快乐地在蔚蓝的河上奔驰,好像用丝线绣在天鹅绒上面一般。有些船帆是用红布镶边的,桅樯上装饰着金色的风信旗,有的作弓箭形,有的作公鸡形,有的作持剑的手形;这是为了指示风向,但多半为了美观。有些船上的甲板有平顶遮盖,顶上刻着马、雄鸡或美丽的花束,全都漆成不同的颜色,还有各种颜色的小旗在桅樯上像鸟儿似的飘扬。这一切全在像镜面一般的河上移动着,生活着,——真让人心旷神怡,亲爱的!"

他小声说着,仿佛在教堂里诵诗。他向前伸着一只手,肥胖的手指轻轻地蠕动,好像在古丝里琴上弹奏大卫王的颂诗。后来他放下手,一面用指头在棹板上画圆圈和十字,一面状若沉思地继续说下去:

"你在驳船上坐着,两岸迎着你漂浮过来,河岸上是大大小小的村落。小船像燕子般穿来穿去,渔夫在张网。过节时候人们穿着花花绿绿的衣裳,女人的衬衣像火焰一样鲜艳。伏尔加河一带的农夫生活富足,穿得很漂亮,女人们也挣钱。那里钱很值钱,衣服很贱!有时朝岸上一望,心里会突然燃烧起来,想大喊:'喂,你们这些居民!过得可好?'纤夫们弯着腰走路,像是用树皮穿起来的面包圈,——远望着那么小!歌声听来,像一大群看不见的蜜蜂在飞翔。夜里河水渐暗,泛着银色的月光,寄宿地火光闪烁,在黑色的河水中颤动着,仿佛是从河底向空中张望。天上的星星好像全是我们的,全是俄罗斯的。心里美滋滋的,一切都使人觉得那样可亲!伏尔加河亲切温存地拥抱住你的心,仿佛对你说:'活下去吧,小兄弟,不要悲伤!有什么可伤心的?'马特维,伏尔加真是上帝为了我们的劳动,为了使我们方便才赐给我们的。你一望着它,你心里就会高兴得长出了翅膀,什么也不想要,只想在河上航行。真是一条使人感奋的河!"

他叹口气不再作声,并把头垂下来。男孩也沉默着,喜悦的骄傲之情贯注了他的全身:因为父亲还从来没有和他这样温柔而亲切地讲过话。

"现在,你讲一讲自己吧!"他终于请求说。

"讲自己?"父亲重复了一句。"我,讲些什么呢？我呀,孩子,不会讲自己的事情！我父亲跑到伏尔加河上的时候,我是十五岁。我那时候很淘气。你挺安静,我当初可淘气啦！为了这个我常挨打,父亲,还有别的人,要打就打。但是我经受不了。谁要一打我,我就跑！有一天,在巴拉赫纳,父亲打了我一顿,我当时就乘着木筏逃到库兹捷米扬斯克去了。我的生活就是从那时候开始的:要知道,我丢了父亲,后来总也没有找到他,——事情就是这样！"

他把红色眉毛皱在一处,嗓子里咕噜一响,画了个十字,用手摸摸儿子的脸,紧紧地搂住他。

"你这个年龄还不适合听这些故事。我不应该向你讲！等到你年纪大一点的时候⋯⋯"

"我已经十一岁了！"马特维提醒说。

"那又有什么了不起！唔,让我躺一躺,打个盹。你去对弗拉西耶芙娜说,叫她把毛毯给我拿来。"

"我自己去拿⋯⋯"

"不,最好让她⋯⋯"

马特维有些伤感。他不想走。但是当他从园内走出,推了一下沉重的园门,那门在他前面敞开的时候,他觉得胸内涌起一股新的力量,便学着父亲那种沉重的、摇摇摆摆的步伐在院内走着。到了厨房,又是一阵忧伤袭来,触动着他的心:弗拉西耶芙娜坐在桌旁,对着小镜子端详着自己的鼻子,她穿着淡紫色的短裤和镶绿滚边的、挂着湖色缎带的白衬衫。她显得那样神气、美丽。

"比我好!"他忌妒地想了一想,然后用粗暴的声音说:

"喂,快把灰毛毯给爸爸送去!"

她迅速地望了他一眼,脸一红,跑到父亲屋里去了。马特维很喜欢她那急急忙忙的样子。他皱皱眉,抬起头,神气活现地走到大门外面去了。

父亲吩咐过,没有索宗特跟着,不许他出大门。他从来不敢违背父亲的命令,但是今天他想一个人在大门口坐一会儿。

温暖的天空没有一片浮云。街上一个人也没有。这时候居民们吃完馅饼正在打盹,秋千绳在远方吱吱发响,姑娘们尖声叫喊,河上传来儿童们的阵阵喊声,由于距离遥远,这喊声显得微弱和杂乱。

沿着充满阳光的街道,敞开着的玻璃窗闪着光,涂满彩画的护窗板反射出鲜艳的斑点。人们在木栅栏里的树上挂出鸟笼。碛䳭响亮地唱着,快乐的金丝雀不停地啼鸣。巴祖诺夫家窗上的霞光鸟(马特维心爱的鸟)沉思地啁啁啾啾叫个不停。马特维喜欢它那朴素的羽毛,红色的胸脯,细细的小腿。他喜欢听这只鸟凄凄切切的歌声,这只鸟使他想起自己的母亲。

鸥椋鸟带着嘲笑意味的啾鸣盖过了笼中小鸟的春歌。它们的羽毛是乌黑的,好像抹了油似的发亮。它们挥动翅膀,坐在椋鸟巢上,大张着黄色的鸟喙,逗弄着群鸟,可笑地搅乱云雀的歌声和母鸡的啼叫。马特维想起来,他有一天问弗拉西耶芙娜鸥椋鸟为什么喜欢挑逗,厨娘解释说:

"那是由于忌妒,由于憎恨!鸥椋鸟和麻雀都不信仰上帝,因此上帝没有赋予它们唱歌的才能。人也是如此;谁不信仰上帝,谁就什么也说不出来……"

男孩顺着杂草丛生的大道望去,把它想象为宽阔的、蓝色的伏尔加河。大道是河,花园里的各种颜色的房屋就是河岸。

但是,这并没有使他像听到父亲讲的故事那样感到愉快和兴奋。

铁闩碰着门柄哐啷一声,父亲的红脑袋从门里伸了出来。他嫌恶地噘着嘴唇,眯缝着眼睛朝街上看了一下。

"你到这儿来!"

在院子里,他抓住儿子的肩膀,忧郁地说:

"原来是这样:我刚才对你说,我从前不听父亲的话,你马上就学会啦,竟跑到街上去了!我不许你一个人出去。还有一桩:你到厨房去的时候,骂了弗拉西耶芙娜。"

"我没有骂!"马特维说,阴郁地瞧着地面。

"她说你骂了……"

"她瞎说!"

父亲在院子里踱来踱去,默默地走了好半天,张望着每个角落,仿佛要找一个可以隐身的地方。当他最后走进正房的时候,他紧紧地掩上门,坐到床上,把儿子放在面前,用肥大的膝盖紧紧夹住儿子的胯股。

"让咱们再谈几句……正经话吧。"

他把一只沉重的手放到儿子的头上,用另一只割掉一段小指的手擦了擦带有歉意的羞红的脸。

"我的年纪虽然只有五十三岁,从年轻的时候起,我的生活就是很苦的,我的骨头已经折伤,一到夜间心里就发痛,就像有人把它移动了位置,眼看就要撞在什么东西上似的。比如,在墙壁上,在这钟摆来回摆动的地方,如果放一个球果,那钟摆也一定会碰上!"

马特维觉得父亲很可怜,他紧偎在父亲身上,说:

"这会过去的。"

老人仰望着天花板,胡子哆里哆嗦的,嘴唇耷拉了下来。他叹了一口气,小声说:

"人一死,一切都会过去的。不过,在活着的时候,它会碍事的。"

他的手仿佛更加沉重了。

"再说,"他望着窗外说,"我还想要结婚呐……"

"娶弗拉西耶芙娜吗?"儿子把头藏到父亲的胡子底下,问道。

"不,娶另一个……"

马特维轻松地舒了一口气,微笑着说:

"你不娶她,那可太好啦!"

"真的吗?果真好吗?"

"那自然啰!"男孩热烈而急促地小声说。"她净讲些巫师的事儿!"

"孩子,我可不相信这些东西,我不相信!"父亲快活地说。"孩子,我在平日和过节时都打过这些巫师的嘴巴。我曾经在一个巫师家里做工,他是个磨坊老板,有一天,我抓住他的胸脯……"

他住了口,合上眼睛,悲哀地摇着头,叹了一口气。

"那么,这就是说,你快有一个后妈了……"

"年轻吗?"马特维问。

"当然年轻!"

马特维知道男人为什么娶妻;普什卡里、工人们和弗拉西耶芙娜毫无顾忌地谈论女人,早已使他认识了这个问题。他听说父亲甩掉弗拉西耶芙娜,心里觉得很痛快。他也很想知道继母是个什么样的人。但是,他终不免有些心酸,不愿意和父亲谈下去了。

"主啊,主啊,"老人叹了一口气。"孩子,娘儿们这东西,真叫人没法理解!这是命中注定,躲也躲不开。连僧侣道士之流,也免不了……"

儿子勉强忍住眼泪,小声说:

"你有过一个老婆……"

"有是有过,可是现在没有呀。你也需要人照管,需要一个善良的好女人,我到底是找到了这样一个……"

他望了望窗户,在窗台上放着两盆蔷薇花和一瓶金黄色的蜜酒。他继续小声说:

"你的母亲,孩子,她可真是个聪明女人!是一个文静的聪明女人。她什么事都明白,什么人都怜惜,她想必是觉得除了修道院而外,自己便没地方容身。这样,她就进了修道院……"

马特维哆嗦了一下,非常惊讶,怀疑地望着父亲的脸。

"她难道在修道院里吗?在我们这个修道院里吗?"

"不,"父亲说,伤心地摇着头,"她在很远很远的地方,她在荒凉的大森林里,甚至不知道在什么地方!我不知道。我对她用尽了心机,也吓唬过她,也劝告过她。我说:瓦里娅,你怎么啦?我说,瓦尔瓦拉,我要把你这恶魔锁起来!她跪下,望着我。她望得真叫人受不了!她的眼光能穿透人的心。我有时推她,说'你走开!'可她还是跪在我脚下!她又那样望着。她不说'放我走吧',一直沉默着……"

马特维哭了起来。他听到父亲这样议论母亲,心里又喜又悲。老人俯下身,用红色胡须掩住儿子的脸,一面吻儿子的额角,一面小声说:

"你的眼睛和她的一样,你也仿佛什么都明白似的。唉,我的儿子,你这修女养的孩儿……"

他的胡须湿了。男孩的心里更加炽烈和明亮地燃起了对这个红发大汉的爱怜感情。他从这个大汉身上感到一种他那颗童心所十分熟悉的东西。

自从马特维知道他的母亲进了修道院以后,他就更加讨厌弗拉西耶芙娜了。他竭力避免碰见她。即使和厨娘谈着话,他也不肯看着她那张紧绷着的宽脸。当他看到弗拉西耶芙娜忽然好像干瘪下去,不再穿鲜艳的衣裳,而是紧紧咬着嘴唇,驯顺地弯下脖颈的时候,他心里委实有些高兴。

不久父亲便生了病,他在自己屋里地板上那块宽阔的灰毯上躺了两个来星期,全身都是青斑。男孩整天坐在他身旁,听着他那时常被潮湿而低沉的咳嗽打断的嘶哑声音。

窗子上的护窗板紧闭着,屋内充满阴森的寒气。父亲所讲的通俗易懂的故事便自然而然地深深印入了男孩的敏感的脑海。

"孩子,我本来是一个非常直爽、喜欢听信别人的乡下人,只不过有许多骗子惹恼了我!俄国有这样一类特别的人:他表面装得很好,说话好像很诚实,其实骨子里却是个坏透了的流氓:他什么都不相信,别人对他这个畜生的话什么也不能相信。这类人会像蛆虫似的钻进你的心,不知不觉地咬坏它。人家很容易和我交上朋友,我常常是一看这个人挺快活,就和他交上了朋友!唉,骗子们也就利用了这一点。马特维,你长大以后,一定会听到人家讲我的坏话,说我的钱不是好来的,或是别的什么,你不要相信这个!"

"我不会相信!"儿子答应说。

"你不要相信!我和大家一样,全凭运气赚钱!如果运气好,你就会发财,如果运气不好,哪怕抢劫一千个人,你还是会当乞丐的。这和赌博一样。在赌博中,常常闹到打架的地步——那多么糟糕!不能不如此:我们命中注定要在狂热中生活。我并不吹牛,也许我做的事情不好,违反上帝的训诫,不过大家全违反它呀!有些人觉得可耻,他们就跑到树林里去,进隐修院或修道院。大家不能都进修道院,否则修士们是会饿死的。一个人不能独自生活,连鱼也是成群结队地游,而且互相吞食……

"和别人比起来,我觉得我的罪孽并不大。你就拿我们沃尔戈罗德省来说吧,那里的富人全是强盗!教会的会长,那个船商索科夫宁,——我很了解他!他和马克西姆·巴什雷克①同伙。这个马克西姆在二十年代,也许还早些,在伏尔加河上游当过强盗头儿,有一次,他抢劫巴拉赫纳地方,把著名商人祖耶夫抢掠一空,黄金白银运走了七桶。马克西姆手下的好汉人数并不多,可是他们都像鹰似的,一个赛似一个,竟没有一个人被拦住过,——你想想看!现在这位索科夫宁是个笃信宗教的人,还颇受官府的宠爱。许多人都是这样!马斯洛夫家原来是贩鱼的,靠造伪钞发了家,现在老马斯洛夫竟戴上了金奖章。你别以为我是在指责,我只是讲讲罢了。从前伏尔加河上游的居民全靠抢劫过日子,沃尔戈罗德也就因此出了名,因此有了巩固的地位②。家家都有污点,你想一想,每家都有亲属做修士、修女或隐修士,用祈祷来赎往日的罪恶。他们先是抢劫和造伪钞,后来又遇上塞瓦斯托波尔战争。他们向打仗的军队供给军需,当时竟把菩提树皮充作皮

---

① 马克西姆·巴什雷克是传说中伏尔加河一带的强盗头目,高尔基小时候听他外祖父讲过巴什雷克的传说故事,甚至给自己取过"巴什雷克"的外号。
② 沃尔戈罗德(Bopropoд),由俄文 вор(贼)和город(城)组成,意为"贼城"。这里是老科热米亚金的穿凿附会的说法。

革卖出。金钱向狂风暴雪似的刮来,钞票像雪花似的落到头上,银子竟用斗来量!大粮商拉布津在四十年代闹大饥荒的时候,曾经到布图尔林省长那里说:我捐三斗银子救灾!人们问:这是多少钱?他说:这是三升,至于里面有多少,我也数不清!他们挥金如土,好像贵族一样。只有一个区别:贵族会生活得更艺术些。他们,孩子,——是的,他们是会的!"

老人微笑着,闭上眼睛,仿佛想起一桩好事情,他沉默了一会儿,继续说:

"你要记住这样一点:有恶必有善,如果有善没恶,那就是怪事!我们俄国人的上帝,是一个善良的神,什么都能忍受。他看见,我们与其说是恶,不如说是愚蠢。哎,儿子!为了指责一个人,必须考虑一年。我们犯了人罪,却用兽道互相裁判:立刻抓住喉咙,让你灵魂出窍!"

男孩一面听父亲讲奇怪的故事,一面回忆他那幽居的生活:除了马尔科夫医生和年轻的教堂读经员科列涅夫而外,市民中没有人上他家来串门,而老科热米亚金几乎从来不像所有其他居民那样,穿上漂亮衣裳,携妻带子到城里去溜达。他们常上尼古拉教堂,——一个最穷的教区,至于城里的上等人物前去祈祷的那个修道院,马特维从来没有去过。男孩走进那个黑暗狭小的老教堂时,只觉大家都不很情愿给父亲让路,都斜眼目送他,怀有敌意地窃窃私语着。

他记得普什卡里有一次对索宗特开玩笑说:

"你和东家是从哪里来的,谁也不知道。你们的钱是怎样弄来的,不清楚。你们究竟是什么人,更没有人晓得!你看我,我是本地本村的人,我能对你说出我家十代祖宗的名字,还能说出他们过去是干什么的,挨过什么样的打。可是你呢?你是干什么的?"

"我们的生活就是这样严峻!"父亲一面捂胸脯一面说。"应该简单一点,过得和气些,但是我们这里的人却拼命拿别人的罪过在上帝面前为自己辩白或掩饰自己的罪过。他们就像在邻人的衣服里找虱子一样,搜寻这些罪过,——真不好!谁也不怜惜谁,简直像是野兽对野兽!"

马特维小声提醒说:

"可是我母亲呢?"

"你母亲吗?"老人沉思地反问了一句。"是的,她怜惜人!她软弱,已经吓破了胆;你瞧,她的父母在集市上受人鞭打,她都看见了。这里面也不全对头:她父亲是画圣像的,他们住在叶拉其马,也就是住在奥卡河畔。嗯,据说他把圣像上的饰物摘下来,母亲给藏起来了。父亲说:像饰是老爷摘的,不是我!老爷是教会的会长,很有钱,但他跟父亲不和。不知怎样一来,要逮捕他们,可他们逃走了。老爷的猎人们跟踪追去,在穆罗姆城把他们捉住了。瓦尔瓦拉的父亲开始抵抗,好像是打死了一个人。我那时正在这个叶拉其马,站在人群里看他们挨打,我看见一个小姑娘在那里呼天抢地,像得了黑死病一样。哎,我觉得她很可怜。母亲随父亲去流放以后,只剩下瓦里娅一个人,像树林里的绵羊一般。我们结了婚,以后便来到此地。我买下了这个庄园,办起了工厂。我对制造绳子的事很内行,我起初觉得它很有趣;我常顺着麻绳走,回忆经历过的事情,好像弹古斯里琴一样。我们就这样过起了日子。并不十分快乐,但是还算和睦。只有一次为了耳环吵嘴,我有一对耳环——中间是一块宝石,四周镶着珍珠,环坠也是珠子的,有指甲那样大小,这是我偶然买下来的,——一件很值钱的东西!我说,喂,瓦里娅,你戴上吧!她说,我不要戴,她说,人应该装饰的是心灵,不是肉体。我说,你是傻瓜!心灵是不会戴耳环的!我们争论着,争论着……"

他乜斜了儿子一眼,咳嗽了一阵,然后闭上眼睛,不作声了。

父亲病愈后不久就结了婚。新娘很年轻,高身材,穿着一件滚银边的湖色衣裳,虽然天气很热,还套着深红的绸马甲。她那善良的、圆圆的脸沾满了泪水,仿佛要溶化的样子。她的整个模样很像春光明媚的日子里的河水。

父亲站在那里,穿着蓝上衣和黄色绸衬衫,油灯的火光在丝绸的褶缝上面闪耀,马特维觉得父亲的胸脯笼罩着火焰,头和脸烤得通红。

马特维穿着红衬衫,蓝棉绒裤,绿色的软底鞣皮靴,靴子照鞑靼人的样式绣得红红绿绿的。

证人是医生,教堂读经员,普什卡里和新娘的叔父,一位魁伟的、有黑胡子的、巴雷梅尔村的庄稼人雅科夫。他们是在平常日子举行的婚礼,教堂里人不多,但是在那昏暗的空荡荡的教堂里,一直都可以听到农妇们嗡嗡响的愤怒的低语。马特维身边站着一个高身材的、骨瘦如柴的老太婆。她一身黑衣服,像修女一般,叽叽咕咕地和弗拉西耶芙娜争论着:

"你主人的名声也不见得好……"

"但是,我的老太太,他俩反正不般配……"

"管它般配不般配,命中注定要在一起。这和你又有什么相干?"

马特维在想:

"父亲为什么没把弗拉西耶芙娜赶走?"

行完婚礼以后,新娘要求戴着花冠,并由神甫陪伴,从大街上走回家去,但是父亲简单地说:

"不用!"

教堂里飘荡着沉闷可怕的轰响。

大家走回家去。马特维不戴帽子,走在大家前面:他用双手拿着神像,捧在胸前,在穿过街道时,绊了一下,只听弗拉西耶芙娜低沉地、似乎高兴地喊了一声:

"喔,绊了跤!"

一路上始终有一只花狗跟在婚礼行列的后面跑着;有时它还赶到人们的前面。一个高个子老太婆赶在马特维前面,用手指点着狗,恶声恶气地吓唬它:

"打死你这该死的东西!"

可是黑胡子庄稼汉却对着满街的人说：

"这是日子会过得红火的吉兆！"

到家以后，农妇们便在院子里不知就什么事情争论开了，新娘用她那双蔚蓝色的眼睛惊慌地看着他们，戚戚哀哀地说：

"婶婶们，我不知道该怎么做……"

"酒菜在哪里？"黑衣老太婆问。

不知道是谁幸灾乐祸、大惊小怪地说：

"竟会不知道，瞧这新娘子！你们听，她竟会不知道！"

一个肥胖的农妇，样子活像一个两普特重的秤锤，拉住新娘子袖子，叮嘱她：

"你倒是哭呀！哭呀！"

新娘忽然瞪圆眼睛，尖声唱道：

> 噢，我这可怜的苦命女人，
> 我无亲无故，
> 也没有亲生父母，
> 没有人送给我这孤女，
> 羊羔和牛犊……

"傻瓜！"黑衣老太婆严厉而鄙夷地喊道。"你知道该在什么时候哭吗？该在教堂门前，傻瓜！"

父亲把农妇们推开，拉着新娘子手，很温和地笑着说：

"你先别哭！等我打你时再哭。"

神甫，助祭和教堂读经员科列涅夫来了；所有的客人都从院子拥入屋内，你推我挤，坐到桌旁，久久地不声不响地吃着喜面、鸡肉馅面包，喝着伏特加酒和各种颜色的蜜酒。

马特维坐在后母身旁望着她那淌着泪水的眼睛，他觉得那双眼睛就像带着露珠的紫罗兰和春天的天蓝色的风铃草。她在他面前还有

些怯生,浓密的睫毛盖住眼睛,她把身子挪开了一点。他看见她有点惧怕,便轻声对她说:

"父亲是个好心人……"

她叹了一口气。

当神甫和助祭在座的时候,大家都一声不响地吃喝,只有普什卡里不停地讲着一位随军神甫的故事。

"他说,我虽然不带枪,可是我能揪着耳朵把你们拖到一边去!说着一下子就把那士官生的耳朵揪住了!"

神甫放声大笑,他仰起脑袋,像紧紧勒住缰绳的马一样,他的长发不时地落在他那长满疱的脸颊上。他不断地把它甩向耳后,粗声地喘着气,忽然,他敛起笑容,望着人们,严厉地皱紧眉头,大声讲着《圣经》。不大一会儿,他便摇摇晃晃,向四面挥着手,由老助祭陪着离开了。高个子老太婆立刻站起来,理了理深色的头巾,用教训的口吻大声说了起来:

"萨韦利·伊凡内奇老爷,你不愿意遵守礼仪,这是不对的。帕拉盖娅,你该知道,你做的事情不对头!你回到这家里,还没给客人敬酒……"

父亲很响地嘬了嘬嘴唇,大声说:

"你自己斟酒喝就得啦,巫婆子!"

"你别管,老太婆!"雅科夫说,挥着手,开始用匙子舀砂糖,倒在伏特加酒杯里。

一个样子像只秤锤的乡下女人笑着说:

"还讲什么规矩和礼节,鸡肉馅面包上插花——大可不必。大家全知道新娘不是姑娘,那朵花儿早已给摘下来了!"

继母奄拉下头,急速地画着十字。马特维低下头以后,听到她小声说:

"圣母……贤良的……"

父亲站起来,对女人们呵斥了一声。

"嗐!"

老太婆的腰像被折断了似的坐了下去。父亲把手在桌子上方一挥,用浑厚的声音,很平静地说:

"今天不是请你们来立什么规矩,是请你们来吃喝上帝赐给的东西!"

"我不想吃!"雅科夫大声打了个嗝,胸脯抵在桌子上宣布说。

"那么,你就喝吧!"

"我也不想喝!你的酒没有一点滋味。"

"怪不得你加那么多糖!"

"你舍不得吗?"

黑胡子庄稼汉用手掌拍了一下桌子,扬扬得意地问:

"舍不得吗?"

"你坐下吧!"父亲挥手轰着他说。

大家都在嚷嚷:普什卡里在和教堂读经员争论,马尔科夫和农妇们也在吵吵嚷嚷的。雅科夫却在胡闹,他用手掌敲坏了匙子,不知为什么把一只锡碟弄弯,并且一直在叫:

"我不愿意坐!我是客人!你以为你是城里人,你就有体面了吗?"

父亲轻蔑地咂着嘴唇说:

"真是蠢猪!"

"谁?"雅科夫眨了眨呆滞的眼睛问。

"你!"

黑胡子庄稼汉想了想,朝主人看了一眼,然后站起来,手按在桌上。

"圣母!马丽亚!"他带着哭声喊道。"咱们离开这里吧!"

新娘跳起来,开始啼哭。

"雅科夫叔叔!阿夫多季娅婆婆,姊姊……"

"住嘴!"父亲一面按她坐下,一面严厉地说。"我对蠢猪不能过于宽大。喂,伙计们,假使他们嚼不动蜜糖饼干,就抓住贵客的脖子,把他们请出去!"

普什卡里、索宗特和工人们开始把客人往门外推,新娘哭了,用薄纱衬衫的袖子擦脸。

"好像猫儿洗脸一样,"马特维想。

父亲忽然站起来,挺直身子,摇了摇头。

"喂,我的朋友们!来,既然还活着,就让咱们快乐一下吧!瓦西里·尼基季奇,你把古丝里琴拿出来!让我们开开心!帕拉加①,把容貌整理一下,别再愁眉苦脸啦!莫卡,你干吗对她认生?你瞧,她比你大得了许多吗?"

"萨韦利,你应该生活得老实些,"教堂读经员一面从琴匣子里取出古丝里琴,一面说。

"他身上有魔鬼作怪!"普什卡里喊道。

马特维紧偎在后母身旁,她信任地搂住他的肩膀。他们两人看着读经员调琴。

读经员的身子像芦苇一般细。他穿着灰色小法衣,很像一个女人。看到他那狭窄的肩头和柔软的脖子上有一个宽额的大脑瓜,那张颧骨高耸的脸上长着不整齐的灌木丛似的硬毛,十分令人奇怪。他的左眼底下有一个小硬瘤,瘤上也长出一撮毛来,读经员时常用左手的手指去捻它,向下拉着眼皮,弄得一只眼睛大于另一只。他的眼睛深深陷入额下,从两个黑窟窿里发出柔和的光,无声地诉说着他的衷肠和哀思。

现在他把古丝里琴放到桌边上,卷起小法衣和衬衣袖子,露出一双干瘪多筋的手,长长的手指轻轻地,一上一下地拨弄琴弦,他说:

"你注意听,萨韦利,这是一支古代贺新婚的歌!"

于是,他用悦耳的声音唱了起来。优雅的琴声配合着歌词,就像

---

① 帕拉盖娅的爱称。

清露在花朵上面一样:

> 亲爱的韦努斯
> 　　答允摘下苹果,
> 她说:我们应该停止辩论,
> 　　用爱情系住两人的心……

马特维看见后母的两颊流着泪水,便轻轻推了她的腰一下:"别哭啦!"

教堂读经员庄重地唱着,那双秀美的眼睛使他的脸上充满了柔和的光辉。

> 这整个的谜现已明了,
> 　　可爱的新娘将被引到。
> 两颗心、两个灵魂联在了一起,
> 　　同声齐唱这首新婚曲……

"别哭啦,我说!"马特维重复说,但由于优雅的琴声和琴声所撩起的哀愁,他自己也想哭出来了。

她对他俯下身,小声说出他很熟悉的话语:

"我闷……"

"唱得好,可是不很快活!"父亲大声喊着走向屋子正中央,"喂,伙计们,两个人一起弹吧,弹个能让老滑头轻松一下的曲子,真的,答应吧!"

"快乐也是神圣的,我们要竭力为它效劳!"教堂读经员赞同说。

马尔科夫抓起吉他,把身子缩成一团,肚子贴着膝盖,忽然高声唱了起来:

> 哎嗨,经过我们心爱的村庄……

教堂读经员叩响所有的琴弦,用隆隆的颤音伴着起始句,把歌词抬得很高:

> 流着一条科累马河……

父亲耸了肩,朝新娘笑着喊道:
"喂,帕拉加,你走出来好不好?"
说罢,他一只手叉着腰,另一只手插在腰带里,摇晃着脑袋,从容不迫地在屋内迈起了舞步。
"看起来,我只好出去啦!"帕拉加怯生生地说,她站起来,整理一下衣裳。
歌声更热烈了:

> 公鸭在河里浮泅,
> 把头抬得高过河岸,
> 噢哟,把翅膀挥过了肩头!……

父亲好像脚不着地,游到帕拉加身旁似的,然后又从她那里跳开,用基姆雷①制的皮靴的后跟,打着清脆响亮的拍子。这时候,帕拉加将手按在凸起的胯股上,侧着身跟在他后面起了步,挑着眉毛,似乎对什么事情表示惊讶似的,而她的眼睛仍然噙着晶莹的泪水。
"喂,老骨头,舒散舒散呀!"萨韦利·科热米亚金喊道。

> 母鸭迎着公鸭泅来,

---

① 基姆雷在加里宁省,伏尔加河畔,十七世纪以来就是家庭手工制革制鞋业的中心。

呼唤着公鸭,柔声地呼唤!……

帕拉加好像一头蔚蓝的小鸟,在老人的身旁浮游,用低低的、羞怯的声音随着唱道:

因为俗话说得好,
似乎和情郎相爱滋味妙……

马特维困得眼睛都睁不开了。他通过灰色的云雾看到的是索宗特的死板的脸、张开的嘴和向上竖起的眉毛,以及普什卡里又长又直的身子,像钟摆似的在门边摇晃;一些蔚蓝色和黄色的斑点在男孩眼前融成一片鲜艳的涡流;吉他和古丝里琴愉快的声音,激越的歌声和踏步声使他感到头晕目眩,很不舒服。

他初次看见父亲跳舞,这使他高兴,也使他发窘;他希望跳舞快点结束。

"老板!"从一片喧哗中透出看院人的阴郁声音。"外面聚了许多人,要求进来瞧热闹……老板,外面人很多,我说……"

"把他们赶走!"科热米亚金嗓音嘶哑地说,他站下了,擦着脸上的汗。

"他们在吵闹呐。"

"把他们赶走,我说!什么人!全是猪,他们还要自称为猛兽呐……"

"不成!我们这里只有五个人……"

"你去吧!"父亲喊,他的脸色变得阴沉沉的。

后母走到马特维身旁,和他并排坐下,羞愧地微笑一下,说道:

"你瞧我的胆子大起来了……"

他忽然尽力搂紧她的脖子,吻她的面颊,不连贯地小声说:

"你不要怕,咱们俩在一块儿……"

39

帕拉加抓住他的头，一面抽咽，一面小声说：

"莫卡，谢谢你！天呀！我决不会错待你的……"

"萨韦利，你瞧！"医生喊道。"嘿，嘿！"

男孩抬头一看：父亲站在他的面前，满脸堆笑；士兵的身子摇晃着，他的脸阴暗而平扁，好像用一块旧木板锯成的。医生的身体像水桶一样圆，他一面哈哈大笑，一面眯缝起卡尔梅克人的眼睛。教堂读经员那张粗糙的脸笑得直哆嗦。

"怎么样？"马尔科夫喊道。"年轻人，没料到吧？"

"这很好！"父亲冷笑着说，一面搔弄红胡子，一面摇头。

后母的脸变得苍白，她慌忙眨着眼睛说：

"是他自己……"

马特维感到很窘，靠在她的身上哭起来了；士兵这时拉起他的手，喊道：

"滚开，魔鬼们！你们这些祸害！"

说完，他就领着慌乱的男孩进去睡觉，一边走，一边劝他说：

"你不要理他们，他们全是傻瓜！"

马特维许久不能睡熟，倾听着呼喊声、踏脚声和器皿的叮当声。琴声从远处听十分凄婉。一些黑影投进敞开的窗户，听到一种细微的窸窣声，随后又是一阵模糊的抱怨声，仿佛有两只狗，一大一小，正在那里喔哎着。

"没必要……"

"亲爱的……"

男孩悄悄走到窗前，小心翼翼地从窗框后面往外张望。弗拉西耶芙娜坐在一株稠李树下的长椅上，头发蓬乱，裸露着肩膀，显然在打着哆嗦。索宗特和她并肩而坐，弯着身子，低着头，嘴里叼着烟斗。他们两人都遮蔽在浓密的黑影里，黑影蠕动着，好像竭力要把人们包围得更紧些。

"她配做他的妻子吗？"弗拉西耶芙娜低声呜咽着说。

看院人阴郁地唠叨着：

"我说，这没必要……"

小片的云彩在天空轻轻飘动，月亮在蓝灰色的破絮中间滚着，把破絮的毛边镀成金色。稠李和菩提的细枝轻轻地摇曳着，周围的一切——花园，房屋，天空都在缓慢的圆舞中默默旋转。

办完喜事以后，家里显得比较沉闷：父亲仿佛在油里洗了一个澡，变得又软又滑；嘴角上带着一丝模糊的笑意，背着手在屋内来回走着，好像一只吃饱了的雄猫直打呼噜；他看人时，好像在回忆："这是谁呢？"马特维觉得老人又要生病了——他的脸由红变紫，眼睛底下肿得很高，脚在地板上踏得很响。后母整天坐在窗前，望着庭园，不时从她那件漂亮的无袖长衫的衣襟里掏出麦芽薄荷饼干，嚼着它们，或者嗑着瓜子和炒榛子。

"要不要吃榛子？"当继子走到她跟前时，她问道。

他不善于同她交谈，她也不健谈，因此对他的问话她只是笑一笑，或作一些简短的回答：

"嗯。不。没有什么。"

她有时把自己的全部衣服都拿到屋里，比量许久，懒懒地穿上湖色的、玫瑰色的，或大红色的衣服，然后又坐在窗前，她那善良的面庞上的沉思的神情虽然没有什么改变，但是却有一颗颗很大的泪珠从她那肤色微黑的面颊上不知不觉地滚落下来。马特维睡在父亲的隔壁，时常从梦中听见后母在夜里哭泣。他很可怜这个女人。有一天他问她：

"你为什么净是哭？"

"难道我在哭吗？"她用手掌摸摸面颊，惊异地问，随之羞愧地笑了一下："就算是吧……"

"你哭什么？"

"没什么！这样惯了……"

马特维一走到后母跟前,父亲几乎总是立刻出现在他们面前。他打扮得很漂亮,穿着软皮靴,玄色的裤子,红的或是蓝的衬衫,腰间系着一根修道士念着经织成的丝腰带。

他面色温和、喜气洋洋,抚弄着胡须对儿子说:

"怎么?你不怕后母吗?唔,你出去玩吧!"

他不再到外县去买麻,也不到外省去销货,而是派普什卡里代他去。

"爸爸,"儿子唤着他说。"您到工厂里去吧,乡下人叫您呢。"

"萨夫卡在那儿吗?"

"在。"

"叫他到这儿来。"

萨夫卡来了。他个子矮壮,翘鼻子,宽脸膛,头发灰里带黄,垂在额头和耳朵上,直得好像没有染过的纺线。在狭窄的额头上,依稀现出稀疏的白眉,从而使他那双透明的、像青虾似的圆眼睛,好像从他脸上向外突出了两分。他站在门口,伸着脖子,龇着牙,带着死板板的微笑望着帕拉加。马特维看见他这个样子,心想,假使父亲说:"萨夫卡,你把火炉吃下去!"小伙子就会小心谨慎地、蹑着脚,走到火炉旁边,用那些大黄牙去啃炉壁。

当他抽动着左肩,结结巴巴地说"老板"两个字的时候,那张大嘴总是发出一种贪婪的、热乎乎的声音:

"嗬!嗬!"

"喂,去吧,你这无用的家伙!"父亲带着嫌恶的样子,挥手让他走开。

有一天,来了三个城里人。其中一个是头发灰白和鬈曲的巴祖诺夫。他对父亲说:

"萨韦利·伊凡诺维奇,本教区的人为了表示对你的尊敬和信任,决定选你监督建筑我们的教堂。虽然你平时有点粗暴,但是在做生意方面并看不出你有什么不好的地方,因此我们欢迎你……"

父亲靠在桌上,听他们说话,翘起嘴唇,露出冷笑,然后说道:

"难道你们中间就没有诚实的人吗?叫我来指挥恶人,对我又有什么体面呢?"

"你等一等!谁叫你去指挥的?"

"我不高兴放猪……"

"你为什么出口伤人?"

父亲站起来,摇了摇头。

"请你们从哪儿来返回哪儿去吧!我不尊敬你们中间的任何一个人,我也不想得到你们的尊敬和爱戴……"

三个城里人站起来,默默地走出去了。巴祖诺夫在门口回过身来说:

"人家说得很对:你的脸是红的,心是黑的。"

父亲用洪亮的笑声送他们出去以后,似乎立刻喝醉了酒,扯起喉咙唱着歌,强迫帕拉加跳舞。她哭着说:她没有音乐伴奏跳不好,他便把锡制的盐罐冲着她扔了过去,没有打中,却把神龛的玻璃砸碎了。

晚上他醒过来以后,和妻子在园中散步。马特维听见他们的谈话:

"你是个漂亮女人,你应该生活得快乐些!"父亲喑哑的声音说。

"萨韦利·伊凡诺维奇,我不是在尽力做吗……"

马特维坐在窗前,想起父亲那张讨厌的脸,对客人说的那些难听话,心想:

"他为什么这样对待他们?"

过了几天,他找了一个机会,问老人道:

"爸爸,你为什么把本城的那几个人赶走呢?"

萨韦利·科热米亚金把儿子轻轻推到一边,注视着他的眼睛,叹了一口气,解释道:

"我跟他们合不来。起初我本想跟他们和睦相处,但是他们立刻就像狗见着狼那样来对待我。我耳朵里听的是甜言蜜语,可眼里看到

43

的却是尖利的爪子。于是就发生了冲突！他们明目张胆地抢劫我,简直就像拦路行劫一样:要这个钱,要那个费,真叫人无法忍耐！他们牵走了一匹马,把一头牛宰了,把母鸡公鸡也都偷走了,——简直数也数不清！他们不但偷,还要胡闹,我在果园里种上樱桃和苹果,他们给折断了;我开辟了一个莓果园,他们给踏平了;我养了几窠蜂,他们给翻了底朝天。他们有两次想要放火,一次已经烧着了,但是这般糊涂虫选的日子不好,刚下过雨,院里的木桶积有许多水,我们用这些水把火浇灭了。又有一次,我自己就碰上一位先生,在货房后面捉到他的时候,他手里正拿着一罐火种;他蹲在那里,悄悄地吹着火。我拿起罐子就朝他的头上一摔！火炭显然正落在他的怀里,他一面在旷野上跑,一面'呜呜呜'地号叫！夜是黑的,我看得见:他身上溅着火星。真是可笑！我有时自己在夜里看守家业:拿一根粗木棒,走来走去。周围真可怕,连天上的星星都像是仇人的眼睛一样,在树上一闪一闪的。"

他温和地笑着,但脸上立刻暗了下来,好像凝思似的摇着脑袋,继续说道:

"我修了高围墙,上面装了铁钉。养了四条狗,它们都尝过一些人屁股上的肉！有两只牧狗凶得很,它们一扑上胸脯,你就站不住脚啦。他们把那两条狗给毒死了。就是这样！哼,在出了这些事情以后,我就不愿意尊敬人了。"

他不出声了,把一只手放在儿子的肩膀上,勉强忍住哈欠,颓丧地说:

"这类事情我连想都不愿再去想它！太没意思了……"

马特维不由得回头看了一下:父亲时常讲到没意思,男孩越来越明显地感到这种无形的力量的重压。这种力量像乌云似的把房屋和周围的一切团团围住。

马特维·萨韦利耶夫·科热米亚金到老还记得开始学习那天,他心头所感到的那种惊惧和隐隐的欣喜的战栗。

所有的人——父亲,后母,普什卡里,索宗特,连那无精打采、喜欢谄媚的弗拉西耶芙娜,都聚到男孩的屋子里。瓦西里·尼基季奇·科列涅夫站在神像面前,用庄严的声调提议道:

"我们诚心诚意向我主耶稣基督和侍奉他的库兹马·达米安,还有首先被召唤的安德烈祈祷,愿他们用善力开启一个少年的心,使他具有感受文字的智慧!"

做完祷告以后,他和蔼但严厉地说:

"现在请你们出去,离开我们!"

他让马特维靠着自己,坐在窗边的板凳上,然后搂住马特维的肩膀,俯下身子,用他那双可爱的眼睛看着男孩的脸。

"你别怕,"他轻轻地说,"别打哆嗦。你不是准备去做坏事,而是做好事。"

他又用同样小声继续说下去,用一只手指着花园:

"你瞧,我们是在一个多么光明而可爱的日子开始学习的啊!"

窗外伫立着被秋天镀上金色的树木,枫树已披上红叶,菩提树的黄叶有如繁星;一串串殷红的花楸,还有冬寒菜浅绿色的粗茎都在摇曳着,冬寒菜的粗茎上卷满枯叶,好像一块块不同颜色的绸缎。茴香苹果,莳萝菜和刚掘出的泥土的气味在飘荡着。在修道院和菜园里,听得见笑声和快乐的呼喊。

"什么是识字?"

这个油然而生的问题使男孩的心里充满了对这一秘密的兴奋预感,并促使他怀着信赖的心情往教师跟前凑了凑。

"识字,"教堂读经员一面抚摩学生的头发,一面说,"是启迪心智,使它认识过去的事情,现在的生活,以及人们对于未来和明日的计划的一种手段。因此,识字可以把人和人联结起来,也就是说,可以使人接近世界。让我们来仔细研究研究这个问题吧。

"字是什么?字是人类理智的躯体,正如你我的躯体是我们的灵魂的外壳一样,就是这样。现在我们拿任何一本书来说,它都是用字写成的,我们假定说,著书的是百年前的一位古人。我们应该在他所著的书中看到什么?应该看到的是记载下来的理智,这个人生活在离我们很久远的时代,将他所积累的一切心灵财富作为教训留给我们。因此,我们要这样理解:书籍包含着我们的先人,以及我们同代人的灵魂,书籍似乎就是人们在全世界范围内对本身事业的谈论,就是人类心灵关于生活的记载。你明白了吗?"

马特维想起了教堂里的几本皮面铜绊的厚书,小声回答道:

"我明白了。"

"你没听累吗?"

"没有!"学生赶忙回答说。

"我相信。事情显然会进行得很好!"

他笑容满面,站起来,使学生感到惊讶地宣布说:

"第一次讲到这里就够了。你把我讲过的想一想,假使有不明白的地方,就提出来。"

教堂读经员没有估计错:他的学生怀着火焰般热烈的求学志愿,而且进步的速度使大家惊异。他在入冬以前就念完了识字课本,在冬天又读完了《日课经》和《诗篇》。教堂读经员每星期两三次在课后取出古丝里琴,给学生唱圣诗:

> 为善抑为美,
> 友善如手足!

学生不止一次看见教师向上抬起的眼睛里含着灵感的泪水。

他最常唱这两句:

> 主其探余且识余,
> 汝已辨识余之叛抗……

在他唱到下面一句

　　余言无谄媚……

的时候,他的声音特别响亮而动人。

他爱喝酒,当然是长时期的狂饮,一连几个星期或更多些。人们把他关在家里,但是他逃出来,在镇子的街道上徘徊,他瘦弱,灰暗,面庞发黑,两眼充血。他挥着右手,左手牢牢攥住一块卵石或砖头,一看见城镇居民便喊:

"肮脏的野兽们,我要用石头砸你们,把你们像蚜虫一样消灭掉!"

城镇的居民从他身边跑开,有些人骂他,向副主教控诉他,还有一些人强拉他到家里去,再多灌他一些酒,让他戏耍和跳舞,好像魔鬼们强迫隐修士伊萨基的情况一样。他们有时还打他。

马特维很喜欢教堂读经员,甚至在他酗酒的时候,也不害怕他,只是沉痛地哀怜他。

除了教堂读经员以外,马特维认为最有趣的人是普什卡里。

在马特维开始学习不久,普什卡里看见男孩坐在土房的屋顶上,手里捧着识字课本,便抓住男孩的脚,要求道:

"喂,给我看看现在的识字课本是什么样的!约木德①吗?"他边读边动着毛发丛生的颧骨。"奥斯恰克②吗?真奇怪,还有这样的民族!"他带着疑惑的神情摇摇头,叹了一口气,低声说:"是的,俄国的民族增加了不少,这很好,咱们需要工人啊!咱们累了,工作太多,现在咱们该休息休息,让别人来替咱们干活儿……国家很大,有高山,有深谷和沙漠,真是辽阔无边!你瞧,净是乱草,这可有什么用?应该让地上生长能吃的东西,比如种点豌豆,种点大麻。极需要做工的人,什么都要人手。把高山削平,把深谷填满,把沼泽弄干,把所有的土地耕种

---

① 约木德,过去的一个游牧民族,现居土库曼斯坦。
② 奥斯恰克,居住在西伯利亚的几个民族(韩特族、凯特族、西尔库坡族)的旧称。

起来,使得大家都有饭吃,就是这样!俄罗斯需要工人。"

他眯起一对小眼睛,用主人翁的眼光向四周望望,然后拍着男孩的膝盖,继续说道:

"喂,小子了,假使他们想要打你,你就跑到我这儿来!我把你藏起来。你的身子太单薄,经不起打。要说挨打,你倒可以问问我,那是什么滋味!"

男孩很快就理解到他所关心的一切事情了。这个老兵常请他去摸摸大麻纤维,断定它的天然韧度,并说出怎样才能把它搓紧。老人的信任使马特维受宠若惊;他皱着眉头,郑重其事地用手指去摸了摸大麻,说出搓成某种绳子所需要的轮子转数。

普什卡里挥着手,快乐地喊:

"对呀!"

接着便没完没了地讲开了:

"你父亲也时常把泡过的大麻抓在手里,眯起眼睛,估量一下——就行了!你父亲这个人,真是内行!"

"为什么人们都不喜欢他呢?"马特维有一次问。

"喜欢他?"士兵惊呼道。"为什么要喜欢他?难道他是个什么英雄吗?"

普什卡里哈哈笑起来,然后他想了想,又补充说:

"他们这些魔鬼是不会喜欢任何人的!"

"为什么?"

"谁知道!你去问他们吧,连他们自己都不知道!"

"照《圣经》的说法,人们应该互相敬爱,"马特维委屈地说。

普什卡里看了看他,用一只龌龊的手把脸一擦便没了笑容,不太情愿地说:

"管它《圣经》上怎么写呢!"

"可是你喜欢他吗?"马特维追问。

"你呀!"那士兵说着,笑了笑。"俗话说得对,自家人向着自家人。我尊敬萨韦利,他不错!他不会无缘无故地欺侮人,他不这么做。他看重的是工作。"

"那天他怎么用花盆打你呢?"

"用花盆吗?没什么,很利落!他干什么都很利落。我那天喝醉了酒。我一喝醉就想教训人。什么人都想教训,这真糟糕!有一天,我甚至给连长来了这么一句:上帝是不许打嘴巴的!结果被打得皮开肉绽……"

他想了想,乜斜了马特维一眼,咳嗽一声,忽然精神抖擞地说:

"现在我来给你讲一件可以学到些东西的事情,你要好好领会!一次上面下令让农民种土豆,可是农民由于愚蠢,说:'我们不愿吃土豆!'于是就造起反来:人家给他们送来土豆,他们说这是反基督者种出来的[①],于是就把它扔到山沟和河里,或是沼泽地去了,没尝一口,就全给糟蹋掉了。在专门假造钞票的古斯里察,也出了这种事。当时派我们这个连的兵到那里去弹压。好嘛!我们的连长是个德国人。我们管他叫乌斯塔夫,其实他的真名是古斯塔夫。这个中尉身高体壮,严厉得很。我们一到,他立刻下令鞭打乡下人。他们在教堂前面的广场上排起队,十个人一排,挨着个儿打,打时用'刺鞭'——这是专作鞭打用的树枝。说老实话,这就是普通的树枝,不过为了更能吓唬人,就给他取了个德国名字。我们打。乡下人又哭又叫,可他们就是不肯要土豆。乌斯塔夫下令煮一整锅土豆叫每个挨过打的人吃!一个乡下人摇头说:'我不吃。'那德国人就把滚热的土豆往他嘴里硬塞,连门牙一块儿塞了进去!农民们吐出来,还是坚持不吃。我虽然是个小兵,可觉得这般人很可怜。你要知道:孩子哭,老婆叫,满脸是血——很不

[①] 一八三九年至一八四〇年间,沙皇政府鉴于谷物歉收,决定扩大土豆种植面积,规定农民必须种土豆。农民反对这一决定以至酿成"土豆暴动"事件,卒被沙皇军队镇压。这里写到农民反对种土豆,是因为土豆是"反基督者种出来的",有欠准确。按:俄国农民把土豆看作"反基督者的产品"是十八世纪初的事情,到十八世纪中叶,土豆的种植已普及全俄。十九世纪爆发的"土豆暴动"也并非由于农民的宗教观点所致,主要是因为农民对当时实行的改变其隶属地位的规定的不满而引起的。

49

好,真有些丢脸!他们虽然是乡下人,可是也都是俄罗斯人,领过洗的教徒啊。到了晚上,在用过笞刑(笞刑也是德国字眼,我们俄国话就叫鞭打)以后,我拿了许多煮熟的土豆去找那些庄稼人,我进了一家的屋子。我说:'哎呀,你们这些魔鬼,你们瞧这土豆!完全跟小麦粉,或是燕麦粉一样。你们瞧,我是一个兵,身上戴着十字架,可见我是受过洗的。'我把十字架给他们看,我那十字架是一个真正的十字架,外国铸造,珐琅质的。于是我当着他们的面便吃起土豆来了。我吃了三四个,他们见我的肚子并没有炸;一个小娘儿们伸出手来说,给我一个!她拿了一个,画了十字,把它交给一个乡下人,显然就是她的丈夫;她说:'米沙,你吃吧,如果有罪,由我来承当!'她甚至跪在他的面前,哭号着说:'米沙,你就吃吧。我看见人家拿鞭子抽你,真是受不了!'于是,这位米沙看了一眼老人们,老人们把头扭了过去,他就把土豆吞下去了。米沙吃了以后,格里沙和叶皮沙都吃了,这一下行了。大家全吃了。我因为把事情平息了下去,感到高兴,当下喊道:'这不是很好吗?要不要再拿点来?'他们说:'拿吧,老总,我们还没有全尝到。'我立刻去见班长海布拉。他是卡西莫夫人,是个受过洗礼的鞑靼人——我的朋友。我们两人老在一起挨打。我如此这般地对他讲了一遍。他说,'普什卡里,你这人很机灵,我要把你的事情报告上去:你一定会得到奖赏。'我们俩拿了许多倒霉的土豆,又到乡下人那里去了。他们这些恶魔还备下了酒。我们全给喝光了。忽然乌斯塔夫来了!好像从吊床上掉下来的似的。他喊道:'你们怎么不听我的,反而听小兵的话?'他用俄国话很可笑地骂了一通。第二天早上把我和海布拉鞭打了一顿。我们吃了一顿很厉害的鞭子……"

老人的舌头不停地挖掘着过去的那些浸透血污的垃圾。马特维倾听着,对老人说话时那份镇静神情感到可怕。

士兵说完以后,用手指指着裤子膝头上的焦油污点,斜看了男孩一眼,解释道:

"假使用和蔼的态度对待,不管他们多蠢,总能让他们服。你的父亲也像土豆一样:大家一时不知来的是个什么人,因此,谁也一点都不尊敬他!索宗特有一副强盗的嘴脸,浑浊的眼睛。他没有说话的才能,只会唠里唠叨地瞎吵。这种人是从哪里来的?他们是什么样的人?没有来由地闯了进来!这里的小市民们自己就是贼出身。二十年前,此地抢劫横行,简直寸步难行!在希汉区出了盗窃案,可有人告发我们,说我们这边的人是贼!要知道,有的人是甘心做贼,可有的人是因为穷……"

普什卡里讲的怪事,把男孩心里搅得乱糟糟的。这些关于鞭笞,硬往嘴里塞东西,用棍子把人打得死去活来,把人当作牲畜出卖的可怕的故事把他压得透不过气来。在父亲的爽朗的言词里,生活有如游戏和童话,而这位老兵所说的生活却显得十分严峻,要求的是忍耐和驯服,——男孩很难把这种明显的矛盾调和起来。他对于挨打的民众既不怜惜也不同情,但是他感到非常困惑,从而变得无精打采。他常常钻到一个僻静的角落,竭力想弄清自己所得的印象,但往往是沉沉睡去,做上一连串的噩梦而毫无所得。

有一天,教堂读经员在讲课时对他说:

"你瞧,你学会写得多么细小,多么流畅啊,好得很!你最好钉一个本子,养成一种将你认为值得记忆的一切记载下来的习惯。你要是这样做,第一,可以学会叙述思想;第二,可以用不无裨益的消遣来排解你的孤独生活。人类的一切永远是有趣的;具有教育意义的,而且应该留传给后代。"

男孩非常同意这个想法,他请父亲买了一刀厚纸,又请教堂读经员亲手在第一页上写下一首关于韦努斯的歌。

"这不行!"科列涅夫摸着学生的肩膀说。"这种事情应该认真地做,要这样看:每件事都是娱乐,而每种娱乐又都是正事。咱们先给未来的笔记写一个像样的题目。"

他想了想,说:

"你写吧!"

马特维在第一页上用鹅毛笔尖仔细地写出下面两行字：

沃尔戈罗德省奥库夫罗镇各种遗闻佚史与歌曲详记
马特维·科热米亚金十三岁后所见所闻

"现在你再写上：'奉圣父、圣子、圣灵之名。'在你把这个本子全部写满以后,最后要写上'阿门！'两个字。"

他用手指托住学生的下巴,使学生的脸仰起来,用慈母般爱护的、严肃的眼光看着学生的眼睛,说：

"'阿门'就是真理！你明白吗？现在让我们写几句有启发性的警句。"

教堂读经员狮子般的脸带着沉思紧皱着眉头,眼睛深陷,他举起手指,好像在吓唬什么人。

"写在这边上,字写得小些：

  余非责备,乃系证明。

"好。现在往下隔开一点,再写：

  人生易逝,惟其事业有时得以垂诸永久。

"现在写在右边,尽量写得漂亮一点：

  谦逊之鸟儿也会在歌中唱出：
  真实较虚构更为生动和美妙。"

他满意地看了一眼写出的文字,赞许说：

"你瞧,理智的种子在这块纯洁的原野上撒播得多么出色呀！你在开始记载的时候,永远要先读读这最初的一页。让我来给你写下我唱过的那首结婚颂歌,作为纪念。"

于是,他用粗大的草书,用带着有趣的小尾巴的花体字,写下了那首歌。

此后不久,城内就见不到他的踪迹了:由于市民控告他行为失检,纵酒无度,他被送到远方的修道院去苦修去了。马特维听到这消息以后,哭了起来;老科热米亚金鄙夷地翘起嘴唇,骂骂咧咧地嘟囔着:

"自然会把他遣送是啰!哼,说他不走正道儿!可你们走的是什么道儿呀?癞蛤蟆们!马尔科夫因为这里太无聊,搬到省里去了,现在他也走了。魔鬼们!那个瓦西里居然也算会喝酒!我在他那样的年纪用大罐子喝酒,从来也没发过什么酒疯!"

马特维很热心地拿起本子想要写,但是第一页就对教堂读经员的这个聪明倡议设下了几乎无法克服的障碍:学生一看见写得那样华美的题目,好久也下不了决心去写,生怕损坏本子的美观。有一次,在作了许久的准备以后,他才很兴奋地在写着警句的那页背面写道:

今天爸爸讲了纤夫们是怎样在巴拉赫纳作战的……

他写时手指发抖,笔尖跳动,忽然有一粒汗珠从额头上落到了纸上。作者啊哟喊了一声,因为墨水洇开来,像一根根细爪一样散向字母的四周。他翻过那页纸,只见墨水的颜色已经把纸渗透了,"其事业"几个字的周围出现了恰如过节以后工人们眼眶下现出的蓝色肿块一样。他十分懊丧,决定不再动这个本子,把它藏起来,另钉了一个本子。

他已经在这个本子上记下了他所记得的马卡里耶芙娜的所有俏皮话,以及四俄尺高的儿子马克西姆,还有叶列马和费多西娅的事情,他特别喜欢那段关于乌鸦的短短的童谣:

飞来一只乌鸦,
在大门口落下,

用喙叩着门柱，
　　一心要见女主！

　　歌词里的乌鸦有着灰色的肚子，光滑的、好像抹了油的脑袋，显得十分威严、庄重而且勇敢。

　　他好几次都试图把父亲所讲的故事写下来，但是他的词汇不够用，写起来很枯燥，而且到了纸上，就像麻绳那样冗长而灰暗。

　　他十五岁，他的长相却显得比他的年纪大些：他身材短粗，白白的额角上覆盖着乌黑的鬈发，栗色的眼睛流露着不信任的神情。他沉默寡言、审慎而矜持；说话声音很小，总带着沉思的样子；他敏于观察，而在他的鼻梁上方，眉毛之间，已经显出一道悲愁的细纹。孤独发展了他的想象力；闲散的生活和丰富油腻的食物使他常做噩梦，常患头痛，并且激发着他的情欲。每当他看到后母粉白的肩膀或匀称而坚实的两腿时，他身上便发出一阵甜蜜而羞涩的战栗，他赶忙离开她，而她却总是那样温驯，对谁都笑得那样亲切，而且言语不多，也很不显眼。

　　她生活得像只猫：冬天爱坐在温暖黑暗的角落里，夏天躲在花园的阴凉里。她缝纫、编织、含糊不清地哼哼着单调的歌曲，从丈夫起，她对大家都称呼名字和父名，但对弗拉西耶芙娜则称呼婶婶。

　　她看着马特维总像是垂着眼睫毛，他则避免和她单独相处，同她在一起，他感到很窘，找不出要说的话来。

　　从某个时候起，萨夫卡开始引起了马特维的不安：这个淡黄头发的小伙子在院内或厨房里一遇见帕拉加，便忽然停住脚，好像在地上生了根，手脚一动不动，整个身子倾向她，像被砍歪的树木一样摇摇欲坠，他脸上流露出一丝笑意，像用刀割开的一条窄缝似的缓缓地蔓延到耳根，并且微微露出贪婪的牙齿。

　　"老板娘！"

　　"你好呀！"帕拉加回答，脸色变得惨白。

　　马特维有一天在选麻的时候听见萨夫卡对人说：

"现在自由啦！现在我自己就是自己的主人。你说,需要钱吗？那有什么？咱可以弄到！现在自由啦！"

他越来越随便,也不大口吃了,他那双死气沉沉的眼珠仿佛更大更突出了,在狭窄的额下努着显得更加贪婪。

夏天,一个炎热的日子,普什卡里对马特维讲了一个匈牙利乡村被焚烧的情景①。惊恐不已的村民和绵羊,满街乱跑;牛在牛栏内被燃烧的干草毒烟熏得透不过气来,哞哞地叫着;马匹挣出马厩到处狂奔;狗吠鸡鸣;一个身上着了火的人在黑暗里向伏在村后树丛里的俄国兵直奔而来。

"你们不能帮帮他们吗？"马特维问。

"帮他们,帮匈牙利人吗？"老兵惊呼道。"你真怪！那是战争呀！是我们放火烧的他们,可你倒要我们帮他们！我们对着那个身上着火的人开了枪……"

"为什么？就是不放枪,他也会烧死的。"

"我们吓坏了！"老兵笑着说。"他直冲着我们奔过来,拼命地喊叫！天色很黑,是在夜里！的确是不该放枪的,上面只命令我们放火烧村子,看看里面有没有驻扎匈牙利军队？我们自己则不应该让敌人发现一点动静。放火的是我,还有一个喀山省的鞑靼人,——他就是在那一次被砍死的。事情是这样的:我们俩在村庄放火以后,爬回原来的地方。那个身上着火的人好像就跟上了我们。我们一朝他放枪,不知从哪里跑来了他们的马队——马队的装束相当漂亮,我的孩子,当下他们举起马刀就向我们砍来。那个喀山人的头盖,直到眼睛都被砍了下来,我的肩上被砍了一刀,马又踢了我肚子一脚。挨的这顿揍真是永远也忘不了！我们一共有二十来人,只剩下了六个,大概也都受了伤。要不是从树林里来了救兵,大家全会被砍死。那个鞑靼人名

---

① 指一八四九年沙俄政府伙同奥地利政府镇压匈牙利民族解放运动一事。

叫易卜拉欣,是个挺好的小伙子!鞑靼人是头等的民族,最诚实的民族!我直截了当地对你说:兽类里狗最好,人是鞑靼人最好!他时常喊我'谢潘'!——鞑靼人不会说'斯捷潘',老是叫'谢潘',听上去好像'恰潘'①,真是可笑!"

他又说了很久,说时让太阳晒着他那灰色的脑袋和褐色的脖子。瘦骨嶙峋的肩膀一耸一耸的,好像要从身上抖掉暑热一般。

但是马特维已经听不下去了,他脑中所能容纳的印象不多,很快就装满了。在太阳曝晒的地方,蓝衣的搓麻绳工人懒懒地、默默地倒退着;灰色的细绳颤动着,轮子发出哀怜的轧轧声,身材四四方方的庄稼汉伊凡摇摇晃晃,旋转着轮子。被阳光烤焦的酸模的圆锥形花序懒洋洋地颤抖着,丘陵上面映出海市蜃楼的幻景,牧童立在一个光秃的山巅上,好像悬在空中一般。

两个女声在修道院里轻轻地唱着。一个像蚕丝般柔细的声音哀怨地唱出:

愿主启示……

另一个比较沉厚响亮的声音重复着:

愿主启示……

而后,两个唱歌的女人琅琅地笑了起来。

马特维起身走进了仓房。他不禁想连头带脚用冰水浇一下,或是把头伸进一个又黑又冷的地方,什么也不看,不听,不想。

他爬上柔软的麻堆,躺在那里,在心里继续唱着两个修女所唱的歌,回忆着那清脆响亮的词句:

---

① 恰潘是一种农民穿的上衣。

我的灵魂蒙着羞耻的罪孽……

　　忽然不知从什么地方传出轻轻的、热烈的细语：
　　"到哪儿去？亲爱的，我们到哪儿去？"
　　这是帕拉加说话的声音。另外一个什么人的声音平淡地回答：
　　"地方还少吗……"
　　"是萨夫卡！"马特维想着，心里就像有一种尖东西刺了一下。他谨慎地抬起头，只见帕拉加和看院人索宗特在离他不远的黑影里互相紧挨着站在那里。他的两手在她肩膀上放着，她歪着头，手指很快地摸弄着围裙边，往那男子旁边的什么地方看着。马特维觉得现在她的眼睛是绿的，像猫眼一般。被这对眼睛迷住的他，回想起自己的梦和普什卡里关于女人的坦率见解，不禁伸直了脖子，倾听着，观察着，心里甜蜜而战栗地骚动着。

　　索宗特的手慢慢地在那女人身上摸来摸去。她躲闪着，斜过身子，小心地挪开他的手。

　　"不要摸，"马特维听到她小声说……

　　索宗特沉重的呼吸，帕拉加的叹息，与墙外机轮的轧轧声和普什卡里唠叨的急语声都融在了一起。普什卡里说：

　　"两股的拿十根，三股的拿十根！喂，灰毛鬼！萨夫卡……"

　　马特维想起这个大嘴的小伙子，冷笑一声，带着烦闷和气恼，幸灾乐祸地想道。

　　"这傻瓜把机会错过了……"

　　索宗特用肩膀推着后母，把她挤向大库房的一个黑暗的角落。马特维看不见他们了，他探出身子从麻堆上滑下来，脚跟顿在地板上，发出很大的响声。

　　索宗特弯着腰，几乎像爬一样，冲出库门向院子里跑去。那女人像狗睡着时那样小声尖叫着，跪下来，一双大眼睛直盯着马特维的脸。

　　恐惧、羞耻和怜惜她的情感，使他浑身感到冷热交加；他垂下头，轻轻地向门口走去。但是,两只温暖的手忽然把他从地上抱了起来,他的脸紧贴在一个燃热的身体上,耳边响起一股细流般的恳求和内疚的低语:

"亲爱的,不要去,求你看在基督的分上,不要说出来!莫卡,亲爱的孤儿,看在你母亲的分上,不要去告发……"

他觉得有一滴滴泪水落在他脸上,女人有力的双臂把他抱得越来越紧,他充满了甜蜜而疲软的感觉,于是不由自主地偎在了她的身上。

她急促而又热烈地小声说:

"你不是个小孩子,你是看得见的:你爸爸老了,他身子很弱,可我年纪还轻,我需要抚爱!亲爱的,你要是说出去,会出什么事呢?我会挨一顿揍,他就要大祸临头,再说那个人,也可怜得很!我一定会让你高兴,等村里人来给菜园除草的时候,你等着吧。"

他觉得他被一股干燥、炙热的旋风裹起,和她一块儿不知在向何处迅速地飞着。他从她的怀抱中挣脱着,于是那女人便驯顺地松开了手,一面用哆嗦的手指系着衬衫的领扣,一面呆呆地说:

"好吧,上帝保佑你,你去吧,基督饶恕你……"

"我不去说,"马特维小声说,由于感到她不了解他或是不相信他,便又重讲了一遍:

"你听着,我不去说!"

帕拉加奇怪地弓起身,变得矮小得令人发笑的程度,她惊慌地望着他的脸,小声问道:

"真的?"

"真的!"他说,抬眼望着库房的天花板,画了画十字,握住她的手。"不过你不要走,我求你……"

"莫卡,唉,天呀!"

她又抱住他,吻他的额角和脸颊,充满泪水的眼睛闪着快乐的光辉,她带着他不知往什么地方走着,用低微的、有些异样的声音说:

"我的孤儿,谢谢你!"

后来,他们坐在花园的樱桃树下,互相靠得很紧。麻雀在他们头上一边啄食浆果一边啁啾:那天是六月末,菩提树开着花,它的小花把树叶镀成了金色,甜蜜的香气使少年头晕。帕拉加举起一只洁白的,保养得很好的手臂,向空中画了一下,很亲切地说:

　　"我时常看着你,发现你总是那样不声不响的,仿佛不是此地的人,我心想,他会离开这里,去找他的母亲,他是孤儿,他会让某个人失掉爱的幸福和快乐!我们大家挤在这里,就像春水泛滥时兔儿们聚在一个小岛上似的,你的父亲,我,还有那个人,我们人人都像瞎子那样无依无靠!"

　　马特维觉得她那粉红的脸蛋儿美得出奇,她的话特别聪明,像读经员科列涅夫的话一样。他依然怀着内心的激动和羞涩的战栗,信任地望着她的眼睛,不由想把头枕在她那圆圆的、有点晒红了的肩膀上。

　　忽然,父亲的红胡子突如其来的出现在眼前。少年跳了起来,仿佛被鞭子抽了一下。那女人也像个老太婆似的拖着笨重的身子站了起来。

　　"我醒了以后,一直在喊:帕拉加,拿克瓦斯来……"老人埋怨着说,打着哈欠,朝嘴上画着十字。"你们谈什么来着?"

　　他身上穿着鞑靼式的衬衫,露出光着的小腿肚,腿肚上爆出一条条的青筋。他的脸在绿荫中发出红光,好像一个巨大的、奇丽的花朵。脸被红头发包围着,好像罩着一个光环。

　　马特维转眼看着后母,——匀称的身材,红润的面庞,长着一张婴孩似的嘴。她站在那里,温顺地把两手按在胸前,脸色惨白。

　　"我在问谁哪?"老人喊道。

　　儿子看着自己的脚,小声回答说:

　　"她在给讲……"

　　"巴雷梅尔的乡下人是怎样依靠老爷们过活的,"帕拉加叹口气,接了下去。

　　"她会讲什么?"科热米亚金瞥了妻子一眼说。严厉地吩咐她备茶去了。

马特维看到他那沉静、怀疑的目光,紧张地搜索着对老人的答话。老人坐到长椅上,把一双赤脚劈得很开,本来生气地噘着嘴,现在将嘴角往两边一咧,笑着问道:

"喂,你想说什么?"

"山雀在澡堂后面的桦树上搭了一个窠,"马特维忽然编了一个谎,当时他很惊慌地回头看了一眼,理会到:"他立刻会要我指给他看的!"

"你这是瞎说!"父亲说,打了个哈欠,吼叫了一声。

花园抖了抖,好像展开绿色的翅膀,向上飞去。

"要是山雀,"父亲用教训的口气说,"它会在叶子又大又结实的树上搭窠的。山雀会缝窠,这是应该知道的。"

马特维松了一口气。他开始可怜父亲,在他面前感到羞愧。老人把花园环顾一番,搔了搔胡子,用感激的神情向天空张望。

"主对自己的土地很慈悲,毫不吝惜地把它装饰起来!"

他用眼睛打量了一下儿子,叹了一口气,继续说道:

"你真是长得很大了!孩子的个子真是让人摸不透:夏天不见树长多少,可到春天一看,它竟长得那样枝繁叶茂⋯⋯"

过不一会儿,帕拉加就喊他们喝茶去了。老人坐在桌边夸起普什卡里来了。

"这个兵很好,简直可以说是块铁!他把工作看作朋友,并不像我们这里那些人一样:跑来骗钱,像折树枝一样,树干了,也决不叹口气!他前两天说你仔细研究了咱家的事业。我相信他的话。各方面都可以相信他:他宁愿舌头烂掉,也决不扯谎。"

马特维让甜面饼屑呛了一下,帕拉加大声叹了口气。

"他对我说,"科热米亚金继续说,"他说:我要给侄女修理房子,你预支给我四十卢布吧。我说:好吧,拿去!就是要一百个卢布,我也可以给你。因为一个好工人就等于是事业的另一个主人,事业就成功了一半……"

少年斜眼看着帕拉加不胜惊讶：她那玫瑰色的、洋娃娃似的脸像平常一样温顺而平静，眼睛遮在睫毛的柔和阴影里十分美丽；她不慌不忙地嚼着甜面饼，口也不张。那两片朱唇就像微风拂动下的花瓣。

茶炊里的水发出温和的响声，蒸气细声地呼啸着，想从炊盖下冲出来。椋鸟在园内高唱。菩提、薄荷和醋栗在晚间发出的一阵阵温香从园里袭来。屋内弥漫着像神香一般好闻的浓茶气味，此外还有桦木炭和甜面团的气味。一切都很平静。被这一天里的歌声、色调和气味软化了的年轻的心灵，欢欣地、恭顺地向着父亲的话敞开来。

"假使我对他讲帕拉加的事情，"他产生了一个隐隐约约的想法，"那她定会挨一顿打，哭起来，而父亲也会像野兽一般向大家吼叫……"

"现在呢，"萨韦利嘲笑地说，"小市民较起死理来了。他们说我，我们，两个，三个，我们是市民，我们是主人！——这真是瞎说八道，莫卡！我们大家都是替俄罗斯祖国干活，普什卡里明白这个道理。他好几次对我喊：你这个红发人，你以为我在替你干活吗？那才怪呢！——他当下就对我作了一个轻蔑的手势。他说，我是替沙皇，替祖国俄罗斯干活！是的。但是小市民们害怕农民胜过他们。自从皇上解放农奴以后，农民现在可以透一口气了，市民的生活也许的确会比以前艰难些！谢天谢地，自由的人民增多了！市民们自然不反对买人做奴隶，可是买不成了！现在已经对大家说了：好的，你们试试自由自在地过日子吧！"

科热米亚金的一只手狠狠地敲着桌子，闪烁着眼睛喊道：

"儿子，你算赶上了一个过日子的好时候！我在农奴制下面过了四十年！"

他凶狠地眯细眼睛，向屋内环视了一周。

"马特维，俄罗斯又大又好，土地辽阔无边！我曾经到过黑海边上，我带着索宗特游览过许多新的地方，——母亲俄罗斯地方真大，现在她是自由的,她会用新的方式生活下去,向各方面发展——啊,真好……"

帕拉加怯生生地抽动一下肩膀,往窗外望了望,低声说:

"可是我父母没能等到这个光明的日子。"

老人把胸脯压在桌上,冷笑了一声。

"你知道不知道,"他问马特维,"她的父亲被卖了出去,生生地把一家人拆散了?他们把丈夫卖掉,留下了妻子和女儿。她的父亲是个很好的庄稼人,因为性子倔强,就把他赶到乌拉尔开铁矿去了。贵族们在农奴解放以前的几年内,变得非常凶狠,残害了许多人!"

"多半是姑娘和妇女,"帕拉加小声插了一句嘴,用手指擦去颊上的眼泪。

"在艰难的日子里,总要消耗大量的女人和酒!"父亲从容不迫地解释着。"但是,马特维,事情也不要一概而论:贵族们胡作非为——这话不假。他们中间有许多禽兽——这也不假,但是也有些好人,假若是贵族老爷而且很好,那可真是难得!那些新贵族,像此地布勃诺夫家那类人,他们感到自己地位不稳,便拼命地横征暴敛。有些贵族认为自己从来就是主人,希望在大地上万古长存,竭力做好事,不过作得不是地方。就像在沼泽里播种,白费力气!乡下人也把贵族的脾气惯坏了,好比把蠹虫和一块结实的白蘑菇放在一起,蠹虫会把蘑菇啃坏一样!你记得在我们家里做工的列克谢,那个淡黄色头发的庄稼汉吗?有一次他对我说,他在贵族面前怎样博得忠实奴隶的名誉。那个老布勃诺夫的姨太太引诱列克谢和她私通。她是一个年轻姑娘,她和老头子在一起感到无聊……"

马特维蓦地红了脸。他偷偷看了后母一眼,只见她紧闭着嘴唇,眼里闪耀着一种陌生的锋利的光芒。萨韦利·科热米亚金和善地说:

"这个列克谢立刻报告了老爷。老爷把她叫来,吩咐道:列克谢,忠心的奴隶,你揍她!列克谢一直把她鞭打到晕厥过去。我问他:'怎么,你不喜欢她?'他说:'不,我喜欢她,她长得很漂亮,性情也温柔,我总是想:老爷要是把她给我该多好!'我问他:'那你为什么要告发她呢?'他说:'既然她是属于老爷的,那怎么能不告发呢!'"

老人从桌边上把身子朝后一仰,哈哈地笑起来了。

"从那时候起我就觉得他讨厌,开始无缘无故地挑他的毛病。我明白这是无理取闹,但是我忍不住,一看见他,就无缘无故地叫嚷起来。而他只是眨眨眼睛,鞠着躬,那副样子真叫人受不了!这种人非常有害:他们会放纵你的兽性,给予人们心中的恶魔以充分的兴风作浪的机会。他似乎很温顺,但是你不由想打他的耳光。我把他赶走了。我对他说,列克谢,愿上帝保佑你,你走吧,我跟你合不来,你会毁了我的心灵的!这号庄稼人我们这里太多了,这种人是很久都不会死绝的,很久都不会!他会给自己找到一个主人,他没有意志。意志是内在的!但是他很温顺,他在生活中害怕担负责任,他需要一个人替他向上帝和沙皇负责,他自己除去挨打以外,不愿担负什么。他宁愿居于这样一个地位,使他可以在末日审判时说:这不是我自己做的事情,是别人强迫我做的。这种人太坏,你应该躲开他!"

老科热米亚金就这样闪耀着锐利的、嘲笑的目光,搬出许多往日的故事来教训儿子,几乎一直教训到吃晚饭为止。少年的心灵裹上了一层暖融融的阴影。父亲所讲的有关朦胧的往日的故事有条有理,听来比现在的一切更有趣。父亲那种像音乐般有节奏的言语、寓意很深的词句,以及洪亮的声音抚慰着他的心灵,使他不知不觉便把白天的事件抛到了一边。

晚饭通常是在厨房里同工人一起吃。饭菜很丰盛:最先端上的是用肉、鸡蛋、黄瓜和葱掺在克瓦斯里再加上酸奶油制成的白色的冷杂拌汤。然后是两道热菜,——面条和带着牛肉块的菜汤,或是羊肉汤和甜菜汤;然后吃浇着牛油的肥腻的荞麦饭或黍米饭,有时就着这些东西还吃一点凝乳和甜冻。遇上过节还外加馅饼,里面放些白菜、胡萝卜、葱、鸡蛋、米饭和鱼油。守斋时吃干梭子鱼和鲤鱼煮成的凉汤、燕麦粥、蘑菇汤、豌豆、熟芜菁、甜菜和糖浆芜菁。

父亲说：

"谁吃得又多又快,谁的活就干得好!"

大家都从一只又大又深的木盆里盛东西吃;规规矩矩、默默地坐在桌旁,只有普什卡里一个人像老椋鸟一样,不住嘴地唠叨。

第一匙是主人先盛,别人的手以后随着伸过去,依年龄的大小为序。大家先喝不带肉的热汤,而后才由主人用匙子在盆边上敲一下,下令道：

"一块儿都盛去吧!"

假使有人不是盛一块肉,而是两块,老科热米亚金便不管那抢肉者的年纪大小,用匙子底朝他的额角响亮地敲一下。挨敲次数最多的往往是普什卡里的皮肤黝黑、布满皱纹的额头。

人们的颧骨和两腮不停地活动着,喉核上下滚动,饿狼般的牙齿闪着光。毛茸茸的胸脯冒出蒸气,脸上净是晶莹的汗珠。大家大声地、津津有味地嚼着。他们由于疲劳而长吁短叹,把肥厚的、红色的大舌头伸出很远,舔着匙子。从桌子旁站起时,他们朝黑暗的角落不住地画十字,神灯的黄色灯火在那里亲切地眨着眼,照亮着圣母忧郁的眼睛、尼古拉布满有趣皱纹的高额和基督沉思的面容。祈祷以后,人们便朝主人鞠个躬,用压低的声音说：

"多谢您的饭菜!"

可萨夫卡却总是朝女主人瞪着一双虾眼,喃喃地说：

"吓吓!"

"是谢谢!"普什卡里朝他嚷道。"废物,谢谢! 懂吗?"

小伙子的眼睛显然很勉强地从帕拉加细瓷般的脸上移开,不慌不忙地重复说：

"吓吓,就是吓吓……"

马特维有一次听见这小伙子在院子里边走边叽咕："吓吓……见鬼!"

他似乎还把牙咬得很响。

马特维很喜欢这类规矩十足、礼节周全的午饭和晚饭,他看到人们由于饱食而迷醉,忧郁的脸变成和善的样子,在盖满油水的眼睛里现出满足的微笑,心里便觉得很高兴。他看见人们在这时候由于情感充溢而表示感激。他希望庄稼人的眼睛里永远露出善良的微笑。

这天晚上,父亲朝桌旁看了一下,皱着眉问道:

"索宗特哪里去啦?"

萨夫卡移动了一下身体,张开嘴,快乐地说:

"嘻!嘻!"

"这是怎么回事?"主人喊道。

帕拉加手里的木匙颤抖着,脸上红一块白一块的。坐在桌旁的人们谁也不看谁。马特维明显地看出大家都知道某种秘密。他想鼓励后母,他两次摸她的膝盖,她信赖地偎依在他身边。

萨夫卡不安地转动着脑袋,轻轻地呜呜噜噜叫着,打算说些什么。

"你转来转去的干吗?"父亲厉声问。

"他走了,嘿—嘿!"萨夫卡兴高采烈地宣布说。"他说,你去对老板说,我走了,不再回来了。我到河边去取水,他却背着行囊走了,嘿!"

"马克西姆走了,他随身带着行囊!"普什卡里说。"一定又出去流浪了。"

"是啊!"父亲说,想了一想,不看任何人。"竟没有告别……"

"急着要走,来不及啦!"士兵解释说。"咱这儿的人全喜欢这样……出去流浪……"

科热米亚金把匙子放下,说道:

"这是那种好动的人,我遇见过许多。听说他们作着交嘴鸟的梦。有一种小鸟,名叫交嘴。交嘴鸟靠睡梦度日,它的歌总像带着睡意:声音那样轻,那样甜蜜,虽然它的个子并不比鸫鸟小。它在十字路口大道旁边搭窠。它的梦谁也不知道,但是有些人会做这种梦。人一做到

65

这种梦就算完了！他就要各处走,到现实中去寻找他梦见的那个地方。假使找到了,便在那个地方死去……"

听到这里大家嚼得慢了,吧嗒嘴的声音也轻了些,脸色仿佛暗了下来。

"索宗特这是第三次出去了,"老人继续沉思地说。"我觉得,我们再见不着了,等他回来,恐怕我就不在了!"

厨房内的黑影显得更浓,油灯的光更亮,忧郁的圣母的眼睛看得更清楚了些。

马特维躺在床上,回想看院人难看的麻脸、淡色眼睛里那种心不在焉的眼神,以及他那贫乏而无味的话语。

"还是走的好,否则会怎么样呢？像现在这样有什么好处。最好走到天涯海角……"

马特维想象着一个孤独的人不声不响地走在尘土飞扬的、柔软的、铺满桦树黑影的大道,星星、树林和深远空旷的远方沉思地望着他——在远处的什么地方隐藏着一个诱人的梦。

父亲不久就出门收麻去了。他走后第二天的清晨,马特维被窗下花园内的歌声所惊醒。

> 妈妈,小鸟在朝霞里
> 放声歌唱,
> 千头万绪啊,妈妈,
> 涌到了我的心上……

一个老妇的声音把歌声打断:
"静一点,姑娘们,少东家在睡觉哪。"
"他也该起来了呀！"
"姑娘们,咱们去看看小老板是怎么睡觉的！"

墙外发出窸窣的声音。马特维抬起头来,他的目光同一双不知是谁的欢快而活泼的眼睛遇到了一起。他想起后母的诺言,全身发出懒洋洋的热气,然后他把头往被里一蒙,惊恐地想道:

"菜园女工们来了……"

窗外挑逗似的笑了一声:

"他没有睡,姑娘们!"

他跳起来,跑到厨房里去洗脸,心想今天应该穿过节的服装。听到弗拉西耶芙娜的嘲笑以后,他弄了一嘴肥皂沫,简直狼狈透了:

"你瞧,你一闻到女孩们的气味,就起得这么早!要不要牛奶?"

提到牛奶使他感到羞辱,他本打算干出童话般的功绩,可人家竟像对待牛犊似的要给他吃奶!他没有回答,衣服还没有穿好,便跑去叫醒后母。他喃喃地走进她的屋子,揭开床幔,把眼睛眯了起来。

"起来吧!"他轻轻地说。

他那没有洗过的眼睛感到刺痛,泪水使眼睛模糊起来。太阳已经很高,金色的晨光像一股劲流涌进窗内,照到床上,给女人半裸的身体抹上一层鲜洁的光泽。

后母把一条大红布被子压在身下,身子像根琴弦一样挺得笔直,双手叉在脑后,好像躺在火里一样。裸露的乳房温柔地颤动着,好像正在那里膨胀。小小的、玫瑰色的乳头富有弹性地向上翘着。——看到这些,他不胜羞涩,但又不愿意挪开眼睛,那乳头使他的嘴唇产生一阵不由自主的、酥痒的颤抖。女人的脸在帐幔的黑影里,好像令人不认得了。帕拉加的眉毛耸起,嘴唇半张,鼻翼颤动,她好像要哭似的。从她身上散发出一种悲愁的气息。这种悲愁,连同太阳的光辉,赋予裸体的诱惑力以严肃、纯洁之气,使这位少年微微搏动着的血脉平静了下来,而唤起一种别样的不熟悉的情感。

马特维放下帐幔,悄悄地回到自己屋里,坐在床上,竭力想记起些什么。但是,他所想起的只是那女人的乳房——只是那楚楚可怜地向着阳光翘起的玫瑰花似的乳头。

银灰色的尘埃在阳光里旋转,窗外有人在笑,铁铲嚓嚓地响,土块落在地上发出噗噗的声音。

　　马特维走到窗前,站在窗框后面,向洒满阳光的花园窥望。锦葵的长茎在他面前轻轻地摇曳,上面长满带着露水的淡紫色和黄色的花朵。在闪光的空气中充满莳萝、旱芹和挖起的湿泥土的气味。

　　女人们俯身在畦间掘土,露着沾有泥土的粉红的大腿,包着杂色头巾的头向下垂着。她们深深地弯着晒黑的背部,好像在向前爬行,又好像一些啃着草的绵羊。她们的黝黑的手闪动着,宽大的胯股摇摆着。她们把衣裳撩起很高,有时露出很长一段光裸的身体,但是马特维不去想它,好像没有看见似的。

　　那些种菜女工有时说出几句少年所熟悉的下流话,关于这种话,教堂读经员科列涅夫说过,"最好不去知道它,以免玷污灵魂这口神钟。"

　　少年忆起父亲笨重、肥胖、覆满红色浓毛的身体。他跟父亲在一起洗澡的时候,总是竭力不去看他那令人不快的裸体。现在,他把白皙、洁净、好像晴朗春日里的一小朵云彩似的后母和父亲相比,心里就对父亲有气。

　　他想起了父亲所说的玩笑话。婚后不久,父亲望着在花园里散步的帕拉加,对普什卡里挤挤眼说:

　　"好看吗?"

　　"白天还不错。"普什卡里回答说。

　　"夜里就更好啦!"父亲说,又挤了挤眼睛,"到了夜里,大概所有的女人都会更好些。"说罢,他大声地、嘶嘎地笑了起来。

　　马特维想知道女人为什么在夜里更好些。他问士兵。

　　"女人吗?"普什卡里冷笑一声回答说。"小兄弟,她们在夜里是很不同的!"但是,他又皱了皱眉头,吐了一口唾沫,很正经地解释着:"她们中间有许多女妖,能从烟囱里飞出飞进——你听见过没有?"

　　"烟囱很窄呀!"马特维半信半疑地说。

"那没关系！女人的骨头是软的。不过,你知道这种事情还太早!"他严厉地结束说。

"瞧,他在那儿偷看姑娘们啊!"马特维忽然听到身后传来帕拉加的声音。她把手放在他的肩膀上面,笑着问:"你最喜欢哪一个?"

"哪一个也不喜欢!"他回答时一动也不敢动。

他心里燃起一种模糊的愿望,想拥抱帕拉加一下,对她说些由衷的好话。

女人向窗外看了看,说道:

"那个纳坦卡·季乌诺娃长得多好看！这个女人年纪轻,无牵无挂,她的丈夫四年前上沃尔戈罗德,一去就再没有消息了。你瞧十五岁的小姑娘就给人家做填房,活像被塞进磨盘底下一样……"

他避开她的视线,默默地听着,生怕她猜到他看见过她的裸体。

他虽然心猿意马,但是很清楚地听出帕拉加今天说话兴致不高,而且干巴巴的,就像父亲有时说话那样。他和她同坐饮茶,看出她嚼着那抹了红果汁的煎面饼时,没什么食欲,她的脸色惨白,目光呆滞而混浊。

"你不舒服吗?"他问。

"不,没有什么。有点昏昏沉沉的……"

她向门外张望一下之后,赶忙小声说:

"唉,我这些天多么害怕呀！那次在吃晚饭的时候,我觉得萨夫卡完全知道我的事情了。天呀！而且,我也忽然怕起你来。莫卡,你没作声,愿基督保佑你！我一定会让你高兴的,你等着瞧吧……"

她对他挤了挤眼,微笑了一下,但是在少年看来,她的言语和笑容全是虚伪的,故意做出来的。

"我不需要什么!"他说,脸红了。

"怎么不需要,亲爱的?我知道你这种年纪的人会做什么样的梦。"

"你别说这个啦!"马特维低下头求她。

"好,我不说了,不说!"她答应着,又笑了一下。但是沉默一下以后,她又很自然地平静说:"你犯点小罪孽对于我是有利的:你知道我点秘密,我也知道你点秘密,咱们俩谁也不欠谁的!"

还没等到马特维说出什么话来回答她,她就一面呜咽流着眼泪,一面像老太太作祷告似的开始小声说:

"我一整夜,直到早晨都没能合眼,老是想:他到哪里去了呢?他年纪已经不轻。胁部有刀伤,两根肋条断了——他给我看来的。他住在这里,不受什么委屈,生活倒很平静。他在世上没有什么亲人,到哪里去呢?唉,莫卡,我对不住你爹,对不住他!但是,我的亲爱的小宝贝,你知道,一个年轻女子和一个老头子住在一起多么可耻,这有多不好,多么愁人——这滋味真是说也说不出来!你很聪明,我比你笨,不过我要给你一个小小的忠告:将来你要是一看见妻子不爱你,顶好快放走她……放走她……"

她突然举起双手,垂下眼帘,露出孤立无助的样子。

"唉,你年纪大一点就好了!"

"我全都明白!"马特维说,手轻轻敲了一下桌子。

"哪里的话!连神甫都不会明白一切的事情。你应该明白这一点:索宗特虽然并不年轻,但是他是一个特别的人!你爹讲掌故讲得很好,但是索宗特讲的时候,你简直就像看见天堂的花园一样!"

"难道他很会讲话吗?"马特维疑惑地问。

"他就是用这个把我迷住的!"女人热烈地回答着,连她的肩膀都发红了。"他很会说话,你听多长时间也不厌烦!我到澡堂后面,桦树底下去找他,他像抱小孩似的抱住我,就讲起来了,讲各种城市,各种人物,还讲自己。我不知道上帝是怎么保佑我的,我总能在你爹还没醒的时候跑回去,往往是他赶我走,说:你走吧,到时候啦!要知道,我什么也不懂,什么地方也没去过。从巴雷梅尔到奥库罗夫,这十俄里路程我总共走过五六次,也不过如此!我的生活也只是做做梦,听听故事罢了。我有孩子才好呢!但是,长满杂草的土地是长不出麦子的……"

她哭起来了。流泪流得像是眼睛溶化了一般。要是以前,他会去抱住她,摸她的脸,安慰她一番,也许还会吻她,但是现在他害怕靠近她。

一直到吃午饭的时候,他总在她的身后走着,好像小马跟着母马一样。他的脑筋一直在赤裸的、只披着阳光的女人躯体上盘旋。

午饭时,种菜女工坐在他的对面。她们洗了脸,那被阳光晒红的额角和脸颊闪着光。她们那充血的、累得好像喝醉了似的眼睛,在吃过很香的饭菜以后,更增添了几分醉意,而且变得那样滑腻和湿润。

她们嘻嘻地笑着,互相使着眼色,不会或者不愿意遵守吃饭的规矩,她们把匙子往汤盆里乱杵,碰着男工人的匙子。这一切使马特维感到很不愉快。

纳塔利娅的贪婪的大嘴,肥厚的嘴唇,使他产生近似恐怖的感觉。她的举止比大家都活泼。她不断发出低低的、甜蜜的声音,像糖浆似的不住地流淌。所有男子都望着她,就像拴在链子上的狗盯着它们用毛茸茸的脚掌取不到的骨头一样。

这个或那个女人频频地尖声地喊叫。这时,帕拉加总很腼腆地央求她们说:

"喂,媳妇们,你们安静一点!"

"可捏得真痛啊!"女人们噢哟着回答她。

桌旁不寻常的喧哗,庄稼汉们不客气的玩笑话,种菜女工不害臊的眼神,萨夫卡瞪得滚圆的眼睛——这一切都使少年生出无名之火,他把匙子一扔,沉着脸说:

"母亲,你好好地吆喝她们一下,她们显然忘记是在吃饭啦!"

但他立刻感到很窘,垂下头,有一分来钟没有看人,并且预料人家一定会反抗他的呼喊。但是大家听到主人的声音之后,竟很驯顺地沉默起来。这时只有呷嘴和咀嚼的声音,沉重的喘气声和匙子轻轻撞在碗边上的声音。

71

马特维惊讶地望了大家一眼,而当他站起身来,看见大家毕恭毕敬地给他让路的情形,就更加惊讶了。他惭愧得脸又红了,但在惭愧之中已经夹杂着一种快感,——他很愉快地感觉到自己对人有一种威权。

他回到中午十分闷热的屋子,关上百叶窗,躺到地板上,回想父亲那对敏锐的小眼睛和大家都惧怕的那双多毛的大手。

"竟这样容易!"他心里想。"只要你喊一声,人们就会听你的——这真容易!"

他睡得很熟,快到黄昏时才醒。红色的阳光穿过百叶窗,在室内的暑气里融化开来。从花园里传来村妇们疲倦的对喊声。从野外回来的牛群哞哞地叫着。母鸡咯咯地啼鸣。小穴鸟怯生生地喊着。

他感到今天他心里产生一种新的东西,这种东西还在不断成长。他走进花园,舒展开胸膛,深深吸了一口芳香的空气,顿时感到像煤气中毒一样,浑身酥软,醉醺醺的。

他喜爱这一刹那:他觉得整个天空像蔚蓝色的海浪似的涌进胸内,阳光在血管里颤动着,蓝色的暖雾遮住眼睛,身体浸透了泥土的芳香,充满了瘫软的快感——一种与整个大地血肉相连的甜蜜感觉。

帕拉加轻微的喊声,穿过耳际温和的鸣响,传到他这里来:

"你怎么啦……哎哟!……"

他摇摇头,微笑着,向四外张望了一下,他没有看见后母,但是又听到她的喊声:

"你到底是怎么啦!"

声音是从澡堂后面传出来的。那边的阴凉角落有四株老桦树,杂色的树干几乎互相依倚在一起。

一种不祥的预感顿时控制了他,在这种预感的驱使下,他悄悄地跑过树莓丛,站在澡堂的角落后面,好像有一只坚强的手抓住了他的心。他看见帕拉加立在白桦树下,摊着双手,萨夫卡站在她的对面,抓住她的肘部,正在说什么话。他虽然在小声说着,但是由于嗓门洪亮,听得很清楚。少年最初没有听懂他的话,愤怒而鄙夷地望着后母的面庞。后来,他觉得她的眼睛也像萨夫卡那样努了出来。最后,他终于听清了萨夫卡的话:

"现在自由啦!谁有钱,谁就是老爷!谁就是主人!"

那小伙子摇撼着帕拉加的双臂,一会儿把它们劈开,一会儿又合拢来。

帕拉加摇摇晃晃的,精疲力竭地喃喃着:

"放开!你发疯了!"

"你考虑一下吧:这件事我决不叫你安静!可怜那老头子干什么?他是什么东西?你给他朝克瓦斯里撒点东西——要撒的东西我给你,你只要轻轻地撒进去就行。烤饼时放在饼里也行。也可以给他儿子吃……"

马特维明白了这话的意思,他听见过许多用白药粉害死人命的故事。天空在他的眼里发出殷红的颜色,他随手抓起放在澡堂墙边的铁锹,一个箭步跳上前去,挥锹向萨夫卡打去。

"天呐!"帕拉加尖叫一声,跑到旁边去了。

马特维又挥动一下,但是铁锹不知被什么东西夹住脱了手,接着少年的肚子上便重重地挨了一下,倒了下去。他昏迷过去,后来疼醒了,他的手指好像被重重地踩着。

他欠起身,坐了起来。一堆人挤在他旁边,使劲地忙活着,他们呼呼哧哧,挥着手,好像在磨谷子一样。在围墙上面的铁蒺藜中间露出几个人的脑袋,他们连连鼓劲,并且出着主意:

"朝他的心窝子打!"

"朝肩骨中间打,喂,自由农民!"

帕拉加俯身看着他,但是他不明白她讲的是什么,却在恐怖地看着人们怎样殴打萨夫卡:这小伙子躺在围墙旁边,脸朝下,手脚抽动着,好像在地面上游泳似的。快乐的、粗壮的庄稼汉米哈伊洛高高抬起一只脚,用黑得像马蹄般的脚跟沉重地踹他的背部。善心的矮个子伊凡跪在地上，拼命打萨夫卡的脖颈，似乎在努力用他那笨拙的红拳头砍萨夫卡的头。

萨夫卡衣服被撕破，满身染着血和灰尘，脸俯在地上嘶叫着：

"得啦……够啦……弟兄们……"

墙头上的人建议：

"怪物们，把他翻过来，朝心窝子打一下就得啦！"

有一个人郑重其事地大声说：

"有些人胳肢窝下面长的有出气孔，无论你怎样打他，他都不在乎！因为他有两个地方呼吸。"

帕拉加、普什卡里和种菜女工纳塔利娅在马特维身旁张罗着，他的头上放着一个湿的东西。人家给他水，他就喝下去，眼睛不离开那幅可怕的图画。他想说些什么话，但是由于疼痛和恐怖，不能够说出一个字。

"够了！"他终于喊出来。

米哈伊洛转身向他，同意地回答说：

"唔，够了！"

萨夫卡用暗红色的手抓住木板；顺着围墙爬去，他的血和刚掘起来的泥土混成了烂泥。他好像刚拔出的树墩：两条腿不听使唤地在地面上拖着，好像两条树根；破碎的衬衫和裤子像剥剩下来的树皮，从满是伤痕的身上往下淌着暗色的汁液。

米哈伊洛站在帕拉加身旁，微笑着说：

"累了，喝一杯水吧，老板娘！"

"伙计们！"普什卡里喊道。"把他拖到澡堂里去！这恶鬼！"

马特维的心痛得要命，手颤抖着，讨厌的痉挛掐住喉咙。他抬起哀怜的眼睛看大家，靠在后母的一只臂上，人们的话好像利爪似的在搔他。

"斯捷潘·费多雷奇。"帕拉加对普什卡里说。"不要放在澡堂里，他夜里一起来，就要……"

墙头上有人快乐地呼喊：

"啊,害怕啦,这淫妇?!"

马特维跳起来,往围观者的头上扔起土块来。

四个庄稼汉抓住萨夫卡的手脚,像拖一大袋子谷糠似的拖着他,把他的弯曲的背擦在地上,发出沙沙的声音。

"你们把他抬起来点呀!"米哈伊洛正经地说。"这样拖会把他的皮蹭下来的!"

全体工人,种菜女工,弗拉西耶芙娜,全聚在花园里。马特维看着他们,沉默着,由于非常惊异而感到苦痛;他们大声说着,笑着,互相开玩笑,看起来,他们中间没有一个人对流血感到恐怖或厌恶,对萨夫卡也没有怨恨。大家在那里嘲笑他,互相讲述他们如何用拳头打他。

"他是傻瓜,"伊凡和善地说,"甚至有点疯里疯气,真的!"

"他说自由啦,他老是讲自由。"

"是的！他年纪还轻!"

大家比寻常显得活泼些,快乐些,好像已经做完了工作,并且由于做完工作而不觉得疲乏,心里很高兴。

马特维走进厨房,弗拉西耶芙娜在那里用水为帕拉加洗着肩头和左胸上的大片抓伤,并且说：

"现在真不知道怎么向主人交代!"

"把树莓也弄断了,"帕拉加喃喃地说。

她看见马特维之后,忙把身子扭了过去,喊道：

"哎哟,你来了。我光着身子呢……"

"不要紧,"弗拉西耶芙娜安慰地说。"他还是一个孩子……"

少年想骂她一句;他咬紧牙根,走出厨房,坐在台阶上,沉思默想起来。

人们打架——这是世间必有的事。他多次看见工人们在节日喝醉了酒,互相殴打,比试力气和灵巧性。他也看见过恶斗的情景,人们像群狗似的扭作一团,就地乱滚。他们凶狠地咬紧牙齿,瞪着充血的野蛮的眼睛。这样的恶斗并不使他惊骇。但是现在，马特维看到的是，人们竟把殴打当作游戏，竟会这样一本正经，尽心竭力，而且不怀恶意地把人打得死去活来，竟会这样若无其事地在肮脏的裤子上蹭上沾满同事的鲜血的手指就算了事了，看到这种情景，马特维不由对人们产生了莫大的恐惧。

纳塔利娅撒着娇在他身边跑来跑去，把装满拔下的草的筐子从花园里挪到院子的一角，尖声叫着，活像一只温存的小狗。在这女人身后的地面上拖着一个长长的黑影，使他产生一种模糊的、不好的感情。

帕拉加走出来，坐在比马特维高一级的台阶上，把手放在他的肩头上问道：

"萨夫卡把你打痛了吗？"

"没有，"他回答说，不由自主地把身体挪到女人的脚边，望着她那忧郁、憔悴的脸。"是你叫人打他的吗？"

"是他们自己要打的。我一看见你，噢，你那时真是可怕！我就喊了出来；他马上掐住了我的喉咙，可是大家都跑来了。他们立刻把他打倒了。他欺侮我来着。可是，他还能起得来吗？"

马特维望着天空。一颗金色的星在月亮附近的蓝天闪烁着光芒。他又望了望后母的圆脸，问道：

"要是他们说打死他，我给酒喝，他们会打死他吗？"

帕拉加叹口气，回答道：

"会的。"

家人请他们进去吃晚饭。一个肥胖的白发老太婆（绰号叫作"活水"），详细地、津津有味地讲述萨夫卡所受的伤和他怎样呻吟；庄稼汉们细心地听着她的一套恭维话，嘻嘻地笑着。

"不要紧，"米哈伊洛用内行人的口气说。"他躺到明天早晨就会好的。五年前村里的人也揍过我，那才叫狠呢！"

于是，大家争先恐后地认真地谈说往事：他们在什么地方，怎样地挨打，自己又在什么时候打过人。

"他们是凶恶的吗?"马特维想,皱着眉环视着众人。

年轻小伙子库兹马乘大家闹哄哄地谈话时,大概拧了纳塔利娅一把;她低沉地喔哟了一声,把匙子扔掉,将双手伸到桌子底下。

"滚蛋,鬼家伙们!"普什卡里喊着,用匙子很响地在那小伙子和女人的额角上各敲了一下。

大家全笑了,后母抱怨地嘟囔着什么,纳塔利娅张着嘴坐在那里,哼哼着,她显然也想笑,但是她的脸拉得很长,始终带着一副疼痛的苦相。

马特维站了起来。他想说什么,说些坚决而严厉的话,好让人们懂得羞耻和互相怜惜。但是没有找到这类词句,于是就跨过长凳,走出厨房,说道:

"我不想……"

在院子里,他紧靠着上锁的大门旁的一个墙角哭将起来,他感到愤恨、恐惧、气恼而又无可奈何。

帕拉加在那里找到了他。

"我的老实孩子!"她一面说,一面拉他进屋。"苦了你啦!这还是在家里,没出家门呐,将来在外面可又该怎么样呢?"

他偎在她的身边,恨恨地说:

"真想朝大家的脸上打几下!等着吧,等我一长大……"

他屋里的窗户开着,月光穿过片片轻云似的菩提树冠,静静地照耀着,远方有人唱着歌,打着铃鼓,而修道院里正在敲钟,铜钟发出哀怨的声音。

帕拉加坐在窗前,仍旧握住马特维的手。他靠在她肩上,倾听着她那沉郁的话语,稍稍感到了些安慰。

"我如果是远方的人那还好,但是现在大家全知道我不过是个被糟蹋过的女人,当过布勃诺夫老爷的姨太太,你的父亲是为了人家欠他的债,把我收下的。谁也不听我的话,谁也不尊重我。我在这里怎么能算得上女主人?也不大有人称我的父名。我不敢上任何什么地方去,也没有女友;也许我能找到些好人,但是你父亲不放我出门,他不相信我的良心。而且怎么会相信呢?俗话说得好:败絮残花,人人糟蹋。就连那个萨夫卡,只不过是半大孩子,竟会说:你去把主人药死!他不会对别的女人这样说,但对我却可以!个个都把我像迷路的羔羊似的看成是自己的,我闷得慌,我没有事干……"

她啜泣着,连连叹气。她把马特维抱住,把他的头偎在自己胸前,用拉长的语调重复说:

"我——闷得——慌……"

他心乱如麻,很羞愧地感到自己像早晨一样冲动,而且没有力气战胜它。他一面吸着女人肉体的香味,一面把紧闭的嘴唇压在她的肩上。

"我的亲爱的,"帕拉加小声说。"我们为什么要生下来?我们为什么活着?"

他不知不觉地向她靠紧一些,然后忽然跳了起来。她天真地问:

"刺痛了么?他把我的衬衫撕破了,我当时就用别针扣上了,还没有来得及换另一件衬衫呢。啊,我把它拿下来了!"

她俯身向着窗台,敞开了胸怀。他再也抑制不住自己,便把嘴唇贪婪地向她的胸间凑去。

"哎呀,你这是干什么?"她一面推开他,一面小声说。"莫卡,得了吧……"

她终于站起身,把他的头推开,用手掌捧住,小声责备道:

"你瞧,你刚才不还拒绝了纳塔利娅吗……"

她从窗前退到黑影里,一本正经地说:"你躺下吧,不过,可不要关门。"

"为什么?"马特维问,哆嗦了一下。

"我哪知道啊!"

她用力吻了一下他的额角,走出去了。少年发了愣,他退到屋子的一角,瞧着花边似的黑影怎样在地板上蠕动,像扭成一团团的黑蛇似的爬到他的脚边。

少年向窗外眺望，晴朗的天空闪着柔和的月光。

"应该关上百叶窗，有蚊子，"他迷迷糊糊地想。

他身子哆嗦了一下重又缩到墙边，他的房门旁有个黑影在移动，发出窸窣的声音，门轻轻地开了，蔚蓝的月光照在纳塔利娅的脸上和身上，好像要推开她似的。

女人的脸上浮现出甜蜜的微笑，这笑好像是贴在上面一般，一动也不动；她的牙齿闪着冷光。她向前伸着脖子，眼睛像两个火星似的将室内整个扫了一遍，她的目光触及床铺时，发现了角落里的那个人。于是她停住脚步，死死地盯着他，把他逼到了墙边。她像在空气中游泳似的，悄然漂进屋角，她小声说着什么，地板上的黑影像是爬了起来，抓住她的脚，扑向她的胸膛和面部一样。

"出去！"马特维大声说。

她不听，越来越走近他的身边；她身上发出泥土、汗水和枯草的气味。

"走开！"当女人离得很近，他可以打着她的时候，他喊道。他跺跺脚暗哑地唤了一声："妈！"

只见纳塔利娅急忙退出去，砰的一声关上了房门。夜色立刻像一朵沉重的乌云一样落在他身上，使他头脑眩晕，昏迷不醒了。

后来他躺在床上，嗅着醋和姜的刺鼻气味，几乎喘不过气来。

帕拉加坐在旁边，对弗拉西耶芙娜说：

"上帝把灾祸降到咱们头上来了！"

弗拉西耶芙娜用擦子擦姜，把脸扭过去，甜腻腻地曼声说道："你算他的什么母亲？你这样的岁数嫁给他都行。在乡下这是常事，十五六岁的小伙子娶年纪比他大的姑娘。没法子，庄稼人注定要干一辈子活，他总得想法偷偷懒，免得把脊梁骨老早就弄断……"

"我怎么办呢？"帕拉加不回答她的话，只是喃喃地说："我怎样才能防备人家说闲话呢？可他偏偏又病了。"

她那惊惧的眼睛发暗了,瘦削了的脸庞好像被挤压过的一样。她重重地叹口气,把耳朵贴到马特维的胸上,而他就势对着她的耳朵小声说道:

"把弗拉西耶芙娜赶走……"

帕拉加轻轻地叹了一口气,挺直身子,望着墙壁沉默好久,然后犹豫不决地轻声说道:

"他大概睡着了!你去睡觉吧。有什么事情,我来叫你……"

厨娘走后,她俯身向着马特维惊慌地、迅速地问:

"那傻瓜有什么地方把你吓着了吗?"

"没有!"少年回答,眼睛羞愧地躲到一边,带着自己也莫名其妙的骄傲补充说:"她并没有碰到我!"

帕拉加更加靠近他,极好奇地问:

"究竟是怎么回事?"

他简单谈了经过,生气地责备她:

"你干吗打发她来呢?"

"那还不知道!"她笑着喊道,脸红了。"你不是……"

他摆弄着她的手指,叹口气说:

"我以为你自己来……"

她往后一闪,惊异地眨眨眼睛,脸更加红了。

"来和我坐一会儿,"马特维这样结束说。

帕拉加轻笑了一声,用手掩住嘴。

"天呀!我以为是……"

"是什么?"

"没什么。"

她不快地摇着头,叹了一口气。

"真可笑!"

"谁给我脱的衣裳?"马特维发窘地问。

"我们。怎么啦?"

他把被子裹到身上,站起来,走到窗户旁边。

"你站起来行吗?"女人关心地问,不看他。

"呼吸都很困难!"少年小声回答说。"让姜弄得好辣眼睛……"

窗外是一片蔚蓝的天空,月明星稀,树叶在战栗,好像要抖落掉沉重的银光。可以听见植物和小草在夜间生息的轻微的窸窣声。

两个人在窗前站立许久,没有说一句话。

"你想什么呐?"马特维终于问。

"等到你父亲一回来,"女人慢吞吞地回答说。"人们就会在他面前从四面八方向他开火了,我可怎么办呢?你给我出出主意……"

马特维因为她向他求教而感到愉快。他皱紧眉头,沉默着,不知道怎样回答好。而后,他突然出乎自己意料之外地问道:

"要是对纳塔利娅说:你去和普什卡里睡觉,她会去吗?"

"给她一个十戈比银币,她会去的!"帕拉加简单地回答说。

"这种人会挨人家骂的,"少年想了想,阴郁地说。

"会挨骂的!"女人重复了一遍,好像回声一般。然后,她小声说:"父亲一回来,向警察报告,就要闹起来,那可就要丢尽了人啦!"

"等一等!"马特维说,一面侧耳听着。

月亮业已坠落下去,树上遮着一张浓密、平整的、昏黑的帐幔;北斗七星发出黯淡的光辉,无数繁星好像往地面上撒着金粉。

透过红莓树的帐幕,澡堂的窗户发出模糊的光亮,好像有人在用黄手帕擦拭昏暗的玻璃似的。只听有个活物贴着围墙,在搔它,轻轻地呻吟着并吐着痰。

"萨夫卡!"帕拉加手抓住胸脯,小声说。

"要逃走!"马特维想到这一点兴奋了起来。"让他走吧!我们来给他开大门,围墙他爬不过去……"

"他会把你打伤的……"

但是他已经探身窗外,向花园的静寂处喊喊喳喳说得很响:

"萨夫卡,到院里去,我给你开大门,快去……"

园内的一切都静下来,随后一个嘶哑的声音回答说:

"拿点伏特加来……"

帕拉加从屋内跑出。

"我给他斟!"

马特维匆匆地穿上衣服,跑出房门,奔到大门那里。萨夫卡跪在侧门旁边,喉咙里发出湿润的嘶哑声音,吐着痰,他的头摇晃着,好像一个没有旋好的黑球,看不出哪儿是脸。

"怎么?"当马特维打开门闩的时候,他嘶哑地说。"你们刚才把我往死里打,现在害怕了吗?"

马特维把侧门打开一条缝,向寥无人迹、黑压压的街道窥探一眼;他想象着:这个被打伤的人将怎样一面流血,一面沿着街道爬去,当狗闻到暖烘烘的血的气味时,一定会醒过来,开始狂吠。

"害怕了,浑蛋们!"萨夫卡吼叫道。"假使我不怕警察,我决不走,我要……"

帕拉加跑来,把一只大茶杯递给马特维。萨夫卡嗅到伏特加刺鼻的气味,鼻孔嘻嘻响着,用手在空中乱摸。

"在哪儿?我没看见……"

夜色朦胧,大概还有浮肿,使他的身体增大到可怕的程度,手显得很大。玻璃杯沉在他手里,飘飘游游地停在和萨夫卡的脑袋平行的地方,贴到一团不像人脸的黑东西上。

萨夫卡喝了许久,一面喝,一面哞哞叫着:

"哞……哞……"

然后,他把杯子朝地上一扔,站起来说:

"喂,放我走!"

马特维敞开侧门。帕拉加把一件沉甸甸的、包在毛布里的东西塞到他手里。

"给他点钱……"

萨夫卡听到她的低语之后,奇怪地吼叫着:

"啊,给我棺材钱吗?哼,我要不是害怕……拿来吧!帕拉加,你跟少爷过日子吧!这很好。老头子咽了气,你还是女主人……"

他在侧门那里摇晃着,用手指甲搔着木头,好像跨不到街上去似的。但是他迈出大门以后,用什么东西敲了侧门一下;忽然用比较坚定和清爽的声音说道:

"喂,你们两个浑蛋,不要关大门呀……否则,他们会猜到是你们自己把我放走的,傻瓜!"

"他说得很对!"马特维想,他心里不由产生了一丝对萨夫卡的好感。

帕拉加坐在房基前的土台上,双手捂住脸,可以看到她的肩膀在颤抖,胸脯困难地一耸耸的,她在马特维眼里显得那样小,那样无力自卫,正像婴孩一般。

更夫在建造中的教堂附近干巴巴地敲着木板。他一敲完,贸易广场上就响起一阵急促的铁板声。天要亮了,蓝色天空变得越来越淡,仿佛飘离了大地。

"我们去睡吧!"马特维说,紧紧地拉住女人的手。

她那躬着身的可怜姿影,蹒蹒跚跚的步伐和百依百顺的样子,都引起他爱惜她的心情。

"累坏了吧?"他温存地说,感觉自己比她有力,比她年长。

她点了点头。马特维在父亲屋内,抚摩着她的手说:

"快躺下睡吧!萨夫卡走了是件好事……"

"是呀!"帕拉加小声回答说,开始解开衣服。

他不由惊异地环视了一眼清凉幽暗的房屋,看了看宽阔的床和床上的一堆红枕头,很骄傲地感到自己是这个女人的完全的主人。

"你是我的守护神,没有你,我真不知怎么办!"帕拉加喃喃地说,使他加强了对于力量和权力的感觉。她坐在床上,光穿着一件内衫,在深色被子的衬托之下,好像一个透明的蜡人儿似的。

他半张着嘴,凝视着她的身体的线条,已经不再害怕,不再害羞,

83

很快乐地感到血液在他的身内沸腾,头在甜蜜地旋转。

"我也怕你,因为你已经不是小孩子了,"他听到了她的低声召唤。"你越来越使我感到亲近!刚才萨夫卡说出那样的话!连弗拉西耶芙娜都说,我哪算你的什么母亲?"

马特维走到她的身边。她张开胳膊,好像翅膀一般,把他抱到怀里,吻他的额角,亲密地说:

"再见吧,亲爱的!"

……从那天早晨起,到现在已经四十多年了。马特维·科热米亚金在一生之间,每当回想起那天早晨,他那残破、痛苦的心灵里便怀着一种珍藏不朽的感情,暗暗感激命运的女神一度给予他的炽烈的感情的赠品。他也感激上帝,他曾经破坏过上帝的戒条并且为此而受到惩罚,一辈子过着困苦孤独的生活,受尽奥库罗洛夫镇的正人君子们的狠毒的唾弃。

他记得清清楚楚,当他躺在床上,由于接吻和羞耻而瘫软,但是心里充满骄傲的快乐时,一个朝霞似的女人的粉脸俯在他身上,她微笑着,哭泣着,她那暖融融的眼泪落到他的脸上,流进他的眼里,他的嘴唇感到泪水的咸味。他听到她小声说着一些好像祈祷词一样的奇怪话语。

"即使我的忧愁使你觉得快乐,我的罪孽使你觉得开心,我也永远不会说出一句怨言,我会在上帝和人们面前担当一切!你对我百般温存,使我得到很多安慰,我好心的人儿,我的小宝贝!我好像在小河里洗了个澡,你好像把我的灵魂洗净了。由于你的见爱,但愿上帝赐给你一切幸福……"

他好像被一种玄妙的魔力所迷惑,默默地微笑着,轻轻地抚弄着她的头发,找不出话来回答她,只觉得这个女人好像是自己少年时代的母亲和姊妹。

教堂读经员科列涅夫的几句聪明话,他现在记得特别清楚:

"婚姻是两个人精神的结合,目的就是要共同克服人世的一切艰难困苦。这些艰难困苦好像毒蛇一般,凶狠地、每日不断地螯刺人的心灵。"

他想把这话对帕拉加说,但是由于她自己在不停地说话,所以就舍不得打断她那像流水似的话语。

天空一片晴朗,窗外的花园洒满金红色的晨光,树叶睡醒了,颤抖着迎接太阳;树尖若有所思地,从容不迫地摇动着,好像在祈祷似的。

女人白皙的皮肤上闪动着点点的金色阳光。她吃惊地从床上跳了下来。

"喔唷,大家立刻会起来,嚷嚷起来的!他们没有看守住萨夫卡,一定会跑来喊我。你快走吧!"

她不穿衣服,显得出奇的娇小、玲珑、婀娜。

马特维回到自己屋内,躺了下来,闭上眼睛,还没等睡熟,就听见普什卡里在院里喊道:

"你这笨蛋,连自己的脑瓜也看不住,将来怎么对萨韦利交代呢?哼,你等着挨揍吧!"

少年听到父亲的名字打了一个冷战;他想起那双嘲笑的、凶狠的眼睛,撇着的嘴唇,臃肿的手上的红手指。他缩着身子,把头钻到了枕头底下。

父亲有四天没有在家,科热米亚金对这四天的每一分钟都记得清清楚楚——他具有能够深切记住一生中美好的时光的健康的、稀有的能力。

他们立刻将自己的罪孽在人前泄漏了出来:马特维总像在梦中一样,面色惨白,带着疲惫的眼神;帕拉加的如玉的面孔容光焕发,眼内闪耀着惊慌的、但是善良而快乐的火光,小嘴唇显出诱人的微肿,快乐而温柔地微笑着。她忙乱地在院内和屋内跑来跑去,竭力使大家都看见她,手掌很响地拍着自己的大腿喊道:

"啊哟,天呀,我忘记了!"

85

宽脸的弗拉西耶芙娜意味深长地、恶毒地微笑着；普什卡里用手掌使劲擦下巴的粗毛，他鼓起腮帮，阴郁地哼哧着。

有一次，晚饭后，马特维等候帕拉加的时候，听见厨房里普什卡里发出嘶哑的声音：

"傻女人！"

"傻也罢，聪明也罢，这种罪孽是纵容不得的。怎么可以和母亲……"

"和你行不行？她哪里算得上他的母亲呀？"

"怎么算不上，她是跟他父亲结过婚的。"

"恶魔！假使他们有了小孩呢？"

"你说什么，无神派？还当过兵呐……"

"呸，去你的吧！"

马特维听了这话，冒出一身冷汗。帕拉加来了，他把厨房里的谈话转告她，她的脸色也发白了，肩膀一哆嗦，垂下头去。

"弗拉西耶芙娜会说出来的！"帕拉加低声说。"是她自己怂恿我走这条路，叫我跟你要好的。她还没有死心。你的父亲有时出自好心会记起她来的……"

马特维不相信，但是帕拉加竭力使他相信自己的话是正确的。

"我有什么关系？随他们去吧，这对我倒更好些。莫卡，你不要怕。"她说着就跳了起来，把他的头拉到自己胸前，紧紧抱住。

"只要人家不碰你就好，我是时常挨打的，这对我并不稀奇！怕什么，但愿不会吃官司……"

她沉思了一会儿，又继续说下去，而且快乐了些：

"莫卡，普什卡里竟会说出这种话来吗？亲爱的！这话很对：我哪里像你的母亲？只大五岁！至于说到结婚，这算什么结婚？只是到教堂里去了一趟，并没有举行任何仪式；并没有对我唱什么歌，我自己也没有哭，没有叫。凡是习惯上应该有的，一点也没有！神甫为了钱才给证婚的，再说，没有伴娘和亲属，一切全没依照我们的老规矩……"

"你等一等!"马特维说。"我害怕。我们逃走好不好？一块儿逃走吧!"

帕拉加用意料不到的力量搂紧他,吻着他的心口说：

"我的宝贝,你说出这样的温存话,愿主保佑你!"

她的眼睛向上抬起,眼内充满泪水,像带露的花朵一样,她的脸却由于心灵的痛苦而痉挛和扭曲了。

他很害怕,跳了起来。女人清醒过来,一边吻他,一边安慰他。当马特维伏在她怀里打盹的时候,她谨慎地把他的脑袋放到枕头上面,画着十字,一只手按着心口,向他鞠了一躬。

他从眼睫毛里看见她在鞠躬,哆嗦了一下,全身充满灾祸将至的预感。

早晨普什卡里把他唤醒了。普什卡里的头发比往常更加蓬乱,更显得粗硬,脸色越发黑了。

"你还躺着吗?"他说。"你不应该躺着,应该逃跑……"

"跑到哪里去?"马特维问,并不遮掩自己了解对方说话的意思。

"是啊,往哪里去呢?"士兵说,痛心地摇着头。"喂,小伙子,你这事做得可不对劲! 固然说,天性没有法子违抗,可终究不该这样做呀! 这样吧:我有一个朋友,住在离此地四十来俄里的地方,他是一个鞑靼人,"他拉着自己的耳朵说。"我写封信,你去找他,他在乡下收买鸡蛋,识几个字。你暂时呆在他那里,让我来想法子……唉,马特维,我真心疼你!"

帕拉加走进来,点了点头,站在门前,好像嵌进镜框里似的。

"她呀,一钱不值,"士兵嘟哝着,搓着脸颊,而后忽然咧开大嘴,哈哈地笑了起来,好像沼泽上的猫头鹰。

"哼,你们真该打!"

他晃了晃毛发蓬乱的脑袋,打着噎,口沫四溅,一对小眼睛隐在密网似的皱纹里。

"听着!"女人喊,身子向上挺得像琴弦一般。

一个沉闷的声音顽强地从园内钻进窗内,越来越近,越来越急促而且明晰。

"兴许是他?"普什卡里慢吞吞地说。"唔,孩子们,等着受审吧!"

马特维觉得有一个看不见的、强有力的人,用一只冷冷的手抓住他的头,用另一只手抓住他的脚,使血液凝住了,身体拉得很长。帕拉加朝他不住地画十字,喃喃地说:

"上帝怜悯罪人……上帝怜悯……"

马特维不梳头发,也不洗脸,匆匆穿上衣服,跳到院内,恰巧在这一瞬间,父亲驱车进了大门。

"你们好吗?"马特维听到了嘶哑的声音。然后,魁伟的、满身灰尘的、脸被太阳灼焦的父亲俯身看着儿子,惊慌地问:

"你这是怎么啦? 不舒服吗?"

后来在马特维的房内,普什卡里比画着双手,对父亲说了好半天话。父亲坐在床上,穿着长褂,不戴帽子,帕拉加跪在门旁,耷拉着肩膀,垂着手,也在说:

"你打我吧……打吧!"

老人那张又大又红的脸上发生了奇怪的变化,两腮鼓得像面团似的,眼珠和眼白融化成了两块混浊的、灰绿色的斑点,胡子哆嗦着,红红的手揉着帽子。他把一只脚朝帕拉加那边移动了一下,吼叫道:

"你滚开,畜生……"

他站起来,把衬衫的领子解开,走到门前,用拳头打女人的头,用脚把她踹到了一边。

"你跟我走,斯捷潘!"他说着从她的身上跨了过去。

普什卡里也走了出去,把门紧紧地掩上。只听见老人拖着沉重的脚步,走进自己屋内,把衣裳朝地板上扔,打开窗子,把椅子弄得轰隆一声。

父亲走后,儿子的心里轻松些,明朗些;他俯下身,摸了摸帕拉加的头。

"别这样,不要碰我!"她怯生生地往后一缩,小声说道。

但是,他坐到她身旁的地板上,于是两人都呆然不动地等待着。

在这以前所发生的一切并不像马特维预期的那样可怕,但是他感觉到,这更会增加将来某一时刻的苦味。

整幢房子充满了难堪的寂静和怒气,投进屋来的黑影令人窒闷。那天的景色是多彩的。利亚霍夫沼泽上飘着一块灰蓝色的浓云,有些茸毛般的灰色云朵,不慌不忙地从那块浓云上挣脱出来,偷偷爬向城市,它们的黑影掠过房屋和树木,不但在院子里爬,而且不声不响地钻进窗户,落到地板上。仿佛房屋吞掉了黑影,使屋内充满了黑暗和恐怖似的。

过了许多难挨的时间,才听到薄薄的板壁后面清晰地传来士兵的话语。他大概故意说得很响,并且说得活灵活现,好像亲眼看见马特维如何扑向萨夫卡似的。

"他被打得很厉害吗?"父亲哑声问道。

"马特维说肚子不好受,他说肚子痛得很……"

帕拉加很高兴地小声说:

"亲爱的,他说这话,是为了叫你父亲别打你!"

"他躺在床上不能动,"普什卡里振振有词地说下去,"她昼夜守在他的身旁。这小伙子虽然受点伤,但是身体还和父亲一样结实。举动显然也和你一样。真称得上是老板的儿子,说一不二……"

"你甭给我替她辩白,纵容姑息!"父亲吼叫着。"她是他的什么人?你忘记啦?"

"可不是!"士兵喊道。"她二十岁,他十五岁,就是这么个亲属关系!"

"哼,你走吧,去! 去叫她来,至于莫……儿子,你叫他到花园里去。"父亲嘟哝着。

"还有件事……咱们得找一个看院子的……"

"以后再说!"

"我说,我倒认识一个鞑靼人,他家离这儿有四十俄里……"

"我说了以后再讲!"

"你派我去叫他来,让马特维也跟我一块儿去……"

"你应该为他祈祷,莫卡!"帕拉加很严肃地说,她抬眼望着上方,无声地翕动着嘴唇。

马特维听得很清楚。

"好吧,"父亲说。

"我不去,我不想去,"马特维小声说。

"亲爱的!"

"我明天就去!"士兵提议说。

"最好今天!"父亲说。

"不行,今天忙不过来!"

"普什卡里!"

"什么?"

"事情不妙呀!"

"怎么不妙?"

"城里会传开的……"

马特维不由自主地说:

"他怕别人知道!"

"怎么能不怕呢?"女人叹了一口气回答说。

"真是的!"普什卡里喊道。"这风言风语有什么稀奇?你最好把厨娘的舌头系紧点……"

"你们应该把萨夫卡打死,夜里往沼泽里一扔……"

"那自然再好不过了。唔,我走了。萨韦利,你要记住,俗语说得好:可靠的教训不是拳头,而是爱抚!"

"你去吧!"老人喊道。

开门了,普什卡里挤了挤眉眼,对帕拉加大声说:

"到老板那里去!"

然后，又俯下身子低声说：

"傻瓜！你应该穿得厚些。怀里填上一点柔软的东西，小呆子！"

帕拉加冷笑一声，抱住马特维的头，默默地吻了一下，就走了。

士兵拉住马特维的手。

"走吧！"

"他会打她吗？"少年忧郁地问。

"会打几下的，"士兵回答，然后又安慰说，"不要紧，她是个年轻媳妇……女人的身子是空的，可以随便打！男人身体里挤得满满的，女人身体里面有的是地方。就像一个鼓……"

束手无策、一筹莫展的马特维走进花园，仰卧在苹果树下面，望着天空。远方雷声隆隆；像烟雾般的乌云，一片片急驰着，互相追赶；空中刮着湿润的热风，拂动着树叶。

"轰隆隆！"雷懒洋洋地响着，好像受了潮一样。

琐细、晦暗的思绪恰似阳光下的蚊蚋在科热米亚金的头脑里乱糟糟的盘旋不止。奇形怪状的云彩在天上接连不断地、一本正经地向南方移动，有的像蓝烟笼罩的干草堆或银色的麻堆；有的像个大脑袋，满脸胡子，没有眼睛，张着大嘴，竖着耳朵；有的像一群灰色的狗；有的像连根拔起的树木或者拖着长袖的破旧皮袄；有的低垂地面、有的则像数九寒天的烟囱中冒出的蓝烟，被风拉得长长的。

马特维此时觉得帕拉加比父亲更亲，更可贵。他的所有的细微的想法，都在这种情感的周围盘旋着，像夜里的灯蛾围着火盘旋一样。他竭力回忆老人和蔼的笑容，回忆他所讲的有趣的往事，以及从普什卡里那里听到的父亲的一切善行，但是，任何东西都不能够遮盖和熄灭帕拉加的慈母般的爱抚的目光。

替她担忧的心情折磨着他，使他的心收缩了起来，他感到喉咙发干，火辣辣的。他觉得仿佛从地下生出许多针芒似的，刺痛着他的脊背和后脑，撕裂着他的身体。

他忽然看见了帕拉加：她披头散发，从花园侧门走进来，像醉汉一样摇摇晃晃,慢吞吞地向澡堂那里走去;她用手指梳理着散乱的发辫,捋下被拔掉的头发,不慌不忙地把它绕在左手指上。她的面色白得发青,那副可怕表情使她的脸庞完全变了样,眼睛像瞎子似的看人。她轻轻地咳嗽着,右手在空中不住地转动,把头发绕在手指上面。

马特维顿时冒起无名之火,霍地从地上跳了起来。

"痛么?"

"没什么!"她严肃地、简单地回答说。"你现在……"

她的身子晃了晃,抓住他的肩膀,一面喘着气,一面小声说:

"你不要一个人去,要带普什卡里一块儿去!他一直用剪刀扎我的肚子……大概怕有孩子……"

"让他也打我好了,"马特维喃喃说着,拔腿就走。

他好像被烧伤了似的懵懵懂懂闯进屋内。父亲正躺在桌旁长椅上,他也没看见父亲的脸,便挥动握紧的拳头冲着那黑乎乎的身体扑去。

"你也打我吧,喏,打吧!"

他说罢便不作声了。好像头上遭到一下重击似的。父亲的背靠在桌子边上,左手搭向后面,用指甲搔着桌子,同时伸出肥厚的深色舌头给儿子看。他的左脚在地板上蹭来蹭去,好像在寻觅垫脚的地方,另一只手沉重地垂下来,像乞丐一样可怜巴巴地弯着手指,右眼模糊而发红,似乎是死的,里面充满了血和泪,左眼内燃烧着绿色的火光。老人痉挛地抽动着嘴角,鼓起腮帮,大口喘着气:

"啊噗,噗啊……噗啊……"

马特维从屋内跳出,正撞上弗拉西耶芙娜。

"瞧你!"他听到她喊了一声,接着立刻又听见她的大声尖叫:

"天呀!杀人啦!把父亲给杀啦!……"

此后的几个小时混乱异常,烦闷已极,是那样不慌不忙地、连续不断地折磨着人的心灵。

普什卡里飞奔过来,好像发生火灾时在灰色烟云里的一块烧焦的

木头。他掐住弗拉西耶芙娜的喉咙,摇晃她,喊道:

"什么杀人了,我揍你!"

"亲爱的,地板上有血呀……"

"那是帕拉加的,不是他的!应该把你们这种妖婆扔到水里去!"

帕拉加一手扶着门框,说道:

"不要管她啦!快去找神甫,请医生……"

父亲躺在床上,眨着左眼,在他那放大的瞳孔里始终闪烁着惊骇万分的火花,他的手指一直在往空中乱抓,捕捉某种看不见的、不能到手的东西。

工人们在院子里,厨房里,以及各屋子房间里,手忙脚乱地跑来跑去。马特维手里拿着一些破布和瓶子,踩着湿地板,跌跌撞撞地从这个角落跑到另一个角落,而后他帮着帕拉加解开父亲的衣服,但是,一看见父亲的半个身子发青,一动不动,手摸上去感觉软塌塌的时候,他大吃一惊,便跑了出去。

奥库罗夫镇的闪电在黑暗的天空里匆匆地发出白光,希图撕破像毡子般又厚又密的云层。夏天哗哗作响的大雨点,急匆匆地打到树木、屋顶和地面上,像是要尽快在这个没有希望的地方,洒上几滴,然后就把这活命之水送到其他地区去。雷声隆隆,树木喧响,屋顶流下光亮的水带,满院的脏水向大门疾流而去,水里翻滚着一个筒子,它撞到大门槛上,顽强地叩击着,似乎恳求把它放到外面去。

帕拉加出来了,像马似的把下巴搭在马特维肩上,然后对着他的耳朵凄凄楚楚地小声说道:

"亲爱的,看起来,我也要进修道院啦,像你的母亲一样……"

这时有人敲大门。马特维听见了敲门声,但是并不去开,也不叫任何人去开。快活的米哈伊洛从货房里跳出来,像小羊似的在泥坑里跳跃,打开大门,把一个矮小的黑衣神甫和高大的、红发的教堂读经员放进院子里来。神甫撩起法衣,像女人撩起长袍似的,他大声嘟哝着:

"既然请了教堂的神甫,却不给开门!真胡闹!"

他进屋以后,米哈伊洛美滋滋地咯咯了两声,把衬衫的腰带一解,便在雨地里跳将起来。雨点打着地,他抖着衬衫的下摆,赤着背,呜呜地叫着:

"呜,呜,呜!喔唷!喔唷!"

这看来十分有趣,马特维也不禁想跳到雨里去。但是,米哈伊洛一看到他,便立刻规规矩矩地向货房走去。

"父亲快死了!"少年提醒自己说。但是他扪心自问,觉得最强烈的愿望还是留在帕拉加身边。

雨停了,乌云停在城市上空,不时地闪耀着远方雷电的蓝光,它们哆嗦一下,把最后的几个水点洒到肮脏的地面上。乌鸦叫着,夸奖这阵雨水。

又有人久久地叩着门上的铁环,踢着侧门,货房内发出低沉的争论声:

"你去开门呀!"

"我给神甫开过门了。"

"我也会给神甫开门的……"

"你去,伊凡!"

"亚基姆,你去!"

干瘦、笨的亚基姆爬出货房,瞧了瞧水洼,绕过一两个,可恰恰踩到了第三个水洼的正中央。于是他便不慌不忙,干脆不再绕过泥泞,径直向大门走去。

一个高身材的人,戴着有帽徽的帽子,穿着可笑的哥萨克式灰色上衣,散腿的条纹裤子,问道:

"病人在这里么?"

亚基姆想了一下,摸了摸自己的肚脐,回答道:

"您说的是老板吗?他还能到哪儿去?就在他屋里。"

"蠢货,"戴着有帽徽的帽子的人简简单单地说了一句。

马特维烦恼地吸了一口气,感到灰色的密云正要把他吸到云堆里去。

"怎么样?"普什卡里突然从马特维身后走来问道,他拍拍马特维的肩膀,安慰说:"不要紧!这是中风。我们军队里有个泽梅尔-鲁阔夫大尉,在检阅时中了风。倒在地上,就完蛋了!"

"死了吗?"马特维问。

"可不是?当然死了!"

"爸爸也会死吗?"

"怪人!"士兵苦笑了一下,向旁边看了一眼。"他,我,你,都会死,生活就是这样!干完了事,把腿一蹬!"

马特维沉默了一会儿,用责备的口气小声说:

"他把帕拉加毒打了一顿。"

"嗯,看得出她是挨了揍。"普什卡里表示同意。"他不能不这样,因为他觉得太可惜。他这老鬼对于女人醋劲很大!他这个红毛山羊很难过!"

士兵不快地皱起眉头,啐了一口痰,一只脚用力把它擦干,然后又很和蔼地说:

"不要紧,她是头强壮的母猪!"

马特维向四外看了看,小声问道:

"你可怜我爸爸吗?"

"我跟他待惯啦!"普什卡里说着,叹了一口气。"我和他处得还不错,和和睦睦的。彼此尊重。孩子,交情不像蘑菇,在树林子里是找不到的;孩子!它是长在心里的!"

他像仙鹤似的高高地抬着腿走了,他坚定地踏着泥泞,脚下哗啦啦直响。

马特维留在外屋,一面在想:

"他总讲父亲的坏话,看不起他。但是又可怜他……"

帕拉加又出现了,带着含有歉意的笑容说:

"我再也站不住了……"

95

他把她领到自己屋里,当她躺到床上眼向上翻的时候,一种熟悉的热乎乎的咸味使他垂头丧气地离开了她。萨夫卡挨打以后,身上也发出过这种气味。

"我不该躺在你这里,"她喃喃地说。"他把我狠狠地踩了一阵,许是把我的内脏踩坏了。"

马特维看了她一眼,忽然十分明显地意识到她就要死去,她那苍白得不像人样的脸,塌陷的眼睛,以及像是贴着什么东西的发青的嘴唇,都说明了这一点。

他默默地把头拱进她的怀里。帕拉加呻吟起来,用干燥的舌头舔了舔嘴唇,以勉强听得出的小声请求道:

"你把脑袋抬起来,我喘不过气来……"

后来,马特维和普什卡里并排站在他父亲的床前,病人拉着他的手,闪动着绿色的眼睛,努力挤出几个字:

"普……普什……"

士兵用手指着自己胸脯问道:

"叫我吗?"

"马……"

"马特维吗?让我照顾他,是不是?这个我知道。萨韦利,这件事你不要……"

但是老人摆着手,发出咝咝的声音:

"把……把……帕拉……送……修……修……"

"好吧!"普什卡里说。"我知道!修道院。"

老人推开儿子的手,抓住胸口,发出哼哼、咝咝的声音;他艰难地转动着舌头,拍着自己的大腿,然后又用带汗的粗手指去抓儿子。

他左面的一半身体似乎竭力要和右面的一半脱离,而右面的一半正用一只呆滞的眼睛平静地望着天花板。马特维觉得可怕,但并不可怜父亲。他的眼前浮现出一张女人的白皙的、消融着的面庞。老人的声音使他联想起了在煎锅里炒蘑菇时发出的嗞嗞声。

神甫站在窗前,对医生说:

"我最爱吃鲶鱼,你知道,我甚至在梦里都常梦见它……"

身材高大的教堂读经员站在时钟前面,用手去刮布满苍蝇屎的黄色字盘。苍蝇是蓝色的,非常大,不断地在屋里发出嗡嗡的响声。烦闷好像浓胶一般,把周围的一切牢牢粘住。一切都好像服从于某种人无形的力量似的,静止了下来。

这样过了阴霾多雨的四天。第三天,中风病又发作了。第五天早晨,这位体态臃肿,满头红发的萨韦利·科热米亚金便死掉了。谁也没有看见他到底是在什么时候死的。在床旁守着他的修女到厨房去喝茶了,普什卡里跑来替她。老人躺在那里,把头藏在枕头底下。

"我说,"士兵后来讲,"'你干吗躲起来呀?'我说这话,好像在跟他开玩笑!我说:'你不要躲起来!'我稍微把枕头掀开一看,他已经完了,灵魂已经出了窍……"

马特维面对死亡感到难以忍受的恐惧,他一方面怜惜父亲,一方面替帕拉加担忧,因而痛哭起来。

她起不了床,辗转反侧,发着高烧,说着胡话,肚子胀得越来越大。马特维不止一次看见屋角有一些沾有浓黑血迹的破布。这些天他总是闻到它那重浊而醉人的气味。

女人偶然清醒时,很抱歉似的望着马特维的脸,小声说:

"唉,我竟病得这样久!占用了你的屋子。你在哪里睡呢?你睡得好吗?"

父亲的葬礼十分隆重,全城的神甫都到场了,还有一个唱诗班,唱诗班里有一个消防队员、姓克柳恰廖夫,头很大,剃得光光的,一撮尖胡子,呈黑蓝色。他唱得比大家都响,一路上总带着令人不快和沮丧的好奇的样子望着马特维。

小科热米亚金仔细听了一下人们私下里心平气和的议论,不胜惊异地发现,对于父亲竟有不少好话。

"死者骄傲而且倔强,他有这种缺点!"老人赫里亚波夫说,他在马

97

特维后面走着。"但是心地也很好:每星期六都给罪犯送面包圈……"

"罪犯们——是的！他们跟他很亲近……"

"复活节送鸡蛋和奶渣,圣诞节送肉……"

赫里亚波夫一一列举了死者的善行之后,表示忏悔地说:

"至于说他不尊敬人,那倒应该说一句公道话:咱们做了什么可尊敬的事呢？当然,咱们要过日子,可过日子并不需要咱们特别取什么巧……"

有人嘟哝着:

"咱们不知道,在弥留的时候会有多少魔鬼围住咱们的病榻……"

同马特维并排走着的是高得好像椋鸟巢似的普什卡里,他穿着从来没见他穿过的深绿色制服,领口和袖头都镶着边,胸前是一排铜钮扣,腋下有一块大黑补丁。他有时回过身,举起一只手,严厉地命令着:

"安静点儿！"

大家都听他的。

当沉重的棺材开始沉入奥库罗夫的灰色砂土地里去的时候,黑胡子的消防队员便张开他的血盆大口像放枪一般吼了起来:

"永恒的……"

马特维倒地痛哭,脑袋撞在不知谁家的坚硬、光秃、只生着几根青草的坟头。

普什卡里紧紧地抱住他,把他的脸颊压在铜钮扣上。士兵流着热泪,对着马特维的耳朵断断续续地说:

"不要紧！挺住点儿！孩子,你听我的！有我呐,老弟,我不是在这儿吗！"

一路上,直至走进家门,他都在毫无顾忌地踏着奥库罗夫镇上的粘泥,喃喃地说着:

"他做了一辈子的司令官,是的！他！假使在别的地方,他会干出一番事业来的！他是热心工作的！他买下这所房子之后,大加修理,这个红头发的、厉害的家伙！他砌炉子,上房盖,彩画,木工——样样都会！你瞧,他开辟了一个多么好的花园:树木有多美,一个虫子也没有,树皮干干净净,也没有树癣！修女们常到他这里学习园艺,——他是内行,能手！老弟,你要是能够教人家做好事,你就有价值了！他常说,不单是花草,连人也要为大地增色添彩。这话很对,他打铁,跟老婆亲嘴,样样都不耽误,我常开玩笑说:萨韦利,那边有片树林,你去把它砍下,在晚上以前砍完它！老弟,我们活得很正当,很不错！你也应该这样生活下去;跟人们斗,可是也要推心置腹……"

少年回到家里时,很羞愧地感到他非常想吃东西。他看见丧筵不会马上开始,因为工人们还留在墓地栽十字架,而且乞丐来得也还不多。于是悄悄地从桌上拿了一块用细面粉烤的面包,然后走进花园,藏在澡堂的更衣室里,匆匆吃掉它,怀着做了错事的心情来到了院子里。

他初次看见有那么多人注意他。院内摆了九张桌子,弗拉西耶芙娜和纳塔利娅在厨房里烙饼,窗内不断传出牛油煎烤时的嗞嗞声,乞丐们频频地向窗内窥望,急切而贪婪地用鼻子嗅着。他们有好几十个,有身体完好的,也有残废的。他们全是那样不声不响、灰溜溜的,他们碍事地呆在院子里,到处乱钻,使马特维觉得他们像虱子那样讨厌。院子里满眼都是褴褛的衣衫,充斥着像无数的猫儿打呼似的人声。马特维到处看到的都是讨好的笑容。闯入耳际的也尽是喊喊喳喳对他表示同情,夸奖他年轻、俊俏和衣服整洁等低声细语,以及轻轻的祈祷和声声叹息。他发现那些凶狠而贪婪的眼睛一触及他便露出驯顺、忧郁、和蔼的神色,这种过于明显的虚伪使他感到恼怒,因而垂下头去。

灰白、龌龊、散乱的胡须,浮肿的、发黄的、赤红的面孔,灵巧、警觉的手(手指上似乎长着看不见的眼睛)——这一切活像上帝的儿子驶过人类苦难田地所见到的奇特景象。仿佛人们把所有的褴褛衣衫全从城内街道上扫到这个院子里来了,瓶子的碎片在衣衫中闪耀着黯淡的光芒。风儿嫌弃地吹动着这堆腐烂的垃圾。只有两三个挤到院子角落里的人，无动于衷地望着周围的一切，他们好像在不断地思索一个无从解决的重要问题。

一个肚子很大、脸上刮得精光的人走到马特维身边，他瞪着像磨破的铜板一样圆、布满血丝的眼睛。他挥动着短短的胳臂大声喝道：

  我们的歌唱终属枉然，
  手持镰刀的死神必将来到人间，
  要把我们生时的欢乐，
  打入死亡的酷寒。

后面有人匆匆地在马特维的耳边干巴巴地说了几句话：

"你不要信他，亲爱的！他不是个苦行的基督徒，而是一个官吏。他作过官，因为偷窃被革职了。你瞧，他简直就像一只臭虫。我们这里有真正的苦行僧……"

"我的老爷，"官吏大声哀告说，"请您听几首美妙的、安慰人的颂诗，这些诗是我的叔叔，著名的诗人，七等文官写的……"

但是人家把他推开，让一个高身材的人立在马特维面前。这人样子奇特，好像一张磨光的栗色旧皮子，胡乱地包住一把尖骨头似的。他的头很小，额角向前凸出，悬在眼睛上面。那对眼睛望着少年的脸，一眨也不眨，仿佛什么也没看见。

"唱一段，阿廖沙，唱支小调！"有人对他说。

他一只脚顿了顿，咕咕哝哝地唱了起来，吃力地迸出一些不真切的字眼：

  从前有个佩尔·拉斯托佩尔，
  捞得大量钱财，
  他跑遍世界各处

换到的只是座坟墓……

又有人在少年的耳边喊喊喳喳说道：

"你应该琢磨琢磨,他的话都不是瞎说的,他的话全有含义。他这个人立过大功,也是商人的儿子……"

马特维被那群身上发臭的人们团团围住,几乎喘不过气来。乞丐们忽然晃动起来,密实的人群变稀了。

"快去吃饭,没出息的家伙们!"士兵喊道。

马特维本想说他害怕乞丐,不愿意和他们同桌而食,他讨厌他们。但是他没有说出这话,而是问普什卡里:

"你干吗这样推他们?"

"不推他们是赶不走的……"

"他们会替我们祈祷上帝的……"

"多半是在酒馆里……"

科热米亚金问:

"你有怕的东西吗?"

"我吗?"

士兵擦了擦剃得很干净的下巴,犹疑不决地回答说:

"我不知道。我没有想到过这个……"

于是马特维便把他想说的关于乞丐的话说了出来,但是普什卡里皱着眉头,回答道:

"不,你克服一下吧! 得按俗礼办事。这样不好!"

少年缩了缩肩,他在士兵面前感到不好意思,后悔说了这种话。

他进去看帕拉加。她已经清醒了,不过她的腿完全不能动弹了。

"我大概很难看吧?"她抱歉似的问。

"不……更好看啦……"

她在一昼夜里憔悴得可怕:鼻子尖了,黄黄的脸颊陷了下去,露出宽阔的颧骨,发暗的嘴唇拉长了,贴在牙齿上面,很不好看。

"亲爱的,"她发出嘶哑的声音。"唉,你一个人留在世上,完全成了孤儿!看在基督的分上,你要依靠普什卡里。他虽然是个乡下人,但是为人很好!我没见过比他更好的人……我真想和他谈一谈你的事情……只要短短的一分钟……"

他很高兴有了离开她的借口,答应由他去叫士兵,便走了出去。

他叫士兵到帕拉加那里去以后自己便溜进澡堂,爬到黑暗角落的板架上面,周围净是腐烂的树枝和蒸熟的白桦树叶所发出的潮湿气味。澡堂只有一个来星期没有生火,蜘蛛就已经在所有的窗户上织成灰色的网,在角落里挂起线圈了。科热米亚金看着蜘蛛缀网,觉得他的心也像被一腔无声的思绪裹得紧紧的。

他听见弗拉西耶芙娜和纳塔利娅叫他,听见院内有许多嘈杂的声音,他觉得这很像泔水桶里漂的油点。他不禁想到旷野上去,仰面躺在草丛里,眺望那急驰的灰色蓝云朵,这种云朵是从利亚霍夫沼泽上产生的,它预报着秋天即将到来。当院内安静了一些,澡堂内暮色加重,预示黄昏降临的时候,他爬下了板架,走入园内,看见普什卡里正坐在苹果树下的长椅上面。士兵伸直两条长腿,把手支在膝盖上面,大声地打着噎,垂着头。

"唉,你究竟还是躲开了那群乞丐!"他眯缝着眼睛,开口说。"你看不起他们吗?帕拉加是活不了啦——这可瞒不过我!把她打得太凶了,老恶魔……死鬼!他什么都明白,简直像条狗。他是个少见的人!他吗?但愿主安慰他的灵魂!他的主要嗜好是女人!孩子,以前我这老公鸡也弄过一只母鸡。他偏要我给他看看!我给他看了。一来二去,竟叫他勾搭上了!"

马特维碰碰他,恳切地请求道:

"让咱们好好地安葬她,想法不要外人参加!"

"安葬帕拉加吗?"士兵喊道,他又眯缝起眼睛。"是要好好地葬她!和他葬在一起……"

"不要葬在一起……"

"要葬在一起！"士兵喊，用手画了一个很大的圆圈。"让她在阴间赶上他，和他一块站在上帝面前！上帝一定会惩罚他这红毛鬼……"

"你不要骂人，这不好！"马特维说。

士兵望望他，摇了摇头，喃喃地说：

"哇啦哇啦，自以为很聪明，其实是傻瓜！去你们的吧！"

他醉得更加厉害，摇晃着身体，好像脑袋立刻就要撞在地上，折断那个细脖子。但是他忽然很灵巧地把脚猛地一抬，看了看它们，笑着往长椅上一搭，挺直身子说：

"再没什么啦……"

"我得和他一块生活！"少年想着，向四下里望了望。傍晚时分，帕拉加失去了知觉，在老科热米亚金下葬的第五天，她悄悄地死去了。

马特维劝士兵在葬她的时候不要摆设丧筵。普什卡里好久都不肯答应，最后才让了步，给监狱送去三普特牛肉，三普特"8"字形面包和三百鸡蛋。

依照马特维的意思，把她埋在了离老科热米亚金的坟墓很远的地方，公墓围墙旁边的一个荒僻角落里，那里生长着茂密的忍冬、爬藤和深绿的牛蒡。第九天，马特维亲自割除坟墓周围的莠草，砍掉刺人的灌木，在打扫干净的地方栽了五株小桦树：两株在坟前的十字架后面，一株在坟后，坟墓两旁各栽一株。

"好啦，老弟，"士兵亲切而又严肃地对马特维说，"你现在可以完全自己主宰自己的命运啦！你可要留神！比如说，咱们那个新来的看院人。喂，沙基尔！"

一个年轻的鞑靼人从角落里的什么地方神气十足地走出来，摘下狐皮帽子，龇着牙，默默地鞠了一躬。

"就是他，鬼家伙！"士兵喊，带着赞许的神情拍着鞑靼人的背，把他转过身子对着主人，好像对待一匹新马似的。"是铁打的。嘿嘿！"

看院人借着他的推力很灵巧地转着身子，一双灰色的斜眼一直注视着马特维，露出善良、聪明的笑容。他穿着蓝色麻布衬衫，长及膝部，白色的围裙，清洁的包脚布，新草鞋，圆圆的、剃光的头上戴着雪青色的土耳其帽。他使人产生一种新颖、牢固、纯洁的印象。他的眼神严肃而又快活，脸面颧骨高耸，围在下颌上的黑色软毛把他的脸加长了一些，看来十分漂亮。软毛从耳根一直长到下巴，汇成两瓣鬈曲的胡须，露出线条分明的嘴唇，唇髭修剪得整整齐齐。

"这个兵太好了！"他朝着普什卡里挤了挤眼说。

马特维很窘地笑了笑，不知道说什么好。但是沙基尔显然了解他的困窘，伸出手来说道：

"握握手吧，老板！我们都会满意：你满意我，我满意你……"

他忽然抱住普什卡里，把他举到空中，一面走，一面喊：

"走吧，阿布泽伊①！让我看看，有什么样的木板？看看你的全部家当！"

马特维笑了，轻松地叹了一口气，然后就进城去了。

父亲在世时，他时常想进城，因为父亲不放他上街，很苦恼。他想象城市的生活一定充满神秘的诱惑和快乐的玩意。父亲虽然常教导他，说自己对人是不信任的，但是这种感情并没有深入到少年的心里去，他对城市生活的兴趣并没减弱。他在街上闲走，敏锐地、友好地观察着他一路见到的奥库罗夫风光。

他注意到奥库罗夫人全过着悠闲的生活，大摇大摆地走路，人们相遇的时候要停留很久，和和气气地谈话。

他走出大门，看见前面十所房屋以外，在空旷的街道上站着两个女人，一个挑着两桶水，另一个挟着包袱；他走到同她们并肩的时候，听见她们在那里谈着家常。挑水的女人脖子一弯，把扁担从一个肩上移到另一个肩上，叹口气说道：

---

① 鞑靼语：叔叔。

"今天又是礼拜四了。"

"时间过得真快,亲爱的!"

"再隔一天,又要和面了……"

"加什么馅?"

"按时令应该做白菜馅,或是胡萝卜馅的,可是我们那口子不爱吃……"

她们瞥了科热米亚金一眼,挟包袱的女人说道:

"太太,你到赫里亚波夫家里去,他们家里宰了一头公牛,也许肯把下水卖给你。我最爱吃肝浆馅饼!"

挑水的女人一面目不转睛地望着过路人,一面慢吞吞地回答,似乎在想别的什么心事:

"赫里亚波夫家连亲生的孩子都会出卖,他们什么也不顾忌,他们那头公牛显然是因为生病才宰的……"

她们凑得更近些,小声谈着话。她们的头上遮盖着从墙头伸出的斑驳的秋叶。一只肥乌鸦在屋顶上用独眼呆呆地望着她们。一群母鸡在道路的烟尘中煞有介事地忙活着。一些肥鸽子摇摇摆摆、懒懒地走着,往大门底下窥视,看那里是否藏着猫。马特维·科热米亚金感到人家是在谈论他,不由得加快了步子。等走到街道的尽头,他回头一看,仍看见那两个女人一边摇头,一边目送着他。

一辆干草车静静地走着,车上散出一股腐烂的气味。疲劳的马一步一迈地走着,它垂着头,聪明的眼睛注意看着道路,路上扔着许多牛骨,蛋壳,葱叶和龌龊的碎布。

车辙中间倒满秽水,扔有许多垃圾,奥库罗夫镇生活里的一切渣滓全堆在这里。只有纸片较少。当狂风在街道上追逐一片揉皱的白纸的时候,麻雀、寒鸦和鸡都觉得害怕,——它们对于这个飞奔的怪物很不熟悉。一只垂头丧气的狗在街上走着,另一只狗从门槛下钻出来,它们不慌不忙地互相嗅着,然后一只狗又往前走,另一只狗蹲在大门旁边,抬头向天,轻轻地吠着。

在蓝灰色的瞭望台上摇晃着一个瞭望员的身影。他穿着粉色衬衫,没系腰带。他的哈欠声和哼哼声都能听见。一只鸢鸟在瞭望台上面的天空里高高地翱翔,饥饿的啼鸣声声落地。燕子发出清脆的叫声,傻里傻气的牧童尼科季姆在田野中吹着笛子。修道院里发出召唤人们做晚祷的钟声。灰衣的老妇们伛着背,从各家的大门走出,画着十字,蹒蹒跚跚地顺着篱笆走去。

这全部的平静的生活,似乎是用容易褪色和溶化着的颜料在大地上画出来的,它还没有十足地打起精神,不愿坚决而迅速地向前行进,它不会笑,不知道任何快乐的言词,也感觉不到生活在明媚的秋光里,在晴朗的天空底下,在青草如茵的大地上的快意。

在射手大街上住着本城的一流人物:苏霍巴耶夫一家,托洛孔尼科夫一家,赫利亚波夫兄弟,马克拉科夫一家,施亭地方出名的勇士和游手好闲的人,高个子、鬈发的巴祖诺夫老爹。他们都冷冷地打量着小科热米亚金,勉强向他答礼。他们走在狭窄的街道上时,比其他一切市民都显得高傲,讲话声音很大,神气十足,遇到过节的日子,便坐在小花园内,或者大门旁的长椅上,隔着街道交谈。

"我有一张'王',一张黑桃皇后和八张王牌……"

"怎么?洗牌时耍了花招吧?"

"可他这个鬼竟有几张同花王牌:'爱司','王'和'杰克'。"

"洗牌时耍花招了!"

"所以我有二十九点半,他有三十一点……"

另一个地方有人喊道:

"瓦西里·彼得罗夫,你刚才为什么揍米什卡?"

"这小鬼用鞋油涂在猫尾巴上!"

大家哈哈地笑着。

节日晚上,茶炊在房屋或小花园内嗞嗞地响着。富人们全家穿得十分阔绰,紧紧围住桌子喝茶,吃新鲜的糖酱和蜂蜜。锡匙发出快乐的响声,小鸟在窗框上歌唱,人们从容不迫地谈话,热炭、油馅饼、油膏、神灯油和松焦油的气味飘荡着,在接骨木和金合欢的密网内闪耀着女孩们灵活的眼睛,她们在好奇地向街上眺望。

"我昨天做完晚祷回家,"有一个人慢吞吞地、悠闲地说,"那个消防队员在广场上,躺在泥浆里……"

"怪不得他昨天没有唱!"

"他躺在那里,衣服撕破了,全身光着,真难看。利扎韦塔,你先到别处去……"

而家长们则开始了重大的话题:

"取消包税制①以来,乡下人喝酒喝得多起来了。"

老年美男子巴祖诺夫坐在大门旁的长椅上,用流畅、精巧的言词谈着新的时代:

"也不知造了多少银钱,因此银钱也就便宜了!以前一磅牛肉只卖四分之一戈比,现在非掏三个银戈比才行!"

巴祖诺夫在城内以博古出名,而且会用各种方式来谈论:有时用说故事的方式,有时仿照言行录的体裁,有时也用诗体。

大家谈神学,悄悄地骂官僚,互相讲述白日和夜间的梦。

"我昨天午饭以后躺下来打盹,梦见了祖父……"

"先生,我昨天夜里做了一个梦,不知道主吉主凶;我从一所白色教堂旁边走过,打算脱帽,但连脑袋也从肩头摘下来了!我站住了,手捧住脑袋,不知道怎么办好。"

羽毛光滑的寒鸦在道路上勇敢地跳跃着,不怕人声,飞到院墙上叫个不停。远方的田野里发出秧鸡的咯咯声,村里有人在拉手风琴,某处有婴孩在啼哭,喝醉的钳工科普捷夫走过来,肩膀蹭着围墙伤心地啜泣着,嘟嘟囔囔说:

"我错了!是的,我错了!好,你们打我吧,劳驾!"

西方燃烧着奥库罗夫的红而无光的太阳。

---

① 指一八六三年沙皇政府取消酒类包税制。

小科热米亚金漫步浏览着这派和平的生活景象,十分羡慕这种悠闲自在的气氛,他想走到人们前面,和他们一块儿坐在桌旁,倾听这些周详缜密的谈话,——这些谈话总显示出许多细节,使你很难了解它们的总的意义。

但是正当他若有所思地从马克拉科夫家的小花园旁走过的时候,一个生着乌黑眼睛的少女,脸贴着栏杆直冲着他的耳朵:

"你这个后妈的男人——羞羞!"

他哆嗦了一下。少女向他伸了伸舌头,就走开了。

还有一次,有一个人从窗内笑喊:

"患癫痫病的人来了!"

"这是为什么?"马特维十分诧异,仔细想了一下,想起了自己晕倒的事。"他们什么都知道呀!"

他并不觉得难堪,不过对于这种不友好的态度,感到惊异,不由得沉思起来。

有一天,在巴祖诺夫家的窗外,他听见了这样的话:

"萨韦利·科热米亚金的儿子又来了……"

"他溜达过来溜达过去的干什么?"

"让他溜达吧。我们这里的猪也在街上逛来逛去的没人管……"

"我可真不喜欢这类货郎!而且是这号人……"

马特维不愿听见人家说他是那号人,便走开了。

在这条街上,最使他烦恼的是警察局局长。过节的日子,局长在窗前从正午一直坐到晚上,用长烟斗抽烟,很威严地咳着痰,向窗外吐。他把胡子剃光,从两鬓到胡子那里生着白毛,这些白毛跟胡子的黄毛夹杂在一起,使局长的脸和狗脸相像。马特维脱下便帽,很恭敬地鞠了个躬。

"啊呸!"局长回答。

神甫,官员,和打扮得花枝招展的太太们在滨河街游玩;在那里,小马特维也发现人们对他怀着强烈的兴趣。

"啊,他是这个模样!"有一次,一位不太年轻的太太说,她穿着粉红色衣裳,戴着插有羽毛和花朵的绿色帽子。一个戴着灰色帽子,穿着方格裤子的先生大声说:

"你想和他接吻吗?他可是有大葱味。"

"咳呀,你这个刻薄鬼!"

"他吃燕麦粉,里面掺大麻油。"

接着,那个穿方格裤子的人用手杖敲着围墙喊道:

"喂,小伙子!偷女人的色鬼!喂……"

科热米亚金又气又怕,急忙转到正在建筑教堂的空场上,躲进了砖头堆。

他想使自己和市民们不同,在他们心目中抬高自己,从此穿起了讲究的皮靴,并让人将父亲的漂亮衬衫为自己改一下。有一次午祷归来,他听见一个女孩子的嘲笑声:

"妈呀,他穿得多么扎眼呐!"

"简直像只火鸡。"另一个姑娘说。

他觉得所有房屋的窗户都在嘲笑地看着他,所有人的眼神都那样阴沉和怀有疑忌。有时像短促的火花一样闪烁出一个比较温和的眼神,但这是很少有的。他发现只有老太婆的眼睛才带有善意。

他爱上公鸡山,这是一个令人心旷神怡的地方。小小的房屋,用篱笆和谐地联结在一起,很温顺地站在那里,沉思地望着静静的田野和山丘,山丘上春天开满毛茛和蒲公英的金色花朵,夏天一片葱绿,好像蒙上一块古旧的、褪色的绢缎,在漫长冬天的黯淡日子里呈现银白色,柔和得喜人。在山丘后面远远的地方,是那蓝色墙壁似的"黑色云杉林",桅杆松的树梢直插轻软的灰云。孩子们在田野里快乐地游戏,从一些人家的院子里传来一阵阵木桶匠箍桶的响亮声音。

他在这里遇到了一个对头,就是鞋匠谢图诺夫。鞋匠住在一座带有单扇护窗板,板上红漆已经剥落的破旧农舍里,他常常坐在窗下或房前的土台上,捻着麻线,敲着小锤,把一俄寸长的铁钉钉进鞋后跟,咳嗽着,喘着气,对所有来往的过路人都要说上几句俏皮话。他本人终生劳碌,瘦小枯干;而他的小屋呢,窗户歪斜,屋顶下垂,护窗板上净是红色的斑点。这所小屋就像刚厮打过一场,脱了身,蹲在地上休息似的。鞋匠远远望见衣着华丽的少年,便把两手叉在胸前,开始吹起响哨,仿佛在一面休息,一面欣赏蓝色的远景。而马特维一走近他跟前,他便惊恐万状地跳起来,深深鞠一躬,故意用细声说:

"啊,对不住,请原谅,别张扬……"

或是很客气地问道:

"公鸡它想要什么,在忙什么?"

这话逗得马特维发笑,但是不久以后,谢图诺夫的话就使他在这个病弱的人面前隐隐地产生一种很不自在的感觉。

"色鬼又找好事呐!"鞋匠有一次说。

"是啊!"科热米亚金想。"我干吗闲遛呢?"

他跑到公墓去看帕拉加坟头的桦树是否无恙。其中有两棵栽后没有几天就被人折断了,还有一棵被人连根拔走了。马特维栽了一些新树,还添上株幼松,用高栅栏把坟围住,在栅栏里面放了一张长椅。

他时常到这个有接骨木和山楂树丛遮盖的、长满牛蒡的安静角落,坐在那里,回想在城内街道上所见到的一切。麻雀在他周围的树丛里喧噪,一串串的红莓果在摇曳着,黄叶轻轻地飘落,有时飞来一群忙乱的碛鹬,啄食有滋味的牛蒡子粒。他坐在那里,观看巨大的、红色的太阳怎样神气十足地落入沼泽地,用金黄和深红的颜色涂染云杉林的深蓝的、刚劲的枝条,景色实在很好。奥库罗夫镇的天空原是发白的,现在是鲜艳的红色;一团团大块灰云,被黄色和紫色的火流撕裂了,血红的火焰在浓烟里燃烧一下就熄灭了,融化的黄金在流荡着,闪着光辉。活动的锦云产生一些奇怪形象,阳光刺进它们的毛茸茸的身体,好像染血的宝剑一样。一个深黑的巨人立在天空,把红色的手伸向大地,可是一座雪白的山峰塌下来,压到他的身上,他无声无息地灭亡了。一条蓝色的蛇很艰难地弯起臃肿的身体,在云端里一出现,就掉在火海里烧光了。出现了一些阴沉的山,它们吞没光亮,把暗影投到丘陵上面。云中突然出现一个不知是谁的火红的手指,它钟爱地指着贫瘠的土地,似乎在说:

"可怜可怜它吧,发发慈悲吧。"

在西方的天空里演示着一篇奇丽的、用火写成的、关于战斗和胜利的童话,光明与黑暗在猛烈地搏斗,在东方,奥库罗夫镇外,被树林的黑链锁住的丘陵显得寒冷而且阴森,普塔尼察河盘绕在它们的脚下。河上笼罩着淡紫色的秋雾。灰色的影子罩在城市上空,它紧紧地被那些影子包围住,仿佛越来越小。它惊惧地沉默着,屏住呼吸。过了一会儿,它仿佛被人从地上抹去,投到寒冷可怕的黑暗深渊里去了。

少年一边看着秋天如炫耀它那丰富的色彩,一边思索着人生。他幻想遇见一个聪明而诚挚的人,像教堂读经员科列涅夫那样,每天晚上坦率地和他谈论人,谈论父亲,谈论帕拉加和他自己,不隐瞒任何想法。

"最好这人还有一个女儿,把她嫁给我,"少年想。

他开始注视姑娘们。这桩事情立刻被发觉了,全城的未婚夫们不止一次恶狠狠地嘲笑和羞辱他。每逢他到野外去遇见一些青年在那里作游戏时,人家多半要赏给他几句嘲笑的话:

"喂,告诉你!不要把眼睛努出来,要不然我又得来给你修理啦!"

"小伙子,你最好先到索米哈那里去。"

"他去干吗?他是个有学问的人!"

马特维从普什卡里和工人们那里得知,索米哈原是一个龌龊、肥胖的半老徐娘,她以一杯伏特加和一磅"8"字面包的代价,教给城里青年们谈情说爱的门径。

男孩子们对他喊:

"光棍儿,后妈的男人……"

他尴尬地微笑着,脸色惨白,默默地走开去,心里并不恼怒,只是非常惊奇地思量着:

"这和你们有什么相干？假使我有罪，那是对父亲有罪，对上帝有罪。你们算什么东西。"

他不理会人家对他的侮辱和嘲笑，也没有发现，他的谦恭，他那难为情的微笑，以及在城里的转悠、不善于接近人和不与人交往的习性，导致了人们以对待白痴、乞丐、苦行僧那样的宽容和鄙夷的态度来对待他。

可是他心中的那种想要理解这平和时日的愿望却不知不觉愈加坚定，这平和时日充满了慵懒的苦闷和似乎同样渗透着苦闷的难以解释的残忍。他以为假使把他所见所闻的一切，用某种特殊的方式加以分析、研究和仔细思索，将会为一切不良现象找到解释和辩解，在心灵里也将会产生某种可以立刻使他了解人们，把他和他们联结起来的内涵丰富的言词。

时常要分析一些几乎形同噩梦的现象：他清晨站在教堂的建筑工地上，看见石工们把一只黑狗扔进了石灰坑。石灰还在煮着，还在沸腾，咕咕嘟嘟地冒着泡。狗在里面烧，眼睛已经烧瞎了，它一边呛着，一边尖叫，浑身发抖拼命想爬出来。石灰坑冒着白色的蒸气和灰尘，站在坑边的工人们嘻嘻哈哈地笑着，用长搅棒打狗头，把扭歪的狗脸按到炽热的、乳白的浓浆里去。

"你们为什么把它弄成这样？"他问。

有一个小伙子，身材很小，面孔很圆、很红润，胡子上粘满石灰粉，他反问道：

"是你的狗吗？"

"不是。"

"我们只不过，"小伙子和气地笑着说，"瞧着它在那儿一个劲儿地挣扎怪可笑的！"

另一个工人解释道：

"它在这儿跑来着，跑来跑去，畜生嘛总是笨的，所以就掉下去了！我们本想把它拖出来。可它还有什么用？眼睛都瞎了。就随它去吧……"

马特维低下头,难为情地走开了:他看见正是这个黄发鹰鼻的人把狗引过去的,他抚摩它一阵,一脚把它踢进石灰坑,并对同伴们喊道:

"淹死它!"

还有,在街道中央,一个苦行僧模样的官吏切尔诺拉斯金,迈动两条短腿,向四外溅着烂泥,拼命地跑着,那样子活像一只滚动的木桶。他后面跟着一群男孩,好像小狗似的奔跑着,一面呐喊,一面吹着口哨,当他们跑到他的前面去时,又抓些烂泥,向他那松弛、颤抖的面颊上扔去,竭力想击中他那流露着惶恐、愤恨而又无可奈何的神情的眼睛。他浑身都是烂泥,泥水顺着他的肚子往下流,他的肚子一直垂到膝部,样子十分难看,他跳过一个个水洼,张着像鲶鱼般的圆嘴,一只手遮来遮去,保护着眼睛,另一只手从下面捧住自己的肚子,好像怕丢掉它似的。他那短小的身体忽东忽西飞快地转动着,他累了,小眼睛流着龌龊的泪水。

孩子们围着他蹦蹦跳跳,挥着手齐声呐喊:

"佩奇卡·切尔诺拉斯金,剃光的嘴唇!偷人家的盐巴,把老婆卖给贵族!酒馆的塞子,监狱里的臭虫!"

从许多家的窗户里都伸出一些清一色的模糊面孔,只听有人赞许说:

"这些孩子,你瞧,又在逗弄那个官儿了……"

"你们为什么要笑他?"马特维问一个生着鬈发、满脸雀斑的孩子。那孩子一面喘气,一面勇敢地回答:

"我们把他从修道院赶来的!"

"为什么?"

"不为什么!"

"你应该可怜他!"科热米亚金小声劝告,向四外看了一下。"你瞧,他多累……"

"我自己也累了!"那个追赶的少年老实回答说,用衬衫的袖口擦脸上的汗珠。

一个大些的男孩,生着老鼠般的小耳朵和尖尖的鼻子,皱着眉头说:

"假使他是真正的苦行僧,那是应该可怜的……"

还有两三个声音忙着解释:

"我们不碰阿廖沙……"

"我们只是赶他和那个'狗妈妈'……"

尖鼻子男孩向旁边一闪,双手叉腰,问道:

"你是科热米亚金吗?后妈的男人吗?"

说罢,就一溜烟似的跑掉了。

原野街的拐角上有一所火烧了的二层楼房。它显然是早先失火烧毁的:雨雪几乎已经把烧焦的木头洗净,只在缝隙和榫槽里还留下一些像坏牙齿似的、被风蚀光的黑木块和像胡须一般摇晃着的灰白的麻刀。

隔着二层的空窗框可以看见天空,房屋里边零乱地突出一些烧焦的梁架,大梁和残破的门柱;腐烂的木头上面有绿色的霉斑,垃圾堆里长满杂草,一些黑艾、荨麻和鹅观草从窗内向外懒洋洋地点着头。房屋的一面是花园,园里有烧焦的白柳,另一面是院子,院内建筑物的顶盖全已坍塌了。

在阳光明媚的日子,榫槽内的黑炭发出黯淡的光,使房屋到处都出现乌黑的鬼脸。下雨时,光滑的木头大量流着褐色的锈水。下层的窗户用木板封得很严,从板缝内可以看到彩色玻璃的阴郁的闪光,玻璃后面一片漆黑,"狗妈妈"便住在里面。

她的身材高大,笔直而且结实。她在城内光着脚走路,用温暖的灰色围巾包住头和肩,褴褛的上衣和裙子紧紧地、合身地裹住她的躯体,好像松树上的硬皮。围巾上面垂到额头,下面遮住下颚。像一双夜枭似的眼睛从围巾下面怒视着人们,一只像铁制的大鼻子呆板地隆起。她的步伐十分坚定,一前一后地挥舞着一根粗大的榛木棍子,用它来测量已走过了多少路。她用粗壮的手朝窗下叩击,若有哪个市民伸出头来,她就用嘶哑的、令人不快的声音对他说:

"施舍施舍吧!"

她后面总跟着一群狗,那是几只雄壮的老狗,它们身上的毛业已磨光,冷淡的狗脸上长着灰白的毛发,还有几只垂头丧气的雄狗,夹着尾巴,全身满是污水和泥团,它们显然已经失掉了自尊心;几只瘦小的雌狗也跟在后面跑着,用好奇的鼻子到处乱闻,而且用狡猾的斜眼观看每一个角落,此外,还有一些极端快乐的小狗在地上翻滚,它们伸出玫瑰色的舌头,很惊异地瞪着天真的眼睛,所有这些狗共同具有一种特有的并不依附于人的情感,它们总是同自己的蓄养者一块儿生活,一块儿出去行乞。它们的蓄养者时常把她得到的施舍物,当着施主的面就分给它们吃。

大家都怕她。有人说她认识妖魔鬼怪,家神全听她的话。只要她愿意,母牛就会没奶,就有老人夜里出来赶马,鸡会长出瘰疬。有人猜想,她还会借风力给人们散布疝气、疟疾、黑死病和痨病。

大家默默地施舍给她许多东西,并不说明他们这样做的目的是什么。如果有人因为记性不好,这样说:

"看基督的分上,接受这点东西,以安慰奴隶的灵魂吧……"

"狗妈妈"便低声嘟哝说:

"才不稀罕这个呢……"

于是,她就把那块东西扔给狗吃。

马特维知道她的身世。他听到弗拉西耶芙娜对帕拉加讲过:

很久以前,沃耶沃金家的一位老爷把"狗妈妈"(那时是一个小姐)带到奥库罗夫镇来,给她买了一所房屋,同她同居了一些时候,然后把她甩掉了。她剩下一个人,就成了县城官吏们的玩物,以后得了病,人也老了,她就想出一个惩罚罪孽的方法,就是一辈子和狗生活在一起,一直到老死为止。

马特维记得帕拉加曾经若有所思地小声问：

"这也许是因为她太厌恶人们了吧？"

"我的太太，你说什么话？人是上帝创造的呀！"

"但是她呢？"帕拉加想了一下问道。

"谁？"

"就是那个小姐，她也是上帝创造的吗？"

弗拉西耶芙娜开始用教训的口吻，对帕拉加解释狗、人和"狗妈妈"之间的区别。马特维听的时候，又一次回想起父亲撇嘴的神情。

男孩们注视着"狗妈妈"从远处向她那群随员扔石头，一到死胡同里、旷野上，或是一个什么角落里，他们便突然把她围住，喊道：

"狗妈妈，把护照拿出来！把身份证拿出来，狗妈妈……"

这时她便站下来，高高撩起裙子，把黄色的大腿和毛茸茸的肚皮给他们看，并且随着他们呼喊的节拍，用嘶哑的声音，说出六个字来：

"这就是身份证！"

孩子们尖声叫着，哈哈笑着，把石子和烂泥扔到她身上。但是她脸朝着他们，像夜枭般的眼睛一眨不眨，重复说道：

"这就是身份证！"

大人们有时见到这种情况，就羞孩子们说：

"怎样？看见了么？你们这是活该，淘气精！"

当她无耻地、恶狠地露出下身的时候，科热米亚金便忧郁而恐惧地闭上眼睛。他觉得所有的男孩和狗全是由这个灰黄色的、毛茸茸的、犹如城市周围那些古老、凄凉的山丘般的肚子里孕育出来的。

他每天在街上都遇见阿廖沙。阿廖沙穿着一件很长的粗布衬衫，敞着前胸，胸口挂着一个铜质大十字架。这个苦行僧弯着细瘦的身体，向前伸着干瘪的黑脖子，匆匆忙忙地满街乱跑。他右手抓住腰带，左手指头不停地搓弄摸得发光的小棒，——他好像在追寻一种谁也看不见的、经常从他身边溜走的东西。两只细弱的脚掌步履清晰地踏着便道的木板，唇干舌燥地嘟囔着：

"人们啊,当心,上帝的世界……"

大人们一面给他让路,一面画十字。男孩们撞到他时,畏惧地跳到一旁。假使他朝着他们走来,他们便默默地逃开。那个勇敢的警察安库金·切列米斯,当工人们酗酒闹事,殴打妻子,赌钱的时候,或者当他自己感觉烦闷的时候,他一个人能同时揍几个工人,可是,就连安库金也躲避阿廖沙,惊慌地眨着斜眼,把拳头藏在背后。

……在赶集的日子里,科热米亚金在市场上走来走去,倾听市民们和乡下人相互争论。乡下人身材短粗,长满胡须,恰似生满青苔的树根;小市民站在他们旁边,显得渺小、慌张,好像老鼠在被锁住的大狗的狗窝旁边。大多数的小市民并不掩饰他们看不起乡下人,只有为数不多的人装出和蔼的样子和他们谈话。他们时常进行如下的谈话:

"废物们,给你们自由反而害了你们!"

"这萝卜头怎么卖?"巴祖诺夫问。

"三戈比一升。"

"不久以前,你自己,连你全家,连你爹妈在内,也只能卖三个戈比,还没卖出去呐!"

"哈哈,瞧这个叶列梅·彼得罗夫!"小市民们哈哈地笑着。

老太婆赫里亚波娃在买菩提树皮发酵粉讲价钱时,把乡下人骂得整个集市都听得见:

"你也应该怕怕上帝,你也是受过洗礼的人,可就像个强盗!十戈比——你明白不明白,十戈比是多少钱?"

所有的市民全对乡下人的贪婪表示愤慨,常说农奴解放越来越毁了他们,对老农说话时,常管他们叫作"老扒灰的";恶毒的骂人话像蝙蝠似的在空中飞翔。在一片愤怒的毒雾中,市场上的绚烂色彩仿佛显得黯淡了。

刚开市的时候,农人们的举动很稳静,对市民们的咒骂、假意殷勤和嘲笑,几乎全不理睬;他们无聊地、懒洋洋地东张张西望望,好似在期待另一些人、另一种态度。

但是往酒店里跑上两次以后,乡下人的胆子也壮些了。他们用辱骂回答辱骂,用玩笑回答玩笑;到了中午,他们几乎全喝醉了酒,当他们和买主们争论时,就常用武力来解决了。市场管理人列斯诺夫,安库金和另一个警察莫霍耶多夫来了。他们把酗酒闹事的人们送到消防队去。几个神气十足的人威风凛凛地清清喉咙,对农人们说:

"在我们这里是会让你挨上几下的:这里是城市,不是树林!"

使马特维惊讶的是:人们的言词里竟有那么多下流话,人们竟那么随便地互相侮辱,而且对于这种侮辱满不在乎。他觉得市场的空气中充满毒辣的怨恨,大家迷醉于这种怨恨,相互间极端不信任,人人害怕受人欺骗,而每个人都想欺骗别人——好像在这里,在这小小的市场上,在消防队瞭望台和教堂钟楼之间,在低矮商店组成的半环中间,是一些彼此隔膜、互相仇视的部族聚集在一起了。他们中间好像蛆虫似的爬着一些乞丐,这些乞丐对一切都一概抱着既冷淡而又纠缠不休的态度;在喧嚣的交易声中,发出像伪善的毒蛇似的哀告声:

"行善的老爷、太太呀……"

在争论和咒骂的热潮中时常传出基督的名字。但是,这个名字没有一点生气,听起来好像一句人人都忘掉它的意义的口头禅。

在售卖匹头的店铺门前,有三个盲人坐在地上,这是三个满身灰尘的人形。他们那死板的面孔好像是用多孔石头砍成的,没牙的嘴里含含糊糊唱出一些悲戚的词句:

　　唉,我们的筋骨痠痛,
　　到了该进坟墓的时候,
　　但是罪孽不放过我们……

年轻的、高颧骨的彼得·托洛孔尼科夫捻着红色的唇髭,用低音说:

"他们求死,但还要讨钱!"

瓦夏·赫里亚波夫像一只鼬鼠,凝视着盲人们的脸,猜度着说:

"他们也许是骗人吧?"

于是,笨拙的高个子马克拉科夫——售卖圣像、瓷器和手风琴的商人,就提议说:

"你弄一把灰尘,往他们的眼睛里扔!"

瓦夏蹑着脚走过去,用路上的灰色尘土撒在盲人们的脸上。他们不再唱了。想必他们并非初次经历这种试验目力的方法,所以才那样安静而仔细地,用干瘪的、皱纹很多的手掌擦拭着石头般的脸。

老赫里亚波夫揪住儿子的头发说:

"不要做傻事,不要淘气,不要捣乱!"

托洛孔尼科夫对马克拉科夫使了个眼色,说道:

"这个瓦西里没有一点怜悯心!"

这三个人是市集上顶好恶作剧的人:他们捉住狗,把破铁桶系在狗尾巴上,笑看受惊的动物如何带着轰轰隆隆的响声在广场上狂奔,尖声吠叫。在阴雨的日子,他们用肥皂擦人行道的木板,欣赏过路人踏到磨光的地方,滑倒下去的情景;他们还系好一个包袱和纸包扔在道上,里面装满乱七八糟的东西——当谁拣起这被遗失的东西,弄脏手和衣服的时候,他们觉得十分开心。

他们喜欢连根掘起小树,折断大门旁边的长凳子腿,用石子很准确地打破椋鸟笼子,把臭鸡蛋从窗户掷进人家的房屋里。

不但这三个人喜欢这类玩意,马特维知道,所有城里的青年都有喜欢破坏的毛病。春天他们折丁香、金合欢和开花的苹果树枝;在樱桃、莓果、蔬菜成熟的时候,就把果园洗劫一空,就这样整整闹上一个夏天,一直闹到旧历八月六日为止。当园主们从折断的树枝上摘下剩余的苹果时,一面摘一面骂淘气鬼,而忘记他们自己年轻时候也干过同类的事情。

每天,在早晨的忙乱之中,在正午炎热的静寂之中,在晚上轻微的喧嚣中,不时地可以听到尖叫和哭泣的声音——这是人们在打孩子。

人们揪住孩子的头发,痛殴,毒打,打耳光,打后脑勺,打屁股,打手心,用桦树枝抽,用皮带抽。科热米亚金一点也没有受过这种待遇,所以他想起父亲时总是怀着温暖的感激和尊敬的心情。

挨打的男孩彼此取笑,他们也互相殴打。他们没有丝毫怜惜动物的感情。秋天,当候鸟南飞的时候,他们捉住许多鸣禽,放在狭窄的、龌龊的笼子里,无缘无故地折磨它们;春天,张开用马鬃结成的活索捉小鸟;鸟落入柔细的、坚固的活索内,乱跳乱蹦,折断自己的小腿,时常受伤死去。

小孩和大人一样,使人觉得他们好像搬到这里暂时居住一样,——他们一点也不爱惜这里的一切。这个城市房子很拥挤,但是有许多空地;院内几乎到处生着浓密的杂草,风把杂草的种子吹到菜园里,菜畦必须除草两三次。园内所有的果树全都蒙着一层苔藓,它们长得很慢,树干弯弯曲曲,收成也很坏。

但是,最使科热米亚金难受的是奥库罗夫人对待妇女的态度。这种态度令人可悲地暴露出人们的黑暗心灵里存在着一种可怕的东西。他感到这种东西正如龌龊、有毒的斑点一样,也会不知不觉地贴到他的心灵上面,使他脑子里想入非非,身体上欲火如焚。他观察青年们在修道院墙外的田地上游戏的时候,看见连半大的男孩也爱侮辱女孩:捏她们,刺她们,朝发辫上扔牛蒡子;在玩捉迷藏的时候,想方设法把女孩们赶到围墙旁边生满浓密高大的荨麻的地方,把她们摔到刺人的草丛里,受欺凌的女孩们的眼泪,几乎总是会引起少年们得意的嘲笑。在一切游戏里,显然贯穿着一种给女孩们以痛苦、极力表现男子体力优越的愿望。

最后这一点是特别显著的。科热米亚金起初对于奥库罗夫镇的未婚夫们那种野蛮行径曾予以谅解。马特维看见他们在女孩身边耀武扬威地走来走去,把瓜子皮和坚果皮吐到她们的衣裙上,用臂肘推挤,竭力想碰着她们的乳房,心里不禁暗笑,并且不无妒意地想:

"他们这是在表现自己的放荡不羁呐……"

女人们——姐妹、妯娌、邻人们互相争吵,她们争吵得非常起劲,带着惊人的近乎病态的怨恨;婆婆打儿媳,母亲揍女儿。她们在菜园里,隔着围墙,站在大门旁,在大街上,在市场里,在教堂的院子里对骂。鸡把菜畦刨得乱七八糟,狗吃了鸡蛋,猫钻进了地窖,忌妒邻家女儿受到小伙子们的垂青,对丈夫吃醋等等——这全部场景都被她们用尖声喊叫和难听的话语在街头搬演出来,它充满了疯狂的无耻,歇斯底里的愤恨而又污秽不堪。有时马特维觉得,城市上空不断地飘荡着病态的、烦闷的吼叫:

"啊——啊——啊……"

几乎每一个节日,在薄暮或夜间,城内不知是什么地方必定会传出一个女人的呼喊。马特维不止一次地看见一个半裸的,披头散发的白色身影在街上奔跑。他哆嗦了一下,想起帕拉加怎样把扯下来的头发绕在手指上……

但是,马特维在男子们关于妇女的亲密谈话中发现了最可怕的东西。他以前从工人那里,以及无意中从父亲对普什卡里和弗拉西耶芙娜的无耻谈话中听来的一切,现在在他面前泛滥成一个深深的、龌龊的泥塘,女人沉没在其中,害臊地裸露着,黏滞、污秽的话语像水蛭般密密麻麻地贴在她身上。

马特维听到人们关于女人的下流无耻的谈话,周身就好像围绕着闷热的阴云,压得他头昏脑涨。他有时觉得好像有一个赤裸的女人被抛置街头,人们用龌龊的靴子使劲踩她的肚子——子宫、践踏还没有生下的孩子,蹂躏还没有讲述的童话。他相信除了弗拉西耶芙娜以外,所有女人都像帕拉加那样朴素、温柔,愿意听从男人的摆布,而且对人充满恻隐之心。据父亲讲,他的母亲也是充满这种情感的。他老觉得所有女人都是他的慈母、善良的姊妹,以及像花儿等待阳光一般等待如意郎君的待嫁姑娘。

但是现在,他好像一个完全不同于她们的陌生人似的,开始怀着一种贪婪的好奇心。他以前听人讲到女人如何狡猾,如何淫荡,头脑如何简单，理智如何永远受肉体支配等等，就感觉到很难为情，而现在他却聚精会神，默默地倾听这些话了。他一望着地面，眼前便出现一个裸体女人的轮廓。

每到夜里，他感到自己已经中毒的心灵里，宝贵和善良的东西腐烂掉了，而肉体却被欲火猛烈燃烧着。他无可奈何地哭泣着，他见到心灵里每天不但不能增加，反而要减少一些东西，变得像镇外的田野一样空虚，不禁感到可惜而又伤心。

他到处感到人们的残忍。在日常生活的浊流里，这种残忍就像色彩鲜明的斑点一般，无从躲避地直刺眼帘，使少年越来越频繁，越来越温顺地回忆起父亲对奥库罗夫人所具有的非议来。

父亲满口称赞、讲得有声有色的那种生活已不存在，在这个城市里有一个名叫萨姆松的人，驼背秃头，老鹰鼻子，是用旧裤子缝制帽子的。

马特维不止一次忧郁地想：

"宁可像以前那样猜想，也不要像现在这样了解真相！"

在家里待着也很难受：普什卡里把菜园女工纳塔利娅收下，叫她代替弗拉西耶芙娜的位置。她带来一种特殊的、使大家恼火的气味。工人们争吵，打架，并且攻击沙基尔。他们管沙基尔叫"猪耳朵"，问他家里有几个老婆，她们是不是真的依照穆罕默德的法典，把身上的毛全都剃光。

他们有着用不完的捏造谎言的才能，他们对那个仪表堂堂的鞑靼人说了许多肮脏的下流话，而鞑靼人用他那双斜眼很严肃地瞧着他们，咂着舌头，声音不高，但是很恳切地说：

"啊哟，不好！太不好啦！对什么都要取笑！取笑人，取笑穆罕默德，取笑真主，都取笑了，还剩下什么呢？唉，俄国人的舌头可真不好！"

他那双泥盆把儿似的扇风耳红了起来，聪明的灰色眼睛充满了泪水。

奥库罗夫镇下雨了,驱散了干燥的空气,湿雾遮掩了蓝色的远方,清凉的水流在丘陵间奔驰,把水坑冲成了沟壑,街道上流着一片片浊水,上面布满了灰色的水泡,房屋的窗户流着眼泪,树木变得黢黑。大地好像被水噎住了一样。城市显得空虚、寂静、潮湿、颤抖,由于雨水而膨胀了;寒鸦、乌鸦、麻雀——一切有生命的东西都躲藏起来了;各种声音都受了潮,溶化了,能听到的只是秋雨的悲泣。每到夜里,就像有一个硕大、疲乏、看不见的人,在无望地祈求帮助:

"帮帮吧!可怜可怜吧……"

一个漆黑的晚晌,科热米亚金来到院子里,在潮湿的静寂里听见一个奇怪的声音。这声音很像女人在痛哭,而且像是已经哭累了一样。同时,这声音也很像沙基尔的凄凉的歌声。他在工作时,以及节日坐在大门旁的长凳上,常常唱这样的歌。

"是你吗,沙基尔?"

声音中断了,听不见了。从黑暗里可以看出看院人的匀称的身影,他走到主人跟前,摊开两只手,讲了起来,那嗓音,就像有谁的大手掐住了他的脖子一样。

"太困难了,老板!我的手不由要举起来揍这些家伙的脸!这些混账!不行,我的——再也不能忍耐啦!给我算账吧!"

他把帽子往头上一扣,用两手使劲扯了扯,跺着脚,吼叫起来:

"阿呜——阿呜——阿呜……"

少年很惭愧地低下头,找不出话来安慰比他年长一倍的人,于是,他哭了。

"我的——忍耐过啦!"他听到对方粗声粗气说着半通不通的俄语。"我的——不出声,心里想,沙基尔,没关系!我咬紧牙,向穆罕默德祈祷——什么都做啦!你给我算账吧!"

马特维满腔怒火,眼前飘荡着绿色的、朦胧的圆圈。他咳嗽一声,坚决地说:

"等一等,不要走!让我吓唬他们一下,你等一等……"

但是,他的嗓音劈裂了,像小公鸡一样。后来,他喊道:

"你应该打他们的嘴巴!"

"你的很好!"沙基尔咂了咂嘴唇说。"取笑人倒没关系,取笑神可不好啊!"

马特维到厨房吃晚饭时看了一眼鞑靼人那消瘦了的、愁苦的脸,一团怒火又涌上了心头。

"你们这些,"他说时浑身发抖,初次来感到害羞,痛痛快快地骂出一些肮脏的话。大家对他睁圆眼睛,仿佛把身子都缩回去了,这使他增加了勇气。

他休息了一会儿,平静而有力地说:

"谁再取笑沙基尔,我就辞退他!"

大家都沉默了。随后普什卡里很庄重地说:

"怎么样,鬼家伙们? 阿哈?"

年轻的主人不敢和他所骂的人同桌而食,他走进已经被十月寒风剥得精光的花园,踏着铺满落叶的小径漫步了好一会儿。

天冷了,空中满是浓密的乌云。这些浓密而潮湿的乌云遮盖住月亮和星星,熄灭了秋日殷红的晚霞。风在城市的上空飞驰,它们摇晃着树木,对着烟囱怒吼,作出即将有狂风暴雪来临的威胁。它把声音撕碎,有时刮来只言片语,有时传来某人没头没尾的呼喊。

奥库罗夫镇紧紧伏在地上,每过一小时修道院的钟声就颤颤巍巍地打破它内心的静寂;尼古拉教堂的更夫拉着一条绳子,这条绳子总想使钟楼顶上的铁叶发出两声尖叫。

铜钟发出怯生生的、凄凉的声音,——好像有人在黑夜里迷了路,疲倦地呼喊着,已经不相信有人会听见他了。惊醒的狗昏昏沉沉地吠上几声,城市就又沉入阴冷、静寂的深渊中了。

每逢节日的晚间,教堂唱诗班的克柳恰廖夫都到厨房里来。据普什卡里说,他是纳塔利娅的亲戚,士兵说时还要吐一口唾沫。

厨房里有张刮得很干净的大桌,马特维喜欢坐在桌子旁边,克柳恰廖夫在桌的一端跟鞑靼人下跳棋，他们表现出一种有趣的、严肃的神情。在桌子的另一端，士兵摊开一本账簿，一个新的大算盘，他在结算一星期的账目。纳塔利娅也坐在那里，手里做着针线活儿，她已经不像以前那样轻佻了，一对绿眼睛流露着一种善意地关注着某事的神情，风在烟囱里歌唱，蟑螂在火炉后面索索作响，户外的严寒发出哗哗唰唰的干裂声，算盘子嗒嗒地响着，沙基尔哼着小调，纳塔利娅很和善地取笑他。

起初，克柳恰廖夫显然对马特维的在场感到拘束，他站起来，哼哧一声，沉重的大眼向一边望着，然后用低沉的声音嘟哝着：

"给您请安……"

这句客套说过以后，从墙角的吊床上，总是传出一阵似是不满和疑惑的回声：

"呜——呜——呜，……"

沙基尔用手掌拍了拍自己身旁的长椅，对主人说：

"坐下！教教我！消防队员，走吧！你走到这儿吗？我的——走到这儿！"

他对马特维挤了挤眼睛，轻轻地捅了捅他的腰。

克柳恰廖夫的棋比鞑靼人下得坏。他寻思许久，把臂肘支在桌上，把手指插到一头黑色鬈发里去，用说不上是什么颜色的眼睛望着棋盘的中央。沙基尔用一只手支着腮，用喉音轻声唱着：

亚姆提——堪意达克——基拉因？
库努姆——诺处克——高迦因？

克柳恰廖夫抬起头，默默地看他一眼，然后又思索着。

"你唱的是什么，沙基尔？"纳塔利娅笑着问。

"用俄国话说就是，我要做什么？怎样生活下去？——咱唱的就是这个！"

"你们鞑靼人的歌真可笑!"纳塔利娅说,郁郁地叹口气。

马特维看了克柳恰廖夫一眼,想起这个人跟在父亲棺材后面和立在坟墓上面的时候唱得有多么安详。这位唱诗员的脸一看就会记住:一个倒三角形,黝黑的额头是底边,向左弯的长鼻子是顶点。他的脸颊上几乎长满了粗硬的黑毛,嘴唇和牙齿都被胡子遮得看不见了,马特维觉得克柳恰廖夫的心思并没放在棋子上,所以总是输给沙基尔。他等候这黑人讲出一些有趣的故事,——果然等到了。有一次歌者一边目不转睛地望着棋,一边说道:

"我做了一个梦:一个魁伟的灰衣农夫在地上走着,头顶挨着云彩,手里是一把镰刀,大约有半俄里长。他在那里割着。所有树木,村庄,全倒了。可是没有声音。"

纳塔利娅以平静的语调说出了她的猜想:

"这是要闹瘟疫,要闹霍乱了……"

"霍乱吗?"克柳恰廖夫疑惑地重复着,想了想,继续说道:"可要是忽然真地来这么一个巨人,抓起钟楼上的尖顶,朝各家屋顶上,脑瓜上栽呢……"

普什卡里不快地摇摇头,说道:

"你又在那儿胡说八道了,亚基姆!"

沙基尔摇晃着身体,笑了。

"啊呀呀! 真是瞎说一气!"

克柳恰廖夫瞪着眼以严峻的目光望了士兵一眼。

"要是真做了这样的梦呢? 梦是不会瞎说的。我有一次还梦见一条鱼,像鲶鱼,不过牙齿很大,长着翅膀飞,它的翅膀有五十俄丈长……"

"后来呢?"马特维看见消防队员沉湎在自己黑暗的梦境中不出声了,便问道。

"就是飞着。没有什么。它的影子拖在地上。人只要一跨进这个影子,就完蛋了! 有时它变成一匹马,假使它在途中遇见一个湖,它会用蹄子一踢,把湖里的水全泼到地上……"

他的话从浓密的黑胡子丛中透出来,也显得乌黑,长着茸毛,像蜘蛛一样。

"白色的鱼么?"纳塔利娅沉思地问。

"灰色的。像灰尘那样的颜色。"

"这是不是说要下雨呢?"纳塔利娅猜测着。"白的是要下雪。马,是不是说要解冻了呢?"

"普什卡里!"沙基尔说,对马特维挤了挤眼睛。"那个干鱼叫什么名字?"

"是鲤鱼,还是梭鱼?"

鞑靼人哈哈地笑了。

"就是梭鱼!鱼是梭子,消防队员是傻子。啊哟,你们真爱嚼舌头。俄国人喜欢凭空捏造;已经很没味儿了,可还要捏造!舌头有一里路长,言语是空虚的,可笑的傻子鱼!"

马特维觉得鞑靼人说出了某种真理。有一次他问克柳恰廖夫,他是哪里人,晓得唱诗员是本村的人以后深为惊异。

"我以为你是远方的人呢!"他失望地说。

克柳恰廖夫抬起三角的脸,盯着看马特维,解释道:

"我们姓克柳恰廖夫的有两个家族,一个是马卡尔,一个是格里戈里。我是马卡尔家的。"

"是吗?"普什卡里说,怀疑地冷笑了一声。"这并没有查明白。就你的命运来说,首先应该感谢国库收支员佩列科波夫。咱们镇上很难弄明白孩子是谁生的。因为穷!"

"这能说明什么呢!"克柳恰廖夫平静而又郑重地解释说。"我说这话是根据教堂登记簿的。马卡尔·克柳恰廖夫的儿子,——说是他儿子就算是吧!这对于我既没有好处,也没有损失。"

他转向马特维,继续说下去:

"我去过很远的地方。在骑兵队里混了五年。骑兵队在各处都要

127

酗酒闹事。我们驻扎在洛姆纳,那边全是乌克兰人和波兰人,什么也弄不明白!以后在平斯克也是这样。那边是一片湖沼,地方很大。也是枯燥无味。人们住得很不好,——为什么呢?往拥挤的地方钻,何苦呢?我在服役期满以后,被雇到了消防队,这似乎毕竟还有点意思。"

阴沉的话语在厨房里爬行,使大家不胜悲哀,甚至炉子后面的蟑螂也响得轻些了。

"我在儿童时代就爱灭火。同学们有时生起篝火来,我总要弄灭它,撒上沙土。"

"为什么呢?"马特维问。

"没什么。白天没有火也亮,夜里就应该黑。"

"真主的安排,"沙基尔沉郁地说,"人们不许动!"

他又朝大家看了一眼,微笑地说:

"可夜里牧马的时候,天气寒冷,到处是狼,非点火不行!"

有时,普什卡里会讲起自己在军队里服役的情形,"鞭子"、"军帽"、"子弹"、"安全信号路"、"开枪"……等等名词马特维听起来十分熟悉。普什卡里同克柳恰廖夫辩论,朝他挥舞着账簿和算盘:

"你算个什么兵,你这黑鬼!"

"可你呢?"唱诗员异常心平气和地问,看也不看他一眼。"就是会搓绳子吗?"

"这不是绳子,你这鬼东西,这是工作!每个人都该有自己的工作。一切工作全是替国家效力,为俄罗斯服务!俄罗斯是什么,你知道?俄罗斯是无边无际的;山谷,沼泽,草原,沙漠,——这一切是不是需要收拾,鬼东西?它什么都需要,我知道,我走遍了各地,它积下来的工作,够做上二百年!你去工作吧,把它整顿整顿!你应该工作得使大家都满意,那就可以休息了。这就是俄罗斯!"

"我不会去捆绑任何人,所以并不需要绳子……"

"不—不需要?"普什卡里气得扭动着身子,吼了起来。"你不想要？那么，劳驾，你说说看！是不是要让没有缆的船舶，随便乱漂哇？你是个地面上的蛆虫……"

"我是消防队员。"

"你所以干这一行，正是因为你懒！我明白你的鬼心思：我们这里每天每年失火少则三起，多则五起，而且也不大，所以你想进消防队，因为那里除了站在瞭望台上闲待着以外，没事可做……"

当他们争论的时候，鞑靼人一会儿眯起一只眼睛，一会儿又眯起另一只，像是自己在逗弄自己。马特维倾听老兵的呼喊，审视克柳恰廖夫不动声色的脸，竭力想弄清他们两个人到底谁是谁非。

"要让每个人都做好他所做的事情，这就是法律！这才能证明一个人活得正当！你工作吧！"普什卡里怒吼着，把算盘磕得山响，还用账簿、手掌敲击桌子，两脚在地上蹭来蹭去。

克柳恰廖夫不慌不忙地从胡子缝里透出话来：

"这些我统统不在乎，我只要心安就行。凡事只有一个结果：走着会死，躺着也会死！"

马特维不由想起那个快活的医生马尔科夫的心爱的歌曲：

　　神甫会死，
　　士兵也会死，
　　不死的只有
　　死神不要的！

沉重，黑暗的烦闷用它的毛烘烘的手臂抱住少年。他想躺到床上去，睡一个礼拜，一个月，整个冬天。

歌喉嘹亮的暴风雪在田野里嬉戏，用白色的翅膀掩盖住丘陵。慷慨地把镇子紧裹在华丽的雪堆中。饥饿的、冻僵了的狼群在夜间呼号，奥库罗夫的胆怯的狗恶狠狠地吠叫，和狼群相呼应。天空经常聚集着灰云，但是当深邃的蓝天闪耀着繁星的金光，颤抖着，燃烧着，溶化着的时候,夜色是美好的。雪花欢悦地闪耀着,好像要把晶莹的灰尘撒满大地,用柔软的帐幔遮住这孕育着新春万物的大地,以使它得到休息。树枝驯顺地弯下去,低垂着毛茸茸的白掌;干枝披着银霜织成的花边,闪烁着金刚石和绿宝石的光辉。教堂的十字架镀上了银色,椋鸟笼子戴着漂亮的帽子,厚发似的雪堆紧紧地躺到屋顶上面,它的边缘垂挂下来,被风雕刻得十分花哨。严寒的空气发出细微的声响,怕冷的乌鸦的庄重叫声,山雀的快乐的啁啾,莺鸟的可笑的啼鸣都轻轻地从镇子这一头传到那一头。周围的丘陵非常静寂,好像冻结了似的,奥库罗夫镇立在被严霜锻成、被暴雪铸成的银盘上面。

普塔尼察河的冰面上开始了战斗;每到过节的日子,吃过饭以后,就有一群男孩像灰色泥团似的从大雪一直埋到屋顶、在地面上看不见的后河区里滚出来。他们越过河,朝山上喊着:

"来打仗吧!"

他们穿着姐姐或母亲的短上衣,有的只围着围巾,有许多孩子穿着父亲的沉重皮靴,也有些战士没有戴帽子——头上包着手帕;多数人没有毛手套,也没有袖笼。敌军在山上等候他们;希汉人①穿得漂亮些、舒适些、暖和些,他们耻笑那群穿着破烂衣裳的孩子:

"一群蟑螂从妈妈的裙子里钻出来了!喂,你们这些女人,爬到这里来,让我们给你们打个满脸开花……"

后河区的儿童们对战斗是很认真的:他们一本正经地组成紧密的散兵线,顺着像玻璃似的山坡向上爬去,用裸露的双手抓住冻硬的泥块边爬,边喊:

"喂,咱们这边的,别垮台!别跑到前面去,不要乱吵!"

起初希汉人竭力想把进攻者抛到山下去,但这很危险:后河儿童紧紧抓住他们的皮靴,要滚就要一块儿往下滚。这样镇子里的人便退下去,让村童到达滨河街,于是一场热热闹闹的战斗便立刻在那里展

---

① 奥库罗夫镇被流过该镇的普塔尼察河分成两半,一半叫后河区,住着下层小市民,被称作乡下人,一半叫希汉区,住的是有钱有势的人,被称作城里人。

开了。

"上啊,咱们的人,上啊!"后河儿童们呼喊着,组成一道坚固的矮墙,朝敌人进攻。"打那群熊包!"

他们比希汉人瘦些、灵巧些、也勇敢些;他们的父母打他们也打得凶些,因此他们对于疼痛已经习惯了,对疼痛的感觉比希汉区里的孩子们要迟钝得多。

镇上的孩子仿效父辈的例子,用狡猾的计谋作战,他们从自己的队伍里抽出五个好的战斗员,抵御后河儿童的正面攻击,当村里人向他们强攻,自然地形成楔形的时候,希汉儿童就从两侧夹击,企图粉碎敌人。但是后河儿童已经熟知这一招:他们迅速退下来,用半环形把希汉人包围住,把他们赶到市场的广场上,挥起拳头,向他们痛击,把他们摔到地上。

广场上已经聚集了另一批孩子,等候参加作战;敌对的两军很齐整地排列着,互相辱骂和嘲笑着。

"你们吃够了拳头吧?"村里人问,因胜利而骄傲。

希汉人七嘴八舌地唱着:

> 乡下佬,光肚皮,
> 为了喝酒卖闺女……

后河人不肯示弱,回答道:

> 奥库罗夫的小市民,
> 喝汤连父母一块儿吞……

在严寒的空气里,不断响起孩子们的喊声和污言秽语。

"叫花子!"

"馋鬼!"

"小偷!"

"你们才是骗子手!"

趁对骂的机会休息一下之后,孩子们由于彼此被骂得火起,就又厮打在一起,连喊带叫,打得鼻唇破裂。现在当着大人面打架,每个孩子都想表现出自己的勇敢、力量和灵巧。

观众立在商店的披檐底下,其中有镇上著名的战士:托洛孔尼科夫,马克拉科夫父子,钳工科布捷夫,肥胖的消防队员谢瓦切夫。他们都穿着便于打斗的衣裳:轻软的、奥尔登羊皮做的半截短大衣,紧紧地束着鲜艳的腰带,手上套着上好的皮手套,老马克拉科夫的那副手套是绿色细山羊皮做的。

有时从队里跳出一个打破鼻子或者弄破嘴唇的少年,他走到观众面前,朝雪里吐一口唾沫,以极大的努力强忍住痛苦、屈辱和愤怒的眼泪。

"怎么样,笨蛋?"他的叔叔、哥哥或父亲没好气地迎着他说。"又让人给打了个鼻青脸肿吧?"

他们因为看见血而感到恼怒,逗他道:

"你哭吧!瞧你皱着眉毛那副神气!"

男孩哭了,他的家属揪住他的耳朵或头发,边拽边说:

"要打架,就不许哭!不许哭,狗娘养的!"

后河儿童这边又来了几个半大孩子,他们站在自己的队伍后面,带着轻蔑的神气向希汉人挑战:

"喂,未婚夫们,出来怎么样!"

"光棍们,别害怕……"

米什卡·克柳恰廖夫冲出自己的队伍,走到前面来。他是唱诗员的侄儿,是个身材匀称、干瘦的小伙子,年纪有十六七岁。

"喂,走开!"他对希汉区的孩子们说,向他们挥手,好像赶麻雀一样。希汉区的孩子老老实实地退却,有几个人跑到大人面前,惊慌地报告说:

"米什卡·克柳恰廖夫出来了！哎呀！瞧他拉开了架势，瞧呀！"

米什卡脱下破棉袄，摘下帽子往后面一扔，就挑起战来了：

"出来呀，未婚夫们！喂，有人吗？一个抵一个！喂，你们这些胆小鬼！"

他的脑袋是圆的，头发倒竖着，脸上颧骨高耸，小鼻子向下弯，像猫头鹰一般，薄嘴唇很轻蔑地撇着。他大大叉开双腿，两手叉腰挺身立着，眼睛里闪着光，恶狠狠地望着敌人。

希汉人低声争论好久，认为必须选出一个年岁相同的人同米什卡较量，但那些年岁相同的人知道米什卡非常灵巧，都不愿意出来。

个子矮壮、脸盘宽大的巴祖诺夫走了出来。村里人哈哈大笑，打着唿哨。因为到来年春天神人阿列克谢节那天，巴祖诺夫就要满十九岁了。

"嘿！嘿！竟推出这么个老头儿来了！"

"老爷爷，可别害怕呀！"

巴祖诺夫感到很羞耻。他转回身去，哀叫道：

"瓦西卡，你应该先上！库卢古罗夫，你怎么样？"

"我在你以后，"库卢古罗夫用重浊的声音回答，但立刻又坦率地说："我已经和他打过，我敌不过他。"

巴祖诺夫眼睛不看米什卡，问道：

"你愿意和我来吗？"

"和你的爸爸都行！"米什卡骄傲地回答说，然后带着挑衅的口气喊道："喂，咱们的人，你们去对我父亲说，我就要死了，现在给他叩个头……"

巴祖诺夫把紧握着的左拳伸到前面，右拳弯到胳膊肘里，紧锁着眉头，拉开架势准备猛击。

雪在他双脚的重压下发出咯吱吱的响声，周围是紧张的沉默，两队人迅速形成一个大圆圈，将两个战士团团围住，不时地喊叫：

"闪开点！喂，别挤！"

米什卡警觉地注视着敌人,有时他很快地抬一下右手。巴祖诺夫霍地跳开了,可米什卡似乎是在抬手搔头。

"你别怕!"他嘲笑着说。"我不会打死你,只不过把你的鼻子安到耳朵上也就完了!你那手划拉来划拉去好像是在揉面或是捉苍蝇。我等到你冻僵再说。瞧你那拳头!有半普特重吧?打你老婆是够受的!"

"打你也够受的!"巴祖诺夫嘟哝着。

希汉区的斗士挥舞拳头,打将过来。米什卡往下一蹲,自下而上给他的下巴上来了一下,问道:

"你的身体好吗?"

巴祖诺夫怒不可遏,疯狂地挥动拳头,朝敌人扑来。这个手疾眼快的小伙子却躲开对方的打击,抡开拳头照准对方的左腰给了一下。

"阿列克谢,沉着气!你怎么啦,糊涂虫?站稳了,笨蛋!"希汉人呼喊着。

"沉着气,听见了吗?"村里的战士也说了一句。他像个皮球似的,在笨拙的小伙子身旁蹦来蹦去,忽然一弯腰,脑袋朝对方胸前一顶,照着他的小肚子就是一拳,一下便把对方打翻在地。后河的儿童们又是欢呼,又是吹口哨;希汉区的人们因为吃了败仗感到很难为情,勉勉强强地夸着胜者。

"这鬼东西真灵巧!"

"是的。手疾眼快。"

"敏捷得很……"

"阿列什卡不是他的对手!"

巴祖诺夫喘着气,坐在地上,喃喃地说:

"他好像个蚊子,转来转去……这哪里是对打啊?"

"喂,库卢古罗夫!"胜利者骄傲地喊道。"来呀!"

"我不喜欢一对一……"

"不喜欢吗?"

"我喜欢结队打……"

"要在炉台上呢?"

村里的孩子扯开嗓门,快乐地唱道:

> 小肥猫,上炉台,爬下来,炉口前面来取暖,招来一顿打,挨了一通骂,打活了几颗小门牙。

这在希汉人中间引起一阵微微的骚动和低沉的嘟囔声。

"喂,咱们的人,要小心!"克留察列夫指挥着。"费季卡·奥尔登采夫,到这儿来!格里什卡和福姆卡,站到我这边!"

他忽然双手一挥,一面让自己的人向那堆城里人冲去,一面高声呐喊:

"大家去攻希汉区!狠揍那些未婚夫,别吝惜拳头!冲啊……"

孩子们厮打在一起,拳头频频飞舞,牙齿咬得咯咯直响,拳头打到胸脯上发出噗噗的响声。战士们不时地跑到一边,往踏平的雪地上吐着殷红的唾沫,擤着鲜红的鼻血。

"别胆怯,咱这边的!"库卢古罗夫喊。

"顶住,后河人!"米什卡发出嘹亮的中音。

好一阵恶斗:战士们揪在一起,互相用全力厮打,拼命想取胜。

"打这些未婚夫们!"后河的儿童们呼喊着。

"站住,咱们的人,别跑!"库卢古罗夫和巴祖诺夫指挥着,但是希汉区的孩子已经退却,吃不住后河的儿童们齐心协力、迅急的猛攻;很久以来,总是这样收场:后河人战胜,在广场上交上手,直把希汉人赶到教堂的围墙边。

城里的围观者看见他们的孩子被击败,就急躁起来,对年纪大的战士们喊:

"你们还看什么?他们追咱们的人呐!瞧,打得多厉害!喂,你们该上了!"

于是马克拉科夫兄弟、科布捷夫、托洛孔尼科夫就从侧面扑过去攻击自不量力的村童,抓住那些半大孩子伸手就打,像割草一样把他们摔到地上。

"噢——噢——噢!咱们的人上去了,上去了!"观众们快乐地笑着,鼓励自己这边的人,一蹿一跳地观看战况,好像不经意似的踢着那些倒在地上的村童们的腰。

"不该打倒下的人,魔鬼们!"战败者一面往旁边爬,一面恶狠狠地喊叫。

他们这里蹲一个,那里蹲一个,用臂肘掩住脸,防备希汉人有意的突然打击。他们在等候适当的机会,以便悄悄地跑回河边。

马特维·科热米亚金也和所有那些希汉人一样激动,庆贺着胜利,边笑边跑。但是看见有人在揍倒下的人,便停住脚,轻轻地走到一边,他想对人们喊:

"你们干吗打人打得这样不光明正大?"

但是他没有时间和勇气说这句话,而且知道人家也不会听到他的喊叫。

米什卡·克柳恰廖夫在逃跑者的脚下十分灵巧扭来扭去,好像黄颔蛇一样。后河最好的战士奥尔登采夫的儿子费季卡在地上滚得像一只圆桶,他气得直喘,用雪去擦洗被打的脸。

后河的孩子们惊慌失措,战士们像被狂飙吹着一样四散奔逃。

"噢——噢!"胜利者站在河岸上号叫着,而从下面冰上传来这样的声音:

"挺住,咱们的人,走吧!"

冬日是短促的,蓝色的暮霭已经把河裹紧,白雪覆盖下的村舍融化在暮色之中;钟楼上的鸟被晚祷的钟声惊起,飞回巢中去了。寒意越来越浓。

后河的战士们像一堆乌云似的沿着河冰不慌不忙地向希汉区走来,希汉人站在悬崖旁边注视着他们,数着都有些什么人:

"斯特列利佐夫来了,这老鬼……"

"克瓦什宁也在里面吗?"

"那不是吗,就在旁边……"

"马克尼什卡也出来了!"

"奥尔登采夫在前面……"

"他们今天出动的人真不少!"

"喂,你们这些不值得尊敬的人!"后河区那个老是醉醺醺的鞋匠马克东从河上喊。"你们到地里来,我们非把你们收拾掉不可!"

希汉人紧紧腰带,走到冰上,互相约定着:

"科布捷夫,你站在中央,马克拉科夫哥儿俩,和你挨肩站……"

"谢瓦切夫和叶尔米洛在一起,托洛孔尼科夫最好站在左翼,再来几个力气大些的,他们一散开就从这一翼抽他们。"

"朋友们!退缩了吗?"后河人像一堵墙似的站在那里喊道。这队人穿得十分褴褛,许多战士已经喝了不少酒,所有的人——喝醉的,清醒的,——嘴头上都一样地毫无约束,挑逗起希汉人来,本领很大,津津有味,在他们所有人身上全有一种豺狼般的不顾一切的吓人的东西。

醉醺醺的马克东,像是浑身的关节都脱了环似的。他手舞足蹈地扯着嗓子唱道:

　　奥库罗夫的大头头,
　　都是有名的养鸡人,
　　吃饱肚子不知忧,
　　你我彼此把鸡偷……

有一个非常快乐的声音接着唱:

　　他们的老婆全是破烂货,

满脸开花拳头挨得多。

"喂,你们听着!"托洛孔尼科夫阴沉沉地喊道。"谁来和我打,快出来呀,快活的小偷们!"

"是叶鲁斯兰·拉扎里奇①吗?你好?我的拳头可想坏你的腰啦!"

"你出来!"

"你等一等!"

"害怕吗?"

"我发抖呢。脚都跑到耳朵后面了!"

"那就让我把它们、把你的耳朵打掉!"

"那太好啦!我的耳朵一聋,就可以永远听不见你那些蠢话了!"

"上,孩子们,上帝保佑!"钳工科布捷夫说,两手把帽子往头上一套。"一齐上!打这帮小偷!"

于是他狂喊着,鼓动着自己和自己的人:

"打呀!上呀,咱们的人,上呀!打他们!打呀!打呀!"

希汉人像巨浪似的冲击着后河人的那堵坚固的墙壁:拳头发出蓬蓬的声音,未咬紧的牙齿咔咔地响着,怒吼和号叫震耳欲聋:

"呜嗬!啊嗬!"

"后河的好汉们,大家要齐心协力!"高身材的红头发奥尔登采夫大声喊着,好像用斧头劈砍一样朝希汉人头上打去。和他对打的是科布捷夫。他没有穿半截皮袄,衬衣已经破了。他们是老朋友,亲家。

"叶戈尔·伊凡内奇,你好呀!"奥尔登采夫一面向他问好,一面用全力打亲家的太阳穴。

"伊佐特·库兹米奇,吃我这一下!"科布捷夫边答,边朝他的胸前打去。

---

① 叶鲁斯兰·拉扎里奇,十七世纪初流传于哥萨克族的勇士,同名小说中的主人公,后来成为俄罗斯民间传说的英雄。此处用作讽喻。

鞋匠马克东用牙咬住帽子,飞快地一记记向马克拉科夫的耳朵上面抽打,嘴里哼哼叫着。身子沉重的马克拉科夫正在摇晃着脑袋寻觅机会,忽然从上面猛击了鞋匠一下,好像要把他揳进冰里去似的。

"给你这一下!"

他又挥动拳头,想把奥尔登采夫打倒,但是高个子的马具工克瓦什宁一只手朝他腋下打来,另一只手打到了他的牙齿上,于是希汉区的大力士蹲了下去,克瓦什宁喊道:

"你站起来!不,你等等!我还要给你补一下!那条马尻带的工钱你还没给足,所以我……"

驼背老熊斯特列利佐夫,举起巨拳,不急不躁、不紧不慢地打着希汉人的脸,用嘶哑的声音喊道:

"你不要只顾谈话!你呀,打吧!你的账到平常日子再算吧!"

希汉人被挤到河边,看来马上就会被人家逼到悬崖那里,被几十只重拳揍得粉碎。

只听得一片沉重的打击声,鸭叫似的呷呷声,怒吼和呻吟声。人们互相唾着,用俄罗斯的尖刻骂人话对骂着。

他们更加猛烈地朝希汉人队伍的中央攻击,把它分割开来,把人们翻倒在自己脚下,好像要在他们背后搜出主要的,最可怕的敌人。

但是,已经听见费季卡·奥尔登采夫惊慌的喊声了:

"爸爸,瞧。他们从后面抄过来了,爸爸!"

"往后撤,咱们的人,往后撤!"米什卡·克柳恰廖夫喊。但是为时已晚。希汉人由消防队员谢瓦切夫和最好的战士们率领,从右面和后面杀将前来。消防队员个子矮小,他的脑袋缩在肩膀里面,胳膊很短,他平举起双臂,拳头非常迅速地打到人们的肚子和胸脯上面,击退他们,推开他们,把他们打得弯下腰,他们躬着身,喔唷喔唷地喊叫,蹲在或躺在他的脚下,好像被砍倒的木头一般。

"抄过来呀!"他吼叫着。

后河区的战士斯特列利佐夫冲到他身边,像公牛似的把脑袋一抵,把消防队员顶倒了,但自己也马上蹲了下去,因为托洛孔尼科夫朝他的太阳穴打了一拳。

"杀呀!"希汉人怒吼着。

"还手呀,咱们的人,还手呀!"后河的少年们看见他们的父亲、弟兄和叔伯们被人家打败,在河冰上七零八落地倒下,都呼喊起来了。

但是大人们已经冒火,不能正确作战了;五六个希汉人对付一个有力的后河人;已不是战斗,而是打架了。人们想起相互间的侮辱和嘲笑,旧日的忌妒,早年的争吵,想起了黑暗的、从幼年起积累下来的一切,愤怒欲狂,恶狠狠地厮打着,像一群野兽似的。

"还手呀,咱们的人,还手呀!"被驱散的后河人呼喊着,来不及聚成行列;他们被分成小堆,在后河区狭窄的街道上,在田间,被人家一齐追逐着,追到松软的雪堆上去。

胜利者凯旋而归时,在后河区的街道上,高唱关于河边女郎和妇人的黄色歌曲,朝玻璃窗上吐痰,推开大门;遇见村姑媳妇,就对她们说些脏话。

科热米亚金看见,一切具有风采而美丽的东西(灵巧,力量,勇敢,不顾苦痛,准确打击,尖刻话语,热烈欢狂),都已经褪色了,熄灭了,消失了,彼此之间格格不入的人们内心隐藏的敌意恰似怒泉一般充分地宣泄了出来,这种敌意和集日市场上庄稼人与小市民之间的敌意一样,同是不可理解的。

常有这样的事情:战斗的一方从敌方夺过一个预先指定的战士,搜查他,只要一发现手套里有灌铅的羊膝骨,小秤锤,或两个五戈比的铜币,便把这个违反战斗规则的人拳打脚踢,狠揍一顿。

当两个战士为争取胜利厮打,扭作一团互相打断肋骨,大声吼叫和拼命呐喊的时候,马特维心里发紧,对这些人充满了隔膜很深的感情。

但有时,他很明确地感到自己的孤独,充满了郁闷的羡慕之情,一听到那嘶哑然而勇敢的呼喊,便产生一种参加格斗,用尽平生力气,无情地殴打所有人的强烈愿望。

他也打过一次架。他正走在回家的路上。疲乏的希汉战士们赶过他,走在他前面。他看见那些人用手指触摸着摇动的牙齿和眼底下的肿块;听见他们咯咯地咳着,检验发痛的肋骨的韧性,竭力要把痛楚从胸脯里咳出来,不断向路上吐着带血的唾沫。

在滨河街,三个小伙子追过来,其中的一个从后面抓住他的肩膀,惊异地说:

"你是什么人?"

"科热米亚金。"

"科热米亚金吗?科热米亚金是什么人?"

另一个小伙子嘻嘻地笑着解释说:

"萨韦利的儿子。"

"萨韦利的?萨韦利是个什么人?"

"去你们的吧!"马特维阴郁地说,听声音猜出拦住他的人是马克拉科夫、赫里亚波夫和库卢古罗夫。

"萨韦利的儿子吗?"赫里亚波夫继续说。"你也许是畜生吧?"

这小伙子非常残忍和调皮,所以科热米亚金一向看不起他。他的辱骂气坏了马特维,马特维便抬起脚甩开来,一下踢中了淘气鬼的肚子,看见那人哎哟一声,蹲了下去,他便默默地走开了。但是马克拉科夫和库卢古罗夫从后面扑上来,打他的耳朵,把他摔倒到雪地上。他们一面用脚踩他,一面说:

"你还用脚踢吗?你还踢肚子吗?"

马特维被皮裘缠住,站不起来。他们打了他好久,竭力想打坏他的脸。他回家时衣服被撕得粉碎,满身是血,遍体是伤,眼睛也受伤了。他在厨房洗脸时,听见纳塔利娅可怜巴巴地喊:

"天呐!怎么揍成这副样子!是谁揍的呀?"

"自然是咱们后河人!他是希汉人,所以他们也要打他!老弟,你居然也初次参战了,这很好!我年轻时候就喜欢殴斗……"

马特维不再到河边去,他尽量绕过市内广场,因为他知道如果遇见赫里亚波夫的党羽,他一定还要和那些人发生冲突。有时候,在躺下睡觉之前,他跪下来,垂着手,低下头(帕拉加在那令人难忘的一天,在父亲面前也是这样跪着的),轻声念出他所知道的一切祷词和圣诗。神灯一闪一闪的,仿佛在作着回答;它照耀着圣母那副永远带着沉思和忧郁神情的面庞。祈祷使少年疲倦,并从中得到安慰。

……修道院里新来一个修女,又高又细,活像一株小桦树。她那温顺的眼神很像帕拉加。有一次,她的目光在马特维的脸上停了停,立刻便把小伙子征服了。她那鲜艳的小嘴也像帕拉加。当她用响亮的声音歌唱"愿主恕我……"的时候,马特维觉得这是她在替他祈求宽恕。他回想起自己的母亲:母亲由于怜惜所有的人,遁入深林,为他们祈祷,也许祈祷得精疲力竭,已经死去了。

修女戴着黑色的帽子,穿着毛料的法衣,很像一座小钟楼,用它亲切的、响亮的钟声号召人们维护和平,维护平静和友爱的生活。她在唱诗席上,站在大家的前面,就好像悬在空中一般,经灿烂的烛光一照,周身缭绕着透明的香烟,显得十分威严。圣像周围镶着银饰,映着平静的灯光,他们威严的面容从神龛上望着那个修女,就好像马特维望着她时一样专注,一样目不转睛。

他看见,那修女已经觉察出这种盯着她看的眼神,因而她挺直窈窕的身子,仿佛想要竭力向上升去;她的声音越发响亮和甜美,仿佛要使某人那种犹如融雪季节开放的小花似的微弱希望得以巩固一样。

她那张苍白的脸和紧裹着黑袍的身躯,使马特维心里产生许多奇怪的幻想。他觉得,将来总有一天,这个女人会脱掉那件黑袍,把美丽而纯洁的东西展示在人们面前,就像童话里的白天鹅一样;她这样出现时,会向人们张开两只有力的胳臂,用圣徒瓦西里萨的声音说:

"我是万物之母!"

到那时,大家在她面前会感到羞愧,以至流出忏悔的眼泪来。大家会崇拜她那神圣的美,借助爱的光辉使生活焕然一新。

他既不打听那修女是从哪里来的,也不问她姓甚名谁,就好像害怕打听某种不必要的事情似的。修道院的看门人——和善的老太太泰西娅,很温柔地微笑着,问他:

"你听见新修女唱歌了吗?"

他听到这话,就对她鞠一躬,一边说,一边忙着走开:

"嗓音很好。再见!"

那修女突然不见了。晚祷、早祷和午祷时全没有她。

"是否生病了呢?"他很烦闷地想道。

但是,报喜节那天晚上,他听见熟悉镇上一切情况的纳塔利娅庄重而详细地讲道:

"切尔诺祖波夫家很有钱,他们在格尼林先斯基县里是首富;他们流送木材,走大船,还有锯木厂。这家有个还没过门的媳妇,叫卡捷琳娜,她的公公看见自己的小儿子转她的念头,为了保全她的贞节,便把她送到我们的修道院来了。这人是个独眼龙,小时捉猫头鹰,叫猫头鹰啄瞎了一只眼。他问:卡捷琳娜在哪儿呢?他的父亲是个老怪物,他别有用心。老头子说:你的兄弟想吃天鹅肉,对她纠缠得很厉害。儿子问:是叶戈尔吗?老头子说:就是他!独眼龙叫列翁。于是,这个列翁就到锯木厂去,用木桩打他的兄弟,恰恰打在太阳穴上。他的兄弟立刻一命呜呼了。于是警察来了,官员也来了!还把卡捷琳娜带去审问,派人把她押送去的……"

"你讲的就是那个新修女吗?"马特维小声问。

"讲的就是她,就是她本人!诸位,还有谣言呐,说她也不是没有罪孽,她和未来的公公有不清不白的地方。她是没有父母的孤女,免不了出这种事情……"

马特维站在门旁,手扶着门框,好像被钉在十字架上一般。他喃喃地说:

"你这是胡说,净是胡说!"

纳塔利娅极力对他证明她的话是对的,但是他走回自己的屋内,立在窗前,他觉得从四处升起了令人窒息的浊气,好像秋天又复活了似的。这种浊气像浓云般升起来,遮盖住光亮的窗户,扑灭了初春的灿烂光辉。

复活节的头一天,他到公墓上去,给帕拉加和父亲上坟。他很欣喜地看到他所栽种的树木已经成活:柔细的桦树枝上密密麻麻地生满嫩芽,黄黄的小穗在松枝顶端颤抖,树脂在阳光下面闪耀着点点金光。淡紫色的银莲从坟头的草土块上羞怯地仰望天空,樱草摇曳着,好像光亮的繁星一样,蒲公英的黄冠已经鼓起来了。

人们在十字架中间默默地行走着。科热米亚金从远处看见克柳恰廖夫的毛茸茸的头;唱诗员不戴帽子,坐在一座坟墓上面,用一根柔细的树枝轻轻拨弄花梗,似乎要迫使它向太阳和大地鞠躬。

他们行了复活节的接吻礼。黑衣人含糊地说了些关于早春的什么话。

"这里埋的是你的什么人?"马特维问,朝坟墓点了点头。

克柳恰廖夫用脚朝地上磕了磕,回答道:

"什么人也不是。"

他向四周看了一下,提议道:

"咱们走吧。这里很潮。"

小径上印着十字架的淡淡的黑影,葱绿的嫩草在黑影下变黯了。

"寂寞吗?"唱诗员问,向旁边斜看一眼。

"不!"科热米亚金迟迟疑疑地没有立即回答。

"沙基尔说得很对!"黑衣人继续说。"咱们俄罗斯人是寂寞无聊的民族。由于无聊就想出各种花样。尤其是在这儿……"

"但是,你要知道,沙基尔也是这里的人!"

克柳恰廖夫把帽子向前挪到鼻梁上,说道:

"他和普什卡里是与众不同的人物!比如说,他们笃信上帝……"

马特维惊异地从他身边退了一步。

"你难道不信吗?"

"我不是讲自己,我是讲一般的,"唱诗员不甚情愿地说。

马特维严厉地指出:

"什么叫一般的?"

"就是这么回事!"克柳恰廖夫打着哈欠答应道。但是,他环视了一下四周,神秘地、嘟哝着说:"我不知道该怎么说,但是你瞧:上帝,耶稣基督,同时又是命运!既然有上帝,便不会有任何命运!什么也没有,只有上帝!到处有他,一切由他而生!但是我们有上帝,命运,还有撒旦,小鬼,家神,水鬼!还有林妖。沼泽内有妖怪。每个僧侣都有他自己的信仰。有一点弄不明白:究竟是从上帝那儿,还是从命运中来的?咱们尼古拉教堂的神甫非常相信家神,这层我可以对你赌咒!他深信命运,他对我说:你的命运就是这样,耶季姆!他说:没办法!我说:既然有上帝,还有什么命运?他笑了。他说:命运只是一句话而已……"

他伸直手臂在空中划了一下,仿佛在恐吓什么人似的说:

"我知道这是什么样的话!这不是话,不是的!"

马特维想起了人们谈到命运时那副驯服的样子,还想起了无数个关于命运的谚语,他不愿意消防队员讲这个问题,便和他告别了。

几天以后,唱诗员忽然神态冷漠而愚钝地问科热米亚金:

"你常去嫖妓女吗?"

"不!"马特维脸一红回答说。

"为什么?"

"没有人带我去,"马特维想了一下,难为情地说。

"啊——啊!"唱诗员拉着长音说,露出仿佛认为小伙子节欲的原因是很充足的那种口气,立即提议道:

"你跟我一块去。跟我一块去,别害怕。明天就去,今天是星期六,干这个有罪,明天……"

马特维看着他那呆板的脸,想道:

"我去不去呢？像一只公牛似的被人牵了去。他这个人真奇怪！一会儿讲命运，一会儿讲这个问题。还有他的那些梦。"

想起这些觉得可气，但是他并不感到羞耻。他越来越难以控制自己的情欲了。近来，他一看见纳塔利娅，就想起在那个痛苦的夜里，她奉帕拉加的差遣，走进他屋内的情景。

对于帕拉加的回忆越来越少妨碍他想念别的女人，而这类的想念时常是很痛苦的。

第二天晚上，他坐在后河区一家村舍的小小的房间里，竭力想掩饰控制着他全身的、抑制不住的骚乱心情，但是没有效果。他面前的桌子上放着一只茶炊，它一会儿收缩，一会儿膨胀，发出幸灾乐祸般的咝咝声：

"咿——咿——咿——……"

它还露出一副黄色的、变样的、哭丧着的脸，怯生生地微闭着的眼睛让马特维看。地板吱吱地发响，姑娘的山羊皮鞋也吱吱地发响，——她在屋内跑得那样快，马特维只看见一条深黑的辫子，白色的肩膀和粉红的裙子。

克柳恰廖夫用重浊的声音劝他：

"你喝呀！到了这里是应该喝酒的。"

他已经喝醉了，膝头上拥抱着一个大个儿的村妇，喊道：

"杜尼亚莎！劝他喝呀！"

"他一点也不肯喝！"

"你使出本领来呀！"

以后克柳恰廖夫就不见踪影了，好像是那个忙忙叨叨的杜尼亚莎忽然用窸窣发响的裙缘把他从屋内扫出去了似的。她微笑着，在马特维身边坐下，问他道：

"可以抱抱你吗？"

"可以，"他不看她，喃喃地说，"可以！"

她把他抱住，用无神的眼睛望着他的脸，很惊异地问道：

"你为什么不快乐呀？"

马特维往她身边凑了凑，不连贯地说：

"有点怕，我初次看见你。"

她放声笑起来了：

"我也是初次看到你呀！"

从这天起，克柳恰廖夫满不在乎地领着马特维走遍了奥库罗夫镇一切龌龊场所，并且心安理得地向马特维要钱，到手以后，便用鄙夷的神情把钱币朝着光亮一照，或者在手掌上颠几颠，然后就放到口袋里去。

他并不央求和勒索，只是当面要钱，就像他应该分得到似的。但是，他要得太勤了，使得马特维时常说：

"你要得太多了！普什卡里净对我唠叨……"

"别理他！没关系！"克柳恰廖夫回答。他赠给姑娘们手帕，慷慨地请她们吃胡桃、甜饼干和果子露酒。

"没关系！"马特维胸内发出迟钝的回声。他好像被绳子捆着似的，消防队员叫他到哪里去，他都老老实实地跟着去。

科热米亚金发现，这位消防队员越来越沉默，喝多少酒也不醉，他的脸拉得长长的，眼睛失去了光彩。他走起路来变得慢吞吞地，脚拖在地上，颠簸着，他的影子似乎变浓变重了，他似乎已经拖不动它了。

纳塔利娅对他没有笑脸。沙基尔一看见唱诗员的黑胡子，便紧闭住嘴，不慌不忙地走开了。普什卡里朝他吼叫着：

"又来了！害人虫，鬼东西……"

"你的身体不大舒服吧，马卡雷奇？"马特维感到这人心里很难过，就问道。

消防队员用模糊的眼神望着远处，用力说出了那句奥库罗夫式的话来：

"闷得慌。"

年轻人不由想起了父亲，父亲也会说这句圆通的、沉重的、费力的

147

话,说时好像大地由于受辱而发抖似的。

有一天,克柳恰廖夫同马特维到修道院后面的田野里去,他的神情好像活泼了一点,他讲出了一个灰色的梦。

"我梦见一片海!"他努着眼睛,大大摊开两只手,粗声地说。"简直是一片大洋!某个地方有一座山,直插云霄。我靠在半山腰上,坐下来,拿着枪,好像在那里行猎。忽然一个巨人走到我面前,他好像没有脸,穿着破衣服,哭着对我说:这座山是我的罪孽,是撒旦的宝座!当时他把肩膀顶住那座山,一用劲,就把它推翻了。于是,我也飞走了!"

"醒了吗?"

克柳恰廖夫没有回答。他把手掌按在额角上,瞭望远处的丘陵,伸直脖子,两只脚劈得很宽。

第二天清晨,全城都嚷嚷开了,说有人在警察局的菜园里"开枪自杀了"。

克柳恰廖夫在消防队的板棚后面,在一株畸形的老柳树底下,打断了自己的梦,他把一根粗枝弄弯,用绳子捆住,把枪系在上面,又在扳机上拴一根细绳,绕在手指上,然后对着嘴一拉,枪响了。他的脑盖被打得粉碎:在长长的身体的周围抛着一些长满黑头发的骨头块,板棚的墙上凝结着殷红的血点,像烂熟的浆果一般,灰色脑浆的碎屑贴到生满青苔的木板上面。

奥库罗夫城森严的警察局忙乱了起来,叫驼背萨姆松去收拢碎骨;这位帽匠醉醺醺地,勉强站住脚,他手脚着地,驼峰朝天,把骨头收进树皮编的篮子里去。每当取起一块之后,他的手必定朝空中一挥,似乎烫痛了自己的手指似的。

"这是谁?"奥库罗夫镇的人们惊惧地互相询问。

"天呀,那是消防队员呀!"

"还在尼古拉教堂里唱诗呢!"

"有名的人物。"

"连头都没有了,咳……"

市场上的人们庄重地说:

"当工匠的永远是这样……"

"难道他是工匠吗?"

"消防队员也是一样!"

"工匠完全是另一码事!他们在过节的日子是不敢做出这种事来的。他们总是在礼拜二那天。"

"对呀。礼拜一他还要喝酒呐。"

"再说,那些工匠多半喜欢上吊。"

大多数人都默默地凝视着溅满血水和脑浆的地面,尸体宽阔的脊背和交谈者的脸。有些人似乎要竭力把死亡的一切轮廓和死亡所引起的一切话语永远记在心里。

有人关切而又胆怯地问:

"可是,把他埋到哪里呢?"

"过去这类人埋在哪儿,他也就埋在那儿。"

"我说这话,是因为他在教堂里唱过圣诗……"

"唱诗不能作为辩解的理由……"

小老头赫里亚波夫说:

"我这一辈子看见过十七个人是这样横死的。"

说着便扳着手指,数那些吊死、药死、喝醉酒冻死和淹死的人们。

巴祖诺夫脱帽站在那里,摇着灰白的鬈发,大声说话,好像在读诗篇似的:

"要是人在心里不害怕上帝,就不算人了,那么无用的牲畜就要糟蹋田地了!"

八月天气,白柳上闪耀着许多黄叶,有两片又窄又尖的树叶落到克柳恰廖夫的背上。城市上空,太阳早已升起。但在这里,在菜园的潮湿角落里,土地上有一层灰白的露珠,从板棚上泄下一片黑色的、清凉的阴影。

"咱们回家吧！"普什卡里说，用肩膀碰了马特维一下。

他们走了。街道在脚底下不停地摇摆，五颜六色的房屋仿佛跳了几下又蹲下了，窗上闪着恐惧、惊疑和伪装温和的鬼脸。在清晨光亮而敏感的静寂里，很惊慌地传出沙基尔责难的声音：

"都是因为俄国人瞎编一气……"

"你懂得什么？"普什卡里嘟哝着。

"我的——明白，我的——可怜他。干吗故意瞎编出一些话来呢？话这种东西是最可怕的。哎呀，这事情可不好！自己害怕，还要吓唬别人……"

"住嘴！"

"干吗要住嘴？"鞑靼人执拗地、和颜悦色地说。"俄罗斯人生活烦闷，所以喜欢乱想！不大工作！你们俄罗斯人故意挑选那种沉重的想法！他什么工作都不爱作……"

"走开吧，鬼东西……"

马特维有个把星期没有出门，他感觉自己像是被猛击了一下，仿佛这枪声是在他胸内响起的，它激发了胸内所有的惊慌和模糊的意识，这些意识堆积在那里，几乎形成一种未经战斗即被生活击败的人所具有的冷漠心情。沉重的印象不受意志的约束，机械地化作一团牢固、黏滞的东西，压在心头，引起一种悲戚和无力的感觉。每一个想法，诸如准备有所抗争，准备设法防止这没有任何愿望、意向，贫乏、单调得可怕的生活，这沉闷、悲惨、奥库罗夫式的生活把人完全吞没等想法，都很轻易而迅速地在心灵中熄灭了。

为了冲破这无穷烦闷的牢笼（这烦闷先是刺激着人，激发着他的兽性，而后又静静地毒害着他的心灵，使他变为愚蠢的牲畜），为了不在奥库罗夫镇的网罗中窒息，必须不断地集中一切精神力量，坚决相信人类的理智。但是，只有参与世界的伟大生活，才能得到这种信心。人必须像天上的星星，永远很清楚地看出一切希望和愿望的火光，在地上永不熄灭、熊熊燃烧着的火光。

从奥库罗夫镇里看不见这种火光。

……冬天很迟缓地、沉闷地过去了。第二年春天,科热米亚金又遭到了痛苦的打击。有一次纳塔利娅跑来,神色慌张地喊道:

"快去看,马特维·萨韦利奇,咱们的普什卡里不知怎么有点不舒服。"

士兵坐在堆房门口一团已经浆过的麻绳上面,手扶着门,朝地上吐着血说:

"唉!仿佛有点那个,马特维……我有点毛病……唔……在胸脯上,有点那个……"

工人们站在他身后,懒洋洋地责备说:

"你不该搬这么重的东西……"

"去你们的吧!"士兵有气无力地说,手掌擦拭唇上的血。"真没想到,竟流起血来了……"

他试着立起来,摇晃了一下,几乎栽倒。他很窘地摇着头,喃喃地说:

"真没想到!一年以前喝过酒,现在稍喝了点,就……"

人们把他抬起来的时候,麻绳上净是血迹,他的衣裳也全湿了。在厨房里,他冲着神像画了画十字,躺在长凳上,命令工人们说:

"喂,你们出去吧!厨娘,给我取点冰来,我想吃一点。"

当他和马特维独自相对的时候,他一面瞧着火炉黝黑的顶部,一面严厉地说:

"我完了!现在你应该依靠那个鞑靼人,他全都明白,沙基尔什么都明白!我对你说:兽类里的狗,人里的鞑靼人,都是最可靠的!你要器重他,给他加钱……唉,你太年轻了!我还想踢腾上五六年,可是不行,喏,现在就完蛋了。"

他皱紧眉毛,眨动眼睛。血滴从长凳上沉重地落到地板上面。纳

151

塔利娅拿冰来了,她站在门前,显出忧虑的神色。

"喂,你还站在那儿干吗?快去,快去,真是的!"

等她走后,他用主人的口气说道:

"你不要动她,这女人还不错!沙基尔把她训练出来啦。和女人们在一起要当心些!玩笑归玩笑,女人总有她们的价值!你要是想娶亲,应该到我们村里去找,我们村里的人虽然穷得饭也吃不饱,不过总比城里的人聪明些,——这是实话!"

他疲乏地转动着眼睛。他的脸发皱而且发黑,仿佛被一种看不见的火烧焦了似的。弯钩似的手指蠕动着,落到马特维的膝上。这手指的动作所引起的恐怖像冰冷的针头一样刺着年轻人的全身。

"脑袋里直响,"普什卡里说,"像是蟑螂在那里爬,唔……你不要忙着娶亲。婚姻是命中注定,怎么也逃不开……"

马特维想安慰他几句,但是耻于在这个人面前说假话。年轻人难过地沉默着。

"等我一死,"普什卡里嘶哑而且有气无力地说,"找个理发匠给我剃剃胡子!不必设丧宴,因为你不喜欢那些乞丐。当然,他们是些白吃饭的人。你记住:我留下两个侄儿——萨瓦切伊卡和佐西姆,请你到时候帮帮他们!"

"好的,"马特维吃力地说。

"你的心不要太善,不然,他们连你的骨头都会吞下去的!给我穿上制服,照规矩办,你不要哭……"

"我舍不得你!"马特维说着,啜泣了。

"没什么,"普什卡里闭着眼睛,嘶哑地说。"我也舍不得死……你别忘了制服,——照规矩办!我也许会遇见皇上尼古拉·帕夫洛维奇……"

他忽然似乎精神了些,清清楚楚地说道:

"我干了七十二年,没有作过孽,不管在哪里都诚诚实实地做事……上帝那里会记下来的!老弟,他,可比沙皇公平……"

他轻轻地推了马特维一下,又没了力气。

"为什么神甫还不来?我很不舒服,叫沙基尔快去……快点!"

马特维跑到外屋。那鞑靼人正站在墙角,手掩着脸,喃喃地说着。纳塔利娅在院里急得团团转。从她那没头没脑的叫喊里,马特维晓得医生喝醉了酒,睡得死死的,叫不醒他。尼古拉教堂的神甫到磨坊捉鲶鱼去了,瓦尔瓦林教堂的神甫有病,蜜蜂把他咬了一口,眼睛看不见了……

马特维站在台阶上,通过库房敞开的门,看见在空场上很沉闷地扯着长长的灰色麻线,心里想道:

"今后该我在这些东西旁边来回走了。"

他想到普什卡里那里去。厨房的窗子开着。他听见士兵的微语和沙基尔短促的、痛楚的喟叹:

"老爹,你安心吧!我的——很靠得住!"

随后,鞑靼人从窗口伸出头来喊道:

"老板!"

士兵的脸显得更黑了,两颊和下颚的白须像刺猬的针刺似的支棱着,脸变得阴郁而严厉。一双小眼睛噙着濒死时的泪水发着微光,右手的指头叠成十字架的形状,一动不动地放在胸口上。

"他听不见!"沙基尔说,把小帽从一个耳边推到另一个耳边。"手不能动……"

"马特维,你在这儿吗?"士兵问。"把我的手指……叠成十字架……"

"我叠好了,"沙基尔说。

"手放在胸前;你为什么不去叫神甫……鬼东西……"

血在地板上慢慢地流着,像一条黯黑的带子。

"它会流到炉台底下,将来会有气味的,"马特维想着,哆嗦了一下。

士兵的下颚耷拉了下来,但是他的嘴唇还在窸窸窣窣地说着最后的、勉强可以听到的几句话：

"你别忘了萨瓦切伊卡和佐西姆……交给你啦……马特维……永别了……沙基尔在这儿吗？……"

"在这儿，老爹，在这儿……"

鞑靼人站在那里，瞧着自己的手掌，也在小声说着什么，好像在读一本看不见的书。

"你对拉赫梅图拉叔叔说……谢谢他的友谊！要是有什么不顺遂，可以叫他来……马特维……拉赫梅图拉什么事都能做，是个英雄……我感谢他的友谊……你对他说……"

修道院的高个子白发神甫来了，看了垂死的人一眼，和蔼地说：

"唔，请你们离开我们……"

"唉，瞧这个人！"鞑靼人对马特维轻声说，他们坐在墙根的土台上。"他有多少血，活到最后一滴血为止……"

"我舍不得他，"马特维诚恳地说，"真是舍不得他！我对父亲都不会这样……"

"我从小就认识他……现在是这样大的鞑靼人，还哭呢！他在膝上抱过我，给我吹过喇叭，打过鼓，——这话已经有二十多年了！我的叔叔，拉赫梅图拉说：你是俄国人，可你的心是忠实的，是鞑靼人的心，鞑靼人的圆圆的脑袋是可靠的！一个上帝！"

马特维向看院人看了一眼，稍带着些委屈问道：

"你不喜欢俄国人吗？"

"好的——都喜欢，不好的——一点也不喜欢，鞑靼人是直爽的！俄国人不喜欢任何人，不管是好的，还是坏的。俄国人爱说谎！普什卡里可是个爽直的人！我们民族是质朴的；喜欢直性子……"

鞑靼人说了许久，但是科热米亚金没去听他，——窗内传出神甫读临终祷文的轻微声音。布勃诺夫家的屋顶上落着几只乌鸦，它们竖起羽毛在晒太阳。

后来，神甫走到台阶上，用主人的口吻说道：

"喂,请你们进去和升天的人告别……"

沙基尔喊工人们。乌鸦抖动一下,垂下头,带着怀疑的神情向院内观看。人们从四面八方聚到厨房里去,农夫们一面走着,一面整理衬衫,从胡子里剔除麻屑,凝神地向自己脚下看着。

走进厨房时,科热米亚金听见纳塔利娅压着嗓子说:

"应该立刻把铜币放在他的眼睛上,否则眼睛会变成玻璃,闭不上,召唤别人……"

年轻的主人从人们的背后观看死人发黑的脸,迟钝地说道:

"把颚骨托上去……"

他走到工场去,在那里坐了很久,看着大胡子米哈伊洛怎样向后倒退,浆硬绳子,轮流地用马鬃和湿布去擦拭它。这个汉子挥动着手,仿佛打算向前走去,但有人推他的胸口,他不得不向后退似的。一个线轴滚到他的脚上,他用脚跟踩住,然后把它踢开了。圆锥形的木头滚走了,转了半个圈子,又在脚下站住了。米哈伊洛也不看一眼,就把它扔开,可是,它偏偏又滚到脚底下来。

"傻瓜!"马特维想。"用力往旁边一扔不就得了。"

麻弦顽强地映入眼帘,被打下来的麻屑像银针似的在麻弦上翘着。工人们被束缚在这些灰色的、抖动的、仿佛伸得很远很远的麻线上,彼此偶然也勉强地说上两句。主人心想:

"这些对我有什么用处?最好把它扔弃,离开这儿……"

短促的春日在灰白的天空里融化,去年的枯草轻轻地摇曳着,牲畜从田野里被赶回来,乳牛懒洋洋地发出吃饱的叫声。解冻不久的土地散发着潮湿的气息,预示着一定会有浓密的青草和许多花朵长出来。箍桶匠敲打着,一口有气无力但很刺耳的小钟,很沉闷地响着,召唤人们去做大斋戒节的礼拜。人们在修道院的菜园里开畦,传出一阵阵年轻的菜园女工们的欢声笑语。麻雀叽叽喳喳地叫着,百灵鸟歌唱着,从城外丘陵那里升起一片轻盈的、蔚蓝的水蒸气。

在生活的种种音响和运动中不断地颤抖着五月的轻声呼吸——

小草的窸窣声，新叶的簌簌声，树芽的胀裂声。像浓酒般的春天在各处无形地戏耍着，空气里充满了醉人的芳香。好像有谁用手轻轻拨动在空中紧绷着的琴弦一样，大地上空飘荡着悦耳的乐声，它使大地上鲜花初放，心中燃起新的希望。

马特维开始为自身伤心落泪，而且可怜周围这十分沉闷缥缈的万物，以及在那低垂于地面的阴郁的天空中静静地消失着的一切。

"大家都走了，"他想，一阵像轻雾一般的恼恨忽然冲上心头。"一个人稍微好一点，不是死去，便是逃走，像索宗特和马尔科夫；否则就是被赶走，像那个教堂读经员……"

沙基尔来了，摘下帽子，向他要钱。

"你把帽子戴上！"马特维又气又窘地说。"你这是干什么？"

鞑靼人微微一笑。

"我不知道。我怕妨碍你，你在那里想事儿……"

"不，你别怕！"少年和蔼地轻声说。"我自己还什么都怕呢……"

"不要紧！"鞑靼人精神抖擞地摇晃着头。"不要闷闷地想心事，一切都会好的！春天来了……咱们谈谈正事，得挖个坟，给老人家下葬……"

普什卡里下葬的那天正赶上落雨，来的人不多，连乞丐都懒了，没有全到。

沙基尔在一旁走着，没戴帽子，只戴了一顶中亚小圆帽，它被雨淋湿了，发着亮光。鞑靼人的黝黑的脸上往下淌着水。他有时举手摸脸，垂着头，潮湿的手掌闪着光，哆嗦着。沙基尔走路不看脚下，常常踩到水洼里，这引起送殡的人们的苦笑。科热米亚金看见市民们对鞑靼人侧目而视，并听见身后有责备的声音：

"他不是基督徒，也来送殡……"

"公墓里也许不放他进去呢……"

马特维自己也不知道鞑靼人可不可以到公墓去，他望着满身被温

暖的春雨浸泡着的沙基尔,心里想道:

"他将来会很困难的……"

雨越下越大,越来越欢地敲打着屋顶,树枝发出窸窣的声音,水流在大道上跑得更加欢快了,工人们抬着一口长而轻的棺材,快步走着,脚下的烂泥响得更加厉害了。市民们在雨中消散了,士兵的棺木旁只剩下一些乞丐和自己人了。

他们把勇敢的士兵斯捷潘·普什卡里的遗体葬在帕拉加同一的围墙内。淋得精湿、满脸雀斑的尼古拉教堂神甫匆匆地唱着祝愿死者永远安息的圣诗,教堂读经员摇晃着业已熄灭的手提香炉,两人提起衣襟,慌忙地跑到更夫的小屋里去。米哈伊洛、伊凡和耶季姆匆匆地把棺材放进坑里,开始把湿泥扔上去。他们用脚和铲子推土,棺材盖上发出沉闷的响声,像湿了的大鼓一样。从柔细的桦树枝上,从身着盛装、被雨水洗净的宽阔的松树枝丫上,晶莹的大水珠,随着泥土一同落到坟墓里。

科热米亚金哭泣着,头撞在帕拉加坟头的橡木十字架上。

"回家吧,马特维·萨韦利奇!"米哈伊洛用喑哑的声音说。"怎么啦?"

透过眼泪和灰色的雨网,马特维看见了鞑靼人。他站在围墙旁边,面向东,他的帽子躺在脚下的草上,雨把它打成一个不成样子的黑团。

"咱们等一等,"科热米亚金往沙基尔那边点点头说。

大家望了望那边,望了望那灰色的、弯曲的背部和浸在雨中的圆圆的头颅。

"是啊!"米哈伊洛说。"他虽然不信我们的教,可是也感觉……"

伊凡沉思地说:

"这士兵是个好人。他很严厉,但是人品很好!"

大家沉默了,缩着身体,摇晃着湿淋淋的胡须,随后米哈伊洛问道:

"现在让谁做管事?"

马特维没有回答。伊凡当下深深地叹一口气,用不在乎的声音说:

"我们由谁来管都是一样,随便什么人都行……"

于是大家轮流表示着意见,不看主人,也不彼此看。

"只要他办事在行就行……"

"哪怕是鞑靼人,哪怕是楚瓦什—莫尔德瓦人,都可以来管我们……"

"咱们的事就是干活……"

"科热米亚金从他们假装淡漠的话里,听得出他们那掩饰得不甚高明的希望和正在滋生着的恼怒心情。他想:

"沙基尔将来会很困难,也许比我还要困难呐……"

他和鞑靼人并肩走回家去,工人们在后面走着。偶然有人用鼻子大声喷着气,弄掉胡须上的雨点……

从这天起,科热米亚金的生活好像乘坐着乡间的大雪橇,在冬天踏得很平的大道上旅行。途程遥远而单调,也没有目标,它令人昏昏欲睡,思想麻木,忘掉偶尔出现的惊慌。它有时在洼地震荡一下,在斜坡上颠簸一阵。坐橇的人哆嗦着,懒懒地抬起头来,他睡眼蒙眬,向走惯了的道路和早已熟悉的地方瞭望一会儿之后,又长久地打起盹来。

在心灵里,正如在覆盖着积雪的泥土里一样,深深地埋藏着一些没来得及开花结果的思想感情的种子。生活印象的新种子,穿过慵懒的冷淡和对自身的力量极不信任的厚层,不知不觉地钻入隐秘的心灵深处,积聚在那里,使内心感到沉重,这些种子常常等不到生命在心灵内外生长所必需的光明和温暖,就和人一块儿死去了。

第二部

急骤的细雨下了一个星期,在屋顶上淅沥作响,抽打着树木,像是在叹息和哭泣;它停止一两小时,然后又像微尘似的撒落下来。

城市湿透了、肿胀了、似乎融化了,水流到处懒懒地流着,喝够了水的土地再也不能吞下水分,它恰似一个老乞婆的肮脏身体处处都是补丁似的泥塘和灰色脓疮似的水泡。

太阳仿佛熄灭了,日光在土地上洇开来,好像灰色的泥水。城市的街道上满是烂泥,静悄悄的,没有行人。从这些街道的上空,很难弄明白现在过的是白天里的哪一个时辰。但是偶然有一两小时,在蓝灰的天空中很可怜地闪耀着一个寒冷的、不成形的斑点。老太婆们称它为"死人的太阳"。

马特维·科热米亚金坐在窗前,闷闷地眺望雨水打落园内树上最后的几片叶子;那几片树叶落下后,就在寒冷的、鱼鳞似的水流上痉挛地跳跃起来。

沙基尔走了进来,龇着牙说:

"一个太太带着一个男孩,坐在厨房里,两人身上全湿了。"

"她是谁?"马维特惊异地问。

"不认识。她找了三天房子,也没有找到!"

"咱这儿哪有房子!"

沙基尔把小圆帽从额头推到后脑勺上,用手指摸了摸胡子尖,提议道：

"把阁楼租给她,那里本来是空的,有什么用？那男孩好玩极啦！"

"嗯,也好,"主人不假思索就答应了。"不过,那里能住人吗？"

"让她自己去看吧！……"

"那里面从来没有住过人。"

"我们收她一个卢布！"鞑靼人说,他挤了挤眼,就走了。

马特维的琐小的、半死不活的、怯生生的思想,永远伴随着一些黑影：一个思想出现了,随之而来的即是一种懒懒地要把这个思想否定掉的东西。他对这已经习惯了,从来也不知道在思索的迟缓过程中该停留在哪一点。他对这些思想十分生疏,它们像是从某种厚密、呆滞、默默否认他的整个生活的东西的表面上一滑而过。他听见他的头顶上有人跺脚、忙乱,便猜测道：

"这女房客好像疾病一般,突如其来。假使是个年轻的女人,一定会引起些谣言。那男孩子会要吵闹,掷石头,打破玻璃……这是何苦来呢？"

沙基尔又出现了,他很高兴地说：

"租出去了,房钱是一个卢布！"

"不过你要对他们说,他们住着得安静点,你说,主人不喜欢吵闹……"

"他们很安静！"鞑靼人很有把握地说,轻轻地笑了一下。科热米亚金心里想：

"他高兴什么呢？"

第二天喝早茶的时候,纳塔利娅笑着说：

"马特维·萨韦利奇,那个女房客真怪呀,太怪了！"

沙基尔抬起头来,微笑着,他满脸露出和善的、细小的皱纹。他向主人欠着身,在自己鼻子前面摆弄手指,笑得喘不出气来说：

"她用刷子刷牙呐！"

"是——是吗？"马特维惊异地、不相信似的拉长声音说。

"真的!"纳塔利娅急促地嚷嚷着。"还用白粉刷。她的白粉放在一个小罐里!"

"也许因为牙痛吧!"主人发生了兴趣。

"不,她并没有喊疼呀……"

纳塔利娅笑得把那张吃得胖胖的、有些狡猾的脸展得很宽,像爆豆子似的继续说道:

"显见她是从远处来的,习惯也特别,非常客气,老是请呀请呀的,对大家都称呼'您'!我送一桶水进去,她对我道谢,她说,谢谢您,我自己也可以拿,下次请不要劳驾啦!"

"漂亮吗?"科热米亚金沉思地询问。

"好像挺好看的。肩膀圆圆的,胸脯像姑娘似的。脸上很正经,笑声很好听,很温柔。"

"这么说,是年轻的……"

"从她的儿子看来,她大约有二十五岁,也许二十八岁。不知道是从哪里来的这么个女人?"

纳塔利娅叹了一口气,补充说:

"样子很可怜。全部家当只是两只网篮和一只有铜牌牌的皮箱。"

风推着窗户,溅着雨水。水在院内像哭泣似的流着,一滴滴地流到木桶里去。沙基尔满意地微笑着,大声喝茶。纳塔利娅的甜蜜声音说出一些不寻常的话。科热米亚金不时地向四周望望,感到一种莫名的不安。

"随她去吧!"他说,垂下眼睛。"只要她能安安静静地住着就行。男孩怎么样?"

"很乖。我进去的时候,他的脸上涂满了肥皂,喊道:'您好!您叫什么名字?'真的!"

"既然他们和气,咱们对他们也要和气!"主人宣布,内心怀着一种温良的感情。

沙基尔肯定地点点头。纳塔利娅仿佛有些害羞似的说:

"只是牙齿弄得太可笑了!把一把骨头做的刷子塞进嘴里,来回蹭,在牙上蹭。脸蛋儿怎么能不捅出窟窿呢?"

中饭以后,天空里出现了淡蓝色的斑点,映在院内水洼的死水里。这时候,有一个头发蓬乱的、尖鼻子的男孩蹲在最大的水洼前面,用树枝拨动水里的小木块,嘴里在喊着什么。水面现出皱纹,仿佛在朝着他笑。

马特维轻轻地打开窗子,一个响亮又有些皲裂的声音飞入屋内:

我在梦中梦见,
那热烈的祷词莫非已
飞到了沙皇的耳边?[①]

沙基尔立在门廊旁边,歪着头,揪着胡须。看院人马尔库沙歪斜的身影在货房的门口摇摇晃晃的。马特维·萨韦利耶夫躲在门框后面,望着男孩的匀整身影,心里想道:

"有点瘦,腿很细。我在他这么大时可不是这样,胖得多呢!"

他心里像涌出一道温暖的波浪似的,回忆着童年的往事,这种回忆在胸中引起一种亲切感。男孩站起来,在裤子上擦了擦手,提提裤子,又唱了起来,把字分成一节节的,听来更加清晰:

唉,自——自由呀,我的自——自由……

他忙着捋起裤管,抬起像鹅掌似的红脚,勇敢地踏进水洼,用极低沉的声音接唱下去:

你是我最亲爱的!

[①] 出自为废除农奴制而作的一首假充为民歌的诗《唉,自由呀,我的自由》,作者不详。

男孩的左裤管掉进了水里,他跳出水洼,脚一滑,摔了个马趴。

"唉,真可恶!"他喊道,伸着手指甩去上面的烂泥。

马特维·萨韦利奇从窗内伸出头来,同情地说:

"母亲现在会骂你的……"

男孩又蹲下,在水里洗手,向上抬起生着黑眉毛的、覆着淡色鬈发的脸,带着平静的笑容,回答道:

"不要紧!"

"你叫什么名字?"

"鲍里亚。您呢?"

"莫卡。"

科热米亚金抬起一只手,想遮掩脸上的笑容,摸了摸胡须,困窘地改口说:

"马特维叔叔——马特维·萨韦利耶夫……"

男孩把手插进裤袋里,眯缝着眼睛,问道:

"您就是房东吗?"

"我就是。怎么样?"

"没什么!"鲍里亚说。

但是他想了一想,又说道:

"不过,您是太胖了!"

"这么说,你还没见过真正的胖子呢!"

"得了吧!"鲍里亚笑着说。"没见过!什么样的没见过!在我们卡因斯克……"

"在什么地方?"

"在卡因斯克。您不知道吗?"

"这是哪个省?"

男孩用教师的口吻更正他:

"这不是哪个省,是在西伯利亚……"

科热米亚金挪开花盆,从窗内探出一半身子,向院内四下里望了

163

望,沙基尔已经走开,马尔库沙像个狗熊似的在昏暗的货房里忙活着。

"为什么在西伯利亚呢?"他用不高的声音问。

男孩疑惑地看他一眼,咧嘴笑着说:

"您真可笑!那边造了一个城市——在西伯利亚。你们的城市造在这里,那个城市造在那边,就是这么回事!"

"这是对的!"科热米亚金急忙表示同意说。"人们在那里建造了城市,所以它就在那里出现了。你认得字吗?"

"当然认得!"鲍里亚回答,耸了耸肩。

"我也认得字!"科热米亚金告诉男孩。对方从地上捡起一根树枝,朝空中看看,天上又往下洒起潮湿的灰尘来了。

"鲍里斯!"一个明净而冷漠的声音喊着。"进屋来吧,下雨啦!"

门前的台阶上站着一个身材颀长的女人。她穿着黑色衣裳,头发梳得很光,脸色苍白,态度严肃,像修女一般。她身上也有一种和阴天共同的东西——阴郁而固执的性格。她看见了站在窗口的科热米亚金,大概也猜到他是这家的主人了,但是没有招呼他。

"请回来吧!"她说。

"请!"科热米亚金一面关窗,一面想。"对儿子也要用'请'字吗?……"

短促的秋日在潮湿的浓雾中很快就消失了。花楸树的秃树枝敲着窗框;风把细雨洒到玻璃上,洗濯着它,从墙外透过一阵阵如泣如诉的淅沥声。

勇敢的士兵普什卡里死后,秋风秋雨已经来过十三次了。相互之间毫无区别的空虚岁月,静悄悄地、一个跟着一个地从科热米亚金身旁溜过,就像那些黑衣朝圣者一样,除去安静的、习以为常的烦闷之外,并没有留下什么。这种烦闷已经熟悉得如同穿顺脚的皮靴似的使你的心灵毫无所感。

但是今天的烦闷已不是那么静了。好像水洼里的灰色水泡一般,脑子内出现了一些突如其来的、气恼的想法。他想走上阁楼,问那女人：

"你是什么人？为什么从西伯利亚来？为什么对小小的儿子说请呀请呀的？用白粉刷牙，这又是为了什么？"

马特维在暮色朦胧的室内踱来踱去，他那突然清醒过来的心灵中的小小一隅使他意识到，所有这些问题统统是愚蠢的。在想到那男孩的时候，他感到更加高兴，更加轻松了。

"怪活泼的！"

这男孩仿佛是用冷得发红的湿手将业已停滞很久的回忆的轮子推了一把，轮子很不乐意地动了动，而后便慢慢旋转起来，将那像由往事构成的灰色带子扒开了来。他在地板上轻轻地拖着毡鞋，逐渐想到了帕拉加，后来又把思想转到了女房客身上。

"看起来是个官太太……自高自大，头也不点……"

纳塔利娅走进来，轻声问道：

"要不要点灯？"

"等一等。我自己点。"

她叹口气，说阁楼上升火炉的时候，烟全都冒到屋里去，女房客和她的儿子为了不至呛死，只好躺到地板上。

"可以到这里来坐嘛！"主人阴沉着脸说。"我总不会咬人吧。"

"沙基尔爬到屋顶上去了。烟囱里有乌鸦窠……"

"那有什么奇怪的？"

纳塔利娅又叹了一口气，垂下头，很抱歉地说：

"警察来了……"

"什么事？"

"不知道。好像是关于女房客……"

"你瞧，"科热米亚金嘟哝着。"又是你跟沙基尔出的点子……"

他不慌不忙地走进厨房，但是警察已经不在那里了。桌上点着灯，放着一只木勺，勺上有啤酒味。沙基尔坐在桌旁，手指敲着木勺柄。纳塔利娅站在炉子旁边，把手藏在围裙下面。一下子就可以看出,他俩被什么事情吓了一跳。他们匆忙地、轻声地对他讲,警察命令他们密切注意女房客的行动。这女人不得离开本城,他的房主应该把她所做的事、所说的话全都报告警察。马特维听了之后,也大吃一惊。

这使他们感到一种未曾有过的惊慌,但同时也引起了他们的好奇心。他们越往下谈,好奇心就越大。他们三个人互相望着,惊疑地眨着眼睛,低声说话,沙基尔甚至把灯芯捻小了一点。

"为什么这样对她?"马特维不住地思索。

沙基尔猜想说:

"假造钞票吧?"

但是纳塔利娅说:

"似乎不像……"

"咱们怎么知道谁像干什么的?"科热米亚金轻声说。

"兴许她把丈夫怎么样了?"纳塔利娅说出了她的想法。"她的脸冷冰冰的,也许弄了块烤糕?①"

"别说啦!"沙基尔命令着。

警察使奥库罗夫镇所有的人都产生同样复杂的、代代相传的感情。大家恨他们,怕他们,但又卑躬屈节地恭维他们。大家不明白他们有什么用处,可是无论发生什么事情,又死乞白赖地去找他们。现在,在谈论女房客的时候,大家都想到警察。

"警察来的事,对她讲过没有?"主人问。

"没有。"

"应该对她讲。"

"对呀!"沙基尔表示同意。"咱们怎么知道她?可咱们对警察却熟得很!"

纳塔利娅忙乱起来:

"一个单身女子,没有丈夫,谁也弄不清楚警察注意她干什么?这

---

① 暗示在食物中下毒。

女人年纪还轻。让我去对她说……"

科热米亚金沉思起来。

"等一等！你快去生茶炊！你跟我进屋去,沙基尔……"

他走进屋内,点上灯,感觉自己在解决一桩重要的事情,对鞑靼人郑重地说：

"警察也罢,不相识的人也罢,对于咱们都一样。咱们希望生活得像以前那样平静！我要叫她来,问她：到底是怎么回事？假使的确有什么事情,咱们就只好请她搬家了……"

"对对！"沙基尔干巴巴地说,整理着小地毯,随后挺直身子,叹了一口气,走出去了。

科热米亚金站在镜子前面,死板板的玻璃映出一个脑门儿很大,胖乎乎的面孔；淡褐色的胡须把他的脸压缩得长长的。蔚蓝的、有点混浊的眼睛闪耀着冷淡的、不快乐的光芒。他不喜欢这个脸,他一向认为它是空虚的,尽管有胡须,可是带有女人气。今天在他的身上——在眼睛里,在张开的嘴唇上,出现一点新的、同样是令人不快的东西。

"她也许不比我年轻很多吧？"他忽然小心翼翼地想。

纳塔利娅端进茶炊来。

"你去,"他低声吩咐说,"你对她说,主人请她过来一趟。留神,你要说得客气些！请下来一趟……劳驾一趟！是的,要这样说。你仿佛什么也不知道似的,说得和蔼点！咱们没必要得罪人……"

纳塔利娅走了,他拉了拉衬衫,用手抿了抿背心,站在屋子中央,凝神细听。过不一会儿,只听鞋跟在楼梯上咯咯地响了一阵,门开了,女人走了进来。她穿着深色的裙子,带格子的围巾,头发梳得很光,高高的个子,匀称的身材。她的额和颊好像用雪塑成,双眉紧皱,两眼之间有恼怒的折纹,眼睛下面印着疲乏或忧愁的黑影。科热米亚金不好意思看她的脸。他鞠了个躬,不抬眼睛,挪动了一下椅子,犹疑不决地、几乎像犯了错误似的说：

"您好,太太! 请呀,——要不要喝杯茶,——不要见怪,——喝一杯茶吧!"

"谢谢您……"

现在,她的声音比在院内时显得温和了些。他看了她一眼。她的脸也变了样子,眉毛中间不再有皱纹,深色的眼睛带着笑意。

"瞧她,这女人,"他匆忙地想,"你怎么弄得清她是什么人呢?"他很窘地咳了一声,问她叫什么名字。

"叶夫根尼娅·彼得罗夫娜·曼苏罗娃。"女房客清晰地说出来。她忽然自己先笑着讲:

"我没有身份证,但是您不必担心。我受警察的监视,当局已经知道我住在您的府上。"

这几句说得很清晰的话使科热米亚金愣住了。他甚至冒出汗来。他踌躇一会儿,很慌张地说:

"没有什么……"

他的脑子里突然闪过一些使之胆怯的想法,一蹦一跳地敲打着太阳穴:

"她要住在我家,这是当局命令她的吗?也许是存心跟我捣乱,或是取笑我吧?但是警察是什么意思呢?"

她又说了些什么,但是,他听不懂她的话,整个的她变得一刻比一刻更加不可理解,她对待警察那种我行我素、无所顾忌的态度使这个孤陋寡闻的人感到困窘。

"您这里真暖和!"他听见她说。他为了不理解错她的话的意思,又在心里重复了一遍。

"我喜欢让屋里暖暖和和的……"

"什么东西这样香?"

"蜜——菩提树的蜜,蜂房!"科热米亚金指着桌子说,他眼睛紧盯着热气腾腾的茶炊。他忽然出乎自己意料以外地提议道:"你可以拿点蜜去,给儿子吃。"

"谢谢,"女人说,声音特别响亮。"你们那个鞑靼人跑来找他。您大概很喜欢这个人吧?"

这话他听懂了。

"他在我家待了十四年,"他说,轻松地叹了一口气。"很诚实!鞑靼人都很诚实,不像雇工,像是自己人……"

围巾从女人的圆肩膀上落下来,他现在看到,她把光滑的头发编成一条很粗的辫子,辫梢上结着黑色的丝带。

"不是姑娘家,怎么还梳辫子?"在他倒茶时,这个想法一闪而过。

女人的微笑有些迟疑和捉摸不定。这种微笑在眼睛深处燃起,使眼睛很美丽地扩大了;紧皱的眉毛颤巍巍地变直了;而后,嘴唇微启,露着洁白的细齿粲然一笑,整个面庞闪耀着温柔的光辉;两颊出现了一对可爱的酒窝。这时候,马特维觉得她似曾相识,很像一个因时间过久而忘却的女人形象。

"她不像帕拉加,"他想,"可是像谁呢?"

但是,她脸上的笑容很快便消失了,皱纹又使眉毛聚到一起,双唇紧闭,于是,坐在他面前的便又是一个陌生、严峻、使他隐隐不安的人了。

"对她说什么好呢?"科热米亚金一边移动桌上盛薄饼和甜饼干的碟子,一边寻思。"再笑一下才好呢……"

他用低沉的嗓音提议道:

"请吃呀,家里做的饼干……"

"谢谢!"她很温柔地点点头说,取了一块薄饼。她的手很窄,像小船似的。当她拿什么东西的时候,纤细的手指把东西握得那样和谐、温柔和牢固。

"所以说,"她又说起话来。"这一切与您没有关系,我并不打算逃走……"

"她的话是什么意思?"马特维的眼睛失礼地盯着她,心里在猜测着。"瞧,她又笑了!"

169

"逃走——为什么?"他说,仿佛在劝告似的。"这里没有地方可逃,全是沼泽和树林。我们这里很好。春天当然好啦。夏天也不错。您的孩子会喜欢的。小河里有鱼。可以猎鸟。蘑菇多得无数!人们坐大车去采蘑菇……"

"你们这里有没有中学?"

"是学堂吗?"

"是的。"

"学堂是有的。"

"有几个年级?"

"好像……三个年级。"

"那不是中学……"

马特维叹了一口气,对于奥库罗夫镇没有中学这一层,感到有点遗憾。

"你们这里真是偏僻得很!"女人说着,也叹了一口气。她开始讲她怎样住在客店里,为找房子在城里奔走了四天,但是一所也没找到。到处都以粗暴无礼和怀疑的态度来对待她,盘问她是干什么的,从哪里来,到这里来有什么事,打算做什么,丈夫在哪儿?

"真奇怪,好像我不是俄国人,或者是到了外国,用听不懂的语言说话似的。大家全怕我!"

这情形他很熟悉,和她具有同感,从而产生了对她的同情。

"您的丈夫在哪里?"

她凝神看了他一眼,简短地回答道:

"死了。"

他觉得这两个永远令人悲伤的字,今天似乎丧失了它的严重意义。

"着了凉,就死了!"她很清晰地重复了一遍。"那里很冷,在西伯利亚……"

"他在那里做事吗?"

女人微微耸耸肩，平平常常地说道：

"不是的！我对您说，我们是被流放的。您明白吗？就是充军……"

她又补充了一句马特维从来没有听过的话。他在椅子上又坐坐稳。

"究竟为了什么？"

她咬紧嘴唇，把围巾披到肩上，朝屋内环顾了一下，也很严肃而有力地问：

"您知道，什么是政治？什么是政治罪吗？"

"不知道，"科热米亚金说，在她那沉重的、似乎把他推开的眼神之下，他蜷缩着身子，垂下了眼皮。

"这个我下次再对您解释！"他听见她说。她的话又和蔼些、温柔些了。

"那么，再见吧！谢谢您！说老实话，假使您不把您那间舒适的阁楼租给我，我真不知道怎么办才好呢！"

她临走时嫣然一笑。那几个吓人的字眼，如西伯利亚，流放，政治罪等，虽然又引起他的惊慌，但这一笑却使他多少放了点心。"政治"这个字眼特别意味深长，他听到这个字眼时，是与一件可怕的事情有着关联的。现在他苦苦地回忆：是什么时候听到的？怎样听到的呢？

他感到很疲乏，好像他和女房客谈了好几个小时似的。他坐在桌旁，突然举起手来，把手掌紧紧按在后脑勺上。西伯利亚、流放等字眼，在他的记忆内就像秋风一般顽强而猛烈地呼啸着。但是，从这些字眼底下，又静静地出现了一缕甜美的思绪：

"她的下巴就像圣饼似的。下巴上的酒窝像小孩子的一样，孩子睡熟时，天使吻的就是那个地方。牙齿多白呀！她干吗用粉刷它呢？"

一个暗淡的回忆突然重重地向他的胸前和脑袋推了一下。几年以前，在一个普通的日子，星期一的晚上，城内各个钟楼忽然撞起大钟来了。修道院的钟声急促，像发了神经的女人一样，又好像在那里报警。尼古拉教堂的撞钟人用力不均:一会儿使很大力气,一会儿只是把铜舌轻轻碰一下;铜钟抽泣着,呼喊着。

马特维跑出大门,沙基尔和工人们向各处乱奔,爬到屋顶上去看什么地方起了火,但是,既没有红光,也没有烟。整个镇子却被惊慌的狂飙吹遍了:人们从四面八方跳出来,彼此聚到一起,呼喊着,向什么地方迅速奔跑,在厚絮一般的春雪中消失不见了。

有个人骑着黑马奔到修道院前,向前伸出一只手,愤怒地喊叫着:

"住—住手!不许打钟—钟!"

但是,尼古拉教堂里的钟声越来越紧,越来越阴沉。

人们一边跑,一边猜测报警的原因:有些人说教堂被抢了。有人叫嚷维塔利神甫在一小时内死了。而那个老头儿恰帕科夫,退伍的下士说,拿破仑的孙子又聚集了十二国的兵,越境侵犯,把彼得堡包围了。在大雪纷飞中看不见人,他们的这些喊声听起来很可怕,各种说法都似乎是真实的。

"河冰开得不是时候!"有人在马特维的身后,用沉厚的低音,绝望地说。"告诉你,要发大水了……"

"谁说的?"

"有紧急情报来了!"

"我们不怕洪水,我们住的地方很高……"

在苍茫的暮色里,在落雪的迷雾中,人声隆隆,每个字落到头上都像石头一般。房屋和人影时隐时现。城市好像离开了原位,一面摆动,一面吼叫,飘向某个地方。

老人巴祖诺夫来了,儿子和女婿扶着他。他没戴帽子,穿着不系带子的衬衫,外面罩一件黑色褂子。他站起来,好像一下子挡住大家的路,用嘶哑的声音对全城宣布道:

"你们瞎嚷嚷什么?难道不能从钟声听出是皇上亚历山大·米科拉伊奇升天了吗?把帽子摘下来!"

忽然大家都不出声了。而走在街上,走在那些黑黝黝的、不出声的人们中间也不那么可怕了。

科热米亚金后来站在教堂里,听神甫一边啜泣一边诵读沙皇被刺的文件。他永远记得那句重要的、悲哀的话:

"这是不可解的天意……"

在这句话里,有些恍恍惚惚似乎熟悉的、同整个生活有着千丝万缕联系的东西。

沙基尔使他十分不安,他也站在教堂里,摇头晃脑,嘴里嗥嗥地叫着,好像牙痛一般。马特维害怕奥库罗夫镇的人们发现这个驼背人,揍他一顿。

但是教堂里差不多没有灯,只有祭坛上和特别供奉的神像面前的。蜡烛和油灯发着微弱的火光,把黄澄澄的斑点很可怜地投射到黑色的面庞上。阴森的黑影笼罩着人们,看不见他们的脸。他们那巨大的、无头的、发出鼾声的躯体紧紧地挤满了教堂。神甫的黑暗身影在他们的上方的讲坛上摇摆着,像悬在空中一样。

马特维从教堂里出来,觉得困惑不解,脑袋隐隐作痛,好像中了煤气。他没戴帽子,站在教堂的围墙里,沙基尔搔着胸脯,咂着嘴,发着牢骚:

"干吗这样?啊哟,这些人,总是淘气……"

"别出声!"科热米亚金说。"听人家说什么……"

有许多人在说话,而且众说不一,但都是同样阴郁,声音不大,没有把握。

"也许是英国女人收买的……"

"土耳其人也会干的……"

"土耳其人也会干的!他们也会干的!"

"他打败了他们!"

"喂,沙基尔,小心有人跟你过不去!"科热米亚金对驼背人小声说。

可驼背人生了气:

"我是土耳其人吗?我们住在俄国,我们是自己人。你怎么啦?"

轻轻的、沉郁的嘈杂声一直在浮动,越来压得越低:

"他们这可不是第一次谋害他……"

"谁?"

"这些人……"

"这些人是谁?"

"我怎么知道啊?你去问警察,警察应该知道!"

忽然有一个很高的声音,爽朗而响亮地喊了一句:

"市民们,现在发生变动是指日可待的了!"

许多声音立刻怀着希望附和着说:

"那自然……"

"变动……对……"

"尼古拉·帕夫洛维奇以后,就有过变动……"

"当然啦!首先就是取消包税制……"

"天哪,这可不得了!"

"解放了农奴……"

"普遍征兵制①……"

"这也使许多人受了害!"

"可有些人在兵役税上可发了大财!"

"但愿不要再有破坏的事情才好呢!"

马特维身后什么地方有人响亮地、幸灾乐祸地喊道:

"这全是那些贵族老爷们搞的政治,你瞧,他们不搞政治便觉得难受!我说,这是他们搞的政治!他们还要给农民恢复农奴制度呢……"

"对呀!"巴祖诺夫嘶哑地喊。"贵族们……搞的政治!"

有二十来个市内名流聚在一堆,七嘴八舌地议论贵族们怎样贪婪、奢侈和残酷,议论这不受人尊敬的、一向被仇视的老爷阶级的骄横

---

① 强制服兵役的制度,自一八六二年起允许以缴纳兵役税来代替服役。

174

和各种罪孽。

"但是自己又怎么样呢?"沙基尔嘟哝着。

"正人君子!"科热米亚金小声回答说。"回家吧!"

也确实该走了:因为这时已经有一个高个子的、戴长毛皮帽的人在人们头上挥着手,嚷道:

"站住,混蛋!你是谁?警士!我给你点颜色看看,暴徒!抓住他,扎哈尔!你是谁,老头儿?是巴祖诺夫吗?啊!"

科热米亚金和沙基尔走开十来步,浓密的大雪熄灭了人们的怒吼;街上安静下来,他们刚才所听见的一切好像从城里向沉寂的银野溜走了。

但是今天,就在这一刻,所有这些业已模糊和淡忘的情景重又完整地出现在眼前,就像用鲜红的颜料在教堂墙上涂写着似的,令人感到森严和恐怖,并且产生一些相互矛盾的想法:

"让她搬走,不要管她!儿子唱歌颂沙皇的歌。可爱的小宝贝,歌颂沙皇!可母亲竟是这样!可她现在能到哪儿去呢?本地没有住所,即使有,也不会租给她,甚至会揍她的。这正好!"

纳塔利娅进来了,快乐地问:

"茶炊不要了吧?"

"快叫沙基尔来!……"

沙基尔快快乐乐地来了。

"你龇什么牙?坐下……"

鞑靼人坐下了,摇晃着头,微笑着。

"你知道,"科热米亚金轻轻地说。"她为什么上西伯利亚?你记得沙皇被刺的事情吗?她就是那伙人里面的……"

沙基尔不同意地摇着头。

"不,她是四年以前上西伯利亚去的……"

他不等主人反驳,便热热闹闹地接着讲了下去:

"鲍尔卡全都知道。这孩子多好啊!他们是好人!"

"哪一点好？"马特维问，既不相信，又很高兴。

"哎呀，样样都好，好得很！"

"你不要哎呀哎呀的，你说得明白点！"

鞑靼人挥挥手，一面笑，一面喊道：

"样样都好！他觉得大家都好，不管是你呀，我呀，他都一样看！整天乐呵呵的！至于那位女房客，我管她叫太太，她说：'我不是太太，我叫叶夫根尼娅·彼得罗芙娜！'我说，叶夫根尼娅这名字总叫人觉得是太太。可她说：'那么纳塔利娅怎么不是太太呢？大家都是太太！'我笑了，鲍尔卡也笑，她也笑了。后来我又哭了，瞧，有点可笑！"

"她常笑吗？"马特维疑惑地问。

"笑个没完！仰起脑袋，哈哈大笑！"

他稀里呼噜地喝着茶，烫痛了手，把茶碟从这只手转到那只手，鼻子呼哧呼哧地作响，一直说着话。他的活泼态度和眼睛里的惊喜、温和的神情，把马特维的恐怖赶走了。

"她究竟说什么来着？"他追问道。

"什么都说！哎呀，真是随和……"

"嗯，随她去吧！"科热米亚金松了一口气，说。"但是，你可不要讲她是那伙人里面的！"

"我干吗要说呢？谁相信我呀？"

"坏事大家都会相信的！咱们这里的人很恶，什么都做得出来。她究竟是干什么的，这和咱们不相干。咱们只管一桩事：安安静静地过日子，就像现在这样，这就是全部任务！"

他对沙基尔讲了好久，讲了些连他自己都不大清楚的话；鞑靼人坐在那里，满身流汗，眼皮一开一合地驱赶着睡意。在厨房里吃晚饭的时候，纳塔利娅不停地讲着这位女房客，她也是很满意，对女房客和男孩都很感兴趣。

"她真可爱，真有礼貌，是位真正的太太！"

马特维越来越安心，他说：

"你们这般人,是因为好久都没有见过真正的人啦!什么也不了解,就这样说东说西的!不过,纳塔利娅,你可不要在菜市上和随便什么地方到处乱说去,这事毕竟是有警察插手的……"

大家不出声了,带着疑问你看看我,我看看你。

科热米亚金的手指在桌上打着碎鼓点,他感到有一种神秘的东西进入了他的生活,而且无从躲避这种神秘的东西。

"而且也不想躲避,"他听天由命地想。"爱怎么就怎么吧,反正不都一样吗?"

他记得沙基尔头一年来他家的时候,有说有笑,像小孩一样轻松愉快。但是以后不那样了。他的笑声含着沉郁的调子,像哭号一样。而现在呢,鞑靼人又像以前似的笑了。

"只要孩子们不骂他猪耳朵,朝他身上扔石子,他是喜爱孩子的……"

夜里,躺在床上,马特维听见头顶上有柔和的窸窣声、轻盈的脚步声。这是很愉快的。因为从前阁楼上只有老鼠的响声,还有风吹进被砸破的天窗,拍击什么东西,寻觅什么东西的响声。冬天,在静寂的寒夜里,当狼群在田野上望着镇子,忌妒而可怜地号叫时,阁楼呼应着狼嗥,发出吓人的同情的嗡嗡回声。听到这种莫名其妙的声音,便会想起一连串可怕的景象:血淋的帕拉加,瘫在床上的父亲,悄悄远飏的索宗特,克柳恰廖夫的灰色脑浆和他那灰色的梦;还想起"狗妈妈"和呆傻的阿廖沙,而且很固执地要想象出那个佩尔·拉斯托佩尔究竟是怎么个模样。

暴风雪在城市上空旋转、呼号,把房屋埋在雪里,甚至屋顶,用干枯的、毛茸茸的翅膀拍击着护窗板和墙壁。这时,马特维恍惚见到一个硕大、安详、软绵绵的人:这个人驯顺地卷成一个破布球,在地上滚来滚去,一路上把树林碾平,把山谷填满,压坏和摧毁城市和村镇,用重重的力量把废墟轧进地里,轧进他那丑恶、无头、软绵绵的躯体里,人们不知不觉、无声无息地在这个躯体下面消失了。这个躯体边滚边

长,在它后面只有平坦的旷野,在旷野上方飘荡着悲痛的呼声:

"救命呀!"

流光易逝,女房客住在这里的第一个月不知不觉地过去了。这个月里增添了不少新的、小小的麻烦:沙基尔劝主人把阁楼上的火炉翻修了一下,更换了干裂的地板,还作了许多小的修理工作。主人皱着眉头,抱怨说:

"这要花销很多修理费,女房客两年的房租都抵不上呀!"

"不要紧!"鞑靼人快乐地安慰他说。"俗话说得好:好人比金钱还宝贵!"

"我并不在乎金钱,可是这真麻烦——叮叮当当、吱吱扭扭,吵得不可开交!"

在修阁楼的时候,女房客和她的儿子搬到楼下,住在帕拉加去世时住的那间屋子。那是科热米亚金自己向她提出的,但是当她刚刚和他站在同一个地板上的时候,他立即对这种接近感到了拘束,并有点害怕,于是便跑出去收麻了。

一路上他对她所怀有的净是些口是心非、萎靡不振的想法,这些想法只使他的脑袋感到沉重,而不能给予内心任何启发。

只有一桩是明显的:

"她和我一样,同这里的所有人也是格格不入的,……"

这个哀伤的想法使他感到愉快,催促着他回家。

回家以后,看见帕拉加的房屋已经空了,马特维叹了一口气,不禁有些惋惜。

冬天临近了。每天早晨,小丘般的烂泥堆上,光秃的树枝上,房屋和教堂的铁盖上,都落满淡蓝色的霜。冷风驱散了秋雾。空气不久以前还很潮湿、浑浊,现在开始动荡和透明了。深邃而空旷的远景展开了,树林发黑了,看得见柔细的、灰色的野草在城周围的光秃丘陵上无依无靠地摇摆着。

新征的兵已经游乐过了。今年闹得不很凶:他们只拔了市场上的三盏街灯,打碎了自治局的玻璃窗,和后河人打架时,拆坏了尼古拉教堂一部分的篱笆,因为他们需要木棒。

在巴雷梅尔,富农莫凯·恰普诺夫的侄子由于害怕入伍而打算上吊。但是这没有用:人家把他解下来,还是抓走剃了头。

长夜漫漫,好像无穷无尽似的。过去几年,马特维经常是在厨房里度过黄昏,他朗读训诫集或日课经,纳塔利娅缝着什么,沙基尔做普什卡里的事情,看院人马尔库沙——一个腰有些歪,没有亲属的人,坐在地板上,削着做鸟笼用的小木棍和平条板,这些鸟笼他做得精致、漂亮而且结实。他们有时斗牌——捉"傻瓜"和"打百分",有时谈论城内的新闻,或听马尔库沙讲各种迷信,讲男女巫师的智慧,讲搜寻财宝,以及家神和各种妖精的笑话。

但是现在,女房客的儿子成了厨房内的主要人物。他的头发鬈曲,鼻梁凸起,十分爱动,从来不知疲劳,圆圆的脸上有一双活泼的、善于观察的眼睛。一大早他就一本正经地从楼上跑下来,对大家问候,伸着破了指甲的手。

"我来给你帮忙,纳塔莎!"

他穿着棕色的短上衣,显然是用成人的上衣改制的。他还穿着很厚的裤子和镶着皮边的毡靴,戴着总是推到后脑勺上的海狗皮帽。他坐在纳塔利娅身旁摘菜。她问他话时,他便用饱经世故的成年人的口气回答。

"孩子,你们是怎样来的?"

"很简单,坐马车来的!"

"大概,见过不少城市吧?"

他眯细眼睛,数起来了:

"叶卡捷琳堡,彼尔姆,萨拉普里,最好的是喀山!那里有马戏院,里面有一匹马像老虎一样!"

"唉,天呀!"娜塔利娅叹口气。

179

"马身上有条纹,腿很长,什么它都能撑得上……"

他详细讲完了那匹像老虎的马,或是再讲上一桩新鲜事儿之后,就拂掉膝头上的土豆皮,向四面望一下说道:

"沙基尔,你给我点什么事情做做!"

"走,咱们去看工场!"

在空场上,大家用爽朗的笑容,好奇的眼光迎接鲍里亚。

"早晨好!"

鲍里斯·阿基莫维奇摇着帽子,庄重地回答:

"好呀,诸位先生!上帝帮助你们!"

"谢谢!"先生们回答,用草鞋在踏硬了的土地上拍得啪啪响。

"马尔库沙!给我活儿干!"

"好的,亲爱的,好的!"马尔库沙用稍带嘶哑的声音说。他的颧骨高耸,一脸红毛,小眼睛窄得看不见。他把大嘴一直咧到像野兽的一样,紧贴在颅骨上的、毛茸茸的尖耳朵旁,露着又宽又黄的牙齿。

"鲍里亚,你当心他!"庄稼汉们有一次警告鲍里斯说,"他是巫师,会把你迷住的!"

这个七岁的孩子轻蔑地回答道:

"巫师只在童话里有,世界上是没有的!"

在充满枯草香味的潮湿空气中,迸出一阵笑声:

"我的妈呀!"

"马尔库沙,你听见没有?"

"真没见过你这样的好孩子……"

半瞎的伊凡抚着男孩的背,说道:

"喔唷,你真好玩!喔唷,你这小宝贝!"

马尔库沙摇晃着肚子,沙基尔眯缝起眼睛,不安地望着大家。科热米亚金惊异地观察着男孩的举动,避免和他谈话。他几次试着和鲍里亚谈话,结果都没有成功。这小房客的答话和问话都不好理解,时常显得冒失。

"你喜欢住在我家吗?"有一次他问。

男孩眨了眨睫毛,把帽子推到脑后。

"难道我是住在您家吗?"

"怎么不是?这房子是谁的?我的!这院子,这工场……"

"城市呢?"

"城市是沙皇的。"

鲍尔卡想了一下。

"您是干什么事的?"

"我吗?捻绳子,麻绳……"

"不,"鲍尔卡跺跺脚,又问了一遍。"您做什么事?"

"我吗?我是老板,我监督大家……"

"根本就看不见你干活呀!"

"你爹干什么事?"

"爹是谁?"

"父亲,难道你不知道吗?"

"父亲叫作爸爸。"

"唔,那好就是爸爸。我们这里的孩子管白面包叫爸爸。那么,他干什么事情呢?你的爸爸?"

"他吗?"

鲍尔卡皱起眉头,想了一下。

"读书。然后写信。然后画地图。他病得很厉害,一直咳嗽,连夜里也咳嗽。以后就死了。"

男孩朝着灰色天空笼罩下的院子望了一眼,就走了。三十岁的马特维望着他的背影想:

"他有点撒谎!"

另一次他打听:

"你母亲怎样?身体好吗?"

鲍尔卡鞠着躬,回答:

"谢谢您,是的,她的身体很好。"

"真有你的!"马特维暗自惊呼,对于这种有礼貌的态度感到愉快。

"她不闷吗?"

"她是大人!"男孩明白地回答。"小孩才会闷呢。"

"我也是大人,但是我闷!"

鲍里斯当下便劝他道:

"您拿本书读一读。《鲁滨孙漂流记》或是《国语》①——它比《鲁滨孙漂流记》还好!"

"什么《国语》? 里面讲的是什么呢?"马特维在想。

每次鲍尔卡总要在这个成年人的脑子里留下一些恼人的刺。这男孩谈吐的敏捷令人惊异,但是他对长者缺乏尊敬则又令人不快,而他和沙基尔的友谊更触犯了科热米亚金的自尊心。他有时会提出些难以回答的稀奇古怪的问题,使人感到为难。他像他母亲一样皱着眉,问起来没完:

"为什么这里有许多乌鸦?"

"这哪能知道呢?"

"为什么不能? 是禁止的吗?"

"不是的。不过,要知道这个干吗?"

"您喜欢它们吗?"

"乌鸦吗? 没有人吃它的。你真怪!"

"金翅雀也没有人吃,可是您喜欢它!"

"它们会唱呀!"

这句话似乎使鲍尔卡很满意,但是,他想了一想,问道:

"难道喜欢一样东西,就因为它可以吃,或者会唱吗?"

这类问题使科热米亚金感到难堪,他觉得这小坏蛋故意胡说一通,以表示自己并不比大人笨。

---

① 俄国教育家康·乌申斯基(1824—1870)编的一本儿童文选,流传甚广。

有一天,马尔库沙坐在厨房里,对鲍里斯说:

"孩子,猫是一种聪明的动物,它往地里可以看进三个小胳膊那么深。巫师们总有几个猫军师,这些猫大概全会变。猫一叹气,眼睛里就冒烟,因为它身上有火,夜里一摸它,就会出火星。它是古代的动物:上帝造了人,魔鬼造了猫。魔鬼对它说:你要留神观察人们所做的一切,不要漏掉!"

"您见过魔鬼吗?"鲍尔卡响亮地、严厉地问。

"喔唷!我见魔鬼干什么?"

"您看见没有,马特维叔叔?"

"唔,哪里能见到它们?"

男孩皱着眉头,庄重地说:

"你们老拿我开心,因为我年纪还小!谁也没有看见过魔鬼,根本就没有魔鬼。母亲说,什么魔鬼,这纯粹是胡说八道。"

他眯缝着眼睛,朝厨房的黑暗角落里看了一下。

"假使有魔鬼,也会有家神,我一定找得到!我到处都爬到了,哪儿什么也没有,——只有灰尘,身上弄得很脏,以后便打喷嚏……"

马尔库沙惊异地张开嘴,在一阵痉挛性的笑声中战栗起来,他的多毛的脸浸满泪水,好像流着大汗一样。马特维一面听嘶哑的、呜咽似的笑声,一面斜眼看着鲍尔卡,心想:

"这男孩太狡猾了!对他应该小心一点,否则他会笑你的。他什么都不怕,到处闯来闯去,好像一只小狗……"

你会很担心地看到一个倔强的小人儿不知为什么,或在陡滑的货房顶盖上面溜达,或悬挂在光秃的树枝中间,摇晃着双脚,或爬上插满尖钉的围墙,掉下来时嘴里骂着:

"唉!见鬼,倒霉!"

"人无父,事无主。"科热米亚金想。自此以后,他对男孩更加注意了。

鲍尔卡在地上、在屋顶上以及悬在空中的时候,不停地唱着的那支歌,引起了马特维的注意。

> 你是不是带着露水自天而降,
> 我是不是正在梦乡;
> 要不就是热诚的祷词,
> 飞到了沙皇的耳旁?

"这支歌里讲的是哪个沙皇?"
"就是解放农民的那个……"
科热米亚金盯着小孩的脸,轻轻地说:
"是的,他解放了人们,人们却把他杀死了……"
鲍尔卡极感兴趣地喊道:
"在战场上吗?"
"不,就在大街上,用炸弹……"
"这是不会有的!"男孩用不赞成和不信任的口气说。"只有在战场上才能把沙皇杀死。假使有炸弹,那一定是打仗啦!街上是不会有炸弹的。"

科热米亚金难为情地沉默了下来,一种怜惜孤儿的强烈情感刺痛着这位奥库罗夫镇居民的半死不活的心。

"以后要是忽然发现你的父母也参与了这场战争该怎么办呢?"他想。

母亲对儿子的态度很奇怪。难道她不爱他吗?

有千次,鲍尔卡忽然从院子里失踪了。沙基尔和纳塔利娅大为恐慌,但是女房客走到厨房里来,很镇静地劝他们:

"没有什么可怕的,他会回来的!他一个人跑惯了。"

"啊哟,太太呀!"纳塔利娅像一只受惊的母鸡似的,忙乱地咯咯叫起来,"他跑到哪儿去了? 那怎么行呢! 城很大,有好多狗,还有不少醉鬼,没喝醉的人也都挺凶——这还稀罕吗?"

"嗯，那就让他去看一看这一切吧！"女房客笑着说。

"她真的不怕吗？"马特维心里想，一面暗中观看她那充满自信的脸。然后，他提醒她说：

"他只有七岁呀。"

"到正月就八岁了。"

"四月受的胎！"马特维很快计算出来了。

沙基尔把帽子扣在额头，跑到街上去，很快就把鲍里斯领了回来。男孩冻得发紫，手已半僵，但是对这次游逛表示很满意。纳塔利娅给他用伏特加酒擦手。他说：

"有两个大男孩打算攻击我，但是我举起拳头吓唬他们一下……"

"不要夸口，鲍尔卡！"母亲说。

"你怎么知道没有这回事呢？"他沉思地问。

"因为我知道你。"

"的确没有这回事！街上并没有什么有趣的事情，只是人们来来往往，人也不多。以后有一个人把一块冰扔到狗身上去，警察还笑呢。教堂旁边躺着一只死鸦，没有头……"

母亲摸着他的鬈发，温和地说：

"嗯，这才是实话！"

"是的，"男孩说，叹了一口气。

科热米亚金轻声地笑了。

"我打算想出一点更有趣的事情，可是母亲不允许！"

"我这孩子是幻想家。这是有害的！应该了解生活，而不应该去虚构它。"

她好像用大字母在墙上写出了这几个字。马特维很容易记住这些字，但是他不清楚这些字的含义。

"难道生活是可以虚构出来的？"

他发现女房客总是用两种方式说话：或玩世不恭、大胆鲁莽，或是十分严厉——好像命令人家相信她。常有这种时候：她那对暗色眼睛

在低垂的眉毛和浓密的睫毛底下,带着敌意和嫌恶的神情眯缝起来,双唇发抖,而那张嘴就像一朵凶狠的红花,咬牙切齿地说:

"这是瞎扯!这是胡说八道!"

她挑衅似的挺直身子,衣服上的所有褶襞也是笔直的,就好像木雕的洗礼节的玩具或者神像上的一样。

她不大到院子和厨房里去,纳塔利娅说,她整天老是写信,沙基尔几乎每天替她往邮局送。有一次,科热米亚金从鞑靼人手里拿过信封,很吃惊地看到:

"喀山。格奥尔基·康斯坦丁诺维奇·曼苏罗夫大人勋启。咦……你瞧,还是大人呐?她姓曼苏罗娃,这是她的叔叔吧?赶快送去,沙基尔,留神,别丢了!"

从那时起,他对她鞠躬时更恭敬了,把身子弯得更低了,并且见了她就赶紧先鞠躬。

他有时在前室遇见她,或者看见她在门廊里叫唤儿子。她走路的时候几乎总是哼着歌曲,没有歌词,也不张开嘴唇,她的眉毛微微抖动着,鼻子又大又直,鼻孔稍张。她的脸时常带有奋激的表情,同她那高大、匀称、强健的体态有点不相称。她显然不怕寒冷,只穿一件短上衣,在严寒中站着等候儿子,一等就等好久。她的脸颊发红,头发盖着白霜,但是她既不发抖,也不蜷缩。

"很健康!"马特维暗自赞叹,"在西伯利亚待惯了……"

他很想和她一块儿快快乐乐、随随便便地谈论点什么,但是,他的话语和胆量都不够。

有一次鲍尔卡淘气,用梳栉梳麻,手掌被梳栉的铁齿戳破了,鲜血直流,殷红殷红的在雪地上滴了一大片。乡下人把男孩围住,只见他把染得鲜红的手指一会儿握紧,一会儿放松。他们嘴里发出啧啧的响声,喃喃地说着些什么,一个个黝黑的脸凑到他身上,像一大群狗俯在一只陌生的小狗身上一样。

"一点也不痛!"鲍尔卡皱着眉,摇着手说。

"让我来给你念止血咒。"马尔库沙说,跪了下来,画着十字,浑身毛发根根竖起,俯在鲍尔卡的手上呜呜噜噜地念起咒来:

"嗤,嗤,像鹅身上的水,小鬼身上的泥沙!瞧,老头儿来了,跑了栗色的马——我对你念咒:马儿,站住!嗤!嗤!海洋上有一块蓝石,我对石头祈祷……"

"别念啦!"男孩喊道。"放我走!"

但是人家不听他。白发的、半盲的、红眼的伊凡带着责备的口气说:

"这咒语是治砍伤的,不是治戳伤的!"

"滚你的吧,你别管!"马尔库沙反驳说。

这情景科热米亚金从库房里全看见了,起初他不打算去干涉,但是鲍尔卡一喊,他害了怕,便把男孩领到了厨房。母亲来了,这一次她显得很激动,一面替儿子洗手,一面责备他,儿子不好意思地辩解着:

"我并不痛,不过吓了一跳!"

"怕什么?淘气倒不怕吗?"

"等一等,妈妈!他在那里说,——他说什么来着,马特维叔叔?"

"念止血咒,"科热米亚金解释说。

女房客眼不看着他,问道:

"您相信咒语吗?"

"那自然喽!你看,血不是止住了吗?"

"这是由于恐惧,不是由于符咒!"女人冷冷地说。

"妈妈,他们完全像些印第安人,我像被俘虏的白人……"

"喂,不许乱说!你自己就是一只火鸡!"

而后,她用含着愠怒的眼睛望着马特维的脸,好像威吓似的说道:

"倒真想跟这种念咒的人谈上一谈!"

科热米亚金听到她这拒人于千里之外的话,耸了耸肩,从厨房走了出去,随后,鞑靼人的急促的、吼叫般的话声即从未关严的门缝里传到他耳朵里来:

"太太！不应该放他一个人到那里去！那边的人们全是那样！唉！他们总是爱骂人，爱看血，——不要去！"

女房客说道：

"您会把我的儿子惯坏的，沙基尔！他需要什么都见识一下。"

鞑靼人用忧郁的声音劝道：

"叶夫根尼娅太太！不需要，一点也不需要！你不需要，老板是好人，也不需要！需要的倒是担着点心！"

女房客大声笑了。

"得了吧，沙基尔，我不相信您的话！"

科热米亚金理解沙基尔的吼叫，却不理解她的勇气。因此他很恼怒。

"等着吧，太太，你将来会害怕的！等你那傲气一受挫折，就会老实些啦！"

他产生了一种要吓倒她的强烈愿望，回想起平静的、噩梦似的奥库罗夫镇的生活。这个女人由于不熟悉奥库罗夫镇的生活，而加以否认，并且嘲笑它，没有体会到它的威力。

他暗自思量着女房客的不信任的嘲笑和她顺嘴说出的教训式的意见，不由得恼怒起来。他觉得自己能够克服掉她心里那种陌生的、令人不解和难以接近，并设置着一种不可捉摸，但是越来越明显的障碍的东西。他顽强地尝试着同她攀谈，但是没有成功，他感到难堪和恼怒，听不懂她的话，并且羞于承认这一点。

他时常感觉到：当女房客说话的时候，她的话编成一个紧密的网，网眼复杂，像栏杆似的把他和这女人隔开，使他俩无法接近。在这些密网似的话语后面，她那美丽的脸庞显得模糊不清。这些话听来十分古怪，好像她说的是他所不熟悉的语言。

有一次，他特别明显地感觉到她和他所熟识的生活相离极远：他坐在厨房里写信，沙基尔结算货账，纳塔利娅在缝东西，马尔库沙在地板上、火炉旁边刨小棒，对鲍里斯讲着人类的命运。

门轻轻地开了,女房客走进来,用手指点点躺在马尔库沙脚旁的儿子威吓了一下,悄悄坐在纳塔利娅身旁,——她的态势就像是在守伺着什么人,准备把他捉住似的。

"是这样的,"马尔库沙慢吞吞地,用略带嘶哑的声音说,"人一生下来,他的命运也随着他一块儿生下来,一辈子都像影子似的跟着他走,我的孩子,你也一样。你朝右走,他朝左面推你,你朝左走,它朝右面推你,就这样让你来回乱转,老是转!"

"命运是什么样的?"鲍尔卡沉思地问道。

"命运吗?命运各有不同。有人生来要喝酒,有人注定要淹死!"

"它长得像谁?"

科热米亚金放下笔,观察女房客的举动,——她歪着脑袋,咬紧嘴唇,眯起眼睛,肩膀靠在墙上,纤细的手指拨弄围巾的穗子,注意地听着。

"你是问它的长相吗?"马尔库沙说,额头的皮肤耸动一下。"模样各不相同。在卡玛河上,有一个乡下人看见它扮成梭鱼的样子。他拉网一看,里面有一条小梭鱼。他抓住鱼鳃,但那条鱼用人语对他说:放了我吧,伊凡,我是你的命运!他拔腿就跑。总算跑掉了。他自己虽然没出灾祸,可是他的妻子不久就病倒了,到第五个月就死去了……"

"为什么?"鲍尔卡又问,朝炉台底下看了一眼。

"她的命运就是这样!这是她的命运!"

"但是梭鱼呢?"

"梭鱼游走了,到它应该去的地方去。孩子,命运这东西会扮出各种不同的模样,看情形而定,有时变成兔子,有时变成狗,也有时变成猫,甚至会变成一片枯叶。在沃龙涅什出了一桩事情:一个女人走着,那天天气不好,又是风,又是雨,这是秋天的常事。一片树叶被风吹到她的颊上,我告诉你,那片树叶竟贴在脸蛋上了。她想把它揪下来扔掉,但是听见耳边有人对她小声说:你把我放在怀里,让我暖和暖和,要知道,我是你的不幸的命运!这女人一害怕,发了傻,拔腿就跑!她跑回家去,丈夫和两个小孩吃蘑菇中毒,快要死了。后来他们死了。她就像风中的落叶一样生活着,——把她吹到哪儿,她就飘到哪儿!"

他沉默了,打着一个长长的、像吼叫一般的哈欠。灰色的细刨屑无声无息地从盖着一块皮子的膝盖上面不断撒落下来,一个毛茸茸的脑袋的黑影在后面的白色炉壁上摇晃着。

"火炉底下有蟑螂吗?"鲍尔卡问,叹着气。

纳塔利娅回答:

"也许是蟑螂,也许是老鼠。"

"也许是家神,"马尔库沙重又说了起来。"他爱在炉台底下,这是他应该住的地方!"

女房客挪动了一下,温柔地说:

"鲍里斯,睡觉去!"

"妈妈,还早呢!"

她加重语气又说了一遍:

"去吧,我请求你!"

男孩站起来,摇晃了一下脑袋,朝厨房看了一遍,就像初次到这里似的。他请求母亲说:

"那么,你也走吧!"

"我还要在这里坐一会儿。"

他不乐意地走到门旁,开了门,朝门道看了一下,慢吞吞地跨过门限。

"我去送他,"纳塔利娅扔下活计说,"要不,你去吧,沙基尔!"

鞑靼人很快站了起来,但是,女房客挡在前面,严厉地拦住他说:

"不,请不要送!"

"她这是怎么回事?"科热米亚金想。

当下他低声说:

"他也许会害怕的……"

她很生气地看了一眼,那样子好像要跟人家吵架似的。

"怕什么?"

"多黑呀!"沙基尔很温和地微笑着说。马尔库沙不知什么缘故,像猫头鹰似的,咕噜一声,轻轻地笑了。

女房客瞥了他一眼,大声说:

"他知道夜里是黑的。"

大家沉默了,倾听两只小脚急步跑上楼梯的响声。跑完楼梯以后,只听门轧地一声开了,又砰的一声关上了。

"走到了!"纳塔利娅松了口气。"大概小心儿一直在跳!"

科热米亚金看见两对眼睛望着女人,露出责备的神气,而一对露出狡猾和嘲笑的神气。他可怜她。他虽不赞成她对待儿子的做法,但是他欣赏她,一面带着近乎忌妒的感觉想道:

"显然是个性格刚强的人!"

她又靠在墙上,过分响亮而威严地说:

"再讲点什么,马尔克!"

他的耳朵哆嗦了一下,抬起多毛的、看不清眼睛的脸,单调地说:

"太太,我不叫马尔克,我叫叶里谢。马尔科夫是我的姓!我的名字是叶里谢,父名是彼得罗夫,姓马尔科夫,这就是我!"

她裹紧围巾,冷笑了一下。

"好的,我以后晓得了。怎么样,叶里谢·彼得罗维奇,这些命运永远是恶的吗?"

马尔库沙把刨屑从膝盖上抖落下来,鼻孔里哼了一声,不慌不忙,就像从嘴里抻出些刨花似的讲了起来。

"假使你不和它争论,它并没有什么。假使有人不尊敬它,那人便要吃苦了!"

"您没有看见过您的命运吗?"

"没有!穆罗姆城的一个烤面包的师傅,他差不多是看见了。他不断努力,老是没有成功!他偶然从一本魔法书上知道了一首神秘的诗。他走到树林里的交叉路口,摘下十字架,读这首诗。读了一遍,又读一遍,并没有什么,开始读第三遍的时候,树林里忽然咕咕地叫着:'我不能……'他的胆子很大,虽然全身哆嗦,汗流浃背,他还是读着。读到最后,也就是最后一个字的时候,嘿,有东西来了!一只黄雀拖着腿、呻吟着走来。他忍不住了,拔腿就跑!从那天起,太太,他的心脏就抽起来了……"

"您相信上帝吗?"女房客忽然问,身子向前俯着。

沙基尔和纳塔利娅提心吊胆地对看了一眼,科热米亚金打了个哆嗦,好像什么扎了他一下。

马尔库沙摇着头,吹了一口气,似乎想把野蜂赶走。

"连野兽,太太,连它也祷告上帝的!你瞧,月圆的时候,狗汪汪地叫——这是为什么呢?在太阳底下,狗不向上面看,它的眼睛在地面上看得很远,它是地面上的畜生。可是在月亮底下,它也向上看……"

"等一等,"女房客打断他的话。"这么说,您相信上帝喽?"

他沉重地抬起头来,从浓眉底下望了她一眼,问道:

"难道我比狗都不如?"

"上帝是全能的吗?"

"唔,那又怎么样呢?"

"命运是什么?"她问。"那些命运是从哪里来的呢?"

马尔库沙冷笑一声,他转动脑袋,又弯下脊背,沉闷地说:

"命运吗?从上帝那里来的,太太,一切都是从他那里来的!譬如说,你生下来,他立刻吩咐天使长说:'给她,给这女人一个命运!'给了以后,就记载下来。因此俗话说:'那是生来就注定的,'意思就是说,一点也没有办法!"

"他故意说得那样冗长,"马特维想,"这是想气气她,意思是你最好还是认输吧!"

"那就是命运!还有一种大命运,它们专管城市和乡村,叫这个城市在山脚下,叫那个乡村在森林里!"

"那我问您,"她问,语气温和了些,"为什么要有上帝呢……"

马尔库沙不让她问完,就抢着说:

"为什么?——那不是咱们的事情!把该给我们的给了我们,这就得了!至于为什么,你死后就会知道了……"

她俯身向他,好像对着乡下人的头顶说话,重又固执地问道:

"您知道守护天使吗?"

"天使?自然知道!"他摇摇头,回答说。"天使是为了上帝宠爱的那些人,那些少有的人,那些傻瓜、糊涂虫和苦行僧而设的。天使保护他们,因此他们冬天也能赤脚走路,忍受一切。既然是守护天使,那就决定了一切:这是应该守护的,他是上帝所宠爱的,他是有用的!"

"但是命运呢?"

"它是用来考验人的。你生下来,将来成为什么样的人呢?因此给你一个命运,让你表现自己,也就是要瞧你这人是否驯顺!"

科热米亚金看出女房客生了气,她的眉毛拧成一条,一片暗影从脸上掠过。她好像坐也坐不稳,有一种力量要把她抬起来。他咳嗽了一声,打着圆场:

"我们的想法,您听起来会感到奇怪呢。"

"但是,您也是这样想吗?"她迅速而明确地问道。

他不知道自己是不是这样想,但是由于想不到她这样问,便回答道:

"那还能怎样想呢?"

"您相信命运吗?"

"大家都相信命运!"纳塔利娅说,瞥了沙基尔一眼。"歌子里都唱它……"

女房客的手按在纳塔利娅肩上,显然想说什么话,但是马尔库沙像她一样坚决,好像用另一种声音说道:

"太太,这个词里提出了一个问题:上帝说是命运,魔鬼说是自由,这是魔鬼为了迷惑我们,才偷偷告诉了我们这个词!这要看是什么了。这个魔鬼的骗人的词,一到了某些人的心里,他们就暗自琢磨起来了:我在各方面都是自由的,因此不是成为傻子,就是当强盗,——就是这样!"

马尔库沙做个鬼脸,头发竖起,有两条明显的皱纹从唇边一直伸到耳根那里。他摇摇头,把皱纹赶走了。马特维看到他这副表情,不快地想道:

"他在嘲笑人,这恶鬼!"

"我对你说,"马尔库沙的话像是个毛烘烘的东西在厨房里爬动。"在我们库里格城——这是梁赞省的城市,有一个小伙子,名叫费多斯·纳特卢斯金,他自以为是个聪明人,常住在莫斯科,可是人家不准他在莫斯科居住。他想出了一种新的宗教。他一到库里格,总是说:这个不对,那个不应该,这个不符合上帝的意旨。他对神甫也这样说,对大家都这样说!谁知道上帝的意旨是怎样的呢?这总得猜。农人们暂且听他的话,嘻嘻地笑着。不过有一次,他们捉到了一个偷马贼,打他,可是纳特卢斯金跑到那个地方去,喊道:不要打!当下他们也把他一块儿掀倒在地,不是用木棒,便是用什么东西活活把他打死了!瞧,他想的是自由,可命运却把他按到了地上。太太,向来就是这样:自由的人活不长。假使你活着能够认命,你就会平平稳稳,安安静静的活下去。不要顶风站,有好多东西会随风吹来的。有一个商人出了这样一桩事……"

女人忽然向前探着身,好像要扑向马尔库沙。她向他伸着手,和蔼地、用沉厚的低音说:

"我告诉您,所有这些想法对于您是有害的,因为您比这个聪明,这些想法会把您的生气勃勃的灵魂束缚住,这是可怕的混乱,非常可怕!"

科热米亚金也朝她那边探着身,伸直了手臂,手指紧紧抓住桌子的边缘,眼睛微闭着,含着笑,紧张地期待着。

他早已不喜欢这个爱说话、什么都知道、像巫师似的人。他不喜欢他,同时又产生一种近似恐怖的敬畏之心。他那颧骨很高的脸隐藏在一大堆羊毛似的头发里面,鼻子很宽,常发出阴郁的微笑,把嘴一直咧到耳根旁。这张脸显得狡猾、虚伪、很不诚实,但是在他身上,在他那细得看不大见的眼睛里,有一种根深蒂固的、使马特维屈服的东西。马尔库沙工作得不好,很懒惰。他只喜欢做鸟笼,做好了卖给修女们,或者在市场上出售,把钱藏在什么地方。

沙基尔不止一次地提议开除他,认为他不能干活,但是老板下不了决心。

"让他留下吧!他吃不光咱们。可咱们把他一赶走,他也许会想法来害咱们!"

另外还有一个留住马尔库沙的原因:他所讲的那些关于主宰人们生命的神秘的、无可抗拒的力量的话,颇能和马特维夜间所想的一切,和他所经历的,所认识的一切,轻易而紧密地融合在一起。这些话把过去的一切胶合成为一个坚固的整体,变成为一圈灰色的高墙,每一个新的日子都像砌到这高墙里去的一块新砖头。这些话会使一个有时准备欠起身、试图看得比那带有惯常和黏滞的烦闷的明天更远些的心灵麻痹起来。

而现在他却看见女房客如何从容而漂亮地挥手,像是要把马尔库沙一动也不动地紧靠炉壁的脑袋上的黑影洗涤和消灭掉。

马特维眼也不眨,用心观察着她那闪着善良目光,不断变化着的面庞,观察着她那楚楚动人、微微颤动的嘴唇,倾听着她那从胸内自由迸发出来的、像歌唱一样甜美的声音,这声音形成了一种他所从未听到过的、充满坚强信念的话语。她起初讲得简明易懂,她讲基督,惟一的上帝,讲《福音书》里所写的东西和马特维所熟悉的一切。

但是,有些陌生的词句,像黑色斑点一样,越来越频繁地掺进她的话里来。这些词句把可以理解的部分分隔和割裂开来,还没等他猜出这个或那个字眼儿具有什么含意时,她的话已经过去很远,已弄不清她现在所说的和她一分钟以前所说的有什么联系了。

195

"您慢点说!"他在心里请求她,但羞于说出口。

"所有这些都是古代的,非基督教的,"她热烈而和蔼地说着,像母亲教训儿子似的,"问题在于我们是斯拉夫人。"

"为什么问题在斯拉夫人呢?"科热米亚金问自己。

"宗教崇拜……"

"'崇拜'?"马特维不解和懊恼地重复着这个可笑的名词,他的耳朵里不断闯进一些新名词,像"文化"呀,"神话"呀,"神秘主义"呀等等。这些名词越来越多,它们像沉闷的云彩似的包围住讲话的女人,使她的脸朦胧起来,又仿佛把她推到一旁,使她变得古怪而陌生。

他叹口气,向四面望了望:纳塔利娅看来在那里打盹,用针扎了手指,现在正瞪着眼睛,吮着血,咂着嘴,朝地板上吐着唾沫。沙基尔弓着腰,发锈的钢笔尖在纸上刷刷响着,马尔库沙把刀刃弄得一闪闪的,不知疲劳地往地上撒着柔细的镰形和环形的刨屑。

女房客的声音戛然而止,好像琴弦拉得过紧,绷断了似的。她站起来,向大家望了一眼,用低低的声音,仿佛做错了事似的问道:

"你们觉得没意思吧?"

马特维·萨韦利耶夫惭愧地垂下眼皮,想要说她讲得太快,不容易听明白。但是,纳塔利娅忙不迭地、心地宽厚地说:

"怎么会没意思呢,叶夫根尼娅·彼得罗芙娜?很有趣呵!"

沙基尔把发肿的手指在空中甩了甩,很正经地赞美说:

"我们的可兰经里有些话和你说的一样,太太!"

"谢谢你,沙基尔!"她笑着说,用灵巧的动作把垂落下来的围巾拉到肩上,叹了口气,走出门去。

"好,祝你们晚安!"

科热米亚金觉得她的声音里含有恼意。马尔库沙谨慎地挺起腰,抬起头,把嘴咧到耳根旁,嘻嘻地笑着:

"她一点也没懂!嘻嘻!我往她耳里一个劲儿地灌,可是我看,她并没有明白!天呀,世上的人真不少,可是一点用也没有!"

科热米亚金立起来,有些粗暴地说:

"看起来,谁也不明白需要的是什么,不只是她一个人。"

"就是呀!我讲的不就是这个吗?"

沙基尔看了马尔库沙一眼,龇着牙说:

"你老是吓唬人,她讲到上帝的那些话,并不可怕。"

"她年纪轻!"马尔库沙回答说。"年轻的时候,胆子都大,瞧着吧,越活下去,就会害怕啦!"

马特维也回想起她在讲话开头谈到基督的情形:他听着,觉得这女人所知道的基督是活的,是世上见得到的。照她的讲述,基督是非常平易近人的。

他回到自己屋内,取出《福音书》来,对她提起的那段文字读了很久,一面读,一面非常惊异地发现:基督确乎比他以前所觉得的要平凡些,而且容易了解些,但同时,他却离生活更远了,在活的上帝和奥库罗夫镇之间仿佛隔着一片寂寞的、难以通过的、浓雾迷漫的荒漠。

"她所说的一切都是如此,"他伤心地想道,"一切似乎都更清楚,但距离却更远!"

他这一夜没有睡熟:一些陌生的话语在记忆内回响,仿佛冻僵的小鸟撞在玻璃窗上一样,叩击着心头。他的眼前很清晰地浮现出那个女人的和善的面孔。风在墙外叹息,雪块从屋顶和树上沉重地落下,水点好像在计算时间,滴滴嗒嗒地响,——那天夜里正是开始解冻的时候。

他在蒙眬中做了些莫名其妙的梦:灰色的影儿在田野中光秃秃的丘陵上面飞翔,徒然地呻吟着:

"斯拉夫人!斯拉夫人!"

马尔库沙走了过来,全身挂满鸟笼,冷笑了一声,喃喃地说道:

"我讲的不就是这个吗?"

有人立在一座雪已被风吹光、遍体都是裂纹的小丘上面,喊道:

"这不对!这不对!"

公鸡用湿漉漉的声音啼了起来,乌鸦呱呱地叫着,修道院的钟声召唤人们去做早祷,——小钟也零零落落,有气无力地响上几声。

马特维没睁眼,又躺了半个小时,而后赤着脚走到窗前,久久地看着那缓缓地融化着的清晨的阴影和松软的积雪。

"去做早祷吗?"他问自己。他记起三年前,一个炎暑的晚上,纳塔利娅狡猾地微笑着,塞给他一张小纸,小声说:

"你收下件小礼物吧,马特维·萨韦利奇!"

他打开那张纸,读着字体写得很花哨的语句:

> 假使您能保守秘密,今天十一时后请到修道院围墙旁稠梨树底下等候,有要事奉告。

"这是修女们在淘气,"他当时心想,并不感觉惊异。

全城都知道修道院里的生活放纵得很;警察局局长诺盖采夫醉后就曾透露,似乎他认识一个修女,她的两只奶不一样得出奇:一只有五磅重,另一只六磅又四分之一。但是"不犯罪就不会忏悔,不忏悔就不会得救"。放纵是为了自己,日夜祈祷,则是为了全世界。

他勉强前去赴约,多半由于好奇,并没有确定的目的。他走到那个地方,就躺在温暖的地上,向围墙缝内张望。那是一个月夜。在浓荫蔽天,草木茂盛的修道院花园里面,非常寂静;忽然一个影子蠕动了,草上窸窣地发响,——这黑影子摇曳着,走到围墙那里去。从身材和走路的姿势上,他立刻猜出这是接待朝圣香客的拉伊萨,一个爱喝酒的上了年纪的女人。他想起来了,每逢碰见他,她那双小小的油肥的眼睛就甜蜜蜜地眯缝起来,一种涎皮赖脸的笑容便在那热饼似的黄脸上像油一样淌开来。他一想起这个,就觉得痛苦和羞涩。

他不去理会她的叹息和咳嗽声,也不敢站起来走掉,他在围墙底下一直躺到早晨,一动未动。黎明时分一只谨慎的鹡鸰鸟竟蹲在离他很近很近的一枝苦艾上,只是在看见他那双睁着的眼睛时,才畏葸地飞进了野草丛。

以后他又忆起城里的媒婆鲍比哈常来给他介绍些有残疾的姑娘：其中有斜眼的，结舌的，瘸腿的，有一个还带着陪嫁，——带着一个孩子。他对鲍比哈说：

"你为什么净给我找这类人？"

"哪类人，啊，好先生？"

"净是有残疾的。"

那个放肆和任性的老太婆挤了挤眼，回答道：

"好先生，看人给货嘛！你以为城里的人已经忘了你跟后母那桩丑事吗？不会的！城里人的记性可好啦！"

她说时发出恶意的轻笑，笑得浑身发抖。

他站在窗前，一直到家里的人全起身的时候，这才匆忙地洗了脸，穿好衣裳，走到厨房，打开门，站在了门口。他看见马尔库沙坐在桌旁，用膝盖夹住鲍尔卡，对他说：

"说我是多神教徒吗？你妈妈是会这么说的！多神教徒就是爱说别人坏话的人，难道我说话多就是多神教徒吗？是的，亲爱的，能把随便什么人都说累，谁也躲不过我！你问问她，该怎么治疣子？你这里有一个疣子！"

科热米亚金走进厨房，出乎自己意料地、严厉地说道：

"你不要净把些不该说的东西塞到小孩的脑袋里去！"

他说罢，颇为自得。

干干净净、红扑扑的、可爱的鲍尔卡扬起眉毛，亲热地问候了一声：

"您好呀！"

马特维握握他的手。

"早晨好！"

"谢谢！"鲍里斯立正敬礼，说道，"也祝您早晨好！"

马特维当时感到一丝清新的快意，他笑了一下，抓住男孩的手，向他提议道：

"咱们做好朋友,好吗?"

"当然好啦!"鲍里斯同意了。他摸着马特维的头发说:"你的头发真软!比我母亲的还软。"

"真的吗?"

"不骗你!"

"老弟,这很好。"

"为什么?"

马特维感到很窘。

"谁知道为什么?真爱追根问底!"他心想,把鲍尔卡放在地板上面,问道:

"你喝过茶了吗?"

"还没有,母亲还没有穿好衣裳呢。"

"没有穿好衣裳?"

他把眼睛闭了一小会儿。

"最好和我一块儿喝茶去!我吩咐他们弄点果汁饼来吃,好不好?"

"好的!"

喝茶时友谊得到了加强:男孩兴高采烈地对成年人讲述鲁滨孙的故事,而成人像小孩似的迷上了这个简单而奇丽的故事,他带着极大的兴趣倾听着,请求道:

"你把这本书借给我看一看!"

白天,他遇见了女房客,大着胆子对她说:

"你的儿子很有趣,叶夫根尼娅·彼得罗芙娜!而且还很聪明!"

"听到您这么说很高兴,"她很温柔地微笑着说。

这微笑更加鼓励了他:

"好像比你还善良。"

女人皱起眉毛,从他身旁走了过去,边走边说了一句:

"我不是小孩。"

"说这种话!"科热米亚金想,皱着脸庞。"难道我是小孩子吗?"

他感到受了屈辱,懒懒地到工场去了。

他看得很清楚,对这个女人来说,马尔库沙比马尔库沙的主人有趣得多:那次谈话以后,她到厨房去得更勤了,甚至在白天也仿佛在那里等待着看院人,候他空闲的时候和他谈话。老头儿把眼睛藏得更深,摇晃着沉重的脑袋,喃喃地说出一些威吓的话。

"她这是何必呢!"马特维心里想。"她躲着我,可这里……"

几天以后,一个冬天的寂静黄昏里,她到他那里去,露出快乐的神色,穿着红色的短上衣,开着斜领,极像男人的衬衫,还穿一条玄色的裙子,披着像秋云一般的烟色的披巾,她把头发盘在头上,像一只皇冠,身材显得更高了。

"我来求您一桩要紧的事情,"她说着,坐在暖炉附近,屋内一个舒适的角落里。

由于这红色的上衣,他的眼睛发黑了。在闪闪发光的白瓷砖的映衬下,他勉强看得出她的脸庞。

她说她没有钱生活下去,必须挣点钱,现在她找到了一个工作,——将要去教会计主任马图什金的女儿和商人赫利亚波夫的孙子。

"这是那个万纽什卡,"科热米亚金喃喃地说,感到应该说点什么。"他的父母在轮船上被烧死了。"

"但是人家禁止我教小孩功课,所以不能把这件事告诉任何人。"

"别人不会知道的!"马特维热情地说,但是想到"唉,人们当然会知道的",就浑身冒汗。

他想出了一个好主意:

"你可以装做并没有教书的样子,只是小孩们来找鲍尔卡玩儿。"

"自然喽,"她快活地说。"现在还有件事,我能不能在这里教功课,在您这里?"

他高兴极了,从椅子上跳起来,几乎喊了出来:

"随便您怎样都行!"

"一个星期三次,每次一个钟头,这不会打搅您吗?"

"哪会呀!"他喊了出来。

她的眉毛抖了抖,皱了拢来,但是又立刻无忧无虑地笑了。

"大家自然会知道的,并且会加以禁止,但是在可以做的时候,应该做你所能做的事。就这样吧,谢谢您!"

她紧紧地握了握他的手,走了,留下一阵芳香的、醉人的气味。马特维在屋内兴奋地走来走去,擦去脸上的汗,寻思道:

"大家会知道吗?我给点贿赂,不叫他们说!我去求维泰里神甫。现在,亲爱的……"

他初次这样称呼她,畏葸地环顾着,举手摸自己的脸,似乎打算掩住嘴。墙上镜子里映出一个魁伟、肥胖、生满胡须的人,这人留着一圈短发,穿着农民的长裤和丁香色的衬衫。他的脸涨得红红的,满是汗水;他立在屋子中央,脸上讪讪的,带着柔和而又有点愚蠢的微笑。

"瞧你这副样子!"科热米亚金责备了他一声,走到窗前,眺望着园内蔚蓝的暮色。

霜冻剥蚀着墙壁,木头发着干裂的响声。一种不安的、快乐的预感搔得他心头痒痒的。他觉得那桩事就要不可避免地搞起来了,使他想着就羞惭而且害怕。

"这样的女人你连抱都不敢抱一下,"他苦笑着对自己说,然后退到屋子黑暗的角落里去,在内心里祈祷着:

"天上的女皇呀!发发慈悲,帮帮我吧,——驱走诱惑人的力量吧!"

已经落了两次潮湿的春雪——所谓"孙儿来接祖父";房屋和树木上悬挂冰穗,灰白的,暖和的三月的太阳在冰柱里像彩虹似的游戏着,沉睡中的窗子望着蔚蓝的天空,像重见光明的盲人一样。寒鸦和乌鸦在修理鸟巢;云雀在田间融雪地方的上空歌唱,马尔库沙和鲍里斯在晴朗的日子里一起用镜子去捕捉它们。

马特维·萨韦利耶夫读了《鲁滨孙漂流记》、《国语》、《儿童世界》①,还有五六种极有趣的书籍,——这更增进了他和女房客的儿子的友谊。

她总是带着亲切而又不可捉摸的微笑,——从他身边走过时,总是一样的客气,说话很拘谨。科热米亚金每星期有三次蹑足走到将他的卧室和帕拉加故去的那间小屋隔开的板壁跟前,把耳朵贴到薄木板上,静听女房客如何给蓝眼、鬈发的柳巴和笨拙、宽脸的万纽沙·赫利亚波夫教课。

他听得很真切,木板几乎没有降低声音,再说他曾用斧头把木板稍为拆开,使隙缝展宽了一点。

教过识字以后,女房客几乎总要对孩子们读点或讲点什么,她的知识的丰富使他惊愕。她有时还叫孩子们讲他们的日常生活情况。

"我告诉您,我们是怎样捕捉云雀的吧!"鲍里斯大声说。"如果把一面镜子放在地上,让愚蠢的云雀能在镜子里看到自己,那么,它一看见,就把镜子当成了天,于是便飞下来,还以为是一直飞上天去呢!这种鸟太蠢了!"

"它并不比你蠢。"母亲插了进来,并且很有趣地讲起云雀的生活习性来。

"她什么都知道!"马特维十分惊讶。她的博学,一方面博得了他对这个女人的尊敬,另一方面则使他的幻想冷静下来,使他那怯生生的念头畏缩回去,而同时,又更加强烈地把他吸引到她的身边。

有一天,他听见她用响亮和悲切的声调对孩子们读诗:

> 森严的监狱,乌黑的墙壁,
> 布满了水迹,趴满了潮虫,
> 难闻的污水从屋顶滴下,

---

① 《儿童世界》,乌申斯基编纂的课堂读本。

但墙外的大自然却在欢腾。
一堆干草铺在我身下;
蛆虫在啃噬,蟾蜍在蠕动。
我用战栗的手把它抛出……而从那塔楼上,
却能望见天空、山脉和田野纵横。
欲止的号哭枉然地迸出冰冷的前胸,
泪中带血,无息无声;
我的脚镣发出低沉的轰鸣!
但墙外的莓丛生意正浓。①

晚上,他在厨房里遇到她,便请求道:

"刚才我走过旁门的时候,听见您在那里念诗,——可不可以把那诗借给我读一下?"

"不行。我是凭着记忆读的,我没有书。"

"那么请您写下来。"

"好吧。您喜欢这首诗吗?"

"是的,很喜欢。"

她慢慢地说:

"这是谢尔宾纳写的,——我以前很喜欢他的诗,——老早老早的时候!"

"您写下来,让我把它抄在本子里。"

她仔细地看他,开玩笑似的问:

"抄在本子里?您,大概自己也写诗吧?"

"不,哪里!我是为了枯寂无聊,才把各种事写下来,留为纪念的,"他自己承认了。

"是—是吗?"她带着疑问的口气,拖长声音说,他觉得她的眼睛睁

---

① 引自俄国诗人尼·费·谢尔宾纳(1821—1869)所作《囚徒》。

大了些。"很有趣！您的笔记能不能借给我读一读呢？"

她的声音显得特别温和,她还从来没有和他这样讲过话。他的胆子壮了,带着厮熟的口吻说：

"那不大合适,里面写的什么东西都有,您最好在空闲的时候到我那里去,我选一点读给您听。"

女人若有所思地沉默着,向他身旁的什么地方看去。他注视着她的眼睛,身上发冷,等待着她的回答。

"那有什么？也好！"女房客忽然坚决地说,挺直了身体。"什么时候？"

"现在也可以！"

"啊,您简直是个作家呀！"她轻呼了一声,但立刻用另一种声音,仿佛生气似的问道：

"您多大岁数？"

"三十一,三十二。"

"不对！只有十五岁！"女房客又换了一种口吻说。马特维哆嗦了一下：

"难道她在逗我吗？"

她走到门前,严肃地说：

"我过一点钟就来！"

他吩咐纳塔利娅生茶炊,跑进自己的房间,从橱内取出两本厚册子,朝桌上一扔,当下决定应该穿上过节的服装。

他生活中最长的一小时已经过去了。纳塔利娅谄媚地笑着,眼睛瞧着旁处,早就把沸腾着的茶炊放在桌上。马特维坐在茶炊前面,穿着蓝色开士米衬衫,上面有修女们用金线绣成的花样,还穿着法国棉织绒的厚裤子,把早已不穿的漆皮靴困难地套在脚上,头发也上了油。他试着把父亲的沉重的表挂在胸前,但是这只表放不进衬衫的口袋里去,他又不敢穿背心,屋内很热。他一动不动地坐在那里,尽量不看自己那张被明亮的铜器映得很丑的脸,他一直紧张地听着,最后终于听到她的坚定的脚步声在楼梯上响了起来。

"十七分钟,十八分钟。"他数着,抱怨地瞧了瞧挂钟上黄色的字盘,那个字盘很大,好像刚升起的满弦的月亮,同时也像它那样模糊和不祥。

他那衬衫的高领紧顶着脖子,皮靴挤得脚趾生疼,脚一动,就发出干涩的轧轧声。

第二十三分钟上她开了门,他立起来迎接她,深深鞠了一躬。

她轻轻地走到桌子旁边,从头到脚看了他一眼问道:

"您为什么打扮成马车夫的样子?"

马特维坐了下来,像做错了事似的说道:

"您不也穿着红上衣吗……"

"这又能说明什么呢?"

"我不知道!"科热米亚金垂头丧气地说。

"我也是的!"女人回答说。

但是她突然坐到椅上,好像一切都爆发了似的,发出响亮的笑声,仰起脑袋,伸直脖子,边笑边喊:

"唉,请原谅!您太可笑了,——说老实话,叫人憋不住笑!"

他感到愉快,在椅子上摇摇摆摆,用手掌抚摩自己穿着棉织绒裤的膝盖,张大了嘴,附和着她发出低沉的、从胸内迸出的笑声。

"嗳哟,您真是个怪人!"她一边说,一边擦眼泪;她那双善良的眼睛流露着忧郁的神色。

他一边用颤抖的手倒茶,一面露出平静的喜悦,说道:

"我很野蛮,这里全是野蛮人……我显然特别野蛮,——一个人生活,而且……"

她的眉心上现出了一条褶纹。

"让我来倒茶,您读吧!"她一本正经地说。马特维看出她的脸上和声音里的变化,从座位上立起来,——皮靴不自然地发出轧轧的响声。他的心充满了悲苦,他垂下眼睛说:

"而且我是很愚蠢的!"

"那是为什么?"女人问得并不突然,声音也不大。

"是这样的,——我本来想尽力讨好您,对您表示更多的敬意,可是结果弄得只是好笑。"

他的手猛然把衬衣领子上的两个钮子解开,坐在桌子边上,打开本子。

"唔,读吧,"女房客安慰地说。"读吧!"

他咳嗽了一声,用低沉的声音诵读一首维纳斯女神的颂歌,看了女客人一眼。她微笑着说:

"这首诗太陈旧了,您读得又很阴郁!"

"我是尽我所能,您别见怪……"

但是,她顽强地重复着:

"您读得随便些,像说话一样,这样会更好些……"

他觉得有两个女人在旁边,一个是美丽的、可爱的,同她在一起感到轻松和愉快;另一个爱嘲笑人,命令人。

"再给您念一首诗。"

> 你会死的:醒悟吧,要于世有益,
> 信仰和事业使你完美。
> 赶快奔赴你的目标,时间宝贵,
> 要作好死亡的准备。

"快乐的小诗!"女人懒懒地说。

科热米亚金叹了一口气,继续读下去:

> 在当世的哲人注定要迷惘的时代,
> 你要敢于思索。
> 在寻欢作乐被视为无上幸福的时候,

我们生来为此，必须劳作。

"您从哪里弄来这种难懂的玩意儿？"她问，耸了耸肩。

他不甚乐意地解释道：

"我买了一套窗户上用的铜器件，窗子的铜闩就是用这首诗包着来的……"

"您喜欢它的什么？"

"词句很有意义。"他像受了委屈似的回答说。"这里有谁说得出这种话呢？"

"什么？"她冷笑了一声，喊道。"这些词句并不会使你——怎么说来着？——使你完美的！"

"我不会在你面前折腰的！"马特维想着，一下子翻过几页，用同样低沉的、嘟哝的声音，慢吞吞地念了起来：

一八七五年五月二十一日。

前天公鸡山一场大火，烧去房屋十九所。谣传是那个向我寻衅的皮鞋匠谢图诺夫因跟邻家有仇放的火，但我不相信这话。昨天早晨，他正在灰烬中往外挖火炉的炉盖时，被人捉住，被解送到消防队，夜里就死了。

"打他了吗？"女房客轻声问。

"我不知道。大概打了！"这位编年史家没看她，回答说."在我们这里，这种事情是稀松平常的。"

"他为什么找您的碴！"

"没有什么，他有病，我年纪轻。"

同年八月二日。

钳工科普捷夫被妻子用砒霜毒死。出事前一星期，他醉后把她的脸颊撕裂，一直破到耳边，用斧子把她的皮大衣和母亲留下的花缎上衣砍得粉碎。她被押入监狱，而她好像是疯了，走到市场上，把身上的衣服全脱光了。——唔,这里写得不好,对不住!

屋内重又发出轻悄的问话:
"喂,您为什么记这个呢?"
"我不知道。"
但是他寻思了一下,解释道:
"我记载的全是些稀罕事儿。底下这段很有趣:

同年九月二十日。
马克拉科夫家出了祸事:费多罗夫叔叔把女巫季乌诺娃痛打了一顿。她给他治乌定,但由于年老,或由于酒醉,无意中把斧子掉在他的腰上,他从门槛上跳起,揪住她的头发,把后脑勺朝门槛上撞,她的头破了,从此就死了。现在满城风雨,大家都说费多罗夫叔叔一定要吃官司。但是马克拉科夫家很有钱,季乌诺娃平日又常酗酒;他大概可以开脱出去,就说老妇是暴疾而亡。"

女房客连同椅子一块儿挪到他身边来,——他看了她一眼,害怕了:她的脸发皱,好像身上哪里疼似的,眼睛睁得很大,而且发黑。
"我一点也不明白!"她说,奇怪地冷笑着。"乌定是什么?用斧子做什么?"
"啊!"科热米亚金想,显得活泼了。"你也不全都知道啊!"
于是望着她的疑惑的脸色,解释起来。
"这是一种古老的治病方法。"
"斧子也是治病方法吗?"她问。"天呀,这多奇怪!乌定是什么?"
"腰痛叫作乌定。还要用一把扫帚。病人躺在门槛上,他的背上放一把打扫炉内热炭的扫帚,斧子就朝扫帚上砍。——并不用力砍,——一共砍三次,每次砍三下。病人每到第三下时,必须问:'你砍什么?'女巫对他说,'砍乌定!'当下病人应该说出咒语:'砍乌定,再狠些,用扫帚把乌定扫到十二条路上去,让它从第十二条路上永远滚蛋吧!圣母呀!可怜可怜这病痛的骨头吧!'然后把扫帚朝大门洞里扔,最后叫一只猫在天明时去闻它一下。"

女人在椅子上稍微欠起身来,环顾了一下室内。

"您怎么啦?"马特维不安地问。

"没有什么。"

"也许——不要念下去了吧?"

"不,请您念下去,不过,我请问您,你们这里有医生吗?"

"有,自然有!一个小老头儿,军人出身;人倒还好,只是爱喝酒。"

"您读下去吧!"她说着垂下了头。

同年十月六日。

今天有一个女伶下葬。她是官长特许在消防队板棚里演出的那个班子里的。她在四天前死去,不知什么原因吐了许多血,听说因为挨了揍。在圣母祭日那天还活着,我看见过她,她扮演一个正直的女子。起初很沉闷,后来,有一个戴着硬纸制成的消防队员头盔的军人,揪住她的头发,装做用刀子刺下去的时候,又令人觉得可怕。这军人好像是她的丈夫,一直野蛮地吼叫着,而她是高身材、瘦弱的女子,嗓音显得嘶哑。戏正在演出的时候,巴祖诺夫冲她喊道:"太太,你不要咳嗽,我在自己家里每天都得咳嗽,化一角钱听这个太贵啦!"惹得大家哄堂大笑。他家里的儿媳得了痨病。两个消防队员抬着女伶的棺材从我门口经过,还有她的两个同事,另一个好像是丈夫,和警察一块儿在后面走着。他喝醉了酒,拼命地嚷着永垂不朽的祷词,一边还哭泣着,警察劝他不要捣乱,但是没有用。官方不许把她葬在公墓里,吩咐埋在莫尔多夫斯基城墟附近,就是克柳恰廖夫一流人物埋葬的地方。

"我读完了。"

"您记载这些事情,是很好的,"女房客慢吞吞的,沉思着说。"很好!"

"为什么?"他问。"有时候翻翻,没一点意思!"

"是吗？只是没意思吗？别的没有什么吗？"

"她追问这个做什么呢？"科热米亚金想，没有回答，继续读下去：

一八七六年四月二十九日。

官员贝斯特列佐夫在菜市上捉住一个陌生人，关进了警察局，但他在夜里逃走了，今天早晨派人出去缉捕，有的骑马，有的步行。他们把一个过路人打了一顿！后来发现他不是所需要找的那个人。巴祖诺夫说，这人是波兰人打发来放火烧官家树林的，曾在他身上发现点火用的纸。他怎样逃走的，——弄不明白，因为他被捕时，人家把他的一只胳膊从肩头上拧脱环了。托洛孔尼科夫夸着大口，赌咒说是他拧的。他这话可信，因为他是一头野兽。

女人用手摸了摸脸，然后仰靠在椅背上，双手交叉在胸前。

"抓到了吗？"

"没有。您不觉得枯燥吗？"

"请您读下去吧！"她请求着，闭上眼睛。

科热米亚金俯身看着本子。

"这儿一直到七九年为止，全是家里的事情；关于沙基尔，他怎样为了纳塔利娅挨揍。"

"是谁打的？"

"市民们。还有关于几个工人的各种意见。"

"谁的意见？"

"我的。这也是关于家里的事情，关于自己的，——我把这个跳过去，好不好？"

"随您的便吧，"她说着，叹了一口气。

她把披巾紧紧地裹在身上，不管屋内多么热。

"我也许不该想出这些花样来！"马特维无望地想，看着她那阴郁地拉长的脸庞和带一圈暗影的眼睛。他一面翻动笔记本，一面说着，倾听自己单调的声音：

"教堂造好了，举行祈祷礼。油漆匠喝醉了，——一切全都是没有意思的。三个村里的战士被人家用小秤锤打了一顿。狼跑到瓦金的院里,咬死一只狗。还有各种愚蠢的玩意;裁缝西纽欣咬掉了小姨的鼻子,卡利斯特拉托夫家的大门被人涂了焦油,——唔,这里搞错了……人们想把教堂里的钟吊起来!这口钟有六百二十普特重,他们试了一试,——没有成功。八二年时,在圣母升天祭以前,才把它吊了起来。自然还有火灾。这城里每年必定失火,甚至都没兴致看了,不要说是写了。男孩们在春天的河冰上游戏,七个人落了水,三个人立刻淹死了,还有一个,我的养子,萨瓦捷伊卡·普什卡廖夫,由于受凉死去了。谢克列捷娅·多贝钦娜出去采蘑菇,——失踪了,有人说她陷在沼泽地里了,又有人认为她到黑林修道院去了。她和尼古拉教堂的神甫维泰里做过不很好的事情……"

在他数说这一切,像教堂执事读追悼文那样的时候,女房客悄悄地站起来,退到室内昏暗的地方,站在了窗前。

"她怎么这样不安呢?"他一面想,一面不时斜眼看看她,感到同她在一起越来越不自在。

"喏,这儿还有。"他打起精神,故意使劲地喊道:

一八七九年六月三日。

市场上有人展览了一个活的美人鱼,据说是在底格里斯河里捉到的,身体上半段是女人,下边是鱼尾巴,坐在盛着水的箱子里,箱子的形状像木槽,主人问她叫什么名字,在哪里生的,她闷闷地回答说:生在萨马拉—拉,名叫萨马拉—拉。说这话时将"拉"字拖得很长。她?光着肩膀,脸上全是粉刺,和人一样。许多人不相信是真的,巴祖诺夫甚至叫喊,说萨马拉在伏尔加河边上,并不在底格里斯河畔,而且底格里斯河早已进入地底下去了。美人鱼的主人解释,萨马拉就是《福音书》里讲的那个萨马利亚,耶稣基督会在井边和有七个丈夫的女人谈话。巴祖诺夫感到很窘,用拳头向那人恐吓一下,就走了。他第一次感到难为情,大家甚至可怜他,有几个人露出十分幸灾乐祸的样子。他太老了,已经过了九十岁。在这卖货棚里放着一个铁盆,里面盛满了水,有人往这水里扔三个戈比,也有人扔七个戈比,但扔了以后怎么也取不回来,水会用不可知的力量把手推开,使手指痉挛。主人出卖这水,每瓶十戈比,说治疟疾很奏效。

"有写战争的吗?"女房客从远处发问。
科热米亚金觉得她的声音里含着泪水,他害了怕,忙乱起来。
"战争吗? 这个我马上就念! 不完全是战争,不过讲到土耳其人! 请听!

> 沃耶沃金娜太太带来了一个土耳其俘虏,大家都到河对岸去看,我也看见了;一个高身材的人,脸色苍黑,大脑袋,留着胡须。他穿着俄国服装,便服,栗色上褂,黑裤子,只是头上戴了一个像闷罐似的红帽。他不含恶意地微笑着,甚至好像是做错了事似的。他和沃耶沃金娜太太到村后小丘上散步。她的身高刚达到他的肩头,有点肥胖,眼睛凸出,很和善。她笑着,声音有些嘶哑。土耳其人走路拄着棍,右脚一拐一拐的,显然是受了伤。城里人传说着这太太的坏话。巴祖诺夫怕血统混杂,唆使大家向省长报告。他说,在我们的贵族身上俄罗斯的血只剩下不到七滴了。

"下面还有这么一段:

> 十月二十九日。
> 据维泰里神甫说,沃耶沃金娜太太被送到沃尔戈罗德去了,因为她得了很重的土耳其病,名叫巴亚泽托夫病。由于这个病,眼睛将要全瞎,人也就要死去,无法救治。维泰里神甫说,这就是那种女人的贪恋造成的结果。"

"她不会见怪吧!"科热米亚金忽然醒悟过来,看了女房客一眼:她站在火炉旁边,两手交叉在胸前,低垂着头。
"这里还有,"他匆促地说。

> 普列富纳已然拿下了,但我当时在沃耶沃金村,没有发生什么特殊的事情,只是有个姓切列米辛的在市场上被人浇了一身煤焦油。

"还有一段：

一八八〇年六月五日。

官员贝斯特列佐夫家出了事：从外地来做客的兄弟——一个军官，暴病死了，死人肥皂没有从屋里扔到十字路口……"

"什么肥皂？"女房客好像叹气似的轻声问道。

"用来洗死人的那种肥皂，"他解释说。"您瞧，这种肥皂是有害的，应该把它扔到四面通风的地方。但是贝斯特列佐夫家里的人没有扔，他的妻子显然用这肥皂洗了身子，因此全身脓肿，——对不住，就是梅毒。她的丈夫打她。她那么美貌，那么年轻。"

"天呀，我的老天爷！"女房客说，她一声不响地，好像驾着云似的向桌旁走来。"这一切多么可怕，——您一定很害怕吧？"

他显得茫然，不明白她为什么激动，并且害怕她激动，他环视了一下房间，好像道歉似的说：

"我倒不觉得可怕，不过闷得慌，——闷得简直说不出来！"说完，他心里马上想到："我这是撒谎！正因为可怕，我才撒谎呢！"

她仿佛偷听到了他的想法，恼怒地说：

"不会的，——我不相信您的话！您读八一年的记载吧！"

"真是的！"他在心里喊道。"唉，真不该搞这个名堂，——本来想和她接近些，结果自己倒出这堆垃圾挡了路！喏，这儿还有一段。"

他用沉重的、压低的声音匆忙地喃喃地读道：

三月五日。

沙皇在彼得堡被刺[①]，大家说是贵族干的，但官方禁止议论这事。警察

[①] 一八八一年三月一日沙皇亚历山大二世被民主党人伊·伊·格里涅维斯基用炸弹炸死。

局巡官听见巴祖诺夫议论贵族,朝他胸前狠狠揍了一家伙,还吓唬说要把他解送消防队部,但他是有名的人士,且年已老迈,就没有逮捕他。那个小店老板库基舍夫,——他因为嫌自己的姓不好听,自称克基舍夫,——却被捕了,因为是他首先喊的。有人多次要谋杀沙皇,但始终没有成功,现在到底在一号那天用炸弹把他炸死了。这桩事情完全无从理解。

他沉默了。

"完了吗?"女房客问。

他觉得她的声音里含有胆怯和恼怒的意味:她又慢吞吞地,迈着像瞎子似的不稳定的步伐,走近桌旁,她的面部瘦削,瞪大的眼珠一抖一抖地闪着光,好像猫眼一般。

"完了!"他大声回答,想摆脱压在他身上的重负般的困惑。

她不灵巧地、好像斜着身子、沉重地坐到椅子上,发出阴郁的微笑,用陌生的声音问:

"怎么?——人们哭了吗?表示惋惜吗?"

"我不知道。老太婆们哭了,——她们总是这样,无论谁死。"

"但是他,"女房客把手指紧紧地扭在一起,捏得发出脆响,热烈的固执的喊道。"但是他对老百姓做了许多好事,——您知道吗?"

"她没有参与这件事!"马特维这样一想,顿时高兴起来,轻松地叹了一口气。"谢天谢地!"

于是他俯身凑近她,尽可能和蔼而信任地说道:

"您知道,我不大清楚,自然有些人会觉得可惜,不过,我见得人不多……"

"为什么?"女人问,盯着他的脸。

"好像老是合不来。我不会适应环境,——而且也没有可以去适应的人,——你走近一个人身边,他就老想愚弄你,欺侮你。"

她又立起来,走动着,披巾从她的肩上落下,在地板上拖着。

"但是,到底对他有些什么议论呢?"

"不过是猜测,谁杀死的,为了什么?以后大家异口同声说是贵族们杀的。大家都是出自好奇,初次发生这种事。"

"初次!"她用不大的声音喊道。

"他没有到这里来过,人们只在图画上、日历上看见过他,但是图画和日历也不是每人都有的,——我们住的地方太偏僻了!"

"人们对这件事议论得很久吗?"

"我不知道!这里一切事情都会很快过去;每人有自己的生活,自己的兴趣!"

他沉默了,看着这个高高的人形,然后提议道:

"假使您不累,我可以详细讲讲,这事是怎样发生的。"

女房客迅速地回身向他,喊道:

"好啊,请吧!"

"显然,她是怜惜他!"科热米亚金想。

于是讲起了他新近忆起的那个可怕的晚上。女人静静地、不声不响地在屋内走来走去,身子像一只大钟摆似的摆动着。

风懒懒地吹走田野上的干雪,白色的雪雾从窗旁掠过,尖尖的、稀疏的雪粒在窗户上簌簌响着。后来好像忽然一切都停止了,月光照进最边缘的窗子,射到地板上女人的脚边,形成一块光亮,窗框在这块光亮里好像乌黑的十字架。

马特维讲完了故事;女房客带着嘲笑的神情看了他一眼,小声说:

"是的,真是致死的肥皂!唔,再读一点,——可以吗?"

"她这人真调皮,难侍候极了!"科热米亚金想,轻轻地叹了一声。

一八八一年四月七日。

前天早晨,巴祖诺夫坐在大门旁长凳上,跌倒了。大家知道这是中了风,便把温暖的马粪放在他的心口上,而后又把他泡在莳萝温汤里。

他停了下来,——女房客不知是在哭,还是在笑,使房内充满了断断续续的嗄哑的声音。

"这是几百年以前的办法!"她用吓人的声音若断若续地说。"有一个公爵被放在了莳萝温汤里,他好像名叫弗拉季米尔科①,唉,天呀!"

"她是怎么啦?"马特维在想,心里很是反感。"如果有人中风,人们总要用东西暖他的心口,然后放在温汤里浸泡,"他解释着,冷眼观察着她的动静。

"是的,死人肥皂!"她咬着牙说。"天呀,当然喽!"

她向四下看了看,好像这才发现这业已熄灭的茶炊,盛糖果的碟子,糖酱罐,讲究的玻璃镜框,挂钟,和这间不舒适的、充满甜面团、发蜡和灯油气味的大屋子。她的鬓角上的头发蓬乱了,脑袋好像生出了漆黑的翅膀。

马特维俯身到本子上面,继续读着:

> 他说了两声:不,不,——就死了。今天举行隆重的葬礼,神职人员全到场了,有两个唱诗班,全城人士也都来了。他是城里最老、最聪明的人。没有人能和他争论。他虽然不是我的知己,甚至还骗过我二百七十卢布,但是我总觉得这老人很可怜,当棺材放下墓穴时,我哭起来了。

"下面是关于我的事情。"
"他过去是做什么的?"女房客问,一面站起身来。
"什么都做……也放债生利。"
她脸色惨白,勉强笑了笑。
"唔,谢谢您!够了,我不要再听了。"
她跟他握手时说:
"您是个怪人,真奇怪!您怎么能住在这儿……安安静静地生活下去?这真可怕!您知道,这很可耻!请原谅,——很可耻!"
没等他回答,女人就很快地走了,无精打采地在门口重复了一句:
"谢谢您!"

---

① 指沃洛季米尔科·沃洛达列维奇公爵(卒于1152)。

科热米亚金把本子往地板上一扔,胳膊肘支在桌子上,手掌托着头,在茶炊上审视栗色的、丑陋的脸,伤心地思忖着:

"可耻吗?这和你有什么相干?你是谁?是我的大姐还是父亲呢?你是个外人!"

他同她争辩着,感到这女人触动了他心中那个早已不知痛楚、暗暗成熟了的脓疮,可是现在它却受到触动,暴露出来,并且在隐隐作痛,压也压制不住。

"茶炊要拿走吗?"纳塔利娅在门口摆着头用甜腻的声音问。

"拿去吧,帮我把皮靴脱下来!"

她坐在他对面的地板上,马特维觉得她的微笑是可气的,他把眼光躲向一边,阴沉沉地嘟囔道:

"你龇牙干什么?你懂得什么?"

她一面使劲,一面驯顺地回答:

"老爷,我什么也不懂得,——何必呢?"

"那你还笑!"他跺着发麻的脚,口气缓和了一点。"你们不要等我吃晚饭,我要出去散步。"

"现在还有什么晚饭!"厨娘喊。"你瞧,天都到后半夜了。出去散步也晚了……"

"关你什么事?"他喊道。"你们干吗都来教训我?"

半小时后,他在镇外黑乎乎的大道上走着,反驳着女房客:

"我生活得并不比别人坏,取笑我是没有道理的……"

月亮落了,星星显得又大又亮。道旁尚未融尽的斑斑的积雪闪着蓝光,从昨天晚上起,上面重又撒上一层干燥的雪粒。大地的绸缎似的冬服被撕成碎片,赤裸的、被黑暗紧紧覆盖着的土地好像变小了。道旁桦树上斑驳的树干和黑压压的树枝没有落下影儿,周围的一切都冻僵了,变皱了,小丘鼓胀得像挨了打的、被践踏的躯体上青紫的肿块一样。玻璃般的冰壳在脚底下发出清脆的响声,闪烁着星光映在冰上反射出的蓝色的火花。

静寂得像处在深深的渊底一样,往事从寒冷的黑暗里显露出来,并不使心灵感到温暖:那是一些模糊不清的脸庞,沉闷枯燥的话语。

……红颊,翘鼻子的杜尼娅斜着玻璃般的眼睛,用舌头舔着那浮肿的、被几十个男人吻过的嘴唇,好像在说梦话似的说道:

"莫卡,你最好娶我,好姑娘终归不会嫁给你的。"

他喝了一口酒,听了她那尖团音不分的话,感到可笑。

"为什么?"

她用粗手指头把韧皮条似的头发编成辫子,拉着长声说:

"没听见那些谣言吗?人家说你和鞑靼人和伙搞一个女人。"

"她这话是随便说的,这是人家教她的,她自己并不相信会嫁给我!"他心里想,慢吞吞地走着,越走离镇子越远。

还有萨莎·谢图诺娃,是一个孤女,皮鞋匠的女儿。最先是托洛孔尼科夫诱奸了她。后来,她为了生活,便人人都跟了。他曾要她嫁给他,但是她嘲笑地回答他说:

"你别胡闹啦!"

她身材瘦小,但腿很粗;有着尖尖的脸,凶狠的、像老鼠般乌黑的眼睛。他很喜欢她:她身上有一些坚强的、诚实的东西,他不厌其烦地劝说她,但是萨莎用恶意的笑声嘲笑他的话。

"你抛开这古怪的念头吧,商人!假使我和你结婚,过上一礼拜,你就会揪住我的辫子,用皮靴踢我的肚子。我本来就快死了。你最好斟一杯酒给我喝!"

她喝了酒,脸色惨白,凶狠地瞪着眼睛,总是唱着那支使他厌烦的歌:

我为什么珍惜自己?
惟一的回答是:

我已经枯萎!①

"请不要唱了吧!"他劝她。"我是跑到你这儿来找哭的吗?"

她发出醉后的微笑,露出一些发绿的牙齿,迅速地扯下自己身上的衣裳,像她那去世的父亲那样,嘲笑地喊道:

"啊,对不住! 对不住!"

她显得极端无耻。第二天,他想起她便感到恐惧和嫌恶。

一天夜里,她把他口袋里的钱全都掏走了,在一张从追悼词上撕下来的小纸片上留下几个字说,请他不要把失窃情形向警察局报告,她所以这样做,是因为没有勇气向他借钱,也不相信他会借给她。

"谁也不相信谁,"马特维一面想,一面跌跌撞撞地走着。

他忆起普什卡里死后最初一个时期,纳塔利娅想在他身边占有一个像弗拉西耶芙娜在他父亲身边那样的位置。当女人们在集市上和河边洗衣服的地方,因为她和鞑靼人同居而中伤她的时候,她就像被雨水冲洗过一样完全丢掉了这个念头。她东跑西窜,号叫着:

"沙基尔,难道她们要把咱们拆开吗? 亲爱的?"

鞑靼人又气又怕,脸色发黄,咬牙切齿地嘟哝着说:

"有什么办法? 你有罪,我也有罪,大家全都是正人君子! 咱应该逃走……"

有一天,他从市场上回来,身上被打得流血,他弯着腰坐在那里,手指试摸着摇晃的牙齿,吐着唾沫,嘴里吼叫着。

"完了! 沙基尔该走了! 这人世统统地滚它的去吧。脑袋全空啦!"

马特维站在火炉旁边,感到自己无力帮助这一对他极需要的亲近的人,他沉默着,羞于看他们的血和泪。

纳塔利娅用水冲洗着他的光头,沙基尔推开她。

---

① 引自俄国诗人伊·彼·米雅特列夫(1796—1844)的《漂浮的树枝》一诗。

"人家也会打破你的脑袋的！唉呀呀,老板哪！你的先知耶稣,马利亚的儿子,——怎么说来着？不要记仇,不要赶走朋友。我也对你讲过可兰经！你对我讲过你的圣经。这儿不需要我,也不需要你。"

"这就是我们的生活！"科热米亚金在心里对女房客喊着。

思索得越多,生活越像一场噩梦,梦中愉快的事情犹如一些模糊的暗示一瞬即逝。

他坐在维泰里神甫的炉火生得很旺的屋内,他面前坐着一个魁伟的男子,穿着帆布法衣的内衫,袖子卷到肘上,手里拿着凿子,地板上全是刨屑、木片,维泰里神甫爱凿制蜂房,——每年做十个蜂房,谁需要就送给谁。

"唔,唔！"他说,眯缝着善良的小眼睛。他生着灰色的大胡子,高高的额头,小小的红鼻子陷在浮肿的脸颊中间,嘴似乎在脖颈上的什么地方。

"唔,这个伊斯兰教徒不想受洗吗？我不知道在这种复杂的情况下我能做些什么！怎样去忘却它？这是力量所不能及的！我们这里的居民全爱捣乱,非常捣乱,甚至都出了格。他们由于烦闷,由于无事可做,作孽的家伙们,常常犯傻,一犯傻就莫名其妙地发起疯来。我们这种老实人处在这群野兽中间真是受苦！我是神甫,我在你面前感到惭愧,可是能做些什么呢,我也不知道！是的,你瞧我竟是个这样的神甫。"

他用凿柄敲着膝头,他想必觉得疼,不时地皱皱眉,抖动一下,但还是在敲打着。

"虽然《圣经》里说,喂养我的羊①,但是关于猪却没有提到一个字,除了说,我主耶稣曾让一群无家可归的污鬼们附到身上去！② 这一切是很令人悲痛的,我的儿子！你是一个模范的教徒,但我不能在这桩事情上帮助你。只有一桩,——你打发你的鞑靼人上我这里来,我

---

① 出自《新约·约翰福音》第二十一章第十六节。
② 出自《新约·马可福音》第五章第一至十三节。

和他谈一谈,也许可以安慰他一下,——你打发他来吧!你知道我的事情,也知道人们对我发出的那阵猪叫。你应该根据人之常情原谅我的无力。我们这种人真是苦呀!唔,我诚恳地希望你走上善良的道路!谢克列捷尤什卡,你送一送!"

一个矮小女人从角落里什么地方站了起来。她有一双大眼睛、大鼻子和纤细的眉毛。

马特维猜到这位就是多贝钦娜,维泰里神甫守寡的侄媳妇,神甫的侄子是小学教师,今年冬天在暴风雪中冻死了。她新近到奥库罗夫镇里来,但已经生出谣言,说维泰里神甫用她代替害水肿症的妻子。这女人的脸庞冷冷的,她的胳膊总是稍稍架起点,就像母鸡张开翅膀要飞似的。

另有一次,在一个夏天的晚上,马维特从巴雷梅尔回来,看见她坐在道旁桦树底下,肩上背着一篮蘑菇。树根从她的脚底下向四外伸开去,她穿着蓝裙子、白上衣,头上包着黄色的头巾。她是那样的光洁,那样的出人意料之外。他觉得她很美丽。她耳后的头巾底下插着几串还没熟的绣球花果,浅红色的浆果悬挂在双颊上,像耳坠一样。

"要不要我送您回去?"他勒住马提议。

"谢谢,我可以步行。您要能把蘑菇给捎回去就好了,"她说,并没有奥库罗夫镇的女人们那种难免的忸怩作态。"怎么样,您那位鞑靼人还受欺负吗?"

"他们还骂他,不过不再打了,即使这样也得谢谢他们!"

"我当时听你们说话时,对您的激烈态度感到惊奇!"

"他是好人!"马特维很困窘地说。

"是的。神甫很爱他,"她阴郁而又悲哀地微笑了一下。"他说,这个回教徒比我的教区的一些教民更接近基督!是的,您想一想,"她忽然说,那口气好像早已谈论过这桩事,而且谈得很多。"种族不同的人互相爱上了,难道这还不好吗?反正所有的人迟早总会皈依一个上帝。"

"是的!"马特维说,对于她的聪明的谈吐感到惊异。"您这话说得真对!"

"再见吧!"多贝钦娜说,点了点头,先是沿着道边,然后穿过田野,一直向镇上走去。

他当时望着她,心想她大概有生以来就是这样走着的:沿着道边,独自一人,径直走向要去的地方。

这女人不久也失踪了。每当他想起她的时候,浮现在眼前的总是那些裸露的、弯弯曲曲伸入地下的树根和挂在她颊上的几串绣球花果。

……前面黑暗中,有个巨大的、像房屋般的东西移动着,发出窸窣和轧轧响声。

两辆载着干树枝的大车从黑暗中显露出来,上面摇晃着几个短短的、看不出腿的农夫的身影。奥库罗夫镇的猥亵话在冷空气里懒懒地飘过。

"你干吗在这里走,妈的……"

"你瞧,"马特堆寻思着,跟在大车后面转着弯,"他们遇见人就骂! 他们知道很难遇到好人,因此对谁都骂,以防万一。"

东方出现了一块微黄的红斑,使昏暗中露出一些老树,光秃的树枝在这块红斑上面展开,画出些零乱的花纹。雪丧失了蓝色的光彩,土地发黑。远方现出城市的模糊轮廓,——一大堆十字架形的房屋,怕冷地趴在地上,有些地方已经慢吞吞地向天上吐着灰烟,——好像含悲飞去的夜梦。花园的树木像黑网似的笼罩和缠绕着房屋;城市像一个巨人:他被捉住、被绑住,半死不活地躺在那里,紧紧地趴在地上,腿脚并在一起,伸展着长长的手臂,修道院像是他的脑袋,细高的尼古拉教堂的钟楼又好像戳在他胸膛上的一根断矛。

科热米亚金将手伸到口袋里,注意地望着,感到今天城市在他心中所唤起的不是像往常那样的烦闷和恐怖,而是一种新的、没有经受过的、凄惨惨的感情。

"但愿你能在这里住上十年,"他在心中对女房客说,"你住住看!"

有几家的街门轧轧地打开了,便门砰砰的响着,窗板的铁闩发出哐啷啷的声音,人们不慌不忙地走出来,——好像城市在醒过来以后,懒懒地咳出的深色痰块。

沙基尔站在家里大门口,手里拿着一把铲子,一看见主人,滑稽地跺着脚。

"已经起床啦?"马特维笑容可掬地喊道。

"早就起来了。"

"真早啊!"

"睡不着。"

"老弟,我到公墓去了一趟。"

"也睡不着吗?"

马特维看了一下鞑靼人那张善良、忧郁的脸,胳膊轻轻地碰了他一下,说道:

"你很懂事,回教徒!"

"没什么!你自己知道,好事不会来得那么快!还得稍微受着点儿。"

鞑靼人说着,把帽子从前额推到脑后,叹了一口气,吐着痰:

"有时在大门上用黑炭和粉笔写脏话,——教他们认字就是为了这个吗?"

"在哪儿?"马特维阴郁地问,向大门上望了望。

"我擦掉了。"

他们对视了一眼,然后朝街道上望着。

"这一定是那些唱诗班的小孩们干的!"马特维忧郁地猜测着。"准是领班教给他们的。你留神,不要让她,也不要让鲍尔卡看见。"

"我总在留神。"

科热米亚金走进屋内,想着那个领班的身形,那个长发、碧眼、身穿栗色大衣的人。

最近一个时期以来,他几乎每天晚上都来到大门口,在人行道上溜溜达达,低声、清晰地唱着:

> 我没有带着铁锤在密林里游玩!
> 我没有躺在壕沟里边……

他的歌声悲伤而恳切。他是个瘦削的、痨病型的人,又长又尖的小脸上长满了粉刺。

一个在市政局服务的人,也从大门口走过,但这人永远是醉醺醺的,他没有唱歌。

……在暗暗的期待中过了五六天;女房客对他点头时似乎比以前和蔼了些,她的笑容似乎更温柔些,留在脸上的时刻长久了些。

但是马特维气恼地想:

"我决不会乞求你恩赐的!"

于是他就更加紧张地期待着,——究竟什么时候她才能变得更亲近,易解些呢?

忽然发生了一桩使他无比震惊的事情:晚上,马尔库沙在厨房里对鲍里斯讲着一种住在林间交叉路口的神秘的鸟——斑纹小雀的故事。女房客来了,注意地听他讲了一会儿,突然说:

"您自己,彼得罗维奇,其实也不相信这些故事的!"

马尔库沙恼怒地抬起头,耳朵动弹几下,严厉地说:

"太太,我已经五十二岁了,岁数这么大啦,岁数这么大啦!我要是相信那些无聊的事情,才叫不知羞耻呢……"

她沉默了许久,惊异地眨着大眼睛,随后向大家望一下,迟疑地低声问道:

"那么,你为什么要叫别人相信这些无聊的事情呢?"

马尔库沙好像绝望地埋怨着似的,语调单一、喃喃地说道:

"简直不让人安生,这是怎么啦!我从这个海边到那个海边,走遍了整个大地,到过阿尔汉格尔斯克,到过敖德萨,到过阿斯特拉罕,我的脚后跟比有些人的脑袋知道得还多!休想来支使我……"

马特维看见女房客好像害怕什么似的,她脸色苍白,拉长了些,显得很凶。她轻轻地、但是更加坚决地说:

"您能不能给我解释解释,您为什么把自己都不相信的话教给人家?您这是欺骗人!"

他像猫似的弯起背来,摇着头,发出低沉的笑声:

"他们老是说:别缠住我!"

"我一定要撵走他!"科热米亚金恼恨地决定。

女房客在厨房里用错乱的步伐走来走去,不知所措地冷笑着说:

"您知道,马特维·萨韦利奇,这比所有的家神、树精和命运那些说法都要可怕,甚至,比您的记载还可怕。您明白吗?纳塔利娅,请您送鲍尔卡上楼,去吧,鲍里斯!"

马尔库沙不知为什么高兴起来,发出响亮的笑声,喊道:

"他老是说:别缠我吧!我有我的灵魂,也许比你的灵魂哭得更惨。是的!这里一定有人要问,这是怎么回事?这是什么意思?你对他们说:这个是这样的,而这个呢,是这么回事,可你自己心里却在想:滚你妈的蛋,我才顾不上你们呢!不管对不对,你如此这般地对他们一说,他们就不再缠你了。我是他们的皇上吗?假使我是皇上或是圣徒,我可以做点事来安慰他们,可我不是皇上,就只有说说话开开心!是的!我必须安慰自己,自己的灵魂总比较亲近。神甫在那里传道的时候,也是在讲自己,每个人讲的都是自己,可是无论你对人们说什么话,反正都一样,他们总是说:走开吧!有鬼吗?有的。走开吧!也许没有吧?没有。走开吧!你瞧,太太,如此而已。有——也是走开,没有——也是走开!大家全这样说,我也这样说。我明白!无论你相信什么,结果都是个死!用话也挡不住死,活人升不了天,不会的,太太。"

但是她的脖颈低垂,好像当头挨了一棒,默默地走出了厨房。

马特维于是声色俱厉地说道:

"马尔库沙,你不要饶舌啦。我不许你胡说八道!"

回答他的是一个陌生、坚强而粗暴的声音:

"你们不来纠缠,我就不会胡说八道!她干吗总缠住我,干吗把我赶来赶去的,我是她的玩意儿吗?上帝呀,这个呀,那个呀!我左脚的脚后跟都比她的脑袋更聪明,——她干吗总找我的碴儿?这个不对,那个也不对,跟我又有什么关系?我已经活了一辈子,我才不管什么对不对。大家都认识去坟地的路,我不是自己到那里去,是别人抬我去。你别怕,他们迷不了路!"

他不再刨木头了,说话像是在吠,沉厚、凶狠、前言不搭后语,使人感到他的话是说不完的。

沙基尔跳起来,挥着手吼叫道:

"哎呀呀,真是不要脸,你这老头儿呀!"

马尔库沙转动着脑袋,还在嘟哝:

"当然啦,你要是走开也就没事了!"

"不要理他,沙基尔,"科热米亚金摇了摇手说,随即走出了厨房。

他感到疲乏、抑郁,坐在台阶上,想弄清这是怎么回事。

"你瞧,我总担心他,对他另眼看待,和别人不同,可他呢,让你白操心。"

他不禁暗中惊叹:

"她盯得他有多紧啊!她到底是等到了机会,真是个聪明的女人!"

镰刀形的月亮在布勃诺夫家坍塌的屋顶上亮晶晶地闪着光,好像准备收割微小而稀少的星儿。狗在叫着,某种东西发出破裂声和轧轧声,冰在货房的阴影中清脆地作响,仿佛有人在啜泣。

"是您吗?"马特维问,哆嗦了一下。

"是我,"女房客没有立刻回答。她那高高的、黑色的身影走到亮处来了。"是什么东西在喀嚓嚓的响？"

"大概是穷人们在偷拆布勃诺夫家的房子，拿去当柴烧，"他一面解释，一面带着敬意望着她，同时还怀着一种类似过去见到无所不知的马尔库沙时所产生的感觉。

"你们这里的一切事情真简单，"女人轻声地说。

"这是没有继承人的产业，没人看守。"

他望着她那惨白的脸谨慎地问：

"马尔库沙让您生气了吧？"

"是的，"她一边走下台阶，一边说。"噢不，其实也没有，不过……我不知道怎么说。我总觉得他说话很冷酷，暗藏着讥讽，并不相信自己的话。我遇见过许多人（乡下人全是城府极深，不信任人的），在遇见以后，心里总留下一些沉重的、无法理解的东西。今天却弄明白了……"她沉默了一下，突然轻轻地，好像哀求什么人似的喊出："我很希望是我弄错了！这真可怕！我想起您的笔记来了，——关于致死的肥皂等等的话……"

"她在说什么？"科热米亚金想，很紧张地倾听着她的话。

"我一定要把他赶走！"

她痛苦地大声说道：

"又来了！您是怎么啦？……"

"这太可气了！"马特维解释说。"有时听他说的话，心里觉得很奇怪：这人什么都知道，全会解释，可他，其实，不过是胡说八道……"

"您想象不出，"女房客说，好像在抱怨，正如马尔库沙刚才那样。"他什么都不相信，这多么令人震惊！如果有知识的人怀疑一切，——您知道不但现在有这种人，过去也有这种人——您心里会想，那有什么，他们只不过是些脆弱的花朵！但他是基础，他是民众……而且几十年来尽对人们宣传他自己不相信的事情。这真是可怕！我过去不知道有这样的人，但是现在我觉得看见过几十个这样的人，他们说上一句'是'或'不是'以后，就说——你走开吧！他和人们，和世界，怎么会有这样可怕的内心的隔阂！不管对人们说什么都行,只求别人让他安宁。什么样的安宁呢？在知识界,什么都不信的人到底还会相信自己,相信自己的个性,自己的意志力。但是这个人看不见自己,也感觉不到自己,您记得吧,他怎样谈论命运的！那是多么无法计量的、最最深刻的、不动声色的绝望呀。您明白吗？"

不,他不大明白。他贪婪地听取她的话,把这些话排列在脑海里,但是她话中的含意还是从他那里溜走了。他羞于承认这一点,他也不想打断她的怨言,但是她的话说得越多,语意便越不连贯。一个个问题不断在他的脑子里闪过,但是,还不等他问头一个,第二个问题便接踵而来,坚持要求回答。他的胸中仿佛有个什么东西在撞来撞去,竭力想及时赶上和抓住一切,但同时却把一切都搞乱了。不过,在她今天的谈话里还是有一些亲切易懂的思想的。

"你活着活着,忽然可怕地发现,自己是处在陌生的国家、陌生的人们中间。彼此格格不入,互相没有任何关系,——没有生机勃勃的来往,而只有一个死结在压迫和扼杀着大家……"

"是的！真是死结！"

"你虽然想把自己和人们之间的鸿沟填平,但是它越来越宽,越来越深……"

"越来越深？是的……"

她这一段易懂的话唤起了他对她的信任。当她正在凝思的时候,他忽然回头看了看,仿佛生怕别人听见似的问道:

"叶夫根尼娅·彼得罗芙娜,请您告诉我,您是俄国人,我也是俄国人,而我竟很难了解您,这是怎么回事呢？"

她迅速地向他转过身去。

"难吗？"

"很难！有些话……"

"唉,话算什么！"她沉痛地说道。"但是,您明白不明白,我希望人们好,我是一个诚实的人？"

他诚心诚意回答说：

"是的，诚实的人，我正是这样想的，这是实话！"

他说着竟准备画十字。

"谢谢！"她抓住他的手，轻轻地说。然后望望院内和天空，身体瑟缩了起来。

"你们这里又可怕，又冷。"

"我们到屋里去吧！"他央求似的说。当她默默站起身走在前面的时候，一股热流贯注了他的全身，充满了对新的未来的光明预感。

她若有所思地在屋内来回走着，高高地挑着眉毛，说道：

"这也很可怕……同时也是实情：您是俄国人，我也是俄国人，但是我们的言语不同，互不理解……"

他坐在沙发上，仔细观察着她那脸部表情的变化：惊异、慌张和苦闷更替着，他的心却在怦怦跳动：

"就是今天，就是今天！……"

他看见，今天这女人和那天晚上听他读笔记时不同，并不是那样自高自大，骄气十足，好嘲笑人，她的话里带有惊慌，这是他易于理解的。

"啊，你觉察出来了吧？"他想，稍稍地感到得意，但更多的是怜惜她。

她紧裹披巾，打着哆嗦，不时用手摸摸两鬓，一缕深色的头发在她的颊上微微颤动。

"我也不理解您，"他听到她说。"您的样子，请原谅，看起来很平常……"

"原谅什么？"马特维想。

"可您竟有这些意料不到的、可怕的笔记！您读的时候，我听到一种仿佛从很远很远的地方，从过去的时代发出的责难声，仿佛有人说：你走到什么地方，走到哪里去了啊？你懂得法文，但是俄国话呢？你爱读小说，为的是行文美丽，可你写的都是关于死人肥皂的小说！你读了世界通史,但是你知道奥库罗夫镇的精神史吗?"

她闷声地笑了起来。

"那天晚上我就像一只鸟,您把我捉住,拔着我翅膀上的羽毛,您知道,是那样不慌不忙,一根根地拔着,没有恶意……因为烦闷……我第二天出去散步,出了城,从小山上望着这城镇,似乎另具了一副眼光。它好像一个躺在雪地上的蜘蛛巢,向四面八方,向各乡村伸展出无形的蛛网,——那是你们奥库罗夫的、粘着的思想、信仰、致人死命的肥皂的毒沫!它扩展得很远,用一些野蛮的迷信、愚蠢、冷酷的残忍行为束缚和毒害着许多人。你们那个可怕的圣人——他叫什么名字来着?"

"巴祖诺夫吗?"马特维无精打采地提示道。

她关于城镇的话,在他的心中蒙上了一丝受到屈辱的阴影:他想起不久前奥库罗夫镇在他心目中的形象,当下叹了一口气,说道:

"这市镇自然很小,我们的思想也是渺小的……"

她把双手放在脑后,轻声喊道:

"真可惜我是个女人!"

在这句话里,他听到他所熟悉的东西。

"为什么可惜呢?"

"做女人有时是很不方便的,"女房客沉思地说。"是的……现在有些人开始说,我们的时代不是具有伟大任务、巨大事件的时代,我们应该担负起普通的、日常的、琐碎的工作……我曾嘲笑过这些人,但他们也许是对的!也许普通的工作就是最伟大的任务,真正的英雄行为!"

一些陌生的思想,无从了解的话语忽然又像圆舞一样旋转起来了。它们仿佛在她的周围旋转,像十字路口的旋风似的,推动着她,不许她直接走近那个独坐在黑暗角落里的人,因此她晃来晃去,忽而走到他身边,忽而又退到那令人疑惑不解、烦闷不已的雾里。

"她不是和我,而是和她自己说话呢!"科热米亚金想。"看起来,马尔库沙并没说错……"

她走的时候,好像是突然地、不知不觉地消逝了似的。起初,他觉得她的话没有在他心里留下明晰和牢固的概念,只不过是一些拼凑在一起的不熟悉的字眼儿罢了。

但是他错了:从那天晚上起,他想到她时更大胆了,在这些想法里掺有宽容和怜悯之类的东西,他开始明白她的弱点了。

"可怕吗?人地生疏吗?"他想起她的话,凄然地笑着,同时感到自己在某些地方比她有力。"就是嘛!"

第二天早晨,鲍尔卡跑到他那里来说他妈病了,今天起不来了。

"是吗?"马特维惊呼了一声。

他大胆地走上楼去,但是,当他走进天花板像棺材盖似的小屋时,又胆怯了。

"您怎么啦!"

"是这样的,"她微笑着说。"头痛,发烧……"

在雪白的枕头上面,像云彩般的蓬乱头发里,玫瑰色的脸庞显示在他的眼前,遮住了一切。

"您应该喝蔓越橘汁。"

"这很好,"她同意了。

"我马上叫他们送来。莫非您这是由于马尔库沙得的病吗?"他怯生生地问,垂下眼皮。

"不,当然不是!虽然这代价也是不轻的,您应该承认!"她睫毛盖住眼睛,苦笑着说,"我好像失足跌了一交,您知道,五脏六腑都突然疼痛地震颤了一下……"

马特维走了,心里想:

"她多么热情地接待了我啊!"

他在厨房里,不知什么原因,忽然想起从阁楼的窗内可以看见消防队的望楼,——它竖在全城片片屋顶的中间,好像一只巨大的灰色的指头。

她病了五个来星期,这段时间成为他的节日了。他几乎每天必去探病,在狭窄的小屋内,女人的脚旁,一直坐到看出她疲乏,不能再说话为止。

她说得很多、很高兴,主要的是:他明白了,并且立刻把他自己在自己的心目中抬高了。真是简单得可笑:原来,她所说的一切都在书里写着,她知道的一切都是她所读到的。

他固执地请求说:

"您一起床,就把这些书给我弄来!"

"一定。您想读书,这使我很高兴!"

"我也很高兴。"

但是,他心里继续说:

"我将来所知道的,一定不比你少。"

他想到这女人所以比他高明,只是书籍的功劳,这使他感觉到很愉快。

她讲得最多的是,应该教育人,这样人才能变得好些,才能过人样的生活。她说,有些人想把一切好的东西教给俄国人民,唤起他们尊重理性,却因此被关进监狱,流放到西伯利亚。

他很吃惊地听到,世界上有些人似乎敢于把自己和自己的意志放在和整个生活对立的地位上,但是他想起他的父亲有些地方很像这类人,便信任地听了下去。据女房客说,这类人很多,有几十个;她用极其崇敬的语气谈论他们,眼睛里闪烁着欣悦和忧愁,他很快就被她美妙的讲述所征服,相信世上存在着服从真理、专做好事的伟大的苦行者,——承认他们,像承认马尔库沙的家神和树精一般。他带着崇拜和同情的态度听她讲述他们的生活和业绩,像听讲述圣徒的生活一样,但他难以想象在奥库罗夫镇的街上会有这种人。

每当女房客谈到传播理性的人们的艰苦生活时,他便不由想起父亲所讲的那些旧时的人们的鲜明故事来。那些人在青年时代以杀人越货为乐,但到了老年便销声匿迹,遁入隐修所去"拯救灵魂"。他觉得在这两种同样陌生、不为他所知的人们中间,有着某种共同的东西:某种异样的生活在联结着他们,他欣赏这种生活,但它并不能吸引他,正如其他各种故事不能吸引他一样。

"怎样才能使好人有传播理性和作善事的自由呢?"他问。

女房客对他长久地、详细地解释走向自由的道路(在这种时刻,她总是显得特别美丽),但是她的话使他发生疑惑,他谨慎地反驳道:

"这自然是很好的,但是怎么能把它,把整个俄罗斯全领到一条路上去呢?比如说,我们这里的人哪里能为国家服务呢?不管哪个人,除了自己的家,除了自己的家庭以外,什么也不感兴趣……"

"兴趣是可以引起来的呀!"

"那该怎么办呢?"他苦苦思索着。"比如把本地的人们叫来,但是他们除去奥库罗夫之外并不需要,也不知道什么;德列莫夫人只知道德列莫夫,米亚姆林人只知道米亚姆林,这样所有十一个县全是各管各,他们中间会发生纠缠不清的纷争。伏尔戈罗德的人们比大家聪明些,活泼些,他们会占优势!他们只要在某些县份住半天,就会起来拥护这些县份,从而珍重这些县份……"

他疑惑地冷笑了一下,说道:

"不,最好还是先用开水把我们大家浇一下,或是用火烤一下,就像在干净的星期一烧热炒锅一样!"

她生气了,挥动着胳膊,她的胳膊一直裸露到臂肘上面,胸前的衣襟有时敞开来。科热米亚金垂下眼睛,他的心急促地跳着,脑袋里像有锤子在敲似的。有几分钟的时间他什么也没听懂,什么也没听见。

她对他讲了自己的身世。她是孤儿,军官的女儿,在当上校的叔父家里教养成人,嫁给了一个中学教师。丈夫起初不按照官定的教科书,而按照良心来教育儿童,她尽力帮助丈夫从事这项工作。有一天他们家里受到了搜查,发现了禁书,于是便把他们两人流放到西伯利亚去了,——这就是她的全部经历。

竟这样简单而且奇特。他期待着的是很长的故事,是可怕的故事,但是她讲得简单,而且勉强,皱着眉毛,厌恶地耸动鼻头。他想问她爱丈夫不爱,生活得是否幸福,总之,希望她再说点什么关于自己,关于自己心里的事情,但他不敢,只问道:

"叔叔还健在吗?"

"在。他现在是副总督……"她回答,轻轻地打着哈欠。

"他没有替你们说情吗?"

"我们和他思想不一致。"

"不管怎样,总归是亲人呀。"

她皱着眉头,反问道:

"亲人,——那是什么意思?"

"同一个血统,同一个家族……"

"哼,你说的血统和家族,都是些陈旧的东西!"她说道,冷笑了一声,忽然紧紧地闭上眼睛,小声说:

"心灵和我接近的人才叫亲人……"

"她这是卖弄风情吗?"科热米亚金想,身上打着冷战。

在和她谈话以后,他时常感到心神不安,并且对那些在他的世界以外的人满怀着忧郁和温柔的情感。他走到田野里去,坐在小丘上,看着暮霭怎样向小城袭来(这是光明和黑暗互相斗争的时刻),以及黑夜怎样安静地降临,把露水遍洒地上,然后走开,静静地让位给新的一日。

在这孤寂的时刻,他的心里七上八下,怀着矛盾的愿望。一会儿想做点事情,骄傲地对女人说:你看,我怎么样? 一会儿又想只是走过去,像小狗似的默默躺在她的脚下。

他安静地、忧郁地想,最好把一切——产业和金钱都交给她,而自己远走他方,就像索宗特那样。但是他越来越频繁而固执地怀着一个美好的愿望,想对她说:

"咱们俩跟大家没关系,咱们同是孤独的人,让咱们一辈子生活在一起吧!"

他憧憬着一种安静的生活，对人们没有需要，没有暗藏的恶意，没有惧怕，只有两个人，心心相印。他想到这个便觉得很甜美，胸内发暖，好像朝阳在里边照耀一样。

科热米亚金走回家去的时候，小丘上的嫩草快乐地向朝霞鞠躬，把银色的露珠摇落到潮湿的大地上，玫瑰色的烟雾正在小城上空升起。

女房客有时给他念诗，在读出"爱情"两个字的时候，他便不好意思地垂下眼睛，心里想道：

"她是在卖弄风情吗？"

有一天，她在说话中间疲乏地闭上眼睛，——他当下愣住了，怕动一动。她过了两三分钟以后，抬起眼皮，微笑着说：

"我做了一个梦……"

"好梦吗？"

"是的。很可惜，好梦是短促的。"

"卖弄风情呢！"马特维心里想。

她病好下床的时候，桦树上已经披上胶粘的黄叶，好忌妒的鹡鸟和好嘲笑的椋鸟飞来了。

在一个暖和、晴朗的正午，甚至在奥库罗夫镇，也觉得太阳在天空里融化，整个天空好像一个蔚蓝色的太阳。面容消瘦而苍白的女房客，穿着红衣黑裙，走进花园，长久地哼着没有歌词的曲子，好像祈祷似的在小道上走着。她喜颜悦色，感激地抚弄着像绸缎般的白桦树干，脚踏在温暖的、湿漉漉的土地上时，显得那样谨慎，好像不愿意，并且害怕弄坏尖尖的草梗和车前草的嫩花苞似的。

她的头发梳成皇冠形，像细碎的金沙一样闪着光。她对着光亮仔细端详着自己那双瘦得可怜的手。走在她的身旁的马特维也看着她那充满殷红血液的透明手指，并且想：

"好像童话里的女王从魔法师的俘虏中逃脱出来一样！"

三叶草的斑白的、天鹅绒般的叶子上面盖满银色的水珠，好像因为看见太阳而喜悦得流汗;三色堇菜温存地眨着小眼睛;淡紫色的风铃草在柔细的草梗上摇曳;樱桃的干枝上闪耀着琥珀色的胶块,苹果树上闪耀着粉色小球似的花蕾,充满生命汁液的细枝轻轻地战栗,五月的艾草散发着缕缕略带苦涩的芳香。

小孩们在街头快乐地呼喊,牧童在田野的远处游戏,修道院里有人掘土,一个响亮的嗓音高高地领唱感恩歌:

万人歌颂的圣母呀,生育神主的……

女人深陷的眼睛温和地向马特维脸上瞟了一下。

"春天就是圣母,太阳就是神!当初人们这样信仰过,这很不坏!善良的神灵是春天所创造的。我们坐下吧!"

他们坐在樱桃树下的长椅上,金色丝带似的阳光印在女人的肩上、胸上和膝上,她用苍白的手抚摩着它们,朝霞般的血色从手上的皮肤中透出来。

马特维的头眩晕了,心沉寂了,眼前闪烁着五颜六色的斑点。他慢吞吞的,好像在举着重物似的站起来,轻声地说:

"叶夫根尼娅·彼得罗芙娜,我深深爱上了你,请你嫁给我吧……"

说时他全身爆发出炽热的喜悦:她并没有生气,也没有皱眉,好像特别亲切而友善地微笑着,轻声说:

"唉,这真是遗憾!"

他坐在她身旁,抓住她的手,把它贴在自己的脸上。

"我不能再等待了,我多么希望你嫁给我啊,可是心里又害怕……喂,你说,你能嫁给我吗?"

"不!"她说。

他不相信。

"你等一等……"

"不！我本来就已经迟了……"

"什么迟了?"他急忙问道。

"我应该早点,在您问我以前,就对您说出这个'不'字,"她平静而和蔼地说。就因为她这样说,他不相信她。

"您瞧,马特维·萨韦利奇,还当我初次——您记得吗?上您屋里去的时候,我就明白:这个人会爱上我的!我开始害怕这个,尽量避免和您接近。您注意到没有?"

"是的!"他说,聚精会神地听着。

"但是,这在这里很难,是不可想象的!沙基尔和纳塔利娅时常说您是好人,奇怪的人,您经受过许多忧愁、耻辱……"

"是的！很多……"

"他们也希望我嫁给您……"

"自然喽!"他跳起来,高兴地喊着。"他们两个也都爱您,真的!我们就这样四个人一起生活下去吧!好像住在城堡里!"

她深深地叹口气,用一只脚蹭着地面。

"我想进一步了解您……"

"她为什么说这话?"他惊慌地想。

她的话像寒冷的雨点似的落下来。

"我们只能成为朋友,我不能做您的妻子。您不要想这个吧!"他带着耳中的轰鸣听她说这些话。

她站起来,不慌不忙地走了。他看着她走去,只见土地在她的脚下摇摇晃晃。

困难的日子来到了。每天都有新的、惊人的冲击和未曾体验过的感觉和杂乱的思想;有时,科热米亚金觉得他的胸脯似乎在敞开着,世界上所有恶毒的和沉重的东西都一拥而入,把他的心践踏得十分疼痛。

在这些日子里,对于他来说,一切都消失了。过去他本来就不大管工场里的事,沙基尔管理场务,从没有出过差错。不过,他以前对人们很感兴趣,时常到工场里和厨房里听他们谈话,打听新闻,而现在呢,他不理会任何人,总是跟在女房客后面,守护着她,有时他心里暗自想道:

"大概我在她身边像一只狗……"

当他遇见整天在外面乱跑的鲍里亚时,便抓住他的手,捏得紧紧的,用胡须把他的脸搔得很痒,急切地追问道:

"你喜欢我吗?说实话,喜欢吗?"

男孩手舞脚踹地挣脱着,一面哈哈大笑,一面呼喊:

"你放开我,马特维叔叔,我没有工夫。放开呀!我们要到树林里去,和柳芭,还有瓦纽什卡……"

他飞快地跑掉了,马特维望着地面,心里在计算:

"他现在八岁,我到四十岁的时候,他已经十六岁了!我五十岁,他将是二十六岁,是的!主啊,您给她一个启示吧……"

"叶夫根尼娅·彼得罗芙娜,您叫我怎办呀?"他低声责备着。

可她就像抛掷石子似的答道:

"不行。不行。"

"等一等,别这样说!哪怕给我一点希望呢……"

"不!不要存希望……"

"你对我解释一下,看在基督的分上,这究竟是怎么回事?你说我是个好人,我是你的知己,我看,你也是个好人,也是知己,我们两人全是俄国人,但是我们老是没有取得一致:我所希望的你认为不需要,你的思想我又不明白,这究竟是怎么回事?"她在对他讲着什么,他听着她那从容不迫的话语,愤愤不已,在心里恐吓着:

"哼,我太胆怯了,这是你的运气!你用这些妖术般的话束缚我……若不是这样,我会爱得你更深!"

"难道你连怜惜都不会吗?"有一次他问她。

她挺直身子,严厉地回答:

"怜惜并不产生爱情!"

"怎么能这样呢?"他惊呼道。"你说什么,叶夫根尼娅·彼得罗芙娜?人们就是因为怜惜一个人,可怜他一个人孤零零的不好过才产生爱情的……"

"在这方面,我们是永远不会互相理解的!"她叹了一口气说。

但有时他感觉她能够用魔术驱除他的爱情,像女巫用咒语驱除病痛一样,他有两三天觉得她是自己心爱的妹妹:他长久地等待着她,等她来了,他就跟她无话不谈,——谈父亲,谈帕拉加,谈自己的一生,谈得无拘无束,像跟男人一块谈天似的。

有时这使他惊异:

"这是怎么回事?我说的是什么话?"

然而他朝她的脸上看了一下,所看见的却是一双充满关切和同情的善良的眼睛,微张着的嘴唇,眉间的一道严肃的皱纹,——一张亲人的脸。

在漆黑的冬夜,当他在床上辗转反侧,试着在暴风雪的怒吼声和霜冻的皲裂声中入睡时所想象的正是这个人;在春夜里当他在城市近郊的田野中徘徊的时候,在他面前浮现出来的也正是这个人的形象。

他心里抑制不住的愿望又抬头了:他想拥抱她,吻她,像跟帕拉加一样,想使她感激涕零,也像那个女人似的,含着泪说:

"我像在小溪里沐浴过一样,你好像用爱抚洗清了我的灵魂……"

"莫非要用强制手段吗?"他时常想。

但是他不敢:她的身上有一股很容易使他打消强制意念的力量。他在似病非病的状态中,怀着既恨自己又恨对方的情感想道:

"这事儿怎么了结呢?"

于是他常同她谈起怜惜问题来:

"你不是很怜惜帕拉加,怜惜人民和你的同志们吗……"

"这完全不同!"她说,否定地摇着头。"我也同样怜惜您:我希望您好,希望您的富于人性的心灵开出灿烂的花朵,希望您生活在人们中间不显得多余！必须了解他们,热爱他们,帮助他们认清这贫穷、羞耻和可怕的生活中的黑暗、杂乱的状态。"

她谈到几百个像奥库罗夫一样,被冰冷的、极端的烦闷和对一切新事物的阴郁恐怖束缚着的城镇。

这些城镇里住满目光如豆的人们,他们漠然地相信着那不惊扰他们、不妨碍他们在习以为常、又龌龊又可耻的平静中度日的一切。这些互相疏远的城镇卧伏在大地上,好像一堆堆砖头、木块和木板,是一个想砌起一座童话般的巨厦的人储备下来的,但是那个备下所有这些物资的人却消失不见了,所有的贵重材料因为没有建筑者和主人,也随之在冬雪和秋雨浸蚀下慢慢朽坏,无法再用了。

她讲得很好,热烈而动听,好像年轻的修女朗诵赞美圣母的诗歌那样,怀着热烈的信仰,怀着对生育神主的圣母马利亚的赞赏和敬慕之情。

她的柔和的纤指蠕动着,好像在弹奏一架无形的古丝里琴,又像在用鲜亮的丝线绣制诺夫戈罗德和普斯科夫人民过去生活的图画,眼睛燃烧着孩子般的快乐,整个脸部都焕发着光彩。

"你瞧,我们的民族是会过另一种生活的!"她慨叹道,一面骄傲地摇晃着头。

他听她说话的时候,时常微闭双眼,仿佛看见自己又成了孩子,是父亲正同他谈话,不过用的是另一种声音;她描绘的那种生活也真像父亲所讲的故事。

"现在不同了!"他哀伤地反驳着。

他不太想反驳她,他可怜她,也可怜自己,可怜所有这些会使人感到愉快的故事,但是得显一下他自己也知道一点什么:他熟悉沃尔戈罗德省的各个县份,如奥库罗夫·格尼利先斯基、米亚姆林和德列莫夫等城镇的地道的俄罗斯农民。

他不看她,很单调地、像诵读追悼死者的圣诗似的讲述乡下人如何酗酒、打架、偷窃、殴打女人和小孩、扒灰,以及如何在他到各地收麻时欺骗他等等。

起初她注意地听着,仔细地询问着,表示惋惜,后来便咬起嘴唇来了,那双温存的眼睛也不再看着马特维了。

"他们互相吞食,聪明人在他们的中间多么困难啊!"他压低声音说。"马尔库沙讲过一个庄稼汉纳特卢斯金,——大概没有一个乡村不要把这样的纳特卢斯金处死的!"

"啊,您瞧!"她得意地喊道。"毕竟还是有另一种人……"

"一千人中有一个……"

他对她讲萨夫卡和他说的那句可怕的话:"老板……"

"这才是真正的农民,他能为了一个卢布把父母卖掉,还要用一些老朽去顶替!"

女房客不以为然地摇着头,这更勾起了他的严酷的回忆。他急切地挥着手,仿佛在为从远处蜂拥而来的所有邪恶的东西开路,并且入神地、像忏悔似的对她说:

"当我心爱的女人被殴打的时候,我躺在花园里,心想:她是不是在那里挨打?我竟没有去解救她,没有去拉她一把!不错,打她的是我父亲,但是,我哪怕跪到他脚下求求情也好……他竟把婴孩从她的肚子里踢掉了。要不,现在这孩子也有十五岁了……"

"不要讲这个啦!"她没看他,轻声请求道。

当他初次对她谈到他和帕拉加所犯的罪孽,以及父亲如何弄死后母的时候,他看见对方以从未有过的贪婪听着他的话,她的眼睛闪烁着昏暗的火光,脸色瞬息万变。从她那悲痛的脸上突然挂下两行热泪,头慢慢地垂下,好像有人违背她的意志,强把她的脖颈按下去似的。

他抓起她的手,重重地吻了三遍,喃喃地说了一句便走开了:

"谢谢,叶夫根尼娅·彼得罗芙娜,我要到她的坟上去,对她说,是这样……谢谢!"

……这年春天很热,有干旱的预兆,沼泽上升起蛋白色的浓雾,在无风的空气里流散,把腐草的郁闷的、酸性的气味带进城里。太阳是模糊的、热炽的,失去了光彩,仿佛是垂死的,像凋谢的向日葵花一样。夜间也没有一丝清新的空气,炎热的夜影犹如丧服一样,把小城裹得严严实实。升起了像车轮似的巨大月亮;它颜色深红,模样儿凶狠,在小城上空慢慢升起,也倾注着沉沉的热气。秋麦发黄,草木呈现褐色,黄色的金凤花,红花的夜美人,淡紫色的铃铛花,贫瘠的田地里的不幸的花儿,都楚楚可怜地卷起凋萎的花瓣,驯顺地垂向地面,而土地业已干裂,它们好像由于干渴得难受而痉挛地咧着嘴。

白天,一团团乌云般的肥蝇发出琴弦似的嗡嗡声在镇上飞着,只有小燕贪婪地叫着,在街道上空掠过,其余的鸟儿都悲伤地躲在阴影里;晚上蚊虫从沼泽上飞来,整夜都在不停地哭泣。

人们冒着汗,慢吞吞地、勉勉强强地移动着脚步,用阴郁和责备的目光望望天空,疲乏而又绝望,他们懒懒地交谈着,动不动就发脾气,大喊大叫,用龌龊的言语互相对骂。

科热米亚金夜里睡不着,由于失眠而头痛,双鬓出现了银发。他的身体因为日益炽烈的愿望得不到满足而感到十分疲软,好像溶化了一样。两颊陷落,凹下去的眼睛露出茫然无助的神色。他像隔着雾似的看到沙基尔和纳塔利娅目光中带有同情,工人们则在那里讪笑,并且知道,城内正流传着很难听的、侮辱他和女房客的谣言,对于这些,他一概置之不理,心想:

"反正都一样……"

夜里,他常到田野里去,在那里听枯草的哀鸣,听饥饿的老鼠发出的沙沙声、蝈蝈的惊叫,——一种奇特的,从四面八方传来的干燥的喧闹声,好像喘息着的大地的微弱叹息;他一边走,一边在心里重复着他早已熟悉的两句话:

"你可怜可怜我!爱我吧!"

好像周围的一切都在不停地、用热烈的低语重复着这两句话。

他背起双手走着,像父亲从前那个样子,沉重地曳着两条腿,弯着

腰,垂着头,在想象中把心爱的女人的衣裳脱去,在炎热的夜晚抱住她,对她说:

"你瞧,我的父亲是个好人,却是一头野兽。我可不是野兽,同你生的孩子就更加是人了! 叶夫根尼娅! 只能是这样,只有用爱情才能生出新人和好人来!"

他想象着她的乳峰,那注定哺育新生命的成熟果实,同时回忆起帕拉加的玫瑰色乳头,它们可怜巴巴地向上翘着,像是在要求孩子的嘴唇吮吸似的。后来这些感觉模糊了,渐渐变得沉重了。他握紧拳头,走得更快,满身流汗,躺在道旁布满尘埃的草地上,十分疲乏,喘着气。

有时他回家来,轻手轻脚、像野兽似的在院内走着,眯缝着眼睛向阁楼的窗上张望,咬着嘴唇,勉强克制住想要大声呼喊,严令她"快到这里来!"的愿望。

他未能下决心这样做,于是内心空虚,浑身酸痛,皮肤烤得红红的,走回自己屋内,一头倒在床上,听任噩梦般的痛苦的幻觉摆布。

"假使我有父亲的性格,这一切早已完成啦! 不,必须用强制手段……"

有一天院内突如其来地出现了一个新来的人,一个身材矮小、举动笨拙、衣衫褴褛的人,他长着一双细腿,黄脸上长着一撮多余的小胡须,他的眼睛歪斜得可笑,眼珠儿好像直往鼻梁里钻,为了掩饰这一点,他时常眯细眼睛,于是他的脸上似乎隐藏着一把两刃的小刀,一面刃大些,一面刃小些。

他代替马尔库沙的位置,从最初的几天起,他的恳切而有礼貌的微笑,活泼俏皮的话,便使大家对他发生了兴趣;工场的小伙子们用讪笑和敌视的态度接待他;那个从沃叶沃金来的庄稼汉,瘦瘦的、伛背的福马,长着一个斧头似的脑袋和一双与常人不同的眼睛,注意地打量着新来的看院人,十分有把握地说:

"天旱就是这种人闹的!"

那人藏在沙基尔背后,突然发出响亮的声音回答说:

"亲爱的先生,天旱决不是我闹的,天旱是因为有那些沟,那些很有学问的老爷们这样对我说的!当家的先生们,是你们挖了好多沟,把水放跑了,非闹大旱不行,我的先生们!"

福马张开嘴,对同伴看了看,然后又从沙基尔的背后看了一眼,绝望地说:

"你真是个傻瓜,兄弟,哼,真是个傻瓜!"

除了沙基尔,大家全哈哈大笑起来了。他把新来的看院人带到货房里,警告他说:

"少和他们说话,他们会打你的!"

"我不信服拳头!"新来的人说,眼睛往鼻梁旁边一斜。

"又是一个……这样的人!"科热米亚金坐在货房的黑影里想。

他雇看院人的时候,从身份证上知道他是钝角城的小市民,名叫阿列克谢·伊里奇·季维尔采夫,二十七岁。他当时看了他一眼,说道:

"你倒像个教堂的读经员……"

"那就随您怎样看吧!"小市民有礼貌地回答说。"在我们钝角地方,人们的相貌都和自己的身份不相符合,——您就这样雇我吧!"

科热米亚金觉得这人身上有一种靠不住的、谲诈的东西。他感到气恼和惊异的是,竟看见叶夫根尼娅·彼得罗芙娜立刻和这人谈了许久,谈得那样融洽和热烈,这个人好像在特别注意地听着,回答时神色严肃,说话不多却很准确。

他想起她刚来的时候常上工场里去挨着冻,试图同工人们攀谈;他们总是对她待答不理,透过胡须露出冷笑的神色,偷偷交换着暗示的眼神。她一走,大家便用龌龊的字眼议论她,虽然不怀恶意,但在他们说话的冷淡中间含有比恶意还坏的东西。

后来他们看出老板对她的态度,开始深深地向这个女人鞠躬,离得老远就脱下帽子,像乞丐似的望着她,用哀怜的嗓音谈话,不住地叹气,无论她说什么都唯唯诺诺。

"你们这里的人全是受压制而不敢反抗的。"她忧郁地说。

"你去嫁给这种受压制而不敢反抗的人,他会给你颜色看的,"马特维想。

她对于普通人的关注总使他生气;她仿佛把他最需要的某种东西交给了这些人,而实际上他比这些人更需要、更有权得到它。现在出现了这个细腿的阿列克谢,她整晚整晚地和他交谈,这是为什么?

在晚餐以后,当工作完毕,闷热的黑夜把市镇和人们搂在发黏的、汗水淋漓的怀抱中,让成千上万细微、忧郁的蚊虫声绝望地呻吟着的时候,五个人在门廊下或花园里闲坐。沙基尔燃起不大的烟火堆,用苦艾枝在烟堆上面摇晃,把一缕缕呛人的蓝烟驱赶到老板和女房客身上。人们皱眉、咳嗽,但是蚊虫仍旧穿进薄纱似的烟帐里,不停地乱咬和嘤嘤地叫着。

那个新来者用高音轻轻地说着,和嘤嘤的蚊声融合在一起。

"我们县里有许多水,有十条小河,但是土地很少,不生产什么,因此我们县里的人几乎全流散到各处去了。波兰人在古时候攻打过我们,不过从那次战争里,我们并没有学会什么,——只是农妇们织袜出售,还制造香肠。莫斯科销掉我们好多香肠!但是庄稼人多半只会唉声叹气:生活在这块土地上真难啊;上帝不爱,官长不尊敬,神甫不教给我们任何东西,自己又不高兴学习,怎么也弄不明白我们在这钝角县里生下来有什么用,有什么乐趣?"

他不时地斜着眼向四下里望望,有礼貌地笑笑,用两个手掌拍着蚊虫,不停地说着话,他那滔滔不绝的话声听来好像从破木桶里流出的一股细流。

"我可以说,人们生性爱坐;五十年来坐在那里寻思:怎样才能在世上过得好?但是到了五十一岁就伸了腿,像婴儿似的死去,所不同的只有一点,就是长出了灰白的胡须。"

月亮呆呆地挂在花园上空,好像粘在模糊的天空上一样。黑影短而笨拙,盖满尘埃的树叶萎靡地耷拉着,周围的一切在暑热的、死一般的寂静中默默地忍受着痛苦。只有偶尔从远处,从沼泽上,传来几声鹭鸶的恶叫或夜枭的呻吟,在布勃诺夫的庄园内野猫号叫着,像村内喝醉酒的小伙子一样。

女房客躬着身子坐在那里,把脸藏起来,听着季维尔采夫讲话,看着他那无用的胡须怎样抖动,他又怎样把破帽从一只耳朵移到另一只上面;有时她问上一句,而后便又长久地沉默着,小小的手掌在额角上、脖颈上和脸颊上轻轻地拍击。

"她讲话少了,多半是在问,"科热米亚金在心内揣度,一面看着她那好像一只白色鸟儿似的手在空中闪来闪去。

一缕晦暗的思绪似乎从旁边某个地方向他袭来:

"这里坐着五个人,全不一样,但是大家有一点相同,就是大家全是无依无靠的人……"

"唉,天呀!"纳塔利娅呻吟着。"睡吧,热得很;坐着吧,又闷得慌!"

沙基尔摇晃着苦艾,热烈地对看院人说:

"干吗要故意这样想呢?上帝说——工作吧,俄国人说——何必工作呢,咱们反正都是要死的!干吗要存心这样想呢?哎,狡猾的俄国人,只是不想工作罢了!"

有一次,在结束了这类的谈话以后,马特维带着醋意问女房客:

"你为什么对他抱着这样信任的态度?"

"他是个有趣的人,"叶夫根尼娅说。

"我以为他和马尔库沙一样,也是对于一切都无所谓的。"

他想了一想,又说道:

"不过是从另一种角度……"

女人弯下身子,眼睛好似在寻找什么人,沉思着说:

"那个纳特卢斯金,您还记得么?"

"叶夫根尼娅·彼得罗芙娜!"他轻声哀怜地说。"喂,你怜惜我一下吧！爱我吧！我像乞丐似的恳求你。我完全相信你,你吩咐我做什么,我就做什么！你对我说,你把一切都交给庄稼人,我就交出去！"

"您知道我决定怎样做吗?"他听到她平静的声音。"我不久就要离开您这里！大家都看出了您对我的态度,这是很痛苦的事。甚至鲍里亚都问过我:他为什么像印第安人那样地看你,您听见了吗?"

"那我就完了……"

她微微耸起肩膀,摇晃着脑袋,不慌不忙地走开了。

她不慌不忙地从他身边走开这一点,使他产生一个强烈的念头:

"她下不了决心,心里害怕,也许心想我会欺骗她,不和她结婚。亲爱的人呀！不行,应该勇敢一点,我惧怕什么?"

几天以后从"烂角"那个地方吹来了潮湿的风,利亚霍夫沼泽上面升起一片蓝黑色的乌云,在暑热的天上展开来,像送殡的帐幔似的,向城市上空飘来。

乌鸦和寒鸦喧闹地叫将起来,不知从什么地方飞来一些木屑和刨花,在院中被风吹得乱转,麻皮和麻屑也飞扬起来,不知谁家的大门嘭地响了一下,好像放枪一样。从四面八方的院落里传来一阵女人的喊声,她们正搬出木桶准备接雨水。小孩们尖声地叫着。

修道院的钟楼上面,一根菩提树枝叩击着铜钟的边缘,使钟发出快乐的、呻吟似的声音;牧人在田野里召集牛羊,惊慌地吹着笛子,那里已经闪起白色的电光,荡漾着沉重的雷声。

科热米亚金走出房门,眯着眼睛,躲避着灰尘,倾听着为旱魃所苦的大地的战栗。

女房客刚开始教课,但是小孩们跑到院子里来,在尘埃里随着木屑和落叶一同旋转;小小的、白白的像柔毛一般的柳芭用两膝把衣服紧紧地夹住,拍着小手,瞧着鲍里亚和胖胖的赫里亚波夫在那里发疯:他们手挽着手,双脚用力踩踏土地,因为用劲,脸上涨得通红,互相对着脸大叫大嚷:

求求上帝下场雨，
水柱粗得像缰绳！
黑麦大麦一起浇，
整天整夜下不停！

"不是这样！"柳芭拼命地喊着。

他们在如柱的尘埃中旋转，喊叫得更厉害了：

圣母呀，求你
下点雨吧！
往黍子和黑麦上
尽情喷洒！

"你瞧，我的儿子也成为异教徒了，"马特维在自己身后听见这句话，转过身，用贪婪的目光把女人周身打量了一番。

她身上穿着一件莫尔德瓦式宽敞无领的白上衣。细薄的麻布折成柔软的皱襞，掩在肉体上，把她的双肩和那陡峭的乳峰十分具有诱惑力地勾画出来，刺激着人的想象。

屋顶上沉重地叩击着还不大稠密的暖融融的雨滴。雨点落到院里，从炙热的土地上跳跃起来，尘埃在后面奔驰，吞食着雨点。乌云把院子覆盖住，天色暗了下来，随后电光一闪，一切都战栗起来，布勃诺夫家的破屋跳跃了一下，带着震耳欲聋的碎裂声倒在了地上，孩子们发出尖叫，向货房奔去，这时就像一股河水从天而降似的，浓密的暴雨带着啸声落了下来。

尘埃翻滚着，卷成一股灰色的烟，从干燥的土地上升起来，立刻又倒了下去，像被杀死了似的；水流蜿蜒着，形状像条深黄色的丝带，屋顶上面落下光亮的洪流，但是雨下得更密了，只看得见由一片活水所砌成的光亮的墙壁。

"天呀,真好呀!真妙呀!"马特维在快乐的汩汩声和簌簌声中听到这样的欢呼声。

他的脑袋里嗡嗡作响,胸内热浪翻腾。

"冷得很,"他说,并没回头瞧一下,"也很潮湿,还是进屋里去吧……"

"花园里现在是什么样子呢?"她又喊道。

"她不会去的!"他心里想。

但是,他忽然感到她已经不在门厅里。

他轻轻地、谨慎地、像盲人似的走进帕拉加的屋内。——女房客正立在窗旁,双手叉在脑后,向花园里眺望。他悄悄地挂上门钩,抱住她的肩膀,说道:

"叶夫根尼娅,以后即使让我死,我也顾不得了……"

女人的肉体灼热他的手,他把她抱得更紧了,她向后仰了仰,马特维看见一双温柔的眼睛,微张的嘴唇,听见轻轻的话语:

"您,我的好人儿,不要这样,放手……"

他像抱婴孩一般,轻轻地把她抱了起来,把她整个搂在了怀里。她的胸脯灵巧地转向他,湿润的嘴唇在他干燥的唇上紧贴了一秒钟。他摇晃着身体,被一阵红色的雾包围住,要把她抱到一个地方去。但是,女人突然在他的手臂上挣扎着,低沉地喊道:

"放手!"

她像一条溜滑的鱼似的挣脱掉了,跑到门旁,一只手放在门钩上,另一只手整理着短上衣,用使人丧失力量的词句说:

"我不能欺骗您,——我知道自己,一旦出了这种事,我会讨厌我自己,同时也会恨您的。不能开这样的玩笑。假使我有对不起您的地方,请您原谅我……"

他坐在椅子上,只明白一点:她要走了!当她从他手里挣脱的时候,随着她的身体,她还夺去了他的胆量和力气,他立刻意识到一切都完了,他永远不会得到这个女人了。他坐在那里,摇晃着身体,两手紧紧地捧住沉重的脑袋,看见她的惊慌的、玫瑰色的脸庞,眼睛的湿润的光彩,他觉得她仿佛正在溶化。她使他的心翻了一个个儿,就像弄翻了一只茶碗似的,除去烦闷和羞耻的沉渣以外,把碗内的一切全都泼了出来。

"您就走吧!"他说,绝望地挥着手。

她走出去了。钩子在门框上摇晃,吱吱地响着。地板上留下两根发针,还有一块揉成一团的白手帕。

"人们若是看见,一定会想到那种事,其实那事并没有成功,"科热米亚金边想,边把发针捡起来,扔到桌上,又用脚踏住那块手帕,把它忘却了。

暴雨过去了,太阳的金色斑点在花园内迅速地溜过,洗得干干净净的树木摇晃着树枝,光亮的、像水银一般活动的水点从树叶上滴下来,温暖的空气像在澡堂里一般,充满蒸热的树叶的浓重气味。

院内响起清脆的话语声。

"我以为会下雹子的!"纳塔利娅像唱歌似的说。

孩子们笑着,沙基尔也跟随他们发出呜咽般的苦笑声,阿列克谢的话,永远是那样清脆、响亮,显得十分特别:

"好像扔给咱们一点点施舍,还是带着气扔的!好像是说:喏,喝去吧,讨厌的人们!"

科热米亚金一面听着这所有的声音在他那空虚的胸腔内发出的不愉快的回响,一面暗想:

"她竟不愿施舍给我一点……"

他忽然羞愧到痛恨自己的地步,想抓起自己的头发,跳到窗外,像猪一样,趴在烂泥里,或是叫骂一阵……

麻雀喊喳喊喳地叫着,鹎鸟在山梨树的绿丛中啼鸣,乌鸦发出赞美的呼喊,柳芭在院内喊叫:

"喔唷,你会淹死的……"

传来了叶夫根尼娅恼怒的喊声:

"鲍里斯,不要下水!"

瓦努沙·赫里亚波夫粗声粗气地报告说:

"他反正已经是湿了……"

马特维感到泪水从他的脸上重重地滚落下来,一滴寒冷的泪珠落进嘴里,它的咸味使他想要狼嗥般哭喊一番。

"她就要走的,就要到别处去的!"

他觉得他没有勇气再见她,无论在明天或任何日子里,——怎么去战胜他在她面前的那种男性的羞耻和越来越增长的这种恨意呢?

"我自己离开这里!还有什么话可以对她说的……"

门悄悄地开了。马特维迅速地擦干脸,转过身来;原来是沙基尔。

"该喝茶啦!"

"我不喝。你吩咐阿列克谢套车。我也许到巴梅尔去过夜。"

鞑靼人走了,在门外对一个什么人忧郁地说:

"要到巴梅尔去……"

门又开了,闪出一线希望,——他垂下头,倾听着轻柔、温存的话语:

"喂,马特维·萨韦利奇,让我们忘掉这一切不愉快的东西,友好地谈一谈吧……"

"叶夫根尼娅·彼得罗芙娜,亲爱的,"他回答说,不看她一眼。"你把我迷住了,一辈子也摆脱不了!我觉得害臊,请你走吧!"

他心里沸腾着一种想扑向她,抓住她,紧紧地掐她,折磨她,直到她痛得乱叫的愿望。

"您听着,我不能这样做是因为……"

"你去吧!"他用低沉的声音坚持地又说了一遍。

她不声不响地走了。

半小时后,他乘着藤编的双轮轻便马车,无缘无故地驱赶着马;温暖的泥浆溅到他的脸上和胸前,车轮拍击着泥泞,饱食的马不断地打着响鼻,消化着食料,马蹄在还没有被土地吸收进去的水洼里清晰地叩击着。

马特维咬紧牙关,回头看了一下,在纯洁透明的天上,太阳低低地悬在小城上空,映在玻璃窗上形成几十道光亮,每一道光亮都朝马特维身后散发着热气。

他解开衬衫的领子,眯缝起眼睛,脑袋躲躲闪闪,以避免污水的溅泼,但是污水还是溅到他身上来,并随之带来一些激烈的念头。

"我从来没举手打过女人,杜尼亚和萨莎是什么样的女人,我都没有打过,这女人能和她们相比吗?可是,我真想折磨她一下!亲爱的,你像闪电似的落到我的心灵上面,把我烧坏了!先揍你一顿,然后再给你下跪,——喝你的眼泪也好!我现在上莫凯·恰普诺夫家里去,他不是个好人,和儿媳有不三不四的勾当。现在我要从各方面烧毁自己,——我还有什么用处呢!"

思想从旁边和下边的什么地方涌上来,像苍蝇般打着转,随后便消失不见了,并未触到那重重地积压在胸内,使心头发痛,逼得他不得不流泪的东西。

"你这傻瓜,已经是三十多岁了!"他责备自己。乡村大道好像张开大嘴,龇露着参差不齐的朽坏的牙齿,从远处迅速而贪婪地向他的身边移动。

前边就是恰普诺夫的大农舍,莫凯本人坐在房基周围的土台上面,向他点着像鸡蛋一样光的秃头。

"您好呀?"

"把马接过去!"科热米亚金说,跳到烂泥塘里。"我跑来玩一玩……"

一个生着罗圈腿、打着赤足的庄稼汉把脸上的细纹皱成一堆,一面拼命搔着腰带束得很低的、鼓鼓囊囊的肚子,一面用当家人的低沉沉的声音喊道:

"安娜!柳布卡!开门呀!"

253

他低低地弯弯腰,把一只空虚的、光亮的眼睛眯成一条细缝,好像暗示似的,用另一种声音说道:

"想在雨后玩一玩吗?好极了!土地透了一口气,人也应该……"

马特维往市镇那厢望着:田野喷出玫瑰色的蒸气,到处有红色的斑点闪着金光,好像有人豪爽地抛掷一段段的红布。太阳落到遥远的山丘后面,市镇看不见了。晚霞大张着它那火也似的翅膀,像一条大鲶鱼的乌云在通红的火里融化。

"米亚穆林人把树林烧着了,烧了三昼夜,现在也许灭了吧?"

"我哪里知道!"马特维生气地回答说。

路上的车辙里满都是水,闪着光,好像横着一条条丝带,指引着通向奥库罗夫的道路,——他的眼睛朝车辙上扫了一下,期待着,也许山丘后面的红色天空上会出现一个黑色的骑者的身影,——沙基尔或阿列克谢将两个臂肘往腰间一夹一夹地,在这两条丝带中间急驰过来,还在远处就喊道:

"叶夫根尼娅·彼得罗芙娜打发我来请您回去!"

乌鸦在田野里沉重地、低低地飞翔。当一只鸟儿飞到水洼上空的时候,它就映出影子,变成两个了。一个高身材的农妇从院内走出,忧郁的脸上有两道浓眉,她向马特维鞠了个躬。

"把钥匙给我,爹爹……"

"我要跟她,跟安娜一块玩玩!"当她走开以后,马特维严厉地说。

庄稼汉一面束紧腰带,一面皱着眉头,追问了一声:

"跟这个?跟安娜吗?"

"嗯,是的!"

"和她不行!"庄稼汉说,嘻嘻地笑着。"你自己知道——不行!"

"为什么?"

"她总算是儿子的媳妇,是我的儿媳妇,——你自己知道呀!"

科热米亚金很想争论,叫骂,呼喊。

"你是混蛋,莫凯!你的儿子在哪儿?"

"他是强盗胚,在他该在的地方……"

"其实他并没有偷你的钱,是你自己给他栽的赃,你自己为的是把安娜抢到手,不是吗?"

庄稼汉打了个哈欠,朝嘴上画画十字,平静地回答说:

"谁也不知道这件事情。这全是人家造我的谣言,你不要相信吧。世界上是有法律的,按照法律,瓦西卡应该坐牢,而你我应该自在逍遥!我们到屋里去吧!"

争论的愿望消失了,他没有值得争论的对手。他也不想再向道路上张望了,——晚霞熄灭了,有人把红布从田野上收去,丝带也收走了,水洼显出蓝色。

士兵的妻子,柳博芙,莫凯的侄媳,在农舍里接待客人。她是一个瘦小的女人,一双油亮的小眼睛,额头上长着一个大疤。她弯下腰鞠躬,像唱歌似的说道:

"向光荣的贵族马特维·萨韦利奇致敬!"

他许久没有到这间农舍里来了。这农舍很清洁,并不像农民住的房子。但是他觉得:他好像昨天刚看见供着五位神像的神龛,镶在"小房"形状的镜框里的镜子,不动的钟摆,几个秤锤,其中有一个是马蹄形的,以及低矮、宽阔的木板床。

柳博芙端进一个盘子,里面放着伏特加酒和凉菜。他一口气喝了三杯便喝醉了。他不爱喝酒,他不喜欢伏特加酒的味道,它的酒劲也不能使他满意。它只能使四肢无力,并不能磨灭记忆,仅仅使记忆模糊起来,好像用透明的帘幕遮住眼前发生的事情一样。

他勉勉强强在乡间那种并不复杂的纵情放荡的浊流中鬼混了三天,并未得到什么乐趣,有好几次他在醉后流着泪,冲着柳博芙那张在他眼中变成双影的丑脸大叫大嚷:

"柳布卡!你要是能做得像那个女人,哪怕只有一分钟,我可以把一切都送给你!你不会的,贱货!"

莫凯也在哭,边哭边喊:

"你是马特维,我是莫凯,这就是全部的区别。亲爱的,你明白吗?难道咱们不都是上帝的人吗?对咱们来说,一切狗全是狗,对上帝来说,咱们都是人,决不是别的!没有一点区别!"

"不对!"科热米亚金反驳道,用两只拳头捶打着自己的胸脯。"她和所有人都不同,没有比她更好的,没有!"

恰普诺夫吻着他的面颊,劝道:

"得了吧!人全是一样的!咱们到哪里去找真理呢?难道我是真理吗?我是一个糟糕的庄稼人,不诚实的骗子手。喏,这就是真正的基督!"

于是他一面画十字,一面号叫着:

"主呀,为什么你还容忍我们呢?"

科热米亚金跪到也在那里啜泣的大嘴的柳布卡面前,对她讲:

"我遇到了一个中意的女人。一辈子的救星就在她的身上。那是自然的!但是,没有人骑马赶来!她没有打发人来。她造好了新的城市,迁进去一些好人,把他们引到钟楼上去,可是把我往这里一扔,就走了!她想必认为我不好……"

他往长椅上撞着脑袋,号啕痛哭:

"我既然不好,还在这里干什么?主呀,你让她同我对立,扼杀了我的灵魂,这是为了什么?"

柳布卡试着用醉后乏力的手把他从地板上扶起来,她的眼泪滴到他的脖子和后脑勺上。他听见她那号叫的声音:

"可怜的受苦人!你去买点蜜糖饼干,供在神圣的保护者乌森、博罗登和马缅季·尼基塔面前,向他们祈祷吧!你向他们许个愿吧:美哉,善哉,你们三兄弟,善哉,你们是三股狂风,你们把烦闷送到你们心爱的女奴身上去吧,善哉,你要说出她的名字……"

莫凯坐在地板上,把科热米亚金拖到自己身边。

"你把我的心搅乱了!柳布卡,你去叫安娜来!亲爱的,——你想要安娜,你就给她一张二十五卢布的票子!给那个下流货一张,也给我一张！我是个坏蛋，老弟！她会对你让步的，她会吗？什么事也不会禁止你的，你把我的心搅乱了！"

他又用疯狂的声音嚷道：

"主呀！我这人有什么用呢？……"

周围的一切都在摇曳不定地晃动着，缓慢地旋转着。高身材的安娜默默立在炉旁，像哨兵一样，双手交叉在胸前，望着天花板。她像石头似的站在那里，她的眼睛像死人的一样暗淡无光。

"去你的吧，你这死东西！"莫凯冲着她喊道。

"算了吧，爹爹，叫我上哪里去呢？"科热米亚金听到一句沉闷而冷淡的回答。

"萨韦利奇！马特维！"恰普诺夫发着疯，像蜘蛛似的在地板上爬着。

"你瞧，她简直是套在我脖子上的绞索！上帝由于我的欺诈行为，就用这个来惩罚我！"

他突然用粗野的嗓音唱道：

绣球花儿盛开
在山脚下啊，在村旁……

"喂，安娜，唱呀，女巫！"

高身材的女人闭上眼睛，用出人意料的美妙嗓音温存而悲伤地接着唱了起来：

绣球花下有一块悲伤的白石……
石头底下埋着我的情郎……

"马特维，你瞧她，瞧这女巫！"

> 我的情郎在昏黑的夜里……
> 不知被谁拿刀杀害……

柳布卡在长板凳上摇晃着,发出饿狼般的嗥叫:

> 胸脯被剖开,肋骨被打断……
> 白白的手儿完全浸在血里……

莫凯想站起来,但只是趴在地上,嘶哑地喊叫着:

> 哎嗨,过去是强盗,现在成了死人……

　　从巴雷梅尔一直到城里,这些可怕的人物、话语、歌曲一路上伴送着科热米亚金。夜里,他不声不响地回到家里,由于不惯醉酒,显出似病非病的样子,阴郁的羞愧心情使得他闷闷不乐。

　　"这算什么寻欢作乐!"他心里想。"总是这样,所有的歌唱和舞蹈全浸透了辛酸的泪水。与其说是快乐,倒不如说是喧闹和呼喊,——要让我喊一喊,会出什么事呢?"

　　繁星在深黑的天空闪烁(他回忆起父亲有一次称这些星星是俄罗斯的),叶夫根尼娅·彼得罗芙娜还知道每一颗巨星的名字。她用他所不熟悉的名字称呼各种花儿。

　　闻到一股烧焦的气味,——不知什么地方的泥炭田在燃烧,浓烟味刺到鼻孔里去,令人眩晕。夜枭在利亚霍夫沼泽上啼叫,像猫叫一般。

　　当叶夫根尼娅·彼得罗芙娜撩起裙子,小心谨慎地迈步走在院子里的时候,那副嫌脏的样子也很像猫,也许她也是悄悄地在裙子底下把那被灰尘或烂泥弄脏的小脚甩几下。不过,她虽然衣着鲜艳,那副严厉的样子却像个修女。她不上教堂,但是讲起基督来,却那样自然、热烈和无所畏惧。

有一次他说：

"叶夫根尼娅·彼得罗芙娜，您信仰上帝，似乎跟我们不一样！"

她回答道：

"很可能是的，因为你们承认上帝，但是，您并不相信他……"

"这是怎么回事？……"

"就是这样……"

"每个人都承认上帝。"

"是的，是的！上帝是有的，你们也是存在的；但是你们和上帝之间没有联系……"

他觉得她提出了一种危险的异端主张，因此就不再和她谈论这个问题了。

"我现在怎么见她呢？我这副嘴脸一定很不像样子。我受够了痛苦！畜生，应该把澡堂里的火生着，好好洗个澡……"

他在这污泥里滚了个够，把自己的身体弄得龌龊不堪，把它狠狠地折磨了一通之后，他自惭形秽，觉得自己太卑贱了，但是，他对女房客的态度却更加平静和纯洁了，他感到自己对不起她。

他勒住马，好像是来行窃，悄悄地停留在大门旁边，爬下马车，小心翼翼地去敲便门的铁环。用粉笔粗粗地写在门上的一些污言秽语，在黑暗中映入了他的眼帘。

"魔鬼们！"他恶狠狠地想，摘下帽子，用它往上掸着白粉。

只听见一阵迅急的赤脚走路的声音，门闩响处，大门打开了。沙基尔穿着长到脚后跟的衬衫，默默地拉住马缰绳。

"你最好轻一点！"马特维说。"把大家都要吵醒的……"

"不要紧，"黑暗里传出忧郁的声音。

"大门上又写上字了……"

"总是有人写！"

马特维走到台阶上，从那里问：

"鲍里亚的身体好吗?"

站在马身后看不见身子的沙基尔,用不必要的响亮声音回答说:

"她们娘儿俩都走了……"

科热米亚金颓然坐在了台阶上。

"到司库员太太那里去住了。"

马特维气恼地喃喃说,但并不相信自己所说的话:

"搬走了?这是怎么回事?不给房东打个招呼就走了?应该等我一下嘛!你怎么会放她走的?"

同时没经意说走了嘴:

"我以后可怎么办呢!"

短促的夏夜过着它最后的一个时辰,躲到树后和角落里,躲到布勃诺夫庄园的废墟上,还躲到青草里,它的黑影正在无声地撕裂着,卷成团,形成货房、树木、屋顶的样子,为玫瑰色的晨光清洗着空气,沁人肺腑,冷冷地、紧紧地攫住人的心房。

在中了毒的、萎靡不振的身体里充满疲劳的感觉,柳布卡的尖细的声音还留在他的记忆里:

唉,我无家可归,无亲无故……

沙基尔走过来,他穿着长长的衬衫,活像一个死人,轻声说:

"她有一封信……"

"什么?信?"马特维无望而冷淡地回答道。"信又有什么用呢!"

"这是上帝的判决!"鞑靼人说,走到门厅去。门轧地一声响,马特维回头望了望,想道:

"这一下全完了……"

以后他又坐了许久,一直坐到天亮,手里捧着一张纸,纸上布满细点般的字母,这些字母连成黑色的行列,无法去读,而且也不想去读它。最后,天空呈现出淡绿色,鸟儿在花园内醒来,黑影从围墙和树木上慢慢退去,好像是早晨把未及躲藏的残夜惊走、驱走似的。这时候,他才慢吞吞地,一行一行地看清那封写得密密麻麻的信。

亲爱的马特维·萨韦利奇!

为了不再折磨您,我走了。我大概不久就要完全离开奥库罗夫。我不再谈使我们分离的原因;我觉得这是十分令人悲伤和难过的事情,我大概不能说出那句可以使您相信的话。您应该相信,我不能做您的妻子。至于怜惜——我是不能的。我有一次怜惜了一个人,我只好对他说了四年的谎。自然,对自己也说了谎。我还有一个拒绝您的原因,但是,即使您知道这个原因,也不见得会得到安慰。

我向您道谢,为了您对我的温情,对小儿的爱护,以及您帮助我所了解到的许多事情。我接触了可怕的生活,我现在似乎对人们的想法更简单了些,对待自己的生活和整个自己也更严肃了些。人们关于功绩所讲的最深刻和最聪明的话,大概就是下面这样一句:"最卓越的功绩在于忍耐、热爱和劳动。"天呀!我真希望您想一想俄罗斯是怎么回事,人民的生活为什么这么艰难,为什么大家这样不幸和惶惶不安,或是这样不幸和停滞不前,好像硬的僵石似的!您想学习还不算晚,因为您的心还年轻,我看到您现在活得这样糟,看到您那对人对己都很需要的善良的心在萎缩,十分痛苦。我要生活下去,怀念着您,怀念着这个独自生活在像大监狱似的小城里的人,在这个小城里,所有的人们由于烦闷无聊,全成为监狱官,监视着您的一切行动。我想到您,我就感到痛苦。请不要生气,饶恕我,假使我在您面前有过错的话。

叶夫根尼娅·曼苏罗娃

"字写得真小,"马特维想,又开始读信。"需要一颗善良的心,但是你为什么不取去呢?你不需要,还有谁能需要呢?是的,你对我很和蔼,抚摩了我一下,就这样走开了……"

但是,这些细小的黑字,涂改了许多次,显然是匆忙写成的。从这些字句里散发着她的嗓音和眼神的熟稔而愉快的暖气。他把那封信又读了一遍,回忆起什么事情来,用指尖谨慎地把信折好,喊道:

"沙基尔!"

鞑靼人就立在他身后。

"你去吩咐他们把澡堂的火生起来。烧得热一点……"

沙基尔张开嘴,想说什么话。

"住嘴!我要睡了。澡堂里生好了火,再叫我……"

……他在期待中度过了一个星期,这期待变得一天比一天不安,预示着今后将有巨大的痛苦。

他不相信一切业已永远完结。叶夫根尼娅不在他家里,这使他觉得异样,好像永远不能习惯似的。沙基尔和纳塔利娅忧郁的、绷着的脸,阿列克谢尖刻的微笑,都仿佛在责难他。

"难道她对他们说过我抱过她的事吗?"他心里想着,在花园里孤单单地晃来晃去。

他习惯了在早晨听鲍里斯吵闹不已的声音,他的声音打破了家里的沉闷。他习惯了和叶夫根尼娅自由自在、毫无拘束地谈论自己和其他一切事情,爱听她那充满自信的声音。他越来越清楚地感到:他需要她所讲的故事,她的议论,她所有的话。他有时不了解这些话,对于他的心灵格格不入,但是总能唤起一些特别的思想与情感。

"她当时把马尔库沙揭露得多么厉害呀!"

他不由自主地把这短短的几个月和过去长长的灰色日子作了对比,从而显明地看出,女房客把他从以前那个无动于衷的生活角落里拉出来,放在一个门口,使他的灵魂震撼了一下,永远搅乱了他的心绪,而后便走掉了。

他时常对她衔恨不已。

"你倒是把书拿给我看呀,书在哪里?你不要藏起来呀!你把话全都说完,好让我明白,让我能够辩论,也许我可以向你证明,一切都是不真实的,你的话都不真实,人民也不真实,一切都不真实……"

他整天都在想着反对她的言词,充满了责备、非难、甚至嘲笑,但是往往会有这样一种突然而至的特别时刻,使他觉得,所有他的思想统统是虚构出来的,无用而空虚的,从而在对她的无限思念中被逐渐忘却。

他极其明显地感觉到:这女人是他所需要的,现在,当他的心灵已被动摇的时候,他没有她便会毁灭。他只好喝酒,游荡,同那些出卖肉体的女人厮混,竭力欺骗自己,为了好歹躲避一下一再地、越来越猛烈地向他袭来的可怕的孤寂。

他动也不动地坐在花园的一角。他满腔烦闷,一直在沉思。

"我要上她那里去,对她说:随你怎么处置都好,只要不抛弃我!但是她会回答:我什么也不要。"

他不禁感到骇然,于是便从衣袋内掏出她的那封揉皱的、已被他背得很熟的信,稍为感到了一点安慰。

"有书信为据,赖不掉的!"

一次,晚饭后,他坐在自己屋内的窗前,听到花园里阿列克谢的响亮的、总像是在驳斥什么的声音:

"有一些安慰人的谚语,就像在疼痛的地方贴敷的膏药,例如:'所有的人都是一个模子里倒出来的','所有的鬼都有一样的分量',这全是胡说八道!人是不同的,也就该是这样。你瞧,叶夫根尼娅·彼得罗芙娜,她难道和别人一样吗?她就像天上的星星,别人就像那小铜板。老板,他像商人吗?他哪里是商人!他应该在人家窗户底下奏手摇风琴。"

"为什么奏手摇风琴呢?"科热米亚金冷笑了一声,并不感到恼怒。

"可我像个什么呢?不,人们已经开始分了层,现在每个人都应该有自己的路。我在沃洛格达城的疯人院里做过事,那边的医生是位极聪明的先生!他对我说:发疯的人一年比一年多。这就是说,大家开始动脑筋想事情了!一开始不习惯,所以才发疯。如果你没在码头上扛惯货物,那就一定会用力过度,像我似的,得小肠疝气的毛病。想事儿也是一样,因为不习惯,脑子也会用力过度而出毛病!"

"城里人讲,"纳塔利娅说,"好多人都在搞巫术。只有叶夫根尼娅·彼得罗芙娜笑话这巫术是穷极无聊的玩意……"

"阿列克谢!"科热米亚金从窗内探出身子来喊道。

斜眼儿来到窗前时,他并没有生气,问他道:

"你讲那手摇风琴是什么意思?"

看院人把眼睛斜到耳朵旁边,双手一摊,显然并不很发慌似的回答道:

"对不住,这是顺嘴说出来的。自然,是我不对!"

马特维笑了。

"我是无所谓的。你可以有你自己的思想,我也有我自己的思想。你们在谈什么呢?"

"谈曼苏罗娃太太,"阿列克谢不乐意地回答道。他的眼光又一闪,继续坦白地、信任地说下去:"谈一般的俄国人,据我看,大家都没呆在自己的位置上,都没有正确地了解自己。从他的禀性来看,他应该当酒馆老板,可是他不知为什么,想当修士,——我这是讲我的叔叔。或者说,一个好人忽然酗起酒来了,一直弄到丢掉原来的模样。我在奔萨城的一个审判官家里当差时,发现他会编打油诗。审判官是什么人物?我要落到他手里,他可以一下子要我的命,可他呢,竟作一些可笑的淫诗!这和他的严肃职务可不相称。还有许多例子。人家以为您是商人,但是您没有商人气派,您的生活也和您的头衔不相称。您老是一个人,离开大家,待在一边。总而言之,商人……譬如说吧,是应该有很多孩子的!对不住得很……"

"我并没有责备你呀,"马特维以安慰的态度又说了一遍,一面在心中暗想:

"他说话很冲,不害怕,显见是个好小伙子……"

两天以后,阿列克谢神色阴郁地走来走去,过了一会儿,他走到站在院里的老板面前,摘下帽子,有礼貌地请求给他结账。

"你怎么啦?"科热米亚金惊异地喊道。"你在我这里有什么不如意的地方吗？"

"我再干一段时期，您趁这个时候另找一个人吧，"阿列克谢说，一面摇着帽子。"真是对不住得很，我很满意您，不过我这性子跟您这里合不来……"

他把身体扭向一边，笑了笑，情绪有些激烈地解释道：

"你知道，我喜欢老板像条狗，让他咬我的心，我呢，就可以反对他。我就是这样的性子，我喜欢吵架和骂人，这有什么办法呢！"

"你真可笑，老弟！"科热米亚金带着不愉快的好奇心说，一面打量着对方的衰弱的身体。"你何必走呢？到哪里去？你的力气并不大！你一骂人，人家就会打坏你……"

"我就是这样的脑袋瓜儿和禀性！"看院人回答，肩膀向上一耸。"你们这个镇子太沉闷，真糟糕，连一个吵嘴的对象都没有……你对一个人说：你听见过没有？狄奥克列齐亚努斯皇帝①下令，从礼拜五起不许乌鸦再叫？对方会眼睛一眨一眨地问：是吗？它们碍他的什么事啦！——真没趣！"

"是的，这里是没有什么意思，"科热米亚金轻声表示同意。"我的父亲在二十年以前，也常说这话……"

看院人猛地看了他一眼。他把手捂在嘴上，很有礼貌地轻声咳嗽了一下。

"当然，不单这里是这样，我到过十个省份，也都不那么快乐！到处的人们都像墓地上的蛆虫，新来个死人，就忙着吞吃他；没有的时候，便彼此乱拱……"

他那黄色的脸颊鼓了起来，那撮多余的胡须像刺猬一样直竖起来。"昨天我跑去看一个自杀的人……"

"是不是在村自治局里做事的那个？"

"就是他。死人躺在那里，脸上带着那种满意的样子，仿佛对我

---

① 狄奥克列齐亚努斯皇帝（284—305年在位），古罗马皇帝。

说:老弟,我死了,这很痛快!真的,他好像做了一桩极聪明的事情!"

"他经常酗酒……"

看院人向旁边退了一步,把帽子朝头上一扣,冷冷地说:

"未必是因为高兴……"

"是的,"科热米亚金应了一声。

"不过我很想乐上一乐,人在世上只能活一次。所以我要到比较快乐的地方去。我打搅了您,真是对不住得很!"

"那是你的事情。你到哪里去呢?"

阿列克谢回头看了一眼,想了想。

"想上沃尔戈罗德去当演员。我有疝气,可干那种职务要经常喊叫,所以叶夫根尼娅·彼得罗芙娜说,人家是不会录用我的……"

"她什么时候说的这话?"

"昨天。"

"你难道常到她家里去吗?"科热米亚金轻声问。

"那自然喽!我无论如何不能放过这种机会,她是个绝顶聪明的人,听她说话,总是像过节一样舒服……"

"对呀,"马特维不由己地说。"唔,好极了!那么再见吧,老弟!"

"多谢!"阿列克谢说,摇摇老板伸出来的那只手。

"人在世上只活一次,"科热米亚金想,在花园里走来走去。"你总在同人告别。一个人稍微有点趣,立刻就要离开这儿。这真是一座不幸的城市!"

他稍稍闭了闭眼睛,立刻清清楚楚地看见了自己的住处,——围墙上那些他所熟知的缝隙、地板上的板节、墙上的裂缝、园内每棵树的高度,以及今年夏天生长出来的所有的新枝等等。好像连沙基尔的胡须有多少根他都知道;他还知道工场里每个工人都会说些什么话。

过去,他也知道自己的一切想法,他的思想不很多,全是偶然的,不连贯的,悄悄地来到,又期期艾艾地离去,任什么都不要求,也不扰乱心灵,仿佛只是给予它以催眠性的爱抚似的。现在那些思想没有了,也未必会再回来;新的思想很多,全都有紧密的联系,一个引出另一个来,每个思想都不安地向四外放射着光芒。

"我要到她那里去,对她说:你把我的心搅得再也平静不下来了……"

星期日晚上,他站在司库员的那座清洁的小屋的门廊旁边,不知该怎么进去:是从正门进屋呢,还是从院子里绕到厨房去呢?

他时常在财务局看到马图什金。这是一个严厉的、脸刮得很光的贵族,嘴唇显得很凶。他说话三言两语,口气生硬,总是用责备的眼神直勾勾地看人。

"假使从正门进去,他又会大喊大叫的,"科热米亚金烦恼地揣度着。

在花园里,从那插满长钉的围墙后面,传出了使他心慌意乱的鲍里亚的声音,他想从围墙上爬过去,让这个活泼的男孩保护自己。

他蹲下来,寻找围墙上的缝隙,开始低声呼唤鲍里斯,但是,便门的门鼻儿响了,叶夫根尼娅·彼得罗芙娜本人正在往街上张望,科热米亚金挺直身子,脱下帽子,俯下头来。

"您好呀!"他听到寒暄的声音。一只暖烘烘的手紧紧抓住他的手。"您为什么这么长久不来?"

"难道什么事情也没有发生么?"他想问。

"我从窗子里看见您走到我家门前了。我们到花园去吧,我把女主人介绍给您,您知道,她的腿完全不能动弹了!"

"我的腿也是的!"他喃喃地说。"我在想,我怕是不敢进来……"

女人脸上掠过他所熟悉的笑容。

"您怕司库员吗?他休假去了,长时期的旅行。鲍里斯,你瞧,谁来了!"

鲍里亚从树丛中跳出,得胜似的尖叫了一声,像牛蒡草似的贴在了客人身上。

"怎么,老弟,你已经把我忘了吗?"科热米亚金用低沉的声音问道,生怕自己会立刻哭出来。

"根本没忘记,莫卡叔叔,我发誓!"

"过了两个多礼拜,可你……"

"十一天,"叶夫根尼娅·彼得罗芙娜纠正他说。

"她数着日子呐!"他高兴地想。

"简直没工夫,"鲍里亚喊道。

万尼亚·赫里亚波夫的白头晃动了一下。

"做麻绳的人来了……"

"您好呀,您好呀!"头发鬈曲的柳芭喊,摇晃着那两只沾满土的小手。

"这就是瓦尔瓦拉·德米特里耶芙娜……"

在一张大藤椅上,半躺着一个小得出奇的女人身影,她伸出小孩般的手,用生疏的声音说:

"我很高兴,很……"

"等一等,瓦里娅婶婶!"鲍里斯煞有介事地说。"我们先给他看看……"

"你走开吧,鲍尔卡……"

叶夫根尼娅·彼得罗芙娜把儿子赶走,并和孩子一块躲到树丛后面去了。科热米亚金觉得她是故意这样做,不禁叹了口气。

"叶夫根尼娅·彼得罗芙娜讲过您许多好话……"

科热米亚金难为情地微笑,望着那女人的透明的、长着一双巨大眼睛的脸,心想:

"她真可怕……"

她的话就像无风无雨的日子里的秋叶一样,慢慢悠悠地飘落下来,但是听着十分愉快。他一面做着简短的回答,一面回忆他所听到的关于这个女人的一切:当时城里的人讲过她许多幸灾乐祸的话,讲她在到这里以后第一年就想使大家全喜欢她,丈夫为她吃醋,随后便喝起酒来,还弄了一个情妇,她自己却羞得躲了起来,好像死了似的,——很久以来再没有人提过她一个字。

叶夫根尼娅走过来,嘴里轻轻地唱着,手里摇摆着山牛蒡的叶子:
"您知不知道,烧了多少树林?"
"没听人说过……现在还在烧呢……"
"这是乡下人放的火吗?"她问,坐在女主人的脚旁。
"一定是他们。树林里没有收拾干净,折断的树和干枝很多,有的是可烧的东西……"
"但是一到冬天,乡下人屋里却没有东西生火……"
"树林毁了,人也就完了,"司库员太太轻声地说。
"您这是讲那个自杀的人吗?"
"讲的是一般的人……"

他们在讲着忧伤的事情,但是讲得那样娴熟、漂亮,听起来很有趣很轻松。

女主人鬓角上的皮肤几乎是蔚蓝色的,眼睛底下印着黑影,在耳朵旁边细瘦的脖子上,似乎有什么东西不住地颤动,这女人整个看来似乎已被彻底折磨坏了,正在过着最后的时日。

"叶夫根尼娅住在这里,也会成为这样的!"科热米亚金忽然想到这一点,不禁哆嗦了一下。

他看见女主人在用心地听他讲,便感到十分自若和无拘无束,正如他以前跟叶夫根尼娅独处一室,忘却她是女人的那些美好的时刻一样。他们坐在两株大菩提树的阴凉里,浓密的树枝好像葱绿的天棚,几乎把不大的花园整个全盖住了,从树叶的帐幕中看不见被烟熏黑的天空。

"阿列克谢要离开我了,"科热米亚金告诉叶夫根尼娅。
她用山牛蒡遮住脸,因此只看见一双眼睛。她说:
"这是我劝他的。让他到大城市里去,那边人们过得比较有头脑,其实您也应该离开这里……"

"假使全都离开,那怎么行呢?"他冷笑着。"一个地方总要有人住啊。"

"您为什么该在这儿住呢?"

"就是这样。我不适于住大城市,我太胆小。"

于是他便讲了他初次到沃尔戈罗德的情形,在旅馆里他认识了几个人,他们劝他一同赌牌。他不敢拒绝,已经坐到桌旁,但是一个老店员把他叫到走廊里,告诉他这些人是骗子手,一定会让他输得精光。老人提议把他关在一个空房间里,对那几个人就说,他有急事被人家叫走了。他在空房间里关了三个小时,可就在这段时间里,有人把他房间里鸭绒枕头偷偷换成羽毛的了。他在街上感到,似乎沃尔戈罗德人全在同他作对:一个漆匠把绿漆溅到他身上,他交货给他们的那些商人欺负他年轻,想拿他开心,灌他酒喝,以后……

"接下的事情简直是没法讲,真的!"他惭愧地承认说,不看女人一眼。"好像我不是俄罗斯人,所以应该让我受洗,信奉他们的宗教,不过用的不是圣水,却是一切龌龊的……"

司库员太太透明的脸上注满了一种昏暗的颜色。她一面用小手整理头发,一面说:

"为什么我们这里所有的人,不管在什么地方,在一切事情上,总喜欢强迫人呢?只要有人稍微有点不像我们,大家就开始啃他,咬他,磨光他,把他心灵上一切与众不同的东西抹掉……"

叶夫根尼娅热烈地说着他所熟悉的话:

"大家以为幸福在于僵死的均衡,在于平静和不变,凡是稍微破坏这种平静的一切,都是应该痛恨的……"

"总是这一套!"科热米亚金想。"这好像是她的祷词……"

周围显得平静而舒适,传来一阵阵孩子们的欢声笑语,这时两个女人似乎显得特别可亲,而且有点可怜。

她们的谈吐、举止、脸庞、甚至衣裙和皮鞋都和奥库罗夫式的不同:她们就像在堆满废物和垃圾的旷野上,在繁茂的乱草中间,从偶然被风从远处吹来的种籽里迅速长出的两朵鲜花,对于这片土地来说,显得如此陌生。

她们所说的一切都隐藏着某种为人们作着温和辩解的东西,——这听着特别令人愉快,更加引起怜惜她们的情感。

他离开她们时,已是深夜,和叶夫根尼娅已稍稍和解了些。

"你说应该打破平静,哼,你就打破了我的平静!"他忧郁地想着。"现在我可怎么办呢?"

他到司库员太太家里去得越来越勤了,一坐就是很久。假使叶夫根尼娅不在家,他就向有病的女主人诉苦说:他的生活动摇了,再也不能像以前那样过日子了,而换另一种生活吧,他又不会。他说他也许要开始喝酒了。

"不要,不要!"她喊叫着,胆怯地闪动着垂死的眼睛。"这全是因为您猛然醒悟的缘故,您还不习惯阳光……"

他觉得她的话是甜蜜的,空虚的,不愉快的,无用的,他只希望她把他的诉苦转告叶夫根尼娅,而叶夫根尼娅似乎在躲他,时常出门去。

他不敢再对她谈爱情,但他还是想和她单独在一起,彻底地谈一谈,可是她就是不给他这种机会。

有一次,她在大门口遇见他,就像迎头给他一棒似的,突然对他说:

"喂,三天以后我就要走了。"

她说得声音很大,气很壮,嘴角上挂着令人不快的微笑,眼睛发黑。

一股冷气遍及他的全身。他站在她面前,沮丧已极,一句话也说不出来。

"咱们到野外去走走吧!"叶夫根尼娅建议说,挽住他的手臂。

他们往外走的时候,她把他的臂肘紧紧挟在自己腰间,轻轻地说:

"唔,我的大孩子,我真心疼您,——真心疼您,像对待哥哥和儿子一样……"

"叶尼娅①!"他小声说。"我怎么办呢?"

"你要明白,我不是怜惜自己,我是不愿意欺骗你!"

他看着她的脸,几乎不认识她了,他觉得她从来没有这样亲近。他一面喘气,一面觉得他的心已经融化,像一股滚热的、更新的电流似的在血管里奔流。

"亲爱的!"他喃喃地说。"反正是这样了!我已经不再想结婚啦,结婚又有什么好处呢?那个司库员太太的处境多么可怕呀,但是我可怜你。一只狗对你总无所谓吧?我可以像叭儿狗似的跟着你……"

"别说这种话!"她说着,向四周围望了望。

"我只求你一桩事情,"他热烈地说,"你做我的亲爱的妹妹吧!你不要抛弃我,至少不要忘记我。常给我写信,让我知道你的消息……"

"那当然可以!你还会遇到一个比我更好的女人的,"她说,一面烦恼地整理着胸前的衣襟。

他否定地挥着手。

"不,我不愿无缘无故地侮辱人家,你会永远占据着她的位置的,这样好吗?"

他们走到了莫尔多夫旧城,那里有四个小丘,长满了草。奥库罗夫人在这里埋葬醉鬼和自杀者,有一个地方是刚掘过的,还没长出草来,看上去,好像在地上剥了一层皮。

"咱们坐下吧。"

他驯顺地和她并肩坐下。抓起她的手,用手掌抚摩,他轻轻地数说道:

"再见吧,叶尼娅,再见吧,亲爱的……"

"您听我说,"她说着,并没有把手挪开,她的肩膀触着他的肩膀。

---

① 叶夫根尼娅的爱称。

"请您给我些钱……"

"随你要多少都有……"

"不是我!"她生气地说,挣脱了手。"我要用这钱买书给您寄来,明白吗?"

当他们回到镇上去的时候,他感到胸间滋生着一种新的、坚定而强烈的情感,这种情感正在静静地战胜过去那种由叶夫根尼娅所引起的全部矛盾而痛苦的感觉。

但是夜里回家以后,他又觉得她今天所讲的一切,只不过是一些一般的安慰之词罢了。

他想起了马尔库沙的恶狠狠的话:

"无论你对人们说什么,回答你的总是:走开!"

他感到想吐而且畏冷,仿佛这些话把他推进了地窖。

"她一走,就会把我忘掉……我在这里会像树林里的猪一样变得越来越野,会闷死的。"

但是,他忽然想到,可以用金钱把她拴住,因为她很穷,而且必须培养儿子。

"是的!"他更加自信地考虑着。"她一收了钱,就会认为自己欠了我的情的。自然会这样!"

第二天,他提议说:

"叶夫根尼娅·彼得罗芙娜,你尽管从我这里拿钱好了……"

"好,好!"她匆匆地同意说。"我没有路费。您借给我二十卢布吧!"

"路费是小事情!"马特维阴郁地说。"我是为了鲍里亚,总之,是为了你们的生活……"

她挺直身子,她的眼睛内露着怒火,但是立刻转向一边,犹犹豫豫地说:

"唔,那以后再说吧,假使将来需要的话……"

"现在拿不好吗?"

"现在……"

叶夫根尼娅想了一下说，说得那样一本正经，好像讲的是几千卢布似的：

"现在我拿二十五卢布，——不是二十，是二十五！就是这样。"

"我是一个笨蛋！"科热米亚金暗骂自己，不好意思地垂下眼皮。"难道买得动她吗？她连金钱的价值都不知道。"

她在早晨，黎明之前，寒冷的朦胧中，全城还在熟睡的时候动身走了。

她的脸色微红，容光焕发，眼睛闪耀着惊慌和严肃的光辉。她穿着灰色的帆布长衣，头上蒙着白色的面网，在大车旁边打转，摆动着宽大的袖子，很像一只秋天飞迟了的鸟儿。

没有睡足的鲍里斯眨着总往一块儿合的眼皮，耍着脾气，恼怒地对沙基尔说：

"马为什么这样小？"

"这里的牲口个头儿小，"鞑靼人郁郁地回答。

"它们根本哪儿也拉不到！它们是狗假装的马……"

纳塔利娅边在院里走，边擦浮肿的眼睛。

"叶夫根尼娅·彼得罗芙娜，饼放在小蒲包里，在座位底下……"

沙基尔摇晃着光秃的、发蓝的脑瓜，把一只旧皮箱系在大车的后部；一个宽脸上满是雀斑的年轻车夫喘着气，帮他的忙。

科热米亚金站在大门旁边，抚摩着鲍里斯的头，对他说：

"你不要忘记我！给我写信来，好不好？讲妈妈的情况，讲你自己的情况，好不好？"

"我自然要写的！"男孩勉强地回答着。

司库员太太从窗口探出蓬乱的头，慢吞吞地说着一些有气无力的话：

"马特维·萨韦利奇，您留在这儿喝茶，好不好？"

"多谢多谢，"他一面小声说着，一面观察叶夫根尼娅的举动。

叶夫根尼娅正在说着一些闲话,她的眼睛转动得既像是惊慌,又像是忙乱,她那不寻常的忙乱的动作使人联想起久困在笼中的鸟儿,笼门已在它面前打开,它跳跃着,用圆圆的眼睛张望着自由的天空,但是不敢飞出去,似乎在疑惑:这个敞开着的门是不是新的陷阱?

他觉得她很可怜。

"孤零零的一个人,往哪里去呢?孤零零的一个……"

"都准备好啦!"沙基尔说。

叶夫根尼娅·彼得罗芙娜走到马特维身边,拉起面网……

"来……"

她拉住他的袖子,引他到屋里去,断断续续地说:

"应该先同瓦尔瓦拉·德米特里耶芙娜,同柳芭告别……她还睡着。"

马特维感到她所说的并不是她想说的那些话,但是没有去阻止她。

他留在前室里,听见屋内一面啜泣,一面接吻,眼前浮现出一片土地,地上丘陵起伏,树林不悦地耸起它的粗毛,凹地里有一些深黑的乡村和蜿蜒如带的寒冷的河流,而在这一切中间是一条无尽的、尘土飞扬的大道。

"唔,别了,我的好友……"

她把坚强的手放在他的肩上,用湿润的发亮的眼睛看着他的脸,开始匆匆说些安慰的话。他拥抱她,吻她的额角,脸颊,他不了解、也听不见她说的话,但却回答道:

"看在基督的分上,不要忘记,我到底是一个人!请你不要忘记呀!"

而后他站在台阶上面,带着妒意,用模糊的眼睛看见她也在吻沙基尔,同吻他一样。鞑靼人像匹马似的跺着脚,发蓝的脑瓜撞着她的肩膀,喊道:

"好人哪……"

纳塔利娅哭了。他们互相拥抱着,三个人一块儿似乎在表演一种令人伤情的、慌乱的舞蹈……

"大家全爱上了她,不单是我……"

"哎呀,天呀!"鲍里亚喊,在大车上跳跃着。"马特维叔叔,你来呀!"

他走到男孩跟前,疲倦地说:

"写信来!好不好?……"

"我要写的,写很长的信……"

男孩用手掌拍他的脸颊和耳朵,抽动着鼻子,强忍着眼泪,泪珠儿在他的下颚上挂着。

他们动身了,被包围在尘埃的云雾里,车轮发出极大的响声,白白的面网和叶夫根尼娅的小手在大车上面摇动着,司库员太太从窗内挥着手帕作答。

不知从什么地方跑出了两条狗,身子像橡皮似的伸得很长,在马后面奔驰着。

"好啦,"司库员太太一面说,一面擤鼻涕。"我们可爱的女客走了!马特维·萨韦利奇,您进来,我们喝点茶,谈谈她的事情……"

"我就来……多谢!……"他喃喃地说,身子摇曳着,跟在大车后面走着。

他静静地走着,好像在偷偷地走向一个他所无法抗拒,不断吸引他向前的东西,这样,他竟不知不觉地凝视着大道,走到了城外。

一个暗色的斑点在烟云里滚动着,跳跃着,——当大道的隆起处把它遮蔽起来的时候,他的心好像在胸内沉没了。大车已经走上最后一座小丘,摇晃了几下,一会儿就从眼帘里消失了。

科热米亚金站住脚,脱下帽子。

"别了,叶夫根尼娅·彼得罗芙娜!"

一小时以前,他怕去想在她走后他自己会变成什么的情景,现在她走了,他开始觉得十分忧愁,然而他也曾经历过比这更痛苦难忍的时刻。

科热米亚金由于自己不像原来设想的那样苦痛,心里反而感到不安,他又迅速地向前走去,倾听自己的心声。

"几天以来我累了!"他寻思道,好像在什么人面前辩解似的。"我一直等候着,而现在决定了,好像心里反而轻松些。当死人放在家里的时候,会觉得十分悲伤,但等到埋了以后,也就显得轻松了!"

节瘤很多的桦树上已经布满了黄叶,在秋晨透明的空气里很鲜明地摇摆着,好像教堂内融化的蜡烛一般。小马在狭窄的田埂上轻轻地走着,摇晃着头;身着蓝色和红色衣裳的庄稼人不声不响地跟在马后面走着,身子俯向褐色的、干燥的地上,黄紫的花朵在大道附近被踏平的沟内发出惨淡的光辉。粗梗的蜡菊在蒙着尘埃的草地上呆呆地扬着头。科热米亚金望着它们,回想起那句响亮的话语:

"应该去爱,那时候便不会有恐怖和孤寂,——应该去爱!"

他走到大车最后一次闪现的丘陵那里,站住了,用含泪的眼睛望着像蓝墙似的远方的树林,——大道就在这林中穿过;他又向周围环顾了一下:光亮的小河,像一条狭径,在起伏不平的田野上面蜿蜒着,好像心慌意乱,不知何处可以藏身一样。土地好像破碎的棋盘,那些方块全是不平整的,零乱的。田地边上有一座树林,支着空荡荡的天空,最后的几只小燕一面啼鸣,一面用闪电般的速度从空中掠过。隐约可以听到蟋蟀的吱吱声,从田亩上传来阵阵呻吟般的哀叹:

"喔,亲爱的……"

科热米亚金觉得他的心里空虚得像铜钟的内部,心挂在那里,沉重而寒冷,没有任何意愿。

小城在这方伸展着,教堂的十字架向光亮的天空耸起,隐约可以听到桶匠沉重的敲击声,他们这时有许多工作:到了应该腌白菜和蘑菇的时候了。

"女人们的生活比较有趣些!"马特维慵懒地想道。"她们的事情是这样的……孩子们也是的……"

"黑色云杉林"的上空浮现出白色的秋阳,有些人迎着太阳从镇子里跑出来,好像老鼠从黑暗的缝隙中钻出来一样,在道路上滚动着,跳跃着。

小城在太阳照耀下显出五光十色。科热米亚金仔细观看玩具般的小屋,它们用花园和围墙连接起来,又用深沉的裂口,互相隔开,——这裂口就是每所房屋周围的空当。

他的胸脯膨胀,扩张到发痛的地步,使泪水夺眶而出,产生着怜悯之情,其中还掺杂着对某人的恼恨。他真想跑到镇上去,站在那里的广场上——大家可以看见的地方,对过路的人们说:

"我的可爱的人们,不幸的人们,我实在忍不住要可怜你们,可怜到悲痛欲绝的地步,大家都抛弃你们,大家都是你们的审判官,谁也不爱你们,你们没有朋友,我的可爱的人们,我的乡亲们!……"

这一点他想了很久,而后用拳头擦拭潮湿的眼睛,气恼地止住了犹如泉涌的哀怜的话:

"谁也听不见,一听见就会笑我的……如此而已……"

想到这里,他垂下了头,自己都觉得自己很陌生。

第三部

钟响了两次,窗上的玻璃颤动一下,呻吟了起来,更夫醒了,懒懒地打着梆子,好像有一个亲切和蔼的人轻轻地叹息一声,用柔软的手抚摩着花园里的树木。

科热米亚金吃力地抬起俯在绿色玻璃灯罩上方的斑白的头,手掌贴在额上,望望时钟,——正是两点三刻。

月黑夜的沉寂被钟的呻吟所惊醒,像睡醒的猫儿似的警觉起来,随后又轻软地紧伏在地上。

老人轻轻地叹了口气,把钢笔向墨水瓶内蘸了一下,俯在桌子上,在本子的白色篇页上整齐而清晰地写出了以下的文字:

在结束我的手记和余年的时候,远方的朋友,我要对你说,我觉得可怕和可悲的不是死亡,而是这种孤独和无所依归的生活。不知是怎么回事,也不知是什么原因:世上有无数无数的人,而我生活在他们中间,就像没有我似的。我老是生活在关于自身的贫乏思想之中,像困在蛋壳里的鸡雏一样,找不到破壳而出的力量。我在想,并且觉得,似乎有一些任何人都不熟悉、而大家都需要的幸福思想跑到我的身上,可你一把它们写在纸上,它们就像翘鼻子的女人似的看着你——全是一个模样,大家的眼睛都有点瞎,病得发红,而且泪汪汪的。

写完这几行,他眯起眼睛,看了看它们,不禁郁郁地感到,他的话像往常一样,使折磨他的思绪变得简短和失色了,于是他便思索起言词的神秘意义来了,言词有时在他面前突然展示出极为丰富的内涵和彼此之间的奇怪联系。

他回忆起:有一天,一个"怒"字不知为什么和"火"字并列在一处,于是便有一种难堪的忧愁充满了他那孤寂而疲劳的心灵。

"怒,"他思量着,"发火,发火,——原来是从这里来的,怒由火而起!火在人的心灵内燃烧,那人便会生怒。然而我发过怒吗?我的身上没有火,我的心灵是冷的,因此我的一切话和思想都不是活的,都是没有血肉的……"

老鼠在橱柜后面不停地抓挠。科热米亚金已经认识它,每到夜里,它就像个小灰球似的滚到屋子中间,黑钮扣般的圆眼睛警觉地闪着光,用灵巧的小爪子擦拭着尖尖的嘴脸。

在这天夜里,它妨碍了他内心的安宁;马特维·萨韦利奇轻轻地说:

"嗤!我要把你……"

他立起身来,感到心脏令人惊恐地停止了跳动:整个身体忽然变得软弱无力,不听使唤,血好像变浓了,它沉重地流着,似乎立刻就会停止,把心脏淹没。

呕吐和软弱的感觉使他头晕,使他的思想裹上了一层遮盖一切的黏雾;他用手扶着墙,走到窗口,打开百叶窗,趴在窗台上。

金链似的繁星在黑色天空里颤抖,显得那么寂静,大地恰似破钟的钟摆,走着走着停下来,一动也不动地挂在了那里。

树木、一堆堆的房屋沉浸在像深井底里的水似的寂静中,消防队的瞭望台和教堂的钟楼,像两只粗手指似的举向天空,——这一切全笼罩在一种同样忧愁的东西中间,犹如穿上了修道士的法衣。

狗被跳蚤咬了,也许是做了一个可怕的梦,它在似睡非睡中尖声地叫了起来,草棵簌簌一响,有一只刺猬走过,咬响了三次牙床;但是这些突然的、无用的声音,在充满浓郁的菩提花香的闷人黑夜的沉寂中,什么也未能动摇。

附近什么地方传出干枯的、懊恼的折裂声,听得见脚掌擦在地上所发出的沉重而缓慢的声音和一个苍老的声音在喃喃地念着:

"吾主耶稣……"

"这老头儿有八十开外了,"科热米亚金想着这个更夫。"可他还在守护着,不让人们遭受夜间的灾祸。他其实是守护不了的,但他相信他能!而且是到死方休……"

老人驯顺地闭上了眼睛。

"总有一个夜里,最后的时刻也会降临到我身上……"

这个可怕的想法好像把有病的心用针刺了一下,它跳得更有力,更均匀了,老人顽固地皱紧眉毛,退到床边,躺了下来,反复读着自己的笔记,边读边想,他是否已把关于生活的一切该讲的都讲了出来。

一八八×年……

从她动身的那天起,已经过了三个星期,我的被俘获的心灵还是顽固地追恋着她。除她以外,我不想看任何别的东西,我不能思索任何别的事情。我白天的烦恼既无从排遣,到夜里又常常产生强烈的忌妒,它用甜蜜的诱惑可恼地折磨着我的心。我在院内和花园里来回走着,——哪怕能看到她的足迹也好!我常回想起她那聪明的言词,还看得到她的微笑,它是那样夺人心志,撩人神魂。我动手劈木柴,在田野中走来走去,直到筋疲力尽为止,可是这都没有用处。夜里我爬到阁楼上,躺在她的床上,发火,哭泣,泄恨。蛇呀,你从我的心里爬过,我永远再难康复。你曾经逗引过我,有过这件事情,但是,既然你不需要我,又为什么这样做?现在也许有另一个男人用满足的目光看着你,你又对他微笑,引诱他到自己身边去,用不熄的烈火燃炽肉欲。我本来讨厌那些阉人,现在却觉得,也许只有他们发现了抵制肉欲的正确方法,——放纵肉欲是会把人降低到疯狗地位上去的。哪怕有一次,在甜蜜的苦痛之后,能够和你共枕熟睡也好,叶夫根尼娅呀,我宁愿永远沉睡着,在快乐中死去,无数次地吻你的脚……

科热米亚金读到这地方,轻轻地叹了口气,扶了扶眼镜,像想别人似的想了想自己：

"这里与其说是爱,不如说是恨。一个浅薄的心,浅薄的……"

他翻过几页,又开始读下去。

今天在圣诗集里发现了迄今为止她所寄来的惟一的一封信。信很短,上面写道,"我们已经抵达沃尔戈罗德,在此地休息两天,再乘轮船顺着这条名川继续旅行下去。"

我回想起那条宽阔的、灰蓝色的河,它蜿蜒到深远的地方,在群山和草原中间隐去,好像走进地心里去似的。轮船在我的思想中是那样的渺小。它在水上跳跃着,就像邮车行驶在崎岖的大道上一样。在那艘轮船上,除去那个严厉的女人和蓬发的男孩以外,没有别的人,她们两人好比苍蝇一般。她说,应该生活在我们的黑洞里,为了人们的利益,应该生活在人们的愚蠢中间,但是她自己却走了。她和马尔库沙辩论,用话把他驳倒了,但还是他的真理留了下来,不可摇撼地立在那里:任何人都能接触到!

我又爱上教堂里去了。那里很好:周围有许多人,你一个人处在其中,在众人和你上面的,也只是一个上帝。还有一点好,新神甫亚历山大并不讲道,只是带着十字架走出来,朝大家微笑,像是要说一些和蔼的话。他是从沃尔戈罗德城派来的,好像犯了什么错误;为了惩罚他,把他遣送到我们这里来了。巴维尔神甫生前,每遇礼拜天都要讲道,讲得很沉闷,听众也很不满,——已到了吃午饭的时候,可你还要立在那里,听他讲你的生活如何不合上帝的规矩。而这位神甫说话和掌握时间都很有分寸;他低声、恳切、平易地领作祈祷式;他的脸庞并不好看,但是和蔼可亲,只是腮颊总在抽动,而且好像在眨着一只眼睛,似乎是说,你们等一等,我立刻,马上就来!你瞧着他,期待着,——他立刻就要做出或说出一些不寻常的、使大家愉快的话,你会感到站在黑暗的角落里,心里怀着这样的期待十分美好。

整夜我都在田野里漫无目的地走来走去,一直走到天明,回想着叶夫根尼娅谈到我们这类孤独城市时所说的那些话:她说这种城市一共有八百多。它们相互隔绝地兀立在大地上,也许每个城市里都有一个这样迷惘的人,他也是夜里睡不着觉,活着感到厌烦。不知道上帝如何看待这些城市和我这样的人? 我们能在何事何地进行自我辩解呢?

一个月夜。在午夜之前,大地披上了白霜,景色十分好看,一切都着上了银装,万物皆白。黎明是纯洁的,无云的,温和的。城市伫立在那里,仿佛撒满了玫瑰色的雪,使眼睛和心灵都觉得愉快。烟囱里冒着烟,好像从许多香炉里升起来的一样。我又想起了她的话。她说,大地是庙宇,生活是做礼拜。这是很美妙的词句,在清早,当人们还没有醒来的时候,她的话似乎是对的,但是同白天的生活却不相符合。既然是菜市,哪里还是庙宇,既然是做生意,而且几乎每天必有斗殴的事情,哪里还是什么礼拜!

我有时真想变为隐身人,走遍全城,从这所房子走到那所房子,坐在每个家庭里,看人们怎样生活,讲什么话,期待些什么。或许人们像我一样,也不知道期待什么,也不了解生活,他们的思想也是失去了前景的吗?

城里发生了各种既可笑又可悲的事件,我不高兴去记载。垃圾在河面上漂浮,——你就漂浮吧! 至于河流深处有些什么,那是不晓得的。斯托亚金家里一个三岁的婴孩喝了不少煤油,桶匠古诺夫的妹子不知跑到什么地方去了。开小铺的洛克捷夫打破了妻子的头,她变傻了,说不出话来,丧失了记忆力,全是这一类材料。季托夫家里办喜事,大家全喝醉了酒,胡乱地找个地方睡下了,早晨雅科夫·季托夫醒过来,发现新娘的姐姐和他同睡在一张床上,他把她唤醒,她喊道:"天呀! 这是怎么回事? 我的丈夫在哪里?"可他却在门厅里,和媒婆睡在一起。大家嚷叫,打架,哭泣,而后来又大吃大喝起来。女人们在喜筵上也喝许多酒。不过,记住这一切,把它记载下来,究竟有什么必要,有什么意义呢? 这一点意义也没有……

今天早上沙基尔看见我在那里伤心,这个好心肠的人便缠住了我,他开始劝我说:世界上好女人不止一个。照他们鞑靼人的规矩,自然不止一个,但对于我们,显然是另一种习惯:每个人一生只有一次爱情,像影子似的。他这个怪人尽用些不着边际的话劝我:你再这样生活下去,老板,你的脑瓜会完蛋的。但是谁需要它,谁需要我的脑瓜呢? 他说,你是善于薄爱自己的,那么你就需要另一个人,以便去多多地爱他。你爱了以后,便可以忘记自己,心里会感觉舒适的。他回忆起维泰里神甫如何教训他的话。他虽然是鞑靼人,但是会怜惜人至于下泪。维泰里神甫喝多了酒,犯了酒狂死去。

他曾经不成样子地在街上走着,眼睛充血,赤身露体,拦住行人,抱怨道:

"打死这犹太人季奥斯科尔吧!魔鬼们,你们为什么不对我这么说,为什么瞒我,要晓得我就是季奥斯科尔,我的姓就是季奥斯库罗夫,你们是知道的!"

他发了狂,打了许多人,一个好人就此完了。为什么好人在我们这里会生活得很坏,而且这样痛苦地结束自己的一生?我们全是那种孤苦无告的人。

一个多么不好的黑夜啊:风怒吼着,忧愁加深,乌云疾驰,好像厌弃大地似的。镰刀般的月亮十分柔细,在乌云中消失,发出微弱的光彩,好像黑乎乎的垃圾堆里的碎瓶底。

圣母祭日已经过去了。秋天干燥而且寒冷。枯叶在园中飞舞。每当有人走过,土地像生铁一般,发出清脆的回响。一个传道的老人出现在城里,他聚集了许多人,对他们谈论灵魂。纳塔利娅今天听他传道去了,现在坐在厨房里哭泣,但是说不出什么话,只说了一句,——真可怕!她胖得不成样子了,甚至喘不过气来,吃得过多。叶夫根尼娅没有寄一个字来,她忘记了。

传道士住在瑟丘戈夫家里。一个小老头儿,身体和少年相仿,样子很苍老,头是光秃的,只是从这个耳朵到那个耳朵有半圈稀疏的白发。耳朵是尖的,像老鼠耳朵似的,鼻子很长,向下弯曲,在小须和黄胡的密丛中看不见嘴。眼睛下陷,也看不见,只是泪水不断地从眼内朝暗色的脸颊上流着。他其貌不扬,说话困难而且含糊,他一直把手放在桌子上,不断地动着弯曲得像鸟爪似的手指,好像在弹着看不见的琴弦。大家让他坐在前面的角落里,神像底下,后面点着蓝玻璃的小油灯,油灯的光落在老人头上,把他的头染得蓝得可怕。

他讲到灵魂,说应该爱护它,而我们反而把它的翅膀缚住,使它失去基督。灵魂的第一个凶恶的敌人是肉体,灵魂在肉体中好比监狱里的囚徒。人有双重结构,他的永恒的痛苦就在于这双重结构;肉体是魔鬼的,灵魂是上帝的;魔鬼希望灵魂成为一切肉体罪孽中的共谋者,人是不该允许这样做的。一切好像很对,但是再进一步就显得可疑而且不易理解了,人家问他怎样征服肉体?他回答说:应该给它完全的自由,它想怎样就怎样,那时它会自己克服自己,吞噬自己,灵魂就得到解放,纯洁地服侍上帝。"

他的护送者和他并排坐着,我仿佛认识这个人,他有一双不好看的眼睛,像虾眼似的努着,它们好像玻璃球似的滚来滚去,非常难看。脸又肥又圆,好像一张油煎饼。有时他解释老人的话,说得十分笨拙。他说:你们为了灵魂的得救,应该反对一切世间的戒律。他说话的时候,生气地鼓着腮帮,鼻子嗤嗤作响,声音嘶嗄,听来仿佛也很耳热。那儿还有一个独眼人。他问胖子:

"这么说,不作孽,就不能忏悔,不能忏悔也就不会得救喽,对不对?这话我们听见过!"

大家开始对他唠叨,但是胖子没有回答。以后大家猜了很久,灵魂在哪里呢?有人说在心里,有人说在脑盖里,在脑子里,于是独眼人又粗鲁地说:

"又不知道是什么,不知道在哪里,可你们却说这是主要的!"

话是不寻常的,而且无意义地消失了。老人打起了瞌睡,那个同伴不礼貌地摇晃他,问道:

"喂,灵魂在哪里?"

老人被他一推,吓了一跳,哆嗦好半天,抽搭了一阵,然后才解释道:灵魂被送到肉体里受磨炼。大家全安静了,不说话了。我听着这些话,看着人们,觉得这一切似乎有过,也许是我在梦中遇见过。那儿还有一个人,身体细长,好像一根竿子,鼻子像钮扣,快乐地翘着,胡子松软,眼睛明亮,小脸,大额头,和他很不相称。他默默地站在那里,微笑,打量大家,像打量熟人一样。我回家时,他死缠住我,说他是赫里亚波夫的儿媳的堂兄。赫里亚波夫的儿媳是在轮船失火时淹死的。她的堂兄名叫谢苗·特罗兹多夫。我觉得他是个极有趣的人,我和他到萨韦利耶夫的酒店里去喝茶,独眼人已经坐在那里,他是乡下人,姓季乌诺夫,是那个专替男女拉皮条的媒婆兼巫医"活水"的亲生儿子。他是一个毫无归宿的流浪者,大滑头,说话非常冒失。特罗兹多夫缠上来和他辩论,说道:

"人们寻找灵魂,这是很好的,早就是时候了,我们过的是没有灵魂的生活。"

独眼人用手指捻着小胡子,龇着牙,回答道:

"所有这些谈话,好比在乞丐的衣服上装金钮扣,在傻瓜的脑袋上戴天鹅绒的帽子。人们打算牧羊,但是忘记了去获得它。首先必须停止用随手取到的东西殴打老婆孩子,少喝伏特加酒,然后再去寻找灵魂躲藏在什么地方?"

"不,"特罗兹多夫说。"不找到灵魂,是不会找到正确的行为的……"

但是那一位只管说自己的:

"应该把这些传道士掐住脖子推出去,因为他们自己是吃个够,然后却对人们说:你们不要动,这是有害的!"

"这位可是相反:据他说,干什么都行。"

独眼人甚至站起来,好像要咬人似的。

"没有他,我们也知道! 你对我说说,我和每个人为了过好日子,首先需要的是什么……"

"就是需要灵魂呀!"

独眼人当时怒容满面,用一个乌黑的手指直指着特罗兹多夫的脸,喊得整个酒店都能听见:

"当你们挖着鼻孔、寻找灵魂的时候,你们会在污泥里烂掉的,你们还没有把灵魂弄到手呢:不播种便无从收割! 你们一面寻觅灵魂,同时动不动便互相抓住喉咙。同你们一块儿生活,正和住在野兽中间一样危险。一个孤零零的受轻视的人活在世上,就像立在沼泽地的草墩上面,周围全是泥塘和黑压压的树林。每人都是孤单的,大家都很慌乱,到处都是不安,在大地上无归宿的彷徨。应该先发现自己,互相紧紧地、不断地握手……"

这个季乌诺夫说得极有分量而且平静,但是我觉得他仿佛是在用全力叫嚷。我以为大家会揍他,酒店里有十几个人,全是严肃的,可他们倒无所谓,在那里听着,好像讲的不是他们。我感到惊异,觉得这似乎是些没有见过的人,特别是这个乡下人。

老人的形象尽在我的脑筋里盘旋:他的样子很苍老,不很聪明,但对人们很关心,教导他们,希望他们好。其他有充分的力量且有才智的人竟离开人群,跑到他们认为更加快乐轻松的地方去了。

后来,特罗兹多夫到我家里去过夜,赫里亚波夫家的大门从八点钟起就关闭了,那时已经是十一点钟了。他现在还住在我家里。

特罗兹多夫把钟拆成一块块的,但是显然无力加以修理。他说遗失了一个三面的轮子:谁知道究竟有没有这个轮子。他这个人很有趣。他说了好多关于宝物的话。他说他会采宝,而且知道许多赦罪的符咒。他大概是在撒谎。有些地方的人显然比我们这里的人有趣些,活泼些。现在新雇的那个看院人马克西姆,雅罗斯拉夫地方出生的小伙子,也是一个人物。他长得异常漂亮,头发是栗色的,眼睛是蔚蓝的,眉毛是乌黑的,嘴和女人的一般:小而温柔。他工作得很好,虽然不慌不忙,可是很出活,而且有热情,好像是在那里吞吃工作似的。遇上一件活计,他首先是围着它转来转去地寻思,然后马上就能看出从什么地方容易下手。沙基尔很夸奖他,说他不是个合法的俄罗斯人。这话使我感到气恼。这个马克西姆并不太合我的心意。他有许多书,装在一口黑箱子里,而且上着锁。他每天晚上朗读,新近读了一个很惨的故事:一个女人为伟大的爱情所伤害,为了它驯顺地就死,像帕拉加一样,像所有的女人该做的那样。

特罗兹多夫谈论女人的话虽然并不是永远都很好懂,但是令人难忘。他经常同马克西姆辩论。特罗兹多夫无论说什么话,马克西姆总要反驳:你这是胡说!特罗兹多夫自称是个私生子,似乎是他母亲和某位伯爵私通而生下的。马克西姆问:

"伯爵的名字不就叫万卡么?"

最好让马克西姆传道,别看他年轻,但对人十分严厉。

"我不尊敬平民,"他说,"他们是懒货,贪图闲散的生活,尤其在冬天。他们没有事业心,因此,心中也就没有安宁。他们所以说许多话,是为了隐瞒自己的毛病。假使沉默不言,便是表示什么也不相信。他们心里的原则是不清楚的,不易了解的,在他们周围设置这许多统治机关,是完全无益的:假使人自身没有原则,是难以从外部强行灌输的。他们是动摇的,没有信仰的人。"

他的足迹走遍全俄,他的话和我在人们身上看出的一切是一致的。平民为了什么如此不易了解,而且显得沉闷呢?马克西姆说是由于愚蠢。对不对呢?傻瓜们一面自己快乐地生活,一面给别人消愁解闷……

我问特罗兹多夫,他靠什么生活?

"我到各处走走,"他说,"看一看什么地方有好人,看到以后,就在他们身边盘桓些时。我在那天谈话时看见您,您坐在那里像做梦一般,立刻可以看出您是一个不图私利的人,您不需要人们什么,现在我不就在您身边住下了吗?"

让他住下去吧。他为人很好,不过好管闲事,什么事情都要插一手,但是任什么也不会做:他抓起货房的锁修理,把锁心弄坏,扔掉了,他说,这不是英国锁!但是,谁也没有说是英国锁。沙基尔开始骂他,他像小孩似的转动眼珠,显见他自己也为了自己的错误感到不安,默默地摊开双手,露出和蔼的笑容,完全像个傻子似的。沙基尔不喜欢他,对我说:

"我害怕这种人,他们到什么地方都是多余的,他们到处都要插进一脚,他们做什么事情都是一样的,他们由于好奇心,什么事情都干得出来,他们是危险人物。"

纳塔利娅总想给他多吃些,他却吃得很少,而且胃口不好,一面吃,一面总是用他那男高音讲述着什么。上一次喝茶的时候,他突然说出一句使马克西姆发愣的话:

"你大概也是私生子吧?"

"胡说!我的父母是正式结婚的。"

"这并不能证明什么,"他说。"你瞧:一个女人在街上走着——这是一!有一个体面的男人看见了她——这是二!您往哪里去呀?三言两语就成功了!丈夫在这几分钟的事情上并没有一点错处,这里主要的是女人。女人是依照本能生活的,她好比土地一样,只要取得种子,这就完成了她的责任:要给土地汁液,至于怎样给法,反正都是一样。因此有的女人一辈子都在东奔西跑,寻觅她的生命可以寄托的人,寻觅命中注定和她偕老的人,但有时竟会找不到,甚至白白送了命。"

当他谈论女人的时候,他的眼睛发黑,声音降低到微语的程度,他缩着身子,好像害怕什么似的。

他说:"女人身上也许隐藏着二十个以上的灵魂,因此她的生活一会儿这样,一会儿那样,因此也就无从了解她……"

马克西姆皱着眉头,斩钉截铁般说道:

"你胡说!"

"不,等一等!谁生孩子,——不是女人吗?谁给孩子灵魂啊?有的女人会养二十次孩子,那就是有二十个灵魂在她的身子里面。有的女人一共只养两个小孩,其余的灵魂还留在她身上,一直想附到肉体里去,但是她觉得和这位丈夫,是实现不了的。于是她就开始反叛了。照你的看法,她是个放荡的女人,但是照她的责任看来——一点也不是这样。"

他最喜欢谈论女人和灵魂,听着他的话觉得很有趣,虽然他的话的意义并不容易使人理解。我从来没有听见人家这样谈论女人:好像怀着敬意,甚至是敬畏,但终究是淫荡的。

特罗兹多夫讲一个商人的老婆如何劝他帮助她毒死公公的故事。

"公公是个没有腿的老人,坐在轮椅上,到宅内各处走来走去,轮子用呢布包住。他一边走,一边对大家咳嗽着,抽动着脑袋,家里顿时鸦雀无声。我当时给他当随身的仆役,年纪只有十五岁左右,我侍候他,他叫我给他读信件。他管我管得严,有时甚至吓唬我说:我想把你这蠢货教养成个人,你应该服从我。我也就服从着,这有什么关系呢?他的儿子是个胆小的人,但是心狠手毒,虐待他的妻子。不过,他不敢违抗父亲,老头儿把车子转到他身边,总是数落个不停,基里洛垂下眼皮,不管他说什么,总是回答道:是的,爸爸!儿子还偷偷儿喝酒,他并不是见酒不要命的人,而是为了怨恨自己的命运才喝的。妻子是个贫苦小市民的女儿,姿色美丽,个性很强,一脑子幻想。

"她开始引诱我,一会儿给我点甜东西吃,一会儿对我飞眼,勾搭我,谁都知道这种岁数的男孩们的心情,——我缠到她身上去,像草叶迎向暖气一般。女人只要一想,连石头都会搭到她身上,活的东西更不必提了。我们这样鬼混了三个月,双方的热度非常高:时候一到,她一直走到我身边,抱住我,吻我,还劝我道:

"'谢尼亚,你是个好人,老实人,你自己全都看得见,你帮我这个苦命的女人一把吧!叶菲姆·伊里奇一天不死,基里洛就一直会在暗地里喝醉酒,无缘无故地虐待我。你帮帮我,可怜可怜我吧,你瞧,我都成了什么样人了,难道我应该过这种日子吗?'"

她说得很对,她过不了这种日子。我想帮助她,我也可怜她,但是我很害怕。我说,等一等再说。她叫我在斯摩棱斯克圣母的神像前面起誓,说我应该忠实于她。但是,她显然怕我把她的请求告诉她的公公,她在一块红莓果馅饼上面撒了砒霜。我吃的时候就感到有点不好,全都吃完以成,我的肚子就痛起来了。天哪,简直痛得要命!但是,我起初很害怕,忍耐了一会儿,而后才说:快送我到医院去,我的情况很不妙。人家把我送进了医院,我在那里渐渐好起来,到第五天晚上,几乎完全复了原,不过感觉十分虚弱,全身都是栗色的斑点。人家问我这是怎么闹的,是什么原因?我很巧妙地撒了谎,我说:我想在馅饼上撒点糖,但是弄错了。

"我躺在那里,她突然走进来,面色惨白,甚至好像发蓝,皱紧眉毛,眼睛燃烧着。走路的时候好像有锁链牵着一样。她朝病床上一坐,说道:我给你送点茶来。又随便地谈了一会儿,以后轻声问道:

"'你说了是我下的毒手吗?'

"'哪里的话?'我说。'我是起过誓的。'

"'你胡说,'她说,'你已经说出来了,我从你的眼睛里就看得出来!不过这也是白费,你拿得出什么证据呢?'

"我当时很生气。

"'你走吧,'我说,'我不愿意做你的帮手,你既然不信任我。'

"我于是对她讲,我如何对医院里的人们解释这一切情况。她当时轻轻地哭了。

"'天呀,'她说,'我真是怕你说出来!谢谢你,亲爱的,圣母会奖赏你的。我现在自己来对付这畜鬼,我现在知道应该少放些,不能一下子放。'她讲的是砒霜。

"她把三张绿色钞票塞到我手里,吻我的额角,央求我道:

"'请你离开这城市,否则,假使我们家里发生了什么事情,你会猜出来,无意中说走了嘴。千万请你走吧!'

"我自然答应了。我有什么关系呢?哪一个城市都是一样,而且我也没有力量拒绝她。我当时就上萨瓦奇玛去了。

"'她以后怎么样了呢?'我问特罗兹多夫。

"'我不知道,'他说。

"'她究竟毒死公公没有?'

"'我没有听说。'他说。'我只要撇开某一件事,就完全不感兴趣,忘得一干二净了。'"

我听完这段故事以后,也弄不清其中什么好什么不好。我听到过许多类似的事情,到处都有这样的人,他们似乎并不那么坏,甚至还是些好人,他们有时甚至还希望别人好,但是,他们的行为总是使第三者上当,使第三者受害。

特罗兹多夫讲得很好,而且很爱讲。他讲起来老是那样随随便便,不责备任何人,仿佛讲的全是死人。

今天午祷时,我觉得亚历山大神甫朝我这边特别亲切地看了一眼;我在教堂门廊上等候他走过去,受他的祝福,并且问他,能不能允许我将来到他家里去拜访他。他突然忙不迭地抓住我的袖子,放连珠炮似的说道:

"随便什么时候来都可以,请您赏光!"

说罢带着我就走。他走得很快,脚步细碎,他的皮大衣是旧的,很不合身,显然是借别人的。他年纪很轻,身子瘦弱,露出惊慌失措的神情。回家以后,他便立刻乱钻乱走,不顾自己的职位,从这屋跑到那屋,不是绊倒椅子,便是法衣袖子带下桌子上的东西,同时,一直说着抱歉的话。

"喔唷,请您宽容地原谅我吧!"

他的脸颊颤抖着,细柔的头发像一股烟似的环绕在脑袋周围,眼睛是灰色的,巨大的,时常望着天花板,颧骨上浮着笑容,他好像要把它擦去似的,时常用干瘪的手抚摩双颊。他完全不像在教堂里做礼拜的样子,不知是狡猾,还是愚蠢,总之好像是被烫了似的,好像在我面前,在他的太太面前有罪似的。她比他岁数大,而且端庄些,戴着眼镜,眉毛看不大见,胸脯是扁平的,走路像士兵一样。她全身灰色,脸和衣裳全是灰色的。她透过镜片寻根问底似的盯着看人,直逼你的眼睛,使人觉得十分不好意思。神甫吃东西时很匆忙,时常掉落刀叉,把面包弄碎,把面包心搓成一个个小球,贴在盘边上。神甫太太默默地用长长的指头把它们取下来,一直监督着他,像母亲监督婴孩一样,一会儿替他整理脖子上的餐巾,一会儿把面包塞到他手里去,替他卷起法衣袖子,而这一切全是默默做的。

我对他讲老头儿怎样谈论灵魂,他挥着手,似乎想飞到桌子上边,用很快的语速对妻子说:

"你瞧,阿纽塔,你瞧见没有?怎么样?"

她坚决地回答道:

"这是由于愚昧而产生的谬误。"

他很快地转向我,请求说:

"请说下去吧,尊贵的马特维·萨韦利奇。"

我说,我由于不习惯和学识不足,很难把老人的说教有条有理地传达来,我的思想是跳跃的。他顿时又挥起了手臂:

"就是的，就是这样！思想跳跃——这是个很准确的字眼儿，是的，是的，是的！这是咱们全俄罗斯的普遍现象：人民的思想向东方跳跃，而我们知识分子的思想却向前面，向西方跳跃，因此就发生了很大的、我们所意识不到的悲剧，极端痛苦的悲剧和许多世纪以来的停滞不前。因为我们被历史埋在两条道路中间，一直埋到胸口。这老人的思想向后跳了一千七百年：在基督降生后的第二世纪，就有些人以为应该给予肉体完全的自由，它不会妨碍精神。他们甚至说，人的肉体越放纵，精神便越纯洁。这些人叫作诺斯替教派①。我有一本论他们的书，可以借给您看，这是一本很有趣、颇有辩才的著作②。"

他用两小时的工夫对我讲异教徒，讲得那样好，简直使我愣住了，只好目瞪口呆地看着他。他把外面的法衣脱掉，剩下一件破旧的内衣，在屋内跳跃，像笼子里的鸫鸟一般，右手在空中画出各种姿势，好像挥舞刺刀打仗似的。

神甫太太把眼镜推到额头上，低声说：

"萨沙！"

他没有听见，侧身冲着她，站在那里问道：

"灵魂是什么？灵魂就是一个卷得很紧的卷轴，它有许多层，——有古的、新的、最新的、还没有经过神灵照耀的感情。应该把这个卷轴展开，悉心和爱抚地通览一下里面由生活的尖指所刻画出的一切。"

神甫太太再一次，而且很严厉地说：

"萨沙！"

他听到了，回头一看，忽然泄了气，微笑着，脸颊颤抖着。

"是的，"他说，"是的，好吧，阿纽塔。"

他坐到角落里，抚摩着自己的头发，又讲了些城里的事情，但已经慵懒而勉强了。后来我告别走了出去，神甫太太跟着我来到外间，发出妩媚的微笑，说道：

"请您把他的话记在心里，不要声张出去。"

---

① 诺斯替教派：罗马帝国时期，希腊—罗马世界的一个秘传宗教，其产生略早于基督教，后来以一种特殊的方式将基督教与多神教的观点结合在一起，主张"精神"与"肉体"绝对分离的二元论。
② 可能指 A·M·伊凡诺夫－普拉托诺夫的《基督教在头三世纪中的异端邪说》。

"我也没有可以对他声张的人。"

她紧紧地握了握我的手,请我常到他们家里去。她用这一切给我出了个难题,至于是个什么难题,那就无从理解了。神甫是有趣的,甚至是可爱的,不过,他身上有一点不大对头的东西。自然,我记不清楚他的所有言词,但是感到其中仿佛有些非宗教的东西。

他们的生活很贫困:食具是杂凑的,木器也是如此,神甫太太的鞋子和大衣都有补丁,只有书籍最多,我看到邻室内有两个书橱,全都装满了书籍,每本都很厚。他塞给我一本书,是民用印刷字体①的厚册著作,虽然讲的也是异端的言论。

我观察着人们:世界上的人从外表上看来是各色各样的,但是如果把内心稍稍揭开,那种无所依归和心灵不安的情况,则是彼此都相同的。

这个马克西姆喜欢动手,昨天他在工场痛殴了两个工人,他们上我这里来告状,身上带着血和青块。我叫他来,数落了他一顿,他当着告状人的面,毫不结巴,理直气壮地解释说:

"假使他们再和沙基尔捣乱,嘲笑他的信仰,我还要毫不留情地狠揍他们!"

我自然严厉地警告他,这里的老板不是他,但我很喜欢他的话:工场里净是一些捣乱鬼。近来人们好像更加凶恶了,特别是乡下人。

马克西姆从酒店老板萨韦利耶夫的儿子瓦聂那里弄到本没有结尾的书,书名是《俄罗斯生活的黑暗面与光明面》②,这本书是一个过路人留下来的。我连着听他读了五个晚上;一本极其激烈而且令人难过的书,听着很不舒服,但又无可辩驳,说得都对!如此说来,世上还有爱真理的人,他们知道我们在奥库罗夫怎样生活着,它给我的印象特别深:好像有一个看不见的人跑来责备我。马克西姆和沙基尔很满意这本书,但是我和特罗兹多夫并不

---

① 民用印刷字体:一七一〇年由彼得大帝创立的非宗教用的字体,用于印刷非宗教书籍。
② 俄国作家П·扎鲁宾(1816—1886)的小说,一八七二年出版,高尔基曾在《我是怎样学习写作的》中说,这是一本极其枯燥乏味的书,但是据В·杰斯尼茨基回忆,在一次谈话中,高尔基曾说:"如果说我曾师法过某人的话,那么大概就只有П·扎鲁宾了……"

喜欢它。这真是永远不会完结的命运:大家互相刺探,互相抱怨,但是谁也不想做出一点正事,帮助别人。特罗兹多夫又闹了乱子:把沙基尔的牙齿弄坏了,他自己说会医治,涂上一种类似汞的东西,把整个嘴全烧坏了,牙齿都碎了。他自己也很吃惊:他说他用的是梁赞省总督的药方,总督用过,很有效验。

"连着喝了五星期酒,烂醉如泥。现在只剩了一口气还活着,脑袋像小酒店一般,心口发痛……"

科热米亚金回想起噩梦似的酗酒日子,厌恶地哆嗦了一下,场面和人物犹如黑色的旋舞,径自在他眼前转来转去。

特罗兹多夫在那里吃午饭,大声嚼着,胡子掉进嘴里,他用手指从里面掏出来,扯到耳边,用悦耳的高嗓门念道:

灵魂在等待自己的食粮,
必须消除灵魂的饥渴!
尽量不要把灵魂抛弃,
要使它免除尘世的烦扰!

"你吃吧!"纳塔利娅嘟哝说。

马克西姆含着敌意看了特罗兹多夫一眼,也嘟哝道:

"蚊虫……"

沙基尔惊慌地龇着一口黑牙,把主人领到厨房的角落里,向他小声说道:

"老赫里亚波夫说过,特罗兹多夫坐过监狱,偷过钱……"

科热米亚金不愿意相信这话,恼怒地反驳道:

"他并不像坏蛋。"

"你很了解他吗?"沙基尔劝他说。"人有各种各样,坏人也各有不同……"

家中充满令人苦恼的仇恨和烦闷,除去特罗兹多夫以外,谁也不笑一下,惟有他快乐地微笑着,不时和大家逗一逗,像一条无主的狗。

"我要上神甫那里去!"由于寂寞得难受,科热米亚金对自己说。

于是事情也就此开头了。当他走出大门,来到街上时,对面站着一个人,穿着长上衣,帽子一直拉到鼻子上。他像公牛般低下头,从帽檐底下窥望着,瞪出虾一般的眼睛,帽身和长上衣上撒满了细碎的银霜。

"是科热米亚金的住宅吗?"

"是的。"

"老头子死了吗?"

"早就死了。"

"你是他的儿子吗?"

"是他的儿子。"

那人在地上跺着沉甸甸的、穿着刷得锃亮的皮靴和皮套鞋的双脚,转到人行道上去,不慌不忙地走开了。科热米亚金在他身后走着,不想赶过他,不禁惊慌地思量着:他是谁呢?

"你认不出来,还是不想认呢?"那人问,当即止步,露出一个由于带着不愉快的嘲笑而显得更大的红脸盘。

"好像认识,"马特维连忙回答,害怕那人骂他。

他傲慢地挺出肚子,和他并排走着,用胳膊肘推他,嘶哑地说:

"自然认识的,我在你父亲手下做过工。你记得萨夫卡么?他们还打了我一顿,你当时因为害怕,曾给过我酒喝,还给我钱,——自然不是你,而是帕拉加。我听说你父亲把她打死了。对不对?"

他把马特维从头到脚打量了一番,阴郁地接着说:

"你大概不会说的!你那时还小,但是人家说你跟后母勾搭上了。我在瑟丘戈夫家里就认出你来了,眼睛还和那时一样。我们到酒店里去,好不好?叙叙往事,好不好?"

科热米亚金来不及或是不敢拒绝。他们的相遇好像一场可怕的噩梦。他的心在对帕拉加的战栗的回忆和对萨夫卡阴沉的恐惧中,骤然紧缩了起来。

他们坐在一间大屋的阴暗角落里。萨夫卡撇着肥厚的嘴唇,摇晃着披着羊毛似的乱发的圆脑袋,叫道:

"喂,堂倌!"

科热米亚金觉得不好意思,因为只有萨韦利耶夫的儿子,那个不声不响的、好像蜕了一层皮的少年瓦夏在酒店里干活儿。他喜欢读书,拉手风琴。他是马克西姆的朋友。

"你和那个朝圣老人住在一块儿吗?"

"和老人住在一块儿。我家的老头子快死了。来干一杯,悼念一下帕拉加的亡魂!"

两人喝了酒。他阴郁地问道:

"我听说,你没有结婚,是吗?为什么?"

"就是这样,没有什么!……"

"是啊,"萨夫卡说,又斟满酒杯。"听说你有一个情妇,而且是一位太太,对吗?"

"都是瞎说!"被刺痛的科热米亚金懊恼地回答说。

"也许她抛掉了你,你不好意思说吧?她是把你抛掉了吗?"

科热米亚金烦恼地环顾了一下:屋子里糊着绿色的墙纸,纸上画着一朵朵的大红花,桌子上铺着台布,也是红色的;窗台上支棱着几枝细细的、叶子枯黄的天竺葵,蜕了皮似的瓦夏坐在角落里,弯着身腰在拉手风琴,最高音发出令人讨厌和气恼的尖响,低音嘶哑地叫着……

"你过得不快活吗?"萨夫卡死缠着,咂着嘴唇。

他想走开,但是来不及了;萨夫卡又叫了伏特加酒,一连迅速地喝了两杯,脸上涨得通红,凶狠地闪动着光亮的眼睛,胸脯压在桌上,开始讲道:

"我当时挨了毒打以后,躺了许多时候;姊姊送我到修道院里去,求一个修道士治病,后来就留在那里充当马夫,一晃过了四个年头。那边的生活是轻松的,修道士们全是好人,我觉得闷得慌……"

"闷得慌吗?"科热米亚金附和这个熟悉的字眼。这个字眼使他活泼起来了。

"简直忍不住了,闷到这个地步! 我开始和修道士们酗起酒来了,结果被赶了出来!"

"大家不知怎的都觉得闷,"科热米亚金轻声说,一面端详萨夫卡红手臂上又粗又硬的黑毛。他不禁皱了皱眉,因为从这个可怕的人身上发出一股股大葱、鞋油和灯油的难闻气味。

"周围的人都闷透了!"萨夫卡接下去说,大声咂着嘴唇,好像很惬意。"大家做各种事情来消愁解闷:养马、养鸽、赌牌、斗鸡,等等,但是统统无济于事,于是就玩女人,酗酒,拼命弄钱,但是一切都从心头溜过,不能对它起什么作用!"

他鼓起腮帮,威吓地瞪着眼睛,把两手的指头插进蓬乱的头发里,不再吱声了。后来,他打了个响鼻,强作笑脸,默默地斟上伏特加,没吃菜,一饮而尽,点了点头。

"喝呀! 你干吗不喝? 我见得可多啦,老弟! 有些人仿佛很满意,一心一意搞事业,就好像狗豆子死盯在狗身上一样,他们在事业里打转,自高自大。这种人就是醉鬼,他们已经上了瘾,可就连他们也突然会大喝起酒来,或是出点别的什么事,就像石头往山下滚一样,很快地堕落下去!"

他喝了许多酒,脸红得发紫,变得更加放肆,说话更快更流畅,笑得也更勤了。

"我也曾被工作吸引过,——我心想,这就是我的归宿,我生下来是乡下人,死时也应该是乡下人! 我回到农村,领了一份地,手边有点钱,还娶了亲,——一切都像该有的那样。我辛辛苦苦干了六年,到第七年又扔开了,我想:它对我究竟有什么用处呢? 我把老婆、孩子们全丢下了,——你们过你们的去吧! 我有两个男孩,老弟,因为村里人都压榨起我来了——真是够受的! 这个哀号着:'给我,'那个恳求着:'施舍点吧,'出现了二十来个亲戚,全是穷人。有的央求,有的偷窃,还有的没有一点良心,掐住喉咙硬逼,说什么这世界是我们的,你应该听我们的!"

他哈哈大笑起来,但立刻又止住笑,把一杯伏特加倒进牙齿又大又尖的大嘴里去。

"哼,我不是傻子!我跑到城里去了。我在城里流浪来流浪去,没混出一点名堂,也没有得到安宁。我又进了修道院,但是已经受不了啦,——在村里把精力都耗尽了,在城里又娇养了一些日子,我的心从挨打以后,时常发痛。就在这时候,我碰到一个朝圣的老人,不是这个,是另一个。他是骗子,极喜欢女人。我就跟定了他。他宣讲教义。哎呀,我的妈呀,他那口才可真好,这狗头,他的话有时能说得你掉泪。他什么短都揭,一辈子都是这样,不惧怕任何人。但是在自己的伙伴里笑着说:舌头比手还能养活人,你呀,就朝边上敲吧,反正不是你的钟!"

"他自己是不是不信神呀?"科热米亚金小声问道。

"谁知道。不,他也许信仰上帝,但是不承认人。他可把我弄苦了,——一会儿用在地狱中受罪的话吓唬我,一会儿把自己和大家全赶到地狱里去:酗酒,说笑,荒淫,痛哭,——转来转去净是这一套。后来他吃多了蒸熟的绣球果,一下子就咽了气。他一死,我就找另一个,竟被我找到了:那个人正坐在魏特卢加河上的一个荒僻的乡村里低声说着话。我仔细听了听,看出他对我是有用处的!我对他说,老大爷,你找到了宝贝,找到了真话,可你干吗避不见人,这不是作孽吗?"

萨夫卡可怕地瞪着眼睛,牙齿闪着光,摇晃着沉重的脑袋。

"我把这种事已经研究得细极了。他对我说,我太老了,不该我来教训人,我应该死了。我说,老兄,你瞎说!于是,我就交上了他,把这老狗带来带去,这套玩意我早就研究透了!"

独眼人季乌诺夫不知从哪里,好像从天花板上掉下来一样,来到了桌旁,并且请求道:

"让我跟你们就个伴儿行吗?"

他就像根铁钉似的往椅子里一插,喊道:

"瓦夏,来一小瓶!"

"这么说来,一面传道,一面并不信仰上帝吗?"他和蔼地问,用一只锐利的、深黑的眼睛望着科热米亚金的脸。"不信喷嚏,不信梦,不信鸟叫吗?① 这类人我见得多啦!"

房屋摇晃了,墙壁摇动得像船帆似的。一个熟悉的声音在科热米亚金的身后响起:

"唔,我的爱情的残酷暴君呀,用你的号哭填满这浓密的树林吧……"

"这坏女人!"安静的瓦夏喊了一声,而那熟悉的声音又继续说下去:

"你若不想自愿地爱我,我将不顾你的名誉,强迫你爱我……"

科热米亚金的身体靠在桌上,扭了过去,——瓦夏和马克西姆坐在他后面的另一桌旁。他们的脑袋几乎抵在了一起。马克西姆在读,像教堂读经员在死人面前诵读经文一样。

"为什么我好像知道一切的人,而且知道人们所讲的一切呢?"科热米亚金突然想。

萨夫卡发出嘶哑的笑声,说道:

"他是个扒灰的家伙,淫棍,是他们那个地方有名的恶霸……"

"是这样的!"季乌诺夫尖声喊出来。"作了许多孽,折磨了许多人,但是一到快死的时候,就害怕了,想欺骗上帝!"

"对呀! 你叫什么名字?"

"雅科夫·扎哈罗夫……"

"喝吧,为真理干杯!"

萨夫卡难听地骂着,季乌诺夫却还在说着恶毒的话:

"他们向上帝表白,似乎是思想上错了,可还为他保持着灵魂的纯

---

① 此处的三个"不信",是一句俗语,表示一点也不迷信。

洁……"

萨夫卡的大脑袋无力地垂下来,红红的手指在桌上蠕动着,碰翻了茶杯和酒杯。他满脸堆笑,嗫着嘴唇,喃喃地说:

"是这样的……"

"你见过许多世面,"独眼人声音响亮地说。"一个人应该怎样带着不愧为人的爱好生活呢?"

"怎样都行!"萨夫卡喊道,用手掌向桌上拍了一下,哈哈地笑了。

他的笑使科热米亚金清醒过来。他从椅上站起来,说道:

"唔,我走了……"

"不,你还是说说,到底该怎样?"季乌诺夫问。

"怎样都行!科热米亚金,你站住……"

"你以为,当傻子就能过得轻松些吗?"

"对!当傻子就……"

"才不呢!傻子不会燃烧,不会暖人,蠢人和黏土一样,阴雨天让人拔不起脚,晴天里也长不出什么来!"

"我才不管呢!"

他举起手,瞪起眼睛,疯狂地喊叫起来:

> 母亲生下了我,
> 真是遭了灾祸,
> 她没有给我好运,
> 我自己也找不着!

他的脸上淌着灰色的酒醉的泪水,科热米亚金忽然可怜起萨夫卡来了。

"怎么样,老兄?"他问,也哭了。"怎么样?"

而后,他们隔着桌子,互相拥抱,不住地接吻,把碗盏都碰到了地上,脚踩着碗盏的碎片,最后,他们就这样万分感动、亲热异常地拥抱着,冲上了街头。

在街上马克西姆推开了萨夫卡。

"滚开,蠢猪!"

说罢他搀着主人的臂肘,但是科热米亚金生了气,挥着手,喊道:

"你自己滚开,我是你的什么人?"

"您走吧,难为情得很!"马克西姆说,把他推到了前面。

他们回家了。他们唤醒了特罗兹多夫,在厨房里喝茶,又喝起了伏特加。沙基尔在地板上跺着脚,对马克西姆喊道:

"你怎么把他搞成这副样子?"

季乌诺夫摇晃着身体,劝道:

"你听我说,公爵,我们在那儿争了一场,——大动了感情!"

纳塔利娅好像石像似的,站在火炉旁边,用宽阔的背挡住炉口,不自然地大声擤着鼻子,每响一声都要使主人抖一下。厨房的墙上和人们的脸上爬着一些绿色的花纹,好像全都生了霉,萨瓦①的头好像鲶鱼的嘴脸,而马克西姆的五颜六色的嘴脸好像生锈的铁铲一样。季乌诺夫在角落里摇晃,把长长的手放在沙基尔的肩上,说道:

"难道我们不都是为一个沙皇服务吗?"

没有睡醒的、衣裳揉皱了的特罗兹多大傲慢地翘起鼻子,眯细眼睛,向萨瓦找碴儿说:

"老兄,您讲的是灵魂吗?"

"滚你的,你这尾巴……"

特罗兹多夫一个劲地向他纠缠。

"您和那老头儿在一起吗?"

萨瓦的身子显得沉重,神色阴郁得好像在阴影里的黑猫,眼睛呆呆地向前望着。

---

① 萨瓦是萨夫卡的正名,后者是前者的昵称。

"啊——啊——啊，"特罗兹多夫吼叫着。"这么说，您，这么说，您……"

萨瓦从桌上拿起一把黄瓜，塞到了特罗兹多夫的嘴里，大家哈哈大笑起来。科热米亚金一面笑，一面劝道：

"弟兄们，不要跟他为难，不要难为他！"

"我可以原谅一切龌龊的行为，"特罗兹多夫喊道。"为表示恭敬，我干什么都行！"

沙基尔轻声地、忧郁地说：

"坐牢——也是为了表示恭敬吗？"

"什么？"季乌诺夫惊异地问。"等一等，这就要深入一层了！随随便便地、简简单单地……"

特罗兹多夫很委屈地抽搭着，对在他面前向角落里退缩的沙基尔说：

"我母亲跟了鲁道夫伯爵三个月……"

栗发的马克西姆把他拉走了。萨夫卡满有把握地出着主意：

"揍他，揍这把烂骨头，揪掉他的尾巴！"

特罗兹多夫又喊叫起来：

"别碰我，我是个大人物！"

后来，他用胡须把科热米亚金的脖颈搔得痒痒的，俯在他的耳朵上小声说道：

"一定得打发人叫几个姑娘来！"

他用拳头捶着胸脯，骄傲地对季乌诺夫说：

"我难道和别人一样吗？有我这样的人吗？"

季乌诺夫眨了眨独眼，表示赞成说：

"我们哪比得上你呀！你不是马铃薯里的一颗葱头吗？"

萨夫卡抬起头，大声喊道：

"唱吧，伙伴们！喂，德国人，你这条尾巴，快唱呀！"

他说着，用拳头重重地捶了一下凳子，瞪着眼睛，扯开嗓子大喊：

"阿利路亚！阿利路亚！①……"

"这傻瓜！"季乌诺夫挥了挥手,说。接着,大家突然就像暂时钻到什么地方看不见了,然后又爬出来,挣扎着,吼叫着,喃喃地说着。很难知道现在是什么时候,——白天还是黑夜,万物都在雾中摇晃着,模糊不清。大家上澡堂里去洗蒸气浴,喝啤酒,然后从花园向屋里走,光着身子,彼此往雪里推。

……来了三个姑娘,一个是干瘦干瘦的、斜眼、歪脖子,另外两个打扮得一样,胖胖的,脸蛋儿一模一样。萨夫卡和特罗兹多夫弄不清哪个姑娘是谁的,总是搅混,因此便相骂、打架,后来特罗兹多夫劝萨夫卡在他的姑娘的脸上抹上锅烟子,于是就这样办了,但从这以后,那姑娘便开始用低沉的声音说话了。

斜眼的姑娘坐在科热米亚金的膝头上,扯动他的胡子,问道：

"你爱我吗,灰狼？"

"我爱！"他驯顺地同意说。

萨夫卡坐在地板上面,一直喊着"阿利路亚"！他想闭上眼睛,用指头把它们往额头底下挤,但是它们立刻便又突出来了。特罗兹多夫抱住季乌诺夫,吻他,对他说：

"雅科夫,你是个独眼人,你总是只看见一样东西,到处都只看见一样东西,但是有两只眼睛的人总把东西看成双的。我对大家说：你们应该眯起眼睛看人；我是偶然到这儿来的,不过,我看得很准！生活是谁开的头？是女人,对不对？生活是谁开的头？"

"你是条尾巴！"萨夫卡固执地重复着,还在把眼睛往额角底下挤。

斜眼姑娘抚摸着科热米亚金的头发,轻轻地说：

"我有一只猫,它真爱我,爱得没法说！它老跟着我跑来跑去,我到哪儿,它也到哪儿,真是寸步不离,到了夜里,它躺到我胸脯上,打着

---

① 在教堂中唱赞美诗时颂扬上帝的词语。

呼噜,我听着,它的意思我全明白,真的!这样,我觉得暖和极了!"

他和她在一起觉得很可怕,她就像疯子一样。想躲开她,又没有地方躲。他越来越紧地靠向一个摇摇晃晃、轧轧作响的东西上。斜眼姑娘忽然咬了他肩膀一口,倒在地板上,像条鱼似的挣扎着。萨夫卡抓住她的脚,往门口拖去,边拖边喊:

"唉呀,你这个疯婆娘……"

大家互相扑过去,大声叫着,扭成黑乎乎的一团,哀叫着,狂笑着,像钻进地里似的,消失不见了。

……科热米亚金身边围着许多枕头,全身裹着湿毛巾,坐在床上,努力不让脑袋动一动,脑袋稍微一动,周身就痛得发木,两眼发黑,心脏也停止了跳动。

马克西姆在桌边读书,钻进脑筋里的净是一些奇怪的语句:

"您发发慈悲吧,太太,您这样耍无赖还能耍多久啊……"

季乌诺夫点着尖尖的、干罂粟果似的、长着一只眼的脑袋,呱啦呱啦地告别说:

"咱们以后随随便便、简简单单地谈谈……"

"独眼人走了吗?"科热米亚金小声问。

马克西姆没有把头从书本上抬起来,若有所思地说:

"他自己走的。萨夫卡是我们赶走的。还应该把特罗兹多夫赶出去。独眼人倒还没有什么。"

他沉默了一会儿,又补充了一句:

"他像一只铁锚……"

外面下着大雪。科热米亚金望着这犹如一匹没有尽头的白绢似的飞雪怎样飘舞着,落下来,轻轻地打在玻璃上。

"主啊,主啊,"他心里想,"我觉得自己多么讨厌啊。"

书本上的话又钻到耳朵里来:

"红艳的晚霞为闪耀的太阳敞开门户,太阳以它那明亮的光辉赶走了黑夜……"

……黑夜。油灯不知为什么在地板上放着。含着氯化氨和酶白菜气味的、暖洋洋的黑暗，从屋子的各个角落里，恼怒而且警觉地望着油灯的绿色斑点，那斑点酷似季乌诺大的锐利眼睛。马克西姆赤着脚，没系鞋带，敞着衬衫领子，坐在床头的椅子上，时而将毛发蓬松的头垂下，时而摇晃着它。

"我想吐！"科热米亚金呻吟着。

"要不要喝点盐水？"栗发人边问，边用稍稍蜷起的手掌掩住打哈欠的嘴。

"你讲点什么吧……"

"书本里的吗？"

"那何必呢，讲讲你自己的事情吧。"

马克西姆想了想，用手摸摸耳朵，回答道：

"我一点也不知道自己的事情。"

他突然连人带椅子一块儿往前挪了挪，兴奋地说了起来：

"我来讲讲一只乌鸦怎样爱上了我，这可有意思啦！我那时十六七岁，在菜园的树丛里发现了那只乌鸦，它的翅膀已经折断，腿也断了，身上全是血。我给它洗干净，用线和小木片把骨头绑好；当我做这些的时候，它用嘴啄我，——真厉害，我的手全都肿了——它自然很痛！它叫着，挣扎着，几乎把我的眼睛都啄瞎了。每次我给它包扎的时候，它总是不加怜悯地打我，真的！"

他笑了笑，摇了摇头，他的脸忽然变了样子，好像一副面具从他的脸上掉了下来。

"后来就熟了，好像狗一样，真的！我上哪儿，它也就在旁边跳着，跟我上哪儿，在地上拖着翅膀，哑哑地鸣叫，而且总是转动着小脑瓜，仿佛想看我的眼色。"

他严肃地看了看主人的脸，带着责备的神情，确信地说：

"它的眼睛根本不蠢，人们的看法是不对的，它是聪明的鸟！"

他又柔和地、稍有些发窘地笑了笑，继续说道：

"它一看见我,就在我脚边,简直叫你不能走路,一不小心就会踩上它,它这是想让我抱起它来,放在肩上。我一把它拿起来,它就抓住我的耳朵,嘴里呼噜噜的,可怪啦!大家都笑我……"

他垂下头,沉默了。科热米亚金心想:为什么人们忆起和讲述猫、鸟、狗、马如何爱他们,而对于人的爱倒反而一字不提呢?或者是不好意思讲吧?

在屋内的静寂中,又响起深沉的、不快乐的声音:

"后来不知是谁打了它,也许是猫把它弄伤了。我一看,它就要死了,便把它放在手上,它把头躲在我的腋下,亲近地贴在我的胸前,抖了几下,就咽气了!"

"年轻,漂亮,"马特维·萨韦利耶夫想,闭上眼睛,假装睡熟了。"他应该去追求姑娘,拉手风琴,但他却过着修道士的生活,不肯花钱,皮靴很坏,甚至没有过节穿的衣服,不肯买。他的性子很孤僻,什么人都想指摘。他生活在角落里。坏人们在街上到处喧嚷,好一点的人却常常躲在角落里。"

他想把自己的所有思想理顺,并把它们固定下来,以便在这些思想底下永远埋葬掉心中越来越增长的惊慌情感。他希望安静,希望过平静的生活,但是有什么东西在阻碍着这一点。他从垂下的眼毛中间审视着马克西姆的强健的体格,心想也许这个小伙子正是使他惊慌不安的原因,小伙子使他的心里产生一种新的、还无从理解但已使人感到屈辱的感情。

"等着吧,我会镇静下来的,"科热米亚金想着想着就入睡了。

……后来,发生了一桩莫名其妙,可怕而又可笑的事情:一阵吱吱的开门声和地板的轧轧声把科热米亚金吵醒了。他凝视着暗处,顿时感到软弱无力,冒出一身冷汗,想喊,又吓得喊不出来,——一个长长的灰色人形在地板上无声无息地蜿蜒着,这人形向前伸着一只细胳膊,像被踩坏的青蛙似的慢慢向床边爬来。

"贼!马克西姆!"科热米亚金意识到是怎么回事,完全清醒了。

当贼把脑袋伸到床底下的时候,他沉重地从床上滚到贼的背上,骑在贼的身上,他揪住贼的头发,一面按住他的脑袋,往地板上碰,一面声嘶力竭地喊叫:

"救命!"

那贼倒勾着两脚,用脚跟踢他,两手抓挠着地板,嘴里像热啤酒似的发出咝咝的声音。

"让我逮住了吧!"科热米亚金一面按住他,一面小声说,但是由于激动,心都停止跳动了,上肢感觉无力,那贼扭动着身体,从他的身下爬出来,喊喊喳喳说将起来,那声音像是特罗兹多夫的:

"看在基督的分上,等一等,不要喊!喂,等一等,你听我说……"

"是你吗?"科热米亚金惊异地问,忽然高兴起来,但随即又感到遗憾,因为这不是马克西姆。

特罗兹多夫坐在地板上,好像猫洗脸一样,用双手抹着脸,一面很快地小声说道:

"你自己打我吧,好不好?我求求你,喏,打吧,可你千万谁也别叫!"

他的头抵着科热米亚金的胸脯,呜咽着,沉重、温暖的泪珠从他的脸上滴到马特维·萨韦利耶夫的赤脚上。

"别出声!"科热米亚金打了一下他的头说,侧耳听了听,静悄悄的,没有人走动。特罗兹多夫用衬衫下襟大声擤着鼻涕。后来,他抓住主人的一只脚,把湿脸贴了上去。

"谁教唆你这样干的?"

科热米亚金想听到对方回答"是马克西姆教唆的",但是特罗兹多夫喃喃地说:

"很清楚——是魔鬼!"

"你真是傻瓜,真傻!"科热米亚金气恼地说着,从地板上站起来,已经不害怕了。他点起蜡烛,看见他的脚旁有一把刀,不禁哆嗦了一下。

"你这是——想杀我吗?"他小声问,身上打着冷战。

特罗兹多夫跪起来,摇晃着两只手,忙不迭地小声说:

"哪里的话,哪里的话,基督和你同在!我想打开箱子,天呀,我哪里是想杀你!"

"唉,你,你真是傻瓜!"科热米亚金说,把刀子捡起来,怀着近似怜悯的情感。"用这破家伙能行吗?那只箱子四边全包了铁皮,还有双重的锁,你这木头人呀!"

科热米亚金明白他说得不对头,当下向门口走去。特罗兹多夫好像被踩扁的蜘蛛,在他后面爬着,抓他的脚,恳求着:

"你不要出去!你自己打我吧,亲爱的,我不叫痛,好吗?不要去叫人!"

他的脸青一块紫一块,鼻子流着血,他用袖子、衣襟去擦。灰色的衬衫变成深黑的了。

"我把他揍得够呛!"主人满意地想着,坐到椅上,心里想着别的什么事情,慢吞吞地说:

"我把你这狗收留下来,给你安身之处,可你坏了我多少事啊……"

"你赶我出去吧!"特罗兹多夫寻思一下以后提出。

"你不觉得害臊吗?"科热米亚金小声说,不知道说什么好,没有望小偷一眼。特罗兹多夫抓起他的手,用潮湿的嘴唇乱吻着,热烈地小声说道:

"我是一个软弱的人,我不能做繁重的工作,我只能做细活!我想拿十个卢布,真的,——或是十五个卢布,难道我是小偷吗?我应该到别的地方去了。"

"我要去叫警察……"科热米亚金有气无力地说。

"你去叫吧!"特罗兹多夫大声说,又大声擤鼻涕。"警察会向你要钱,警察不像我,他会往你的箱子里看的!"

他忽然带着责备的口吻说了起来,没有惧怕,自由自在:

"唉,你呀!难道一个人拿了十个卢布还值得送他到法院、监狱等等地方去吗?还需要审判官吗?你去叫警察吧!麻烦是够你受的!"

科热米亚金觉得羞耻,很不自在。

"住口,听我说,扒手!"

他不知道现在该怎么办,一时也作不出明确的决断。他不想叫警察,认为这是件麻烦而又不愉快的事,打特罗兹多夫一顿吧,又感到厌烦,而且他已经打够了。

门厅里突然传出一阵窸窸窣窣的声音,他吓慌了,从椅上跳起来,不知所措地对特罗兹多夫说:

"有人来了。喂,你随便撒个谎吧!我不愿意把事情声张出去。……"

"自然喽!"特罗兹多夫小声说,点头表示赞成,从地上站起来了。

沙基尔出现在门口,手里拿着棍子,棍子抖动着。他伸着脖子,眯着眼睛,龇着牙,在他的肩后露出了马克西姆的毛发蓬乱的头和气得紧皱双眉的白脸。

"你们怎么啦?"科热米亚金朝他们挥着手,很窘地开了口。"全是他搞的……"

"我有梦游病,"特罗兹多夫惊慌地说,画着十字,点着头。"确确实实!我在睡梦中走来走去,喏,把脸撞在了门框上,真是的!"

"你们去吧,没有什么!"科热米亚金疲倦地喃喃地说着。

他们不慌不忙地走开了。特罗兹多夫向门口弯过身,倾听着,露出狡猾的微笑,小声说:

"他们在门厅里站着呢!"

"我好像成为他的同党了!"一个倏忽的念头闪了过去。马特维·萨韦利耶夫恼怒地说道:"我一招呼,他们就不会这样对你了……"

"只要对他们说一声就行!"特罗兹多夫小声说,愚蠢地眨了眨眼睛。"揍人是大家的头等乐事!"

科热米亚金感到,特罗兹多夫把他的武装给解除了。

"哼,去你的吧,扒手!"

但是特罗兹多夫耸了耸肩,惊疑地说:

"我上哪儿去呢?你以为他们会相信吗?哪里的话!他们立刻就会揍我。不行,就让我在这里吧,——在这沙发上打个盹儿……"

他走到沙发旁边,将身子缩成一团,蜷伏在沙发上,长长地打了一个哈欠,说道:

"天呀!真暖和……"

科热米亚金冷笑一声,熄灭了蜡烛,坐在床上,环顾了一下,——漆黑的玻璃窗突然闪起了光,好像被什么人一下子擦亮了似的,格形的黑影零乱地映在地上,并且向门旁爬去,一爬到那里,便开始向上升去。风发出微响,轻拂着房屋的墙壁。

"你是个疯子,谢苗,是不是?"他用责备的口气嘟哝着说。"简直没心没肺……"

"没关系,"特罗兹多夫慢吞吞地答应着。"一切都办得很好,否则叫了警察来,来来去去,要花不少冤枉钱。这样吧,你明天给我一点钱,你舍得给多少就给多少,我就离开这里,就完事了!"

"你转我的念头,难道不觉得害臊吗?"

"借钱也害臊吗,老兄!"

"偷呢?"

特罗兹多夫叹口气,回答道:

"偷自然更困难些,但毕竟是亲手做的事情,谁也看不见,谁也不知道……"

"这狗东西!"主人想。接着问道:

"可是,你不觉得害怕吗?"

"也害怕,不过终究似乎比较自由些!拿了就走,不必向任何人道谢。"

"你心里一点也不知轻重,老兄!你完全不明白什么是好,什么是坏。"

"不,我明白,你是一个好人。"

"可是你竟想偷我这好人的东西呐!"

"坏人是自己偷。"

"简直跟你讲不清楚!"科热米亚金喊道,不由得笑了。"我真弄不明白你是怎么回事:你不知是傻瓜,还是小孩,你的头脑糊涂得很……"

他们和和气气地谈着话,几乎谈到天明。

"你生活得不好!"特罗兹多夫很肯定地说。"你的生活里没有一点快乐,没有一点变化……"

"依你看,应该怎样生活呢?"科热米亚金嘲笑地问。

"应该随随便便,今天这样,明天那样,过了一个月以后又换一个样子!"

"这样会坐牢的。"

"人们在哪里都一样……"

"你坐过牢吗?"

"我吗,坐过十一个月……"

"很好!为了什么?"

"为了钱。为了钱会做出许多坏事,"特罗兹多夫蒙眬欲睡地回答说。

"你偷过东西吗?"

"是的,像一般所说的……"

"多少?"

"三百四十七卢布零二十戈比……"

他猛地欠起身来,把脚从沙发上放下来,双手撑住沙发,俯身向前,兴奋地说道:

"一个犹太人坑了我,这家伙!在兹韦列夫城里,我们大家打犹太人:有装卸工、赶车的、卖肉的,总之是平民百姓,大家抓住女人和姑娘们的辫子和裙子,撕破她们的衣裳,赤身露体地在地上拖着,用大脚朝肚子上踢,你要知道,是朝这些姑娘们的小肚子上踢,她们的肚子就像磁制的一样嫩,真是的！简直没法看,看了会使你发狂的,因为,老兄,女人的奶子和肚子是那样一种地方,你要明白,不管是耶稣基督、沙皇和圣徒,总之,所有的人类全是从女人的肚子里出来的,全是由女人的奶子养大的,现在忽然用大皮靴去踢,那行吗？"

"你胡说些什么！"科热米亚金哆嗦了一下,厌恶地喊道。他站起来,坐在了床上,但是特罗兹多夫没有听见,继续用惊慌的、呜咽般的声音喃喃地说：

"看到人家打女人,我简直受不了！我爬到房顶上面,坐在烟囱后面,浑身发抖,一不小心就要掉下去,两手直打哆嗦,而底下呢,——呜,呜,呜！打呀,打呀！绒毛飞扬。啊哟,我的天呀！我全都看见了。我本不愿意看,可是闭不住眼睛,还是全都看见了。他们在那里鞭打女人的光裸的肉体。"

"为了什么呢？"科热米亚金问,充满可怕的好奇心。

"就因为她们是犹太人,大家说的。"

"你胡说！"

"真的！就因为她们是犹太人,没有别的！"

特罗兹多夫的身体一直向前倾着,不知他为什么不靠在床背上面。

"你就在那时候偷的东西吗？"

"不,过了一个星期才……"

"偷犹太人的吗？"

"不,哪能这样！我偷的是检察官的。你瞧,我看到了这一切情形,脑筋被搅乱了,心里很害怕！你想一想,连女人都要打,那么就什么都完了,就什么都到了头！他们毫不留情地打她们,撕来扯去的！"

"别再讲这个了！"科热米亚金厉声说,不相信他的话,同时又回想起帕拉加如何在花园的小径上走着,从头上抽着被拔下的头发。"你讲你自己的事吧……"

"我是在讲自己的事呀。我走来走去,完全发了狂。忽然有一个熟识的卖克瓦斯的人说:你看见对犹太人的暴行了吗?你上检察官那里去,把这些狗头们的行为讲给他听。我就去了。到那里一看,有一个青年人坐在那里,小黑胡,金丝眼镜,正在用牙签剔牙,他问我报告什么事情。我如此这般地讲了一遍。我觉得这人很讨厌:有许多人挨了打,女人受尽凌辱,可他还在用牙签仔细地剔牙。后来,我退到角落里的一个橱柜旁边,一弯腰,看见桌上放着各色各样的东西,其中还有一个皮夹子。我心想,现在下手的机会来了!于是拿起皮夹就往怀里揣!他让我走了。我便径直到我认识的一个犹太人家里去了,那是一个老头儿,做帽子的。是个很聪明、很了不起的犹太人,什么都知道。他原是一个少年兵。一讲起人家怎样处置他们,简直听着都叫人害怕!他自然是很穷的,孩子很多,还有侄子,孙子,满屋子都是人,一不留神,就会踩到什么人的身上。他也遭了一点殃,——玻璃被砸碎了,家具被摔坏了,不过人还算没事儿,他们躲了起来。我给他三百四十七卢布零二十戈比。我对他说,你去把这笔钱分给受害的人们,自己也借此贴补一点。但是,他没弄懂是怎么回事,还到警察局去告我,派出所长马上来了,问我:'你给了犹太人洛布科维奇钱吗?'我说,'给了。'他问:'你从哪里弄来的?'我说,'捡到的。'他不相信,后来那个剔牙的家伙又报告说他丢失了皮夹。因此就把我送进了监狱!"

"唉,老兄,"科热米亚金小声说,"你真是发疯了!"

"是的!"特罗兹多夫点头表示同意。"那时我完全发疯了,律师和审判官全都注意到了。"

"审判了吗?"

"那还用说!"特罗兹多夫很庄重地证实说。"样样都是按照规矩来的,排场得很。那个犹太人当时在法庭上就明白他错了,甚至哭了起来,他恳求不要判我的罪,堂上不许他开口,可他还是求了又求,后来,他被带了出去,我甚至可怜起他来了!这傻瓜,他伤心极了,你看,他以为那笔钱是犹太人的,以为是我在袭击犹太人的时候偷

313

来的……"

科热米亚金跳到地板上,点起蜡烛,在空中把烛火摇晃了一下,把它凑到特罗兹多夫面前,问道:

"这一套是不是你瞎编出来的?"

特罗兹多夫眨着眼睛,平静、沉思似的笑了笑,回答道:

"不,干吗要撒谎呢?全是真的!"

马特维·萨韦利耶夫把蜡烛放在桌上,在屋内来回走了两趟,心里想道:

"他并没有撒谎。他是傻瓜……"

特罗兹多夫打着哈欠,把两脚抽上去,一面在沙发上躺下,一面说:

"我真是困死了!"

"最好拿个枕头垫垫。"科热米亚金提议,一面退到了角落里。

特罗兹多夫没有回答。当主人走到他身边时,他已经呼哧呼哧地打起鼾来了。科热米亚金站在那里俯视着他,心里充满了沉重的迷惘的情感,看着他那稚气的脸和半张着的嘴,心想:

"无意地怜惜,无意地偷窃!这是什么道理?"

天色已经发亮,蜡烛可怜巴巴地燃烧着,显得那样多余,它照耀着床边地板上的黑斑;黄澄澄的烛花摇晃着,似乎想从蜡台上挣脱,地板上的黑斑在移动,似乎是想躲藏起来。

科热米亚金叹了一口气,眼看着沙发,不慌不忙地穿着衣裳,他那慌乱的心灵里找不到一点明确的情感和清晰的思想,他想:

"不,还是让他走的好,他即或是圣徒,也会忽然在无意之中下砒霜或是别的什么东西……"

他穿好衣裳,选出三张最破的五卢布钞票,把特罗兹多夫唤醒,塞给他,说道:

"喂,你走吧,到你应该去的地方去吧。走吧,老兄!"

特罗兹多夫抓住他的手紧紧地握着。他抽动着,用充满幸福的声音说道：

"好极了！谢谢你！要不，我真要愁死啦：我拐到这儿，真不知道怎么离开。现在我有翅膀了……"

科热米亚金望着一旁，不愿看他的脸。

一小时以后，谢苗·特罗兹多夫甚至没有喝完茶，就奋拉着胡子和大家告别，他把长长的手伸给每一个人，脸上带着笑，匆忙地说道：

"祝你们愉快地留在这里，祝你们身体健康，万事如意！"

大家勉强地笑着回答他，不乐意地说上一两句祝福的话。科热米亚金看着这情形，感到不快，他和特罗兹多夫接了吻，就到自己房里去了。特罗兹多夫朝他的身后，用意味深长的口吻说道：

"你要知道，萨韦利奇，你的好意我是到棺材里都不会忘记的！"

"唉，他真是傻子！"科热米亚金想着，叹了口气，自己却感到舍不得让他走。

"一个人又不知去向地走了，"悲愁和懊丧的思绪慢慢涌上心头。"他走了，我留下了，又好像是在梦中见了他似的。简直莫名其妙！"

就在那天午饭后，纳塔利娅得急病死了。这件事，马特维·萨韦利耶夫的本子里有如下的记载：

纳塔利娅午饭后感觉不舒服，头往后仰着，满脸发青，嘶嘎地说："唉，天呀！我吃得太多了。"

马克西姆说：

"可不是吗！你好像吃包饭似的，总怕吃了亏。"

一个时期以来，她吃得太过量了：她撑得连眼睛都不动了，勉强喘着气，手臂像两条鞭子似的向下垂着，就这样坐在那里，直等到消化了为止。人们看着她都觉得不愉快。马克西姆一直劝她少吃，沙基尔则臊得满脸发红，连耳朵都像烧红了似的。

我们对于她这种情形早已惯了，所以这次并没有把她的话当回事。她站起来，向门外走去，可突然把手往喉咙那里一抬，倒了下去，脸正撞在门槛上。大家把她抬起来，她跌伤了，鼻孔里流着血。大家把她放在长凳上面，

她稍为缓过一口气,嘶嗄地说:

"死期到了……"

派了人去请神甫,可她打了一阵噎,之后便死掉了,我们甚至没有注意到是什么时候死的,直到神甫来到说了才知道。神甫说话时,沙基尔皱着眉,侧身走到外间去,像醉汉似的,抓住墙壁和栏杆,往阁楼上爬去。我跟在他后面,问道:"你到哪里去?"他不明白我在说什么,坐在台阶上,小声说着:"阿拉!阿拉!"我开始劝他,但是没有什么话可说,——对于死亡有什么话可说呢?我默默地搂着他。我们就这样在沉默中坐了足有一小时。

我对于她没有什么可说的,我不喜欢她,甚至不大注意她,——干活吃饭,这人一辈子就是这样,又有什么话可以讲的?自然我感到惋惜,有一种无言的惋惜。

今天早晨她下葬了。沙基尔真是可怜。他跟在棺材后面,或是在棺材旁边,贴着篱笆走着,好像一只狗挨了主人的打,主人走开了,狗不知道可不可以追赶过去,能不能和主人表示亲热。乞丐们斜着眼睛看他,说出各种脏话,无耻地、恶狠狠地说着。我真不喜欢那些乞丐,他们对人暴虐极了。

沙基尔没有到公墓去,下葬的时候,他没有在场。我没有看到他,心里很害怕,就跑去找他,没有往棺材上撒把土,来不及了。他蹲在田里的篱笆后面祷告,我拉他回家,我们整整谈了一天。他是很可爱的、很好的人,一个纯洁的灵魂。他哭着说:

"她是一个很好的俄罗斯女人,很机灵,一向是什么都明白,心地很好。在她不愿意的时候,宁可说谎也不肯使你难堪。在困难的时候,她真会安慰人:她把我拥抱住,说:不要紧,就会过去的,你忍一忍吧,亲爱的。她最虔信圣母,总提到她。她默默地不说话,仿佛什么都不需要,其实她什么都明白。夜里她常劝我,咱们并不比别人更有理,应该忘掉别人的侮辱。咱们自己也常让人家难堪,难道咱们还记得吗?"

后来沙基尔说:"你不像是我的主人,而是我的弟兄。"我对他也是真心真意地这样说,我说我很尊敬他。

他睡在我的房里。我说我怕死人,其实我是怕他寻死觅活,因为我家里绳子很多,人一发愁,魔鬼就会来找他。夜里,他抬头倾听我是否睡熟,接着便跪下去祈祷!他这样祈祷了一夜,一直到第二天早晨,早晨他起来,看了我一眼,挥了挥手,就走了。我没有跟他去,从他的脸上看得出来;他已经把忧愁克服了。可惜的是:关于纳塔利娅,想不出什么好事迹可说。我真想用一种特别堂皇的字眼,把什么人的良言善行庄严地记载下来。

亚历山大神甫为纳塔利娅举行葬礼。他在举行葬礼的时候,诵经诵得很好,情感深刻,令人感动,声音颤抖着。从墓地回来时,他和蔼地对我说:

"您为什么不上我们家里来?内人的叔父来了。我们还买了一架小风琴,您来吧,内人会弹的。"

我要去的。

他去了,仿佛立刻跨进了一个新世界,遇到了一个不寻常的人。

首先投入眼帘,并在最初令人感到困惑的是此人的非凡外表以及他那同年龄不相称的忙忙碌碌的样子。在他寒暄的姿态里,就有某种有趣的、不同一般的东西:

"您好呀,"他用低沉的声音说,把科热米亚金的手紧紧地往下一扯。"妙极了,请坐呀!您是马特维·萨韦利奇,对吗?我是马克·瓦西里耶夫……"

接着,他立刻好像忘记了客人,在狭窄简陋的房间里,像翻跟斗似的旋转着,挥着手,讲道:

"萨沙,那边的树林真是出奇的美丽,河流急、水量大,牲畜肥,吃的饱,人们——人们比此地的瘦些,这一方面固然不好,但另一方面却又不坏,他们了解自己的价值!"

他穿着灰呢衬衫,胸前有个口袋,腰里系着皮带,破旧的裤子塞在擦了油、刷得很不干净的靴筒里。这身打扮同他那张长着翘鼻子的大脸盘,和他那部真正俄罗斯式的又浓又密的大胡子很不相称。他的大胡子从眼睛底下一直长到肩上,把整个脖子都长满了,甚至耳朵眼里也是毛烘烘的。他的头是光秃秃的,只有在鬓角和后脑勺上还飘着几缕稀疏的灰发。罗圈腿,肚子凸出,上肢很短,而且一直在动,或是摸东西,或是提裤子,或是在空中比画。

"长相并不好看,但是很顺眼,甚至是圣徒式的,"科热米亚金望着他想道。

大额头上刻着深深的皱纹；皱纹深处呈红色，很像抓破的伤痕；他的整个脑盖非常大，上面磨得很平，下面和旁边还有毛发，使人想到这人非常固执，但是，那活泼的小眼睛却闪着柔和而快乐的光辉，又是同这一想法不相容的。

马克·瓦西里耶夫的脸像秋天的天气一样变幻无常；一会儿显得阴郁、苍老，一会儿忽然兴奋起来，眼睛里闪着青春的、快乐的光芒，使他完全变成了另一个人。

他用短短的手指理着胡须，把脚从肚子底下甩出去，不慌不忙、郑重其事地在屋内踱来踱去，好像一只火鸡。他那威严的步伐与不断动着的手和头，以及脸上的活泼表情很不相称。这人身上有一种可笑的、足以引人发笑的东西，但是他那清楚、明晰的话语却十分引人注意，并能深深印入人们的脑际。

相貌平庸的神甫太太把眼镜架在额上，把手和活计放在膝上，坐在窗前，偶尔在马克叔叔的话里声音不大地插上两三句。而神甫显得十分兴奋，忙乱，一会儿跳起来，在屋内飞奔，撞倒椅子，一会儿又像是陷入绝望，倒在漆布面的沙发上，双手捧住头，喊道：

"但是请您允许我，马克叔叔……"

然而马克叔叔用平静的低音说：

"你不要跳，这和你的职位是不相称的！我说，要把所有人身上的锁链去掉，永远去掉，而你又预备下另一些锁链了！"

"但这是不可能的，您说的这种自由是无从实现的！"

"你，你们大家对人们都说些什么呢？你们说：人呀，你是不好的，你在各方面都很坏，你陷入了孽海，你像牲畜一样。人相信你们的话，因为你们不但用言语，而且用行动证明你们否认人身上的善良因素，你们到处对他指出人生的无望，使他相信恶具有无可抗拒的力量，你们把他对自己、对他的意志中的创造性因素的信仰连根拔去，你们这班教条主义者把人的翅膀剪去，使他更深地陷入了烂泥潭。"

"唉！这话真不知从何说起！"神甫喊道，他跳起来，跺着脚，好像爱使性子的小孩。

角落里传出一声冷冷的呼喊：

"萨沙！"

神甫把脑袋往上一扬，扑到沙发上，于是那个沉厚的、富有信心的声音又不慌不忙地说出了一番很有分量的话：

"不要对人说，他和他的事业，世界上的一切生活等等全是坏的，坏得无可挽救，永远是坏的！不，应该劝他说：你会变得好些，因为你是一切事业的开端，是一切现实的泉源！"

"您对这不感兴趣吗？"科热米亚金忽然听到一个小声提出的问题，他哆嗦了一下，抬起头来，遇到了俯身向他的神甫太太的那双灰色的、敏锐的、眯缝着的眼睛。

他惶惑地用手摸了一下脸，深深地叹口气说：

"自然很有趣！很有趣，正说中我的病！只不过我理解起来很吃力。"

"您看谁的话有理？"她问，微笑着，把眼镜放下来。

"叔叔！"他坚定地、出乎自己意料之外地迅速回答说。

神甫太太挺直身子喊道：

"你听见了么，萨沙？"

叔叔从嘴里喷出烟，嘘嘘地作响，站在屋子中央，望着科热米亚金，快乐地对他递个眼色，说道：

"那自然喽！谁的鬓角白，谁就会赞成我的话，因为他熟悉生活。至于那些传道师们，难道他们知道现实，难道他们会顾到现实吗？"

"可您自己就是一位狂热的传道师呀，您就是的！"神甫喊道。

马克叔叔没有理他，坐在科热米亚金的身旁，说道：

"有这么一件事，尊贵的马特维·萨韦利奇，我需要一个寓所，一间屋子，我找了一个多星期，可是始终没找到！"

"别谈这个吧！"神甫唠叨地说。

科热米亚金站起来,鞠着躬,神情激动地提议道:

"我可以租给您,我有的是房屋,我有一整所房屋,只有我一个人住,真的!"

他希望这个人能和他住在一起,每天可以见到他,听他讲话。他感觉他像乞丐似的请求着,这是愚蠢而且不体面的,因此显得慌乱,并且生怕对方拒绝,低垂着头,小声说道。

神甫太太不知什么原因,严厉地、冷冷地说:

"您瞧,马特维·萨韦利奇,您应该知道:叔叔新近从西伯利亚流放地回来,他是为了政治案件被放逐出去的……"

科热米亚金坐下来,快乐地微笑着说道:

"我知道……"

"已经知道了?"

"我是猜到的。根据他的思想猜到的,对不住!"

"啊!原来是这样!"神甫太太亲热地喊了一声,而神甫和叔叔对看了一眼,都笑起来了。叔叔有些别致地问道:

"怎么样,小神甫?"

神甫牵着他的手,肩膀偎在他身旁,说道:

"真是这样!喂,叔叔,我很爱你,而且越来爱得越厉害了!"

科热米亚金感到轻松、自由,对神甫太太说:

"您知道,去年有一个女人住在我家里,她叫叶夫根尼娅·彼得罗芙娜·曼苏罗娃夫人……"

"曼苏罗娃?啊呀!"叔叔喊道。"老兄,这人我认识,——安娜,你记得吗,瑟索耶娃?就是她!原来是这样呀?两个月以前我还见过她!……"

他盯住科热米亚金的脸,把胡须拢在拳头里,举起来放在嘴边,喷出一团烟,透过冒烟的胡须说道:

"你们这个小城把她毁了!"

"是吗?"马特维·萨韦利耶夫轻轻地问。"怎么回事?"

"是这样的,所谓当头一棒啊。从前,她一直幻想英雄的生活,伟大的事业,现在也跟着许多人一块儿说,甚至叫嚷,说我们的时代不是伟大事业的时代,大家应该投入平凡的生活,把自己播在,喏,这样的市镇里!"

"她会回来吗?"科热米亚金怀着微弱的希望问。

马克叔叔用光亮的眼睛盯着科热米亚金的脸,摇晃着秃头,重复说:

"决不会回来!至于在没有耕耘过的土地上播种自己的灵魂这种说法,那不过是些没多大分量的话!老兄,俄罗斯所有人都想在生活中尽可能地多得快乐,而又尽可能地少用劳力。这是从东方传来的,而且早已深入我们的血肉里了,——不费劳力而企图享乐,这是一种极恶劣的企图!而神甫恰恰是这个主张的忠实拥护者……"

"叔叔!"神甫太太用恳求的口气,低声地喊道。

马克叔叔又在室内踱了起来,口气重而固执地说:

"假使我们不学会在劳动中寻求快乐,我们这里就永远好不了。"以享乐为主是建立不了生活的,因为生活实质上就是事业,而在我们这里,连事业的意义本身都会受到怀疑。这应该说是愚蠢,甚至是卑鄙的行径!因为我们既然承袭了过去的人们——受过千辛万苦的先祖们的伟大劳绩,依靠他们的鲜血和垒垒白骨生活,那么,我们享受一切美好的东西,却一点也不想为我们自己,或者为我们的后代增添美好的东西去尽力,这简直可以说是老橡树底下的猪猡的行为,我现在这样说,将来还要这样说!"

他把裤子高高提起,弄得一只裤管从皮靴筒里抖了出来,他俯下身子去塞裤腿,样子就像一头准备用角牴人的山羊。

"懒汉最虚伪,最爱撒谎,因为世界上最难为之辩解的就是懒惰。既然创造了生活,就应该把它创造到完善的地步,至于那些不愿意工作的人,他们自然要肯定说先祖们的全部生活和工作都是无意义、没价值的……"

他满脸通红,挺起了身,气呼呼地说道:

"一面享受一切,一面又否认一切。这真是卑鄙无耻的行为!"

"他是在讲叶夫根尼娅吗?"科热米亚金这样想着,不无愉快之感。他听着这段不是用叫喊,而是用沉静的低音说出来的尖锐的话,觉得很奇怪。但是由于在想着叶夫根尼娅,科热米亚金没能跟上马克叔叔说话时的思路。

"不会回来了,"他反复思索着。他觉得,在一小时前还存在着同叶夫根尼娅相遇的希望,而现在,就在这一刻,这希望却已泯灭,从而感到心痛。

神甫太太点上了灯。马特维·萨韦利耶夫跳起来,向涨漫着灰蓝色烟雾的房间环顾了一下,向在烟雾里面浮动的老人身影鞠着躬,窘困而匆忙地告别道:

"对不住,坐久了,没有注意到时间!"

大家把他送到外间,说着一般的话,说得那样和善随便,因而使这些话显得很有意义。他走到静悄悄的街上时,感到自己好像刚刚洗过澡一样,清洁而清爽。他慢慢地往家里走着,生怕把这贫寒之家填在他心头的愉快情绪泼溅出去。只是在内心深处还淤积着一层沉重、浓烈的东西:

"她不回来了!"

隔了两天,在早晨的时候,马克叔叔来了,好像在屋内取下了内层的窗框似的,所有的房间顿时充满了活泼的春天气息。他立即站在沙基尔面前,仔细看了看他的灰色脸庞、剪得很短的灰白的短髭和平整的浓密的胡子,然后忽然和他说起鞑靼话来。沙基尔仿佛大吃一惊,惊异地耸起眉毛,好像喘不上气来似的张着嘴,露出残存的破碎的乌黑牙齿,喜出望外、尖锐刺耳地笑起来。

"鞑靼人是极好的民族!"客人深信不疑地对科热米亚金说。"他们的思想很迟缓,但是极诚实。他们还会做出一鸣惊人的事业的,你们等着瞧吧!"

接着他用俄语对沙基尔讲波斯出现了新教义的传道师,如巴布①、耶辖②、别哈乌拉③等,还编了一本《至圣经卷》④。

"这部圣书里说,"科热米亚金听见清晰的、提高的低音,"人应该以爱人类为荣……"

沙基尔用夹杂着俄语的鞑靼话,惊慌而执着地在询问什么。正在角落里忙着的马克西姆一面打开沉重的皮箱,一面摇着头说:

"他们鞑靼人,还有犹太人,自然应该爱大家,因为他们是生活在异族中间的。"

"马克西姆,你最好慢点发言!"科热米亚金不满意地唠叨说。马克叔叔很快地用手把大胡子一分,问道:

"那么我们俄罗斯人呢?"

马克西姆气乎乎地抽开绳子,回答道:

"我们是在自己家里……"

"他这个人很冒失!"沙基尔说,和蔼地笑着,"年纪还那么轻!"

这时马克西姆挺直身体,向大家看了一眼,手里拿着绳子一面往外走,一面嘟哝着:

"年轻不是罪过,也不等于愚蠢……"

"他生气啦!"马克叔叔看着他的背影快乐地喊道,科热米亚金不好意思地补充说:

"他还不太懂事,您不要……"

---

① 巴布(原名赛义德·阿里·穆罕默德,1820—1850),波斯伊斯兰教派之一——巴布教派的创始人,他宣称《古兰经》已陈旧,应代之以他的新的经书《默示录》,宣传没有压迫、人人平等,过幸福生活的教义。该派多次举行起义,一八五〇年在德黑兰遭政府当局镇压,七月,巴布被处死。
② 耶辖(原名赛义德·耶辖·达拉比,卒于1850年),巴布的追随者,曾助巴布越狱,巴被处死后,曾继行其道。
③ 别哈乌拉(阿拉伯语,意为"神辉",是米尔扎·侯赛因·阿里的绰号,1817—1892),巴布的信徒之一,巴布被处死后,他被逐出波斯,流居巴格达、君士坦丁堡等地,后来逐渐背弃了巴布的教义。
④ 《至圣经卷》是别哈乌拉于一八七〇至一八七二年撰写的宗教著作,宣传巴布的教义。

马克叔叔把一只手放在他的肩上。

"老弟,阿拉伯人有一句俗话说:'诚实青年的愚蠢比凶恶老年的行为更有教益。'"

说完,他一面从箱内挑选出内衣、书籍和几卷纸,一面仔细地盘问马克西姆的为人。

"他对待我好像对待小孩子一样,"科热米亚金想,并没有含一点恼意。

这人对待什么人都一样:显然他所说的都是他想说的话,凡是他所说的话都是可信服的,话中可以感觉出他对人的有威权的、指导性的但又是善良温和的态度。

第一天里他同马克西姆开了两三次玩笑,到了晚上他蹲在厨房里马克西姆的箱子前面,查看着书籍,边看边把书胡乱地扔在地板上,嘴里念念叨叨:

"这本书没有价值,这本也是,这本也是……"

红发青年站在他的身后,倒背着手,撇着嘴唇。

"您自己谈过吗?"少年终于生气地问。

马克叔叔用手把扔在地上的书往他身边推了推,提议道:

"你可以随便拿一本,问我里面讲的是什么!"

"我不高兴!"马克西姆说,叹了一口气。

"啊,胆小啦!"

"一点也不!"

"你尽管说吧!我可以给你几本比你的书好些的。"

马克西姆也蹲下了,不太相信地问:

"您能给我吗?"

"我可以给!"

"您的书是讲什么的?"

"讲什么的都有。讲人生,讲人民。"

"关于人民,我不用看书也知道,"青年说,又叹了一口气。

马克叔叔喉咙里咯地响了一声,坐在地板上,双手抱住膝盖。

"你知道吗?"

"当然知道。这有什么了不起的!"

"那么老弟,你对我讲一讲人民的事情,费心啦!"老人请求着,好像很郑重似的,但是沙基尔快乐地笑了,科热米亚金也觉得好笑。

"笑是容易的!"马克西姆说,站起身来,恼怒地皱紧眉头。他抓起帽子,往头上一扣,走到外间去,喃喃地说:"因为笑并不需要脑筋。"

"嘿!嘿!"老人喊,眼睛闪着快乐的光辉。

"应该给他一个耳光,"沙基尔建议,恼怒地挥了挥手。

"何必呢?我们可以把他们的脑子拍醒……"

马克叔叔从地板上一跃而起,伸个懒腰,说道:

"喝点茶,好不好?"

"主啊,愿你和你的信徒们安慰他的光明的灵魂,"科热米亚金在心里说,画着十字,拿起本子,又去专心地读自己的笔记了。

马克叔叔对谁都是那样平易,仿佛是老相识似的,并且总是直视着人的眼睛,好像在用眼神说:

"你不要拘束,老兄,我见过的人比你坏得多,你就直说吧!"

因此大家同他讲话毫无顾虑,尤其是马克西姆。

"我觉得人是可疑的,"他说,"任何人都不真诚,他们的善良是骗人的,我不需要他们。"

马克叔叔笑了:

"真是不需要吗?你等一等再学鸡叫,小鸡,你等一等!"

马克西姆生着气,可是他的阴沉劲儿仿佛褪了色,他不夸耀他的粗鲁无礼了。

"用威武强大的手拿起上帝的法律吧,抛弃愚昧无知者的法律。"①

"世界上的一切很快即将消失,留下的仅仅是善事。"②

马克西姆也加入了谈话,他热烈地断言,俄国的传道士比鞑靼人聪明,

---

① ② 引自《至圣经卷》。

但是马克叔叔立刻给他泼了瓢冷水,问道:

"你上次不是说你不相信鬼吗?"

"我就是不相信。"

"对。但是我们最尊敬的作家谢拉菲姆·斯维亚托戈列茨①说:'如果不信魔鬼的存在,那就得把一切圣经和教会本身推翻。为此,在大斋节的第一个星期,这类自由思想者就应受到革出教门的处分。'你现在觉得怎么样,异教徒?"

小伙子如坐针毡,阴郁地说:

"只有一个这样的人……"

马克叔叔答应给他提出十个这类人,但是小伙子恳求道:

"您把谢拉菲姆的那本书给我吧。"

老人笑了。

"你不相信我吗?"

马克西姆生气了。

"不是不相信你,而是不相信他。"

这一次他也没有跑开。但是沙基尔,这个白头发的恶鬼,像过节似的快乐,满脸露出笑容,那样和蔼地看着老人,对叶夫根尼娅·彼得罗芙娜都没有这样看过。具有健全头脑和善良心地的人真是伟大而美丽的奇观,完全可以不加虚饰地说:这种人极像春天的太阳。

日子不知不觉很快地过去了,每天都留下有关自己的美好的纪念,这是以前所没有的。

警察局里的书记官跑来,秘密地叫我出去,责备我又把有嫌疑的人放进自己家里。

"不管是谁家,他总该有个人家住呀!"我说。

他向我探听,老人说了些什么话,做了些什么事。我叫他放心,给了他三个卢布,甚至把他送出门。我真想劝劝他:朋友,你们还不如在赶集的日子里多注意一下自己,永远注意自己。你们监视一个心地纯洁的人,而自己

---

① 修士谢尔盖的笔名(世俗名 C·A·维斯宁,1814—1853),著有《与友人通信集》等论述宗教问题的书。

的鼻子却总是插在粪堆里,弄得稀脏,——这算是什么官长!

我将不对马克叔叔提起这件事,我为本城感觉惭愧。好容易来了一个心地纯洁的人,他们就不舒服了。

我昨天听见他在工场里向工人们问到歌曲和谚语的事,后来在屋里喝茶时他对我讲:

"谚语是很有价值的东西,人民的思想像奶油似的浓浓地搅和在里面。比如说:'民众一争吵——大官就吃得饱,老百姓一安生,大官就肚子空。'还有一个谚语:'城市不在城墙里,倒在智慧多的地方。'这些谚语还是在人民能正确理解智慧的价值和力量的时候编成的。在另一个时代来到的时候,他们说的是:'智慧不能添力量,卢布和大棒才有用场,''好不过本乡本土,别把胡子往城里揣,'——你们要注意:这些谚语仿佛是两个民族编的,一种谚语勇敢而且聪明,另一种却有点狡猾,但似乎受着压迫,还稍为带点奉承谄媚的口气。

"他显然知道成百条的谚语。应该注意人们说的每一句话,那么你就会什么都懂了,可我却张着嘴,往人们的脑袋后面看,糊里糊涂地过日子竟活到在葬后宴上当傻瓜的地步:人家对我说,——'死人生前很好,'我却回答说:'薄饼煎得不错!'"

他和叶夫根尼娅一样,也被流放到西伯利亚去过。流放前,在神学校充任学监。为了一些禁书吃了苦头。他的生活经历复杂,难以弄清他坐过多少次监狱,又不便问他。他自己不爱讲自己的事情,即便是说出来,也露出一种不乐意和嘲讽的神气。我不喜欢这种嘲讽,它使人心里感到烦闷。他大概是因为过去总是坐着,所以现在非常爱动,在椅子上坐不上五分钟。这人有很多有趣的地方,比如常把胡须拢在一起,用它掩住嘴,然后把烟喷到稠密的白胡子里,胡须冒着烟,他再用鼻子往里吸,——样子很得意。此外,他搔他的秃头时总搔左耳上面那块地方,而且总是用右手的小指,隔着头伸过去搔。他还喜欢不时地提提裤子,就像玩入了迷的男孩子。

他什么全都知道:马有了病,他给治,四个昼夜就把它治好了。我看见那匹娇宠的、名唤灰鼠的马用善良的眼睛斜看着他,用嘴唇往他的耳朵上凑,我心里感动得很。但是他却唠叨:

"你别撒娇,你这光毛的!你哪里是马,你简直是只猫!"说着冲着它伸了伸舌头。这人真怪。那匹马受到抚爱,把牙齿露出来,戏耍着。

看着好人心里真是愉快。连牲畜都了解好人,都觉得好人可爱,可在我们这里却把他流放到西伯利亚,让他进监狱。该怎样理解呢?好像有人把人们抛来抛去,像一个醉酒的乞丐抛掷人家偶然施舍给他的金子,他抛来抛去,就因为他不了解这种他从未见过的施舍所具有的价值。

马克今天讲到了外国人怎样写古代的俄罗斯民族:有一个希腊王说,"斯拉夫民族非常尊重自己的名誉与自由,无论用什么方式都劝服不了他们。"阿拉伯人写的也是夸赞之词,挪威人和其他民族都说它是聪明、勤劳和勇敢的民族,但是后来这种说法统统都没了,仿佛出现了另一个截然不同的民族。德王腓特烈说,"这个民族愚蠢、酗酒、多疑,而且不幸。"一个外国使节在写回国的信上说:"这个民族习惯于过不自由的生活,习惯于卑下地、非人道地服从对他们行恶最多的人们。"另一个使臣记载道:"俄罗斯民族没有自尊心。"第三个说:"统治当局对这个民族尽可为所欲为,他们什么也不懂,对什么都不感兴趣,他们醉死梦死,嗜酒贪杯,又很懒惰。"

这类在古代赞扬俄罗斯民族的词句,一共有十七句,下面则是羞辱的评语,一共有二十二句,我怀着忧愁和耻辱写在单独的一张纸上,为了什么我不知道。我觉得奇怪的是,有几个俄国人也赞成咒骂者的意见,如季乌诺夫,独眼阿列克谢,还有马克西姆。马克叔叔对马克西姆的感情很好,简直像慈父对待儿子一般,不过,这是不是在石头上播种呢?

这次谈话以后,我和马克叔叔喝了葡萄酒和家酿的啤酒,两人都喝醉了,他用低音唱古代的歌,结果唱的又仿佛是两个民族编的:一个是快乐而自由的民族,另一个是垂头丧气、郁郁寡欢的民族。他连唱带哭,我也哭了。我哭得很厉害,一点也不害羞。

马克西姆日夜读着马克的书,甚至消瘦下来,开始对工作不太上心了。昨天忘记关烟囱,夜里我和马克冷得发抖。当然啦,随他去吧,只要他的学习有助于掌握真理。我是没有力量读书了,我在听,总是在听,我的心胸在扩大,可是不能将提供给心灵的一切全都容纳下去。马特维,你接近真理显然太迟了。

"问题在于,"他今天在一小时以前说,"问题在于,世界上活着许许多多受尽磨难的、不幸的、同时又是愚蠢恶劣的人。他们人数太多,所以无论他们怎样卖弄聪明、撒谎和弄虚作假,谁也为自己安排不了好日子。在苦闷和恶劣的痛苦的紧紧包围下,就只能过那种夹带着龌龊的虚伪的小偷生活或龇牙露齿、向四面窥望的野兽生活。我们的时日并非用于以善、美和理智来热心教育自己,而只是对不幸和饥饿的人们作自我防御,须要时时严格地监督他们,虚伪地劝导他们:安于你们的污秽而贫穷的地位吧,这对你们是不可避免的。但是他们不再相信我们,问道:为什么你们自己能够避免我们这样的命运?我们会说,啊,这有什么关系?世界上的人都是要死的,天国不在此地。但是他们仍旧不相信,最初暗暗地不相信,而后就明显地不相信了,到那时,对大家都很糟糕的黑暗日子便会来临。"

他的这些话使我看清了整个生活。它的直率使我惊愕。我这烦闷的心扉被打开了,我开始对他讲自己的事情。我说:

"你瞧,我快四十岁了,但是没有看见过任何一个享到幸福的人。以前我时常责备人们,但是现在,年纪快老的时候,我开始可怜所有的人了。"

他对我挤挤眼,提示说:

"所以可怜好人,是因为他过得不好,所以可怜坏人,是因为他们坏,是不是?"

他非常善于适时地提示一句。

"不过,怜悯是一种很虚伪的情感,"他说。"人有了怜悯之心,就会觉得自己已经做了一切可以做,而且应该做的事情,是的,怜悯之后便心安理得了,但是周围的一切却依然如故,依旧是老样子,纹丝不动。怜悯是一种坟墓里的感情,它对死人有用,对活人是侮辱和有害的。"

所有这些日子里,从清早到深夜,在我的平静的家里,他的低音一直不停地响着,他的秃头闪闪发光,云彩般的、香喷喷的烟雾飘浮着,融化着,鲜明、新颖的语句,闪着光从老人嘴里涌出来。

我深深受到感动;躺下睡觉时,我感谢上帝,因为他所创造的人太好了。

"马克西姆,那个红毛鬼,闯下了乱子,非让他坐监牢不可:他把马克叔叔的书借给了酒店老板的儿子瓦夏·萨韦利耶夫,老头叶菲姆发现了那本书,把它扔到火炉里烧了,还把瓦夏狠狠地打了一顿,打得那小子躺下起不来了。昨天马克西姆到酒店去,又把叶菲姆揍了一顿,极其羞辱地揪住他的头发和耳朵。这小伙子真是特别,连打架都不合规矩,——难道可以揪住一个上年纪的人的耳朵吗?推一下,打一下还可以,即便是这样,从旁看来也是够可耻的!他似乎什么都不照别人的样式去做,总带着讨厌的虚张声势的神色。叶菲姆来了,他的耳朵用布包扎着,警察也来了,喧嚷和辱骂起来了。叶菲姆身子发抖,恶狠狠地喊道:

"你们这些巫师!虚无党!……"

马克西姆由于愤恨或者由于恐惧,脸色变得铁青,一言不发。

我说:"伙计,我要开除你。"

他沉默着,像啃了一嘴泥似的。

沙基尔也不知为什么,像筋斗鸽似的转来转去;他全身是灰色的,眼睛燃烧着,对叶菲姆喊道:

"怎么能烧书呢?书是神圣的,书是从上帝那里来的。你怎么能把它烧掉?为了这就该审判你。"

这显然使叶菲姆窘住了,态度变得柔和一些。鞑靼人由于为人正直,在镇子里极受人尊敬,为人称奇。但是,一切都记录下来了,马克西姆被带到警察局去,要盘问他什么。他的神色比烟灰和焦油还显得阴沉。将来他免不掉要被传到法官那里去。

马克叔叔详细对他讲不能打人和不应该打人的理由,还说打人只会给人苦头吃,而不能给人教育。起初青年人听着,眼睛像狗豆子似的紧紧盯住叔叔的脸,后来脸红了,眼睛变得像铜器上的珐琅一样。他喃喃地说:

"他是野兽,我永远要打这种人。"

他没有力量争论的时候,总是一走了之,仰起红发的头颅,恶狠狠地咬紧牙根,他现在也这样做了。

马克叔叔朝他背后喷了一股烟,摇着头说:

"一个强梁的小伙子!人们跟他在一起会觉得受不了的……"

马克叔叔讲了好半天,说俄罗斯人在使用权力方面不知轻重,如果把权力给予受苦的人,他自己立刻就会开始折磨一切的人,在人们的眼前成为恶棍。他讲起伊凡雷帝、阿瓦库姆司祭长、阿拉克切耶夫和其他一些施行虐政的人。一面哭泣、流眼泪,一面还要折磨人。

"折磨人的原因,"他说,"也许是为了急于求善,哭泣的原因乃是为了不知道善是什么样,不知道怎样去行善。"

他的这个习惯很好,——在任何情况之下他都能指出,恶的后面会隐藏着善的因素,人类的顽固愚蠢永远是一切事物的阻碍。

他对阿凡库姆的事讲得特别多,口气很亲切,但是我不喜欢这个司祭长,因为他在人们面前是个伟大的狂热的信徒,在上帝面前却是个自私自利,自我夸耀人,一切恶事的创始者。他说:"上帝将天地和一切生物全集于我一身。"你瞧,他多么好虚荣呀!

我把这话讲给马克叔叔听,他注意地瞧着我的眼睛,仿佛表示同意说:

"这里面含有一部分真理,"他说,"这个暴躁的司祭长促使我们受到灾害。由于他的野蛮和错误,人们受侮辱,被赶到黑暗的角落,他们怀着这种耻辱,在那里坐了三百来年,除了耻辱以外,什么也不相信,看不出其他任何东西的价值。"

叶夫根尼娅的言论比起他的言论来,简直就等于小孩话。他凭着自己的智慧摸到了人的内心深处。显然由于这一点,当他说着严厉的话时,他的目光显得那样慈祥、忧郁与和蔼。我觉得奇怪,他并不上神甫家里去,神甫也只到他那里来过两次;两次都是礼拜六晚祷以后,他们几乎坐到天明,谈论理性、灵魂和上帝。我觉得神甫抱怨上帝,惧怕他,但马克叔叔说得毫不令人惧怕,并且带有教育意义。

他说:"你把上帝当作一种在没有成熟的人身上还未完全体现出来的世界理性,那么,一切就会显得更加庄严和简单了。"

神甫的话咬文嚼字,我听不懂:他转来转去,头发蓬散,眼睛红肿,比比画画,像要推开什么,又像要把什么东西召唤到自己身边来。叔叔望着他,显然很难过。他皱紧眉头,话说得很少、很轻、但十分严肃。

"你不要故弄玄虚,"他说,"你要想得朴实些。"

他们辩论是艰巨的,但是叔叔显然战胜了神甫;神甫发着火,蹦跳几下,就沉思起来了。有一次,他跳起来,抓住叔叔的肩膀,对他喊道:

"你真可爱,真聪明,又宽宏大量。"

叔叔止住他:

"你先不要夸我。你记得西涅齐大主教①在谈到称赞时是这样说的:'称赞固可使人着迷,但也足以害人;它正如混着蜜糖的毒酒,是为被判处死

---

① 西涅齐(379—412),大主教,新柏拉图主义哲学家,演说家,诗人。

刑的人准备的。"

我很喜欢这句话,不过没有听懂他那关于饮酒的话。他对我讲到哲学家苏格拉底,说他由于否认上帝,被人们毒死了。应该知道一切事情,过去的一切都是很有趣、很有教育意义的,惟有我像只田鼠,过着怕见阳光的日子。

神甫太太两次跟着神甫跑来,坐在角落里,像一个卫士一样。她把双手交叉在扁平的胸脯前,一言不发。她有时站起来,小心谨慎地走到窗户前面,眯缝着眼睛,望着暗处。叔叔看着她直笑,有一次说:"你不要害怕,什么人也没有。"

她转身向他,回答道:

"你笑得真没来由。"

我对这一切感到莫名其妙,但又不敢去问。

司库员太太马图什金娜死了,今天下葬,几乎全城的人都来送殡。瞧着这情形真觉得奇怪:她平素不大活动,但原来大家全认识她。他们在走向公墓的途中,讲了许多表示惋惜和称赞她的话。司库员在棺材后面走着;他弓着背,拖曳着两脚,垂着头,好像甘愿俯首就戮似的,脸色发红,眼睛浮肿,完全像一只野猪。柳芭穿一件旧灰鼠皮大衣,戴一顶海狸皮的帽子,真是个可怜的孤女,令人不忍去看她!她并不哭泣,只是噘着嘴唇,脸庞像白纸一样。我离开公墓时向她问候,她仿佛很高兴,但是她父亲拉住她的手,对我发出嘶哑的声音:

"你是谁?"

我说:"我是科热米亚金,我们时常在财务局里见面,我和尊夫人和令媛也都认识。"

"他们毁了我的女孩,"他声音嘶哑地说着把她拖起就走,两脚啪嚓啪嚓地踩着泥塘。那女孩跟在他后面高高地抬着两条小腿,一摇一晃,就像暴风吹打下的树干旁边的小枝,看着真可怜。她今后怎么办呢?

我们这里的人们爱送殡:有一个稍为重要点的人物死了,全城的人就都拥到街上去,好像佳节业已来临,或是白看什么戏,大家都在棺材后面走着,甚至露出愉快的表情。大概因为生活烦闷,所以对于出殡也很有兴趣。

"三月来到了,昨天是阿列克谢先知节,山上应该流下水来,但还冻着冰,虽然天空像春天一样的明朗。今天我同马克在小城周围游玩,一路上他都在讲艰难、悲惨的古俄罗斯。他爱人民,会劝导人家关注人民,并且使人民爱自己。在短短的时间里,他使马克西姆完全变了样;这小伙子显得温柔、和蔼,一直面带笑容,好像在他面前站着心爱的姑娘似的。不过他得了一个健忘的毛病;一会儿忘了这个,一会儿又记不起那个来了。这是由于读书的缘故,他就像马驹儿嚼着春天的青草一样啃着书本。

马克叔叔待他显然比待我好,更乐意、更经常同他说话。我怕这小伙子会骄傲起来。

马克叔叔昨天很高兴地对他说:

"我们的肉体固然受人摧残,但是灵魂还很结实,还没有生活过,它一直躲藏在树林中、修道院里、黑暗之间、酗酒、放荡和流浪中,以及在它自身之中。在精神方面,我们大家还不过是少年,我们的生活还在将来,还是无穷无尽的。不要惧怕,孩子们,尽管爬出去吧!俄罗斯会站起来的,不过对这个必须具有信心,一切善良的东西都是用信仰建立起来的,我们若相信,我们就会做到一切。"

我这样想他:此人想必知道某种伟大的幸福,曾在伟大、非凡的快乐中生活过,在烈火中燃烧过,所以内心里亮堂堂的,迄今他并未将内心的火焰熄灭,而且似在用这灵魂之火照耀世界,而且终生,直到最后的一小时为止,也不会熄灭它。

他昨天对马克西姆说得很好:

"老弟,我们不应该怒目相向,而应该紧拉着手,怀着整个心灵的信仰,齐心协力从事安静的工作,谋求我们世界上的福利。我们应该学会爱我们的不幸的俄罗斯,是时候了!"

这几句聪明话令人听起来感到十分愉快。大家的确都在吵架,每个人都在竭力侵害别人,以巩固自身,因此到处都是仇恨与涣散的状态。有时夜里我躺在床上思量,想着想着突然心潮澎湃,真想跑到人们面前,喊道:

"弟兄们!可怜可怜俄罗斯吧!可怜这古旧的,建筑在鲜血和白骨上面的事业吧!"

瓦夏·萨韦利耶夫失踪了,大家寻找了三天三夜,哪里都没找到。叶菲

姆简直连泥土都掘开了,还跑到我家里来,嘴唇上全是泡沫,哆嗦着,喊道:

"就是你们这些巫师把他的脑筋搅乱了的。马克西姆,你应该全都知道,你说呀!"

他把帽子朝地上一摔。

马克西姆脸色发黑,像狼似的望着叶菲姆,沉默着。在失踪的前一天晚上,瓦夏到我不认识的女裁缝戈留申娜家里去过。叶菲姆跑到她那里,大骂了她一顿,还推搡她。人家说他这样做太无聊。马克西姆认识她,这女人年纪虽轻,但举止行动非常规矩,她不许人家对她转坏念头,虽然她接待瓦夏和马克西姆。但是神甫太太也常到她家里去玩,神甫太太是不会到放荡女子家里去的。

马克·瓦西里奇第二天显得有点忧愁,在室内走来走去,不断地吸烟,吹口哨。他的眼睛陷下去了,闪耀得很不自然。他的听觉也不好,一直反复询问。他说他耳鸣。屋里郁闷得像秋天一样。天空是蔚蓝的,太阳是温柔的,但还很冷。春天来得很迟。

马克·瓦西里奇走到我面前,笑着问道:

"什么时候你感到更烦闷,是秋天还是春天呢?"

"冬天,"我说。

"我可是春天。只要天空晴朗,我就想跑到什么地方去,摆脱这个环境,就此离开。越过城市,乡村,一直往前走,走到大地的远方,直到天涯海角!"

我看着他,不知道怎样回答好。幸而他不能离开这里,根据某种法律,他应该在我们这里住满两年。

忽然太阳显得温暖起来,大地在两天内融化得像一星期那样多,今天夜里,普塔尼察河里的冰化了。瓦夏在桥下洗衣场被发现了。他被打得很厉害,但究竟是自己投河,还是人家推他下去的,眼下还没有调查出来。警察怀疑是叶菲姆干的,审问他,但是他被忧伤压倒了,虽然说话,从他口里却得不到一点正确的消息。马克西姆倒背着手,沉默着,好像睡熟了似的。他的眼睛是蒙眬的,牙齿咬得紧紧的。

马克·瓦西里奇昨天中午到神甫家里去了,是在那里过的夜,今天大概也要住在那里,快十点钟了,他还没有回来。

我在瓦夏殡葬时看见了那个戈留申娜。她和柳芭·马图什金娜携手同行。这个女人长得平淡无奇,只是打扮得似乎特别的好看,自然而且灵巧。

神甫叫我到他家里去。她和柳芭也去了。我们坐在那里喝茶。马克叔叔说最好在城内组织一个剧团。后来神甫太太弹小风琴,弹得很好。柳芭突然哭起来了,她们大家都到另一间屋内去。戈留申娜和神甫太太很亲热,互相称"你",而神甫称她杜尼娅,大概她是他们的亲戚。神甫和叔叔留在一起的时候,立刻开始谈论上帝;他皱紧眉毛,挺直身子,一只手往上举起,站在屋子中央,甩着浓密的头发。叔叔简单地、不客气地回答他。

"你给上帝添上欲望和行为,"神甫喊道,"是将自己的性格,人类的性格赋予他,破坏了他的单一性。"

"这是老调!"叔叔唠叨说。

"容我说一句。如果上帝是一切,他还能有什么欲望?如果在他以外什么都没有,他又怎能做出什么行为来?他的行为将用到什么上面呢?"

"萨沙,这是东方人的言论,你不要说了吧!这已经是滥调了。"叔叔不乐意地说。

"但是,假使我没有听到过,怎么办呢?假使这对于我是一个痛苦的谜,怎么办呢?"

"你净胡说!"叔叔说着,提议和我一同回家去。神甫跳到角落里,在沙发上蜷缩成一团,显然生了气,默默地把手伸给我,对叔叔连头也没有点一下。

路上我问沉闷的马克·瓦西里耶夫究竟是怎么回事,他极高兴地对我解释说:

"你知道原来是这样:这人并没有明确和坚定的信仰,他想加以虚构,但是没有的东西是虚构不出来的。"

后来,到了大门口,他又补充了一句:

"总是这一套,到处都是一样,——我们总是倾向于东方,倾向于安宁,为无为而辩解。因此行动更是必须的。"

他回家以后讲:神甫有一次对自己的师傅忏悔,说他怀有不信上帝的意念,师傅把这话报告给大主教。这神甫以前就已被发觉怀有自由的思想,因此受过一顿申斥之后,就被遣送到我们这里来了。从那时起,神甫太太一直为丈夫担惊受怕,生怕人家把他送到修道院里去。就为这个原因,她一直劝阻他,萨沙呀、萨沙呀地唤他。

　　他似乎很沉闷地讲述这一切,这事本来也是够沉闷的。一个人感到绝望,作着忏悔,另一个人听着,就去告密,于是就把他施舍给奥库罗夫镇了:喏,拿去吧,这是我们不需要的东西……

　　瓦夏葬后过了几天,马克叔叔和科热米亚金坐在大门外的板凳上面,瞭望清澈无云的蔚蓝天空,教堂钟楼的金十字架闪着耀眼的光辉。
　　"这是怎么回事?"马克叔叔沉思地问。"你们这里有河,但是为什么没有鱼?"
　　"就是没有嘛!"科热米亚金回答,和气地微笑着。
　　"现在我来了!"突然旁边发出一个声音,像告罪一般。
　　"那好极了!"马克叔叔说。"唔,请坐,和我们坐在一起!"
　　科热米亚金欠起身,默默地同来者握手,又坐下了,并把他那曾触到女人的纤手的手指紧紧握成了拳头。
　　"这么说,您不打算去控告那个欺侮你的人了?"马克叔叔问她,全身被烟雾笼罩着。
　　"随他去吧!"女人说,好像恳求似的。"他已经够惨了。"
　　"当然啦,您的心肠是够慈善的。"
　　"再说现在又是大斋期。"
　　"是吗?那么在开斋的时候,您就不会让人家白白打您喽?"
　　"反正是那么回事!"女人回答说,她从外袄袖内取出手帕,擦了擦嘴,像年轻的小市民妇女在做午祷时准备吻十字架以前做出的那个样子。然后叹了口气说:"就是打官司,也不能把瓦夏救活呀!……"
　　"多么平凡的女人,"科热米亚金想,斜眼谨慎地打量着她。
　　她穿着深色的衣裳,蒙着头巾,圆圆的、小小的,样子颇像个修女,不能说她美或不美。她的眼睛被睫毛遮住,好像瞎了似的。她身上没有一点可以立刻引人注目,使人猜出她的生活和性格,想到她需要什么,往哪里去,能不能相信她的东西。
　　马克西姆的红发脑袋从侧门里伸出来,蔚蓝的眼睛闪一下光,随后又消失了,他立刻走到人行道上,傲然地昂起脑袋,微笑着,高高地扬起深黑的眉毛。

戈留申娜站起来,伸出手,轻声说:

"您好,马克西姆·斯捷潘内奇!"

小伙子默默地握了手,钻到侧门里去不见了。她又用手帕擦嘴,慢吞吞地坐到木凳上面。

"他们显然已经对上眼了!"科热米亚金冷淡地想。"春天来了,当然啦。"于是他很不客气地提议说:

"咱们到屋里去吧?"

"不,我们在这里坐一会儿,"马克叔叔说,用手掌拍了一下自己的膝盖。

科热米亚金站起身来,不大乐意似的,打了个哈欠,朝着街道和已经开始发红的天空,以及城外的黑色丘陵望了一眼,快快不乐地走了。

后来,他在衡量自己的可耻行为的严重性的时候,断定就是从那天晚上起,开始了他那莫名其妙的败行,迷失了自以为已坚定不移地选择好了的道路。

过后不久,便常有客人到马克叔叔这里来,他们是:平凡的戈留申娜,被驱逐出某地教堂的读经员的儿子,驼背的谢尼亚·科马罗夫斯基;后来,鬈发的、满脸粉刺的茨韦塔耶夫,在地方自治局供过职的、秃头大鼻子、衣服破旧的助医罗加乔夫,以及教堂副神甫的侄女卡皮托利纳·加拉茨卡娅(她身体肥胖,脸色红红的,喜欢吵嚷,脾气很暴躁)也都参加了进来。每逢星期六晚祷的时候,他们准时聚集在马克叔叔的屋里。天气暖和一点,他们便聚在花园内澡堂旁边的桦树下。神甫太太有时也来,坐在角落里,透过眼镜默默地望着大家,总是在那里编织或是刺绣什么手工。马克西姆也傲然地待在一旁,一会儿用这只手、一会儿用那只手徐徐地抚摩他那红色的鬈发,好像要把马克叔叔说出来的生动而且有分量的话揉进自己脑子里去似的。戴着圆帽的沙基尔在旁边,像块石头似的呆呆站着,倒背着手,轮番地侧耳听取那些新名词,懒洋洋地笑一笑,好像他跑到这里来,是为了匆匆地祷告一下,然后便即刻离开,到某处去办理一桩重要的、不能延搁的事情似的。

科热米亚金前来参加这类谈话的时候,总是不好意思地皱着眉,不发一言。他和人们握了手,然后便走到前面去,和马克叔叔并肩坐在桌旁,努力用威严和潇洒的态度望着大家,但在这些人面前,他感到无法克服的窘困。

他很快便被马克的讲述迷住了,忘却了他们和自己,兴奋地听着,在可笑的时候,他和大家一同笑,在听到苦痛和可怕的事情以后,又阴郁地叹息。在马克神色严峻地讲到人们如何胆小、冷酷、懒惰,如何可耻地随遇而安,以及讲到俄罗斯人的其他许多农奴性格的时候,他便又像做错了事似的垂下头。

但是当马克叔叔感到疲倦,结束自己的谈论,所有这些人好像乌鸦围在钟楼周围似的,围绕着他开始喧哗的时候,科热米亚金便回顾起自己的过去来,于是那种越来越明显的自己与这些人不同的感觉,便轻轻地、不可遏止地闯进了他的心里。

他从自己的座位上看着大家,大家都比他年轻,他觉得他们是古怪的、有点好笑的。高个子茨韦塔耶夫把尖尖的膝盖挺在前面,耸着鼻子,好像热天的睡鸦,用类似教堂读经员酒后的皲裂低沉的声音,带着意料不到的尖声说道:

"因此在我们面前摆着两个问题,关于个人和社会的问题……"

他说得很多,很有信心,但很难懂,他不时地闭闭眼睛,用指头在空中划出一些记号,然后又把手指放在鼻梁上面,沉思了起来。

"您说完了吗?"马克叔叔问。

"等一等,还有一个问题……"

大家又看着他那生满粉刺的脸,马克叔叔用手指敲着桌子,不耐烦地耸动浓眉。

茨韦塔耶夫讲过之后,总是加拉茨卡娅发言。她的言论老是从一句响亮的呼喊开始：

"事情完全不在于辩论局部的问题！"

她的脸更加红了，嘴很快地一张一合，吐出一些联系模糊、个别地方听起来生硬得恼人的词句。科热米亚金不安地环视一下四周，看着神甫太太，她越来越低、越来越冷淡地把头俯到自己的活计上，——这个灰色的、平滑的头颅好像充满了严厉、正确，但十分谨慎的思想，她使他稍为感到一些安慰。

加拉茨卡娅说完以后，茨韦塔耶夫和罗加乔夫开始抢着和她争辩，第一个人恼怒地尖叫着，第二个人用有力的、和善的低音说着，把"O"音发得很重：

"这不是实质问题！"

他很像一个用了很久的大乐器，宽阔而且结实，脸好像是磨平了的，一双小眼睛业已褪了色，脑袋的样子也有些破旧。他像松了螺旋似的、不稳定地移动着，他的胸内咝咝地响着，不时地要大咳一阵。

谢尼亚·科马罗夫斯基沉默寡言。他把头缩在肩内，把手塞在裤袋里面，坐在那里，总是把短小的腿伸到前面，用圆圆的一眨不眨的眼睛望着大家，时时慢吞吞地咧开薄嘴唇笑一笑，——科热米亚金对这笑感到很不愉快，他竭力不看驼子，但是又不由自主地去看他，对他感到越来越多、越来越急切的好奇心。

戈留申娜听着这些发言和争论，张开圆得像鱼一般的嘴，时时眨着空虚的、带点淡淡颜色的眼睛，还不断叹气，好像要把话深深吸进自己的肚里似的。

马克西姆皱着眉头，脸上显出一块块颜色鲜明的斑点；他抚摩着头发，抬手的样子好像在不慌不忙，小心谨慎地登上一架看不见的楼梯似的，他那蔚蓝的、深邃的目光偶尔落到戈留申娜身上，便变得又潮润又暗淡，鼻孔翕动着。科热米亚金看到这层，反感地想道：

"简直像一匹马！人家准许他接触理性，可他却在想他自己的那一套。"

科马罗夫斯基的深黑眼睛也时常像瞎子似的停留在这女人的脸上和身上,在这几秒钟内,眼睛好像很大,眼白仿佛没有了。

"一副猫头鹰的脸,"科热米亚金想。

大家无拘无束地谈着,差不多每一段话必定会引起几十种反驳。起初,这使科热米亚金感到惊异:

"人们的脑筋里有多少思想呀!"他几乎是喜不自胜地想。这许多简单明了,能使错综复杂的人生问题迎刃而解的思想,使他的心灵大为振作,使他对人们,对他们的理性力量产生了信赖,并对他们的善良意图肃然起敬。他愉快地意识到如此重要的人物会在他所住的城内出现,所有这些勇敢的话会在他科热米亚金的家内说出来。尖锐的话不再使人惧怕,只有当加拉茨卡娅张开大嘴的时候,他才胆怯地俯下头,努力不去看她,总是暗中期望有什么人赶快打断她那滔滔不绝的话语。

他在自己的本子上作了如下的记载:

从外貌上看来,卡皮托利娜是个和气的,甚至似乎有些傻头傻脑的女人,但是她说起话来,比谁都桀骜不驯,并且不禁使人以为人生的动力就是不幸与怨恨。她带着兴高采烈的样子谈论今年将要发生的饥荒。依他看,人的境况越坏,于自己越有益。假如说只有痛苦方能唤醒心灵这句话是真实的,那么这是残酷的真实,它听来令人不快,也难于接受,自然有许多人根本不会接受它。与其苦恼终日,还不如睡觉的好,因为梦与现实的归宿都是死亡,驼子科马罗夫斯基所说的这句话很对。

此外,卡皮托利娜还是一个不懂礼貌的姑娘;她不常唤我的名字,总是叫商人和老板。我本想还她几句难听的话,比如说,称她为"傻瓜",但是我看见她对大家都喜欢顶撞,一概不讲礼貌,所以也就算了。看得出她很爱烟色的猫,只要一看见这种猫,就满脸笑容,变得善良些,但对此她似乎又有些难以为情。

很难理解她,怎样也难以将就着同她随便谈谈心,又使她不致发火和喊叫。她穿得虽不寒酸,但是邋里邋遢;上衣的腋下总是渗着许多汗水,衣服上的扣袢不是个个都完整,所有的小破口都透着亮。我有时看着看着她,暗自寻思:谁敢爱这种女人呢? 一定谁也不敢。

当科热米亚金和人们混熟,对他们的思想有所了解的时候,他也很想自由地谈谈辩论中那些显而易见的、他认为不正确的观点。他起初有些胆怯,忸怩,后来便越来越大胆和坚决地参与了辩论。

"让我说一句话好吗?"他请求发言,从椅子上立起来,感到血液从他的脸上猛地倒流了回去,心脏惶遽地跳动着。

他得到马克叔叔允许以后,竭力想把意思表达得别致些,但说的却是千篇一律的话:

"你们瞧,你们大家在这里无疑都是由衷地希望祖国好,但是就为了在完成事业的方法上有些许不同的看法,便彼此争吵起来,甚至到了互相侮辱的地步。我认为这是完全多余的,并且很有碍于听取各种想法,所以我请大家能够和气点,彼此多加体谅。像你们这些难得的人,大家本都是为了一件共同的好事而竭智尽力……可是如果互相侮辱,那多么让人难过啊。"

他有时为自己的言论所感动,在一种对人们的善良情感的冲击下,几乎哭泣出来。这对听者很起作用。他们惭愧地微笑着,亲切地看着他。马克叔叔也赞美地笑了笑,全身都裹着烟雾。

"这话很对!"有人有时快乐地,有时忧郁地轻声说。

"没有人同我争辩!"科热米亚金带着一点骄傲想着,继续说下去:

"现在,第二点是,卡皮托利娜·彼得罗芙娜(还有别的人也都是的,虽然比她少些),她净攻击商人阶级,贵族阶级,和一切有钱的人们,拼命骂他们贪婪自私,这是很好的! 但是,茨韦塔耶夫先生向我们证明,马克·瓦西里耶维奇本人也一向都很正确地向我们指出,人是一个既成的果实,除了他已有的样子,不会成为别的什么东西。因此在责备和惩罚一个人的时候,到底不应该忘却,他只能照自己的命运所决定的那样去生活,应该从根本上对他说明人生的错误,和这种生活的一切不幸,而且应该具有感化力地、热情地来加以证明,也就是说,不要侮辱,要怀着兄弟般的情谊——这对大家都有益处。

他竭力说得和缓些,不含恼怒的样子,但是看得出,加拉茨卡娅在生气,虽然大家又都表示羞愧,不过样子已经不同了,大家的脸显得阴沉而且冷酷,马克·瓦西里耶维奇的脸顿时变得苍老,神秘莫测,他把眼睛躲了起来,烟抽得比往常更多。

大家默默地听他说话,茨韦塔耶夫有时同加拉茨卡娅对看一眼,他冷笑一下,她也不愉快地皱着眉毛,——科热米亚金看到这种情形,慌乱起来,话也错乱了。他说完以后,有一个人又不愉快地说:

"在大体上,这话很对……"

罗加乔夫响应得比别人勤些,柔和些,而且高兴些,但是这一次,除了下面两个字而外,连他也仿佛找不到其他的话了:

"是的。"

科热米亚金很快发现,他的话已不再引起赞扬性的注意,大家开始不加争辩地接受着,越来越不耐烦地期待他赶快说完,而他一说完,大家便对他点点头,匆匆地说道:

"是的,是的,这是对的……"

"自然啦,大致是对的……"

后来,加拉茨卡娅和茨韦塔耶夫甚至开始用提醒式的呼喊打断他的话头:

"我们已经听过这个了!"

马克叔叔不止一次严厉地阻止他们:

"请让他说完呀。"

科热米亚金怀着惊疑和恼怒的心情觉察到:

"他们不来辩论,甚至不来听你的话。他们自己没有节制地说话,但是竟不耐烦听我的……"

最后的情况是这样:马克西姆没有从椅子上站起来,就用不寻常的语气,比往常更加冒昧地反驳他的主人说:

"马特维·萨韦利奇,您显然没有觉察到,您所说的老是那一套,老是为自己的阶级辩护,但是,您要知道,您的阶级并不比大家受苦,而是由于它的意志,使全体人民都受着痛苦。"

他显得庄严而且美丽,嗓音一直提得很高。他的话说得越响,室内显得越静。科热米亚金惭愧地垂着头,皱着眉观察人们的行动,——大家都看着马克西姆,只有驼子的黑眼珠缩得很小,被像戒指般的蔚蓝眼白包围住,停留在科热米亚金的脸上,好像在窥伺他的眼神。还有神甫太太,她停下了手里的活计,把手放在膝上,从眼镜上面望着天花板。

马克西姆说完,理了理头发。

"妙极了,好极了!"加拉茨卡娅喊道,在沙发上扭动着。"喂,老板,您还有什么说的?"

大家又静了下来,只有马克叔叔不满意地发出哼哧声。

科热米亚金立起身来,手支在桌上,按捺不住怒气说道:

"你净瞎扯,马克西姆,叫人听着都不痛快……"

大家交头接耳小声地嗡嗡起来。马克叔叔举起手,亲切但是严厉地说:

"别激动,马特维·萨韦利奇,别激动!"

"我干吗要激动呢?"科热米亚金喊道,感到自己已被这些不赞同的耳语所触怒。"这一切全不对!我的阶级和我有什么关系?我一个人生活,受到别人的疑惑和耻笑,这是大家都知道的。我的意思是说,既然承认人人平等,那么,不管谁做了相同的错事,便应该受到相同的裁判,——我是这样主张的!假使说贼是因为贫穷才偷窃的,那么商人阶级就更加……"

加拉茨卡娅不害羞地大声笑了起来,茨韦塔耶夫也发出哧哧的声音,令人不快的微笑慢慢地从驼子的面颊上移到了耳际。马特维·萨韦利耶夫身上发冷,语无伦次,颓然坐到了椅上,不出声了。

"让我来说!"马克叔叔喊道,立即将吵嚷声压了下去。他很温和地说了半天安慰人的、和解的话。科热米亚金并没有听他的话,他感觉自己受了侮辱,在叔叔的讲话声中郁郁不乐地让了步,心想:

"他们反而认为一个后生小子是对的……"

他在集会上同看院人争论以后,夜里在本子上作了如下的记载:

今天马克西姆太冒失了,当众站起来反对我,长久地和我争论,而大家全赞成他的话。我自然感觉惭愧;在自己家里,跟自己的雇工辩论是不相宜的、有失身份的事。我甚至觉得奇怪,何以领导大家的马克·瓦西里耶维奇竟没有看出这种不相宜的情形,而容许他发言。假如是沙基尔,一个上了年纪、殷实敦厚的人,那还可以说,但他不过是个年轻的小伙子,好比小铃铛一般,无论谁摇它,都会响的。自然,马克·瓦西里耶维奇一向把思想看得比人贵重,但马克西姆的思想是从什么地方产生的呢?大家的思想全是相同的,都只有一个来源,那便是马克·瓦西里耶维奇。他现在很忙,不常在家,夜里在田野外徘徊许多时候,我老是不能和他诚恳地谈一会儿。我又开始感觉自己被人家推到一边,成为别人鼻子上的一个赘疣。

五月不知不觉地过去了。今年的五月炎热而且干燥无雨。花园一片绿色,丁香盛开,柳莺在嫩叶中鸣叫,细腿知更鸟的红膆囊闪着光,充满春天气味的空气使人头晕,甜蜜的慵懒将思想束缚住了。

非常想到城外去,到葱绿的小丘上面,听云雀的歌唱;还想到河边去,到披着盛装的树林里去。人们开始在花园里,在澡堂旁边桦树的浓荫底下,在桌旁茶炊的周围聚会。每逢礼拜天,大家有时远远地走到野外、山谷后面叫作"鼠丘"的高地上去,——从那里眺望全镇,小城仿佛是用柔和的色彩涂在地面上的。有一天,谢马罗夫斯基眺望着高地,冷笑着说:

"这家伙真好看!可是就像那集市上的小偷,外面穿得漂亮,肚子里却净是些坏念头……"

阿夫多季娅·戈留申娜用无神的眼睛瞧瞧他,轻轻的、并无责备之意地说:

"到处都有好人。"

"正像每个小铺子里都卖醋一样,"驼子说,没有看她。她叹口气,对马特维·萨韦利耶夫说：

"我不明白，干吗说到醋……"

她几乎是初次和他说话。科热米亚金忽然高兴起来，笑了。

"谢苗·伊凡诺维奇说话爱打哑谜……"

驼子把瞳孔缩小，严厉地对她说：

"您也没有必要明白，您应该做的就是出嫁。"

"喔唷，您怎么说这种话？"女人喊道，脸色发红，垂下眼皮。

"出嫁，对吧，马特维·萨韦利奇？"驼子问道。

科热米亚金说：

"这要看嫁谁。自然，对于年轻的女人，出嫁是……"

加拉茨卡娅走了过来，摇晃着手帕，听了听，把鼻梁一皱，哼了一声：

"哼，真是俗不可耐！"

接着便热烈地讲起生活要求人自我牺牲等等的话来，但是谢尼亚听了她的话以后，忽然挖苦地问道：

"您以为生活就和要饭的老太婆一样，会糊里糊涂收下一切乱七八糟的东西吗？"

加拉茨卡娅脸上一红，叫嚷起来。马特维·萨韦利耶夫想着这个驼子：

"他为什么总是在阿夫多季娅面前说粗话呢？假使他想转她的念头，用这种方式是不行的呀！"

当下他注意地审视和他并排坐着的戈留申娜的年轻柔韧的身体。

一星期以后，他在园子里听到了轻轻的语声：

"放开，别动手动脚……"

马克西姆回答道：

"反正不都一样吗？"

科热米亚金哆嗦了一下，探身窗外，又听见那个女人不太坚决地劝说道：

345

"我这里还有事情,而且还有那些人……"

"事情归事情,可是心情抑制不住,"看院人清晰、坚定、恼怒地说。

"真是一只公狗!"马特维·萨韦利耶夫暗中呼喊着,他心里并不想叫,却叫了看院人一声,然后立刻离开窗户,在室内踱来踱去,惊惧地想着:

"我这是干什么?这关我什么事呢?"

当马克西姆立在门口的时候,他很窘地问马克西姆:

"茶炊预备好了没有?"

"还没有……"

"为什么?是有人来了吧?"

"阿夫多季娅·加夫里洛芙娜来了。"

科热米亚金打量了看院人一下,发现马克西姆的脸瘦了,变长了,但是显得更加坚定,更加独立不羁。

"他会降服她的!"科热米亚金忧郁地想,身子转向一边,挥了挥手。

"唔,你去吧!"

他站在屋子中间,又恼怒地想:

"他应该和厨娘姘上;厨娘年纪很轻,再说,看院人私通厨娘也是常事。但是,他现在竟这样异想天开!"

他照照镜子,叹了一口气,走到花园里去,心里怀着一种模糊不安、未曾有过的想法。

戈留申娜穿着湖色的上衣和灰色裙子,坐在苹果树下的长椅上面,白色的丝头巾从头顶垂到肩上。在她光亮的头发上和丝绸巾上荡漾着玫瑰色的阳光。她用桦树枝抚弄自己的脸颊,若有所思地望着天空。她的嘴唇翕动着,像在祷告上帝似的。

科热米亚金打过招呼,在她身旁坐了下来,心想:

"她很文静,温顺。她会让步的……"

蜜蜂嗡嗡地作响,这声音注入胸间和脑际,使人沉醉,引起意料不到的思想。

"您是寡妇吗?"他轻声问。

"寡居两年多了。"

"出嫁很久了吗?"

"一年零五个月……"

她不慌不忙地回答,但也不假思索,随问随答,好像她所有的话都经过某种缜密的思想方法滤过一样,变得淡而无味。她好像讲的不是自己的事情,她单调而阴沉地讲到她的父亲是某官厅的门卫。她当时是个十七岁的姑娘,父亲叫她嫁给一个官员,他的一个上司。丈夫婚后不久就开始喝酒,在街上有一只狗扑他,他吃了一惊,当时就呜呼哀哉了。

"他对您亲热吗?"科热米亚金同情地问。

"我不知道,"她轻声回答,但是立刻纠正了自己,嫣然一笑,解释说:"我还没来得及好好看看他呐。他不是喝醉了酒,就是生了病,——他的心和肝都有病,很爱生气,——并不是生我的气,是由于痛苦,可后来,人家突然就把他的尸体抬了回来。"

"这么说,您还没有尝过人生的滋味喽?"

她折断桦树枝,扔出去,恰巧扔在驼子谢尼亚的脚下,谢尼亚刚走到长椅这边来,远远就把油光光皱巴巴的黑帽子脱了下来。

"我以为我来晚了!"他以高昂的、难以取信于人的声音说。他和戈留申娜握过手以后,坐在了她的身旁,科热米亚金觉得他坐得太近了一点。

随后,茨韦塔耶夫和加拉茨卡娅也来了。科热米亚金退到桌子那里,看见了马克西姆:这小伙子坐在澡堂的台阶上,凝望着天空。被菩提树枝包围住的修道院钟楼高高耸起,行猎用的白鸽在钟楼四周盘旋。

"这是无益的!"忽然园内传出驼子的高音。

"让我说!"茨韦塔耶夫鄙夷地喊道。但是,加拉茨卡娅像母鸡似的咯咯地叫着：

"谁？谁？"

又是驼子的声音：

"让大家在旷野里漂流四十年！① 就让咱们死在那里好了，只要能给世界培养出坚强的人……"

科热米亚金冷冷一笑，对马克西姆说：

"驼子总是这样，——沉默着，沉默着，然后就胡说八道起来。"

但是，使他惊异地是马克西姆的回答：

"他是聪明的。"

科马罗夫斯基的高音越来越高：

"老实的姑娘，不要听他们的话！独自走谦逊的道路，将幸福送给值得享受这幸福的人，因为你们是上帝创造的……"

"是上帝创造的！"加拉茨卡娅尖声喊叫。

"为了将幸福给予某人，你们生来就是为了做母亲……"

"瞧见没有？"马克西姆问，站起身来，苍白的脸上带着冷笑。

"他是狡猾的……"

"叫他们！"科热米亚金说。但是马克西姆动也不动，倒背着手喊道：

"喝茶啦！……"

"显然是在吃醋呢！"主人不无快意地叹了一口气，突然有些惆怅。

兴冲冲的人们走到桌旁，驼子走在最后，奸险地微笑着，擦着满是疙瘩的额角。戈留申娜脸上红红的，一副很难为情的样子，坐在他身边。科热米亚金觉得她像一个被迫出嫁的新娘。大家热烈辩论起来。科马罗夫斯基像狼似的全身时而向左、时而向右地转动着，东咬一口，西咬一口；加拉茨卡娅和茨韦塔耶夫愤愤地抢着攻击他。马克西姆立在旁边，朝地上看着。科热米亚金想要了解这个特别爱说话的驼子的

---

① 据《旧约·民数记》第十四章记载，耶稣为了惩罚抱怨他的人，就让他们在旷野里流浪四十年，并死在那里。

恶言恶语，但是由于他一个劲地想着戈留申娜和马克西姆的事情，所以有些心不在焉。

"她很文静、温顺，"他这样自言自语重复了十来遍。

他吃惊地听到一句驼子的刻薄话：

"你们打着转，就像刮风天十字街头的垃圾，转得你们发昏，而我却在一边看到……"

加拉茨卡娅激动得流汗，用手掌敲着桌子；茨韦塔耶夫，脸色通红，鼓起双颊，阴郁地沉默着；罗加乔夫咳嗽着，不住地吐痰，把"O"音发得很重，作着调停：

"诸位，算了吧！"

"我看到而且知道这并不好玩！"科马罗夫斯基嚷嚷着。"枯叶随着风转来转去，并非出于本意呀……"

罗加乔夫忽然生了气，欠起身来，用喑哑的低音劝说加拉茨卡娅：

"算了吧！这并不是谈话，而只是标新立异，卖弄风骚！……"

太阳落下去了，修道院教堂尖顶上的十字架融化着，射出红红的光。五月的甲虫嗡嗡作响，小燕在桦树上面飞翔，响亮地互相呼应，不住斜掠空中，牧童奏出忧郁的歌调，周围的一切都要求静寂。

"最好在家里，不要在这里辩论！"科热米亚金疲倦而恼怒地想着，然后高声说：

"马克·瓦西里耶维奇怎么还没来……"

戈留申娜哆嗦了一下，抱歉似的看了看大家，小声说马克叔叔今天不回来了，因为亚历山大神甫得了疟疾，叔叔在给他治病。

"他并不是害得了疟疾，而是酗起酒来了！"谢尼亚冷笑着解释说。

戈留申娜叹了一口气，垂下眼皮。

"一头绵羊！"科热米亚金想，注视着从她那发缝间露出的细细的一条发蓝的头皮。他本想对她温存几句，但那时科马罗夫斯基恼怒并带有讥讽地问：

"您明知道神甫酗起酒来，为什么要说是疟疾呢？"

"何必去讲不好的事情呢?"她回答。

"对呀!"科热米亚金愉快地说。

但是,谢尼亚依次看了看他和戈留申娜,又歪着嘴,问道:

"您指望不讲坏事,坏事就会自行消灭,是不是?"

马克西姆在科热米亚金身后大声地叹了一口气,说道:

"这人真会纠缠!……您不要回答他,阿夫多季娅·加夫里洛芙娜。"

"我本该出来庇护她的!"科热米亚金责备着自己,几乎说出了声。

加拉茨卡娅把系有红缎带的草帽整理一下,说:

"唔,我们走吧……"

茨韦塔耶夫小心翼翼地戴上白色制帽,好像他正在头痛,碰一下就受不了似的。罗加乔夫挺直身子,如释重负地轻轻说道:

"再见吧!"

他们一个跟着一个,鱼贯地在小路上走着。

"您瞧见没有,"科马罗夫斯基问道,"加拉茨卡娅是怎样冲着茶炊整理帽子的?"

"难道这不好吗?"戈留申娜轻轻地问。

"显得可笑……"

女人不信任地望了他一眼,说道:

"为什么?假使帽子戴歪,那才可笑呢……"

"不,"科马罗夫斯基尖刻而且幸灾乐祸地说,"丑八怪在看自己的时候是很可笑的……"

"别人看他更加可笑,"马克西姆很吃力地说道。

科热米亚金看见看院人和驼子在相互瞄准,好像在厮斗前的两只公鸡:同样把身子绷得紧紧的,同样地低头伸颈,眼睛一眨不眨地互相盯着。这使他惊慌,同时又使他觉得十分可笑。他观察着戈留申娜:她显然没有听驼子和马克西姆两人唇枪舌剑的叫喊,全神贯注地看着端在手里的茶杯上的花卉,她的脸色惨白,无神的眼睛好像蒙着一层蜘蛛网。他看着她,产生这样一种感觉,好像这女人即将永远离开这里,而他必须记住她那温柔的头,纯朴的脸,天真的小嘴巴,狭窄的圆肩膀,她那少女的微微隆起的乳房,还有这十指纤纤、被针戳破的两只手。

"他们会吃掉她,会把她撕成碎块的,"他想着,匆匆地劝说自己。"这班人同她是格格不入的……"

花园里还笼罩着一层晚霞的红雾,在寂静之中,不寻常地荡漾着驼子的尖细的嗓音,其中还夹杂着一些温柔的哼哼唧唧的声音。

"人本想老老实实、和和平平地生活,是的,是的,这既无危险,也很简单、愉快,不需要花什么力气,但是他刚开始作这种准备,旁边就跳出一只野兽,——于是,一切都完蛋了!就是这样,我的大好人……"

他那猫头鹰似的眼睛瞪得溜圆,带有嘲笑的神情,一丝笑意把他的脸割成同样令人讨厌的两半,整个的他,同他那温柔的腔调很不相称,似乎另有一个人附在他身上说话。马克西姆也显然感到这一点:他紧闭嘴唇,皱起眉毛,怀着敌意看着驼子的脸。

"有一种学说,"驼子发出婉转的尖叫,继续说。"只有野兽永远会战胜,①人永远是被征服的。这学说比《福音书》还可信服,——那些拳头有力而没有良心的人特别喜欢它。我可以给你一本书看,里面讲得十分明白,浅显易懂,你要不要?"

"我不要,"马克西姆说。

"是吗?其实也不必,你不用书也会把这个学说实行得很好……"

马克西姆慢慢地往他身边凑去,仿佛迫不得已似的。科热米亚金喉咙里咕噜了一声,惊慌地回顾了一下,戈留申娜突然站起来,晃了晃,眨了眨眼睛,把手伸给科热米亚金。

"再见吧,我该走了!"

---

① 指德国哲学家尼采(1844—1900)的反动学说。根据这种学说,人类的命运仅仅决定于"带兽性的人"的意志。

"我也该走了!"驼子说。

马克西姆奇怪地在地上蹭着脚,看着他们离开花园。戈留申娜谨慎地迈着脚步,提起裙子,好像怕它挂在什么上面,让她走不了似的。

蟋蟀干涩的鸣声充满花园,甲虫在一丛丛网状的新绿中嗡嗡地飞来飞去,使细小的桦叶窸窣作响。

"我去挑水去,"马克西姆突然说了一声,迅速走开了。

"他不是去挑水,是去监视他!"科热米亚金暗自更正着他的话,发出一声冷笑,感到旧念涌上心头,对人的疑惧之心又复活了;这使他整夜失眠,直到早晨。他在本子里作了如下的记载:

我的灵魂又被碰伤,隐隐作痛,像一个不会说话的小孩在那里啜泣,任何人也听不见。人们说,应该为公益服务,可是却不停地互相争论,一句说得不正确,就会引出十句回敬的话,这十句话又会引起成百句的回答。他们一面讲友谊和合作,一面却互相仇视,各存异志。连马克·瓦西里耶夫自己也不无这种对他来说很不相称的毛病。当茨韦塔耶夫讲到城市和工厂的时候,他皱紧眉毛,爱听不听的,似乎对他的话并不重视。不错,茨韦塔耶夫年纪比他小一半,又很不懂礼貌,但毕竟他有他自己的思想;对于每一个人来说,自己的任何思想都是宝贵的,而且大家也应该是感兴趣的。加拉茨卡娅在他身边,就像教堂读经员侍奉神甫一样。顺便说说,她也很像个教堂读经员。

至于助医却显然是另一种人,他总是沉默不语,咳嗽,不常参加辩论,他只和科马罗夫斯基辩论,并且总是为了《福音书》上的问题。他狂热地主张,天国是在人的心灵里。我听到这话感到很奇怪:谁能说出他的心灵中间藏着什么东西呢? 人的心灵中存在着许多不同的东西,许多突如其来的、忽然产生的东西,遇到这些东西,自己都莫名其妙它们究竟是从哪里来的。"怎么可以谈论天国而不讲理性呢?"驼子科马罗夫斯基问得很对,但是罗加乔夫很生气地解释说,理性是无关紧要的东西,在生活中并不能指导什么,却只是引人误入迷途罢了。所有这一切简直是无法理解,现在弄得连上帝也都成为无理性的了! 我发现:谈论上帝是最困难、最复杂的事情,最好还是不要去谈它,否则会弄得又可怕、又可怜,而且有辱于这个大题目。嘴最坏的是科马罗夫斯基,他似乎是个不信耶稣会复活的多马①,莽莽撞撞地往所有的高处钻,而且想在一切东西下面都装上火药,因此大家都感觉不痛快。不管人家讲没讲完,他马上就问:这是怎么回事?于是就又争开了,把已经肯定的东西又给推翻了,马克·瓦西里耶夫生了气,可这个永远不会词穷的饶舌鬼却满意了。助医喊道:"您为什么要和那群寻觅信仰的人们在一起,您这个不幸的人不是觉得没信仰更好吗?"的确,驼子是在那里玩弄极可怕的字眼,像魔鬼玩弄火炭一样,显然他觉得这很有趣,很惬意。

我刚要为奥库罗夫镇出现了新人物而感到高兴,可是高兴得太早了。有什么新的呢?暂时只不过还是一些言论,而人还是人,全和脓疱一样:无论脓疱在什么地方长出来,为了能够露头,为了使人感觉疼痛,总要竭力地往外胀。驼子完全是这样,——他是个脓疱。

至于马克西姆这个人,我简直不高兴去想他,这小伙子傲慢和娇惯得太厉害了,变得越发粗鲁无礼了。大家都看重他,而忽略了别人,他越发抖威风,摆架子,使大家越来越讨厌他了。我觉得这人讨厌得很。至于瓦夏,还是不知道是谁把他弄死的。

早茶的时候,神甫太太派人送来一张便条,请科热米亚金到她家去,越快越好。

"又要借钱吧!"科热米亚金冷淡地想道,神情显得很疲劳。

他闷闷不乐地穿上衣服,懒懒地走去,在花园里遇见神甫太太;她在花畦中间俯下身去,掐着草莓的须子,她还和平常一样阴郁、沉闷,戴着眼镜。

"手很脏,"她用这话来代替寒暄,把手掌伸给他看时,好像要推他似的。她整理好撩起的裙子,用围裙角默默地把手指擦了好半天,她那没有眉毛、好像用木头雕刻成的额角上蒙着几道柔细的皱纹。

科热米亚金询问神甫的健康,她冷冷地回答说:

---

① 多马是耶稣的十二门徒之一。当别的门徒告诉他,耶稣已经死而复活时,他说除非他亲眼看见并且亲自触摸到耶稣被钉在十字架上的钉痕,他是不会相信的(见《新约·约翰福音》第二十章第二十四节)。

"一夜没有睡,现在睡着了,叔叔也躺下了。"

"她会不会讲实话呢?"客人想,便问道:

"什么病?"

"俄国病,狂饮病,"神甫太太一口气说了出来,同时往凉亭那边走去,后来,从眼镜上面看了一下,也问道:"难道科马罗夫斯基没有说吗?"

"没有。不,他说了的,"科热米亚金不好意思地嗫嚅道。

"但是您不相信他的话,是不是?那是没有理由的,他对您很好。"

她坐在凉亭的一角,把眼镜抬到额头,用近视的模糊眼光看了客人一眼,叹了一口气,想了想,然后一字一顿,好像数着字数似的开了口:

"我请您来,是为了和您谈谈科马罗夫斯基。这人的境遇很不幸,因此性子很不好。他愿意看到大家都可笑和丑陋。他喜欢在人身上发现可笑和庸俗的东西。他认为这就是自己的责任和自己的权利⋯⋯"

"她要干什么?"科热米亚金的脑筋里迅速地闪过了这个疑问。

神甫太太举起手来,整理了一下发髻,继续沉闷而严肃地说着。一簇簇香喷喷的春草悬挂在凉亭的墙上和天花板上,干枯的花粉飘落下来,在细绸带似的太阳光线里旋转和飘荡,星星点点闪着彩虹般的光辉。两只小猫,一只灰色,一只栗色,在门槛上呼哧着,翻跟斗,戏耍着。科热米亚金正看得出神,突然听到一句奇怪的话:

"这是个正确的想法——您最好是结婚。"

"这话是谁说的?"他连忙问,在长椅上跳了起来,"莫非是谢苗·伊凡诺维奇?"

"是的!我也同意他的话。我早就对您说过,他实际上是一个非常温柔、非常细心的人,更不必去说他的聪明了。他明白,对于她⋯⋯"

"对于阿夫多季娅·加夫里洛芙娜吗?"科热米亚金问。

神甫太太不出声了,她放下眼镜,盯了客人一眼,问道:

"您没有听我讲话吧?"

"我?不,我在听!"科热米亚金撒了一个谎。

她的声音有些发干、并带有教训意味了,但是她的话却很有节奏,显得郑重。

"我早就认识杜尼娅,我们是一个城里的人,她心地好极了,谢苗·伊凡诺维奇的话很对,马克西姆会把她糟蹋坏的,这是明摆着的事。"

"自然是这样!"科热米亚金高兴地证实说。

他望着神甫太太,张大眼睛,感觉自己像在做梦,害怕醒转来。他挺直地、一动也不动地坐在那里,直到腰背酸疼为止。他觉得这个坐在角落里的女人好像孔雀一般鲜艳多彩,她的声音是愉快的、温柔的。

"真是一个好心的聪明女人!"他一面听着她那节奏均匀的谈吐,一面这样想。

"她全不想自己,她觉得,她是为人们而生的,每个人都可以向她要求一切,要求她的整个生命。她可以对任何人让步,只要他坚持,——您明白吗?"

"是的。这话很对。她是那么温顺……"

"是的。若是他们俩——她和马克西姆走到一起,这对于他们两人都很不幸。他要结婚还早,您同意吗?"

"他拿什么来结婚呢!"科热米亚金喊道。

"是呀,这也是的……"

她的身子靠在墙上,双手交叉在胸前,平静地说道:

"因此,假使您能和她结婚,那就可以拯救两个好人,使他们不犯严重的错误。您自己也可以得到杜尼娅这样一个终生的可靠伴侣。"

科热米亚金匆忙地站了起来。

"您到哪里去?"神甫太太严厉地问。

"我只是……"

"这一切暂时应该只有我们两个知道!"

"您和她谈过吗?"

"还没有。应该先取得您的同意。"

"您的主意很好,安娜·基里洛芙娜!"科热米亚金又惊又喜地喊道。"说实话,我自己也看中她了……"

"是的,那我明白!"神甫太太说,耸了耸肩膀,又恳切而冗长地说了起来,惹得客人很不耐烦。

"就这样吧——今天晚上八点钟我可以得到她的答复,您再到我这里来一趟!"她结束了她的谈话,立起身,向他伸出手来。

他把这只干瘦的手热烈地摇晃了很久,由于心中充满了一种新的因事情已有着落而无比欣喜的感觉,他对神甫太太已经什么也说不出来了。

甜蜜的幻想冲昏了头脑,心脏几乎停止了跳动,头脑里匆匆地闪过了一些想法:

"总算有了着落!亚历山大神甫会不声不响地给我们证婚,我和杜尼娅先上沃尔戈罗德去度蜜月。神甫太太真能干,她作了多么巧妙的安排啊。至于杜尼娅,——她会爱我的,她在性格上就像是我的妹子,真的,我自己怎么没有如此简单的想法呢?……"

他得意地笑了笑,想象着马克西姆的傲慢形象,并用手指点着他威吓道:

"你要清楚自己的身份!"

城里充满了暑热,院墙、房屋的墙壁、土地——一切都散发着重浊的热气,在凝然不动的空气里尘雾经久不散,太阳炎热的光辉那样强烈,照得眼睛发花。萎靡的、晦暗的树枝沉重地、像死了一样悬在围墙上方,郁闷的灰色影子横卧在行人脚下。不时遇见一些皮肤黝黑、衣服褴褛的庄稼人,手里抱着孩子的村妇,半裸着的孩子也在胯下乱钻,讨厌地哭喊,伸手行乞。

"乞丐真多呀!"科热米亚金突然想道,一面把铜币向各处乱塞,像在梦里一样看见许多黑手,毛烘烘的瘦脸,失望的、疲乏的眼睛,同时在内心里竭力想摆脱那饥饿的、像出殡似的哀号。

他热得满身流汗,浑身无力,迅速跑回家,脱去衣裳,在屋里大步踱了起来,边踱边用梳子梳理着胡须,照着镜子;一个肥胖的、黄色的脸庞从镜内对着他和善地微笑,眼下显出浮肿,两鬓间有几束灰白的头发。

到了晚上,结婚的念头把他完全俘虏了。他在心里一个接一个地勾画着未来生活的图景,一直非常快乐地想着:他终于在生活中找到了早已期待着的位置——牢固和安定的位置。

"我们将避开人们静静地生活下去,住在自己的修道院里……"

一个带有谴责意味的思想企图穿过这厚厚的、和平的梦想的屏障,但是没有成功。他把这个思想赶走了,甚至并不愿去了解这意念想给他提醒的东西。

七点钟时,他就穿好了衣服,准备到神甫太太那里去。可是,她忽然自己来了,像平日那样挺拔、平整、坚决。她走进来以后,默默地点了点头,坐下来,取下眼镜,用手帕擦拭着镜片,低声说道:

"我们迟了……"

科热米亚金不明白她的话,笑容可掬地望着她。

神甫太太叹口气,说了起来,边说边望着地板,好像在读摊在地上的一本书似的,神情萎靡而倦怠,显得比往常更加温和。

"他们已经同居了。是的,木已成舟;虽然我对她说:杜尼娅,除了痛苦和受欺侮之外,你和他在一起,没有更多的好处!"

"和马克西姆吗?"科热米亚金问,干噎了一声,坐到椅子上,显出垂头丧气的样子。

"我今天又把这话对她讲,她说:'只要他需要我,哪怕不能长久也没关系,'您明白这种性格吗?"

"她认为他哪一点比我好呢?"科热米亚金说,摊开双手,满怀着遭到无情屈辱的感觉,这屈辱沸腾着,变为愤恨。"一个大钱也没有的光棍。不,我自己去同她谈一下!"

她戴上眼镜,注视着他,用老太婆的声音疲乏地说道:

"您试一试吧。救人要救到底,不怜惜自己。"

"我一直不喜欢他,这个红毛鹞鹰!"科热米亚金哀怨地小声说道。"我明天就赶走他。咱们瞧着吧!"

神甫太太严厉地说:

"不能这样做!"

"怎么不能?我是主人,我能……"

"不,您不能!"

他没有再说下去,经她一喊,他又惊又怕,把愤恨忍住了;神甫太太瞧着他的眼睛,镜片闪动了一下,像往常一样,平稳而冗长地讲了起来。他听着她讲,直到她说出下面的话,才明白过来。

"不要忘记,他比您有较多的优点:长相漂亮,年纪轻,还有您所没有的自信心!"

他觉得这个灰色的、干瘪的、陌生的女人似乎当胸击了他三掌,她的脸上显出不快和责备的神情。

"自然,他们老是看重他!"他想着,站在那儿晃了晃,环顾着空空的房间。

"您不要被屈辱和忌妒征服呀!"神甫太太的声音讨厌地响着。

他几乎没有觉察她是怎样走出去的。他被一阵像铁环似的紊乱思绪箍得紧紧的,当下脱去衣裳,随手一扔,坐在朝着花园的窗前,忧郁、颓丧而且愤怒,对一切都感到莫名其妙。

"简直是捉弄人:招你过去,拿出来给你看看,然后却说,这不是给你预备的!她对你许了愿,可现在又说:您这是出自忌妒。"

他使劲问自己:

"难道我这是出于忌妒?她胡说。"

但是他觉得,他回答自己时并不那么自信,这使他忆起叶夫根尼娅,他立刻把戈留申娜和她比较,固执地将她们撮合在一起,很快就达到了他模模糊糊希望着的结果:戈留申娜同叶夫根尼娅不可分地融成了一体。这使他那夹杂着新愁的旧日的苦恼死灰复燃,使他那不可遏止的对于女人的向往变得越发强烈。

蚊虫在黑暗中嗡嗡叫着,乱咬着,他懒懒地扑打它们,不断地想着女人,朴素的、温顺的、像戈留申娜一样,美丽的、亲切的、像叶夫根尼娅有些日子那样;他一面想,一面倾听着自己的内心,只觉里面似乎有什么东西被摧毁着,感到有一阵熟稔的、沉重的烦闷,从凌乱的心神状态中越发顽强地冒了出来。他忽然跳起来,心中充满愤怒和恐惧。院子里有响动,显然是有人在爬墙。

"这是马克西姆上她那里去,这混蛋!"他心里揣测着,在屋内乱转,然后就穿着拖鞋,奔到院内,不声不响地拉开大门的铁闩,拨下篱门的门销,弯着腰,钻进了月黑夜的夜色里。他的心在不快地跳动,他顿时冒出汗来,拖鞋趿拉趿拉地响着,他把它脱下来,拿在手里,蹑足沿着围墙,向着前面迅急而坚定的脚步声追去。

从来没有经历过的新的情感有力地攫住了他的心,他处于愉快的、尖锐的、紧张的心情中,伸直脖子,向黑暗里观看,努力想从里面辨认出一个熟识的、矮壮的身影。他像猎狗似的悄悄往前走,只想使人家看不见他,身体哆嗦着,每听到一个声音就停下来,忽然前面谁家篱门上的铁环哐啷地响了一声,门轴咿呀地叫了一声,他惊异地止住步,倾听着,——马克西姆的脚步声消失了。

"她不住在这里!"他心里想着,轻松地舒了口气,于是又穿上拖鞋,感觉到有点害臊。

但是,他还是向前面走去,走到有三扇窗子的小屋那里,听见打破街头静寂的茨韦塔耶夫在用尖细的嗓音嚷着。

"饥荒将是很可怕的……"

"她在那里没有?"科热米亚金一面问自己,一面无声响地,偷偷地从窗下走过。

他斜着穿过街道,转回身来,又走到和房屋并排的地方,挺直身

359

子,努力向屋内窥望。窗台上的几盆花很碍事,他隔着花盆只看得见罗加乔夫微驼的背和加拉茨卡娅蓬乱的头。他站了几分钟,仔细地听了听那含有忧虑的嘈杂声,忽然迅速地走回家去,坚决对自己说:

"明天我自己去找她!"

夜里他睡不着,反复考虑着自己的决定,深信他应该这样去做。他听见马克西姆在黎明时从围墙上爬过来,不由在心里对他威吓道:

"等着吧,我要让你爬个够,坏蛋!"

他渐渐入睡时,蒙眬中惊慌地想到:

"应该彻底把他从城里打发走,否则女人的心总是软的!我去求求神甫太太,让她劝劝他,本来这事情全是她搞起来的呀。"

午后,他往戈留申娜家里走去,这时天气很热,预料在街上不会遇见任何人,结果他没有错:四面空空荡荡,寂静得很,甚至从各家敞开着的窗子都看不见人们的动静,听不见一点响声。

他走到教堂的围墙旁边,从那里看得见戈留申娜所住的那条街道和房屋。他止了步,克制住惊慌的心跳,把杂乱的心绪收拢。暑热消耗了体力,脑袋里像灌进了热铅。一切都是炙热,似乎将要融化开来,变成一条条灰色的小河在地上流淌。

在窄狭的阴影里躺着一只毛茸茸的狗,毛里有许多草刺,它挪动着身体,竭力想把全身躲在阴影里,但不是它的脑袋,便是它的屁股总要露在阳光下。苍蝇在狗身上贪婪地旋转,狗懒得抬脑袋,威吓地咬着牙,捕捉在灰尘的土地上面闪现的苍蝇的影子。它的右眼上长了白翳。太阳照着它的时候,那眼睛好像是铜的。

戈留申娜住的小黑屋好像作着邀请客人的姿势,从别的一些房屋的行列里探出身,稍向前倾,似乎要鞠躬,有所恳求一般。两扇窗板脱落下来,一扇斜挂着,在长满青苔的屋顶上,凸出一个残缺的、砖头坍落的黑烟囱。房屋的丑陋形状使科热米亚金产生一种郁闷的感觉,越来越感到浑身无力,呼吸困难,到戈留申娜家里去的决心冰消瓦解了!

"偏偏找了这么个时候!"他责备自己,向四面环顾了一下。

"我到她家去,满头是汗,喘着气,好一个未婚夫!再加上没睡好觉,模样肯定好看不了……"

他怀着郁闷而厌恶心情,看看那只铜一般的狗眼,观察着它怎样捕捉苍蝇的影子。河上传来了孩子们的响亮的、恼人的呼喊和尖叫声。

"我最好晚上到她那里去,现在她正在做活和诸如此类的……"

他忽然冒起一股无名之火,跺着脚,对狗大喊:

"滚开!"

狗用那只好眼睛瞧了他一下,又让他看了看那只铜一样的眼睛,背向着他,伸了伸懒腰,汪的一声,打了个哈欠。三个庄稼人鱼贯地从街道走上广场,好像狼从树林里跑到旷地上一样。他们披头散发,形状可怜,在向阳处止住脚步,无力地摇动着双手,小声谈着话,慢吞吞,一摇一晃地,仍然是一个挨着一个往教堂围墙那边走去,从他们的破草鞋下面扬起一阵阵干热的灰尘。不知什么地方有一个婴儿病恹恹地哭了起来,篱门响了一下,有人凶狠而低沉地喊了一声:

"赶她走……"

科热米亚金望了望那几个庄稼人,叹口气,慢吞吞地走回家,躺下睡了,他决定晚上不再耽搁,一定去找戈留申娜。

当他醒来时,太阳已经西下,花园染上了一层红色,院内传来沙基尔的怒喊:

"这怎么得了?什么事也不干,水也不送,这是怎么回事?应该干活!"

"好哇!"主人喊了一声,从沙发上跳起来,走到窗前,唤鞑靼人过来。他顺便照了照镜子,想知道他的脸色是否足够严厉;浮肿的眼睛不熟稔地、不愉快地瞧着,右颊揉皱了,带有一条条红印,头发蓬乱,整个是一副颓靡不振的样子。

"还当未婚夫呢!好像啊!"他恼怒而且痛心地责备自己。当沙基尔走进来的时候,他把身子转向角落,用力咳嗽了一声,说道:

361

"给他把账算清!"

"唔!"鞑靼人低声应着,显然是既惋惜又吃惊。

"是的,就是这样!"科热米亚金喃喃地说着,斜眼往镜子里看了一眼,只见他那发皱的脸带着苦笑,他生怕沙基尔同他争论,替马克西姆说话。

"去吧,去吧,好啦!"他尽可能恼怒地说,背对着鞑靼人站在那里。"这一切让人烦透了!懒人用不着!让他今天就走,立刻走,娇惯得够了。你去吧!"

沙基尔不声不响地走了,主人坐在屋中间的椅子上,瞧着光裸的脚趾,沉思着:

"他会来辞别的。对他说什么好呢?凭他那股鲁莽劲儿,他自己是会大讲一通的。"

"哼,见他的鬼去!"马克西姆在院内喊道。

"自然是骂我,"科热米亚金心里想,倾听着,垂下头来。他知道他会取消自己的命令,假使沙基尔开口替看院人辩护,或者马克西姆自己走进来,问:"您为什么辞退我?"

他听见那时而在外间和厨房,时而在院子里发出的恼怒的声音,心里不胜愉快;他听不清说的是什么,但很清楚是马克西姆在那里骂人,这使主人觉得理直气壮,坚定了他的决心,但是却不能给他以安慰。

沙基尔又走进来了。他紧紧地关上房门,怯生生地朝着对院子敞开的窗户斜看了一眼,叹口气说道:

"给他十一卢布二十戈比……"

"给他十五卢布!"科热米亚金低声说道。

沙基尔那张哭丧着的脸哆嗦了一下,他伸出手,张开黑嘴刚要说话。

"好啦,好啦!"科热米亚金匆忙地小声说。"我知道你要说什么,我知道……"

鞑靼人弓起背,用背把门拱开,走了出去。科热米亚金站起身,远离开面对院子的窗户,望着地板,呆立在那里,尽量什么也不想,生怕触及心头那块不断扩大、充满了灾难预感的不愉快的东西。

"再见吧,老兄!"院内有人低声说。"谢谢你。"

而后篱门嘭的响了一声,一,二,三——坚定而沉重的步子在干燥的土地上叩击着,声音越来越小。

"十七,"科热米亚金数着。"不辞而去,像一只狗似的逃走了!"

他想生起一个恼怒的,可以为行为辩解的念头,但是思想疲乏无力,心里惶惶不已。

花园笼罩在闷热、昏黑的暮色里;沉重的、沾满灰尘的树叶没有窸窣的声响,在被暑热吸干的枯草里,有什么东西不断发出沙沙声,黑暗的天空倦倦地现出了一颗颗发黄的没有闪光的星星。有人轻轻叩着修道院的大门,在万籁俱寂中荡漾着一个细微的啜泣着的声音:

"大姐啊,再也没有地方可去,到处都拥挤……"

"我现在到她那里去好不好?"科热米亚金想,在百无聊赖中感到极度的忧悒。"已经晚了!他大概在那里。自然,他决不会忘却……"

他现在的一切想法都是在两可之间,矛盾得很,但是,他到底还是不慌不忙地穿上衣服,走出大门,望了望市镇,一步一步地向暑热笼罩下的昏黑的田野走去。

当他走到莫尔多夫斯基古城的废墟前时,一座小丘上面有个什么东西在蠕动,火柴的微光闪烁了一下,在无风的空气里燃了许久,照亮了一个人的手和黄色的脸盘。

科热米亚金猛地一转身,走开了。

"不幸的人们常来这地方。"

但是,科马罗夫斯基的喊声从小丘上向他追了过来:

"马特维·萨韦利奇,是您么?"

"是我。"

"您到这里来。咱们坐一会儿,谈一谈。"

科热米亚金对于这次相遇感到满意,但是想了一想之后说:

"不,我不到您那里去……还是您和我一块儿走一走吧。"

驼子吹着口哨,脚跟一碰行了一个礼,肩向前倾,走到科热米亚金跟前,用一只手挽着他的肩膀,在大道上和他并肩走了半天,轻声的口哨像一根细带似的在他身后萦绕着。

"您把马克西姆辞退了吗?"他突然问。

"嗯!"科热米亚金回答,哆嗦了一下。

"我看见他了,"驼子沉思地说,弄得口袋里的一张纸沙沙直响,"他脑袋昂得老高,肩上扛着一只黑箱子,里面装着莫名其妙的东西,脚上穿着新皮靴,走路像马似的跺着脚,直在那里骂您……"

"骂我?"

"是。"

"您自己怎么看?"科热米亚金沉默了一会儿以后问。"您不是看不起他吗?"

"先生,我谁也看不起,"驼子简单地说了一句,似乎很不自然。

"你胡说!"科热米亚金心想。

"您明白不明白,您在您的朋友中间已经名誉扫地?"驼子问,打着哈欠,像那只铜眼睛的狗。

科热米亚金的心不愉快地往下一沉,他迟迟疑疑、喃喃地说道:

"这是为什么?"

"他们不会饶恕您的,老兄!"

"没有什么需要饶恕的!难道我会请求饶恕?"马特维·萨韦利耶夫激动起来。

科马罗夫斯基好像忽然想起眼前要办的什么事情似的,加快了步伐,身子摇摆得更厉害了。科热米亚金追上他,委屈地嘟囔着:

"我有什么过错?假使他是懒汉,抛弃一切工作不干,我自然可以随意处理自己的事情……"

"可是他们会处置您的,"走在他身旁的这个人冷淡地低声说。

一棵大树从黑暗里迎着他们走来,好像一下子长大了似的。科马罗夫斯基在树下站住,提议道:

"咱们坐下来好吗?"

"好吧,坐下来……"

驼子的肩靠在树干上面,在口袋里搜索了半天,然后把火柴在裤子上面擦了一下,点着了,留神看它怎样燃烧,哑声说道:

"假使有人对您说,请求马克西姆饶恕您吧,您也会回答:好吧,可以……"

"他这话是什么用意?"科热米亚金想,注意地听了下去:

"假使人家说,去揍他,您也会说可以吗?"

"根本不会!"科热米亚金不乐意地说。

驼子沉默了一会儿,随便而无恶意地继续说了下去:

"先生,您比恶人还坏,恶人总可以引起人家的抗拒,而您却除了怜惜之外,引不起任何情感。只觉得您可怜,别的没有什么!您是一个俄国人,十足的俄国人!应该把你们这种人送到旷野里去上四十年,也叫她和你们一块儿去。"

"阿夫多季娅·加夫里洛芙娜吗?"科热米亚金轻声地问,俯身向着对方。

"也要把她送去。你们都是些没有什么可以维护、可以珍重,不知道干吗要活着的人!"

驼子重又点着了火柴,把他的脸照得一亮,不等火柴着完,就把它扔掉了。

"您不抽烟,净浪费火柴,"科热米亚金不乐意地说,为了说点什么。

对方以沉郁的声音在暗处答道:

"我爱在夜里点火柴。我在自己家里,躺在床上也点火柴,随便什么地方都点……"

"为什么呢?"

"一定得是俄国的硫黄火柴,而不是瑞典的。俄国火柴点起来烧得慢,发出各种不同的颜色,气味很不好闻……"

"胡闹,"科热米亚金想,向四周环顾了一下。

"送到旷野里漂流四十年!"驼子像喝醉了似的说。

树林伫立在远处,有如一堵乌黑的、依稀可辨的墙壁在束缚住田野;土地似乎被压缩成一个小团,狭小而没有出路,但是在这块拥挤、狭小得可怜的土地上,有一种业已习以为常的、舒适和忧郁动人的东西。

"您太好生气了,"科热米亚金责备地说。"一切都不如您的意……"

"一切!"驼子同意地重复说。

他这毫无矫饰的话,引起了特别的兴趣。科热米亚金还想听这种话,这些话在昏黑的夜色中听起来意味深长而有魅力。他很想激一激驼子,让他大发一通关于人、上帝和一切的议论;以便怀着浓厚的兴趣久久地倾听他的谈话,以忘却自己。

"您是骄傲的,"他说。"这好吗?"

"这很好!"科马罗夫斯基回答,一动也不动,好像睡熟了似的。

而后又像猛击一下似的突然问道:

"您爱她吗?"

科热米亚金因为这话来得过于突兀,浑身打了个哆嗦。

"我?我自然很喜欢她……"

"啊——啊,"科马罗夫斯基冷淡地拉长着声音说,但是科热米亚金觉得他并不真的是冷淡,便用安慰的口吻补充道:

"我自然愿意娶她……"

"您应该娶亲了!"科马罗夫斯基心平气和地劝告他说。"这对您是再好不过的事了。"

"可是马克西姆在这里插了一脚,"科热米亚金说着,叹了口气。

"您不要管马克西姆,也不要管阿夫多季娅·加夫里洛芙娜。您和他们毫不相干。"

科马罗夫斯基吹起了口哨,吹着一个熟稔的曲子,在森林上方模模糊糊地显出一个月牙儿,树林更加黑了。

科热米亚金又想激一激驼子。

"您怎么样?"他问,"常上当吧?"

科马罗夫斯基站起来,用长长的手指掸了掸衣服,毫不动气地说道:

"您不是个聪明人,马特维·萨韦利奇。您既不聪明,又可怜。"

他一只脚在地上跺了跺,往田野里走下去,又吹起了口哨。科热米亚金脱下帽子,看着他那不像人形的身影被黑暗所吞没,便用劲鼓起两腮,想对驼子喊出一句侮辱的话。但是他没有找到合适的词句,就被一个想法打断了:

"真的,我不是个聪明人!我的什么都没有一定之规,同特罗兹多夫一样。"

"喂,你听着!"声音从远方传来。

"什么?"科热米亚金应声站了起来。

"你不要生我的气,好吗?"

"没有什么,咱们不是彼此彼此吗……"

看不见的驼子仿佛笑了一声,像母鸡似的咯咯叫了一阵,随后他的高昂的声音又响了起来:

"您应该暂时离开这个小城。"

"为什么?"科热米亚金问,但是科马罗夫斯基没有回答。

飘来一阵阵干燥的沙沙声,仿佛有人脚步轻轻地走在田野上,碰着草梗,把它踩断时发出的响声。天微微发亮,发黄的星星泛出白色,变得越来越淡,透出一丝寒意,但是大地仍同白天一样干燥而且炎热。

"神甫太太也许说得很对,驼子是一个好人,"科热米亚金想,慢吞吞地跨着步子,"我最好离开这里,这话很对。我并不需要什么,我并没有到她那里去。我这是因为在吃马克西姆这狗东西的醋。但是,结婚是必要的。我要找一个类似的女人,多费唇舌,……话我已经谈够了。"

他走回家去，心里平静而且舒泰，就这样过了几天，并不觉得身边空虚。但是，他对于这空虚已经不习惯了；困窘的感觉日复一日不知不觉地增强起来，引起一阵阵的惊慌。

"神甫太太弄的这个花样真是多余，"科热米亚金对自己说。"挑起了我的心思，现在却让我像待在一个深坑里一样！这个糊涂虫……"

沙基尔在院子里溜达，对新雇的看院人福卡低声讲着什么东西放在什么地方，应该做些什么事情。福卡是个高身材、背部微驼的庄稼人，他有一副呆板的面孔，周围像镜框似的镶着浓密的胡须，——那胡须已经变成灰色。他用他那双神色呆板的深色眼睛，冷淡地看着一切，默默地点着微秃的、尖尖的头，回答鞑靼人。

"你是哪里人？"主人在雇用他的那天问他。

庄稼人朝地上瞧着，好半天才回答道：

"身份证上大概写着哪。"

"你们那里也闹饥荒吗？"

"也闹。"

"那么，你老老实实在这里待下去吧，也许你的身体会得到恢复的。"

"我本来就是个老实人，"庄稼人说，换了换脚，大声擤了一下长满黑毛的鼻子。

他行动迟缓，用手取物时的动作迟疑而又笨拙，走路时身子向两边摇摇晃晃，好像断了膝盖骨似的，总之他整个儿显得那样笨重和萎靡不振。

他套车去运水时，用拳头默默地朝马嘴上打了两下。那匹被马克西姆亲亲热热娇纵惯了的马，当下就朝旁边一蹿，竖起耳朵，把惊惧的眼睛睁得老大。他抬起他的一条长腿照着它的肚子就是一脚。

主人从窗内看见了，喊道：

"喂,喂,干什么？这样不行!"

"不行,以后就不打了,"福卡回答,然后不必要地把马头抬得高高的,套到车辕里。马浑身打着哆嗦,眨着眼睛,掉泪了。

"不行!"科热米亚金恼怒地说。"它不习惯这一套。"

"可以让它习惯的,"庄稼人蛮有把握地说。

"但是,为什么要打它呢?"

"为了让它认识认识。"

"认识谁？认识你吗?"

"认识我,"福卡慢吞吞地摆弄着马具,回答说。"它跟我还不熟。"

"那你就对它亲热点儿嘛!"

"它又不是个大姑娘!"新来的人说着,张大鼻孔耸了耸肩。

"你这人真怪!"主人喊道,叹了一口气,感到自己拗不过他。

"是的,"他想,"是该对这类人留点神的时候了。这类野兽!他们这些好管闲事的家伙总是互通声气,琢磨着别人的想法。"

他对人们越来越反感,因为他们不上他家里来。苦闷无聊常使他产生一些恼怒和受了屈辱似的想法。

科热米亚金终于感到自己对于某种重要而坚决的谈话有了充分准备,于是便穿上漂亮的衣服,在星期日晚祷后到神甫家里去了。他精神抖擞地走着,感到自己勇敢而且聪明,为了给脸庞添上尊贵的神情,故意皱紧眉毛,并且想道：

"我把这福卡的事情讲给他们听。你们瞧,怎样去对付他呢?"

但是,他刚打开没有关紧的篱门,便大吃一惊地站住了,他的心顿时往下一沉：马克西姆从院子里迎着他走来。他穿着新的蓝衬衫,头发梳得溜光,干干净净的,好像准备到教堂里去行结婚礼。他瞧了瞧主人的脸,稍停了停,把肩膀微微一耸,大踏步向屋里走去,只给科热米亚金看了看他那宽阔的脊背和把衬衫领子绷得很紧的强劲的脖子。

"连后脑海都剃光了!"马特维·萨韦利奇愤愤地说,往后退着,轻

轻掩上篱门。但是,这时候马克叔叔已经走出屋门,用一种特别滑稽的口吻说:

"啊——啊,请进!"

他谨慎地拉住客人的手,一面引他进去,一面说:

"老弟,您听到了吗,饥荒很严重啊?① 已经有人饿死了!"

科热米亚金默默地叹了口气,他期待着的是另一些话。

他们走进花园,神甫太太在凉亭里用报纸遮着脸,在大声地读什么,戈留申娜同她挨身坐着,衣服揉皱、脸色浮肿的神甫半躺在藤椅上面,手搁在脑袋后面,由于印在衣裳上的斑斑驳驳的阳光,他们全身都是花里胡哨的。

"您好!"神甫很不大自然地大声喊道,跳了起来。戈留申娜那张苍白而疲乏的脸上现出了红晕。她直直地坐着,不瞧客人的眼睛,默默地向他伸出手,神甫太太把报纸放到膝头上,怪声怪气地问道:

"您好吗?"

显然大家全很窘。客人坐下来,把便帽放在膝上,嘴里嘟噜了一声。

"真热呀!"神甫像做错了事似的嚷道。"啊?热不热?"

"有点热,"马特维·萨韦利奇表示同意。

"杜尼娅,"神甫太太请求着,"请你去看一看,饭好了没有!"

"你瞧,"神甫说,拉着马克叔叔的袖子。"咱们的庄稼人世世辈辈走南闯北,可总是搞不好……"

"马特维·萨韦利奇,"神甫太太说。"我要同您谈谈……"

她往花园走去,神甫咳了一声,哀怜地请求道:

"阿纽塔,你别去太久,好吗?"

她没理丈夫,对科热米亚金严峻地说:

"马克西姆在我们这里。"

---

① 十九世纪末,俄国一连数年遭到大旱,收成大幅度下降,甚者颗粒无收,许多省里发生饥荒。一八九一和一八九二年灾情尤为严重,饿死者比比皆是,农业陷于破产境地。

"我看见了。"

"您待他太不好了。"

他斜了她一眼,心想:

"都是你引起的……"

因为必须答话,科热米亚金说出了心里想到的第一句话:

"每个人都有辞退工人的权利……"

"是——是吗?"她拉长声音说。"没有过失也可以吗?"

"他是懒汉,白吃饭,脾气暴躁,"科热米亚金不乐意地说。"总而言之,他是一个不好的小伙子。"

"不对!"神甫太太几乎喊叫起来。她一面引着客人向围墙旁边的小道走去,一面压低嗓音,字斟句酌、清清楚楚地说:

"假使您相信不久以前还使您赞赏的东西,您就应该想想……"

草梗在靴筒上擦出微响,醋栗果枝揪住裤子,莳萝散发着令人窒息的气味。一只母鸡在围墙的那一面咯咯叫着,盖过了这干巴巴的、枯燥乏味的说话声。科热米亚金感到愉快,因为母鸡不让他听见和了解她的那些话,从嗓音上判断,她的话一定是很无礼的。他在神甫太太的身边走着,不时地望望她那红红的、被日光晒脱皮的耳朵,疲劳地喘了一口气,想道:

"你该去当神甫!"

"我看见您做事不公心里很难过……"

科热米亚金止步问道:

"马克叔叔,他怎么看呢?"

她站下了,挺直了背,涟漪般的皱纹在她光滑的脸上掠过,形状颇像黄蜂的她问道:

"我的意见您不感兴趣吗?"

她微耸了耸肩膀,走开了。

"我让他到您这儿来。"

科热米亚金回头看了一眼。他站在荒芜的花园的角落里,一丛丛带刺的醋栗和红莓之间长满了黄芜菁、荨麻和灰白的苦艾。满是裂缝的旧板墙蒙着一层像干泥团似的青苔。

发出了沙沙的声音,灰色的影子像面纱似的落到树丛上面,——椭圆的云彩飘浮到太阳那边,迅速地变换着自己的形状。

"好吧!"马克叔叔走了过来,一面说,一面用坚决的手势提提裤子。"咱们来谈谈!"

科热米亚金脱下帽子,带着微笑,望着那张熟稔、善良的脸,他看到今天这脸很奇怪,竟和神甫太太的脸相似,——一样光滑和沉闷。

"应该立刻把这场风波平息才行!"他听马克叔叔说。"这小伙子自尊心很强。他受了不公平的侮辱。您戴上帽子吧,否则会把脑袋烤焦的……"

"他派了我不是!"科热米亚金想,但还怀着希望问道:

"您生我的气吗?"

"措词不当!"老人说罢,吸起带纸嘴的香烟来。"要晓得:人是不能扔来扔去的!"

科热米亚金又和马克叔叔在篱墙旁边并肩踱着,一面心不在焉地听着他的温柔和蔼却能把人家反驳和辩护的愿望都压下去的话。这些话不久以前听来还是愉快的,使人心情振奋的,而今天竟像讨厌的秋蝇一样旋转着,嗡嗡叫个不停,它们触动不了他的心,反而使它在它们的令人烦闷的音响下变得越来越冷。

"这狗娘养的!"他突然吐出了这么一句。

"你骂谁呀?马克西姆吗?"马克叔叔问,好像吓了一跳。

"自然是的!都是因为他……"

"唔,唔,"老人说,摇晃着头。"既然如此,事情就糟糕了。老弟,我认为您……我本来想建议您向他道歉的……"

"向马克西姆吗?"科热米亚金问,简直不相信自己的耳朵,他瞥了马克叔叔一眼。马克叔叔用迅速的动作把浓密的胡须撩开,轻声劝道:

"这一切本来是可以处理得很妥当的……"

"道什么歉呢?"

"您难道不明白吗?"

"我觉得这是一种侮辱!"

"但是他呢?"

两人沉默了。后来马克叔叔困惑地瞧着科热米亚金的脸,叹了一口气,问道:

"究竟怎么样呢?"

"我回家去,"科热米亚金说时把眼睛瞧着一边。"应该想一想……"

"是的,老弟,您想一想吧!应该的!否则,就驯服不了这个小伙子。他是一个很好的小伙子,请您相信我的话吧!这件事很糟糕,真的!"

科热米亚金谨慎地握了握马克的手,从花园里走出去,摇晃着空空的、但是沉重得出奇的脑袋。

"如此说来,在他们看来,我和马克西姆都是一样的,甚至把马克西姆看得更重要些。"他慢吞吞地走在街上时想。

一只猪从胡同里走出来,焦虑而且不满意地哼哼着,它停下来用鼻子嗅了嗅,晃了晃耳朵,五只小猪围住它,蹦蹦跳跳,用嘴拱着它那糊着干泥巴的两侧,同时像询问似的哼哼唧唧地叫着,母猪却恼怒地眨着小眼睛,好像天气这般炎热,不知道到哪里去好似的。它呼呼哧哧地嗅着脚下的尘土,抖动着鬃毛。两只黄蝴蝶戏耍着在它身上飞来飞去,野蜂嗡嗡叫着。

科热米亚金朝四下望了望,走到母猪跟前,用脚使劲踢了一下它的腰。它尖叫一声,当下就逃走了。他偷偷扫了一眼空旷的街道,迅速地走回家去。

到了家里,他已经被闷热弄得疲惫不堪,他脱得只剩下衬衣衬裤,往地板上一躺,痛感自己受了侮辱,遭到人家的摈弃,而且像是生了病一样,马克叔叔的面孔浮现在眼前,不时地变换着,时而沉郁,时而困窘,时而陌生,同神甫太太的脸一样。

"如此说来,应该请求饶恕吗?"他一再自言自语地说着,皱紧眉毛,唾着痰,一面回忆马克西姆那剃光了的、像肉店老板似的后脑,以及他那双疑神疑鬼的眼睛和皱紧的眉毛。

"他们竟把那家伙娇惯到这种地步!"他愤愤地想。"他需要一个女人,好,就给他。他还要强迫一个人在他面前屈服,——大家还帮他的忙!他们净发表反对贵族的言论,还要使一个庄稼汉变为老爷。这是为什么呢?马克西姆究竟是什么人,谁也不知道。比如说,那个瓦夏,究竟是谁弄死的呢?"

但是他立刻抛开了这个想法,每逢他对马克西姆的仇恨特别强烈的时候,这个想法便会狡狯地出现。其他的一切想法丝毫也不能消解而只能助长内心留存的悲苦和恼怒。在这些想法的重压下,科热米亚金在地板上翻来覆去,频频地叹气:

"唉,天呀!"

眼睛不止一次地流出泪水;他用手拭去泪珠,嘬着嘴,先是对着光亮看那水滴,而后便把指头朝衬衫上一抹,好像要把这滴眼泪压扁似的。镇子沉默着,它似乎已经溶化在暑热中,不复存在了;只是偶尔有人在街上迟迟疑疑、轻轻地走过,发出沙沙的脚步声,——这想必是那些被饥饿和使人倦乏的暑热弄得走投无路的庄稼人在寻求施舍。

科热米亚金打起盹来,噩梦立刻向他袭来:帕拉加来到屋里,——衣服褴褛,半裸着身体,蓬头散发,她蹑着脚走到他身边,用手指着威吓他,意味深长地说:"你等到天亮吧,我说得对,——等到天亮吧!"说完,便跨过他的身子,飘到窗外去了。后来,他被抛掷到田野里去,他躺在地上,胸脯着地,有一种尖东西刺着胸脯,一匹黑马在黑暗里从小丘上跳到他身边来,左前脚跛着。那匹马跳着,越来越近。他听见它的病态的、恶狠狠的嘶叫,身子抽动了一下,想站起来,跑开,但是不成,他被一根尖木桩钉在地上,那根木桩把他的身体穿透了。但是当马跳到他身边以前,他的身体已经挪到澡堂里去。克瓦斯的浓密蒸气从炉壁上面窒息地流出,一个满身是疮的人和他并肩坐在潮湿的地板上面。他的脸像是特洛兹多夫,他捋着自己的胡须,用可怕的声音说:

"我哀求,我哀求,哀求……"

忽然窗子裂了,打开了,灰白的厚云像一股烟似的涌进澡堂里来,把他托起来,旋转一下,带了出去,扔到带刺的灌木丛中。他浑身无力,躺在那里,喘息着,呻吟着,一只看不见的雄狗在他周围的树丛里穿来穿去,嗥叫着;一张光滑的、没有眼睛的脸从上面向他凑过来,伸出长长的手,抱着他,把他扶起来,温柔地推他的肩膀,将他左右摇晃。萨夫卡在地上翻跟斗,打着滚,大声喊道:

"上帝保佑,上帝保佑!"

跑来了许多黑黝黝的、看不出脸的人们。"失火了!"他们异口同声地喊着,仰面倒在地上,把所有的树丛都压倒了。他们互相揪住,用黑乎乎的手抓着科热米亚金的脸和胸,挤成紧密的一堆,向什么地方跑去,跑得那样快,连心脏都停止了跳动。科热米亚金呼喊着,从驼子谢尼亚搂得紧紧的怀抱里向外挣着,挣脱以后,跌倒在地把头碰了一下,于是便醒了过来,身子坐着,手撑在地板上,身上糊满了苍蝇,浑身潮湿,呼吸急促。

他站起来,喝了一杯克瓦斯,又像喝醉了一样倒在沙发上,望着天花板,带着恐怖和烦闷想:

"我会这样死去的,天呀!孤单单地死去,像一只癞皮狗似的。"

当他清醒过来,又想起白天的悲苦印象时,天色已近黄昏,显得好像清凉些了。现在的思绪并不是那样不可调和;一个新的想法艰难但比较平静地出现了:

"自然,假使单独对他当面说:马克西姆,你应该明白,我是主人,几乎比你年长一倍,那么……"

"什么?"内心里好像有个声音在问,并在没有得到回答时,一再地追问:"喂,什么呀?"

375

"摆脱这种状况才好!"科热米亚金一面驱赶苍蝇,一面似是向某人呼吁,他忽然想起来:

"按照时令应该有蘑菇了,但是今年这样大旱,也许不会有蘑菇吧……"

侧门的门闩碰在把手上,发出干涩的响声,有人轻轻地、匆遽地从院内跑过。

"是不是神甫太太呢?"科热米亚金一面问自己,一面跳起来。戈留申娜立刻在门口出现了。

"喔唷,你快穿上衣服……"

她重重地喘息着,满脸通红,头上戴着匆忙披上的头巾,一只手擦着脸,另一只手按在胸前,听不清她在说什么,恳求什么。他扣着衬衫领子急忙跑到她跟前,随后又跳回来,披上上衣,奔到角落里,一面慌乱地把脚往裤管里塞,一面忙不迭地说着:

"对不住……"

她伸直脖子,好像忏悔似的,轻声说道:

"阿纽塔,神甫太太,安娜·基里洛芙娜,全对他说了。他说,您骂他白吃饭。他气极了,想找您骂架,想要……"

"唔——唔!……"科热米亚金拉着长声说。"又是这一套,啊哟,你,天呀!"

"所以我跑来告诉您,好先生,您最好暂时离开一下;您不要生气。您是好人。对于您,反正无所谓。我央求您,这里有什么好的?这不过是暂时的,以后就会过去的……"

"她的确是个好人,"科热米亚金心里这样喊道,听了她的匆匆的话语,似乎有所感动,走到她身边,笨拙地挥着双手,恳求道:

"请进,请坐!"

"我跑得太急,天气又闷……"

她坐了下来,把头巾放在膝上,一面把它抚平,一面较平静地继续说道:

"除去神甫以外,大家全都认为您不对,尤其是谢苗·伊凡内奇……"

"驼子?这个鬼东西!"科热米亚金惊异地喊道。

"但是我不赞成;我不去争论,因为我不会争论,我只是不赞成。他为了这个就生我的气,对我乱嚷。他们责备您,又给他头上浇上了油。他很傲气,暴躁得很。他不相信我。我说您也是好人,他把我的话想歪了,威吓我,所以我才跑来告诉您!我真是害怕;从来没有因为我出过什么事情,我可绝不愿意因为我发生任何事情,唉,什么事也别出,天哪……"

她仰起沾满泪水的圆脸看着他,一面啜泣,一面喃喃地说:

"我没有一点过错,我只是怕出乱子,您,好人,应该离开这里……"

惊慌失措的科热米亚金小声说道:

"我走,为了您我随时都可以走!"

他的惊惧和疑惑很快消失了,随之而来的是快乐的、几乎是胜利的心情。他摸她的头,用手指抚摩她潮湿的脸颊,越来越兴奋而且快乐地说道:

"不要紧!"

他一下抱住她,出乎自己意料之外地说道:"咱们一块儿走吧!难道他能配得上您吗?"

"喔,您怎么啦!这不行……"

"为什么?"他心情激动地喊道。"我们离开这里,谁也找不到!"

"不!不!"她说,叹了口气。

"我并不是随随便便的,我娶你……"

她垂下头,她的手指忙乱地揉搓着潮湿的头巾,身体犹犹疑疑地摇晃着,好像她想走而又不能提起脚来似的。他不听她讲话,想再拥抱她,非常冲动地说:

"我们夜里就动身,不要管他们,好不好?大家互相争吵、谁都指摘,一点都不团结。我们可以静静地生活下去,我们走吧!杜尼娅,我会爱你,真的!我不是小孩子,我整个人都在这儿,统统属于你……"

说到这里,他抓住她的肩膀,深信就要胜利了。但是她忽然退到门边,简单明了地说:

"不,不行,现在我对于您已经是陌生的、龌龊的了……"

早晨他虽然猜到这一点,但是对马克西姆却没有生出醋意,可这时,她的话仿佛烧伤了他的脸,他倒退了一步,气呼呼地喊道:

"木已成舟了吗?唉,你这软骨头!"

他捏紧拳头,威吓着她,嘴里嘟嘟囔囔寻觅着侮辱的词句,唾沫四溅,浑身打着哆嗦,但是忽然听见她的清晰的话语:

"他强把我糟蹋了!假使您能早一点,……再见吧,但愿上帝保佑您!……"

突然燃起一个新的希望,闪了闪光,好像用火把女人洗净了似的。他扑到她身边,抓住她的手,望着她的眼睛。

"他是强迫你的吗?杜尼娅假使是强迫的,那没有什么!你本不是姑娘,是个寡妇……"

"不,不!"女人惊呼道,身子变得又大又高,挣脱了手,抓住门把手。

她还说了一些什么话,但是他已经不再听了,他站在屋子中央,带着哨音、透过牙缝喊道:

"去吧……去吧!"

女人消失在门外。他甩掉了上衣。侧门又响了一下,她又在暮色中出现了,矮矮的,弯着腰,朝他挥着手说道:

"他来啦,他来啦!您快藏起来!"

他怒吼一声,把她推开,奔到外间,跳下台阶,整个身子撞到马克西姆身上,把马克西姆撞倒,他也倒下了,随即一声不吭,用拳头去捶那个结实的身体,然后被人当头一击,打昏过去,滚到了一边,但又立刻跳起来,幸灾乐祸地吼叫着,开始用脚去踢在院内滚来滚去的一团黑色的活物。女人的细声尖叫,沙基尔的粗声呼喊,福卡的嘶哑声,马克西姆的狗号声,全都钻进了他的耳鼓里。他在这些声音的狂舞中跳跃着。当他用脚拼命踢着一个有弹力的身体时,他的胸脯里有个东西在甜蜜而剧烈地颤动着。

黑团滚向大门,裂成了两块,一块跳起来,蹿到了暗处,喊了一声:
"你等着瞧吧!"

立刻静了下来。只是心跳得很快,从而使得全身都变得瘫软无力。科热米亚金坐到台阶上,一面喘息,一面整理被撕破的衬衫和贴在汗脸上的鬓发。福卡在地上爬,双手在那里摸索,像游泳一般,吐着唾沫,嘴里咕噜咕噜地响着。沙基尔在外间里和那个半聋的、颈上有瘰疬的厨娘忙乱地跑来跑去。

科热米亚金喝了一杯冷克瓦斯。福卡坐在他的脚下,赞美似的说道:

"这鬼东西,灵巧得很!"

"打着他了吗?"主人问。

"许是打着了!可你的脚踢的是我,老板……"

"唔?……"

"不要紧,你的腿没劲儿……"

沙基尔在身后什么地方大声地叹气,搔头。

"您为什么打他?"福卡问。

主人没有回答,鞔鞀人迟疑了一下轻声说:

"你早就该知道……"

那庄稼人一面从浓密的胡须里往外剔着什么,一面沉吟地说道:

"跟我有什么关系?我只不过是好奇地问问罢了。我的烟斗丢了。得点灯找找……"

他叹了一口气,补充道:

"老板,你最好赏我点酒喝,慰劳慰劳!"

"你去喝吧!"科热米亚金有气无力地说。

繁星在他的头上闪着黯淡的光辉；红霞在东方朦胧的远处摇曳，——大概是村里失火了。一些不连贯的声音从静寂中穿过，像从梦中穿过一般。市镇在那里谵语着。醉鬼的声音疲乏地、听不大见似的说道：

"伊——唉——唉……"

福卡手里拿着灯笼，走到院子来，弯着腰，把灯笼举到脸上，好像要让大地看看自己似的在院里转来转去地搜索着。

科热米亚金立起身来，他觉得大家全在期待什么。厨娘的黄脸从窗内探出来，这张脸由于瘰疬显得更长了。福卡把灯笼放在脚下，站在一圈光亮里。沙基尔站在墙边，好像被铁钉钉住了似的。

"他们自然不以为然，"科热米亚金想，两腿发颤，身子在摇晃。"现在大家都要指责我！"

他想起了马克叔叔那个使徒般的脑袋和那充满善意的低音，小孩般的眼睛和高额上的皱纹。而神甫太太那张没有眉毛的脸，由于眼镜闪光就像是玻璃的一样……

"马克西姆会使我大吃苦头的！"科热米亚金自己威吓自己说。他悄悄地，好像偷东西似的溜进屋去。他坐在自己常坐的开向花园的窗口，像钻进口袋里似的，埋头思索着明天的事情。他想得头脑发木，什么也想不清楚，只希望躲到什么地方去，远远离开人群。

"他们把我弄成了这个样子！"他嗟叹着，同时很清楚地意识到，这种责难并没有什么道理。

突然好像在梦中似的，神甫和谢尼亚·科马罗夫斯基出现在他的面前。脸庞发黑、头发鬈曲的神甫挥着手，跳了过来，他起初好像是在用很响的、发了狂似的低语骂人，但是科热米亚金很快就听明白了他的话，从而吃惊地跳将起来。

"他打了她，您明白么？他是一个疯狂的、制服不住的人！"

那个驼子，他的身体是正方形，好像一块大石头，缩着脑袋，手放在口袋里，冷淡地说道：

"只有时间才能够把这场纠纷排解开,您真是个多余的人……"

"真的!"科热米亚金抓住了话头。"是的,我是个多余的人!"

驼子立刻躲到什么地方不见了。但是神甫却像狂飙似的在屋内旋转,把手举到头顶上,小声说道:

"您这事做得太不对了,太不对了!但是,我的心老是向着您。其实,——喔,我明白!自己实在受不了折磨才打人的,是不是,这话对不对?"

"都是我闹的,狗东西!"科热米亚金忏悔似的小声说。

他准备向大家,向马克西姆请求宽恕。这种突如其来的别人对他的关心使他很想忏悔,并且想用各种方法祈求和得到宽恕。但是,神甫不听他的惊叹,拉着他的手,眼睛闪着光,热情地小声说道:

"总有那么一天,裁判官和被裁判的人全会感到羞耻的……"

"要我做什么我都同意!"科热米亚金保证着,但是神甫拉他到什么地方去,神秘地说道:

"恶每天都从四面八方攻击我们,善来得很少,从我们不知道的地方,在我们不晓得的时间前来……"

"对呀!"科热米亚金呜咽着说。

"因此我们的心应该永远敞开,期待善的降临……"

"够了!"驼子严厉地说,把他们分开。

"望您宽宏大量地写信来吧,我很急切地等候着!"神甫劝告他,拥抱他,用干热的嘴唇吻他。

沙基尔进来说:

"马车备好了。"

科热米亚金坐下来,环顾了一遭;在灰色的天空里显得乌黑的,好像用夜色铸成的树木,呆呆地向窗内望着。

"您快一点呀!"驼子厉声叫道。

福卡站在门旁,双手把着门框,好像钉在十字架上似的,阴沉沉、醉醺醺地笑着。

381

"什么时候回来?"沙基尔问,叹了一口气。

神甫抓住科热米亚金,把他向门口推去。

"一切都会过去的,一切!"

"得了吧,神甫!"驼子喊。

于是大家便跑来跑去,推推搡搡,你碰我,我碰你地忙乱起来。

……科热米亚金在他那辆套着一对驿马的车子驶出镇外时,方才清醒过来。

马上高坡时,一步步地走着。他欠起身,将帽檐稍稍抬起,太阳在前面的山顶上升起;给桦树涂上一层金红色,光彩夺目。他眯细眼睛,回头瞭望。奥库罗夫镇伸展在地面上,花花绿绿,好像打扮得十分漂亮的农妇似的,它渐渐地离远了,躲藏到丘陵后面,那些丘陵挤在镇子的周围,好像萨夫卡肥胖的、短短的、全部盖着栗色粗毛的手指似的,普塔尼察河的流水好像注满了水银,闪着明亮的光辉。镇上的房屋色彩混杂,失去原来的形状,互相融合在一起。花园的树木蒙着尘埃,显出玫瑰色和银灰色,上面笼罩着湖色和灰色的烟。那里的一切慢慢汇成了一个宽阔的杂色斑点,仿佛有谁将无形而有力的双手伸到镇上来,像和面似的懒懒地搅和着它。

科热米亚金很想睡觉,但是产生了一个愿望,他要在离别时思索一下,对自己和人们说出一句有分量的、准确的话:他把下巴紧贴在胸前,使着劲,从疲劳的大脑里压出一声简短的、委屈的感叹:

"我被赶出来了……"

第四部

在离沃尔戈罗德七俄里远的光明的奥克莎河岸的丘岗上,在一片古松的红铜色树干中间,巍然耸立着一座以先知伊利亚命名的富丽的修道院。

齿形的围墙像一条宽阔的白带,透过红铜色的树干和绿叶望着河水。围墙的四角各有一座塔楼,好像打的结子一样。第五座塔楼比其余的四座全要宽些,高些,它居于围墙正中,院门的上方。院内有两个教堂——一个是冬季用的,一个是夏季用的,它们周围挤满了许多庙产设施。教堂的圆顶是金色的,活像一些有鳞的葱头,在那些低矮的旅馆、堆房和马厩的屋顶上方,有一些带花纹的、系着链条的十字架矗立在松林的树冠之间。高山坡上有一个面积极大的果园;在果园里,在那绿波荡漾、五彩缤纷的苹果、樱桃、李子和梨树中间,一些长老们的幽暗的庵舍,就像一艘抛了锚的船一样。而在上层的墙脚底下,在广阔的阳光照耀的林中空地上,伏着一所小小的、三扇窗户的、带着蔚蓝色护窗板的房屋,屋主是全区驰名、善于安慰受苦人的约翰长老。

雷雨季节的伊利亚节①过去了,今年还是那样炙热难当,和所有干燥得要命的夏天的日子一般;三天的节期过去了,节期内这里聚集了

---

① 东正教的宗教节日,俄国旧历七月二十日。

成千的人；难堪的节后的寂寞笼罩了修道院。疲乏的、恼怒的修士们在院内充满树脂味的暑热中爬来爬去，像苍蝇爬在玻璃上面。一只神气活现的老山羊立在马厩门前，用聪明的、栗色的眼睛望着人们从太阳烤炙的地方钻到房舍的阴凉里去，它摇晃着由马夫为它精心梳理过的栗色胡须。见习修士们清理香客们弄脏的院子，洗刷着公共宿舍和旅馆宽阔的房间，灰尘懒洋洋地从窗内向外飞着，不断有些面包壳、揉皱的油纸团被扔到院子里来，泼在院中的水，立刻在被太阳晒热的石头上蒸发掉了。

一个庞大的、好客的事务机构整顿着被弄乱的秩序；修士们懒洋洋的、疲乏的忙乱着，而在山上，约翰长老庵舍的台阶前面聚集了一些人，围成半圆，在那里耐心地、沉默地等候安慰，科热米亚金也在其中。

他住在修道院内几乎一个月了，而且每天在三点钟的时候，他都要不慌不忙地顺着这被踏得光溜溜的，有些地方露着松树根，铺着深黑的砂石板的小径来到这里。科热米亚金透过绿色的树网，看到了长老庵舍的明亮窗子，他脱下帽子，走到人们面前，向他们深深地鞠了三个躬，感觉自己比大家都有罪；台阶旁边放着三张长椅，他坐在一张上面，或是退到旁边一棵高大的松树底下，紧靠在树上，虔诚地等候长老出来，等候听他那朴质的、以和平和服从命运来软化人们心灵的说教。

三点半钟，约翰长老从庵堂里走了出来。他身材不高，挺直得像个军人，瘦得像只白嘴鸦，他为聚拢来的人们祝福，把白皙的、长长的手腕和纤细的手指无声地向他们伸去。一个头发浓密、眼珠蔚蓝的庵僧，这时在他后面放了一只低矮的皮圈椅；长老没有回顾，就坐下去，用手指小心地碰了碰他那疏疏落落，好像用银铸成的，其中还保存着几根黑丝的胡须。他抬起头，扬起了黑色的浓眉。

于是便露出了那双光亮而锐利的眼睛；长老的容貌端正而安详，好像柏树一样线条匀整。它同新派，即所谓"法国派"[①]所画的神像的

[①] 十七世纪末俄国圣像画受到欧洲（法国与意大利）的影响，开始由传统的画法过渡到写实的手法。这种新的风格即被称作"法国派"或"拉丁派"，"西洋派"。

明朗和善良的脸庞极相类似,所以令人马上会记得住,而且记得很长久。

他带着探询的神气打量着在他面前俯首而立的人群,眼睛变得又暗又窄,面孔一下子显得那样严肃和冷酷。后来在细长的鼻子和鳕鱼似的嘴的周围聚集了一些皱纹,形成一种安慰人的、温柔的微笑,眼睛中的冷光渐渐消失,从灰白的胡须下面流出一串活泼、明朗、命令似的声音。

"以圣父、圣子、圣灵的名义,诚恳地欢迎你们,亲爱的弟兄们!"

人们鞠躬,下跪,齐声高呼:

"我们的靠山!恩人!大贤人!……"

长老把美丽的手放在膝头,直着腰一动不动地坐在那里,他的后面和旁边放着几盆鲜花:颜色不同的拢牛花,美丽的球形的八仙花,玫瑰花,还有许多鲜艳的花和水嫩的绿草。长老的衣着颜色深暗,好像供在富丽堂皇的神龛里的神像,他周围的鲜花鲜明耀眼,好像一粒粒的天然宝石,而那个亚麻色头发的、脸颊红润的高级修士却好像天使,更加强了神圣庄严的气氛。

当人们嘴里念念叨叨、低声号叫着爬上台阶,用颤抖的手去触摸长老的法衣和他的脚,噘着嘴唇,一面咂嘴,一面嘟囔的时候,他病态地皱着眉头,脚缩到椅子底下去,而高级修士却阴沉地朝他们挥着手,人们互相推搡着往后退去,因为渴望快些听到安慰话,一面彼此怒目相视,一面唠叨:

"父呀,我想面聆你的教诲!"一个惊慌的、恳求的声音传了出来;于是,其他的人也随声喊着,声音有大有小,语气有的畏怯,有的坚决:

"我也要……我也要……"

有时,长老把一个人打量一番之后,命令道:

"你到一边去吧……"

但他更时常用平静的、令人信服的声音教训道:

"不可能,我不能,你瞧,有多少等候的人呀?假使和每个人单独谈话,我的时间也不够。你想说什么? 你心里有什么痛苦?"

而人们所说的,几乎永远都是科热米亚金所熟悉的、像是心里紧箍着一个铁环似的话语。

"苦闷得要死,找不到安身的地方,心神不宁……"

一个温和而恳切的声音透过树脂和熟苹果的甜味娓娓而谈:

"只有跟上帝一致起来,我们才能找到心灵的和平与安谧,除此以外,没有别的地方可以找到。我们应该生活纯朴,信任上帝的恩惠,应该像小孩那样生活,像小孩那样,也就是依照上帝的意旨生活。我们的救主在心灵里是小孩,他爱小孩,而且在谈到小孩时说:'在神国的,正是这样的人。'①"

蜡一般挺直的松树散发着和平的气息,烤热的树脂闪耀着金色和琥珀色的光辉,松树的蓊郁的树冠赐予大地以浓荫,它在太阳光下燃着碧绿的火焰。教堂的圆顶穿过绿浪,闪闪发亮,银色的河水和栗色的条状沙滩泛着微光。苹果和梨树像列队环舞似的延伸向下,树上结着累累的果实。周围的一切温和而平静,犹如美好的梦境。

科热米亚金审视着人们那些刻满了重重心事的皱纹,由于苦难而显得呆板的脸;那些黯淡无望而凝滞的、或狂烈燃烧着的眼睛;战栗和扭曲的嘴唇;痉挛的脸颊,既不稳定,又无意义的动作,以及那毫无缘由的怪笑和无声的眼泪,——有时候,他觉得在他面前是一个受尽磨难的躯体,它在地上战栗着、挣扎着,被忧愁撕成一块块的,或是一个苦难深重的灵魂。他望着人们想道:

"要这种人像小孩那样生活吗? 孩子们能成为他们的榜样吗? 他们会无情地殴打孩子们的。"

但是长老一直是满脸笑容,说着安慰的话:

"基督曾受过人世生活的熬煎,我们的主,还命令我们忍受下去。你们记得,——他曾在日色玛尼花园内祈祷:'主啊,请免去我这苦难

---

① 出自《新约·马可福音》第十章第十八节。

吧，'①——他很困难，比我们还困难，但是他，为了我们能得救，驯顺地服从了父的意旨！尘世的生活是作为考验而给予我们的。难道我们生来就应该和上帝争论，违反他那崇高无比的法律吗？你们必须从自己的心灵内驱走骄傲的、受魔鬼嗾使的、同仇恨你们、侮辱你们的人们斗争的愿望，因为《圣经》上说：'温柔的人有福了。'②你们应该穿上忍耐的法衣，压服你们的悖逆的脾气，给心灵套上和平的服装；对恶抵抗会造成新的恶……"

他永远说着一样的话；关于温顺，忍耐，爱，并且永远丝毫不爽地说到四点半钟。

"这个人是相信的！"科热米亚金边想，边端详着长老的威严而清秀的脸庞。

长老一人面对许多人，居高临下地望着他们，他们在他的脚下挣扎着，张着嘴，挥着手，好像被网拖到干沙上的鱼儿；他们的怨诉听来是那样阴郁，沮丧，胆怯，招摇和啰唆。他们大家互不相像，各有各的苦难，他们中间的每个人除去自己的痛苦，看不见，也感觉不到其他任何东西。就在这被忧愁弄痴、被恐怖压迫着的痉挛和纷乱的人群上，犹如夏季温暖的雨滴一样，洒落着平静安详的话语：

"你们要像小孩那样！……"

"他是相信的，"科热米亚金想。他更加清楚地明白，这些人不能成为孩子，不能过不同于过去的生活，他们的胸内没有和平，在被击碎和被撕裂的心内没有什么可以依赖的。他不仅在这里，在长老面前，而且在那边，在山下的社会生活中，也对他们作了观察；他知道他们每个人的心底都隐隐地燃着自己的希望之火，这火会各不相干地燃烧到一个人的末日，燃烧到把他毁灭，把他的心痛苦地掏空为止。

但是，他对这一点的认识越坚定，对长老的固执和坚持便越感到吃惊。长老那样坚持地对那些渴求休息和安宁的人指示道：

---

① 出自《新约·马可福音》第十四章第三十六节。
② 出自《新约·马太福音》第五章第五节。

"你们忍耐着吧!"

人们听着他的话,一种感到安慰的影子便随着黄昏的阴影显现在他们的脸上,——大家变得平静了些,果然一动不动地坐在那里,好像沉浸在白日的梦境里一样。

"我要求他接见我,把我的心事向他和盘托出!"他一再地向自己作着保证,并带着这个保证走下山去。

在客店里,扎哈里亚神甫几乎每天必来见他。这是一个肥胖、善良、快乐的人,在烟色的眼镜后面是一双眼皮浮肿,有病的眼睛。他画着十字,坐到桌旁靠近茶炊的地方,永远说着同样的话:

"您到我这里来吧,爱基督的人,到安宁和静寂中来,来为这个不幸的世界好好祈祷上帝,好不好?您孤孤单单地能在世上做什么事情?您这种年纪,已经到了该想想自己的时候了,是不是?您说,您的健康也并不好,不是吗?"

"也许说得对!"马特维心里忖度着。他的眼前浮现出一幅动人的图画:他,一个头发斑白、仪态端庄、对人平和仁爱的人,也同约翰长老一样坐在台阶上,向人们施舍着发自心灵深处的亲切而给人以慰藉的话语。但同时却有一个悲怆并带有责备意味的想法悄然地袭上他的心头:

"这么说来,我也要像大家一样离群索居吗?"

他有时想起马克叔叔的毛茸茸的脸,但是,它已属于那令人难堪的过去,显得越来越遥远,越来越模糊了。

"这里很安静。特别是,您若能捐一大笔款子,就更好了。"

但是有一天,他上山到约翰长老那里,往人群里看了一眼,发现奥库罗夫镇的居民季乌诺夫的深色的独眼也在那里:独眼人斜靠在松树干上,倒背着手,歪着头,目不转睛地望着长老的脸,发黑的嘴唇一动一动地念念有词。科热米亚金迅速地转过身来,但是独眼人已经看到他,友善地点了点头。

"不好!"科热米亚金这样想着,担心什么似的把头一缩。

几分钟后,他听见了季乌诺夫的声音:

"约翰神甫!请您发发慈悲,解决我的疑惑:新近这里有几个阉人被法院判决流放西伯利亚,但是福音里说:'有为天国的缘故自阉的,'①请您对我这不懂理性的人解释一下:他们既然是为了寻找天国才自阉,为什么还把他们遣送到西伯利亚?"

那高级修士动着眉毛,作了一个表示禁止的手势,长老眯起眼看了看季乌诺夫的脸,郑重地说:

"又是您?但是,我已经向您解释过了,可尊敬的,我到这里来,并非为了空发议论,而是为了同在这个悲苦的世界里寻觅安慰的人们心平气和地谈谈。我并不是裁判官,不判任何人的罪。"

人们打量着季乌诺夫,发着怨言;修士俯下身子,浓密的栗色鬈发撒落到长老的肩上,在他耳边低声说了些什么,长老否定地摇摇头,科热米亚金瞥了季乌诺夫一眼,轻松地想道:

"人家不会让他说话的。"

但是,独眼人仍然站在一边,同人们隔着一段距离,用手指拈着胡须,眼睛盯着长老,长老提高嗓门说:

"我们所以受苦,并非上帝不听我们的祷词,只是我们不注意听他的训条,我们不和上帝一道寻觅和平,不服从他的意旨,还要破坏上帝的法律,企图反对他……"

"正是这样的,神甫,"季乌诺夫又大声说,"我们就像没有牧人的羊,乱作一团,而且什么地方也找不到牧人……"

"除了上帝以外,我们没有牧人!"

"我们不如走开了吧!"科热米亚金拿定主意,立刻从人圈里钻出来,头也不回,顺着嫩苹果树和密榛子树的弯曲小道走下山去。但是,当他穿过花园走进院门的时候,季乌诺夫在他的肩后很恭敬地向他问着好,温柔的问话好像可爱的小猫一样戏耍着,跳跃着:

---

① 引自《新约·马太福音》第十九章第十二节。

"您早就在这个爱神保佑的地方了吗？先生,我们奥库罗夫镇上的人都好吗？您记得谢苗·特洛兹多夫吗？"

最后一个问题触动了科热米亚金的心。

"他在哪儿？"

"就在沃尔戈罗德城里……"

季乌诺夫不使人见怪,很知趣地笑了笑,他说,特洛兹多夫在一个面包店的女老板那里找到了安身之所,她是个寡妇,比他年长五岁,这女人收留他当作生意上的伙计,同时还让他跟自己做伴,因此他感到无上幸福:有饭吃,有衣穿,逢年过节还可以喝酒,只有一样:没有她亲自看着,就不放他到任何地方去。

"对于他的信任,不比对婴孩多些,因为您也知道,他是一个怀着空想的人,而面包店老板娘却是一个厉害女人,甚至还有流言,说她做过鞭身教的圣母①,她的钱就是从那里得来的。谢苗学会了弹吉他,对于诗也有极大爱好……"

"这么说,他的生活总算安定了吧？"科热米亚金阴郁地问。

"显然是这样！这样也不坏,他好了对人们也没有害处,他并不贪心。"

"难道贪心还有害处吗？"

"当然啦,首先是因为愚蠢。聪明的贪心不碍事……"

"什么事？"

"一切事……"

科热米亚金想喝水,但是他既不敢叫季乌诺夫到自己房间里去,也不敢和他告别。他们不知不觉地走出垣墙,穿过一片小树林,顺着铺得很平的道路,静静地来到了岸边修道院的白色码头。独眼人说话很有趣,好像同时扮演五个角色,用各种不同的声音说话似的,一会儿

---

① 鞭身教是旧俄时代一种神秘论的残忍的教派。该教派的首领自称"神子",其身边还有"十二门徒"和一位"圣母",一个鞭身教团体称作"一船",一个"船"有一名男"舵手"或女"舵手","舵手"大多是"跳神"仪式的领舞者,拥有无限的权力。

沉思,带着叹息,一会儿爽朗,有力,以高昂和带有挑逗意味的中音说出一些话来,一会儿忽然低沉而且和蔼。他的话虽然都是遮遮掩掩的,但是其中显然含着嘲笑,从而使人对他产生更大的兴趣。

"您认出长老是谁了吗?"

"没有,他是谁呢?"

"咱们奥库罗夫镇的……"

科热米亚金觉得这是不愉快的,不真实的,他反问道:

"奥库罗夫镇的?"

"肯定是咱们那里的!伊波利特·沃耶沃金——您认识吗?"

"听说过。"

"他当军官的时候我就记得他,是个很机灵的军人!可您瞧他竟干起这个来了!"

他们在清洁、富丽的修道院村庄的街上走着,经过一些舒适地隐藏在庭院后面的、引人入胜的房屋,这些房屋,被一片像帐幕似的绿丛掩护着,好像排着整齐的行列,从林中走到小河岸来游玩似的。迎面走来一些穿得整齐、吃得很饱的小市民,身材高大、脸颊红润的姑娘和村妇,但是儿童们显得端庄、安静,同年龄不相称。

"他为什么进修道院?"科热米亚金兴致不高地问。

"没听人说过。我想,是因为没有吃的吧,"季乌诺夫说,不时地把帽子从状如甜瓜的脑壳上不经意地掀一掀。"现在这时候,贵族有两条路可走:一条是充当僧侣,一条是做玩牌的——就是所谓赌棍……"

"那么当官呢?"

"这跟当兵一样,人人都可以。"

"人人也都可以当僧侣……"

"太高的神职,人家就不让当了!"

"高到什么地步?"

"高到能布道。他们向来是想方设法让贵族当传道师、当长老的,因为贵族不会泄底……"

"泄谁的底？"

"一般说来……是泄这个秘密机关的底，"独眼人支吾搪塞地回答，慢吞吞地走着，像仙鹤一般，头一直向上仰着，因此，他的粗硬的胡须也向前跳动，好像要用须尖刺什么人似的。

独眼人的话扰乱了修道院使人陷入的忧郁和驯顺的心境。

"请您注意：要是把俄国所有的圣徒考察一下，就会发现他们全都是些大公、大小贵族、至于商人、小市民、或庄稼汉，连一个圣徒都没有；也许在旧教徒里边有，但是这些圣徒是我们不承认的……"

科热米亚金不确定地说道：

"是的，照圣徒传来看，圣徒里面的贵族相当多！"

"总而言之，上层阶级离上帝最近。不过，庄稼人能不能写贵族圣徒传呢？"

独眼人眯缝起一只眼睛，轻轻地笑了，马特维·萨维利耶夫也不由自主的轻笑了一声答道：

"庄稼人不识字，不会写。"

"就是呀！"季乌诺夫赞许地喊了一声，顿了顿。随后压低嗓音，神秘地说道：

"先生，我们不应该把脑筋用到那方面去，不应该总是想着金银，不应该，而是应该读书识字，那才对呢！要有好多金银，才不会被人夺去，才会有权；但是知识谁也夺不走，它是深深地藏在你的内心里的！"

"假使我像他们那样什么都知道，我就能回答他们的一切！"科热米亚金忽然产生了这样一个强烈的想法，但随即在胸内烟消云散了，最近几天的回忆像燕子似的迅速掠过，又唤起了他那被压制下去的对于人们的怒气。

"大家全是我们的裁判官，"他皱紧眉毛，唠叨地说，"而我们连自行辩解都不会……"

"钟没有了舌头，只有从外面敲一下的时候，才会发出响声……"

"对！"

"这是起码的常识！咱们不是在生活，咱们是在苟且偷生，每个人都躲到自己的角落里，避开那些发号施令的人。俗话说得好，一个人在战场上不是战士，可是在土坑里又算得上什么呢？"

"走，咱们喝杯茶去！"科热米亚金坚决地说，拉了拉独眼人的胳臂肘。

他觉得他似乎拨开了一块浓云见到了光明，这浓云像大衣似的把身心都覆盖住了。他一面倾听自己内心的骚动，一面坚决地走上酒店的楼梯，穿过五彩缤纷的大厅来到平台，把上衣的衣襟一敞坐在了桌旁。

"请坐！"

"好极啦！"季乌诺夫搓着黑手说，一面向周围扫了一眼，坐在了科热米亚金的对面。马特维·萨韦利耶夫也回头看了一下，甚至隔着平台的栏杆朝下面望了望，信任地轻声问道：

"您觉得长老是个什么样的人？"

"是位很凶的老爷，哎唷！"季乌诺夫把一个手指向上一抬回答道。

辛辣的嘲笑在他那带伤的脸上掠过，在右眼附近的红疤上面消失了。

"我跟他较量过五次，"他眨了眨眼睛继续小声说着。"有一次甚至被人家抓住我的手，撵下山来，我那次气极了！他是一个极有害的老头儿……"

"有害的？"科热米亚金反问，带着一种害怕的，但是愉快的感觉，好像有人给他往外拨刺似的。

"肯定是有害的！"季乌诺夫小声说，眼睛里燃烧着绿光。"您听一听我的意见，这并不是凭空捏造出来的，是经过内心的巨大痛苦冶炼出来的。"

他的胸脯伏在桌上，眼睛盯着谈话对方的脸庞，言词热烈地轻声说道：

"咱们是些什么人？咱们是些被艰难的生活折磨得很厉害，赤手空拳,一贫如洗,孤苦伶仃,被吓破了胆的人;简单地说吧,我们不记得自己的宗族,不指望得到任何遗产,生活完全无望,混一天算一天,一切听天由命,凑凑合合地活着,对不对呢?这自然是囚徒的生活,甚至可以说是可诅咒的生活!又何况我们还是些懒人,好吃懒做的东西呢,是不是?这一点是谁也去不掉,隐瞒不了的,对不对?"

"是这样!"科热米亚金表示完全同意。

"是吧?"独眼人高兴地喊道。

他立刻恳切而又得意地小声说道:

"但是还有别的,我们的人民是机敏的,伶俐的,有自己的聪明之处,这也是起码的常识!"

"但是长老呢?"马特维·萨韦利耶夫问。

"我们马上就会谈到!首要的是人民。问题是人民具有什么样的脑子?说实话,脑子是灰色的、柔软的,思索起来很吃力,不寻觅新的道路;祖父使用木犁,还和儿媳同住,孙子也跟着他走一条路!力气不小,但是缺乏智慧,他们不凭智慧过活,他们认为智慧是贵族搞出来的东西,从贵族那里能得到什么好处呢?生活是可恼的,贫困的。能对谁谈谈心里的话呢?对着酒瓶,要不就是对伊波利特·沃耶沃金?对不对?喏,我常走到他面前说:'长老,我不会生活!'他对我说:'也不要求你会,你要作好死的准备!在这里,在尘世上,无论怎样生活,总归是要死的,主要是天,天堂,天国!'他的害处就在这里,您看见了吗?难道天国是为懒人而设的吗?决不是!他是在助长懒人繁殖,这种人在我们这里本来已经多得数不清了!他说什么?忍耐吧,服从吧,不要抗恶,不要固守着尘世,因为天国并不在这个世界上,还说什么上帝不是在折服您的力量之中,而是在真理之中。可是,真理究竟是什么?它也是一种力量,应该发现它,握在手里,用它抵御生活中的一切危害!上帝就在智慧的力量之中,智慧就是真理,这就是三位一体:理性,真理,以及从这二者产生的上帝的全部力量!"

他的脸色发黑,眼睛旁边的伤疤红得像火炭,他那热烈的低语降到了嘶哑的程度。

"主说什么？主说,给你土地,你去辛辛苦苦地把它耕种成一个乐园吧！当基督说'我的国不属这世界'①的时候,他指的是罗马和犹太的世界,而不是指整个大地,决不是的！应该这样了解,我的国不在这个世界上,即犹太和罗马的世界上,而在整个大地上！肯定是这样！那就是说,上帝的国在大地上,人应该行动起来,上帝会帮助你！至于所有那些安慰之词只能纵容我们的懒惰。不,够了！不需要任何安慰,只需要有真理！凡是有人跑来说：'苦闷呀！'你就对他说：'去做工吧！'他说：'没有力气！'你就说：'去积攒吧！'他要是说：'我不能！'就告诉他：'那么再见吧！'很简单。正像对士兵说'向前看齐！'一样；再没有二话！"

科热米亚金不太喜欢这种说法,他把身子从桌边挪开,喃喃地说："似乎过于严厉了吧？"

"一点也不用姑息！"

季乌诺夫那张被烟熏黑的脸哆嗦了一下,张开无牙的嘴发着冷笑,那只独眼奇怪地跳了跳。

"我的先生,我听到这类传教师不止十几个了,在我们这片土地的所有角落里都有！"他提高嗓音,撇着嘴唇继续说着。"我直率地说：对于在绝望中过活的人,这种教义是直接的危害,好比酒一样,甚至还危险得多！应该教人们反抗,而不是无意义的忍耐,应该教导他们热爱事业,有所作为！"

"马克·瓦西里耶夫也这样说,"科热米亚金想道,"这么说来,内中总有一点真理,既然是这样不同的人……"

他一面听,一面隔着码头的顶棚眺望着那平如明镜的静静的河面；枞树和桦树环立在对岸,清晰地倒映在昏昏欲睡的水中,稍远些,它们便和茂密的、蓝色的树林融成了一片。看着河里的树影,不禁使

---

① 引自《新约·约翰福音》第十八章第三十六节。

人觉得,好像所有的树木全是从河底出来,不很显眼地慢慢向大地的边缘移去。干草堆耸立在林中旷地中间,庄稼汉们在草堆附近不慌不忙地走动,他们穿着蓝色和红色的衣裳,把干草扔到大车上面。一只小船像挂在树巅的倒影似的,船头上伸着两根长长的钩竿,看上去好像一只大甲虫。沉重的、黑色的渡船正在过河,三个黑衣修士驾驶着,两个在铁索旁边,一个把舵,船后拖着一片像宽阔的翅膀似的涟漪,水中的倒影活跃和摇动起来,仿佛向绿色的河岸跑去。

"他是想把长老一笔抹杀,"科热米亚金这样想,并对自己听着独眼人那些冒昧言论时所持的冷淡态度感到惊异,而独眼人却像打鼓似的用喑哑的声音铿锵有力、热烈而迅速地说着:

"每个人应该找到他自己的爱好,如果没有爱好,那还有什么生活可言?拿您来说吧……"

"我?"科热米亚金惊惧地问。

"不是您一个人,而是一般的商人……一个阶级!"

"是吗?"

"这是个什么样的阶级呢?"

"什么?"

"这是一股力量!"

"嗯……可这股力量究竟在哪里呢?"

"无所不在!"季乌诺夫得意地说。"贵族在哪里?现在能看到他的什么事业呢?只是一些刑事案件!但是,你们的阶级却理所当然地站到了它的前面。建筑城市的不是商人吗?他们设立教堂、医院、慈幼院,开辟新的道路,可以说是把整个土地全掘松了,全搜遍了,看什么地方有有益的东西,对不对?"

科热米亚金肯定地点了点头,可季乌诺夫愤怒地竖起眉毛,把脸都气歪了,几乎狂怒地喊道:

"但是还没有达到最主要的!为了取得完全的领导权,需要的是什么?需要文化,科学!商人阶级其实不必多造医院,应该广设学校,使大家学习真正的本事,使每个人都能明白,俄罗斯是什么!这是最起码的!除了商人以外,谁能帮助百姓呢?别的人们需要人,乃是为了抢劫,为了从他身上搜括金钱,但是商人需要的是工人,事业家!所以应该教育能做事的人,使得他了解自己和俄罗斯!应该把人抬高到理性的高度,让他四下里看看,能找到一桩合乎自己心意的工作,不应该把他当作木桩子随便乱塞,他即使不好,但总是活人,他会感觉痛苦!"

"在许多人的眼光中,'商人'这两个字好比骂人话一样,"科热米亚金说,想起了加拉茨卡娅。

"为什么?"独眼人问。"为什么轻视力量?这全是他们那些伊波利图什卡们,伊凡努什卡们教养成的!把那班驯顺的高级修士身上的衬衫剥下来非常容易!不,这是胡闹!该结束这种舍本求末的做法了!大家互相撕着衬衫,甚至连皮也一块儿撕下来,但是这样作没有一点好处。咱们互相揪住衣领,在一个地方厮打,但是咱们不是靠土地的果实和宝藏生活,而是靠别人的血,而且是污血,因为它已经中了伏特加酒的毒!不,假使你帮助人穿上和他的身份相称的衣裳,真正地给予他武器,给予他一切,那时候他会报答你,还加上优厚的利息!有理智的人有债必还,只有傻瓜才梦想抓起一百卢布拔腿就跑的……"

"您说得极有道理!"科热米亚金恭维着他,也像对方一样兴奋起来,但是后者用手指夸耀地戳着自己的褐色额角,说道:

"是这个脑瓜想出来的!唉,我的先生!你瞧一瞧,向四下里瞧一瞧:天呀,该是多么富饶的地方!还缺少什么呢!除去理智以外,什么都有!这会让人难过得热泪直流:土地被一道道沟壑割得七零八落,河里淤满了沙土,树林燃烧着,乡村显得更加残破,牲畜就像虱子一样干瘪,农民过着野蛮的生活,住在污泥里,没有人照管,愚昧、粗野、饥饿,对他们没有一点关怀,你自己管自己吧,——可又捆住手脚不许你动弹!咱们过着囚犯一样的生活,一点学识也得不到。国家的整个心思都用在要人把卢布送给国库上,别的就随你的便,送命也没人管!"

他捂住自己的火焰般的眼睛,睫毛下滚出一颗沉重的泪珠。这使科热米亚金十分感动,他忆起约翰长老的清秀的脸庞,想道:

"那位是不会哭的!而马克·瓦西里耶夫也哭过……"

"对不住,"季乌诺夫小声说,把脸藏了起来。"我把自己的心触得有点痛。"

科热米亚金叹了一口气,默默地把身子扭向一旁。山上吹下晚风;响起了召唤晚祷的钟声,肃穆的钟声向河对岸的蓝色树林飘去,那里的枞树梢被天空勾勒得十分清晰,它们已经变成了火红的颜色了。

"独眼人一走,"科热米亚金想,"留下我自己,又要出现好多各种各样的想法了。扎哈里亚又要没完没了地纠缠,我也会去当修道士的。这个长老也真是……总说要忍耐,可是为了什么呢?独眼人说得很大胆,但似乎有点耍滑,投人所好……"

季乌诺夫把没有喝完的一杯茶推开,问道:

"您去做晚祷吗?"

"不,我没有做晚祷的心思,"马特维·萨韦利耶夫若有所思地答道。

"我也不去。"

他看了看天,看了看河,还看了看科热米亚金身后的什么地方,沉默了一会儿,合上眼睛,提议道:

"您要不要到渔夫那里过夜?离这里有三俄里远。那里鲟鱼汤熬得很出名……"

"可以!"科热米亚金表示同意。"说实话,我很愿意继续和您为伴……"

"我也愿意,先生!"

他们不慌不忙地走上了被晚霞的火焰染红的街道。

科热米亚金越来越喜欢同这个人谈话了。他感觉自己和独眼人立于平等的地位,并不低于他。他对季乌诺夫的不信任并没有消失,但由于对他的话越来兴趣越大,便把不信任的念头打消了。

"他说话的声音很轻,但是却像在大声疾呼,"又想起了很久以前所获的印象。

他们来到了河边,几乎是站在那里随着沙土一起滑下去的;在码头尾端下面,蓝色的船舷上边露出一个生着白色鬈发的大脑袋。

"喂!纳扎雷奇!"

"喂!来了吗?"

一个魁伟、宽肩、红脸的老人,在小船上面站起来,把船轻轻驶到岸边。当船撞到沙里的时候,他低沉地、友善地说道:

"上来吧。"

"这人怎么样?"季乌诺夫一面坐下来,一面冲着船夫向科热米亚金使了个眼色,问道:

"很好!"科热米亚金说,但迅即闪过一个想法:"他们会把我带到一个什么地方一下子干掉的……"

老人一面整理船桨,一面用犍牛似的眼睛带着笑说道:

"女人们很了解我是个好人……"

"你真是个伟大的罪人,纳扎雷奇!"季乌诺夫以亲热的嘲笑口吻说。

"连沙皇都对上帝有罪。"

纳扎雷奇直挺挺地坐着,身子也不摇晃,他只凭双手的力量,不慌不忙地划船。没有一点声响,只有桨栓发出轧轧声,受惊的水在船头底下发出潺潺的响声,从舷旁跑散,摇撼了岸边房舍的黑色倒影。科热米亚金感觉自己在这老人面前是渺小的,胆怯的。小船逆流而上。他觉得他似乎被一下一下,着力十分均匀地推向下面的什么地方去。季乌诺夫不停地说着,他那犹如镀上一层嘲笑的银光的声音,和着河水静静的潺潺声向四面流淌。

"您瞧他具有令人羡慕的美貌,还有一种不知疲倦的力量,他已经六十七岁,但是从没叫过苦,还可以活到一百岁,而且不吝惜力量地活

399

着,对吗？纳扎雷奇。"

"就是这样。有什么可吝惜的？上帝既然给了人力量,那就该去用它……"

"他把全部力量都白白耗费掉了,对于留名于后世毫无兴趣。其实只要他愿意,凭他这份力气,很可以做出一番伟大的事业,使人们有饭吃,自己也成为富翁……"

科热米亚金全身放松,由着小船把他推得摇摇晃晃的,眼睛望着季乌诺夫的尖脑盖、黑黝黝的脸和不安的独眼,心想：

"这个唠叨起来没完的人！净讲着财富的话。他显然很贪心。"

他以教训的口吻说道：

"财富并不能救人。"

"对呀！"渔夫证实说。"基督就是乞丐,和使徒们一道捕过鱼……"

"不,假使一个人不在金钱里埋葬自己,而能用理性支配金钱,这对于他是荣耀,对于别人也有益处！我们需要财富,我们有许多东西,但是得不到利用,大家依然生活得很坏……"

"我们到了,"老人说,用力划了一下,把小船划到沙滩上面。他跳出舷外,把船头微微抬起,在潮湿的沙子上轻轻地拉拽着,随后又直起身来,声音洪亮而威严地喊道：

"尼科尔卡！"

他跨着大步,向紧靠在山脚下的土屋走去。土屋前面燃着篝火,照亮着土屋的黑乎乎的门洞。在渔夫的魁伟身体后面,有两个影子在沙子上拖曳着,一个在后面,是乌黑的,由于火光,显得很短,另一个在侧面,长长的,由于月光,显得稍微明亮些。一个纤弱的少年在篝火旁边直立着。他生着一副沉郁的、修道士型的面孔,一双圆圆的眼睛。

"他有点傻里傻气,"季乌诺夫说。"因为受了惊,害怕火灾,他的妹妹和母亲全被火烧死了,他也就发了疯。他本来住在修道院里,人家把他赶走了,因为他没有用。假使他年纪大些,可以让他充当苦行僧。"

独眼人轻声笑了。

蓝色的天空上面悬着月亮,像一个揉皱的铜圈。对岸紧傍着河水就是树林。枞树齿好像大锯的锋刃。土屋上方陡峭的山坡上是一片茂密的树丛,那山好像浑身生着茸毛,面目狰狞地往下爬着。周围的一切都大得可怕,好像在童话故事里一般。河水发出黯淡的光彩,它似乎不是在流,而是在一个地方涌来涌去。篝火明亮地燃烧着,拥抱着吊在上面的黑锅,影儿在沙子上战栗,好像几只巨大的、受了重伤的鸟儿,在无声的痉挛中挣扎。

"你把你的一生错过了,"季乌诺夫说,露出挑逗的神气。

"这样就很好,"纳扎雷奇回答,站在篝火旁边,全身都被颤抖的红光映射着。

科热米亚金躺在土屋的草席上,想道:

"在哪里也躲不开这类谈话!"

静静的谈话声在篝火旁边缓缓流动,同木柴的爆裂声融合在一起。

"主不让有才干的人埋没在地里,而吩咐他们生活在人间[①]……"

渔夫嗓音浑厚、懒洋洋地答道:

"但是圣徒们却在树林中,旷野里栖身……"

"你等一等……"

"可现在这种人根本就没有了,老百姓越来越不驯顺,越来越凶狠了……"

"应该把他们大家引导到理性上面去……"

"人繁殖得很多。从前很简单:老爷,农民,僧侣,也不过就是这些人……"

"但是商人呢?士兵呢?"

[①] 出自《新约·马太福音》第二十五章第十五至二十八节。

"他们也是农民！而现在却增加了许多官吏，律师，教员，水上警察等等；出现了一些没有家庭的女太太，真不明白是从哪里来的？"

"不，"科热米亚金在突如其来的极度的烦闷中又想。"这种谈话是躲避不开的……"

他不再去听了，因为他回想起一个可怕而且可笑的故事：夜里，他躺在修道院旅馆的糊着蓝色壁纸的小房里。在旁边，在薄薄的壁板那边有人讲话：

"那时候他三十六岁，父亲打发他运一批脂油到彼得堡去。他想欺骗父亲，到了彼得堡以后，给父亲发了一封电报。电报中说：'爸爸，脂油卖不出什么价钱！'老阿尔恰诺夫接到电报，取了一只铜盆，走到前室去，跪下，把头俯到盆子上面，用小刀把自己的喉咙一划，顿时就死掉了。"

"怎么？……"

"顿时就死了……"

"是——是吗！那个盆子是做什么用的？"

"为了不让血流到地板上，你要知道，血不大容易洗干净，必须刨地板才行，他觉得这很可惜。"

"上帝保佑，他俭省得可真够！"

"事情就是这样。那封电报自然是假的；格里修克以很好的价钱把货物卖出去，回到家里，自由自在地过起来了。他娶了一个穷人家的姑娘，把她锁在家中，不放她出去，他自己却像一只野狼似的，在全省东窜西窜。用茶叶、糖和伏特加向巴什基尔人收买土地，钱像流水般流到他手里。又过了三十年……"

"三十年吗？"

"有多少日子，我也说不准，也许三十年还多。格里修克的儿子长大了，就是这个瓦西里，一切都像祖父那时候一样，格里修克打发他运羊皮和熟皮到马卡里亚的集市上去卖。瓦西里也给他发了这样一封电报。他心想父亲也会像祖父似的，一接到这个消息，立刻就会自杀。

但是格修克不理独眼人这一套。他回答道:人家肯给多少钱,就卖多少钱,然后回家来。好呀。瓦西里卖了货物,跑回家来,格里修克在门房里迎接他,就是祖父自杀的那个地方,用铁通条朝他头上乱打一阵,就从那时候起,瓦西里就变成傻子了。"

讲故事者的那副得意嗓音中断了一下,只听有一个修道士在院子里骂马夫:

"你们这些混蛋……"

一个嘶哑的声音问道:

"他怎么死的,那个格里修克?"

"他是老死的,也许是由于食物恶劣……他吃得很坏,他常常去逛莱市,在那里一看见女商贩的鸡蛋发臭,苹果发烂,野果揉碎,他就前去干涉:'老婆子,你竟干这个事,我们城里正闹霍乱,你竟敢贩卖烂货;是怎么回事?我要去叫警察!'他威吓村妇,村妇当然害怕起来了。假使德高望重的格里戈里·阿尔恰诺夫亲自去叫警察,警察一定不会饶她的!她准备放弃自己的货物,立刻跑走,这时他对她说:我可怜你,乡下婆子,你是个穷婆子,我给你一个戈比,你把这些烂东西交给我吧。于是他便把小贩托盘里的东西统统都倒进自己的麻袋,只花了一个戈比,全家都吃这些东西。"

"他不是有几千万家私吗?"

"是的。"

"好像他有四千万?"

"算起来有四千万。"

"有成千万的家私,还要剥削人家!"

"你瞧,"科热米亚金阴郁地想。"能弄清这些都是怎么回事吗?"

"鱼汤开了!"渔夫说,咂着嘴唇喊道:

"喂,商人!来喝鱼汤呀……"

"你别管他,别喊醒他,"季乌诺夫说。"他的神魂不宁……"

他们小声谈了起来,科热米亚金就伴着这轻轻的微语沉沉睡去。

403

他在太阳升起的时候方才醒来,银色的河水冒着蒸气,小船在白云般的蒸气里面静静地滑过,一个老人站在上面,他全身披着玫瑰色,不戴帽子,头上飘着一束灰白的头发,他挥着手,鞠着躬,好像是在向早霞祈祷,召唤藏在树林后边、还没有露出头的太阳。季乌诺夫躺在离科热米亚金不远,铺着粗布的沙地上。他脸向上,发红的右眼窝对着天空,左眼被眉毛遮得严严实实,像是在发怒,汗珠像泪水似的在他那绷得紧紧的脸上流淌,他咬着嘴唇,好像在梦里还在说话。

"他也是一个孤苦的人,"科热米亚金一面站起身,一面怀着善良的情感在想。"他到处走走,散播自己的热情,这对他有什么好处呢?叶夫根尼娅和马克·瓦西里耶夫——他们受了屈辱,他们无辜地受苦,他们想复仇,但是这个人希望的是什么呢?"

沉重的轮船的轮桨在远远的什么地方有韵律地拍击着河水。

"噢噗,噢噗,噢噗,"河水应和着。

鸟儿醒来,花鸡在山上的灌木丛内响亮地叫喊,雌杜鹃在山上发出诱人的笑声,雄杜鹃在远处什么地方发出悠扬的、迟缓的咕咕声,作为回答。科热米亚金走到浅滩边上,两只山鹬从他身边跑开,他脱了衣裳,走进河里,清凉的河水紧紧地抱着他,使他的全身立刻充满了朝气。

"在修道院里不好,今天就搬进城里去!"他突然拿定了主意。

他洗过澡后,身体打着冷战,在沙滩上坐了好久,让光裸的身体沐浴着已经升到河上的阳光。

"你好呀!"从后面传来渔夫的有力的声音。"我们已经放下了网;我们现在就喝茶,好不好?"

"好!"科热米亚金表示同意,打量了老头子一眼:他的两腿叉得很宽,摇晃着湿淋淋的脑袋,寒冷的水点滴到了客人的身上。

"就是好!"他一面说,一面蹲下去,搔着胸脯。

"扎哈雷奇闹了一个够,现在正睡着呢!他是个聪明人,看见过许多我们不知道的事情。他一直教训我到早晨,可是我也不肯服输,不肯!"

他咧着嘴笑了笑,打了一个哈欠,继续说:

"我明白,他希望一切都更好些。不过不会有这样的结果,会更坏些,不会更好的!一切都决定于人,但是人现在很多,而且全是各种不同的人,是的……"

他用灰色的犍牛般的眼睛,和善地望着科热米亚金的脸,响亮而意味深长地笑了。

"每逢春天,这里的人全到乡村里去。他们说,我们到新鲜空气里来,为了呼吸得自由些,但是自己还不断地抽烟,真是这样!这也算呼吸空气!有的人竟一下子用枪自杀了,像前几天那个不相识的人,就是这样。去年在谢切纳雅也有一个人用手枪自杀了……好啦,咱们去喝茶吧。"

他一面和科热米亚金并肩走着,一面喊道:

"喂,扎哈雷奇!你起来吧,瞧,太阳都升到什么地方了……"

季乌诺夫跳起来,往四下里看了看,迅速走到河边,边走边解钮扣。他跳进水里,扑通扑通扎了三个猛子,立刻从水里走出来,开始祈祷:光裸的身体被太阳镀成金色,他脸朝东站着,双手扪着前胸,恭恭敬敬为自己画了几个十字,仰起脑袋,弯着背,水点在他的肩上闪着光。后来,他匆忙穿上衣裳,走到土屋前面,弯下身,向大家请早安,坐到沙子上,满意地说:

"在太阳刚升起时,到空旷的地方祈祷上帝是很好的。"

"难道有光着身子祈祷的规矩吗?"渔夫问。

"我不知道。我是为了晒干身体……"

喝完茶,他们立刻上了小船,那个傻里傻气、沉默寡言的小伙子摇橹,老人齐膝立在水中,对科热米亚金说:

"你一个人也可以来,不要紧!咱们静静地坐一坐。我敬重稳静的人。我看不起饶舌鬼,尤其是,假使他是独眼的!"

他仰着毛茸茸的、闪着银光的脑袋,大张着周围生满胡须的嘴,他那隆隆的笑声,像林妖一样,身上被阳光照耀得十分鲜艳。他穿着玫瑰色的衬衫,和用缟麻织成的、藏青色的裤子。

"这人真漂亮!"季乌诺夫喃喃地说,抖动着不成样式的小胡子。"少有的诚实,心地善良,也不笨,还会说话,——但是就这样混过去了,一无所成!有时我想:他的性情所以良善,是因为懒于同人纠缠,意思是说,喏,拿去,不过,请你走开吧!"

"也是这一套,好耳熟啊!"科热米亚金想着哆嗦了一下,不禁忆起了马尔库沙。

独眼人郁郁地沉思起来,过了一会儿又说道:

"这类人我见过很多,简直不计其数!他们无疑都是好人,但全都好吃懒做!捕鱼是最懒惰的行业……"

"他好像普什卡里,"科热米亚金想。"假使沙基尔死了,我会雇他代替的。"

过了几天,科热米亚金感到他很需要这个像被烟熏了似的独眼人,觉得此人有一种驾驭他的力量。

"首先,"他常常神秘地教训人,"每个人应该珍重自己的阶级,阶级就等于他的家庭一样,必须这样!人们说:我不是农民,是渔夫;我不是小市民,是商人,这种话毫无道理,这只能造成隔阂,但是生活是应该联合在一个行列里面的!您仔细看一看那些贵族们:有一个时候,他们自己选举自己的警察局局长,他们爱选举谁就选举谁,而那些贵族首领至今还是自己的人!当每个人站到自己的行列里面的时候,便会显出力量在什么地方,政权应该交给什么人。一切的数字全是用个位堆成的,这是尽人皆知的!一切的个位应该紧紧地相互靠在一起,而且应该使每个个位知道,它并不只是带着小钩的一竖,其中包含着活生生的力量,那时候,零数才会珍重它。一个人跑来跑去只能自己给自己和整个阶级破坏棋局,正是由于这个原因,咱们才看不到咱们那些应该看到的王棋①!"

---

① 王棋,在跳棋中越过对方最后一道防线,可以任意走动的棋子。

"对呀!"科热米亚金表示同意,并且忽然想起了马克西姆。独眼人领科热米亚金到市立练马场去听救济饥民的义演音乐会:那里拥挤而闷热,军乐响成一片,半裸的女士们头上插满了花,走到台上,用令人不快的高音唱着,一会儿是独唱,一会儿是两人合唱,或是和穿瘦燕尾服的男子对唱。

"您瞧,"季乌诺夫唠叨着。"一旦发生了不幸和灾荒,便有人出来活动。可他们都是些什么人呢?这位是工程师夫人,这位是教师,这位是律师的妻子,而且还是一个犹太女人,瞧见了吗?这里大多数是犹太人和德国人!俄国人极少,商人和商人的妻子甚至完全没有!这是怎么回事?究竟谁跟灾民亲近,——是这些外国人,还是商人呢?您瞧,一些人让出自己的位置,另一些人便出头露面了,是不是?假使没有灾荒发生,没有人会知道他们,可现在他们成了好人,博得了盛誉……"

他们坐的位置很高,在一只木架上,好像两只公鸡,四面被阴郁、沉闷的人群包围住,许多青年聚在更高些的地方,呐喊,跺脚,骚动。座位的木板发出咯咯吱吱、噼噼啪啪的响声,科热米亚金怀着恐怖,料想这一切会突然倾倒,坍塌下去,下面正整整齐齐、一排排地坐着安静、端庄的人们,女人们挥动着直裸到肩头的手臂,往自己的红脸上扇着风。

"整个的悲剧在于人们不了解自己的合法地位,"季乌诺夫小声说。

他和科热米亚金在城区漫步时,读着商店的招牌:

"施托赫,就是说是德国人。文策尔一定也是。布赫和米切尔,克诺普,哎呀,有多少啊!伊萨克松,迈泽尔,——一定是犹太人,但是,罗斯、俄罗斯到哪里去了呢?这就是所谓喧宾夺主!"

招牌上非俄罗斯姓氏之多也使科热米亚金惊异,但是季乌诺夫的话里含有贪婪和忌妒,使他感到不快。

他说道:

"无论信什么教,都要吃喝!"

"对!这是真的!这是应该的,但每人必须站在自己的位置上!"

"假使犹太人没有自己的天国,那怎么办呢?"

"他们也并不危险:俗话说,'犹太人和每个人都能并驾齐驱'。但是德国人呢?今天他们煽动商人,明天串通官吏,后天又是将军,我们的事业就全完蛋了!"

市区的震耳欲聋的喧闹声,五颜六色、熙来攘往的人群,各种印象的不断交替,——这一切都使你无法把思想集中起来。他日复一日地溜达,季乌诺夫和他的教导寸步不离地伴随着他。到了晚上,他感到自己心力交瘁,知觉迟钝;他坐在酒店里,望着大城市里这些兴奋、喧嚷、大摇大摆的人们,心里忧郁地想:

"在我们奥库罗夫人们要过得文明些,安静些……"

生活的喧哗,贪婪,不断的忙乱使人气恼和产生阴郁的情绪。人们匆匆来去,好像是有人叫他们到什么地方去似的,因此他们忙着走路,生怕耽误时间。白天,小贩和乞丐死死地缠着行人,晚上,有些游荡的娼妓、警察和一些不明身份的人窥视着行人的脸庞。

有时他会看上某个娼妓,产生买她的肉体的愿望,但是独眼人像影子似的片刻不离,妨碍他干这种事。

"他们有多少呀!"有一次他说,希望借谈话来消灭欲火。

但是,总是乐意解释各种事物的独眼人,教训般地、冷淡地回答道:

"真多!这行业无疑是不值得夸奖的,但是,我并不是好责备别人的人。所有娼妓都不会出嫁,这是真的!养出许多乞丐来,这也是生活的一种累赘。此外,假使没有这类卖身的女子,独身的男人会跑到家庭里去干这类把戏,现在,您知道,太太小姐们并不那么坚守自己的贞节。所以说,在坏事里面有时也会包含好的成分……"

"说得很对,这独眼鬼!"科热米亚金暗自惊叹,对这个爱教训人的人更加尊重了,但同时又懊丧地看着他。

这时在他眼前模模糊糊地浮现出另一种可能有的生活画面:他同家乡奥库罗夫镇的人们坐在一起,庄重而安详地谈论着各种事情,大家都怀着敬意,全神贯注地听他讲。

"现在我可有的是说的!可是究竟怎么个回去法呢?会出乱子的……"

他问季乌诺夫道:

"您做过法院方面的事情没有?"

"我在调解法院出过庭!"季乌诺夫把头一仰骄傲地说。"我替受冤屈的人作过辩护!现在已经禁止这样做了,并不是禁止我个人,而是禁止所有的人,除去佩有证章的律师以外。他们自己设法禁止的,如果我们能够自己互相辩护,他们就无利可图了!您瞧见了吗,又是这样?还有:官吏可以裁判一切人,但是,官吏难道能了解一切人的情况吗?"

他们坐在挤满顾客的酒店里,一个奥库罗夫人在低着额头观察他们,不相信他们:他们闹闹嚷嚷地作乐,但似乎是佯装欢笑,彼此都是做给对方看的。在烟气氤氲、苍蝇乱飞的屋子里,人们喝着啤酒、伏特加,并且由于炎热,脸涨得通红,痉挛地挥着手,好像溺了水,或者准备打架似的;他们无端地喊叫着,互相吹捧着,为了一点小事拼命对骂,然后又立即和解,响亮地接起吻来。

留声机响着,铜喇叭发出吼声,大鼓作坼裂声,这一切响声非常强烈,那些店伙、工匠、小官僚、商贩,也全像开足发条的留声机那样放出欢声笑语。但是内部已经损坏,缺少真正的、普通的、人类的快乐。人们知道这个,却努力互相隐瞒共同的缺点。那些人常有这样的情况:刚才还醉醺醺的,狂呼乱嚷,忽然又安静下来,互相凑在一起,清醒而严肃地谈论着什么。科热米亚金看着他们,想道:

"这自然是些骗子……"

有时会闪过一副痴呆的面孔,瞪得大大的眼睛,这张面孔僵死而且浮肿,好像溺死鬼的脸一样。留在记忆里的还有一些孤单地坐在角落里的人们的惊惧、愧悔的微笑,紧锁的眉毛,龇着的牙齿和握得紧紧的拳头。他们中间有人有时站起来,垂着头,蹑手蹑脚地走出酒店大门,不禁使人觉得,这人是要出去揍什么人,或者是去忏悔极大的罪孽。

季乌诺夫的滔滔不绝的话语从故意大声喧嚷中轻易穿过,好像锥子穿过腐朽的皮革一样:

"毫无疑问,假使人们找不到结成严格的队伍的途径,那么人就要无可奈何地感到自己心灵的渺小而陷入恐惧之中。"

"不行,无论如何我也要回去,"科热米亚金决定。

当他们回旅馆去的时候,他问季乌诺夫:

"您什么时候回家?"

"回到哪里去?"

"回奥库罗夫。"

"啊!我不知道……"

没有看惯的高楼大厦互相紧挨在一起,阴郁地向人们望着,好像戴着眼镜的、大眼睛的、威严的、宽阔的嘴脸。一些摇摇晃晃的轻便马车发出破裂的声响,一些黑暗的、敏捷的身形在十字街头的角落里探了出来,又立即消失了。娼妓们追逐着,撞在一起;那些不美丽的躲在黑影里,伸出手,拉行人的衣裳;年轻美丽些的站在街灯亮处,不害羞地大声发笑。警察的铜钮扣在黑暗中发出暗淡的微光;有时候,有些奇怪的话钻进耳朵里来:

"我要收拾他……"

"她深深地坠入了情网……"

两个醉鬼摇摇晃晃地走着,有一个忽然喊道:

"格里尼娅,是给我们这群鹰的吗?……"

季乌诺夫说话声音一向不大响亮,但总好像叫嚷一般:

"我对奥库罗夫并不特别偏爱;这个小城镇没有多大意思,它没有铁路,什么也没有……几乎是块空荡荡的地方。"

"要不,咱们一同去吧,"科热米亚金提议说。

"这需要九卢布三十戈比,路上吃东西还要用去两三个卢布……"

"请让我付钱,好不好?"

独眼人沉默了一会儿,然后说道:

"请让我想想……"

科热米亚金不喜欢这种回答,他甚至觉得那"请"字用得很不妥当,令人难受。

他躺在床上的时候,想道:

"我明天就走。一个就一个人,这里我住不惯!已经够了,在这里闲逛了许多时候,像米粒里的沙子一样,差不多有两个月了。我总可以设法和那班人和解的。我去求马克·瓦西里耶夫;让他从中给我和马克西姆调停一下。也许马克西姆肯收下几个钱,赔偿他的名誉损失……"

第二天早晨,他遇见季乌诺夫以后宣布:

"今天晚上我就动身……"

"今天?"

独眼人用黑黑的眼睛向他锐利地扫了一眼,咬紧嘴唇,说道:

"既然这样,祝你一路平安……"

"您回去的时候,请到我家里去玩儿。"

"一定。"

"我会高兴您去的。"

"非常感谢……"

他显然忙着到什么地方去,在原地跺着脚,眼睛瞧着旁边,不断地揪着自己那撮不好看的小胡子。

"冷酷无情的人!"科热米亚金同他告别时想。"不,他比马克·瓦西里耶夫差得远呢!科马罗夫斯基有一次谈到过醋,他就是这个醋!而那个马克叔叔却是圣油。此外也不应忘记另一点。他靠什么生活呢?看来似乎很骄傲。知人知面不知心啊!"

411

大清早,当他乘车驶近自己的故乡的时候,仙鹤在光秃的田野上方迎面飞来,在仙鹤的上方,在无云的天空里,有一只鹞鹰像一个刚刚看得见的斑点似的在高高地翱翔。

科热米亚金从马夫背后瞭望着镇子,惊疑地皱着眉:奥库罗夫镇在栗色的、多刺的丘陵中间,在窄窄的谷地里可怜地伸展着,似乎小得出奇,颜色褪落,好像经过一个夏天干枯了似的。

在清晨的寂静中,在他的头顶上方荡漾着熟悉的、已经听惯了的声音,这是桶匠在那里敲打木桶:

"通——通——通。通——通。"

仙鹤在啼着:

"鸣伊,鸣伊……"

科热米亚金一进院子,就已经吃惊地感到家里发生了什么不幸的事情;沙基尔脸色显得更黄,而且干瘪,跑到他面前来,嘴里发出尖声和哽咽,又像哭,又像笑,旋转着身体,抓住科热米亚金的手,匆忙把他拉到屋里,关上门,站在他面前,伸直布满皱纹的脖子,叽里咕噜地说:

"出了祸事,啊哟,啊哟!"

科热米亚金愣住了,吓得屏住呼吸,好久也没弄清弯着腰、指手画脚的鞑靼人喊喊喳喳说的是什么。后来,他终于弄明白了:原来加拉茨卡娅和茨韦塔耶夫到县里各地给饥民放赈,警察捉住他们,加以逮捕,解送到城里;后来,到了夜里,宪兵来了,把整所房子搜查了一遍,问沙基尔和福卡:主人到哪里去了?

"福卡讲了你殴打马克西姆的情况,他就是这种人,什么话都说,应该开除他……"

他一面跳,一面往下讲,所有的人——马克,科马罗夫斯基,罗加乔夫,还有在地方自治局里供职的一对夫妻全被从我们镇上捉去,解走了。

"唔,唔,"科热米亚金浑身打着冷战,拉长声音说。

"宪兵用手指戳着我的鼻子,说要把我关到监狱里去!"

"我也许要坐监狱,和你有什么相干!"科热米亚金喃喃地说着,在屋里走来走去。"马克西姆被捉去了吗?"

"神甫太太打发他和阿夫多季娅上锯木厂去了,你动身后不久就走的。"

"他不在这里呀!"马特维·萨韦利耶夫满意地想,他心中立刻感到轻松:从此可以不必和任何人讲这桩故事,不必再去想它了。

恐惧消灭了一半,接着产生的是对马克·瓦西里耶夫的怜惜之情,至于别人他并不觉得可惜。他一想到警察,心里很不安。

"宪兵详细盘问过我的事吗?"

"福卡对他们说的。他这人太蠢,谁他都打。也打过我。他不爱干活儿……"

"我们要赶走他。"

他安安静静地生活着,待在家里,什么地方都不去,似乎在等候着什么。他准时上教堂,在那里看到神甫。神甫还是那样头发蓬乱,行动好像缄默了些,但是礼拜做得比过去匆忙,不大爱笑,而且不像以前笑得那样含有深意。科热米亚金好几次想走到他跟前,受他的祝福,详细问一问,但是好像有什么东西阻拦着他似的。

时间一天天地过去了,又烦闷起来,他想到人群里去,和大家谈一谈。他试着和沙基尔谈话,鞑靼人倾听他讲述季乌诺夫,讲那城市,默默地叹着气,垂着褪了色,含着泪的眼睛。

有一次,他说:

"好不了,好不了!当好人没处容身,到处受人驱逐的时候,就不会有好日子!各处都应该有一只聪明的手,让它去治理一切,必须给予它权力!没有好人,就什么也不会有!"

福卡穿着红色的衬衫,黑色的裤子,用修道院的皮带系在肚子底下,好像一个乡村酒店主人。他也仿佛在等待什么:站在院子中央,把腿劈得开开的,把粗大的手指插进腰带里面,瞪着呆板的眼睛,久久地望着大门。

"你这是怎么啦?"科热米亚金问。

那汉子向旁边啐了一口痰,说道:

"没什么。"

"等什么人吗?"

"干吗?我又不是此地人,让我等谁呀?"

到了晚上,在厨房里,奥里纳,那个长着瘰疬的厨娘,替他找头发里的虱子,一面好像对待小孩子似的给他讲着故事。他偶尔望一下她的脸,又喊又叫地说道:

"轻点,你把头发都扯断了!你已经讲过这段,再讲另外一段吧。"

科热米亚金开始怕起他来了,犹犹疑疑地不敢开除他。当时,他也不知道为什么,忽然想把工厂卖掉,单单和沙基尔两人过,但是又可惜这所房屋。

"从春天起,我不再开工厂了,"他终于下了决心。"工厂有什么用处呢?"

他试着去读马克叔叔留下的书籍;其中一本书是这样开始的:

在本书以前各卷……

另一本书是这样开始的:

文化或文明,在广泛的人种学的意义上,就其整体而言包括……

"不,这个我读不懂,"他读了一页以后,对自己说,便把书合上了。

他非常想同人们接触,时常想起独眼人充满信心的话:

"每个人都应该生活在自己的阶级内,阶级也等于是人的家庭……"

有一天,他突然便轻易地走进了这个家庭,轻易得使他自己都深为吃惊:是他到肉商波苏洛夫那里去付钱的那天,他同肉商谈了一会儿,竟出乎意外地被邀请在星期日到后者家里去吃馅饼。

阿列克谢·伊凡诺维奇·波苏洛夫身材不高,敦敦实实,脖子很长,因此镇上的人给他起个绰号,叫"长颈玻璃杯"。他的脸是红的,脸上没有胡须,像阉人一般,只在唇边长出一些栗色的小胡子;头上净是些凸出的疙瘩,眉间也有一些肉瘤,一双分辨不出的窄眼睛从肉瘤下面向外望着。他时常鼓起宽阔的鼻孔,大声地吸气,喉咙里发出咯咯的声音,好像总在抑制着准备从他紧闭的嘴唇中挣脱出来的什么东西。他说话不多,说得也很急促,但是听起话来很注意,把一只巨大的、肥厚的耳朵迎着声音竖起,同时他的眼睛显得更加狭窄,向一旁望着。

他的太太马尔法·伊格纳季耶芙娜几乎比他高出一头,好像一个洋娃娃:肢体丰满、圆润,脖子又白又嫩,瓷器般的脸上端正、浓艳地描画着一对蔚蓝色的眼睛。她说话时,鲜红的唇边总带着亲切的微笑,这微笑也仿佛是画出来的,这女人好像是在用微笑告诉所有的人和每一个人:

"随你们的便,可我有我的主意。"

他们在半明、半暗的、摆满各种家具的小屋里吃饭。在一面墙上挂着红色的图画,那幅图画上画着火灾的情景,——火描绘得十分鲜艳,是用粗线条绘成的,在镜框内像血一般地流着。主人们用小声说话,好像有一个严厉的人在家里睡觉,他们怕吵醒他似的。

"你呀!""长颈玻璃杯"对妻子说。"把胡椒给我,没看见吗?"

她微笑地抬起白胖的胳膊,又坐下来,好像圆柱形的甜面包。

波苏洛夫的阴郁的呵斥使客人感到不安,他缩着身体,有一次,他特别感到难为情,曾对女主人说:

"您的先生对您太严了……"

她平静地低声回答:

"白天他总是气乎乎的。"

波苏洛夫收起脸上的严厉表情,口气稍微和蔼了些:

"不对她们这样哪行啊?简直跟野兽一样。"

但是看了妻子一眼,立刻更加严厉而且厌恶地瞪圆了眼睛。

他喝的伏特加酒并不多,但是他一个劲地劝客人喝,他嘱咐妻子:

"你劝他喝呀,干吗愣着?"

当科热米亚金拒绝的时候,他粗声粗气,嘟嘟囔囔地表示着不满。这时马尔法懒洋洋地垂下眼睫毛,仿佛忽然感到了疲劳。

科热米亚金找不到什么话可以同这种人谈;他在讲到市议会时所得到的回答是:

"那里面净是骗子手。"

"但是,你也是其中的一个呀!"客人差一点没对主人说出这句话来。

他问女主人,斯马金家里办喜事时是怎么打起架来的,她微笑着回答道:

"我是在打架之前走的。"

"长颈玻璃杯"冷漠地解释道:

"尼康·马克拉科夫先动的手……"

"咱们这里的人生活得太野蛮了。"

波苏洛夫打了个嗝,想了一下,眼睛转到旁边,津津有味地说:

"野兽!"

吃完饭接着喝茶,女主人一再地说:

"再来一杯。"

"谢谢!"

"不,请吧!来点果酱!"

她不时地向客人瞧一眼,喜滋滋地微笑着。

她的丈夫默默地瞧着客人喝茶,一面吩咐妻子:

"你斟呀!"

他那山羊皮似的脸上冒着汗,油光油光的,一脸阴云也好像飘散了,他忽然说道:

"你这是怎么啦,马特维·萨韦利耶夫,过得像个隐士似的?嫌弃人吗？"

科热米亚金饭后感到身子发沉，同时又为长久的沉默所苦，只是苦笑了一下，什么也答不上来。"长颈玻璃杯"鼓起两腮，用花手帕擦着脸问道：

"你打牌吗？"

"我不会，"科热米亚金说。

马尔法摇晃着脑袋，解开蓝花布上衣上面的两颗钮扣，用巨大的手掌摸了摸喉咙，淡漠地吐出一口气说：

"他们会教会你的！"

"我们会教会你的！""长颈玻璃杯"一本正经地予以肯定。"你下星期日来，我把巴祖诺夫和斯马金叫来，好不好？你来吧！"

"好吧，谢谢，我一定来，"科热米亚金答应了。

男主人稍微活跃了一点，他站起来，在屋里踱了踱，停在墙角供着十尊神像，带有贵重缘饰的神龛前面，说道：

"那就来吧！"

科热米亚金困得厉害，女主人的微笑和她那敞开来的短上衣和过于裸露的脖颈使他神魂不定，心荡神移。他怕丧失自己的体面，难以为情，因此决定自己应该走了。他同马尔法告别时，没有瞧她。"长颈玻璃杯"紧紧抓住他的手指，一抻一抻的，好像威吓似的说道：

"喂，可一定要来哟！"

礼拜日那天，科热米亚金因在波苏洛夫家受到尊贵的镇民们的礼遇而深为惊异和感动。镇长巴祖诺夫，由于他的父亲而很受大家的尊敬，他衣着整齐，光洁，穿着长到脚踝的燕尾服和散腿裤子，好像全身上了漆似的。他的头上涂着发蜡，光可鉴人，深色的胡须一根根地梳得整整齐齐，他用戴着宝石戒指的手指小心翼翼地摸着它，好像胡须是用玻璃制成的。他那肿胀的面孔，正像他妻子的一样，并不给人留下什么印象。他的妻子一身旧式打扮，戴着丝头巾，穿着印花毛布的紫藤色的长衫和暗红色的绸上衣。沉重的古式耳坠在她的耳下摇摇晃晃，手上套着带花边的无指线手套。

　　第二位贵客是大教堂的教长斯马金，他穿着衬衫，腰部带褶的长外衣，和软底的丝绒靴子。他是个胖子，脸刮得净光，像个旧官僚，水汪汪的眼睛向外凸出，带有怒色；他的妻子穿着黑色衣服，像修女一样；她瘦瘦的、高高的、生着像马一样的颚骨，上唇很短，唇下露着白花花的板牙。

　　第三对是布店老板列维亚金和他的妻子。男的高身材，摇摇晃晃，尖胡子，长着一双颜色不同的眼睛：左眼是淡蓝色的，很呆板，老是透过人缝看着远处，右眼颜色较深，从这边转到那边，好像系在线上似的。他的脸也是两面不同：左边的一半十分安静，好像被打肿了似的，右边一半的颧骨像小丘似的突出，颊上的皮肤总在发抖，好像被看不见的苍蝇叮了一样。他的太太玛申卡是一个快乐的、喜欢说话的女人，身体肥胖，体格匀称，眼睛像樱桃，浅黑色的脸上露出捕捉不住的神情。她的衣着鲜艳，穿的是带金色花边的红波纹绸的上衣，下身是一条灰色的裙子，镶着黄色锯齿形缘饰和皱边。她好动，体态轻盈，总在屋里转来转去，人们被她弄得眼花缭乱。她的身上发出浓郁的刺蕊花的香水气味。

　　人们起初在屋内喝茶，喝了许多时候。那间屋子有三扇窗户是临街的，显得空旷和凉爽。大家在屋子中央围桌而坐，桌子上堆满了果酱、点心、蜜制饼干、糖果和果泥糕点，——科热米亚金觉得这张大桌子很像沃尔哥罗德城糖果店的柜台。食物上面发出油腻的气味，甚至镜子上都好像抹了油，黄色的水滴流到镜框外边，镜子中央透出一个修道司祭的黑色像片。有一张圆圆的、似笑非笑的脸。

　　女人们全坐在桌子一端靠近茶炊的地方，低声絮语，不介入男子们的迟缓的，有时紧张地间隔很久的轻声谈话。

　　科热米亚金立刻看出，那个皮肉松弛的大个头斯马金常用怀有敌意的、侦伺的眼光看着他。列维亚金露出一种片面的好奇心，歪嘴笑着，左脸在笑，右边的胖脸蛋则无笑意。巴祖诺夫的眼睛瞪得溜圆，像公绵羊一样,一转也不转地看着墙壁和修道司祭的脸,他的耳朵奇怪地哆嗦着。"长颈玻璃杯"时常从椅子上站起来,倒背着手,慢吞吞地绕着桌子走,打量着桌上的东西,好像在那里数着,都吃掉了些什么?女人们显然装出没有注意到生人的样子,低着头,斜着眼睛偷看他,互相议论他,断断续续,声音很轻。这使科热米亚金感到很难受。他觉得很不舒服,由于人家对他产生了掩饰不住的兴趣,使他感到非常拘束,他觉得这种兴趣是含有敌意的。在男子们的谈话里有一种紧张气氛,他们仿佛在彼此强迫对方思索和讲述他们所不熟悉的事情。他感到大家都想逼他说话,尤其是波苏洛夫笨拙地企图这样做,但是大家(其中列维亚金比别人更加频繁)都因操之过急而妨碍他讲话。

"喂,马特维·萨韦利耶夫,"肉商嘴里发出呷呷的声响,皱紧眉毛,鼓起腮帮,开始说。"作孽会有什么快乐?"

"各种各样的快乐,"斯马金插嘴说,一面仔细端详着科热米亚金。

列维亚金眯着眼睛,问道:

"我唱圣歌怎么样?"

"这不是快乐,而是祈祷,"斯马金厉声说。

"可我要是很乐意祈祷呢?"

"怎么说呢?"巴祖诺夫关切地小声说,目不转睛地望着修道司祭的肖像。

"啊,你在胡说,维克托!"斯马金对列维亚金喊道。"快乐是笑,不能带着笑祈祷!"

"可假使我在上帝面前很高兴,那怎么办呢?"列维亚金固执地问。

"长颈玻璃杯"显然不希望自己的朋友争论,怕惹闲气,嘴里呷呷叫着,擦擦疙里疙疸的秃头,像在火灾现场上似的指挥着:

"马尔法,你倒是请客人吃呀!"

她站起身来,往桌子上欠着身,高高的胸脯几乎碰上茶炊,带着点鼻音悦耳地说:

"贵客们,请你们不要见外呀!"

列维亚金摆着一只长长的、瘦骨嶙嶙的手,对斯马金说:

"只要有信仰,上帝全可以接受:从前有一个隐士,从小就到树林里去了,他什么祷词都不知道。他这样对上帝说:你是独自一个,我也是独自一个,主啊,请宽恕我吧!"

从桌子的另一端,即坐着女人的那一端,玛申卡突然兴致勃勃地参加了辩论:

"你弄错了,维克托,他们有两个人,是这样祈祷的:你们有两个,我们有两个,请宽恕我们吧!"

"这倒更像是真的,"巴祖诺夫说,赞许地对女人点点头。

但是,斯马金不肯让步,说:

"根本不是!上帝是一个,不是两个!"

"他们不知道有几个上帝!"玛申卡喊。

他们应该知道圣父、圣子、圣灵是三位一体,人们还庆祝三一节呢!"

"可是,谁在树林里面庆祝呢?"

"在树林里吗?"斯马金满脸通红,摇晃着脑袋喊道。

无论讲什么话,教堂的教长都要立刻同大家辩驳,列维亚金也立刻插进来,把什么都弄得莫名其妙,一塌糊涂。几分钟以后,斯马金便生起气来。主人不参与谈话,但是观察着谈话的进行,只要嗓门刚一提高,就抓住斯马金的胳膊肘,把他带到角落里放凉菜的桌子前面,阴郁而坚决地说:

"咱们来喝杯家酿的酒吧!"

巴祖诺夫叹着气,不慌不忙地跟在他们后面,列维亚金迅速跑到太太们面前,请她们一同喝,她们装模作样地拒绝,屋里充满活泼的喧哗、嬉笑、裙子的窸窣声、玻璃器皿的响声、咀嚼声,以及对能干的女主人的恭维话。

就在这时候,活泼的玛申卡来到了科热米亚金身边。她一面照镜子,一面整理发式,转着蛇一样的脑袋,忽然间只听见她悄悄地说道:

"不要坐下来和'长颈玻璃杯'打牌。不要和斯马金辩论,他准备取笑您呢!"

而她同时又大声地问道:

"您不到桌子那边去吗?马特维·萨韦利奇?"

他一面感到不好意思,一面感到欢喜,喃喃地说道:

"多谢!要不要我喝一杯呢?"

"为什么不?"

她拉着他的手,迅速把他带到桌子跟前,她的丈夫迎着他们喊道:

"你们瞧,玛申卡,拉住这隐士!"

大家笑着打趣了一阵。

酒后,人们又胡诌乱诌、东拉西扯地聊了起来。科热米亚金边听边感到惊异:他们为什么不谈自己的事业,不谈市镇和荒年的灾害?

波苏洛夫终于喉咙里咯咯地响了一声,对妻子说:

"唔,准备起来吧!"

肥胖的马尔法叫来厨娘,同她一块儿把茶桌抬出屋去;太太们装作帮忙的样子;桌上的器皿摇摇晃晃,叮当作响,她们七嘴八舌地喊着:

"喂,轻一点,轻一点!"

玛申卡·列维亚金娜跳到马特维·萨韦利奇跟前,开玩笑似的对他说:

"您和我们在一起!一定!男人已经有四个了,我们那里马尔法又不会赌,您听见没有?"

波苏洛夫一反常态,眼睛瞧着旁边,哀求似的轻声对她说:

"你呀!你可以让维克托坐在自己身边嘛!"

"不行!"

波苏洛夫把手一甩,沮丧地退到了一旁,玛申卡对科热米亚金使了个眼色,小声说道:

"看见没有?"

她对他的卫护使他大为感动,在高兴之余,开始赌了起来,他一连下了三次赌注,很得太太们的欢心。

巴祖诺夫太太比大家赢的次数都多,她高兴地张开肥厚的嘴唇,对他惊叹不已:

"哎呀,马特维·萨韦利奇,您真会冒险呀!"

但是斯马金太太动着马一般的下颚,好像吉卜赛女人似的,用沉重的声音预言道:

"这类男人有时很久什么也捞不到,但是会忽然一下子全都搂过去!这种男人危险得很!"

她用左手把牌放到桌子底下,看牌以前先在牌上画十字。

"您危险吗?"玛申卡问,做了个媚眼,哈哈笑了起来。科热米亚金冲着她感激而亲切地笑了笑。

他觉得,她时而轻浮、善良,时而狡猾,似乎在她的快乐后面隐藏着某些见不得人的想法:有时她的圆圆的眼睛,停留在纸牌上,贪婪地燃烧着,脸庞拉得很长,面色苍白,有时她把冷酷而尖厉的目光投向马尔法,她那美丽的鼻子的鼻翼鼓起来,颤动着。

"她不喜欢这个女人,"科热米亚金想,一面大胆地连下赌注。

女主人仍旧不忘自己的责任,一会儿跑到厨房去,一会儿又跑回来,围着桌子转来转去,在科热米亚金身后站一刻,看看他的牌。当他敲着桌子宣布赌注时,她总是惊呼:

"喂,您怎么啦,这种牌难道能下这么大注子吗?"

她对着他的后脑出着恼人的热气。

女人们比男子们先赌完,因为巴祖诺夫太太开始赢钱,斯马金太太生了气,胡搅蛮缠起来。

"咱们俩输了!"玛申卡眯缝着眼睛,对科热米亚金说,随即又安慰道:

"唔,没什么,在这里输了,在别的地方咱们也许会赢的⋯⋯"

"她这话是什么意思?"科热米亚金想,怯生生地瞧着她的脸笑了笑。

摆好晚饭的圆桌又推进门来;桌子中央脸对脸摆着一对眉开眼笑的奶猪,——一只是烤的,金色的,鼻孔里插着一把芹菜;另一只是煮成冻的,上面浇着酸油,两耳之间放着一朵纸做的玫瑰花。几只烤禽放在它们周围,好像大小不同的鹅卵石,四面配着一圈腌菜和调味汁。洋姜,醋,黑酸栗和桂叶发出刺鼻的气味。

男子们站起来的时候,红着脸,气哼哼的,只有列维亚金快乐地皱紧两颊,在手掌里哗喇哗喇地弄着钱币,喊道:

"这就是你们的眼泪!听见了吗?"

并且立刻用脚一顿一顿地唱道:

> 杜尼娅哭了许久,
> 眼泪哗喇哗喇地流……①

妻子斜看他一眼,不愉快地撇撇嘴唇,亲切地唤道:

"你这小丑,坐下,别乱说!"

大家坐在桌边,起初埋头大嚼,后来被喝下的伏特加酒弄得浑身疲软,就开始称赞起女主人来。科热米亚金默默地观察着,发现大家(包括她的丈夫在内)都对列维亚金的妻子十分小心谨慎,好像生怕被她那泼辣的眼神刺着似的。他还看出男主人竭力要把他灌醉,给他斟伏特加酒,比给别人斟得勤些,有一次竟把伏特加酒倒进啤酒杯里。斯马金也看出波苏洛夫的把戏,从他那松弛的脸上现出得意的微笑。这使科热米亚金感到气恼,这怒气堵在胸间和喉咙里,像一个坚硬的热火团似的,他不由想站起来,冲着肉商这样大喊:

"喂,我明白你这是什么用意!"

波苏洛夫显然想抓住这个喝得微醉、脸色发红的客人的某种把

---

① 出自一首俄罗斯民间小调。

柄，突如其来地问他：

"那个神甫的叔叔，就是你那个被宪兵捉了去的房客和好友，到底是个什么人？"

科热米亚金热烈而坚定地回答道：

"他是个少有的大好人，是的！"

大家都不作声了，眼睛直瞪着他，好像都屏住了呼吸；科热米亚金扫了一眼他们那一张张兴奋的脸，只见他们的脸上现出微笑，龇露着闪闪发光的牙齿，只有玛申卡紧皱着眉头，马尔法微闭着蔚蓝色的眼睛，好像在沉睡似的。

"大——好——人？"斯马金嘎哑地拉长声音说，把刀叉搁在一旁。"这是怎么回事，我的弟兄们？大家全说他反对皇上和祖国，是不是？"

"不必管人家讲什么！"玛申卡喊道。

科热米亚金被一种陌生的、从未有过的强烈感觉所控制，他感到有一股神秘的力量突然使他的头脑豁然开朗。以前，他从来没有这样确定地感觉到过自己同人们的疏远和处在他们中间的孤独，正是这种感觉才使他怀着遏止不住的冲动，并把他推到这群人里来。他靠在椅背上，眼睛瞪着斯马金的大脸，尽可能郑重而安详地说：

"不，伊凡·安德烈伊奇，不对！他和他那派人反对人类的愚蠢、凶狠和贪婪！他们是好人，对啦；他们决不会想把一个人请来，暗中灌醉他，耍笑他。他们不把时间浪费在赌牌，喝酒，吃食上面，而用到阅读好书上面，那些书讲的是我们不幸的俄罗斯国家和我们人民的生活；书中论证生活为什么这样糟，怎样才能把它改造得好些……"

斯马金的脸鼓得像猪尿泡，嘴里哼哧着；列维亚金扬起眉毛，惊异地龇出绿色的牙齿；巴祖诺夫迅速用餐巾擦着嘴，把胡须搅在了一起，好像立刻就要跳起来逃走似的；波苏洛夫两颊紫得发青，胡子根根竖起，对女人们低声说些什么，在椅子上转动着，像骑在长扫帚上的巫婆。

科热米亚金声音不大而又恳切地说着：

"上帝要求人行善,但是我们只是互相在他人身上寻觅恶迹,从而又做出更多的恶事;我们用手指互相指着,对上帝喊道:'你瞧,主啊,这个才是大罪人呢!'我们本不应该互相侮辱,而应该用共同的眼光观看一切,和好地想一想,我们生活得对不对,能不能再好些?我并不是替那班人撑腰,假使我们聪明些,生活得好些,我们并不需要他们……"

他说完话以后,觉得大家全被他的话吓住或窘住,令人难堪地沉默着。玛申卡把头垂到桌上,用叉子去赶盘内滑溜的、白煮的蘑菇,马尔法眼睛一眨也不眨地望着前面什么地方,巴祖诺夫和斯马金的妻子看着丈夫们。

"嗯,"波苏洛夫喉咙里咕噜了一声,开始说。但是使科热米亚金大吃一惊的是:斯马金竟用手掌侧面砍了一下桌子,用不同于过去的清亮的嗓音说道:

"对,马特维·萨韦利耶夫,对,老兄!应该想一想!"

巴祖诺夫喃喃地说:

"怎么说呢?当然,应该把什么都想想……"

列维亚金突然站了起来,用两只不一样的眼睛朝大家扫了一下,几乎是在喊:

"这个我全都想过,真的!玛申卡,我想的不正是这个吗?"

她没有抬起头来,回答道:

"除去应该想的以外,你什么都想到了。"

列维亚金得意地望了大家一眼,挥着手,喊道:

"这全是因为我们生活在没有文明的环境里面……"

斯马金大模大样地躺在椅子上,手向空中指戳着,越发激昂地说道:

"老百姓伤了元气,闹起了歉收和饥荒;乡村里的人又懒惰,又爱喝酒!可我们是靠他们,靠乡村生活的。做官的很多,但是没有秩序!"

"作官的很多！"巴祖诺夫证实说,沉重地叹了一口气。

大家一下子全都说了起来,谁也不听谁的,互相打着盆,一句话重复好多遍,显然彼此都怀着戒心;生怕说错和说出多余的话来。

科热米亚金一时间感到自己得了胜,由于所取得的成功,由于喝了酒,他感到头脑发晕,美滋滋的。但是,当他被大家友好地邀请去做客,自己也向大家发出了邀请之后,走到街上,脚下的积雪发出清脆的响声时,他的心立刻冷却,并忧郁地紧缩了起来,他不由黯然想道：

"这些人和那些人比较起来,真是太贫乏了！没有一点思想,甚至连话都不会说。抓住一个最爱说话的人,就像盲人抓住了一个领路者一样……"

他又阻止自己说：

"我是不是指摘得太早了？"

同城里人的结识立刻好像系上了许多纽带,开始把他从这家拉到那家。他像落进网中的鲶鱼似的,东碰西撞。他常上人家家里去做客,也在自己家里接待宾客,他自己讲话,也听人家说话,有时几乎争论到狂怒的地步,有时人家也稍稍地取笑他一番,但是,大体上他感觉人家都对自己有兴趣,这使他深以为荣;失误的伤痕很快也就平复了。他很快地看到,每个新朋友都竭力想和他单独谈话,大家单独相对时,总比凑在一起显得愉快、和善、有趣。大家都劝他更谨慎些,不要轻易相信人。

"我对你直说吧,"强壮有力的、鬈发的桶匠库卢古罗夫说,"科热米亚金,你太傻气！起初你待在孤单单的洞穴里,而后又和那些同你格格不入的人混在一起,搞坏了脑筋。你不认识真正的人,净说些孩子话。你就记住我的话吧！你会上当受骗,沦落成叫花子的,你这篇故事也就算完了。"

苏霍巴耶夫也是这样说。这个人动作敏捷,举止有礼,尖锐得像一只锥子。

"马特维·萨韦利奇,您在人前不要说得这样坦率,否则,他们不大熟悉您的思想,会有些害怕的。官长并不在警察局里,而在人的心灵里。我自然明白您的善良的意图,而且十分珍重它,不过据我看来,应该慎重地把它塞给人们,就像用一只看不见的手悄悄施舍一样。"

这个人看人时总绷着嘴唇,同人说话时,眼睛总向下看,可他要是看着你的脸时,那目光便像针也似的刺人。

有一次,放高利贷的老人赫里亚波夫得意地微笑着,他眨了眨红红的、流泪的眼睛,说道:

"喂,你就直截了当地说实话吧,直截了当地说吧,瓦西卡·苏霍巴耶夫会剥它的皮的!不过实话对这恶汉也有用!我是开玩笑……"

他说着无声地笑笑,露出一对发黄的大牙。他年逾六十,三年以前,他已经不再上教堂了,有一次在"里斯本酒店"里,列维亚金问他,为什么不到上帝的庙宇里去,老人回答道:

"我已经祈祷了五十来年,并没有少作孽,现在我该到死的时候了,我已经不能用祈祷赎罪,没有时间了!"

他看着大家,较严肃地补充说:

"我这是开玩笑!我只是因为腿发软,在教堂里站不住……"

人们在科热米亚金所说的一切话里,首先注意到了他们认为不可能实现或者难以实现的东西,但在注意到这个之后,连那可以实现的东西也一同否认了。他们每一个人都努力割裂他的思想,他们好像破碎的玻璃块一样,用自己破损的灵魂反映出来,而不顾及全面,但是每个人心里都隐藏着一只小小的铃鼓,假若得当地把人摇晃一下,他会愉快地,虽然并不那么自信地发出回声。他对这帮人劝导说:人应该互相关怀、信任,这样烦闷某一很小的部就会少些,酗酒的事情也会减少;他还说,应该组织一个公共的集会,使大家聚在一起,考虑如何改变生活,用什么来使生活丰富多彩。大家都注意倾听着,称赞他那些善良的意图!

"科热米亚金,虽然你的措词不完全恰当,然而意思是正确的!"斯马金表示同意,并以宽容的态度望着他。"一切的阶级都应该生活得像一个家庭,一点也不错!的确这样:当贵族们紧密结合在一起的时候,整个俄罗斯就掌握在他们的手里。商人也应该如此;每个商人都好比一只手上的手指头!"

赫里亚波夫在座的时候,总是坐在一旁,一言不发,眨巴着好流泪的小眼睛,过后同科热米亚金单独待在一起的时候,他就用苦涩的哑嗓子,带着隐隐的讥笑说:

"亲爱的!我们的小河里长满了烂草,你泅不到岸上去,会被草绊住的!我知道这类人!你猜一猜,他们想些什么?大家都想发现一种武器,不但可以打鸟,而且还能把鸟煎熟!他们并不想一步一步来,而是想一下子,并不想用劳力,而是想把头朝地下一碰,就碰出金子来!只有苏霍巴耶夫一个人也许还值十戈比,其余的所有人加在一起也不过只值五戈比!你抛开他们,应该从年轻的人们身上着手,这帮人是不会辜负你的!我的孙儿万纽什卡……"

泪水从他的眼内大量流出,嗓音显得柔和、甜蜜了些。

"这孩子将来是能支配自己的命运的!他从五岁起就不怕黑暗,夜里一个人哪里都去,随便什么甲虫他都不怕;一捉住,他便把硬盖揭开,说道:'现在变成一只山羊了!等它一长大,我们就剪它的毛!'我这是开玩笑呢!"

他用快乐、清脆的声音笑着,加速了脚步,一边走,一边跳,像装了弹簧似的。

有时候(次数越来越少),科热米亚金坐在桌旁,打开自己的本子,惊异地发现,关于人们他没有什么可记载的,对他们也没有什么可指摘的。大家融合成一大团灰色的东西,他们每人身上都有一点自己的、特别的、但是不清晰的、捉摸不到的东西,它并不能触动心灵。

他的心灵渴望友谊,渴望开诚布公地同谁谈谈这些人和整个人生,但是周围没有一个能跟他谈心的人。

特别使科热米亚金感到不安的是波苏洛夫:他像一只鹞鹰似的在他的周围盘旋,默默地观察着,嘴里发出呷呷的声音,似乎要举起谁也看不见的重载,——这使科热米亚金产生怀疑,他开始躲避肉商了。

"你为什么不到我家串门呀?""长颈玻璃杯"固执地问,不看他的眼睛,轻轻发出呼哧的声音。"你来玩吧,难道我没有别人体面吗? 你是从我那里认识大家的,现在反而不来了!"

有一天,科热米亚金不得已地说定了上他家去的日子和时间,后来他去了,但是波苏洛夫露出很窘的样子,鼓起两颊,在屋里打转,像做错了事似的宣布说:

"真抱歉,我的老兄! 我恰巧有事,立刻就要出去,真的! 你先和马尔法坐一会儿,好不好? 我很快就回来!"

"没关系,您不必费心,"科热米亚金劝着,同时对他能讲出这么多的话感到有点惊异。

"那怎么行啊,老兄? 我可以去叫尼康·马克拉科夫来,你和他合得来吗? 他是个快乐的人。"

说罢他就连忙走了。他那位又高又大的太太懒洋洋地微笑着,对客人说:

"请坐呀!"

她自己坐在他的对面,双手交叉在乳房底下,因此她的两乳带着挑战的神气微微耸起。她目不转睛地打量着他的脸,始终带着好像贴在她脸上的那种微笑。

"您为什么不大出门?"他问,眼睛从她身边躲避开。

"我不大高兴出门。"

"为什么呢?"

"因为必须打扮。我不喜欢全身穿得齐齐整整的。我逢人家办喜事才出门。"

"今年冬天很少有办喜事的!"

"很少,"她同意说,但没有表示遗憾。

"这全是由于饥荒!"

"是吗?"女人漠不关心地问。

他开始解释,为什么乡间闹饥荒妨碍城里人结婚,但是瞧着她,心里想道:

"真是蠢货!甚至瞧着她都害臊。"

她突然打断他的话,令人厌烦地问道:

"瞧,您没有结婚,难道是由于闹饥荒吗?您不是很有钱吗?"

"我害怕,"科热米亚金开着玩笑说。

"这种事情有什么可怕的?"她仿佛有点惊异,眼睛里颤动了一下。

"怕你们女人……"

女人的身体向前摇晃了一下,她的瞳孔显见得是缩小了,她拉长了鼻音,说道:

"是——吗?您讲一讲这是怎么回事?您怕的是什么?"

她的眼睛凝然不动,表示出急切期待答复的神情,她的眼神是沉重的,使人产生一种特定的感觉。科热米亚金再也找不出更多的话和她谈,并且害怕她的发问。他很想气恼地大喝一声:

"傻瓜!"

"阿列克谢·伊凡诺维奇还没回来,"他大声喘着气说,随后站起身,在屋里走来走去。她却挺直身子,眼睛又呆呆地盯在了前面的墙上。

"像深渊似的把人往下拖,"客人想,偷偷地瞧了瞧她。"不,我再也不到这里来了!"

他没有等候波苏洛夫,竟自走了。他慢慢地走在黑暗的街道上,边走边想:

"这些不三不四的人呀,和他们在一起,甚至有些可怕。"

他忽然又遇上一个奇怪的人物。生活已经不止一次固执地使他遇上这类怪人。

小马克拉科夫——尼康,在当时被认为是镇上最不可救药、最没出息的人。他已经是三十多岁的男子汉了,作风粗率,头发鬈曲,鹰钩鼻子,鬓角秃得很多,灰色的眼睛发出鲁莽胆大的眼神。科热米亚金从少年时代就记得这弟兄俩,因为他们打过他,但是从那时起,哥哥谢苗·马克拉科夫娶了亲,养了许多儿女,生活得安静而且吝啬,头发秃落,身体肥胖,他的顽皮劲头已经被脂肪糊住了。但是尼康还是一个光棍,游手好闲,弹吉他,拉手风琴,样样都会,整天泡在"里斯本酒店",这酒店是苏霍巴耶夫从疯狂的老人萨韦利耶夫的继承人手里买下来的。尼康在那里劝所有的人跟他斗牌,巧妙地使无经验的、或好吵好闹的人输钱,当人家因为他赌得不干不净而骂他的时候,他便公开地取笑他们。

"不诚实吗?"他大喊大叫。"你们知道,什么是诚实吗,鬼东西?"

镇上大家都怕他,认为他是个不可救药的色鬼和不知羞耻之徒,只是由于需要,比如结婚,定亲,命名礼,他才被请到好人家去,因为他是个极好的乐师。

逢到市集的日子,他领着一些农民歌手到酒店里去,请他们吃喝,叫他们唱歌,假若他喜欢哪个歌手,他便喊出一些古里古怪的粗鲁话:

"这还不像追悼会吗?哭吧,舍本求末的家伙们!喂,斯马金,这感动不了你吗,木头人?"

辱骂的话像橡实似的从他的舌尖剥落下来,撞击人们的脑袋。

他不断地闹事,想方设法侮辱那些最体面的人,首先是侮辱自己的哥哥:总是缠着他,拿话折磨他:

"先卡①,你的身体有九普特重,可脑盖里完全是空的!你富,我穷!该请我吃东西。我的哥哥,你和父亲一样,不久就会得中风死去,那时我要给你的孩子做监护人,送他们到城里去,让他们当扫烟囱的工人,把他们的钱输净,喝光!"

谢苗·马克拉科夫怕死;他害怕得脸色发青,哀求似的望着弟弟,喃喃地说道:

---

① 先卡,谢苗的昵称。

"唔,别说啦!有什么说的!大家都注定要死的……"

像城中一切体面的人一样,科热米亚金对尼康抱着又轻蔑、又畏惧的态度,避免和他遇见和谈话,但是,仔细看看他那装腔作势的小举动,听听他那恶毒的、疯狂的言语,他便不知不觉地产生了好奇心。不久,他觉得尼康是黑暗中的一盏灯:一盏龌龊的灯,灯罩熏得黑黑的,落满了油污,但它到底还是有一点儿亮光,使得周围的黑暗不那样重和吞没一切。

他和他的结识是不寻常的,可笑的:有一天黄昏时分,他到列维亚金家里去,一个喝醉的厨娘给他开门。他问她:"主人在家没有?"她喃喃地说出几句含糊不清的话,笑了一声,就不见了。客人走进大厅里面,咳嗽了一声,脚在地上踏得很响,听了听,鸦雀无声。

"显然睡着了,"他这样想着,朝卧室的门里望了望,看着那间舒适的、在苍茫的夜色里显得华丽的房间,窗台上有许多花,墙上悬挂着五颜六色的图画,墙角放着一架玻璃橱,里面装满水晶器皿和银器。

他正想走了,这时卧室里有人走动,门开了,玛申卡在门口出现了,只穿着一件内衫,赤着脚,手里握着一只玻璃瓶。

"哎哟,天呀,这是谁?"她轻轻地喊出声来,抓住门框,尼康的头发蓬乱的脑袋立刻从她肩后伸出来,发白的眼睛闪着怒火,他把女人拖回去,紧紧地关上了房门。他也光着脚,没系腰带,敞着领子,直冲着科热米亚金走了过来,似乎是蹑手蹑脚地,在走到跟前的时候,他气势汹汹地问道:

"你在这儿干什么?"

科热米亚金胆怯起来,窘窘地答道:

"我是来串门的……"

"哼,真是时候!"尼康叫道,扭动着手臂和肩膀,身子摇摇晃晃,显得异常恼怒。

当科热米亚金慢吞吞地退到门旁,告罪似的说:

"我哪里会知道你正在这儿吵架呀!"

尼康摇晃着脑袋,恼怒的神情好像从他脸上消退了。

"怎么,"他阴郁地说。"难道还要我给你寄一封信说,今天你不要来,我在这儿吗?"

"那我怎么知道呢?"科热米亚金轻声说着,走到了前室。

"站住!坐下来!"尼康止住他,摇晃着鬈曲的头发,在屋内踱来踱去,斜眼瞧瞧镜子,理了理衣裳。"玛莎,把腰带和皮靴扔给我!不,不用啦!"

他又在客人面前站住,盯住客人的脸,又朝镜内看了看自己,忽然乐呵呵地笑将起来。

"瞧你这副尊容,马特维·萨韦利耶夫,还有我这副嘴脸!哎,天呀!"

科热米亚金勉强笑了一下,说道:

"那还用说!……"

当时尼康和他并肩坐下,手掌拍了一下膝盖,正经地说道:

"唔,好了,有什么不好意思的!这本来是人生常有的事情,做过了,也就算了!你不会乱说出去吧?"

"你放心好啦!"

"正是呀。你如果不说,我会向你道谢,你如果乱嚼舌头,我可要跟你过不去。"

他又看了科热米亚金一眼,友好地小声加了一句:

"你不会得罪这个女人吧,对不对?"

"自然喽,"科热米亚金说着,轻轻叹了一口气,"我算个什么裁判官?"

"唔,是的!你有良心,我知道!"

他立起身来,舒展了一下肩膀,用主人的口吻喊道:

"你出来,玛丽亚,给客人倒杯茶喝,好不好?"

她走了出来,脸上绯红,半闭着懒洋洋的眼睛,像女孩似的用胳膊虚掩着脸庞,用灵活的、猫一般的步伐,走到局促不安的客人面前,轻声说道：

"喔，多难为情呀……"

她向一旁转转身，狡狯地笑笑，又垂下眼睛，向科热米亚金递过一只手。

"你不要责备一个有罪的女人，马特维·萨韦利奇！"

她很美丽，科热米亚金看得出：她自己也知道这一点。他看到一切都会得到很好的结果，不至于闹出乱子，心里感到喜悦。她那爽直的话打动了他，她的美貌吸引了他，他就站在她面前，郑重而又严肃地说道：

"请你放心，我不爱播弄是非！我也记得你对我的好意。"

尼康一面欣赏她，一面推她到门里去。

"去吧，去吧，不害臊的女人！……"

她用玫瑰色的舌头舐嘴唇，摆动匀称的身体，走到里面去，一面对尼康恼怒地说道：

"你自己不也是个不害臊的男人吗？"

尼康皱紧眉头，望望她的背影，低下头，在屋里大步踱了起来。

"科热米亚金，竟让你在别人家里遇上了我……"

他身上有一种陌生的东西：柔和、不悦、令人同情的东西。

"你太不谨慎了，"马特维·萨韦利奇说着，摇了摇头。

"维克托到县里去收买粗布、花边去了，厨娘也干着这类事情，再说，她又过命名日，"尼康沉吟地讲。

"假若不是我，是别人遇见了怎么办呢？"

"他会不好受的！"马克拉科夫说，朝客人偷看了一眼。

他又和科热米亚金并肩而坐，带着好奇和柔和的微笑审视他，说起话来。

"我一瞧着你，老兄，就感到奇怪，觉得你这人真怪！"

"什么地方怪？"

"有点置身世外的样子！在街上走着的时候，总是靠着围墙，在教堂里,酒店里,总喜欢躲在角落里……"

"是吗?我倒没有觉出这一点。"

"你给谁让路呢?"

"我不知道……"

"唉,你们这些房产主呀!"尼康说。

他比科热米亚金年轻得多,但是说话像长辈一样,这不但不使马特维·萨韦利奇感到侮辱,甚至不知怎的,还有点愉快。在尼康的尖上去的、秃光的鬓角上面有着浅细的、活动的皱纹;这些皱纹几乎看不出来,像一条条光线似的:从灰色的眼睛那里发出来,今天这双眼睛并不显得怎样傲慢,虽然它们总是那样直瞪瞪地盯住不放。

玛申卡走了进来,带着微笑宣布道:

"敦卡竟醉倒了,"她说着把茶具摆在桌上,像小猫似的转来转去,似乎是用健壮的身体的每一转动来表示:

"您不要责备我,我就是这个样子!"

科热米亚金看着他们,觉得十分羡慕:他们之间一切都很简单:公开,他们好像光着身子在他面前走路,但是他并不感觉这有什么可耻,而是有些伤感,他不由得想起了叶夫根尼娅:

"她走路的姿势还要好些。"

但是他很快就看出这两个人并不完全和谐,他们一边喝茶,一边高高兴兴闲扯各种各样的事情,尼康不时地失掉快乐的调子:眼睛突然变暗和模糊起来;眉间出现一条深褶,作 V 字形;用大拇指和食指梳理有些脱落的、但是浓厚的、光亮的胡子,好像为说话清理道路,自言自语地讲一些出乎意料的、仿佛凶狠的话。

玛申卡一步一步地为自己的风流罪孽辩白,可笑地、有条不紊地讲述她所认识的女人们的生活私事,结论是这样的,就是她们全比她荒淫无耻,而且更加有罪。

"我的孩子们全死光了,有一个生下来就没有活,这是维克托的罪过,产婆说的。"

她顺便提起了基督和淫妇的故事①,这时尼康带着冷笑看了科热米亚金一眼,说道:

"永远是这样:我们做下卑鄙的事情,便去拿上帝作护符。"

马特维·萨韦利奇吃了一惊,以为玛申卡定会见怪,但是她轻轻地笑了一声,像唱歌似的说道:

"他算是个好人吗？听起来,他好像和你步调很一致,可是冷不防就突然绊你一跤!"

"玛莎就是这样,"尼康说,"啪嚓一声一头扎进了烂泥,可是立刻跳起来,还很高兴地笑着说:我领了圣餐!"

"哼,"科热米亚金想,"现在她会生气的!"

他又猜错了:玛申卡笑得眼泪直流,他们就这样好像在秋千架上互相抛掷,不止一次地撞到一起。这样一来,科热米亚金不再觉得他们两人是简单,明朗的了。玛申卡似乎终于生了气,她的鼻子变得尖了,小小的、坚定的嘴唇时常哆嗦着,龇着细小的、像老鼠似的尖牙齿。客人明白应该走了,他们没有留他,和他客气地作别。

"我除去酒店以外,没有地方请你,所以我要自己上你家里去,"尼康说着苦笑了一下。

过了两天他来了,像老朋友一般,随随便便地,满不在乎地把帽子朝角落里一扔,快乐地说:

"你瞧客人来了!"

他一面除去胡子上的冰霜,一面审视屋内的陈设,不以为然地摇着头。

"你这独身生活可真够不舒服的……"

他一直走过来,提议道:

"喂,你请我吃酒呀!"

一小时以后,两人都喝了酒,显得愉快而兴奋,他们像老朋友似的

---

① 据圣经传说,一个有罪孽的女人用眼泪为基督洗脚,又用自己的头发为他擦干双脚,因而得到赦免的故事(见《新约·路加福音》第七章第三十七至五十节)。

谈话,抢着话头,互相打着岔,都想说得多些。

"不,"尼康意味深长地说,高高举起握得很紧的拳头。"你明白,我很想遇见这样一个人,能在他面前摘下帽子说:我很感激您,因为您生了下来,而且正生活着! 就是这样。"

"我认识这种人!"科热米亚金快乐地夸口说。

"还想遇见这样的女人,可以跪在她面前说,喏,你吃吧!"

"这样的女人我也见过!"科热米亚金快乐地喊,感觉自己比客人经历丰富而引为骄傲。

"我们需要的就是这样的人! 你指给我看,我愿意向那种人叩头!"

他用拳头捶着胸脯,呼喊着,显得特别兴奋,比酒更加使主人沉醉。

"你要明白:若是有了好人,那么一切便可以证明是正当的了! 我也被证明是正当的,你也是如此,对不对?"

科热米亚金想讲马克·瓦西里耶夫,讲叶夫根尼娅,他感到他能用崇高的、良好的言词来讲他们,于是开始说道:

"我们有的是具有伟大心灵的人们,有的!"

"哎,老兄,每个人心里都想有好人,可他往镜子里一照就不由得要喊,哦,原来是这样!"

"等一等,我对你讲……"

尼康站起来,似乎忽然醒转过来了,他低声问道:

"你以为玛丽亚是好人吗?"

他在屋里来回踱着,身材匀称,容貌漂亮,站在主人的对面,把双手放在脖子后面,摇晃着身子,继续说:

"她是卑鄙透顶的、不忠实的女人! 你瞧吧,她会抓住我的背,这是一定的,从后面抓住我的背,机会一到,就非把我摔倒不可……"

他说时态度安详,确有把握,但是科热米亚金却因此更加可怜尼康,替他的命运担忧了。

"怎么会这样呢!"他喃喃地说。

"就是这样!"

"你最好甩掉她!"科热米亚金劝告他说,并感到他能给这人以劝告是愉快的。

"干吗?"尼康喊道,摇晃着鬈发。"随她去吧,瞧着她怎样寻觅可以打得更痛的地方,这也是很有趣的!喂,老兄,其实让什么人把我推到坟墓里去,不都是一样的吗?就让那只灵巧的手去推吧,这更好些!"

"人家谈到你时,"科热米亚金轻轻地、友善地说,"都说你快乐而调皮!"

尼康在桌旁停下来,喝了一杯伏特加酒,用叉子戳进一块蘑菇里去,瞧了它一眼,又放回碟子里,理了理胡子,对着手掌自言自语地:

"咱们这叫什么快乐呢?你一个人在夜里行走,黑暗,空虚,并不乐意到你要去的地方,你心里感觉可怕,站在那里想叫出来,高声歌唱,敲谁家的窗子,甚至不是为了淘气、而只不过是为了瞧一瞧,那里有没有活人?这件事也一样:你并不是自己想去作乐,而是由于烦闷!"

他喝得不少,但是没有喝醉,只是显得更温和,更对人信赖,他的话也具有特别的说服力。二月的暴风雪在窗外花园内狂飞乱舞,刷刷地打在墙上和护窗板上,在烟囱里呜呜地响着,把炉盖和挡板弄得噼啪作响。

"我得在你家里过夜了,"尼康说时解开衬衫的领口,转动着脖子。

后来,他躺在沙发上,忽然轻声讲了起来,讲得清晰而流畅,像讲故事的人一样:

"我爱女人,但是不相信任何一个女人,从小就不相信,这是受母亲的影响。记得母亲的坏事是不好的,但是我不能忘记这个!"

科热米亚金坐在他身旁的圈椅上,伸直了腿,双手叉在胸前,默默地审视着客人那张漂亮的面孔上的表情变换:它时而像是一张纯朴、明朗、婴孩似的脸,时而忽然皱了起来,显出厌恶和恼怒的神情。这个脸庞一直在那里变化,眼睛显得特别沉郁,这使人感到奇怪。

"你也许知道,"他用低沉、嘶哑的中音说,"我们的父亲是个温和而善良的人,不过不喜欢经营,好酒贪杯;家产和商业全掌握在母亲手里。他自己当着我们面前,时常说:乌斯佳,你是一家之主!母亲是高大的,威严的,有脾气的女人:她一面鞭打我们,一面亲热地给我们讲故事。我们爱她,甚于父亲,——他喝醉了酒,她骂他,当着我们的面前奚落他,这点遗传了一些给我们,孩子们是容易模仿的。我们也在他喝醉的时候和他开玩笑,用煤烟抹他的鼻子,或者把胡椒塞到他的鼻孔里面,他打喷嚏,我们觉得可笑!先卡特别会出坏主意,开玩笑。我非常爱母亲,爱得发狂,甚至跟先卡、跟姐姐玛丽亚吃醋打架,只要他们稍为跑得比我快,先跑到她的身边去,我就不管三七二十一地把他们打得流血。现在你瞧,我这人虽然已经毛发脱落,但是她的慈爱的眼睛,柔软的手,对于我还没有死去,我还记得她所讲的所有故事。她有时把我放在自己膝上,用灵巧的手指在我头上抚摩着,一边说呀,说呀,说个不休,而我偎依在她怀里,听着她的心在跳动,我沉默着,不敢透气,就这样呆住了。在母亲身边,由她紧紧地抱在身上,是最幸福的时刻。你记得自己的母亲吗?"

"不,"四十岁的人轻声回答。

"老兄,这是眼泪!俗话说得好:世上没有比亲娘再亲密的朋友!她的话对于我便是法律。我要是犯了什么过错,就自己跑去告诉她,我记得没有对她撒过一次谎!她喊几声,打两下,以后亲热一下,不吻我,狡狯地挤一挤眼,说道:'你对先卡和玛莎说,我饶恕你了,但是不要讲我吻了你!'她也让他们这样对我说,她打完他们,又抚爱他们,这是为了使人们相信她的严厉。我八九岁的时候,尼科利斯基教堂里的一位执事到我们家里来做客,他教我们小孩认字,先卡那时在生病,玛莎随着爸爸住在沙巴尔季诺的婶婶家里去了,我在房子的一角摆纸牌,看见教堂执事把一只手放在母亲的胸上,那只手是棕色的,手上戴着一只银戒指。'等一等，'母亲说，自己把上衣的钮扣解开，他把她抱起来，架着胳肢窝，带走了。他们在前面走，我跟在他们后面，他们自然关上了房门，但是还不都一样！我什么也没有看见，不过自然全都明白了，当时气得哭出来，藏在火炕和沙发的角落里，轻轻地哭泣，也就在那角落里决定了我的全部命运！过了许久，她走出来，摇摇摆摆的，像喝醉了一样。她微笑着，一看见我，甚至呆住了，我忘记不了当时她的眼神。她小声问道：'咦，你还没有睡吗？'她把我抱住，紧紧地偎在自己身边，闭上眼睛。我哭泣着。我说：'妈妈，为什么教堂执事摸你？你赶他出去吧！'她的眼睛又失了神。她摇撼我的身体，很害怕，小声说话，好像用开水浇我的身体：'你在那里做梦，不许乱说，忘掉它！'我哭得更加厉害，说：'你不要撒谎，我全都知道了！'她当时也哭起来，把我抱得紧紧的，使我几乎透不过气来，一面还哭着！后来，我和她约定，决不泄露秘密，不对父亲、哥哥、姐姐讲出执事的事情，她便把教堂执事赶走；实际上自然没有赶走，夜里他到我们家的澡堂里和她见面。她开始宠我，给我糖吃，纵容我，我要什么，她全都应允，而父亲不论她在不在跟前，总是教训我们说：'你们应该听母亲的话，爱她，她是一家之主！'教堂执事的头发是棕色的，身体肥大，吃东西时打着呼噜，教书时用那只戒指敲我们的额头。母亲显然对他讲过我，他对我亲热起来，但是我并不感到愉快些。不久以后，他喝醉了酒，被马踏伤了，病了不几天，就死了！我对这件事很高兴。我们家里雇了另一个教师，他头发很长，鼻子很大，性格十分快乐，我看见母亲又和他勾搭在一起；我已经惯于窥视她的行动，这对于我是有利的。当时来了一个新工人，吉卜赛人，名叫叶利谢伊，她也跟他混上了。有一次，我看见了他们的全部丑态。当时母亲把我打得流血，以后又抱我到自己的卧室里去亲吻，号哭：'尼科什卡，我的小可怜儿，我的心肝，——你饶恕我，饶恕我吧！'但是这已经没有用，无济于事了。老兄，我的心似乎破碎了，什么也不想，什么也不喜欢，什么地方都不想去，——是不是由于烦闷，——我开始打口哨，一边走路，一边噘起嘴唇，嘘嘘地吹！甚至在吃饭时，也有时忘记自己，开始吹哨，自然啦，额头上要挨一匙子。要不，我就走进花园，钻进坑里，在烧掉的澡堂旧址，躺在苦艾和牛蒡上面，仰面躺着，一直吹口哨。我像一阵风刮着似的，跑到街上去，开始大淘其气，那情况你大概听见了，当时我刚过十三岁，吉卜赛人显然为了掩盖自己和母亲的丑事，教会我和村中菜园女工干风流勾当，他是个很好的小伙子，那吉卜赛人是一只快乐的狼……唔，是的，教堂就这样变成了畜栏。"

他沉默着，身子直挺挺的，好像发着癫痫。科热米亚金极度烦闷地说：

"要知道，世界上还有不同于我们的另一些人，有这种人，他们是存在的！"

他凑近尼康的脸，开始热烈地请求道：

"你听着，我对你讲一个人。你看见过那个神甫的叔叔吗？"

他连忙讲起了马克·瓦西里耶夫的事情，很容易地回忆着他的话，后来又从桌内掏出自己的笔记，几乎像哭泣似的读着，好像为已经离开尘世的人做追悼似的。尼康站起来又坐下，手撑在沙发上面，瞪大眼睛，一会儿看看科热米亚金用手指狠狠戳着的本子，一会儿看看他的脸，那张脸显得惨白，兴奋，失去了他惯有的那种做了错事似的慌张神情。屋里点着两盏灯，摆在他们面前的一盏吱吱发响，像是快要熄灭的样子，从玻璃罩里冒着火星。于是，尼康小心翼翼地站起来，把他吹灭，蹑着脚走到桌旁，拿来了另一盏，像方才一样又默默地坐下了。

门开了，沙基尔出现在门口，以亲切的口吻责备道：

"八点钟了！"

他们看了他一眼，又互相看着，并且望了望窗户。

"我算是过了夜，"尼康拉长声音说，叹了一口气，把嘴唇咂得很响。

科热米亚金好像害怕什么似的，对沙基尔惊慌地喊道：

"哼,八点钟!那又怎么样?"

"可以打开百叶窗了,天亮啦!"

"你走吧,老哥!"尼康向鞑靼人挥挥手,喊道。"你讲完吧,马特维!"

"拿茶炊来!"主人快乐地命令道。"不要开百叶窗,最好再拿盏灯来,灯里添点油!"

他又用恳求的声音对尼康说:

"最好这样,全在同一种光线下面!"

尼康默默地点点头,身体向他挨近了些。

他们成了知己朋友。尼康几乎搬到了科热米亚金家里,科热米亚金更加喜欢他了。特别使马特维·萨韦利耶夫喜欢的是:当马特维讲那些稀有的人物——马克·瓦西里耶夫、叶夫根尼娅和季乌诺夫时,他总是出神地洗耳静听。前两个人没有引起他任何疑问,只是使他感到惊异。

"真是些聪明人!"他恭敬地说。"简直令人不能相信世界上有这样的人,简直是神话!你的思想原来是从这里来的!"

他阴郁地沉默了一会儿,又说道:

"自然,人家是不会让这种人多起来的,决不会!"

"是官方不允许吗?"

"官方是这样。就连我们自己也是不允许的!"

"我们?为什么?"

"我们会扼杀他们的。"

"那是为什么?"不胜惊讶的科热米亚金追问了一声。尼康耸了耸肩膀,抱歉似的说:

"这点我也说不清,但是我想会是这样的!这等于是把种子播种到石头上!"

科热米亚金垂下头,忆起自己对马克叔叔和聚在他周围的那帮人的态度。

季乌诺夫使尼康发笑,使他的情绪高涨起来。

"啊,这坏蛋!"他捻着胡子,喊道。"假使他有钱有势,他会把人们捆起来的……"

尼康有时约列维亚金娜到马特维家里见面。她来时,随随便便、快快活活地同主人问过好,然后两人便关在帕拉加住过的房间里去了。科热米亚金则预备好茶,等候他们出来。他觉得自己是他们的保护人,对尼康有点羡慕。

他起初觉得玛申卡同苦艾一样,是个平凡的女人,但是仔细听过她的谈吐以后,他渐渐开始了解尼康对她所持的那种奇怪的、惶惶不安的、好像夹杂着无休的争论的态度。

有一天,她坐在茶桌边,脸色发红,感到燥热,眼睛露出疲乏的神色,说道:

"我喜欢在静寂的冬夜独自留在房内;把门紧紧地关住,只有一盏神灯稍露微光,床上暖得像在热牛奶里一样;躺在那里用整个身心去倾听:那户外的严寒叩击着墙壁发出的静静的响声。打了一会儿瞌睡,仿佛梦见:有一个人走进来,往你脸上亲切地出着气,你哆嗦一下,睁开眼睛,却什么人也没有!而后又躺下来等候,于是又恍惚梦见,有人俯到你身上,说出一句含糊的、但是亲密的、罕有的话,可是定睛一看,还是一个人也没有。你不要瞎猜,我等的不是一个男子,而是另外的什么人,唔,是天使吧……"

"也许是魔鬼,"尼康说,不看她一眼。"对于女人来说,反正都是一样。"

她冷笑了一声,不知羞地对科热米亚金挤挤眼,望了望尼康,像唱歌似的继续说了下去:

"忽然睡神拥抱着你,像慈母拥抱自己的亲爱的孩子一样,把没有的一切显示给你看,把你包围进那种白天从来不会有的安静、纯洁的快乐里。我有时甚至在躺下的时候,祈祷着:'永恒的圣母马利亚,神圣的圣母,赐给一个幸福的梦吧!'"

443

"瞧,把你乐的!"科热米亚金想,很愉快地瞧着她。

尼康说,好像拳头捶在空桶上那样:

"在这样安静的夜里,我想拼命地敲警钟!我将来会爬上教堂的钟楼,大大地敲上一通,真的!"

玛申卡好像从什么地方摔下来似的,打了个哆嗦,随即碎声地笑起来:

"人们会大吃一惊的!跳到街上,雪地里,全都光着身子,啊哟……"

她笑了一阵,忽然慌忙收拾收拾,回家去了。

"你为什么净跟她顶嘴呢?"科热米亚金问尼康。

尼康阴郁地瞧了他一眼,不乐意地回答道:

"我想追到她的话根上去!你瞧,我们中间隔着一道间壁,假使能够心心相印地生活……"

他没有说完,就从桌旁站了起来:

"我上酒店和'长颈玻璃杯'打牌去!"

而后,他一面俯下身子去穿套鞋,一面漫不经心地说了一句:

"你要留神波苏洛夫呀!"

"怎么?"科热米亚金不禁打了一个哆嗦,问道。

"没什么。我只是说,你应该留点神。"

科热米亚金惊慌地沉思起来:不久前,他好像盲人落到坑里一样,跌入了马尔法·波苏洛娃的怀中。肉商越来越纠缠不清地和他套交情,马特维·萨韦利耶夫不好拒绝,偶然到他家里去一趟,但是几乎每次都是这样:波苏洛夫因为有了急事必须出门,客人无论愿不愿意只好同马尔法留在一起。他知道,"长颈玻璃杯"赌牌很凶,他的事业搞得很糟,波苏洛夫向他借了好几次钱,答应立刻归还,但是没有还过。

城里的人们说"长颈玻璃杯"打马尔法,因为她对待他的前妻的儿子不好,是位坏继母;他只好打发儿子到沃尔戈罗德城去,仿佛他很想念他,替他担心。但是也有人说他打发儿子出门,是因为吃醋。

科热米亚金不相信马尔法会挨打,但同时,他却不由对这个躯体健壮的女人暗生怜惜。他想:

"她应该生五个小孩。但是,现在她连一个也没生,他到底算个什么丈夫呢?"

有一天,他来到波苏洛夫家,正遇见马尔法在那里喝茶,他觉得她迎接他时比往常更活泼,笑得更愉快,而且好像更聪明些。

"阿列克谢·伊凡诺维奇又不在家吗?"他问。

"到沃什沃金买小牛去了,"她说。

"但是他叫我来,说他会在家的!"

"他的记性太坏。"

她像往常一样,直挺挺地坐在那里,好像有所期待似的。她的身体从玫瑰色小褂底下清晰地凸起,丰美的脖子从镶着花边的领子里骄傲地伸出来,小小的、黑发的、梳得光光的头微微摇晃着,微笑像小火星一般,在她的美丽的脸上,雾一般的眼睛里闪着光。

"今天我们家里的澡堂生了火,"她不慌不忙地,用鼻音说。"阿列克谢本来打算洗澡,可是竟走了,我只好一个人洗了两个人的蒸汽浴,累得我心都麻了!"

"您的生活毕竟是太寂寞了,"客人说,叹了一口气。"这样年轻……"

"不,没有什么,"她打断他的话。"太寂寞的时候,我就读《圣徒言行录》,婶婶送我的,是一本未经罗斯托夫大主教米特里校正过的手抄本。"

她向前摇晃了一下,不知为什么也叹了口气,说道:

"里面有些故事,读起来都怪害臊的!"

"是有,"科热米亚金表示同意。

"可他们是圣徒吗?"

"自然是的!"

"这些圣徒们倒挺朴实的!"

"他们的神圣也就在这里。"

她微微合上眼睛,慢吞吞地说道:

"咱们老是充圣人,其实大可不必……"

"这种谈话应该停止啦!"科热米亚金想。

但是,女人用双手使劲往桌上一撑,站了起来,大张着发黑的眼睛,颇为自信,一本正经地说了一句:

"大可不必,因为圣母是喜欢饶恕人的!"

当科热米亚金神志清醒的时候,他开始为自己,也为她感到羞愧:刚才发生的那桩事是那样赤裸和空虚;既没有用心底的话来加以装饰,也未因这肉欲的狂热而消除羞愧和懊恼。而且真是可怕得很:她刚才还和他如此亲密无间,而现在却坐在原来的地方,又显得陌生,疏远和无趣了,她喝着茶,从茶碟那里看他,露出还是那样熟稔的、只是有点疲倦的微笑。他不知道对她说什么好,心里七上八下,想走开吧,觉得怪难为情,想问什么话,他又找不到适当的言语,只是不好意思地在桌上推动盛糖果的碟子和盛果酱的小高脚盆。

"你为什么不说话?"他听见她的声音,哆嗦了一下,突然问道:

"这么说,你爱我吗?"

"假使不爱你,就不会作这个孽了!"

她想了一下,又补充说:

"而且在礼拜六……"

"看来是木已成舟了,"科热米亚金想。

他已记不得他是怎样离开她的,也记不得她曾否叫他再去。他在家里呆了一个星期,装作生病,一直努力为自己辩解,但是没有效果。他一面寻觅辩解的理由,同时,又有一种男人的念头轻轻涌上心头:

"要知道,这是她自己送上来的,这么说,我身上还有那种能征服女人的东西……"

他应召到她家里来是贪恋她的肉体,一早他就到她家里去了,因为他知道,她的丈夫这时正在市场上。一路之上,他搜索枯肠,想起了许多温柔甜蜜的字眼,但是一看见她,他连一个这样的字眼都没说,因为他觉得她不需要这个,而他如果不勉强自己,又说不出来。

这样就开始了没有爱情的浪漫故事,内心怀着疑惑,充满某种灾难临头的阴暗预感。

他想把马尔法的事情讲给尼康听,同他商量一下,但是总是这样,当尼康出现的时候,马尔法就好像从脑子里消失了似的。

她很快便同他混熟了,显得更爱说话,更热烈了,要求更多的抚爱了。她令人讨厌地、纠缠不休地问长问短,使他越来越窘迫不安。她在亲热够了以后,便轻轻地用贪婪的低声问他:

"你讲一讲,你是怎样开始和后母搞上的?"

"你得了吧!"他拒绝了。"这种事情难道是可以乱讲的吗?"

"那么,你跟那位太太呢?"

她的瞳孔收缩了,眼睛显得小些,她甚至浑身打着哆嗦,像在沸腾似的。科热米亚金沉默着,生着气,有时竟想揍她一顿。

这样一来,她自己便对他讲起男女之间苟且之事来了,一些事可笑而又可耻,一些事则与禽兽无异,十分可怕。他带着羞愧听着她说,但同时却掩饰不住他对这种粗野的故事的兴趣,有时他自己还主动问她。

"啊哈,"马尔法又得意又生气地嚷着。"你问我倒没关系,可我一求你,你却闭着嘴不肯说。"

"说这种事不好,马尔法!"

"好做倒不好说?"

"你这个年轻女人,是从哪里知道这些事情的?"他惊异起来。"你一定是在那里捏造,撒谎……"

她一急便又用一些新的秽事来证实她已经说过的事:

"我们那个村子很富裕,人们吃得饱,身材高大、魁梧,姑娘们小伙子们全长得很漂亮,父母管教得不严。依照我们的信仰,恋爱并不是罪过,我们不像你们,我们不是教会派!所以,我对你说,在莫利亚诺夫的大家庭里,给儿子卡尔普娶了亲,他是老儿子,长得不高,身体很瘦弱……"

过了一刻钟,科热米亚金不好意思地笑着劝她:

"住嘴吧,你这匹马。"

有时,在被她弄得精疲力竭以后,在被这些故事折磨够了以后,他说道:

"假使你是由于好奇心,为了想向我盘问这样的事情,才和我闹出这一切花样来,那么,你的好奇心是恶劣的,荒唐的……"

"瞧你这个假圣人!"她应声说,鼓起嘴唇,转过身去。

尼康的警告使科热米亚金心里疑团丛生,对马尔法和波苏洛夫抱着反感。肉商向他借钱,借得越来越勤,而且越发避免在自己家里和他相见。但到别人家去做客,或在酒店里的时候,他常常不声不响悄悄走到马特维·萨韦利耶夫跟前,忽然从后面或从侧面说道:

"你好呀!日子过得怎样?"

他的手指蠕动着,互相摩擦着,红红的脸庞紧皱着,以前看不见的小眼现在盯着人的脸。

"马尔法说,你前天去过,是不是?"

"去过,怎么样……"

"就是嘛!礼拜六晚上以前就借给我一张红票子吧,……"

从某个时候以来,几乎每次看他的妻子,都要付钱给她的丈夫。

"难道他知道了吗?"科热米亚金暗想,但是由于羞愧便立刻把这种想法抛开了。

"我应该盘问她一下,假使问得聪明,她会说出来的,"他在尼康说过那句话以后,就这样决定了。

他的生活过得忙乱而且热闹,人们越来越把他包围得紧紧的,他开始觉察出他们的手是伸向他的口袋里的。镇上商界人士中间,一会儿这个人,一会儿那个人,互相瞒着,向他提议合伙做买卖,答应给他优厚的利益,那个身体结实的苏霍巴耶夫来得更勤了,坐在主人对面,

把小眼睛阖上,蛮有把握地说:

"在您的思想里,最主要的是您所讲的关于阶级的言论。我们应该互相依靠,脚踏实地的生活下去,——这话是完全对的。但是,起初必须单独去做……"

他边说边舔着嘴唇。

他的衣服是用很好的料子做的,而且像浇在他身上一样,服服帖帖。他听说科热米亚金想关闭自己的工厂,甚至大吃一惊跳起身来,摆着手。

"千万别关!"他乞求似的说。"这和您所说的一切正相违背!怎么啦?商行这东西非常重要,可您忽然要把什么都搞个精光!这究竟是什么意思:您自己说,应该大展宏图,可您却要自取灭亡?"

他把椅子推到主人身边,用膝盖触及主人的膝盖,用火辣的眼神望着主人的脸,低声说道:

"您想出售吗?您要苏霍巴耶夫接替科热米亚金吗?价钱呢?痛快说!"

他脸上的活泼表情,坚决的眼神,尤其是提到商行的话,都博得了科热米亚金的欢心。

"应该考虑考虑,"他友善地说。"我烦透了这些工人以及这一切麻烦……"

"我明白!"苏霍巴耶夫喊道。"您有了别的想法,比事业还重大的主导思想,这个我明白,但是,您说要考虑,有什么可考虑的?喏,我苏霍巴耶夫就是科热米亚金现成的接替者,这不就完了吗?"

他没离开座位,说服对方把事情解决,付了定洋,取了一张收据,这才站起身来,说道:

"至于麻烦嘛,请您放心,我会设法避免的!使您不受惊,这对于我是至关重要的事情,因为我既然是您的思想的崇拜者,我就应该设法使这些思想顺利地发扬光大!"

科热米亚金听着他的话,觉得很入耳,对于不带房产出让工厂颇为满意,因为对此他并没有抱什么指望,甚至都没有想到这一层。

另有一次,苏霍巴耶夫在街上遇见科热米亚金时问他:

"听说您和尼康·马克拉科夫很投缘,是吗?好得很,不过我要警告您一声,据我看,尼康·帕夫洛维奇是我们小城里最正直的人,但是您不要和他打牌,因为他是赌棍!在所有的事情上,他都是完全清白的,但在这方面却是一个骗子手!请您恕我说这个话,冒昧得很,不过我希望在一切方面对您有益……"

他的眼睛直率而爽朗地望着。科热米亚金和善地握着那只有力的手,和他告别,心想:

"真是一个骗子,但是挺讨人喜欢!"

有一天,苏霍巴耶夫在科热米亚金家里遇见了尼康;他们坐了很久,喝着茶。马特维·萨韦利耶夫对于这个人,——本镇的著名人物之一,——在听酒店里的浪子和赌棍高谈阔论时所表现的莫大兴趣和注意而感到惊异。

"生活在变,但人们还是老样,"尼康说。

"很对!"苏霍巴耶夫热烈地赞同。

"现在的小孩将来不一定比我们聪明;我瞧着他们,游戏,唱歌,还是那一套,和我们唱得一样,连淘气也是一样的。"

"这一点我可是不同意!"苏霍巴耶夫缩成一团,恭敬但是坚决地声明。

"为什么,瓦西里·瓦西里奇?"主人问。

"您瞧,孩子们显得更多疑,更凶狠了……"

"也许是这样!"尼康也同意了。"孩子们现在打架的时候,狡诈的成分多,正直和勇敢却显得少了。孩子们常常哭泣,容易生气……"

他想了一想,嘟哝说:

"这全是由于母亲,由于女人的关系。她们不大注意孩子,并不是用爱养大他们,而是想尽快地从他们身上榨出油水,而且多多益善。应该让男孩子们受教育,开办一些关心爱护他们的学校,对女孩也应该如此。世界上需要的是聪明的母亲,应该了解这一点了！你应该想一想这种问题,马特维·萨韦利耶夫,真的！您有的是钱,可是往哪里用呢？"

苏霍巴耶夫抬起头,照着镜子,理一理头上的棕色头发,尼康把手叉在颈后,微笑着说：

"是的,假使女人更聪明些,说实话,更诚实些,人们会改好的,一定！"

"一定！"苏霍巴耶夫低声附和着。

科热米亚金没吭声,心想：

"体面人中间,谁也不会产生这种念头,只有潦倒的人才会有这种念头。"

他大声说：

"这须要考虑考虑……"

苏霍巴耶夫把茶匙掉在桌下,俯下身子去捡,藏到桌子底下去了。

"假使有了像你所说的那类女人,那才好呢！"尼康头向后仰,望着天花板阴郁地说。"现在到底出了另一类女人：是好还是坏,我弄不清,但终归是另一类的。以前的女人比较甜蜜、温柔些,现在的却较枯燥,带有辣味！当你靠近她时,就像罪人在教堂周围徘徊一样,心里扑扑腾腾的,你不由想,该对她说些什么特殊的话,才能打动她的心呢？当然,话是找得到的,这没什么！不过,现在好像并不需要这个,不是吗？与其说是爱情,倒不如说是争论,——看谁能胜过谁？由于这种争论,人们就过早地感到疲劳,而变得老了起来。"

苏霍巴耶夫皱着眉头,默默地望着尼康,微动着薄薄的嘴唇,有时用舌尖去舔它。他偶然笑一下,但笑容转眼就消失了。这种微笑并没有改变他那冷淡的面孔。

他在这次谈话结束以后,临走时,很有礼貌地请求科热米亚金准许明天晚上再来看他,科热米亚金和善地说：

"我永远欢迎。请来吧……"

剩下他和尼康,他问尼康道:

"你觉得他这人怎么样?"

"一个聪明的家伙!"尼康说,冷笑了一声。"有的时候我和他谈得很有趣;他对我说,你有一个善良的灵魂,不过你这人一点用处也没有!我对他说,你是个好人,但是你根本没有灵魂,到处都凭着手去工作,有十几双手!他笑了。这家伙是可靠的,不会为了小事毁坏自己,也不会廉价出卖自己和别人。假使他出卖基督,他会把买主劫得精光,立刻让他出去行乞!"

他撇着嘴狞笑一下,在镜子前面整理好稀疏的鬓发,面带沉思地走了。

第二天,苏霍巴耶夫来了,全身更加挺括,穿着漂亮的黑色常礼服,摇晃着衣服的下摆,稳稳地坐在椅子上,眼睛盯着主人的脸庞,请求道:

"喂,马特维·萨韦利奇,请允许我开诚布公地谈谈吧!"

他凑得更近些,像打鼓似的说道:

"您自然知道,人家把我列入了骗子一类的人物,对我毫不信任。这并不使我感觉侮辱:所有商界的人物,起初都是被人家称作骗子,而到后来,人家匍匐在他们面前,到那时候,他们也会在我面前摇尾乞怜。但是,这不过是随便谈谈罢了!我自然不会拒绝看这种把戏,也不会把这些人扶起来,甚至还要取笑他们,也许取笑得很厉害!但是,说句良心话,这对于我并不是主要的!我需要的是荣誉,而不是把人糟蹋得不成样子,荣誉是一种信用,而糟蹋人不过是愚蠢的,甚至有害的游戏。我在你们这里是初来乍到,我的祖父是奥勃诺斯卡的牧人,六年以前才死去,这里的人们把我当作外人,不肯对我贷款!但是,所有这些斯马金、库卢古罗夫、巴祖诺夫和其他老住户,请原谅,全都是古板的、浅薄的、不善于经营的人,对于他们最好的、最有利的事情就是不受干扰,您自己看得出,他们是什么样的人!您完全正确地向他们证明了,应该按新的方式生活和工作:要对于全体人民有利,而不是抢劫和只为了自己!不应该把人家的一卢布一下子全抢走,应该找给他二十五戈比,让他从那里面再给我搞出一个卢布来!"

科热米亚金觉得他那种威武的神情颇像大兵普什卡里,同时也想起市民们在他背后发出的一切非难,和大家对他共同持有的轻蔑态度。

"他说这话是什么用意?"马特维·萨韦利奇猜测着,一面瞧着这个人把干燥的双手夹在膝盖中间,摩擦着,同时移动着双脚,身子在椅子上一摇一晃的。

"我希望从您这里得到什么呢?"苏霍巴耶夫问,仿佛猜到了对方的心事似的,他的脸上红一块紫一块。"我希望您帮助我,使我能够贯彻您的正确思想,使生活振作起来,把我提高到最高的一级!以您这样的心肠,我明白您一定肯把您的资本捐出来用作善举的,对不对?"

科热米亚金没有想到这一层,但是说道:

"对呀。"

"就是嘛!"

苏霍巴耶夫像盲人似的眨巴着眼睛,把身体挪得更近些,手放在主人膝上,轻轻地、恳切地提议道:

"起初是不是先扩充一下资本呢?银行付给您多少?您不想取得较高的利息吗?"

"三分利!"科热米亚金说。

"您开玩笑。"

苏霍巴耶夫站起来,挺直得像一根钉子,想了一下,问道:

"您能借给多少钱?"

"五万。"

"少了一点。您的钱大概有这个数的两倍,甚至还多些。全借给我!"

"有点害怕,"科热米亚金说,冷笑了一下。

"我可以用田地、旅馆、房屋做抵押,可以给您立期票。"

他又坐下来,用事情仿佛已经解决的口吻说道:

"您评判一下:巴祖诺夫当不好这个市镇的首脑,从他那里谁也得不到什么好处,应该由我来当这里的首脑!"

科热米亚金笑了,欣赏着他那副好斗的样子。

"是的,是我!"苏霍巴耶夫大言不惭地重复着。"您可以用您的辩才帮我的忙。那时候,除去可以给予全城显著的利益以外,您的钱也会得到更可靠的保障,假使我登上这个职位,您就可以随意实行您的一切计划了!我是您的执行者和仆人,您愿意吗?这场赌博是有把握的!马特维·萨韦利耶夫·科热米亚金的一切善举和思想的继承者是瓦西里·苏霍巴耶夫!"

他跳起来,脸色灰白,兴奋得浑身打战。

"五年的工夫我会把全城翻个个儿!您答应吧,让咱们来祷告上帝!"

"不,"科热米亚金说。"得考虑考虑。这怎么能一下子就决定呢?"

苏霍巴耶夫用教训的口吻说:

"您要相信,所有的善事都是一下子做成的,不假思索的!因为,老实说,俄国人只会有一种想法,就是:但求能够躲起来,不做事情!对不住!"

他走后,科热米亚金觉得屋里又热又闷,他的胸间滋生出一种新的东西,并且在危险地摆来摆去,引起一些痛苦的思绪:

"我一死,他们会白白地把一切东西都抢走的!我应该写遗嘱,把财产留给本城,除此以外,还能留给谁呢?在立好了遗嘱以后,再研究这个问题。他的手段很巧妙,他能够达到目的!应该对他谨慎一点,否则他会把我洗劫一空。固然,谁抢走都一样。而这一位也许会说到就做到的……"

几天以后,他怀着这些想法到马尔法·波苏洛娃那里去了。当她

的亲热使他周身松弛以后,为了满足想同她谈谈使他苦恼的心事的强烈愿望,他说道:

"你知道,我要把所有的钱交给苏霍巴耶夫,放到他兴办的事业里去。我要这些钱有什么用处呢?我只有一个人,我一死,全会丧失,全都会被人家抢走。他答应……"

马尔法慢慢从床上欠起身,坐起来,用手捂住脸,忽然轻声哭了起来,科热米亚金跳到地板上,抓住她的肩膀,显出惊惧和诧异的样子。

"你怎么啦?哭什么?"

她不回答,流着眼泪,低沉地,鬼哭狼嚎起来:

"呜……呜……呜……"

内衬从肩膀上滑落下来,她那巨大雪白的肉体哆嗦着,好像肿了起来,手指中间渗出大量的泪水。

"你怎么啦?"他小声说,准备把她的手从脸上挪开;她用胳膊肘戳他的胸脯,尖声狂叫:

"滚开!"

她从床上重重地掉下来,扭过身去,一面穿衣,一面怨声怨气、轻声地哭着说:

"您是骗子,骗子!"

科热米亚金也匆忙地穿上衣服,默默地从半明半暗,只点着一盏油灯的屋里走到大厅去,愕然回顾,感到发生了什么不好的事情。马尔法走出来,把围巾披在头上,把脸庞藏在里面,恶狠狠地说:

"你为什么坐下啦?你走吧,我说!"

他走到她面前,轻声问道:

"为什么,马尔法?你这是为什么?"

"你用不着留在这里,"她没看着他,阴沉沉地答道,随后,身子摇晃着,向墙上靠去,宽阔的背贴在墙上,又号哭起来,声音嘶哑,含着明显的恐惧和绝望:

"我现在可怎么办呢?"

科热米亚金当时拉下她的围巾，抓住她的头，用手掌紧按着她的脸颊，嘶哑地问，怨恨而且气恼得发喘：

"阿列克谢知道了吗？"

"放开我！"她用柔软的手推他的胸脯，恼怒地喊。

"你看着我的眼睛说，他知道了吗？这是你和他商量好的吗？"

女人往下一蹲，从他的手里溜走，跑到门口，抓住门柄，脸一直红到肩膀，眼睛闪烁着，用拳头威吓着，又快又急地小声说道：

"你以为我是出于自愿和你这个没男子汉骨头的人发生关系吗？我跟你拼啦！"

她对他打了一个轻蔑的手势，开始用额角撞门，又哭喊道：

"哎哟，我的天哪，我现在怎么办呀！你们全是混蛋，混蛋……"

"咳呀，你……"科热米亚金忍不住，走到她面前去。

他用市井的粗话骂了她一顿，然后又感到很可怜这个女人，替她害怕。

她坐在门前的地板上，而后往起一跳，疯狂地瞪着眼睛，挥着手喊道：

"不许叫，你这条狗！"

科热米亚金捉住她，把她抱住，吻着潮湿的脸，像做错了事似的请求道：

"喂，你饶恕我吧！这是我不好，你饶恕我吧！唉，你真是一只还没被宰死的绵羊，可怜的东西，我很可怜你。信不信由你！这么说来，他是个真正的肉商，竟拿你的肉体来做交易，是吧？你为什么不对我直说，不一下子就说出来？"

"去你的吧！"她并不用力挣脱，显然在他的温存之下感到安慰，她的眼睛向屋内外各处转动，好像寻觅什么东西，手颤抖着。

由于按捺不住对她的怜惜，他要放声哭出来，但是他的心干燥地燃烧着，促使他提出波苏洛夫的问题：

"他这是为什么？为的是钱吗？"

"我哪里知道？"

"喂，你以为怎样？他怀着什么目的？他希图什么？"

她推开他，坐到椅子上，粗暴地说：

"我才不高兴想你们那些龌龊事呢！"

"可是，这不是你干的事情吗？"

"那有什么！"她喃喃地说。"不是出于自愿，他替我在上帝面前负责……"

科热米亚金由于愤恨波苏洛夫，不假思索地对她提议道：

"这样吧，马尔法，你丢开丈夫，到我家里去吧！"

但是她抬起头来，冲着他的脸恼怒地冷笑了一声，责备说：

"哼，扯到哪里去啦！人家还说，你读过许多书，很聪明呐！难道可以甩掉丈夫吗？这只是那些荒唐女人做的事……"

"他哪里是你的什么丈夫，傻瓜！"科热米亚金喊道。

"明媒正娶的，在教堂里结过婚的！你走开吧！"她喃喃地说，朝地板上望着。

后来，她可笑地噘起嘴，沉思了一下，忽然清清楚楚地说：

"尼古拉也不在。天呀……"

"哪一个尼古拉？"

"没有哪一个！关你什么事？"她喊着，坐在那里好像被捆住了似的。

屋里黑暗而且狭窄；科热米亚金撞着桌椅，在屋里遛来遛去，像捕鼠笼里的疲乏的老鼠，听见唠叨的声音：

"我还以为和这个人总可以说说话。可你也只会唉声叹气……"

她的脸换了一个样子：整个褪去了颜色，战栗着，眼睛圆圆的，呆痴得像锡制的一样，直愣愣地向前面望着，大概什么也没看见。

"再见吧，"科热米亚金说，跟她去握手。

她耸了耸肩，不给他手，背转身去，厉声说道：

"走吧，让上帝饶恕你……"

科热米亚金走到街上,恶念丛生:他想做出一桩事情,使波苏洛夫的心一辈子都感到刺痛和气恼。

在褪了色的田野的浅淡而模糊的远方,在那天边上,停留着一座大山似的发蓝的云块,从中分出一块块的碎云,低低地飘向城边小丘的上空。

"选一张坏一点的,破一点的钞票,"他一面沿着围墙来回的走,一面想着,"打发人送给他,附一张纸条,写上,这钱送给你,作为经你同意享用你的娇妻的代价。这样不行,这会刺激马尔法! 干吗要刺激她呢? 她是很不幸的呀! 而且是愚蠢的! 我要痛揍阿列克谢一顿……"

他怀着这个决心,又似乎怕失去它似的,突然很快一转身向"里斯本酒店"走去,希望在那里遇见肉商。他去得正好,"长颈玻璃杯"正靠在椅背上,鼓着腮帮,坐在桌旁同尼康赌牌。科热米亚金和谁也没有招呼,沉重地跺着脚,走到桌旁,站在波苏洛夫身旁,用低沉的声音说:

"你好啊!"

"好呀,"肉商一面回答,一面看着纸牌。"你怎么啦? 忘记我家在哪里吗?"

他看也没看科热米亚金一眼,冷淡地说着,摇晃着脑袋,带着焦虑的样子,把叠成扇形的纸牌凑到鼻子头上,好像在嗅它们的味道似的。

科热米亚金用脚把椅子推得近些,沉重地坐了下来,他一言不发,嘴唇在发颤。他从侧面望着波苏洛夫,设想他怎样用拳头打这山羊皮似的鼓鼓囊囊的脸颊,以及那只厚重的红耳朵:他预感到肉商的惊惧和屈辱,恨得浑身打着冷战。

"你这是怎么啦?"尼康问。

"我吗? 我到他家串门来着!"科热米亚金用低沉的声音说。"在他的老婆那儿。喂,你的老婆很不错,阿列克谢·伊凡诺维奇!"

波苏洛夫立即欠起身,一手扶着椅背,伸直脖子,闪动着那双看不见的眼睛,嘶声反问道:

"老婆?怎么?"

"很好!"科热米亚金手捶着桌子,恶狠狠地喊道。"哼,你这卖肉的……"

尼康把牌一扔,跳了起来。

科热米亚金愤怒得像喝醉了酒,眼前除去黑色和红色的斑点以外,已经什么也看不见了。他喊道:

"我把钱全交给苏霍巴耶夫了,你打错主意了,骗子!"

波苏洛夫自下而上,击中了科热米亚金的右腰和肝部。科热米亚金喘息着,跪了下来,但是立刻又跳了起来,张着嘴,要往什么地方奔,被尼康按到了椅子上。

"放开我,让我给他几下!"科热米亚金嘎声说。

"算啦!他已经跑了!"

尼康拉住他的胳膊,迅速领他出去。他喘着气,嘟囔着说:

"我不许他打她!"

后来,在一间贮藏室的木箱中间,被尼康劝得稍为安静下来的科热米亚金,匆匆讲着事情的经过,尼康注意倾听着,吹着口哨,笑了一声,用安慰的口气说:

"原来是这样!他起初老劝我和他串通着赌博,赢你的钱,彼此均分。我真是傻瓜,这也太可笑了!"

他盯着科热米亚金的眼睛,厉声问道:

"你干吗要动武?在大家面前丢脸出丑……走,咱们去把他们的嘴封住。样子要高兴点!"

"他是跑去揍她去吗?"科热米亚金问,经他一推,让了步。

"让他打好了!你以为她不该挨打吗?他打得你痛不痛?"

"疼劲过去了。"

"我来不及拦他。应该把这一切掩盖过去,"尼康郑重地说。"你最好请在场的所有人喝酒,他们白喝了一顿酒,便会忘记这场乱子。应该对他们撒几句谎,《诗篇》里说过这样的话:'为了得救,也可以撒谎'。①"

他对事件的态度使科热米亚金感到安慰,他甚至想道:

"我做的这一切真是无聊!"

有四个人坐在酒店里:尼康的哥哥、库卢古罗夫、列维亚金和托洛孔尼科夫。

尼康立刻显得快活起来,他从柜台里取出一只吉他,调了一下弦,便喊道:

"喂,科热米亚金,你请我们喝酒吧,使心灵陶醉一下,否则它会飞走的!商人们,你们为什么噘着嘴?"

列维亚金走了过来,在科热米亚金的鼻子前面击掌喊道:

"啾克!"

他快乐地笑了一声,然后问道:

"'长颈玻璃杯'为什么打你?"

"唉!"尼康说,轻蔑地挥了挥手。"他是傻瓜!一直死缠着要借钱,科热米亚金拒绝了他,就是这样!"

库卢古罗夫用教训的口气说:

"你听着:波苏洛夫不是个人,你们不一路,他是个骗子,而你老老实实,幼稚得很……"

"我不愿再想到他,"马特维·萨韦利耶夫激愤地喊道。"他欺负了我,从此一刀两断!"

列维亚金在捉苍蝇,掐掉它们的翅膀,在碟子里赶着,注意让苍蝇兜着正圆。谢苗·马克拉科夫不信任地观察着他的紧张神情,一边咳嗽,一边喃喃地说:

"苍蝇是最愚蠢的东西,你瞧,它不明白,不能……"

---

① 出自《旧约·诗篇》第三十二篇,原意是说:靠骡马得救是靠不住的。但尼康把原意改了。

一小时以后,大家全都喝醉了。列维亚金拥抱住瘫软的马特维·萨韦利耶夫,俯到他的耳朵上小声说道:

"我知道这一切将有什么样的结局,老兄,我有好多听我使唤的人,所有的事情我在头一天就会全都知道!有这样的风声……"

他半个脸笑了笑,突然喊了一声:

"啾克!"

矮胖的、像皮球一样的托洛孔尼科夫,把吃饱了的雄猫般的嘴脸贴到马特维·萨韦利耶夫的脸上,微动着胡须,神秘地说:

"你听着:村里有一个人从外边当差回来,他名叫佐西马·普什卡廖夫,在边界上供职。喂,你明白吗?"

"是吗?"

"在边界上,亲爱的!他说,那边出现了一些生人,他们全在夜里活动,到处乱走,也不知道是些什么人!上面吩咐抓他们;抓来抓去,可还是有,而且越来越多,是的……"

库卢古罗夫喊:

"间谍!快打仗了!"

列维亚金狡猾地向大家挤挤眼,说道:

"不是的!这并不是要打仗。我知道这是要干吗!我听得见风声……"

他合上张开来的眼睛,甜蜜地思索着什么事情。

尼康仰靠在椅背上,调弄着吉他弦,咬着胡子,望着天花板。科热米亚金用眼睛扫了大家一下,轻轻笑了一声,欣赏着尼康。

忽然有人站在门口大声喊道:

"波苏洛夫把老婆杀了……"

科热米亚金只觉得周围的一切都在摇晃、跳跃,乱作一团,并且裹挟着他向某处爬去。

马尔法的白白的脸庞永远留在了他的记忆里。她的眉毛稍稍扬起，微闭着仿佛在凝思的惺忪睡眼，像是在那里猜测什么。她躺在地板上面，一只手甩得远远的，张着手掌，另一只手握成一个粉团似的拳头，放在下巴旁边。肉商捅的是她的肝部，大概那时候她正站着；血从伤口溅出，流到白色的桌布上面，凝成深黑的一大片。再远些，血是一摊圆形的红色的血泊，桌子后面的地板上全是像雨点似的血迹。

科热米亚金靠在墙上，死死地盯住这个可怕的场景，女人的白粉般的脸和她那好像伸出来求乞的手掌。他站在那里，啜泣着对尼康说：

"他在哪里？应该找到他！怎么能这样？是他自己教她干的……"

"别说啦！"尼康小声说着，在他腰部捅了一下。

一个身材高大的二十岁左右的红发小伙子站在卧榻旁边，手按在上面，哆嗦着，粗野地瞪着眼睛。醉醺醺的库卢古罗夫用拳头威吓着他，小声说道：

"什么——么？都是你这个公狗逼得主人作案的。这是要送到西伯利亚去的，不是吗？"

整个房间，整所宅子都充满了窃窃私语。

"应该把这小子绑起来……"

"把镜子遮住。"

甚至警察都是悄悄地走动，低声地说话。

尼康气恼地拉住科热米亚金的手往门口走，但是一个不知谁家的男孩出现在门口，喊道：

"找到了，在牲口棚里挂着，上吊了！"

"不要嚷！"库卢古罗夫用低沉的声音说，向死者伸着长得出奇的手。

屋里鸦雀无声，空气完全从屋里流走了，地板沉落下去，科热米亚金叹了一口气，抓住自己的胸脯和喉咙，不知向什么地方飞跑而去。

他在家里，在自己的床上清醒过来，尼康坐在他身边，玛申卡·列维亚金娜站在桌旁,拧干毛巾。

"好啦,谢天谢地!"尼康粗鲁地、气冲冲地说。"你怕什么?她又不只是和你一个人发生过关系!"

"这里就有她的两个妞头,"玛申卡插嘴说,叹了一口气,走到床旁。

"你不要羡慕,玛丽亚!"尼康恶狠狠地说。"那个伙计尼古拉就是她的固定的情人。"

科热米亚金听着他们毫不留情地谈论着死者,并借此算着他们自己的账,心里十分难过。他闭上眼睛,从睫毛里看着他们。这样一来,他们的声音便低了下来,尼康说得很多,而且严峻,脸色惨白,头发蓬乱,咬着胡子,而玛申卡则偶尔短短插进几句尖如芒刺的话,她的眼睛好像褪了颜色似的。

列维亚金蹑着脚,微笑着,眼睛一眨眨地走了进来,坐在桌旁,擦着湿脸,小声请求道:

"给我点水喝。"

他用右眼朝床上瞥了一下。

"在睡吗?"

"那边怎么样?"妻子问,把盛克瓦斯的玻璃瓶推到他面前,他举起瓶子,对着光亮看了一下,笑着回答道:

"啾克!警察把大家全赶走了……"

他们三人坐在桌旁,全都把臂肘放在桌上,你看看我,我看看你,低声地咕哝着,给主人增添了恐怖和忧愁:

"天呀!"他想。"一旦在这里也发生同样的事情怎么办……"

列维亚金一会儿朝这方面,一会儿朝那方面旋转着脑袋,好像他有两个头颅,两个全是独眼。

玛申卡一边玩弄手指,一边说:

"在'长颈玻璃杯'说来,反正都一样,要不就是上吊,要不就是当乞丐……"

"我生活在些什么人中间啊!"科热米亚金想,呻吟了起来。

玛申卡跑过来,凑近他的脸,亲切而又担心地问道:

"怎么,不舒服吗?"

"心痛……"

她的丈夫也站起来,坐在病人脚旁,轻声说:

"我的心有时也发紧,仿佛没有了它似的。这时就得念念《诗篇》第六篇。"

他把灵活的眼睛转向一旁,像唱歌似的诵读道:

"'耶和华啊,求你可怜我,因为我软弱,因为我的骨头发战,我的心也大大的惊惶。'①永恒的声音,老兄!"

科热米亚金欠身坐起来,粗鲁地喊道:

"你怎么啦?好像是对死人念经!"

玛申卡朝丈夫挥了挥手,好像赶野蜂似的,闷闷地说:

"你别胡说八道,假充什么圣人!你的心也并不疼,你也并不懂什么《诗篇》……"

"啾克!"列维亚金一面喊,一面跳到一旁,像求和似的伸直两手,摇晃着光秃的脑袋。"我得罪了谁呀?"

"小丑!"玛申卡清晰但是低声地说。

尼康用手指敲着桌子,吹起了口哨,玛申卡把眼睛转向他,叹了一口气:

"一个呢,在惊动上帝,一个呢,在吹哨召鬼。"

列维亚金把帽子使劲往头上一扣,微笑着向尼康提议:

"咱们走吧?"

他们走了。院子里雨点像敲着碎鼓点似的响着,风在叹息,树木吱吱作响,便门叭哒响了一下,科热米亚金倾听着一切,像在梦里一样,萎靡不振地寻思着:

---

① 引自《旧约·诗篇》第六篇第二至三节。

"会不会审问我呢?"

玛申卡把双臂抱在胸前,在屋子里走来走去,到处打量着,说:

"到处都有这么多的灰尘!早就叫他们生茶炊,还没有生来。没有女人是不行的,不是吗,马特维·萨韦利奇?"

他本不想回答,但是他怕沉默会得罪她,她会走的。

"是不舒服。"

"就是嘛!"

她的扬扬自得刺激了他。

"同你们在一起,也不好受。"

"哪点不好受?"

她冷笑一声,站在他面前。

"喏,"他发窘地说。"看看这一切,看看这些有家眷的人……"

"你别看好了!"

"怎么?"

"不怎么,您别看就是了。"

厨娘端进茶炊,女人退到桌旁,像女主人似的说道:

"瞧这茶炊也是脏的……"

她的深色眼睛里充满胜利的微笑,在油灯的柔和光线抚慰下,她一字一句,像在编织花边似的娓娓而谈,很想使他不去思念马尔法,消除积压在他心头的恐惧。

"您应该找一个好寡妇,一个吃够了坏丈夫的苦头的年轻女人,让她来对您作出真正的估价。找这种女人并不很难;丈夫十个之中有九个是坏的,第十个虽然好,却是傻瓜!"

科热米亚金有点着恼。

"这么说,好丈夫一个也没有吗?"

"我没有看见过。"

"好的妻子多吗?"

"还遇得到。不管你们怎样糟蹋我们,我们总是比你们好,比你们善良,也并不比你们愚笨。"

她盯着他,挑战似的继续说道:

"我就是一个好妻子:没有我,维克托会像一条蛆虫似的死掉,因为他是一个疯子。谁也没注意到这个,大家笑他,说他在那里胡闹,可我却知道,他是在发疯。至于说到我和尼康姘居这一层,那是他自己的错:既然我在他眼里只不过是一个女人,不过在夜里挨着睡觉,那么我在别人的眼里也是女人,能让人开心的男子还少吗?你是丈夫,假使我看你比别人都好,值得我尊敬,可以骄傲地在街上和你携手同行,那我是决不会胡闹的,决不会!就是想淘淘气,我也会竭力克制自己,决不拆烂污,我还要夸口说:亲爱的丈夫,不论一个什么样的男子,哪怕他比你漂亮得多,他要来勾引我的话,我还是要为你保持贞节的!亲爱的朋友,永远是这样的:我心里可能有另一个男人,但是决不会把他放在自己身边,——假若你我的婚配,不是为了遵从礼教和照管家务,而是听命于心灵的话!"

她说话的时候,仿佛在威吓什么人,皱紧眉毛,辛辣地微笑着;她的声音显得很坚定,两手在桌子上方舞动着,好像白鸽似的,又灵巧,又美丽。

"假使像马尔法那样在怀疑和辱骂中生活,那么,对不住得很!这就无所谓丈夫,而只不过是个男人,那也大可不必为这种人保全自己。我很可怜马尔法,却没有法子帮忙,她太愚蠢了。像她这样的女人,既不养孩子,又这样愚蠢,据我看,只有两条路——一条是进修道院,一条是进妓院。"

"怎么样?"科热米亚金问,对她怀着信任,"您爱尼康吗?"

"有的时候,还不错。当躺在一起的时候,还不错,远一些便不很好了。没有他,我也过得去,不会叹气的。你们不是好朋友吗?"

"好像是的,还凑合。"

"您把我这些话告诉他吧。"她请求道。

"为什么?"

"您告诉他就得啦！"

"他会生您的气的。"

"不会的。"

她想了一下，轻声地补充了一句：

"他在女人身上是幸运的。"

"很好的小伙子，"科热米亚金带着感激的意思说。

"是的，"她停了一会儿回答。"只是，没一点用处，他能干什么呢？既不是个商人，也不是个军人。他是不会安家立业的，将来会死在酒店的桌子底下，或者在围墙下面，龌龊的泥塘中间。我的叔叔常说：'坏人无用，好人生病。'他变成了一个游方僧，您知道有这样一个教门吗？就是逃避派①，他们逃避一切。他会一下子失踪：照他们的教义，是应该失踪的……"

她差不多一直坐到午夜。和她告别的时候，科热米亚金感到依依不舍。她一走，他便想起了马尔法，他的心又充满了恐怖，哆嗦起来，勾起了死的念头，死神正在很近的什么地方窥伺着他，在这里，在黑影默默融合成一片的角落里，在床后，在头上，他跳到地板上，扑到亮处，气喘吁吁地倒在了地上。

他病了许久，玛丽亚·列维亚金娜一直是和卢克里亚替换着侍候他。卢克里亚是个寡妇，库卢克罗夫的女儿。她的丈夫原是箍桶匠，在托洛孔尼科夫家喝喜酒，酩酊大醉以后，便死掉了。她的眼睛上长了白翳，她失去了再嫁的希望，只好到各家去走走，照顾照顾病人和孩子，帮助处理家务，城里人唤她"管家婆卢莎"。她是个肥胖的、善良的女人，长着一头乌黑的头发，很爱喝酒，喝了以后，便开心得直笑。她谈起话来，话题只有一个，就是人们太吝啬。

"韦杰涅耶夫家里的老太婆，吃完饭以后，总要用一根细线把馅饼量一量，还把线藏到口袋里。"

---

① 一种旧教派，其成员逃避任何世俗百姓应尽的义务，如纳税、服兵役、宣誓效忠、受领身份证、人口登记等。

说完她能笑上很久,把眼泪都笑出来。

"我对贝科夫说:'季莫费·帕夫雷奇,你喂猪的东西都比给工人吃的好。'他说:'这是应该的:肥胖的工人对我有什么用?可猪是为我活着的,它完全是我的!'"

又是一阵笑声。

好像除去吝啬和贪婪之外,她在人们身上什么也看不见,而她活在世上,就是为了证明这一点。科热米亚金皱紧眉毛,倾听这些故事,并不喜欢那洪亮、清脆的笑声,几乎怀着绝望的心情想:

"这些指摘,到何时为止呢?"

有时他恳求她:

"卢莎,不必啦,不要说啦,我已经知道啦……"

"我已经讲过了吗?"她惊异地问,沉默了一会儿,接着又嘻嘻地开了口:

"在布罗多夫家里……"

疾病迫使科热米亚金忙着订立将财产捐赠给本镇的遗嘱,他派人去请亚历山大神甫。

神甫来了,他那副样子竟使科热米亚金吓了一大跳,好像他也刚刚战胜了病魔似的。他显得更高、更细挑了,在他那颧骨很高的脸上,一双近乎疯狂的眼珠在黑洞洞的眼窝里,不停歇地燃烧着,从他身上热烘烘地冒着蒸发了的伏特加酒的气味。他好像完全失去了坐的习惯,一直踱来踱去,顿着那双沉重的皮靴,望着天花板,不时理理头发,身上的法衣嗯嗯扇扇,活像黑色的翅膀。头发虽然很长,可是他完全不像一个神职人员。

科热米亚金对他讲了自己的计划以后,神甫很高兴,给他画了画十字,吻他的额角,像吻死人一样,热烈地说道:

"您原来是这样来实现您的不声不响的反叛的呀!"

科热米亚金回忆起了马克西姆,重重地叹息了一声:

"咳,还算什么不声不响!"

但是,神甫将一个手指举到自己脸上,眼睛瞧着他继续说了下去:

"是的,是的,不事声张!我们大家都生活在这种对于强力的不事声张的反叛状态中,这股强力使我们离开我们亲近的一切。我们的病根,在于俄罗斯的智慧实质与精神实质的分裂,这已由一个伟大的智者证明了。我们的心灵的悲剧就在于它很像一个充满一种毒汁的器皿,这毒汁时时刻刻都在侵蚀着它!唉!不幸的俄罗斯呀!"

他举起双手,晃了晃。科热米亚金不理解,也不相信他的话,并且在想:

"究竟什么是俄罗斯呢?"

"我们每个人心里都有两个东西在互相争斗:一个是自古以来就有的、本乡本土的东西,一个是从外面移植来的已经毒害了我们的血液的东西。我们的由来已久的,不事声张的反叛,就是指反对后者而言!"神甫说得越来越热烈,仿佛自言自语似的。可是科热米亚金却在那里回忆季乌诺夫的话,这独眼人说话很轻,但却似乎在那里喊叫,而眼前这一位内心燃烧起来的人虽然在喊叫,但是他的话却达不到别人的心里。听神甫说话感觉厌倦,当神甫讲起鞭身派教徒,逃避派教徒,和其他脱离教会,参加秘密教派的教徒的时候,科热米亚金打断他的话,问道:

"怎么,神甫太太很生我的气吗?"

神甫在房间中央停下来,好像在倾听一种辽远的、他所不理解的声音,或回忆什么被遗忘的事情似的,沉默了一会儿,问道:

"您说什么?"

科热米亚金怯生生地重复了一遍。

这时,神甫才坐到椅子上面,双手理理头发,悲戚地说道:

"她永远不会生气。她是一种尺度,是一种从刻板的理智出发来看待所有事物的尺度,凡是不合这种尺度的一切,就不再存在了。"

他微微笑了一下,笑得那样阴沉和不自然,随之叹了口气说:

"凡是理智不能容纳的一切,都是不存在的!"

他说罢将法衣一挥,又站了起来。

"然而理智不能容纳许多污辱人的、荒诞而又残害心灵的东西……"

他俯身向着科热米亚金的脸,喷出一股伏特加酒味,小声说道:

"但是这个东西却是存在的!"

"是的,"病人说,疲乏地合上眼睛。

神甫努力不使皮靴作响,离开床前,戴上帽子,像瞎子似的,把手伸到前面,走出去了。

科热米亚金感到难为情和羞耻:在困难的、严重的关头,只有这个人没有把他扔下。马特维·萨韦利耶夫明白,神甫这份善意和帮助是值得感谢的。但是他并没有感谢,对神甫也没有信任;他在的时候,一切都显得更加不可理解,更加不可捉摸了。

然而他来得更勤了:他带来一些文件,一面读,一面自己加以挑剔。

"显然他是没有地方可去了,"科热米亚金冷淡地想。

有一次,神甫在他那里遇到了玛申卡和尼康,像对老朋友似的,同他们打着招呼,一面在屋里踱来踱去,一面高兴地笑着,审视着他们,但是他们望着他,却像乌鸦望着公鸡一样。

"我瞧着你们,"他忽然说,"心里在想,你们是多么可爱,和美的一对儿呀!"

玛申卡低下头,为了隐藏绯红的脸。

"早就结婚了吗?"神甫站在她身旁问。

"我们没有结婚,"尼康匆匆地、阴郁地说,咬着胡子。

科热米亚金难为情地追加了一句:

"他们是亲家。"

玛申卡站起来,平静地说道:

"他们都在说谎,神甫,我是这位鬈发人的情妇,您记得不记得,我还对您忏悔过的。"

神甫从她跟前向后退了一步,脸色发暗,而且显得很难为情,把手藏在衣袋里,喃喃地说道:

"原来是这样?我不记得,但是……是的,这是个个别情况……"

他束手无策了,像婴孩似的,讲了一些莫名其妙的话,很快就走了。那样子显得可怜到令人流泪的地步,好像一个无家可归的流浪人,戴着破旧的、揉皱的帽子,穿着边缝已经磨破、打着补丁的法衣。

列维亚金的老婆跑出去送他,尼康看着她的背影,问道:

"你看见了吗,玛申卡多么淘气?"

"是的,"科热米亚金说,轻松地舒了口气,"我以为他会数落你们一顿的!"

尼康站起来,在屋内兜着圈子,仿佛自言自语似的,垂下头说:

"我喜欢这位神甫,我为了他上教堂,真的!他做礼拜很特别:好像永远在那里轻轻地、秘密地讲一个故事,顺便说,是一个很不快乐的故事!有时想要走到他跟前,面对面地问:是怎么回事,老爷子?但是,我又不大高兴和他说话,而且不想和他交朋友。事情就是这样:小翡翠鸟美丽得很,可是并不会唱歌,而夜莺呢,样子却很寒酸,灰溜溜的!真让人弄不明白!"

玛申卡走进来,站在尼康对面,双手交叉在胸前,挖苦地问:

"怎么,怕说出真话吗?"

他把一只手抬到同她的头一般高,轻轻地捅了一下她的额角,冷笑着回答道:

"算了吧!那算什么真话?只不过是你的淘气……"

"幸亏我没有结婚!"科热米亚金已经这样想了不下十次。

在科热米亚金生病期间,他们住在他的家里,就好像住在自己家里一样,玛申卡对待主人也越来越随便,把他看作衰颓的老人;这种态度甚至使他有点恼怒,有一次他责备她道:

"你对我真是太随便了,把我当作了小孩子!"

女人快乐地笑了。

"又来了！你难道适于做情夫吗？你有良心，是作不了情夫的。你为了马尔法竟去爬墙头。其实，她对于你能算个什么呢？不过是个小客栈而已。不，你命中注定应该做丈夫，你是为了一个女人而生下来的，你的全部悲剧就在于没有找到她在哪里！"

尼康知道科热米亚金将全部财产都捐给市镇，并把现款交给苏霍巴耶夫做周转金以后，他冷淡地说道：

"这更好，你可以没有牵挂，苏霍巴耶夫是不会骗人的。他首先是爱虚荣的人，别的都在其次。"

玛申卡却很惊异，瞪圆眼睛对科热米亚金的脸看了好半天，显然不相信他，她的眉毛哆嗦着。

"真的统统捐出去了吗？"

"统统。"

她咬紧嘴唇，想了一想，说道：

"真是罪过呀！"

"为什么是罪过？"

"就是的。"

她叹了一口气，补充道：

"瞧，一个单身汉能干出什么来！"

"你不懂这种事情，"科热米亚金说，看到她的这种态度，感到有些不自在。

"我是不懂，"她承认说。

她沉默了许久，终于哀怜地看着他，问道：

"如果过继一个儿子，把一切全交给这个孤儿，不更好吗？可镇子呢！这算什么！镇子里什么乱七八糟的人都有……"

他开始慌乱地，并且带着教训意味对她解释，她一面倾听，一面同苏霍巴耶夫一样舔着嘴唇，后来她终于轻轻地笑了一声，打断他的话说：

"唔，唔，得啦！这是你的事情。但愿你的坟墓上不长苦艾，而长红莓果!"

那天整个晚上,她对他都特别亲热,但到底又讥笑了他一次:

"唉,萨韦利奇,要是所有男子的心全和你一样,我们女人就好过啦!"

当他病好以后上街进城的时候,他开始明白,他的行为不止玛申卡一个人不理解,几乎所有人都把他当狂人看待,这使他感到气恼和羞辱。

斯马金忧郁地发出嘶哑的声音:

"国家应该设立学校,我们也需要开信贷公司!"

"怎么说好呢?"巴祖诺夫说,"自然,办学校也有它的理由,但是……"

库卢古罗夫讥笑他说:

"怎么,老兄,你怕死吗?在往天堂铺路,是吧!"

使他十分惊异的是托洛孔尼科夫。他神秘地眯缝着眼睛,把他拉到旁边,小声说道:

"你错了!《传道书》上说的话,你忘记了吗?'加增知识就加增忧伤。'[①]——是这样说的!"

他用手指戳了一下科热米亚金的额角,迅速地走开,不知什么缘故,还突然快活了起来。

列维亚金徒然地竭力想用两只眼看他的脸,很粗野地、喃喃地说:

"喂,你该把这笔钱给我!我会立刻创办一桩极大的事业;我有的是帮手,我找到了、发现了这样的人,——他们很不显眼,也没有名,但是什么都知道,样样都弄得清……"

但更坏的是,当知道他将全部资产转到苏霍巴耶夫手里的时候,大家更加凶恶地看着他。

"你不是狂人,而是傻瓜!"斯马金干脆地对他说,摇晃着下垂的两

[①] 引自《旧约·传道书》第一章第十八节。

颊,科热米亚金明确地看出,这是大家对他的一致意见。

惟有老赫里亚波夫一面用像鸟爪般的灰手迅速擦去两颊皱纹里的许多泪水,一面当着众人大声地说:

"你做得很对,科热米亚金!"

不久,科热米亚金看出人们仿佛已经懒得再嘲笑他和仇视他,同时也丧失了对他的一切兴趣:没有人请他到家里去玩儿,除了苏霍巴耶夫之外,谁也不到他家里去,甚至向他鞠躬答礼时都是那样勉勉强强、马马虎虎地,好像施恩似的。

最初,这使他感到难过和生气,但是有一次他想:

"为什么跑到我家里来的都是像尼康、季乌诺夫、特罗兹多夫等这些无用的废物呢?为什么我喜欢他们,而对于那些事业家却非常冷淡,甚至对苏霍巴耶夫也是如此呢?我在他们中间鬼混了将近四年,但是除去苦楚以外,我的心灵里增添了什么呢?"

突然,他身旁的一切开始转到了另一个方向,并把他卷入了新的事件旋涡。

尼康·马克拉科夫来访的次数越来越少了,有时一两个星期都不来。科热米亚金获悉,他开始纵饮,每次见面都看得出,尼康老得很快:两鬓的光秃部分越来越高,把鬈发都去掉了,眼角的皱纹加深了,他的嬉笑越来越甚,但是越来越做作。

有一次,他语气深沉地说:

"彼得卢什卡·波苏洛夫是一个有灵魂的好小子!不久以前我才和他认识。我坐在'里斯本酒店'里,唱了一支《小河边的绿荫在增长》,当时有一个人从角落里站起来,瞧着我,你知道,那张脸喜气洋洋,是张内行的脸!他跟跟跄跄地走到我面前,碰着桌子,撞在人身上,眼睛里含着泪,拉住我的手,说道:'请允许我深深地鞠个躬,'他说。'我从来没有听见过有人把这支歌曲唱得这样好!'其实,我算得上什么歌唱家?我多半是在说,而不是唱。我们成了朋友。他从小就在教堂唱诗班里唱歌,到这里来的时候,已经是唱诗班的副班长了。他在戏院里表演过,还爱这玩意儿。总而言之,是一个行家!"

尼康低下头,搔弄着后脑勺笑了起来。

"他像姑娘似的把我迷住了。他没有事做,没有钱过日子。父亲的所有财产,由于债务关系,全被查封拍卖了。苏霍巴耶夫买的。是的。我给他找了个事。"

"在哪里?"科热米亚金问。

"在玛申卡的小铺里……"

两人沉默了一会儿。

"你不怕吗?"科热米亚金又问道。

  无论怎样害怕,无论怎样担心,
   你总躲不开爱情!①

尼康唱着,笑了一下,说道:"一支愚蠢的民歌,新编的,佐西马带来的……"

"佐西马是干什么的?"

"他吗?他爱喝酒。他好像做了一个什么梦。他总是讲一些神秘人物,讲一个细木匠,说这个细木匠仿佛知道一切秘密,连德国皇上都怕他。给我一杯伏特加喝,老兄。"

"玛申卡怎么样啦?"

"玛申卡吗?"尼康反问道,凝思了一下,没有回答。

这次走了以后,他有好久没有消息,以后又来了几次,每次都带几分醉意,打着转儿,吹口哨,呼喊,眼睛没神,快乐中总流露出悲苦和抑制不住的烦恼。终于有一次,在星期日,他醉醺醺地嚷嚷着来了,还带来了一个身材匀称的小伙子,有二十多岁,漂亮地穿着黑色常礼服,散

---

① 引自一首城市民歌。

着裤腿。那小伙子可笑地用一只脚在地板上一划,将手臂一挥,用动听的、低沉的声音说道:

"彼得·阿列克谢耶夫·波苏洛夫。"

"像他父亲吗?"尼康喊道。

小波苏洛夫白净面皮;他那年轻的、生着一双大眼的脸庞发出女人般献媚的、柔和的眼神,鲜艳的嘴角上挂着一丝怕难为情的笑意。他在坐下以前,先客气地问问主人:

"可以吗?"

"你说吧,彼得!"尼康喊叫着,把那已见稀少的鬈发弄弄松。

小波苏洛夫开始用美丽、迷人的声音说道:

"我们对您有一个请求,马特维·萨韦利耶夫,请您帮我们给教堂组织一个唱诗班。"

科热米亚金微微笑着听他讲,表示赞成和答应,同时在羡慕地想:

"我要是也有这么个儿子多好……"

小波苏洛夫走后,他叹了一口气,对尼康说:

"人很好!"

"是吗?"

"那样整洁。真好!"

尼康走到他面前,弯下身子,闷声说道:

"我把玛申卡输掉了。"

"输给了他吗?"

"自然喽。"

他坐在科热米亚金对面,开始讲了起来,慢吞吞地,好像在回忆什么往事。

"我当时领他到她那里去,从她的眼神和笑容里,我就即刻明白自己做了傻瓜。她很冲动。事后她问我:'你怎么,不害怕吗?'我说:'不怕。'她又问:'你不后悔吗?'我怎么能承认自己又后悔,又害怕呢? 她好像生了气。她说:'你从来也没有正经爱过我。是的。'自然,她是在那里扯谎,竭力打马虎眼,不让我看出来!"

他沉默下来,喝着伏特加,嗅了嗅面包块,把它揉成球儿。一阵花香和暖烘烘的气息从花园里飘进了开着的窗户,鸟儿叫着,树叶簌簌响着。尼康略微欠欠身,把面包球儿扔到了花园里。从窗口往后退了一步,说道:

"再见吧!"

科热米亚金送他出去,来到了外边。空中飘浮着重重的云块,像一些吃饱了的大鸟;淡白的太阳在这些宽阔的羽翼中间涌出来,朝尘土飞扬的干燥的土地上不快地望了一下,便隐藏了起来。影儿在地上拖曳,懒洋洋地从屋顶上摇过,它们裹住树木,使树叶失去了翠绿的和金碧辉煌的色彩。木匠们在什么地方唱着歌,架着梁木或橡木。他们的歌声像移动着的阴影一样,也是那样迟缓和昏暗。喝醉了的裁缝巴拉巴诺夫走过来,用拳头捶着围墙,望着自己脚底下颠簸了一下,喃喃地说:

"不吗?不——就——不!"

一只公鸡从一家的门槛底下跳出来,扑打着翅膀跑到了他的脚下。裁缝站住了,手扶围墙,抬着一条腿大声地吹了一下口哨。

科热米亚金低下头,走进院里去了。

……他的家里又充满了喧闹声:每星期两次,一些男孩跑到他这里来,他们衣服褴褛,赤着脚,好像愉快地战胜了某个可笑的敌人似的,还有些调皮的少女扭扭捏捏地走进来,不显眼地聚在院子的一角,好像一群可爱的哈巴狗似的,哼哼唧唧地叫着,既希望引起人家注意,又害怕人家注意到她们;还来了一些男高音,他们衣着华丽,容光焕发,有一人甚至拿着手杖,在凸出的小指上套着戒指;还有些大胡子的、大嘴的低音歌手,站在货房墙边的阴凉处,神气十足地咳嗽着。亲切和蔼的波苏洛夫,手持提琴,在这乱杂的人群中,不慌不忙地走来走去,像一只深蓝色的鸽子似的,他喊道:

"诸位歌手!注意!"

477

他用粉笔在货房门上画着乐谱,用提琴弓子指着问道:

"这是什么谱?"

提琴响着,一个害痨病似的小伙子以纯净而响亮的高音唱着。他穿着扣得紧紧的外衣,整个左颊上,从耳根到唇角有一道创疤。鬈发的柳芭·马图什金娜的女高音快乐而活泼。药房伙计雅科夫列夫手托着下巴,唱的是上低音。铁匠马哈洛夫,长着一双牛眼,突然张开圆圆的、黑黑的大嘴,开始吼了起来——噢,噢,噢!这吼声就像泼焦油似的,将一切声音、提琴声和大门外的人们的说话声全压了下去。小波苏洛夫掩住耳朵,跳来跳去,好像被打伤了似的。看着那同他的又光又圆的脑袋翘得一样高的琴弓和琴身,以及他那发皱的脸,十分可笑。大家都在哈哈大笑,摇晃着身子,挥舞着两臂。铁匠用手掩住嘴,从指缝里咕噜道:

"他又拉过了头?真来劲!"

科热米亚金躲在绿油油的花丛后面,坐在窗旁,望着众人,发出微笑,好像唱的是他熟悉的歌曲,还轻轻地应和着。有一种令人伤感的东西从院里注入他的胸内。

有时候,一些尖锐的眼睛瞥见科热米亚金的脸庞,于是孩子们便互相悄悄地低声说道:

"你瞧,他在那儿坐着呢!"

"在哪儿?"

"喏,那边……"

主人躲在窗框后面,想道:

"好像在谈论林妖似的……"

苍老的、不声不响的沙基尔待在角落的什么地方,眯缝着眼睛,亲切地笑着。在他身旁转来转去的是喝得半醉的、衣服褴褛的尼康,在红红的、满是皱纹的脸上,也带着飘忽不定的笑容。

"你老是喝酒,尼康!"科热米亚金责备他。

"老是喝酒,我的老兄!"

"为什么呢?"

"一个人喝醉了酒,便会相信一切的!"马克拉科夫答道,并且奇怪地哽咽起来。"对于醉鬼来说,一切全是真实的:绿鬼全是好人!你清醒的时候去找好人,那是找不到的!但是我立刻就能找到:喏,那不是他吗!"

他说时指着波苏洛夫。

玛申卡把维克托·列维亚金送到沃尔戈罗德的医院里去了,回来的时候,脸庞瘦削,颜色发暗,眼睛显得黑些、大些,嘴唇好像发干,闭得紧紧的。她显得沉默些,但是更不安了,她的步伐中甚至看得出迟疑不决、小心翼翼的样子,好像走在细竿子上一样。

有一天晚上,她打扮得很漂亮,来看科热米亚金,和他一同坐在花园中喝茶,突然轻轻地说道:

"萨韦利奇,我想和你谈谈心。我不知道,是不是这种牲口般毫无意义的生活使我厌烦,或者由于年岁的关系,或者因为没有儿女,不知怎的,我真想自杀!"

科热米亚金想了一想,寻思对她说些什么话好,但是觉得胸内和头脑里又冷又暗。

"你能对我说些什么呢?"他听到这含着命令意味的话,清醒过来,摸了摸胸脯,匆匆地、喃喃地说道:

"你的生活的确似乎不大对……你不如选定一个人。"

她站起来,退到树下,从那里问道:

"这就是说,尼康告了我吗?"

"他说了……"

"说我和那个人好,和彼得好,是不是?"

"是的。"

"傻瓜,"她用不很响亮而且不含恶意的声音说,一面折下一根桦树枝,摇晃着。

"假使能和他生个孩子,哪怕是生一个孩子也好啊!而他这个坏蛋放纵无度,用酒把自己烧坏了,可他走的……也是那条路!"

科热米亚金在倾听着自己的内心的声音,紧张地期待着,会不会出现什么适合于这个女人的思想和言语。不久以前他还对这个女人抱有好感,好心地关怀她,思考着她的命运。但是他再一次感到,——几乎是看到,他的内心却是寂静和空虚的。

"我已经在从头部开始死去,"他怀着恐惧这样想。

"你怎么啦?"列维亚金的女人问,走到他身旁,望着他的眼睛。

"就这样,"他羞惭地回答说,"我也说不清……"

她叹了一口气,慢慢地走开了。

"可见,你们这些男人没有一个有出息的,"他听她说着。后来,那女人轻叹道:"唉,天呀!"

她在花园里走了走,没有告辞就悄悄地走掉了,科热米亚金独自一人坐了很久,像照镜子一样,审视着自己的内心,恐惧之情越来越甚。

周围的暮色越来越浓,渐渐地转入黑夜,树叶发出轻微的响声,昏黑的夜空中飘浮着繁星,模模糊糊地勾出了银河的轮廓。修道院的院子里有人用斧子砍东西,喉咙里嘎嘎响着,使人想起了波苏洛夫的父亲。露水降下来,显得很湿,秋夜的寒气渗进心里。他很想安安详详、无所畏惧、正常地思索一些不相干的事情。

"从苏霍巴耶夫开始弄干沼泽地以来,猫头鹰也不叫了。它们显然都飞走了。"

有人打开花园门,脚擦在地上发出沙沙的声音。

在昏昏的夜色中出现了驼鞁人的干瘪、伛偻的身影。

"是你吗,沙基尔?"

"是我。你为什么还不睡?"

"可是你呢?"

驼鞁人不回答,走到桌子跟前,站住了,肚子碰在桌角上,微带恳求的样子,说道:

"该睡觉啦……"

"来得及,还可以睡一个够,"科热米亚金沉思地作答,"不必着忙。"

沙基尔长长地叹了一口气,转身走开了。科热米亚金朝他身后说道:

"你最好受受洗,你是快要死的人了!可以给你起一个俄国名字。老哥,咱们该想一想正事了。"

但是,鞑靼人没有回答,便消失在那黑乎乎的树丛中间狭窄的小径上了。这看来十分可怕。科热米亚金站起来,回头望了一下,迅速离开花园,伸手摸索着向前走去,手一触到树枝,心便胆怯地收缩一下。

从那天晚上起,他越来越勤地想到死,这想法渐渐地,而且带着敌意,竭力排斥着所有其他的思想。起初,科热米亚金俯首听命地接受了这个使他对生活的向往、对人的兴趣统统冷却下来的想法。他在镜子里照见自己的脸庞,看到他的脸是惶惑而忧郁的,眼睛流露着负疚神情,他觉得自己可怜,感到气恼,皱紧眉头,回头望望,似乎在寻觅一件可做的事情,以便用它来除掉心灵上灰暗、黏腻的蛛网。他在屋里徒然地踱来踱去,疲乏地坐在自己心爱的地方——面向花园的窗户旁边,望着参差不齐的,好像墙壁似的浓绿树木,上面泛白的天空,心里一点思念也没有,期待着也许有什么特别的东西出现,把他摇晃一下,驱除这种倦意。苏霍巴耶夫来了,衣服破旧,头发蓬乱,戴着揉皱的鸭舌帽,浑身浸满沼泽地的酸味,沾满灰尘,袋里装着软尺,手里拿着一本狭长的书籍,坐到椅子上,伸着两条细腿,用书本啪啪地拍打着膝盖,吐着涎水,咬牙切齿地嘟哝道:

"他们简直不是人,而是些绊脚石!马特维·萨韦利奇,您简直不会相信,这都是些什么样的人啊,他们既懒且贪!一个人既然懒惰,怎么又能那么贪婪呢!实在难以理解!这简直不像是城市,而是一个强盗窝,恕我直言,那些家伙聚在一起,似乎在专等着要袭击一个不小心的人,以便把他抢个精光。"

他从椅子上跳起来,用书本威吓着,喃喃地说:

"休想!别想讨到我的便宜,绝对办不到!"

他蜷缩着身体,表示莫名其妙地耸起肩膀,疲乏地眯着锐利的眼睛,又抱怨了起来。

"他们的理智在哪里?完全不可理解!你假使对他们说:你们想一想,这措施对于全城,对于家家户户都有益处!你们把河水弄脏了,我们要把它弄干净,你们现在没有好水喝,将来就会有了!他们一点也不听!一点也不相信!他们说,你这是为了自己的利益。请问,我工作是为了什么,是为了我的祖宗的利益吗?这真奇怪!假使你说:诸位市民,我们每年有火灾,弄得倾家荡产,遭受极大的损失,现在应该建造石头房子。他们会叫嚷说:这是因为你从巴雷梅尔的庄稼人那里买下了泥土,想开办制砖厂!唔,当然,我是买了,我的天,当然,也会开工厂,因为这是需要的!自然,一切需要的东西都是有益的!"

"可是,"科热米亚金笑着插嘴说。"死也需要,但是,这对谁有利呢?"

"死?"苏霍巴耶夫显然是吃了一惊,反问道,"干吗要死呢?死还远着呢,我们最好还是先活上一阵子!"

于是,他立刻顺着新的思路,带着教训的口吻说道:

"马特维·萨韦利奇,应该把布波诺夫这所庄园买下来,办个学堂,极好的地点,买价可能很便宜。您容许我办吗?好极了,我会很谨慎地着手去办。"

他有时微微闭着眼睛,揪一揪自己的胡子,脸上带着朦胧的笑意,作着遐想。

"再过十年,我们这个市镇和人们的面貌会变得认不得的:说真的,简直要成为一只盛糖果的匣子。您不必怀疑,真的!"

他用尖舌舔着嘴唇。

"这个人是不怕生活的,"科热米亚金想。

他很想谈一谈死的问题,但是无人可谈。沙基尔固执地沉默着,有意不作回答,暗色的脸皱得紧紧的,走开了。福卡不会谈论什么事情;永远在半醉状态中的尼康不懂这种话的意义,而和波苏洛夫谈论这类题目也是不合适的。

他对科热米亚金讲的,总是新鲜的、有趣的事情。

"马特维·萨韦利奇,您看见我那个男高音歌手了吗,就是那个瘦瘦的、脸颊被刺破的人?他是一个弃儿,公鸡山地方的人,名叫普拉奇金,是当裁缝的。你知道,他是一个抱着奇异幻想的小伙子!他说,应该组织普遍的反抗,反对残害人的举动……"

他的光亮的眼睛里闪耀出快乐的金星,他往主人身边凑了凑,嗓音低得像是在说悄悄话。

"应该让所有人都一致起来,异口同声地说:我们再不要过这种残酷的生活了!"

"让他们对谁说呢?"

"对整个世界说,"波苏洛夫带着一点不好意思的神情解释说。"主要的自然是对有权力的人说。"

他又信任地继续说下去:

"妙极了!一旦大家一致宣称:我们希望过欢欣愉快的生活!我们不要丑恶和粗暴!嘿,那该有多好啊!"

他沉思了一下,满脸露出幻想的和明朗的微笑,然后说道:

"多么美妙的想法啊!"

他越来越使科热米亚金感兴趣。他那活泼的样子,明朗清澈的眼神,对人生中的一切所怀有的兴趣,以及要不声不响地做各种事情,尽可能吸引更多的人参加进去的愿望,使科热米亚金产生了一种愉快的、父亲般的情感。

越来越常出现一些新的思想,其中带有某种动人的东西。这些思想就像那黄澄澄的,羽毛轻软蓬轻的小鸡似的,啄破奥库罗夫镇生活的灰色外壳,匆匆地啾啾叫着消失在某个地方。它们是可笑的,但同时又不由会引起人们善良的微笑。

甚至尼康都注意到了：

"你知道,萨韦利奇,人们好像显得活泼了一点！他们的嗓门大了一些。主要的是,他们有了笑容,鬼东西们！你要是为了淘气,说点什么,他们并不在乎,一笑置之。以前这可不行。与此同时,大家又好像更凶了些,不是相互之间如此,而大半是针对着别的什么……"

科热米亚金望望他那枯瘦的脸,光秃的头,混浊的眼睛,问道：

"你和玛丽亚怎样啦？"

"和玛——丽亚嘛,"尼康拉长了声音说,他的活泼的神情立刻消逝了,"怎么样,不知道怎么样。这事你不要问我,你去问她吧！也可以问波苏洛夫。他们知道,我可不知道。唔,给我点清脑的饮料喝吧！……"

他默默地,一杯接一杯地喝起了伏特加,醉得一塌糊涂,侧身倒在了院子里的一只角落里；阴郁的福卡叼着烟斗,走到他身边,用脚踢踢他,大声叹了一口气,举起沉重迟缓的脚步,走出了院子。

福卡的行为使科热米亚金气恼,他从窗内探出身子,想责备这个家伙一下,鼓着腮帮,喘着气,但是没有说出一句话来。

"应该告诉他们,"科热米亚金想,"他们抛弃的是人！"

他戴上便帽,穿上腰部带褶的外衣,向菜市走去,在路上草拟着一篇动人的讲话,如：应该怜惜尼康,应该安慰他,不能眼看他喝酒喝死,倒在烂泥里。

玛丽亚正在一间昏暗、凉爽、布匹堆得一直挨到天花板的小铺里坐着,手里拿着一本书。寒暄以后,科热米亚金立刻疲乏地、局促地讲起了尼康的事情。一丝笑意在那女人的黑黑的眼睛里闪了闪,而后她眯细眼睛,噘着嘴,坚决地说道：

"关于尼康的事情,你不要讲啦；这不是你的事情,这事情对于我的价值如何,你是不知道的。你们全是从下面来了解女人,亲爱的先生,而不是根据女人喂你们这些该死的男人的奶子。对女人说来,丈夫或情人有时可以代替婴孩,你们男人永远不明白这一点!"

他觉得,她似乎把牙咬得咯咯响,这使他惊讶和恐惧。他喃喃地说:

"我难道想侮辱你吗?他是个好人,现在那样的不幸……"

"他——永远——是——不幸的,"玛丽亚的口气越发严厉,她古怪地一个词一个词断开说,"我曾试图使他成为幸福的人,现在可算够了!"

她的声音里带着气恼的音调,又喊道:

"同我这样的女人在一起,还找不到幸福,那就对不起啦!我把半条命都交给他了,竟落得这样!"

她用手帕擦着脸和嘴,长长地叹了一口气,好像呻吟似的。科热米亚金又十分难熬地坐了几分钟,便像做错了事似的告辞走了。

夜间,他被一种可怕的、孤寂的感觉从床上惊醒过来,点上灯,向室内黑暗的角落仔细观看了一番,取出本子,写道:

> 我有许久没有摸这笔记本了,空怀着一个希望,想逆流而上,游到某个地方去;我转呀转的,可是如今我撞在水底的石头和陡峭的岸上受了重伤,又剩下孤身一人了,我望着我的心灵,就像望着一面破镜子一样。我一生都在努力去了解人,可是我却不了解自己,看不出自己的本质何在,对于自身什么明确的东西都说不出来。

他读写下来的几行,痛苦地皱起眉毛。

"写得不真实,我什么时候努力逆流而上过呢?并没有这种事。"

他想了一想,翻过一页,又开始在纸上整整齐齐、用见棱见角的字母一笔一画地写将起来。

> 主啊,祝福这无所畏惧、诚实无欺、毫无隐瞒的忏悔吧。我仔细观察着人们,很伤心地看出:有一些人像我一样,始终绕着人生大道走路,想找一个捷径,但是在一个地方挤来挤去,直到筋疲力尽,直到死亡为止,结果于己于

人全无好处。另一些人则企图直奔自己心爱的目标，因此将自己陷入重重苦难，究竟能否达到所爱的一切，尚未可知。

"不对，全不对，我的全副精神并不寄托在这类思想上！"他在内心里喊道，搁下笔，坐了许久，颓丧地观察着园内黑树上方闪烁的群星。夜晚低沉的喧嚣声从敞开着的窗口飘进来，花在窗台上轻轻地颤抖着。

他打开从波苏洛夫那里取来的书，用怀疑的眼光盯着整齐的字行，读道：

"他们彼此发誓，齐心如一，事事互相扶助，遇难互相援救，为朋友牺牲生命，为朋友之死报仇。"

科热米亚金把煤油灯挪近一点，手不释卷地往下读道：

"他们这种同盟的可贵之处就在于，有时父亲为了履行为被杀害的结义弟兄报仇的誓约，而准备对亲生儿子进行报复。"

他把书合上，以后又谨慎地打开第一页，用臂肘把身子支在桌上，专心地读下去；读得很久，直到眼睛发花为止。当他从桌上抬起头来的时候，屋里业已发亮，园内的树木已经卸去了沉重的夜装。

他惊异地站起来，在屋子内踱来踱去，从胡子下泛出微笑，愉快地摇晃着疲劳的脑袋，边踱边想：

"原来如此！这么说来，书籍是为了使时间在不知不觉之间过去的吗？"

读过的那些片段在他的脑子里盘旋，溶化，变幻，好像斜阳里的云彩一样溜走和消失着；他不打算把这一切留住和牢牢记下，他对书的魔力感到惊异，惊异它竟能使他连自己都忘了。

后来，他安然解衣上床，沉沉睡去。第二天早晨在厨房里洗脸时，他对沙基尔说：

"如果有人来找，就说我不在家！"

"对尼康呢？"

科热米亚金想了一想，回答道：

"对他也这样说。都一样。我今天有事……"

他喝了茶,坐在窗边,愉快地打开书本。

读书已经成为他必要的事情了。他觉得,自己仿佛在旷野走了好久,许多不安分和不友善的眼光从四面八方注视着他,它们全在要求些什么;而他很想躲开它们,却不知道躲到哪里去。后来终于找到了一个安适的角落,从那里看不见这种徒然使人着恼的生活,在那个角落可以生活下去,不用注意时光如何郁闷,而单调地流逝。他读得很慢,不止一次反复去读他特别喜欢的几行,而每当快读完一本书时,他总要用手指不安地摸摸那每时每刻都在减少的余下的书页。

他更加成为足不出户的人了。波苏洛夫的歌手们聚到他家里来,反复地唱着:"你们要赞美耶和华……"①的时候,科热米亚金总皱着眉头想:"这会不会很快结束呀!"

他读科斯托马罗夫②的著作,读《布加乔夫起义史》、《上尉的女儿》、《戈东诺夫》,至于诗——他没有读。

"这是儿童读的东西,我不需要这个,你再给我几本历史书吧,"他对波苏洛夫说。

"历史书全在这里了!"

科热米亚金几乎不胜惊讶,不相信地问道:

"怎么,全在这里?"

"我那里再也没有了。"

"老弟,应该去弄点来。你到沃尔戈罗德去买货的时候,我给你钱,你去买点正经书。你到那里去问人家,哪一种书好些……"

他已经没有力量放弃自己业已做惯的事情了,因此重新翻阅已经读过的书籍。他对于发展得这样快的嗜好,自己也感到吃惊,心里想道:

"原来是这样!我以前责备人家赌纸牌,对于什么嗜好全都责备

---

① 引自《旧约·诗篇》第一百十二篇第一节。
② Н·И·科斯托马罗夫(1817—1885),俄国历史学家,著有《斯坚卡·拉辛之乱》。

过,可是现在呢!"

不久尼康·马克拉科夫死了,他夜里喝醉了酒,爬到消防队钟楼上去取什么东西,人家撵他,他同人打架,从楼梯上掉下来,把脑袋摔破了。

他的死并没有使科热米亚金惊愕,他早就知道尼康会发生什么不寻常的事情,他甚至感到满意,——瞧,到底出了事情。人既然没有了,也就不必去想他了。但是葬仪使他脱出了常轨。

参加尼康殡葬的人似乎特别多。而且很静穆。随在棺后走着的有村中的穷人,市镇上饥饿的小市民,还有穿着黑色常礼服的苏霍巴耶夫。玛丽亚在后面迈着鸭子步,把头巾低低拉到额头,显出阴沉和冷酷的神情。一直在那里喘气的、脸色发青的斯马金一摇一摆地走着。此外还有许多本市的名流。

苏霍巴耶夫摇着光头,对科热米亚金说:

"这并不是头一回:一个天赋极高、心灵纯洁的人,竟会一事无成,甚至过着不体面的生活,——对不住,这不是专对死者一人而言。这是怎么回事?真是一个谜!"

温暖的灰尘钻进鼻孔和喉咙里,烦闷而吓人的思想渗进心灵里,——科热米亚金注视着地面,喃喃地说:

"咱们什么也不知道。"

他从人们的肩膀中间看见棺材和棺材里尼康的黄色鼻子。列维亚金的女人在旁边走着,一面叹气,一面画十字;苏霍巴耶夫瞧了瞧她,轻声说道:

"一些人的生活简直神秘莫测……"

棺材埋好以后,谢苗·马克拉科夫抱歉似的鞠着躬,请大家去赴追悼宴,他的眼睛从这边转到那边,用便帽拍着自己的大腿,对科热米亚金说:

"你们是朋友,应该去吃几块饼……"

乞丐们推来搡去,伸出龌龊的手掌,那些手掌叠成小船的样子,手指蠕动着,好像肥胖的蛆虫,难听的鼻音钻进耳内,震耳欲聋。科热米

亚金一面迷迷糊糊地塞给他们戈比,一面想:

"世界上所有的人全是乞丐,全是的……"

他没有赴追悼宴,但是回家以后,感到后悔。心里憋闷极了。那些熟悉的、读烂的书籍不能消除这种逼人的烦恼。他勉强挨到晚上,就到苏霍巴耶夫那里去了。他遇见苏霍巴耶夫正在屋前小花园里读福音书,于是一场很久都未曾有过的,使人心绪缭乱并且滋生一系列难以解决的问题的谈话便开始了。

"喏,"穿得干干净净的苏霍巴耶夫用手指戳着那些粗体字说,"请您看看,说得多严厉呀。"

他抬起手指,清晰地、威吓似的读道:

"凡要承受神国的,若不像小孩子,断不能进去。"①

他啪的一声合上书,继续说道:

"我老是和波苏洛夫辩论;他在这里偷偷地作反对残忍行为的宣传。他说福音书是够用一辈子的法规。自然啦……"

苏霍巴耶夫往四下望望,压低声音说:

"但是,在福音书里也表现着极残忍的行为,如火焰地狱等等,有很多例子!首先,马特维·萨韦利奇,怎样'像小孩子那样'看待人生呢?要晓得,每桩事情都会引起抵抗,假使有抵抗,'小孩子'有什么用呢?不是你欺负人家,便是人家打你的耳光呀!"

他跳起来,从客人身旁走过去,又坐下说:

"你要知道,所有这些,只要你稍为想一想,到处都会立刻遇到尖角和针刺,那就根本什么也不能做。也许最理智的是闭上眼睛,而一闭上眼睛,就会毫无拘束地任意胡搞了,到头来您还得劳驾去弄清为什么不像'小孩子'等等,就是这样!否则,那便是龌龊、野蛮,如此而已。《圣经》里说:'凡不结好果子的树,就砍下来,丢在火里,'②这又是地狱!"

---

① 引自《新约·马可福音》第十章第十五节。
② 引自《新约·马太福音》第三章第十节。

"我以为,"科热米亚金惊异地轻声说。"这类思想是与你无关的。"

苏霍巴耶夫挥了挥手。

"太有关了,密切极了!我是人,不是畜生!我的性格是很爱动的,眼睛是很锐利的。我要生活下去,不受人们的责备,对他们有益,不白白地活着,我要人们对我尊敬,关怀。这有什么,连圣徒都要求人们关怀,他们就是由于我们的关怀才成为圣徒的,是的……"

"咱是四面受敌啊,"科热米亚金说,深深叹了口气。

苏霍巴耶夫使他产生了仇恨的思想,从而大大苦恼起来。

"谁和咱们为敌呢?"主人走到客人身边喊道。"不是咱们自己互相为敌吗?高高在上的上帝说,你应该像小孩子一般!可是,如果人家把你当作骗子,你怎么能成为孩子呢?"

科热米亚金一面躲开他,一面疲乏地问:

"市场上那座厂房,您打算什么时候完工?"

苏霍巴耶夫用锐利的目光朝他那方面扫了一下,好像振奋起来,唧唧呱呱讲起自己所办的各种各样的事业来。

"我白白地到他那里去了一趟,"科热米亚金在月光下顺着大街走回家去,心里这样想。"我老了,我已经活了五十岁,这一切对我有什么用呢?我需要安宁。今日烦闷,明日苦恼,总想能勉勉强强地适应下去,唉,算了吧!自然,有了信仰,一棵无花果树都可以由于一句话而干枯①,但是当你没有一定的信仰的时候,尽管你能造起你想造的厂房,也一样找不到安宁!"

他同往常一样,紧靠着院墙和栅栏走,一会儿碰着臂肘,一会儿蹭着肩膀,有时候,他前面出现一条黑影,在地面上一爬一爬地拖着他走,他看着这摇摇晃晃的黑影,叹了口气。

------

① 据《圣经》记载:一次基督耶稣看见一棵无花果树没有结果便说道:"以后你永远都不会结果了,"于是无花果树便立刻干枯了(见《新约·马太福音》第二十一章第十九节)。

"尼康也死了。沙基尔也快了,已经是半死不活的了……"

波苏洛夫回来,带来一大箱书,科热米亚金喜出望外,立刻小心翼翼地把所有的新书分开,摞在桌旁的地板上,摞成高高两堆,另外把索洛维约夫①所著《历史》第一卷放在桌上,打开第一页,在桌旁走来走去,走了好久,努力使快乐情绪延长下去。

于是,他又整天地读起书来,读到眼睛发痛,努力不使自己受到外界的一切干扰,他足不出户,对任何事情都不感兴趣,只是偶然看一眼在落满苍蝇的黄钟盘上标志着时间消逝的黑色指针。

那本厚书的灰色篇页用累赘的文体,从容不迫地讲述着各种事件,但是却感觉不到书中的人物,也听不见人语,看不见人的容貌和眼睛,惟有死人的轻声的怨诉,但是它被书籍的枯燥语言所冷却,打不动人心。

科热米亚金在书籍里搜索着,好像冬天的鸟在雪堆里寻食一样,他的私心比鸟儿小些,鸟儿毕竟是在寻觅谷粒,可他却是在寻觅藏匿之所。他的头脑里装满了许多好战的王子的名字,以及人类的贪婪,虚荣,争端与战争,抢劫,残暴,欺骗与背誓,——这种黑暗、血腥的混沌状态是那样熟悉,那样没有意义,并使人产生一种不愉快的、但却感到安慰的思想:

"人们的生活历来如此!"

他觉得自己在读书时就像处于半睡半醒的状态中一样,其中充满了悲惨的幻象,这些幻象讲述着人们怎样企图战胜人生的苦难,而又徒劳无功的单调故事,麻痹着人的心灵。他有时从桌旁站起来,在室内徘徊良久,在思想中同马克·瓦西里耶夫、叶夫根尼娅以及其他固执的人们争辩。

"希望生活会变一种样子,这话很幼稚。怎么能变呢?这是没有根据的!假使到旷野里去上四十年,也是一样。旷野不过是玩笑话。他们倒是到旷野里去了,可又怎么样呢!问题是从里面,连根都是坏的呀。"

---

① 谢·米·索洛维约夫(1820—1879),俄国著名历史学家,主要著作有二十九卷本的《俄国史》。

他本身可以离开书,心却离不开,透过厚厚的历史尘封来观察一切,就好像为自己筑了一道围墙,尽量记住那些能够排斥和冲淡严密思想的一切东西。

然而,活生生的现实仍然要闯到他这里来,同时这现实的形象又是千奇百怪的。有一天,在合唱练习之后,女孩柳芭·马图什金娜走了进来。她穿着不合身的长衣,破皮鞋,头发鬈曲,像一个洋娃娃。

"可以同您谈一谈吗?"

她问得一本正经,老人竟不由自主地笑了一笑,请她坐下。她把一只脚朝地板上擦了一下,用清澈的蓝眼睛看了看科热米亚金的脸,快乐地露着牙,向他请求着什么,她的勇敢使他很窘,竟没有十分了解她的意思。他眯缝着疲倦的眼睛,喃喃地说:

"好,可以!"

女孩高兴地蹦了一下,立刻跑掉了。这使他产生了一种复杂的情绪:他并不喜欢她,但是可怜她。

"多么活泼的女孩子,就像个男孩子!这孤女生活得很苦,瞧她穿的全是妈妈的旧衣服。可她眼看就该做新娘啦……"

第二天她又来了,跟在她后面的是那个痨病鬼似的歌手,他垂着头,躬着背,好像由她用绳子牵着似的。他那黝黑的脸上有一道难看的、很深的伤痕,面皮在颤抖着,嘴唇歪扭,像盲人般微闭的深色眼睛滴溜溜的乱转,打量着房间,却并不看主人。他没有走到窗前,就站在那里,好像田地里的界标一样。帽子在他的手里非常快地旋转着,使人无从辨别它的颜色和式样。

"是这样的!"柳芭说,一直走到马特维·萨韦利奇的跟前,快乐地摇晃着生着鬈发的头,"你说呀,普拉奇金!"

普拉奇金向前跨一步,睁开圆圆的深色眼睛。

"从眼睛上看来,很像会治病的潘捷雷蒙[①],"科热米亚金想,预备

[①] 潘捷雷蒙,基督教的著名殉教者,曾从名医叶夫罗西姆学习医术,公元三○五年因传播基督教而遭酷刑,并被处决。

听他说话。

小伙子把那只拿着帽子的手往大衣口袋里一插,坚定地说道:

"我的看法很简单:凡是看出生活很糟的人,都有责任把它讲给别人听。一切都应该从孩子的身上开始,因此我想当教师,请您帮帮忙,我已经准备好了,只等参加考试了,不过,在最初一个时期,我需要有一点钱……"

"原来如此,"科热米亚金说,因为事情如此简单,而且这小伙子又会立刻走开,所以他感到很满意。但是由于礼貌的缘故,他问道:

"可是,生活为什么这样糟呢?"

普拉奇金走得更近些,清楚而且自信地回答道:

"由于普遍的残忍,而这是应该让大家都知道的!残忍是由于彼此恐惧,恐惧又是由于残忍,——很简单!这是一个连环!这就是说,有些人必须不再做残忍的人,到那时候,这个连环就破了。这一点也应该让儿童们认识到。"

科热米亚金惊讶地眨着眼睛,看着他,也看着半张着嘴坐着、两手拄在膝盖上的女孩:两个人全是那样年轻,竟会想出一些特别的东西来。

"唔,"他说。"那有什么?这很好嘛!"

普拉奇金不自然地笑了笑,叹了口气,说道:

"我要向您借点钱。"

他们走后,科热米亚金在室内踱来踱去,心里对他们很反感。

"哼!"他揪着自己的胡须嗟叹道。"居然又出了一个戈利茨基公爵式的英雄!要打破那个连环!那个连环是许多世纪以来锻成的,而一个毛孩子居然跑了来,要露一手!这个没人管的小姑娘同这种人在一起,会断送自己的……"

他把钱给了普拉奇金以后就把他忘了。但是柳芭·马图什金娜却像蝴蝶一般,在他的眼前晃来晃去,越来越勤,向他微笑,和蔼地点头,伸出长长的、脆弱的手指。这一切使他不安,并对她产生了一些不必要的想法。有一天她向他借书，他想了想，勉强借给了她，从那时起，他们之间建立了一种不确定的、可笑的关系：她用快乐的眼神看他，似乎对他有所期待，这使他生气，他嘟哝道：

"这是枯燥而严肃的书，你们小姑娘是用不着的。"

"并不枯燥，"她争辩着说。

"你们也看不懂……"

"可我全都懂！"

她瞧着他，眼里露出快乐的自豪神情，宣布道：

"我已经把妈妈的屠格涅夫的作品全读完了！"

他不相信她的话，摇了摇头，没再追问下去：柳芭的蓝眼珠里闪烁着会意的微笑，这使他感觉不好意思，也使他想起了叶夫根尼娅的聪明、轻倩的微笑。这姑娘身上有一种不可捉摸的愉快而有趣的东西，很容易使你不由不听她的话，这时她似乎忽然成了庄重的成年人，她所知道的事情超越了她的年龄。她以信赖的态度和朴质的言语对他讲述自己的父亲，讲述官吏、赌牌、酗酒，以及自己的事情和自己的理想，有时说得那样详细，使老人听得都有点不好意思起来。这些谈话使科热米亚金朦朦胧胧地忆起青年时代，有时把一丝悲戚的光亮投进他那幽暗的心灵里去，温暖着他老朽的心。

"您为什么不看报纸？"她问。

"又来啦！我看它做什么？"

"为了知道各地都发生些什么事情。"

他耸了耸肩，注视着她的美丽的脸，眯缝着眼睛，同时又怜惜她：

"那么你说，都发生了些什么事情呢？"

姑娘总是能口齿伶俐地讲出一些可怕的事情：关于一位军官杀死女伶的神秘事件，渔夫们在冰块上被冲到海里去的故事，以及爱情的悲剧等等。

"你根本不应该知道这类事情！"他说，而她可笑地噘着嘴，生气地说：

"哼,您真像爸爸!"

他自己也不理会,竟和她混熟了。假使她三四天不来,他便会感觉不安。他知道小姑娘处在那些酗酒的赌鬼,她父亲的那些朋友们中间是孤立无援的。但是她时常来也会使他感觉不好意思,并使他想:

"姑娘现在是正当年,可别生出些不体面的谣言来……"

殷红的太阳穿透花园的树叶,形成一束束尖锐的红光照向窗内,生气勃勃的光线照出的斑点布满整个屋子,给它镀上了金色。微风拂动着树木,阳光照出的斑点颤动着,相互融和在一处,消失了,又在地板上,在墙壁上流动着,流成一条条犹如熔化开的金子般的小溪。

科热米亚金坐在这深沉的静寂里,困乏无力,准备回忆一些可以给人以慰藉的东西,但是记忆顽固地停留在一桩事情上面:夜间他走在野外坎坷、荒瘠的丘岗之间;四周漆黑一片,死沉沉的,旷无人烟;星斗在昏浊的天空上面战栗,弯弯曲曲的银河像条带子似的发出雾蒙蒙的光辉,城市匍匐在前面远处的地上,好像被钉在那里一样。似乎四面八方都有些看不见的,广布在大地上的人,在那里小声说着话,请求着:

"可怜可怜吧!帮帮忙吧!"

面对这幅图景,心在热泪中溶化了,泪水哽塞在喉咙里,不禁想大声呼叫。

天黑了,而且很冷,他关起窗户,把灯点着,手没把灯放开,坐到了桌旁。在展开的书本的黄黄的纸页上有一行字投入他的眼帘:"流畅地说出来,不要说得那样干涩。"这行字像肉刺似的扎进脑中,再不能容纳任何别的东西。于是他从桌子抽屉内抽出自己的本子,开始翻看。

"这是为谁写的?谁需要它?叶夫根尼娅不会读的。我一死,人家会把它扔到火炉里去。也许还会笑。难道献给爱情吗?"

想到这里,他把头伏在桌上,流着吝啬的老泪,哭了起来;细小的泪珠落到纸上,犹如三月中旬屋顶上落下的水滴,稿件上的字母渐渐地洇开来,好像被淡蓝色的、细致的花纹包围住似的。

他把眼泪拂落到地板上,闭上眼睛,就这样在那里坐了许久许久,孤孤单单的,感到十分委屈。第二天一整天都是在这种情绪支配下过去的,快到傍晚的时候,柳芭手里拿着一本书来了。

"您好呀!"

她皮肤白皙,体态纤细而灵巧,从头上摘下头巾,鬈曲的头发披覆到她的额上,脸颊上,把快乐的眼睛遮住了;她把书朝椅子上一扔,用长长的手指整理头发,把头发甩到小小的、玫瑰色的耳朵后面。她活像她的母亲,活像一个洋娃娃,那件破旧的、长长的衣服,科热米亚金看着很眼熟,这更使他感到她们的相同之处了。

"你来啦!"他说,初次对她称"你"。

她双手叉在窄小的胯上,躬着背,显露着处女的、初具轮廓的乳峰,在屋内走来走去,一面抱怨说:

"喔唷,累死啦!"

她望了他一眼,忽然神气活现地问道:

"您为什么这样?"

"怎样?"

"脸色惨白,头发凌乱。"

"没什么……"

她和他并肩坐下,看着他的眼睛。

"噢,你显得那样烦闷!我待不久。今天,我和管家人鲁莎忙了一整天,简直忙得可怕!昨天我们那里赌牌,一直赌到早晨六点钟,还在我家吃的晚饭,自然还喝酒,到处是脏东西,香烟头。哎!简直想起来都要呕吐!礼拜六爸爸在邮政局长家里赌输了,昨天请大家到自己家里来,又赌输了,气得喝了个烂醉,今天看着真可怕,生了病,气哼哼的,处处挑毛病。抱怨我不爱他,其实我还要擦地板呢!我对爸爸说:爸爸,你去躺下吧,等我收拾好,各处全都弄干净,那时候我们再来谈爱不爱的问题,你去吧!您知道,我是能够很严厉地待他的!"

科热米亚金看着她瘦削的肩膀,长长的胳臂,美丽的手腕,还有她的脸。女孩子的眼睛露出宽厚的笑意,丰润的嘴唇和蔼地微笑着。

"你和他们在一起很苦吧?"

她的鼻子颤抖了一下,纤细的眉毛拧成了一条线,她眯缝着眼睛,顿了顿才回答:

"是的。不过,假使他们开始说蠢话,我觉得不受听时,就走开。"

她脸上红得那样厉害,连脖子都变成玫瑰色了,然后冷笑一声。

"他们净撒谎,他们讲的那些事情是不会有的,要是有,我就会知道的,妈妈什么都对我讲,一些人的事,还有女人的事,全都对我讲。他们是因为恨才讲的!"

他没有看她,问道:

"恨谁呢?"

"我不知道,"姑娘沉思地回答。"也许不是因为恨,而是随便这样讲讲。他们不是赌牌,便是喝酒,总是那一套,我觉得他们会感觉腻烦,总还要说些什么话的。他们是太闷了。您今天也是那个样子……"

"我吗?"科热米亚金轻声说,"我在想死的事情,我应该死了……"

女郎用睫毛把眼睛轻轻遮上,叹了一口气,说道:

"您真可怜!生活太有趣啦……我会活得很久很久的!"

她站起来,挪到窗台上去坐,把头伸向花园。

老人弯下身子,摇摆着,默默地开始抚摩膝盖。淡蓝的暮色笼罩了花园,使绿叶变黑,黄澄澄的月亮悬在空旷的天空上,蚊子嗡嗡地叫,柳芭一面驱赶着它们,一面说:

"我真不想回家,最好就在您这里坐会儿,喝点茶,就这么坐着,您这里真好,又安静,又干净!说实话,我今天真累了,连骨头都痛了!"

"那么,你坐一坐不好吗?"他轻轻地请求。

497

"得回家吃晚饭,假使回去晚了,爸爸会唠叨的。"

她抬起鞋后跟,朝墙上磕了几下,有点不好意思地说道:

"有时,我非常为难,简直不知道怎样才好,钻到一个角落里,甚至哭起来,真的!要是能用一条鞭子抽打时间,让它走得快些,让我快快长大就好了……"

她笑起来了。

"我的话多么蠢。"

倒挂金钟花的枝子触痒了她的脖颈;姑娘俯下头,用脸颊推开那枝花。

"说蠢话到底是有趣的!我也爱坐在窗前,人家认为这不雅观。假使我有自己的家,最好一面墙全是玻璃的,看得见外面的一切。您爱这市镇么?我很爱:它是那样的可爱,又可笑,好像玩具一般。从远方的田野上望去,房屋就像从菩提树皮制成的筐子里倒在田界上的蘑菇……"

她笑了。她很满意自己的比喻,抬起手,整理着头上的鬈发,显得那样轻盈,透明。

"而且还是带虫的蘑菇,"科热米亚金插嘴说。他时常说这样的话,想试探一下她有什么反应,但是柳芭好像没有注意到他的尝试。同她在一起是很轻松的,她那纯洁天真的话像月光一般,赶走了黑暗的东西。

"唔,我要走啦,"她喊道,从窗台上跳下来。

"你爱父亲吗?"老人说,叹了一口气,也站了起来。

"我爱,"姑娘没有立刻回答,而是迟迟疑疑的,但是她想了一下以后,脸色苍白,轻轻地补充了一句:"不十分爱。他净给母亲气受。"

"为了什么?"

"我不知道。妈妈解释过,但是我没有完全明白。可以说他很爱她,但是不相信她,总疑惑她。这甚至是很可怕的。他故意订阅最恶劣的、最坏的报纸,还买那类的书,为了给母亲气受。"

"怎么报纸会给人气受呢？"

小姑娘抬起脑袋，皱紧眉头，认真地说道：

"如果报纸上净登些恶毒的、不真实的东西，自然看了使人生气！"

"谁知道，什么是真实的东西？"老人慎重地说，叹了一口气。

"真实的就是好的，不真实的就是坏的！这很容易懂，"柳芭严厉而有力地答道。她的眉毛皱成一条线，嘴唇合拢来，充满稚气的脸显得那样固执，再没有那种好奇、快乐、勇敢的小野兽似的可爱的表情了。

她走后，他的全部思想都极端紧张地集中在她的身上了，是他自己促使自己往这方面想的，他热烈地想着：

"这孩子是怎样生活的？简直看不出来，她比她的实际年岁年轻些，还是老一些？有时好像年轻些，有时又好像老一些……"

他已经为她的诚挚、她的微带激奋的性格、她那温和而晶莹的目光所感动，不断回忆着她那温柔而愉快的浅笑。她笑的时候，几乎不张嘴，只稍微露着整齐洁白的牙齿；她在笑的时候，耳朵总是发红，摇晃着脑袋，使金黄的鬈发披覆到两腮上，同时又频频地抬起手去整理它；这时，老人便看到，她的胸部日益变得丰满起来，于是心里便想：

"她很快就要想出嫁了……"

他哪儿也不去，但是，有时候苏霍巴耶夫来找他；苏霍巴耶夫已经被选为镇长，事务日见增多，忙得不可开交。他显得更加精细、敏锐了，软软的鼻孔大张着，哼哧着；他已经不再抱怨人们了，而谈论起人们的时候，用着低沉的声调，不断地舐着嘴唇。他的那种毫不妥协、含有威吓性的话，使人听了很不愉快，并感到难受。

"咱们的事情呀，就像放牧一样，哪里的牲口不听吆喝，哪里就不得不用棒子来敲打两下！"

柳芭成了他同城镇生活联系的主要纽带：居民的一切事件、谣言、意图，她都知道，不论她说的是些什么，她的话总像浊流中的一股清水，已经找到自己的轨道，静静地流着，从浊流旁边流过，在浊流中间

499

发出光彩。

有时候他们谈到读过的书籍,科热米亚金清楚地注意到:在讲到书中的好人和坏人时,他们都带着同样的兴趣和赞美。

"怎么能这样呢?"他点破她说,"那真实和善良都到哪里去了呢,啊?"

她笑着回答道:"我不知道为什么,总读成这个样子!"

她沉思起来,而他稍稍嘲笑了她一下之后,颇为得意。

但有一天,她微笑着,好像请求原谅她似的说:

"其实,这所有的事都已经过去,所有的人都已死去,遗留下来的只是一个童话,既然是童话,那么所有的人物,不管是妖婆,还是阿廖努什卡和伊凡努什卡……我读起来都喜欢。"

她说着,惊讶地睁大眼睛,哈哈大笑起来,弯着腰,愉快地喊道:

"啊,这是对的,对的!因为没有妖婆,也就不会有童话了!"

"看来,你大概是想要有个未婚夫了吧?"有一天他问道。

她否定地摇了摇头。

"不是的。"

但是,她的脸马上红了;她低下头去,沉思地说道:

"当然想啦,可不是吗?只不过,您瞧,如果嫁一个心中空空洞洞的人——跟所有的人一样,那我为什么要出嫁呢?这不好!瓦尼亚·赫里亚波夫认为我是他的未婚妻……"

"他是个好小伙子吗?"

"他吗?好,"柳芭没把握地回答说。"平平常常,"她想了一下,补充道。"他很懒,任什么也不愿意做!他现在所谈的全是关于战争的事情①,他想当志愿军去,要我去当护士。可是我不喜欢打仗。他祖父是个挺好的人!"

"哼,你真瞎说!"科热米亚金大声说,他生了气,并且起了妒意。

---

① 指当时已经开始的日俄战争(1904—1905)。

"由于他这个老吝啬鬼,全城都吃尽了苦头……"

"他——是个好人!"柳芭平静而自信地重复道。

老人噘着嘴唇,不作声了。

他已经不止一次地在紫霞鲜艳的秋暮凝望天空,天空里的赤云,使人联想起冬季,暴风雪和孤独的生活;他想:

"我把财产捐给本城,这太早了,不如留给年轻的孀妇!也许还会有个儿子!否则,为了什么呢?活着,活着,一下子死了,眼前连一个亲人都没有。也许,——遗嘱是可以变更的,是的……"

他走到镜子前面,照了照自己,阴郁地走开了,他的心房停止了跳动,末日将近的思想像烟似的由心内升入脑际,这种思想使脑子变得僵死,从而骨头也冷了,稀疏的白发在微微颤动着。

身材修长的女孩子来了,她满脸通红,热烈地谈论着生活的种种变动,跺着脚请求道:

"喂,您订一份好报纸吧!喂,亲爱的,订一份吧!"

他向她让了步,但是提出了一个条件,要她每天来,亲自读报给他听。于是,她每天都来为他读那些热闹的新闻,读得清晰而流畅。科热米亚金听着,他觉得报纸上的文字都是马克·瓦西里耶夫、叶夫根尼娅、凶恶的科马罗夫斯基写的,那都是他们的思想,他们的言语,而柳芭却不加争辩、毫不怀疑地接受着这一切。

"你为什么那样相信报纸呢?"他不满意地问道。

"因为这是真理,这是明摆着的事嘛!"

有时候,在女孩子晶莹的眼内含着泪珠,她在室内走来走去,摇晃着揉皱了的报纸,而老人则怀着恐怖,听到自己很久以前的、已经忘掉的思想:

"我的天哪,我的天哪!为什么咱们这里的人都这样受束缚,被抛弃,被遗忘呢——为什么?你看,那边有些人希望全人类都好,写出那么漂亮、那么正确的文章,而在这里却什么也听不到呢!大家的议论也不对头。就拿他们谈论战争的事来说吧,——咱们战败难道是因为

501

俄国的将军都是德国人吗？其实，绝不是因为这个！爸爸硬说，假若斯科别列夫……"

"她要离开此地！"老人忌妒地注视着她，想道，"唉，一定会离开的！"

他所熟悉的那种惊慌不安的心情又在逐渐加剧：

"我要死了，可旧思想却还想复活！"他悄悄地、谨慎地劝她说：

"你不要太相信啦！我知道，有人希望好的东西，但是人数并不多！如果好的东西来到了，也没有人真诚地去迎接它，没有这种人；没有一个人知道好的东西是什么样子，即使它来了，人们也不理解它，反而会大惊小怪，把它赶走。来的是新的东西吗，他们认为新东西很危险，是不喜欢它的！我知道这一点，柳博奇卡！"

他把手指按在胸前，用带着警告意味的低低的声音陈述着，忘记了她的年岁：

"喏，就拿我说吧：那个好的东西到我这里来了，可我没有去拿它，我不会，我放弃了它！柳芭，我厌烦自己，我一生之中，都像在用手捧着自己走路，我疲倦了，仍然捧着，这我已经很吃力，而且也没有必要了，可我还在拖着自己，瞎忙一阵！在前面等着我的——除了死亡，任什么也没有；但是任什么生活都没有，就死去，也太委屈了，所以总做着一些琐碎的事情，怀着一点希望：会不会遇到什么好事呢？遇到事，可是又害怕，懒得同它接近，喏，结果又怎样呢？"

她在屋子中间站住了，不很相信似的听着他的话，后来走到他跟前说：

"这是假话！"

"是真话！"科热米亚金喊道，不自觉地产生了忏悔的情绪，握住她的手，拉她和自己坐在一起，然后拿起一个笔记本，打开，很快地读起来：

  上帝看着自己的子女在问自己：我在什么地方？人们中间没有我的精神，我被遗失了，被忘记了，我的遗训——变成了叮当作响的铜钱——我所说过的话,失去了灵魂和热情,它们只像是一些灰烬,落在炉子里的灰烬,只像落在荒野里的雪花。

"这是谁写的?您吗?"女孩子问,露出惊异的神色,看着本子和他的眼睛。

"是我。等一等,不是这个地方……"

他情绪激动,匆忙地翻着本子,他想劝阻她和提醒她某些事情,也想为自己找出点什么来。女孩子在椅子上挪动了一下,坐得更安稳些,舒适些——她的动作,使老人稍稍得了些安慰,并且更加兴奋起来。他在她的眼睛里看到了新的神情。她还从来没有这样看过他。

"看啊,我在这里写下了全部真相……"

"关于自己的吗?"她轻轻地问。

他开始读起来,并且看出她全都了解:在她那睁得很大的眼睛里,露出紧张注意的神色,嘴唇无声地颤动着,好像在重复他所说的话,她隔着他的手看着本子的篇页,她的一绺头发垂到他的袖子上,轻轻摆动着。当他读完关于马克·瓦西里耶夫的记述时,柳芭挺直身体,脸上发着光,喜悦地低声说道:

"啊,我知道这些人!妈妈讲过他们,讲得好极了,并且有书,——啊,您写的多么好呀!"

她面色黯淡下来,放低了声音,继续说:

"爸爸很不幸,他不信这个,并且嘲笑它,当然啦,妈妈就是因为这个死的!我该到他那里去了,我已经耽误了……亲爱的,"她请求着,温柔地望着他的眼睛,"明天一吃完午饭我马上就来,您把所有的都读完,一直读到末尾,好吗?"

说罢,她就跑了。

第二天,他给她读了关于叶夫根尼娅的记述;他看到,这使她很感动,连他自己也差一点没有哭出来。他看见,她在忧郁地、面带遐思地微笑着,她的眼睛是那样哀怨和亲切地望着他。

"这一切是多么有意思啊!"她有时打断他,这样喊道,并且恭敬地,带着羡慕的神气抚摩着笔记本。

"书籍原来就是这样做成的!记述人们的事情,该有多么快乐呀!我也要把我所看到的一切美好的事物都记下来。您怎么没有叶夫根尼娅婶婶的相片呢?"

他还没来得及回答,她已经提议道:

"如果您想要,我送给您一张她和鲍里亚的合影,好吗?她寄给妈妈的;我不需要它。您想要吗?"

科热米亚金喜不自胜,而她望着一旁说道:

"我很清楚地记得她,而且同鲍里斯常通信,最近他曾把自己的照片寄来,他已经是大学生了,给您看看吧?"

忽然,她的脸红了,垂下头,问道:

"您非常爱她吗?"

"是的,"科热米亚金叹息着说。"非常爱她!"

"我要是她,就不走了。但是——我不知道……"

她含泪望着他,咬着嘴唇,然后长叹了一声,低声说道:

"上帝,这是多么好呀!同屠格涅夫写的一样!"

她那温柔的激动神情,触动了老人的心弦,如同弄破了他胸部的一个苦痛的黑脓疱一般,他俯在桌子上,不连贯地说:

"柳布卡,我犯了多么大一个错误啊!"

她大吃一惊,双手用力扶起他的头。

"您是个好心人!"她说着,理着他的白发。"我知道,您对人们作了许多好事……"

"那只不过为了使他们让我安静些!要知道,所有的人都在寻找安宁,认为安宁之中含有幸福,"科热米亚金承认说。

他当着她吐露了自己的苦痛以后,神智稍见恢复,他把自己的笔记本放在手掌上掂量着,请求她说:

"我死了以后,你,柳芭,把这些本子拿去,寄给鲍里斯,好不好?"

"好!"她沉思地答应着,她站在屋子中央,显得脸色白皙,身子苗条。

"把那些相片也拿来,不要忘了!"

她同样轻轻地重复了一声:

"好!"

他想详细向她打听叶夫根尼娅和鲍里斯的情况。

"你在想什么呢?"

柳芭看了他一眼,轻轻地在屋子里踱着,带着明显的困惑的神色说:

"赫里亚波夫爷爷也责备过自己。"

"他吗?"科热米亚金不相信地问。

"是的……如果他也记述自己的事情该多好!要知道,如果知道人们所没有说出来的事情,一切就会变样,而且要变得更好些了,对吧?"

"我不知道。"

"对的!我知道!"她坚定地说,把双手摆在胸前,打量着周围的一切,好像她都没有看见过似的。"当我不知道父亲想什么的时候,我害怕他,可是当他向我讲了他的一生以后,他在我眼里就变成另一个人了……"

"而你对赫里亚波夫并不了解,"老人喃喃地说,忧郁地摇着头,对于这种对比,有点觉得难堪。"他——是个恶人!"

"不是。"

"我同他做了一辈子的邻居!"

"我也是,"女孩子理直气壮地提醒了一下,走到他跟前,温柔地微笑着,请求道:"到他那儿去一次,好不好?请吧!喂,去一趟吧!"

他答应了。柳芭走后,他也在屋中走来走去,注视着地板,像是在寻觅她的足迹,而在他的头脑里,则飞快地,像春天的白云一样,飘浮着轻松的思绪:

"难道一个人需要很多吗?只要注意地听着他,不要忙着去判断。"

他谨慎地,好像怕打断自己新的思绪似的,坐在桌边,开始写起来,——现在他已经知道,谁将要读他的笔记了。

  生活之所以美好,就在于我们左右永远有一颗年轻、善良的心在成长,开花;如果它在你面前稍加披露,你就会从中看到它对你的微笑。凡是疲倦了的,看着一切都生气的人,千万不要忘记这颗可爱的心,要在自己身旁找到它,把人在生活中的一切遭遇,全都老老实实地告诉它,让青年们知道,人为什么会痛苦,什么样的道路是错误的。如果老年人的知识能够同青年人的可以信赖的、纯洁的力量和谐地结合在一起,那时候,善即将会在世界上繁衍不断。

他放下钢笔,闭着眼睛,想象着叶夫根尼娅读这几行时的面容。他的心里是忧郁而平和的。

过了三天,在九月的一个黯淡的中午,科热米亚金来到了那个放高利贷的老人赫里亚波夫家里。迎接他的是宽脸盘、翻鼻孔的瓦尼亚,他用嘶哑的低音说:

"请进!爷爷马上就出来。"

客人含着妒意打量了他一眼,就满意了,——因为这个小伙子并不中他的意。这个人是短粗身材,两颊通红,穿着蓝色衬衫,套着件背心,穿着裤脚塞在长筒靴子里的肥大裤子;看来,他很粗笨,好像个马车夫。他总是在理着那红色的鬈曲的头发,褐色的眼珠不安定地来回转动,脸上浮动着某种阴影,鼻子像生气似的抽动着,吸着气。他坐在一只箱子上,笨拙地转动着双脚,用一种使人不愉快的、莫名其妙的目光,一会儿看看自己的脚,一会儿看看客人。

"爷爷,快些!"他低声喊着,但是声音嘶裂了,他脸一红,很艰难地站起身,摇晃着脑袋走开了。

靠瓷砖壁炉的角落里,有一扇小门开开了,一只黑色的手伸进屋子里来,颤动着,摸索到炕沿,抓住它,欠身坐了上去,赫里亚波夫就这样无声无息地出现了。他好像一只大蝙蝠，身上穿着一件带黑穗的灰色长袍。他把一只手像盾牌似的贴近额角，另一只手匆促地摸索着柜角和椅背，伸着青筋暴露的脖子，张着黑色的嘴，露着大牙，踽踽跚跚地在屋子里走着，用他那一成未变、笑里藏刀、冷冷的语调说：

"亲爱的客人，你在哪里呀？啊—啊，看见了！看见身子了，那张脸，请原谅，也不知像个筐子，还是像个筛子……"

他走近了，和客人并排坐下，在说了一些普通的问话之后，扑到客人的肩上，尖声地哈哈笑着，忽然问道：

"你在哭吗？好像是在发愁吧？"

"柳芭不知跟他说了些什么！"科热米亚金生气地想着，然后，不乐意地、低声说道：

"你也会哭的，你知道人们在战场上挨了很多打吗？"

"嗯，打得是够狠的，"赫里亚波夫同意地说，并且好像感谢似的补充说："人们尽了力，吃了苦，是的……"

他没有把手从额部拿开，注视着客人的脸，客人避开了，说道：

"哼，咱们这种力实在尽够了……"

"看来还没有，否则咱们就不会撅着屁股让人揍了！不过，我这是说着玩儿的。"

赫里亚波夫将手无力地放在膝上，睁开红色的、蒙眬的眼睛，灰白色的眼珠继续注视着客人的脸，用手指着他的腰部。

"你不要在我面前感到害羞，这没什么！柳芭已经把你哭的原因告诉我了。没什么！你这是怎么了：老老实实地活了一辈子，活到这么大岁数，却哭起来了！要知道，有这种遭遇的也不只是咱们这些人——城里不大中用的人，多得数都数不过来！"

他从长袍的衣襟里掏出一块大花手帕，擦了擦湿润的脸和嘴，薄嘴唇浮出微笑，继续说道：

"我也常哭。这没有什么害羞，这是善良的眼泪，虽然对于任何人都是不需要的。难道柳芭需要吗？她也许需要，是吧？我们这把辛酸泪将加强她对各种善良原则的信仰；我们当然知道，人们是卑劣的，就是在他们哭的时候，也是卑劣的，但是这不应当让她知道，对吧？"

"你说的太荒唐了，"客人无精打采地回答道。但是，赫里亚波夫好像没有听见他的话，大声说道：

"她准备为善良而斗争，嗯，不妨让她认为，不论是什么样的坏蛋，终究有一天，都能够用似乎是纯洁的泪水洗刷自己的罪恶；不妨让她认为，这泪水是纯洁的，虽然这泪水不是出自忏悔，不是因为'忏悔之门业已开启'，而是由于害怕到了该进坟墓的时候，是不是？是不愿意进坟墓吧？"

由于他的嘲弄，科热米亚金感到受了侮辱，他厌恶地向旁边闪了闪。

"你瞎说……"

但是，赫里亚波夫用手推了他一下，放低了声音，很快地说道：

"我这是说着玩儿的！我说的不是你，不要害怕！你的言论和顾虑，我都记得，你的事情我也知道，什么我都知道，我不嘲笑你的眼泪，不，决不！你放心吧，我是说着玩儿的！"

"我并不是为了这个，"科热米亚金说。

赫里亚波夫眼睛看着他的膝盖，又把他的话打断了：

"不是由于这个，也是由于那个——由于所有的一切都是可以大哭一场的！"

他又用力趴到客人的肩膀上，眯缝着眼睛，往外挤着眼泪，用一种混浊的、半盲的目光，找寻着他的眼睛；干瘪的嘴唇颤动着，小小的舌头像蛇信一般迅速转动着，老人又小声说道：

"要知道，如果上帝笑我们，你会号啕大哭的。可是，他笑我们了吗？魔鬼好像用活人做棋子，跟谁在下棋，把我们推到这里，挪到那里，是吧？"

"你这么大年纪，不要这样说吧……"

"我是说着玩儿的，你这个怪人！谢谢你的教训！"赫里亚波夫立即搭上话茬说,还点了点好像把毛拔光了的秃头。

"我不是教训……"

"孙子瓦尼卡①也总是在教训我,这个机灵鬼!他说,您活呀活的,可如今就因为您过去的生活,我都羞于到外边去。你听听,老弟,你听听!"

他又嘿嘿地笑了,用手指翻弄着长袍的穗子,从穗子上抽出线来,揉成小团,扔到地板上。

"伊凡②真是这样说吗?"科热米亚金轻声问,环顾了一下。

"正是这么说的,一点也不错!他说,羞于到外边去!"

"为什么呢?"

"他吗?这就是说,为了我,为了祖父而害臊……"

科热米亚金开始有一点可怜起老人来了,他叹了口气,又环顾了一下塞满箱子和柜子的房间。有两个闪闪发光的架子,架子上摆满了银器:绳子和条带捆扎的一堆堆的茶匙和饭匙,好几十个茶托,银质高脚杯和镀金小酒杯。那些斗橱上面摆着蜡台,枝形烛台,好几个茶炊,而在迎面的整个角落里密密麻麻地挂满了带金属缘饰的圣像;这个房间使人看来像是到了旧货铺。

"这些当然都是抵押品,"科热米亚金想。烟草和石脑油精的气味呛着他,刺激鼻孔,使他直想打喷嚏。

主人却尖着嗓子继续讲道:

"他说,爷爷,您攒钱,攒了不少,可是,您买了些什么呢?他开始教训起来,我的老弟,教训起我来啦!我只好听着。有一次,我开玩笑问他:你这个小傻瓜呀,要知道,我这样贪得无厌,就是为了你,为的是不要弄脏你的手,使得你干干净净爬向人间,我在你的童年时代就掉进了贪婪的泥淖!可他说,您应该先问问我愿意不愿意这样。我说,要知道,世界上还没有你的时候,我就完全成个罪人了,我就在关怀你

---

① ② 瓦尼卡是伊凡的昵称。

了。他在我这里很生气,鼻子直呼哧。"

科热米亚金听了以后,不相信伊凡真是像他的祖父所描绘的那样。

"这可能是柳芭教给他的吧?"他问。

"柳芭?!"赫里亚波夫赶忙大声说,并且否定地摇了摇头。"不是!不是!我对于她,喂,要知道,我是知道她的!当她七岁的时候,有一次她曾经问我:爷爷,你是骗子吗?我说,小姑娘,我是骗子,小宝贝,我是骗子!这是我同她说着玩儿的。她却很严肃地坐在我的膝头上,捋着我的胡子,劝告我,请求我:你不要当骗子吧,不要这样,给我剪刀,你给我剪一个最最聪明的瓦西里萨像,因为瓦尼亚把我的瓦西里萨像的头给揪下来了。你瞧,我就是这样给他们讲故事,剪各种各样的小人儿,并且涂上颜色。从那时起,我和她之间就建立了友谊,她永远是我的维护者!"

由于从伤口一般的红眼睛里不断流出泪水,他的脸弄得很湿,他又掏出手帕,用力擦着腮帮,揉着眼睛,话还是滔滔不绝。他的龙钟老态使人看着可怕,由于流泪而显得憔悴,再听着那尖细刺耳的声音,便使人更加可怜他了。

"她为了我反对瓦尼卡,也反对上帝,如果去接受末日审判,她会为我作证的,不过,也许不会叫我们去受审判,我们在这里就会受到极严厉的审判,是吧?"

"这是上帝的事,"科热米亚金小声说。"我们什么也不知道,因为我们生下来就是瞎子……"

"是吗?你是说,我们是瞎子吗?"赫里亚波夫张开干燥的嘴唇反问道。"就算是这样吧!可柳芭呢,你支持她吧!"他忽然庄重而严肃地说。"她,亲爱的老弟,她是知道这些话的,"他好像噎住了似的,用一只颤巍巍的手去摸客人的臂肘,并且继续小声说着,"她不会辜负你的一切期望,就是这样!她将来可能成为一个伟大的、真正诚实的人,不是那种遁往荒漠的人,而是在人间为了不辜负我们,为了帮助一切人而努力奔走的人。她对于真理,就像亲姊妹一般!"他在椅子上跳起来,仍旧用那低沉的声音,愉快地、迅速地说着:"她批评瓦里卡,就像批评一个傻瓜似的!要知道,是亲切地,你听,她多么亲切!她说,瓦尼亚,你认为整天吃得饱饱的,游手好闲,就是善良和体面的吗?她说,瓦尼亚,你认为,要是贫穷,干活,就是恶的,就是不体面的吗?"

赫里亚波夫举起一只手,用手指威吓着,用愉快的声调说:

"不,她是不会嫁给他的,这是不会的,决不会!嫁给他吗?嘿,永远也不会!"

科热米亚金掩饰不住快乐和惊异的神色问:

"难道你不爱你的孙子吗?"

"我吗?不,我记得,这是我的骨肉!但是,如果你的一只手很厉害地发起抖来,而且出乎你的意料之外,它竟打起你的脸来,制止也制止不住它,难道你会爱它吗?"

他张口哈哈大笑,然后,疲乏地叹了口气说:

"唉,我太爱开玩笑了!"

他又把两手一拍,打了一下自己的大腿,笑了起来。

"你瞧,你瞧瞧这种要求:没有做事之前,就得先生个儿子,把他培养成人,并且得问他:我的亲宝贝,请吩咐我该怎样生活,怎样做,才能使您不骂我下贱东西,不打我的嘴巴,请教教我吧!真有意思,真好,是吗?唉,马特维·萨韦利耶夫,亲爱的,这不是很可笑,很荒唐吗,嗯?"

他拉着客人的手,结束道:

"你是要活下去的,你想想这一点吧,往深处看,往心里看,看一看吧,朋友!柳芭也会在那里想,她在想!她啊,等她到四十岁的时候,——我愿意从棺材里站起来,从坟墓中爬出来看一看她,那就好了!我但愿爬出来!可是,要知道,蛆虫是不容许、不许可的吧?"

科热米亚金痛苦地叹了口气,从老人身边闪开来,赫里亚波夫闭上眼睛,往外挤着眼泪,摇着头说:

"瓦里卡将来会成为财主!啊哈,财主……"

他耸了耸鼻子,谛听着什么,轻轻地对科热米亚金说:

"我用她的名义在银行里存了一点儿钱,可能是二千卢布。你看好不好?"

"没什么,好,"客人同意说。"自然,善行比卢布还宝贵……"

"你别谈这个啦,"赫里亚波夫打断他的话。"善行比一切都宝贵,可是,谁也没有因为什么人的善行而给过他报酬,因此,我们在人间也是没有价值的!对于善,应该付出百倍的报酬,使得它的价值永远向上升;在这方面,应该组织竞赛:你给我三个戈比的好处,我就用三个卢布来报答;你因此对我付出三十卢布,我对你就付出三百卢布——就这样来!为了使人们相互创造快乐达到疯狂的地步,这就是再巧妙也没有的游戏了,魔鬼都会永远觉得害臊,连上帝自己也会感到羞愧,因为上帝也是吝啬的,淡漠无情的……"

老人激动得直打哆嗦,他的双脚在跳着舞,擦得地板沙沙作响,双手拼命揪着长袍上的穗子、领子和桌子边儿,搔着台布,碰着客人。

"我们认为上帝会替我们付出报酬,这真是自欺欺人!不是的,你自己,你自己来支付吧!我养育你十五年,我想把你干干净净、很体面、很好地培养成人,让你过现成的好日子……"

"这就是把他的心彻底腐蚀掉的东西,"科热米亚金忧郁地、痛苦地想,他觉得这些话他已经听累了,不能再听下去,不能再呼吸那阴暗的、堆满东西的房间里的混浊空气了;他站起来,拿起主人的手,紧紧握了一下说:

"谢谢这次谈话,米哈伊洛·基利雷奇,谢谢你的信任和殷勤招待……"

"要走了吗?"

赫里亚波夫很吃力地站起来。

"你坐着吧,别麻烦自己啦,坐着吧!"

"不要紧!"老人弯着身子,喃喃地说。"你虽然比我年轻二十来岁,可是我还是能够站在你面前!没有什么。你是个好奇的人!有工夫就过来,好不? 柳芭谈起你来,讲得很有意思,讲得很好。"

他一只手扶着客人的肩膀,同客人走到房门口,停下来,扶着门框,说:

"请常来,听见了吧! 我已经足不出户,除了等着进坟墓,哪儿也不去了;我的坟墓已然准备好了,就在那边,距离你家坟地——你继母和那位士兵的坟墓不远。你把他们的坟头整理得很好,真是整整齐齐! 你常上坟去吗?"

"常去。"

"请你也到我那里去。同死人谈话是件很好的事,既不必撒谎,也不得罪谁……"

他笑了,轻轻地补充说:

"我这都是说着玩儿的!"

"原来如此啊,"科热米亚金走回家时,忧郁地想道,"这就是生活,看起来,谁也躲不开它。他说到善,达到了疯狂的地步,多么好啊! 马克·瓦西里耶夫大概也达到疯狂的地步了。而柳芭把我们连到了一起……"

懒懒的、潮湿的风在刮着,它把半裸的树木上的残叶吹落下来,树叶落到湿地上,在地上翻着筋斗,散开来,有的跑到大门槛下,有的跑到各个角落里和大门前的长凳下面。

把便帽推到后脑勺上、激动不安的苏霍巴耶夫和头发蓬乱、好像有一星期没吃东西的独眼人季乌诺夫,在住宅附近遇见了科热米亚金。苏霍巴耶夫好像责难似的指着他说:

"来了一个精神不安的人,他说他跟您很熟,所以我就找他来请教了。"

"来这里好久了吗?"科热米亚金握了握独眼人的手,问道。

季乌诺夫郑重其事地问了好,像仙鹤似的迈步走着,详细地述说起来:

"我是前天乘着驿马赶来的,在澡堂里洗了个澡,马上就到镇长先生这儿来了,因为报纸上说得天花乱坠,然而最清楚的莫过于目击者的真话,因为他除了希望一切人都诚实认真而外,别无他求……"

他泰然自若、不慌不忙地说着,但是,像往常一样,好像在打鼓一般;他那只好像在钻孔似的眼睛看看这个人的脸,又看看那个人的脸,眉毛却带着威吓的神情来回移动。

当他们进入宅内,脱了外衣,坐在桌旁以后,苏霍巴耶夫舔了舔嘴唇,威吓地说:

"要知道,事态已经开始严重起来了,马特维·萨韦利奇!"

"是的,"季乌诺夫说,用自己的一只眼睛望着主人头部以上的什么地方,"事态十分严重!首先发现的是,工人、各种手工业者以及小职员们,都非常清楚地了解自己的利益,至于商人阶级嘛,尽管有良好的愿望,却无论如何也不能这样说。国家杜马将掌握全部权力,上面说的这些最渺小的人物很可能越过商人跳到国家杜马里去,他们用毁灭性的语言议论着一切,而在思想方面是受异族人,例如犹太人及其他比我们聪明的人们的支配。这已经是证实了的!"

他的话好像一股长长的水流,滔滔不断地流着,每个字都像麻袋里的粮食,一粒粒落到听众的头上,哗啦哗啦,造成紧张的气氛。

"我一点也不懂,"科热米亚金说,紧紧皱起了脸庞,"有什么危险呢?如果所有的人都开始了解自己的共同利益……"

苏霍巴耶夫从椅子上跳起来。

"事情这么简单吗?你要知道,问题在于是些什么样的人!我不相信犹太人,但是还有比他们更加危险的人,这是些完全多余的人,说真的,他们跑在前面,破坏了生活秩序!就是这样!"

他受了委屈似的耸了耸肩,又舔了舔嘴唇,继续说:

"马特维·萨韦利奇,您自己说过,贵族阶级一下台,消灭掉了以后,一切权利应该属于商人阶级,可是这里,忽然爬出来一些卑微的、渺小的阶级!如果他们进入国家杜马,天啊!那将要发生怎样的情形呢?"

他眨了眨眼,把两手一摊,带着忧郁和怨恨的神情,结束自己的话说:

"到那时候,只好到希瓦人那里吃马肉去了!"

"无疑地,一定要有一场大混乱!"季乌诺夫确信地说。"所有现在这些出场的人们,都来得太早了,同时,由于怀着各种希望而无比的疯狂。"

"怀着什么希望呢?"科热米亚金问,仔细端详着独眼人瘦削的两颊和他那好像打伤了似的、周围有个黑圈的眼睛。季乌诺夫耸了耸鼻子,答道:

"首先是:在权利上完全平等,所有的财产和所有的土地都按人头分配……"

"您看到了吗?"苏霍巴耶夫喊道。"有什么可分呢?积累的财产很多吗?一个人也不过分到一个银戈比……"

"最主要的和使人生气的,"季乌诺夫明确无误地、好像他是在法庭上作证似的继续说,"以及最危险的是,所有这一切都是异族人的一种巧妙的阴谋:狡猾的人们看到俄罗斯的小人物们倾向于空想,便利用他们生活上的艰难情况,提示一些最难实现的事情,使得有钱人和长官们立刻见到,所有的要求是多么不可能,甚至是狂妄的。"

苏霍巴耶夫戒备起来,挺直了身子,急切地问:

"那么,意图是什么呢?"

听到这句问话,季乌诺夫声音更加洪亮、更加急促、更加上气不接下气地讲了起来。

"意图是很明显的:就是要当局不信任老百姓,首先让老百姓暴露自己的愚蠢——明白吗?要让人一下子就看出,这都是些什么人?是空想者,也可以说是最愚蠢的傻瓜!"

他用自己那只亮闪闪的眼睛扫一圈,像是把听众拢进了这个圈子里,双手放在桌子上,伸开它们,像拉缰绳似的那样用劲。他脸上的伤痕也变成深红色,尖尖的鼻子发了黑,他那整个像熏黑了似的脸上布满了斑点,而嗓音也走了调,嘶哑起来了。

"他们是这样考虑的,"他的话在喉咙里沸腾着,好像开了锅似的,"俄罗斯的版图扩大了,这是一!官方当局手足无措,这是二!长官们丢掉架子,向人民表示:来吧,让咱们齐心协力地处理事务吧,这是三!于是这些狡猾的人——据我想,首先是德国人,纵然外表上看来是犹太人,他们就这样想:如果这样下去,俄罗斯就会自己变好,就会站起来,而这一点对他们是不利的,完全不利的!他们的政策的全部秘密就在这里:那就是要让人看到,俄罗斯人民是愚蠢的,想从他们那里得到帮助是办不到的!"

"唔,"苏霍巴耶夫说着,摇了摇头,"好像并不是这样,我不相信!据我看,危险不在这里!"

"不,是在这里,正在这个地方!"季乌诺夫激烈地说,把手从桌子上挪开。

他们争论起来,最初虽然很热烈,但是很客气,找些最圆滑的、最柔和的字眼,后来便越来越上火,越来越粗野,越来越凶狠,已经不惜相互污辱了。

"如果您不理解居民的共同利益,您还算什么样的镇长?"独眼人恶毒地问,而苏霍巴耶夫从侧面看了他一眼,用颤抖的声音说:

"敬爱的先生,您自己就在散布谬论呐!"

科热米亚金坐在那里,被他听到的话吓呆了,对这场争执感到痛心,想要加以制止,又没有这种能力。

"请等一下,"他喃喃地说,"要知道,问题不在这里,应该一致起来……"

他眼前浮现出了赫里亚波夫的脸,老人关于善以及应当乐于行善,甚至要达到疯狂地步的话纠缠不休地萦绕在他的耳际,这些话使他产生了一个又惊又喜的想法:

"一旦大家都理解透这一点,那就会……"

"喂,你们停一下!"他对争论的双方说。"让咱们来一块儿……"

苏霍巴耶夫气得脸色发黄,目光闪烁,他冷笑着,讥刺地说:

"不,我无论如何不同意这一点,完全不能同意!"

"为什么呢?"季乌诺夫冷冷地问,那只发暗的眼睛盯着他的脸。

"就是因为,要干预生活,应该有一定的秩序!"

"这是什么样的秩序呢?"

"是这样的:首先是我,而后是您,是的!"

"我倒不想跑到您前面去,但是我问您:今天以前您在哪里待着来的?"

"我吗?在这里!"

"是了!那么,这里到底是不是俄罗斯?"

"这里吗?"

苏霍巴耶夫不吭声了,看来是害怕回答。

"就是嘛,"季乌诺夫说,好像打鼾似的,"问题就在这儿,咱们生活在这儿,但是,竟不知道这是什么地方!"

"这话很对!"科热米亚金同意说。"瓦西里·瓦西里伊奇,老弟,这话是对的!"

"为什么?"苏霍巴耶夫惶恐地喊道。

科热米亚金解释不出,不好意思地叹了口气,耷拉下眼睛,独眼人却活泼地、像打鼓似的说:

"因为,我们首先感觉到自己是在自己的县里,在自己的城里,在自己的家里,主要的是在自己家里!至于所有这一切是在哪里,依靠什么,为什么这里,我们的周围是广大的俄罗斯,——这些我们都不去想……"

"正是这样!"科热米亚金用调停的口吻喊道,而苏霍巴耶夫忽然在一个地方跺了跺脚,好像抽了筋似的,好容易喘过一口气,嘶哑着说:

"再见!"说完,很快就跑掉了。

"啊,天啊!"科热米亚金闷闷不乐地说,他站起身来,望着那人的背影。季乌诺夫也跳起来,低下头,向前伸着,挥着右手,在房间里快步地走来走去，低声说：

"也是这样，到处都是一样！每一个省里都有自己的上帝，自己的圣母，每一个县里都有自己的圣徒！看上去，似乎大家有了共同的东西，但是现在，农民们喊叫：把全部土地给我们，工人们则争执道：不，把工厂给我们。而受过教育的人们，并不去维持共同的事业和巩固合理的事业，反而也来主张说：把全部政权交给我们，我们会奖赏你们的！这样一来，共同的事业就像狼群中的绵羊了。就是这样！"

他碰到桌子上，用手摸索着桌子，坐下，搔着盲眼的伤疤，而他的那只好眼睛开始湿润了，柔和了，吃惊地眨了眨。

"你看，马特维·萨韦利奇，我是独眼人，可他镇长呢，两只眼睛上都长了白翳！甚至可以说，他是不折不扣的傻瓜，是的！"

汗珠从他的面颊滚下来，留下一道发亮的痕迹，他的鼻孔颤抖着，嘴唇也在抽动。

"民众在内部没有任何联系，马特维·萨韦利奇，"他抱怨地、轻轻地说，"自己完全不熟悉自己，比如，您就不知道萨拉托夫省怎么样，那里的人又怎么样，不知道吧？"

"不知道，"科热米亚金抱歉似的回答说。

"是呀！"季乌诺夫忧郁地点点头说，把身子俯在桌子上。"就因为互相不熟悉，俄罗斯便可能灭亡，这很简单！在那里，在萨拉托夫省各地正发生骚动①，农民努力了解自己的生活，并且焚烧贵族的房屋。当然啦，农民对于这一点有他们自己的想法，因为，我们坦白的说，贵族老爷们得势的时候，曾经活活地烧死过农民，不过，庄园终究是没有过失的！不，俄罗斯很可能灭亡！在那里，您瞧，在这种骚动之中有德国人——这是一个最健壮的民族，是叶卡捷林娜在位时的移民②，他们

---

① 一九〇五年在萨拉托夫省爆发了大规模的农民暴动，暴动中捣毁和焚烧了一些贵族庄园。

② 一七六二至一七六三年，俄国女皇叶卡捷林娜二世邀请许多外国人迁入俄国，当时在萨马拉和萨拉托夫省境内建立了许多外国侨民区，移居初期他们享有许多优惠待遇，因而得以发展和巩固其资产，甚至使本地的地主都受到排挤。

是泰然的!非常泰然!他们乐得直搓手——我亲眼看见过;有一个德国人站着,口中衔着烟斗,他乐得搓着手,而有三个地方都是火光连天!"

科热米亚金很想安慰独眼人,他看到这个人很苦恼,为悲伤和恐怖所折磨,但是,对他说什么呢?马特维·萨韦利奇耶夫默默地叹了口气,用手指在桌子上画着花儿。而他的耳朵里听到了力竭声嘶的声音:

"沃尔戈罗德城出了一件荒唐事:民众大群大群地聚在一起呐喊着,各种人——俄国人和犹太人,最多的是些半大的孩子,却在一旁鼓动他们。主啊,我想,这会给所有的人造成不幸的!于是我也钻进去,以便对他们说:各位先生们,俄国人,我说,首先不要光想自己,应该想想俄罗斯,想想全体人民。可是黑帮和别的一些人立刻揪我的腿,揪我的衣襟,推搡我,冲着我的脸大喊大叫。这当中,一个很快乐的小伙子还打了我的脖子。我马上很客气地问他:您为什么打我的脖子?他说:您习惯挨耳光吗?请注意'您习惯挨耳光吗'这句话,尤其要注意'习惯'这两个字,懂吗?'您习惯挨耳光'——这几个字是地道的俄国字!我说,不,年轻人,我所希望的完全相反。他笑了,说:'打后脑勺怎样?'我和他一起到酒馆去,我几乎哭起来,当然,并不是由于挨打,而是由于这种悲伤!我们谈了一下,他承认错了。他说:请原谅,伙计,我是个傻瓜,我打您完全不对,现在我觉得很羞耻!他说:这大概是由于我常常被人揪头发,打耳光,总之,他们遇到哪打到哪。他又说:有时候我想知道:打人的脸,这究竟有什么乐趣呢?"

独眼人微微抬起头来,胡子向前撅着,颤动着。

"请您注意'乐趣'这两个字!不是别的字,只是'乐趣'这两个字!在那里说话的是一个快乐的小伙子,心灵十分纯洁的人,这并不危险,若是一般地说来……"

季乌诺夫站起身来,双手扶着桌子。

"马特维·萨韦利奇,请听我一句由衷的老实话:我什么都谈,也同人家争,可实际上,我什么也不明白,什么也看不清楚!我只看见一些骚动和起义力量的结合,看见俄国人民的精神振作,聚成大群,可是究竟是为了什么目标,真理的正确道路又在哪里,谁都没能告诉我!有时有个东西在眼前闪烁,但到底是什么东西,它究竟在哪里,我不清楚!我只不过满脸怜悯,嗓子被热泪堵住,如此而已!我害怕:俄罗斯可能灭亡!"

"我也是任什么都不懂得,"科热米亚金低沉地说,而后两个人都不吭声,动也不动,像哑巴似的对坐着。

"这里有一个女孩子,"马特维·萨韦利耶夫先开口说。

但是,季乌诺夫摇摇头,回答说:

"我看到过女孩子!"

他们又默不作声了,后来,季乌诺夫嘟囔着说:

"我大概发疟疾了……"

"您躺躺吧,"科热米亚金建议说,不愿再看他,也不想再跟他多说什么,或听他说什么话了。

季乌诺夫走过去,蜷起腿,躺在了沙发上,但是,马上颤抖了一下,坐起来,摊开双手,好像游泳似的。

"马特维·萨韦利奇,现在,人们发表了许多激烈的、很有意义的言论,也出现了大批虚心接受一切的人!不过这些人都是年轻人,因此,对他们讲话的时候应该审慎,通俗,从初步说起!可是,如今人们说话并不谨慎,不!他们说话像旋风似的,使那些袒开的赤心充满了地面的尘埃。"

他闭上眼睛,仰面倒在沙发上,舒展着微微发抖的肢体,说:

"一切都很可能灭亡。镇长先生也就根本不成其为什么长了,而是相反……"

"不,我得走了!"科热米亚金感到需要休息,决定离去,便走到沙发前,用抱歉的口气说他有事,必须到一个地方去一趟,独眼人睁了一下眼,不知道为什么像是受了委屈似的说:

"难道我挡着您的路了吗？"

"糊涂虫，"科热米亚金想着，走出了大门。

苍茫的暮色从光秃不毛的丘陵那边向城市飘来，有一条狭窄的红线在沼泽的上空溶化着，好像天空受了重伤，已经流尽了血，血滴染红了尖尖的树梢。天空仿佛奄奄一息，即将死去。一些黑色的鸟从田野里还巢，一边飞一边不高兴地呱呱叫着；桶匠们叮叮当当敲打着，忙着收工，街头空虚而潮湿，仿佛洗衣槽一样，从那里流出来的只是一些污水。各家还没有点灯，窗户像黯淡的斑点，愁眉苦脸，怀疑地互相望着，好像在等待什么不愉快的事情。

从院子里窜出来一个头发蓬乱的女人，她呜咽着，紧紧地裹着一条披肩；她在科热米亚金面前站住了，奇怪地就地跳了跳，随后便痛哭流涕地低下头，用赤脚板拍着地，顺着大街跑走了。科热米亚金望了望她的背影，寻思道：

"大概有人快死了，她是去请神甫……"

接着，他站住了，对自己想到这个时的泰然心情感到惊奇。

湿冷的纱幕垂到市镇广场的上空，这个广场是不久以前用大块圆石铺成的，因而显得十分触目；"里斯本酒店"的五个窗户射出黄色的光线，在石头马路的黑暗石块上面横着五条黄色的光带。

这时身后传来一阵匆促的脚步声，科热米亚金站到了大门的阴影里，只见季乌诺夫跟跟跄跄地从街上走来，踏着一条光带，高高地抬起腿，钻进了酒店的门。

"真是个好动的人！"科热米亚金暗自赞叹，也进了酒店。

大厅里满都是人，好像一罐豌豆，这些人本来大半都是熟人，但今天在大挂灯的灯光下面看来，好像是生人一样。光秃的头，红的鼻子发着光亮；人们有的弯着身子，弓着腰，有的驼着背，摆动着手臂，兴奋的说话声时断时续地嗡嗡作响。在正面的一角坐着一些最有声望的人物，他们围绕着苏霍巴耶夫，差不多所有这些人都把他遮住了，而从密密层层的人堆里传出来苏霍巴耶夫高高的声音。在对面，在另一个角落里,官员们在大声嚷叫着:其中有胖胖的军事长官波基瓦伊科;县警察局局长帮办涅姆采夫;身体臃肿、长着两只肿眼泡的柳芭的父亲。

科热米亚金在门旁站了好久,用眼睛寻觅着空座,一面听着像在澡堂里似的喧杂的语声。很响亮地传出了波苏洛夫的男高音:

"理智的光辉照耀全世界!"

接着响起了一个低音:

"我们向你致敬,太阳般的真理!"

"他们是在用别人的词句说话,"谁也没有注意到的科热米亚金暗想,最后他终于在通往里间的房门和餐具橱之间的角落里给自己找到个位子。他坐下了,谛听着热闹的语声,听到了所有熟悉的词句。

"各个民族干吗要东奔西跑啊!"一个快活的声音喊道,而在不远的地方,有人无精打采地嘟哝说:

"所多玛和蛾摩拉①……"

有人发出抱怨的声音:

"在不需要的时候,咱们的长官就像苍蝇一样硬往咱们嘴里爬。"

"可现如今,却要我们听天由命……"

季乌诺夫的破裂嗓音,像生锈的铰链所发出的轧轧声,越来越高,压倒了一切喧嚣的声音:

"我的先生,您想一想,正如您看不起我一样,我完全看不起这个!"

"咝,咝!"有一个人发出咝咝声,并且敲着桌子。好像静寂了一下,从官员们坐着的地方,飘来了不知是谁发出的悲愁而高亢的歌声:

> 我知道他愁什么,
> 他也知道我忧什么:
> 我想他将款待我,

---

① 据圣经传说:由于所多玛和蛾摩拉两地的居民生活腐化,上帝动怒毁掉了这两个城市(见《旧约·创世记》第十八至十九章)。

他想我将款待他……

迸发出笑声,又喧闹起来,又有一阵喊叫压倒了所有的声音:

"我知道俄罗斯,我看见了她!我对她并不陌生,你们才是局外人,你们!"

"安静点!"波苏洛夫站起来喊道,还有几个人也跟着他喊这句话,喧嚣被压下去了,静寂了。

"是你们不知道属于你们自己的遗产,你们失去了一切对生活的怀念,是的!陌生——这就是说,谁也不爱谁,谁也不愿帮助谁……"

"但是,"苏霍巴耶夫喊道,"请您说明,您是谁呀?您有什么事?"

"我是人!"

"这就是说,你是个堂倌,是个伺候人的人喽?"

许多人大笑起来,科热米亚金感到忧伤,他透过蓝色的烟雾往角落里望了一下,他想对季乌诺夫喊:

"住嘴吧!"

但不知从大厅中央的什么地方,从波苏洛夫和乐队指挥的座位那边,传来一个音调不高但十分清晰和压过一切的嗓音,人们的脖子都转向它那一面,皱着脸,紧张地谛听着,人们相互用一种无声的手势要求保持肃静,有些人低声请求:

"站起来说,看不见!"

"声音大些!"

"别动,安静点,老兄们!"

"这是谁呀?"

"不知道。"

只听有一个人在清清楚楚地讲着:

"请给我们这些平民以充分的自由吧,我们将试着自己来建立另一种更人道的秩序;让我们自己来管自己吧;不要唆使我们相互压迫;不要说,这是对我们的惟一法则,而没有另外的法则;让人们寻觅共同生活和对于残暴进行斗争的法则吧……"

科热米亚金觉得,由于这些话,酒店里显得比较亮堂了,烟云消散了,呼吸也轻快了。他向人们环顾一下,看到人们都在注意倾听这些话,并听到一片赞许的嗡鸣。这股激起了共鸣的轻轻的浪潮,越来越紧密、越来越有力地推动着大众,使他本人也受到了波及。几乎可以感觉到,人群中正在产生一种人人都可以理解,都感到亲切,并把所有人都团结成为一个整体的思想,顷刻之间,他不由自主地忆起了修道院的花园、约翰长老的那副削过似的清瘦脸庞、受尽悲哀和愁苦的折磨的人民大众,以及他那圆滑柔润的言语和那犹如骨鲠在喉意欲大放悲声的扭曲的嘴唇。

"谁能来替我们说出我们像面包一样需要的真理呢?谁来向全世界说明我们的真实情况呢?我们应该准备自己来干这件事,弟兄们,同志们,我们应该自己为自己说话,大胆地、彻底地说!把我们所有的思维集合成一颗真诚的心,让它用我们的话来歌唱我们吧……"

"谢谢,小伙子!"

群众开始喧嚷,向墙边拥过来。在墙边,从群众之间露出一张刻着伤痕的脸和一双视力模糊的圆眼。但是,忽然传来苏霍巴耶夫的又高又尖的声音:

"居民先生们!还有你们,诸位长官先生们,我们大家看见的是什么?一些来路不明的人到我们这里来了。在大家不明真相的情况下,他们随意乱说,扰乱人心……"

"可你们这些有名的人物都是贼!"

"什么?"

"就是这个!"

"怎么样?"

"就是这样!"

一切都旋转起来,沸腾起来,喧嚷起来,震耳欲聋,推搡和挤压着科热米亚金;他不明白周围发生了什么事情,不知道为什么,他竭力向演说者站立过的、现在已经看不见他的那堵墙边挤过去。

"这是我的房子！"苏霍巴耶夫尖声喊道。

桌椅喀嚓嚓地作响，食具打碎了，它们的碎片发出清脆的响声，有人吹起刺耳的口哨，有人揪着科热米亚金的领子，扯疼了他的胡须，拖着他，大声喊：

"这不是他们吗，瞧！这不是他们吗！"

"住手！"老人一边抵抗着，一边嘶哑地喊。

在密密层层的人潮里，他们俩从楼梯滚到阶前的广场上，大家从皮鞋匠手里把科热米亚金救了出来，他登上台阶，由于激动和疲劳哽噎住了，转身面向着人们，透过喧杂的声音，耳中听到不知是谁的喊声：

"你为什么揪他，鬼东西？"

不知是谁急促地大声说：

"我当他是个巫师，这就是让苏霍巴耶夫给骗了的那个人……"

"他把自己的全部财产都捐赠给本镇办学校了！"

宽脸小伙子抓着科热米亚金的手，抖动着，喃喃地说：

"他弄错了，这个傻蛋！"

波苏洛夫，普拉奇金，季乌诺夫都走了过来，但是，科热米亚金挥动着双手，向下边，对着人们的脸喊道：

"站住！这没有什么！人在受了凌辱的情况下，是很容易犯错误的……"

他很想跪下，以便呆得更牢靠，更坚实些，他用双臂搂着台阶上的圆柱，忽然，像从内部爆发出来似的喊道：

"弟兄们！市民们！一些青年人到我们这里来，一群心地纯洁、好像天使一般的青年到我们这里来，讲一些我们从未听过的，从来不知道的好话，讲真正的天道，应该听他们讲：他们讲的是永恒的、真正的天道！应该静静地，注意地，虚心地听他们讲，虽说我们不认识他们，但是，他们之所以不出名，就因为他们要的是美好的事物，他们的心里怀着善,我们所不知道的善……"

"老人家,说得对!"下面喊道。

"我们好像做梦似的度过了一辈子,对己对人都没有做出任何事情,青年们来代替我们了……"

他挥舞手臂画着十字。

"主啊,但愿他们别过我们过过的生活,别吃我们吃过的苦头,主啊,但愿给他们开辟走向善的可靠道路,这就是我们的希望……"

台阶在他脚下摇晃起来,很快地往下沉落,地面上的一切东西都向上隆起,嗯隆一声落到他的胸部,把他打倒了。

后来,他在自己家的床上清醒过来,房间里亮得刺眼,窗户像天鹅绒似的发黑;那个痨病鬼似的歌手,侧身靠着火炕,身子蜷曲着像被折断了一样;另一个服饰华丽、身体瘦弱的人,生着一副尖尖的、带着嘲笑神情的面孔,双手在衣袋里插着,在他身边走来走去;柳芭靠桌子坐着,微笑着向他说:

"我不相信您的话。"

那瘦子掏出表来,看了看,反问道:

"您不相信吗?"

"不相信。"

他啪的一声合上表盖,不慌不忙地说:

"这使我很伤心。打发人上药铺去了吗?"

柳芭没把眼光从他身上移开,点了点头。他又开始踱来踱去,把腿一迈一迈地摆着姿势。

歌手挺起身,也把手插进衣袋,很委屈地问:

"医生,您为什么那样想呢?"

"这样对我更合适些,"那人望着地板回答说。

科热米亚金的身子没有动,从睫毛下面望着人们,不愿意看见窗户的黑方框。

"我又病了,"他想,倾听着心脏急促的跳动,感觉到全身,甚至手指头,都很沉重,疲软无力。

"柳芭,我病了吗?"他明确而清晰地大声问,但使他惊讶的是,她并没有听见,没有回答;这使他大吃一惊,他呻吟了一声,她才跳起来,奔到他面前,可是医生还是不慌不忙,迈着平常的步伐走过来,这马上使得病人很不愉快。

"什么?"柳芭把耳朵挨近他的嘴唇,问。

"对不起!"医生推开她,又掏出表,把嘴唇撮起来,好像要吹口哨似的。他的面孔是黄的,大鹰钩鼻子下面长着很细的小黑胡子,碧绿的眼睛,两颊和下巴刮得发青;他那黑色的、光滑的圆脑袋给人一种凶残的感觉。

"这样,"他说,以一种令人难堪的小心翼翼的动作,把科热米亚金的手放进被子里。"请原谅,……小姐。"

"马图什金娜。"

"我总是想喊作巴秋什科娃,这个姓是比较常见的。您不会忘记什么吧?"

"不会。"

"明天见!"

柳芭一反常态,说话简短,声音很大,而医生的话则非常枯燥,好像数目字一样。医生走了以后,科热米亚金睁开眼睛,想要叹口气,但是叹不出来,胸中像有什么东西堵住似的,刺疼得很厉害。

柳芭坐在床边,抚摸着病人的手。

科热米亚金鼓了鼓劲问道:

"我要死了吗?"

"哦,不会的!"姑娘颤抖了一下,扔开他的手,大声说。"您怎么啦?"

"您的心脏衰弱,"歌手轻轻地说,"就是这个,没有别的!"

"您任什么也不应该做,"柳芭补充说。

科热米亚金勉强笑了笑。

"我从来也没有做过什么……"

天花板浮动,墙壁摇晃,因而头也晕起来,他又闭上了眼睛。周围静静的,他想要听到些声音,哪怕是钟摆的响声也好,但是钟早已停了。最后,歌手问道:

"您不喜欢他吧?"

"不。您说话声音轻点!"

"为什么?"科热米亚金想喊出来,但是他没有吭声,害怕他们不再说话。他聚精会神地去捕捉那些稍稍打破了一些寂静的话。

"现在,"年轻人低声说,"当人们把过去的一切习以为常的辛酸苦痛都搬到广场上,搬到大街上的时候,自然啦,所有的人都用另一种眼光来看问题了!最主要的是要相互了解,要觉悟到这种生活对谁都不好受。如果说'谢天谢地,我过得很好!'那是说假话。应该说大家过得很糟,一团糟,这用不着害臊……"

季乌诺夫来了,也低声说:

"我说,祖国,俄罗斯!我的敬爱的人们,准许建造教堂了,可你们又搞起屠宰场来了……"

柳芭用平静的话安慰他,他的眼白不知为什么更加明亮起来,而瞳孔却暗了下去。她在屋子里好像女主人一般,沙基尔特别和蔼地向她鞠躬,这一点使科热米亚金心里很愉快,难堪的疲软状态过去了,他的心脏跳动得有力了。

第二天,苏霍巴耶夫一清早就来了,他望着科热米亚金,好像在心里量他的尺寸似的,并且唠叨着说:

"这只不过是很普遍的夜盲症罢了!"

瓦尼亚·赫里亚波夫来了,他皱着眉头说,他的祖父也病得很厉害,柳芭惊慌不安地在房间内转了一圈,就走了。

"可爱的人儿,"科热米亚金在心里送着她说,"人类的喜星!"

时光迈着大步,呼啸向前,显出良好的预兆。病人每天都看到普拉奇金,季乌诺夫,和一些其他的人聚集在帕拉加住过的房间里,兴高采烈地喧闹着,房子好像变成了蜂房似的,柳芭是蜂王:她听着所有的人讲话,对所有的人微笑,斟茶,为普拉奇金补大衣,为季乌诺夫补外衣,还跑到病人跟前问:

"喂,怎么样,好一点了吗?"

"好一点了!"他回答。

他觉得自己已经好了,但是医生还不让他起床。当医生在场的时候,女孩子很奇怪地,很明显地变了样子:她像个士兵似的,迈着匀整的步伐,直着走路,她挺起胸脯,闭紧嘴唇,用含有敌意的眼光注视着医生。对他的问话作简短的回答;同他说话,就好像跟他吵嘴似的。科热米亚金也目不转睛地盯住医生,忧郁而且反感地望着他。当医生要走,在房里往后脑勺和右耳上扣着软帽的时候,病人轻松地舒了口气。奇怪的是,关于镇上所发生的一切事情,医生几乎只字不提,而当问到他某些事情的时候,他十分不悦,草草地回答着,好像他的舌头厌恶他所说的话似的。他的黄脸盘上,从没有什么快乐、好奇、或者恐惧一类的神色,对于人们在这个时期所最关心的事情,他没有任何的表示;他的眼睛流露着愁闷,漫不经心的神色,他的手触到东西的时候是小心的、厌恶的;当他在场的时候所有的人都好像忽然疲倦了似的,望着他,不由使人忧郁地想到,有这样一个人在,不可能期望什么好的东西。

"最好他不要引诱柳芭,"科热米亚金不安地想,"主啊,可怜可怜她吧!"

有一天,他在清晨就醒了,感到自己差不多全好了,他穿好衣服,然后叫醒了沙基尔,问道:

"鞑靼人,扶我到圈椅上去!我不会走路了。"

沙基尔挽着他的臂膀,扶着他走,眨着眼睛,愉快地喃喃说:

"喂,走吧!现在又要忙乱起来了……"

科热米亚金坐下,望着树木,画了个十字。

"来,沙基卢什卡,我们亲一亲吧!"

鞑靼人啜泣着,贴到他身上。

"不要紧!"科热米亚金安慰地说,抚摩着他的毛茸茸的腮帮。"上帝还让我活一些时候呢!我能够起床下地,这多么高兴啊……"

"上帝应该多给你些寿数!"沙基尔像平常一样,激动地小声说,俄语说得更不正确了。"上帝应该感谢好人,他有很多好人吗?"

两个人对笑着,病人总想尽可能地深深呼吸一下,但是他现在还没有决心这样做,他快乐地期待着他能够舒展胸膛深深呼吸的时刻到来。

"你看,"他说,"好人出现了!"

"是啊,是啊!"鞑靼人同意地点着头回答。"出了些年轻人,非常好的人!"

"柳芭怎么样?"

鞑靼人张开嘴,像从前一样好心地、快乐地笑着。

"俄罗斯女人是最好的!"

柳芭轻轻打开门,站在门口,头上披着一条破旧的披肩,她惊呼道:

"您为什么下地啦?"

"就这样说下地就下地啦!"科热米亚金顽皮地回答。

沙基尔又笑起来,把身子弯成轮子似的,双手支在膝盖上,头在抖动着。姑娘慢条斯理地解开披肩,轻轻走向窗前,从她身上散发出来一阵令人健爽的寒气,她睫毛上融化的霜珠闪闪发光,她的面孔红扑扑的,但是眼皮有点肿,眼珠忧郁地望着。

"你怎么啦?"老人关心地问。

她微笑了一下,看来是勉强做作出来的。

"没什么。"

她的声音颤抖了,中断了,她用湿润的睫毛盖上了眼睛。科热米亚金轻轻地叹了一口气,握着她的手。

"赫里亚波夫死了吗?"

她默默地点了点头,坐在他的圈椅扶手上,然后说:

"夜里三点钟……"

这消息就像在春天晴朗的天空里有一小块灰云从老人的头顶上飘过似的。

"她爱护我,所以她不敢说,"他看出了这一点,心里十分感激,随即画着十字,大声而温和地说:

"愿他在天之灵安息吧!嗯,我也快啦……"

"不!"姑娘大声喊道。

这种抗议的呼喊使得他很愉快。他感到还要谈几句关于赫里亚波夫的话。他沉思了一下,仔细打量着她那苍白的脸和湿润的、困惑地望着窗户的眼睛。但是,他所想的并不是赫里亚波夫,而是她。

"他是多么困难地……"柳芭轻轻地说。

"死去,"科热米亚金提示说。

"是的。真可怕!"

她胆怯地望了望老人的眼睛,比较随便地说。

"您记得吧,他爱说:'这是我说着玩儿的'?在半夜的时候,他最后一次说了这句话,随后很快就挣扎起来,喊着:'拿走,挪开!'这真可怕……"

"拿走什么呢?"科热米亚金问。

"我不知道。瓦尼亚就开始把各种东西往外拿,而且把家具也挪开了……"

"伊凡哭了吗?"

"哭了。哭得不厉害。他害怕……"

"你呢?"

"我吗?"

她想了一想,回答说:

"当他要死的时候,我很害怕,后来我又埋怨起来,这样难受又有什么用呢?我不明白。这是不需要的,而且是残酷的!"

科热米亚金慢慢地叹了口气,这口气是那样深长,好像触到了心窝似的,他的头甜蜜地眩晕起来,而后,用手指压紧她的手,说:

"人们在你的身旁是会感到幸福的,但愿上帝赐给你爱护一切人的力量!"

过了两天,柳芭和季乌诺夫就扶着他,顺着城中街道,给赫里亚波夫送殡了。城市笼罩着一层潮湿的秋雾,在光秃的树木枝头挂着大水珠,它们颤抖着,沉重地往潮湿的地面上滴落。衣服都湿了,好像蒙着一层小水银珠。送殡的人不多,一共不过十来个人,他们在爱开玩笑的高利贷者的棺材后面走着,而当他活着的时候,全城的人都怀着畏惧的心情向他行礼。沉重的大橡木棺材是雇人抬着的。

但是,全城的人都好像从远处来参加这个并不排场、没有歌手的葬仪:街上到处都有面带愁容的市民,就像死水池里的小甲虫一样,在"里斯本酒店"门前的广场上,在教堂门口,都挤着灰色的、衣服褴褛的人群,看起来,他们好像在等待什么,像破窠的黄蜂一般嗡嗡着。板着面孔的警察骑马巡逻,垂下右手,手里握着短皮鞭子,警察卡彭久欣慌忙地在雾中走着。有许多喝醉酒的人。苏霍巴耶夫坐在套着斑花马的马车上驶了过去,他眯着锐利的眼睛往前望着,像在浓雾中寻找什么东西似的。男男女女跳过泥淖,急忙向四面八方跑去,呢绒外套和裙子下摆像船帆似的鼓起来,人们好像在湖水怒涛中被风吹翻的小船。人们低沉的喧嚣声传遍了全城,桶匠的敲打声听不见了,这是耳朵所不习惯的事情。家家户户的耳窗都敞开着,似乎在紧张地搜索着那熟悉的、消失了的声响,但是由于找不到它,感到十分奇怪,于是便瞪起四方眼睛,你看着我,我看着你;耳窗上的玻璃朦朦胧胧,好像人眼中的白翳一样。教堂的钟楼永远是红的,粗壮的,而今天则变成灰蓝色,好像溶化了似的,它的笨重的、带棱角的轮廓被雾吞没了。

科热米亚金慢吞吞地走着,从瓦尼亚·赫里亚波夫的身后望去,看见死者的额头上放着一个五颜六色的小花圈,几绺黄头发,和摆在黑色常礼服隆起地方的发黑的双手。躺在棺材里的赫里亚波夫仪表比平时好看些:湿润的红眼睛紧闭着,奸诈的微笑消逝了,犬牙掩藏在口髭下面,撇下去的嘴角好像挂着另一种善意的、抱歉似的微笑,仿佛是在说:

"喏,你们瞧,我死了……"

送殡的人没有一个谈论死者,他们小声嘟哝着,讲述城里的各种事情。

但是有时候,从雾中跑出来一大群工人或村民,他们熙熙攘攘地围住棺材,问道:

"葬的是谁?"

"赫里亚波夫,小伙子们!"

"那个押物放款的家伙吗?"

"就是他。"

"啊哈,到底完蛋了……"

某些人恶声骂着,另一些人则挤到送殡的人们旁边,快活地请求说:

"为了追悼这个有罪的灵魂,给一瓶酒喝不行吗?"

这群人走开了,又出现了一批,又来请求;走在前边的亚历山大神甫站住了,高高地举起十字架,说了些什么,有一次尖声地喊:

"脱帽,脱帽……"

随后,一个低沉的声音恼怒地回答说:

"我在十字架前脱帽,但不是在他面前!"

"人们的这种行为是不好的,"科热米亚金对季乌诺夫说。

独眼人哆嗦了一下,和往常一样,好像一根烧焦的木头,不过现在湿了,他回答道:

"白白用链条拴了好久的小狗,现在放开,它们就会东跑西奔,想看看它们所得到的自由的界限。它们不了解……"

他沉默了一下,又补充道:

"不可能要求它们了解:因为它们是盲目的,在自己周围摸索着,免不了要白白地弄碎或是破坏些东西……"

科热米亚金觉得独眼人的话说得很对：人们是在故意招摇，过于高兴，什么事都想管管。他们总在嗅着，尝试着，大胆地去接触一切东西，但是，这种大胆缺乏信心，从他们那大胆的，笑眯眯的眼睛深处，从他们那狂呼乱喊声中，都可以看出一个试探性的问题：

"可不可以呢？"

许多人装醉比真醉还要过分，他们互相拥抱着，摇晃着，站在道路中间，对着棺材唱歌。他们的同伴好奇地望着他们，但是没有一个人停下，他们感到羞愧，唱了一半就中断了，也走开了。

有两个人远远地向前面跑着，他们摇动路灯杆子，把它从地里拔出来，扛着它，顺着人行道，在出殡的行列前面走着。棺材和送殡的人们赶上他们，但是没有人对他们说一句话。科热米亚金看见他们俩谁也不看谁，把杆子放在地上，悄悄地隐匿到雾里不见了。

季乌诺夫的一只眼睛闪烁着，小声说：

"嗳，强欺弱，终有报——这是一定的！"

赫里亚波夫被抬到坟地上，下了葬，亚历山大神甫忙着脱下法衣，穿上黑袍，用那双大眼睛睨视着大家，把揉皱的帽子低低拉到耳边，在坟墓间快步走着，马特维·萨韦利耶夫觉得他的步伐好像因受惊而急飞的小鸟儿似的。

科热米亚金走到自己家的墓地，在绿色松荫下的一张长椅上坐了下来；被雨水洗净的松树伸展着茂密的枝叶。

桦树的细枝忧郁地低垂到两个土丘上面，坟墓的四周还剩下一些没有割去的褐色的枯草，草上的水珠亮晶晶地闪光，好像珍珠一样。

柳芭弯下身子，同科热米亚金并排坐在一起，他的一只手触到她的肩头，另一只手触到桦树的光滑树干，叹了口气，说：

"这是我作的全部好事，你看，栽了五棵树！"

"这不对！"姑娘小声说。

"对的！柳芭，埋在这里的是一个普通的士兵——可据我现在看来,他是个大人物……"

她抬起头来,脸色忧郁,眼中含着泪水,她拿起他的手来,大声说道:

"您现在应该保重自己,应该把过去的一切都记载下来,这些都不会再有啦!"

她很激动,拉着他的手,颤抖着,热情地小声说:

"一个人死了,大家都知道他是一个恶人,是一个贪婪的家伙,但是没有人知道他受过怎样的苦痛,没有一个人知道。'人们没教我行善,而且也不需要这样,他们把我培养成了骗子,'这就是他说的话,这并不是他的玩笑话,决不是的! 我知道! 将来大家谈论他的时候,都会提到他的缺点,仅仅捉到缺点,因此就会把缺点扩大起来——您懂吗? 大家都很爱回忆别人的缺点,要知道,他并不完全是这样,不完全是的! 应当把人的一切都讲出来,毫无保留地讲出全部真实情况,最好是多讲些优点,尽可能地多讲些! 您懂吧?"

她以一种特别的眼神望着他的眼睛,并且恳求了解她。

科热米亚金站起来,说:

"我懂!"

他摘下帽子,向每个坟墓都鞠个躬,然后用脚跺跺地,用很有盘算的、平静的口气请求她说:

"把我横着放在这里,就这样,请把我摆在他们的脚旁,可不要忘啊! 栽上两棵树! 好,我们走吧,亲爱的!"

他又对着褐色草丛中的两座毛茸茸的坟墓鞠了躬,同柳芭肩并肩,默不作声地凄然离去。

从此,他对每一小时都很爱惜,开始热心地把奥库罗夫镇的生活和自己对于这种生活的批判都记入了笔记本。

白天不容许他伏案很久,而且家里人很多,吵得很;他成夜地写,在夜深人静,当他寻找所需要的词汇时,如果仔细倾听,可以听到他的微语。对他来说,笔尖的飒飒声好像音乐一般,这种音乐安慰着他那

破碎了的、不大中用的心灵。有时候,他看到自己刚刚在纸上写出的、墨痕未干的浑圆字体时,乐得流出泪来:

  上帝派人到这大地上来是为了行善,为了用欢乐来装饰大地,可我们过去是为了什么而活的呢?我们的行为值不值得众人的夸赞和上帝表示谢意的微笑呢?

从吵吵嚷嚷的家人的脸上,从他们的谈话中,从柳芭惊慌不安的眼神中,他得知,生活的愤懑越来越深,人们的激动情绪波及的范围越来越广,他想写出自己的话的愿望也越来越强烈——它们在他的耳边犹如钟声一样轰鸣,好像从远古传来,预兆着好日子的到来,向大家传播关于新生活的消息。

  我们对于上帝也是惯于欺骗的,以此来掩盖自己的懒惰、怯懦,不愿把我们的心献给世界,使之欢欣;故意把上帝弄成黑暗阴沉的样子,夺去他对我们世界的爱。我们为了抱怨上帝而歪曲上帝,上帝也就真的变成黑暗的、不可了解的了;因此,整个生活也就成为紊乱的、可怕的和神秘的了。
  现在,生活中产生了新的工作者,在被我们弄脏的世界上出现了充满爱的心;犁铧是生气勃勃的,它们深深地耕耘着上帝的田地,把它的心裸露出来,它将像新的太阳似的燃炽起来,对一切人大放光明,给所有的人带来福利,而温暖、幸福的生活也就会很快地出现。
  儿女们——直到世界末日都还存在的大地居民们,万物主宰的儿女们,他们都是不朽的,并且是我们一切事业的继承者——让他们按照自己纯洁心灵的号召永存下去吧,把自己的欢笑、快乐和爱播种在大地上吧!世界上还有什么比儿女们——我们的审判者更重要的呢?他们的出现,是为了代我们解释,尽可能为我们辩护,他们怀着感激的心情接受我们所做的一切好事,或者是抛弃我们那些使他们感到羞耻的坏事。少年时代是世界的心脏,你要相信它本着诚心诚意和向善的愿望所说的话,到那时候,我们的日子就将永远是光明的,整个大地也将充满欢乐和光明,我们为少年时代祝福——这是宇宙间善的总汇。

整整一冬,他都没有去听那愁惨的暴风雪的呼啸,而是透过他脚下的坟墓展望着未来,他书写着自己的忏悔和颂扬,仿佛请求他所见过的人们宽恕,宽恕他自己和一切以暗淡无光的生活使大地蒙受不幸的人们。春末,大地召唤他了。

这事发生在五月上旬一天的黎明。他从床上起来,走到窗前,打开窗户,小心地吸着丁香和槐花醉人的芳香,眼睛望着粉红色的天空。

修道院里刚刚响完叫人早祷的钟声,由于铜钟的轻微震动,空气还在动荡。有一个蚊子嗡嗡地叫着,仿佛在继续这个悦耳的响声。

树木的嫩绿枝叶和多汁的幼草上,有许多露珠闪闪发光,千条万缕地反映出旭日的光辉,整个花园中弥漫着红绿宝石似的微尘。

风在叹息,知更鸟在你呼我应,树梢颤抖着,抖落了露珠,在清晨的极端静寂里,每一种响声都有各自的特点,它们汇集到一起,成为感激太阳的微声合唱。

新的一天开始了,它是多么美妙动人啊。老人画着十字,用举行圣餐后祈祷的词句来祈祷:

"感谢你,我的天主,对于我这样的罪人都没有拒绝过,谢谢你,允许我也一同领受圣餐……"

睡在沙发上的沙基尔,抬起头来,轻轻地问:

"你要什么?"

"我什么也不需要,朋友,躺下睡吧!"他很和蔼地回答说。但是,沙基尔欠起身来,坐下,双手扶着沙发,表示责怪地摇着头。"你应该睡觉!我要告诉她,那时候……"

清晨的寒气从窗口吹进来,他头晕了,心也轻轻地沉寂下去。

"你看,多么令人欢欣的早晨啊!"马特维·萨韦利耶夫说着,坐到了圈椅上。

窗外的绿涛在翻腾,他望着绿涛的澎湃,抚摩着胸部和喉咙。

绿涛褪色了,很快地失去鲜艳的光辉,天也显得高了。他的身体显得沉重了,往下沉落,颓陷,两臂毫无苦痛地和肩膀分开了,像脱节似的垂了下去。

他喃喃地说:

"沙基尔朋友……"

接着,他的心脏就永远停止了跳动。

大　　爱

蒋望明　译

《大爱》是高尔基以描写沙俄时代外省城镇小市民生活为主题的三部曲中的第三部。在一九〇九年冬,即三部曲的第一部《奥库罗夫镇》结束后,就着手写这部作品了。作者原先的创作意图是要塑造一个俄罗斯少女柳芭·马图什金娜的形象,描写她和她的同志们对祖国、对人民的大爱。但不久作者改变主意,把这部作品停了下来,转而去写《马特维·科热米亚金的一生》,并将本篇的主要内容和柳芭的形象写了进去,因此《大爱》并未完篇。其中部分原稿于一九一二年刊载在"全俄防痨协会"出版的文集《小白花》中;全文于一九五〇年首次收入《高尔基三十卷集》第九卷。本译文即译自该卷。

司库员马图什金不喜欢自己的女儿。这对他来说是无可厚非的：二十年前，他在省监察院任职，深受上司青睐，当他充满信心向往着高官厚禄的时候，和一个叫坎道罗夫的破落地主的女儿结了婚。可是，婚后三个月，两口子就发生了一场轩然大波。

在一个冬天的日子，他下班回到家里，刚刚走到年轻妻子的房门口，不禁大吃一惊。他站在门口，呆住了，说不出话来，心里感到一阵屈辱和难过：台灯罩下的灯光全部倾泻在瓦尔瓦拉·德米特里耶芙娜那苗条的身段上，她跪在地上，两手祈祷般地合在一起，用异样的声音说：

"您不能失去信仰，不能因为怀疑而毁灭那伟大的爱。天哪，我多想跟您一起走，每时每刻，永生永世，直到死都协助您……"

岳父的朋友穆哈诺夫坐在沙发上。他是个政治流放犯，身材魁梧，慈祥可亲。他年仅四十，但是已经白发苍苍。他竭力把女人从地上扶起来，神情激动地劝解她说：

"起来吧，瓦里娅①，快别这样。谢谢您，我自愧不如呀。"

他扶起娇小的、依然是少女般的身子，用他两只粗大的手紧紧地抱住她，接着亲吻她的前额，高亢地连声说道：

"您是我亲爱的，我亲爱的……"

对于这样一个场面，起先马图什金模模糊糊、浮光掠影地感受到某种富有人性的、闪光的、善良的东西，某种慰人心灵的东西，可是当他蓦然从镜子里看到自己颓丧地瑟缩着的身子，可怜巴巴、气色难看的面孔，半张着的嘴，惘然若失地扑闪着的眼睛，心里就像有什么东西突然绷裂，一股屈辱和愤怒的激情犹如潮涌一般填满了胸间。

---

① 瓦尔瓦拉的小名。

"这是怎么回事?"他疾声喝问道。"你们竟敢……你们……"

穆哈诺夫用以回答他的是,抱住他妻子的肩膀,开始讲起俄罗斯女性的纯洁心灵,讲他自己交瘁的心力,而瓦里娅(他就这么称呼她)消除了他的疑虑,唤起了他的美好希望。他讲得严肃而铿锵有致,如同朗诵涅克拉索夫的诗文一样;他脸上燃着红晕,两眼湿润。

"滚出去!"马图什金喑哑地说。"少废话,滚!"

妻子朝他扑过去,惊恐地喊道:

"谢尔盖,你这是怎么啦?"

这时,穆哈诺夫两手一摊,用低沉的声音诧异地说:

"老兄,您听我说……"

"也许是我错怪了,不是那么回事,"马图什金心里掠过一丝惶惑,但他还是一把推开妻子,压低声音又说了一遍:

"给我滚出去!"

瓦尔瓦拉·德米特里耶芙娜一头倒在椅子上,失声痛哭。穆哈诺夫怒目圆睁,抓住马图什金一条胳膊,把他从这头揉到那头,震耳欲聋地喝道:

"您这个混账!去给她赔个不是!难道我是追逐女性的人吗?活见鬼!"

马图什金的后脑勺着着实实地磕在了门框上,接着跌坐在地板上,默然地望着妻子哭得瑟瑟发抖的身子,一面向穆哈诺夫指着房门挥动手臂。

"我可受不了,受不了,"妻子哭喊着,两手捂着脸。然而马图什金仿佛觉得她是在笑。

"您带我到爸爸那里去吧……"

"显然,您应该离开这位先生,"穆哈诺夫当机立断地说。

于是他们走了。

马图什金一副六神无主的样子,托病四天没出家门。他不怀疑妻子起了外心,但又无法自解其原因。

"她曾经喜欢过我,"他回忆着妻子的爱抚,心里想道。

他在镜子跟前一连站了好几个钟头,愁眉不展地端详着自己这副体面的相貌:绷得紧紧的大官人样的皮肤的面孔被办公室的空气熏得没有一点血色,直到现在脸上还一成不变地保持着一个人对自己的尊严确信不疑的那么一种庄重神态。整个体态也显得庄重:身子骨结实而宽大。

当他想起自己在镜子里这副惶恐、惊愕而又可怜巴巴的模样时,心都破碎了;同时,他又感到自己整个身心都在炽烈地、深深地爱着妻子,感到他对未来的全部设计和憧憬将在这爱情中化为灰烬;这爱情包含着他的全部自尊心,自尊心固执地要求他制服这个女人。

"为什么?"马图什金想道,一面用力擦着额头。他带着冷漠的绝望数落着:"我三十一岁,她十八岁,他呢,四十出头,两鬓苍苍……可是像他们如此这般的谈话,不是谈情说爱,又是什么呢?"

他很想见到妻子,跟她谈谈,但是一种在他看来是自尊感的力量不容分辩地阻止了他:

"不可示弱。这是无能的表现……"

他合上眼睛,追忆着妻子:娇小苗条的身段,梳得光滑平整的头发编成一条大辫子,在后脑勺上盘成一个金黄色的蓬松发髻。她生有一双富有表现力的灵巧的小手,一张秀气的瓜子脸蛋。这张脸蛋就她的年龄来说似乎显得过于严肃了些,但那双明亮的蓝眼睛却笑得又温存又天真。这张笑脸总有一种使人感到不安的东西;它常常表露出来,但一闪而过,不让人理解,使人琢磨不透。于是马图什金就想:

"她笑,看来是要在平民出身的丈夫面前显示自己的优越感吧。"

第五天,马图什金的父亲来了。这是个胸前缀满奖章、满头银发的老军士。他时不时地闻着鼻烟说,七八年级的中学生津津乐道、不厌其详地议论着他们不久前的女友瓦里娅·坎道罗娃对丈夫的失节行为。

"连中学生都在议论纷纷,可想而知,事情已经闹得满世界都知道了……谢尔盖呀,你也犯不着太生气。女人总少不了欺骗丈夫,就像用人欺骗主人一样……"

马图什金把父亲送走以后,写了一个报告,请求调往他地,并亲自送到邮局,然后来到岳父家里。与妻子的见面使他激动不已:她径直朝他扑过去,紧紧搂住他的脖子,搂得他好疼。她又哭又笑,开始责备他,抱怨他:

"你多让我伤心呀!"

接着她又腼腆地看着丈夫的眼睛,问道:

"你真的非常爱我吗?"

他不知道该说些什么,只想跪倒在妻子面前,紧紧抱住她那柔弱的身子。他又惊奇又羞涩地说:

"我自己也不知道为什么这么爱你。没有你在身边,把我想苦了……多怪我的自尊心太强了……我怕……"

后来,大约有一个月的样子,他们深居简出,双双沉醉在青春情欲的爆发之中,好像预感到火焰将要熄灭,竭力想从中寻求一种更持久、更稳固的东西而赶紧生活似的。

然而妻子对这百般爱抚常常感到厌倦,苍白的脸上隐隐绽出一丝笑影,默默不语地沉浸在幻想之中;她那双善良的深沉的蓝眼睛带着可疑的呆滞目光透过墙壁,凝视着远方。

马图什金感到可怕,就像是有一根尖针扎在他的心窝,激起他的嫉妒。

"你在想什么?"他突然大声问道。

"唉,谢廖扎①,我们俄罗斯有多么好的人,多么出色的人啊!"

她不善于把自己的思想有条有理地讲给丈夫听,只能讲些前言不搭后语的、天真的、类似童话一样的东西。可是谢尔盖·马图什金不相信童话,他不知道也不喜欢童话:二十多年来,他天天都在观察那千篇一律地运转着的严酷而又沉重的生活车轮,听惯了人们令人腻味的

---

① 谢尔盖的小名。

呻吟和抱怨而保持平静,懂得生活要求人们付出多大的忍耐和毅力,知道生活是多么喜欢损害人的尊严,又是多么心安理得地毁灭着那些经受不住它的冲击而潦倒的人们。

从妻子的话语里听得出有一种和他格格不入的信念,他感到不安,小心翼翼地力求扑灭这种信念,温和地说:

"这一切,不过如此,瓦里娅,这多半是人们为了自我安慰胡思乱想出来的。是因为日子过不下去,所以就想出一个将来。依我看,考虑将来没有好处,对于我们这些黎民百姓,国家的小职员就更不用说了,这是实在话。对于我们来说,能有明天以后的将来吗?日子应当过得安生些,聪明些,应该先把今天安排得好一些,舒服一些,然后再慢慢去安排更加美好的明天……"

她用深情的目光望着丈夫的脸,沉思地听着他温和的话语,不时狐疑地挑挑那两叶柳眉。

"你父亲和穆哈诺夫都是贵族,"丈夫更严肃、更深信不疑地说,"要是没有美好的幻想,他们就会觉得日子不好过,因为在不久的过去,他们的祖辈和父辈生活得太好了。可我们呢,就拿我来说吧,是昨天的人,我昨天的生活不如今天好;像我这样的人只有多干活,才能站得住脚,才能被生活所承认,我们没有工夫去幻想,而且有害无益……"

争论从此开始了。马图什金从生活中领悟到的那些朴实而又无可辩驳的思想触怒了妻子,这使他感到恐惧和委屈。妻子不理解这些思想,在她看来,幻想比他讲的实情更光辉、更可贵。

发生争论的时候,她总是躲在屋子的一隅,瑟瑟发抖,像一只小白鸟儿,执拗地、使人觉得可笑地高声叫着喊着:

"不,这不是幻想,这不能没有!这是未来的真理,没有它,生活就没有意义,你怎么就不理解呢?"

有时,她激动得流泪,抱住丈夫,感伤地说:

"谢廖扎,谢廖扎,你的心锁在铁笼子里了!你的思想那么僵直,跟铁条一样,你全想错了,趁早收起那一套吧!"

马图什金用力擦着宽前额,皱着眉头。他觉得妻子的话都是从书本里搬来的,不免幼稚可笑,要是他呀,真说不出口。

他愈来愈感到自己的婚姻不美满,感到瓦里娅不理解他所受到的那种生活挫折,正是这样一些挫折使他形成了僵硬的缺乏远见的思想,感到瓦里娅爱他的是肉体,但灵魂却同他是格格不入的。穆哈诺夫以及像穆哈诺夫这一类人总能使妻子感到更亲近,因而他们将成为他建立稳固的、打退厄运的袭击和免遭不测的生活的障碍。

"她第一步是不再尊重我,然后就会不再爱我,"他这样想着想着,反倒更爱妻子了,从而嫉妒心也就越发强烈,有时还使他愤慨,伤害着他的自尊心。

"她拥抱我的时候,心里想的又是谁呢?"他心想。

当妻子兴奋而又自豪地告诉他,她已经有了身孕的时候,他局促不安起来,干巴巴地说什么往后她不应该激动,除了婴儿,不能再想别的事情。他振振有词,喋喋不休,直到妻子听了这一番寒气袭人的话哭了起来,他才住口。然而他觉得妻子的眼泪是可疑的,眼泪给他一种茕独和委屈感。

"她不爱我了……"

不久,他被调往奥库罗夫金库工作。

"这是为什么?"妻子惊讶地问。

"是我自己要求的。"

"这到底是为什么呢?"

"你知道,自从出了那一档子事情以后,再没有脸面在这里待下去了。"

"没有脸面?"她小声反问。"你这不是等于默认那些无稽之谈吗?你这个举动不是在贬低自己吗?你怎么可以在这些流言蜚语面前退缩呢?谢尔盖,你这叫什么事呀?"

妻子越说越激动,他打断她的话,说道:

"好了,瓦里娅,还是让我把话明说了吧。我是个没出息的看守人的儿子。我母亲当过中学副校长家的厨娘,她有歇斯底里病,爱酗酒。我老早就懂得,除了耻辱以外,他们是不能给我带来别的什么东西的。我对你讲讲我的一生吧。我这一生坎坎坷坷,说来心酸。大约在十五岁上,我是个英雄好汉,先是为争取学习权利和一块面包、后来又为争取就业权而斗争。如今把我当成一个好职员,再也不需要我的英雄主义了,我个人也不想去建立什么英雄伟绩。我有权利平平安安地生活,生活需要循规蹈矩的普通老百姓。这就是我要说的。"

"我才不要听你那一套呢!"她又气又急地喊道。

"瓦里娅,相信我的话,生活不是歌剧,我也不是男高音歌剧演员,"他强作笑脸地说。一星期后,他们搬到了奥库罗夫镇。

他们很喜欢这个人口稀少、色彩斑斓的小市镇。它像被遗忘在田野里的一只盛满蘑菇的篮子。

"在这里能够出人头地,"马图什金心里想道,一面用探索的目光望着妻子的眼睛,而妻子脸上掠过一丝微笑。这是她不曾有过的缺乏信心的微笑,它瞬间从脸上消失了。

他们搬进了一座舒适的小房子。房前的小花园有如一幅密实的帘幕,房子毗连着一个不大的果园,果园围有高高的栅栏,中央兀立着两棵高大苍劲的椴树,树荫遮蔽着苹果树、樱桃树和浆果丛。

"多有意思的小城市啊,"瓦尔瓦拉·德米特里耶芙娜精心地布置着四个房间,评论说。"它使我想起了一张画上的驼背侏儒小丑……"

马图什金卖劲地把箱子和五斗橱从这头搬到那头,得意地嘟哝着:"也许,也许是……"

"什么也许也许的?"

"我不知道,瓦里娅……也许是个好兆头吧……"

"啊哈,你也在幻想啦!"

"哪里?不,我这是在发表感想……"

最初,当地居民那纠缠不休的天真的好奇心使女主人深为感动。

"他们有多朴实可爱啊!"她感叹道。"你听我说,等我们安置下来以后,我要去结识当地的青年,给他们开班讲俄罗斯文学……"

但时隔不久,她说:

"你知道吗?他们呀,疑神疑鬼的。可疑神疑鬼啦。而且形迹也让人觉得可疑,好像他们都不是人,像是冒充的,总生怕别人识破他们的真面目似的……"

听了妻子这一番议论,马图什金不禁感到不寒而栗。她这么一个半大不小的孩子居然会讲出这样的话来,这在他来说是不可理解的。从这些话里他感觉到妻子身上具有一种可怕的洞察力。

几个星期以后,红霞满天的秋晚降临了。马图什金夫妇[来到野外一座修道院房后观赏被落日的余晖染红的暗淡的奥库罗夫天空,艳红傲慢的太阳沉落沼泽,给云杉林那鬃一般的深蓝色针叶慷慨地施上了一抹金黄和紫红的色彩。一簇簇灰色云朵被紫色和黄色的火流冲散,夕阳犹如一块融化的金子,从天空透射出来,鲜红似血的光焰在浓密的蓝色云雾里时明时灭。太阳的光芒好比天神的手指,插向大地深处。

[女人站在土岗上,睁大眼睛,环视四周:一条宽阔的黑色林带环绕着地平线,大路土坡上突兀着数十棵白桦。黑色和棕色的土地,亮闪闪的透迤的河流,染成了红的、粉的和黄的颜色,那是秋天在夸耀它绚丽多彩的景色。

[但是原野一片静寂,静寂而又清冷。一群燕子掠过田野上空,发出悦耳的叫声,一只老鹰停在天空,宛如一个黑点。畜群在奔走,乳牛懒洋洋地发出低沉的哞哞声,傻呵呵的牧童尼季姆吹着凄婉的笛声。修道院的钟响了,召唤人们去做晚祷。从镇上走出来一群老妇人,她们拱肩缩背,蹒跚着步子朝牛群那边走去。平日在城里,太阳一出来她们就手不停息地箍木桶。]①

---

① 从上页倒数第三段的"来到野外"到本页"箍木桶"这三段放在方括号内的文字,在原著手稿上被作者划掉后,却未及修改,致使本篇故事情节的连贯性受到损害,影响读者对作品的理解。为弥补这一缺陷,《高尔基三十卷集》编者将被作者本人划去的文字,予以恢复,并标以[……]符号,以资区别。译文亦照此处理。(以下同)

女人伴着三记一顿,两记一顿的惯常的敲钟声,指着布满火烧云的天空感伤地说:

"我觉得,大人物的思想情感也同这火红的天空一样……"

黑乎乎的大沼泽地迅速地吮吸着落日的光辉。天空失去了原来的色彩,浓云四起,向市镇上空移动。市镇孤零零地紧偎着这片旷野上的那一块土地。干燥的秋风忙忙碌碌地掠过田野,播撒着草籽,修道院围墙根旁的枯草被吹得簌簌作响;它仿佛在叹息着,若有所思地低语着。

马图什金夫妇从容不迫地朝家走去。

"我们就在这里安家,"丈夫搀着怀有身孕的妻子的胳膊说,"我们再结识一些更好的人,慢慢儿就会……"

[妻子不作声,两眼望着头顶上的天空,望着市镇,它像是狐疑地蜷缩成了一团,越走近它,它就变得越小似的。

[在这漫长的秋夜,市镇仿佛渐渐从地面消失。在一片沉寂中时而传来修道院颤抖的钟声,如诉如怨。接着尼古拉教堂钟楼的看守也赶忙拉两下绳索敲钟报时,震得钟楼屋檐下的铁马发出刺耳的声音。被铜钟凄切的呻吟惊醒的狗在蒙眬中尖叫几声。然后,市镇又仿佛沉入了深渊。

[有时,在夜深人静的时候,窗下传来扰人的叫嚷声。这是钳工科普捷夫喝醉酒回家去,肩膀蹭得栅栏沙沙响。他边走边喊:

[得—得了,是我—我不好! 得了,你打吧,是我不好。波利娅①! 帕拉盖娅,——哎哟,我该死! 你打吧,喏,使劲儿打吧,是我不好!"]

瓦尔瓦拉·马图什金娜似乎觉得,在这漫漫长夜里,黑暗和光明这两股势力好比起伏的波浪在胆怯地滚动。有一种东西在烦恼地度过它最后的时刻,同时又有一种新的东西在渐渐诞生。

但不久以后,她开始观察这座孤寂的小市镇里渐渐流逝的日日夜

---

① 帕拉盖娅的小名。

夜,细听它那千篇一律的生活的音响,一缕淡淡的愁绪不觉潜入了她年轻而又脆弱的心灵。

他们过着孤独的生活。马图什金想使妻子首先适应一下与她格格不入的新环境,然后再把她带进奥库罗夫社交界。她的孕期恰好是他们不登门做客也不请客上门的借口。

"谢尔盖,你最好能订几本书,"妻子建议他说。

"书?"他沉思着反问道。"什么书?"

说完,他伤脑筋地擦擦他那两鬓光秃的焦黄的前额。

"关于俄罗斯文学方面的……"

"凡书都是文学,你这话等于没说。你知道,我对文学不大在行。这么吧:我给季亚科诺夫写封信,他对书籍涉猎很广,请他开个好书目单来……你再从中挑选……"

"还是让我自己来开吧。季亚科诺夫——就是那个总是笑呵呵的大麻子吗?"

"对。"

"为什么他是个没有任何信仰的怀疑派呢?"

"不—知道。他没有少受苦呀,也是穷人家出身……"

"你们这些穷人家出身的人真无聊,"瓦尔瓦拉·德米特里耶芙娜小声说。"我觉得,你们对混到一块糊口的面包所花费的气力估计过高,而在你们得到它以后,又过分看重这块面包。你们太自负了。"

他吃惊地瞥了妻子一眼,感到很委屈,心想:

"她,几乎还是一个孩子,口气怎么这么大?"

他长叹一声,说道:

"等孩子出世以后,你总该高兴点儿了吧……"

他同季亚科诺夫通了很长时间信,后来终于收到从省里寄来的克列斯托夫斯基、涅兹罗宾、马尔凯维奇和果洛文[①]的书,全是黑封面红

---

① 这四人均为十九世纪八九十年代活跃于俄罗斯反动文坛的作家。

书脊的。

"你为什么要订这些书呢?"瓦尔瓦拉·德米特里耶芙娜不解而又气恼地问。

"是这样,瓦里娅,"丈夫轻言细语地向她解释,"那个派别的作品你已经读得不少了,现在再听听反对派是怎么说的吧。这对于公正的判断是必不可少的。公正就是两个极端的折中。再说,对于我和我的身份来说,需要这些作家的书。季亚科诺夫也这么说。有了他们的作品,再读自由派作家的书也就说得过去了。我还订了《俄罗斯导报》①。你知道如今是什么时代……"

"我的书单在哪儿?"妻子问。

"在我这里。下次咱们再照你的书单订就是了。"

她低下头。从那以后,她变得更沉默寡言了。

喜忧交集的美好日子到来了——婴儿出生了。从这个小生命出世的头一天起,琐碎的头等大事使全家为她忙得不亦乐乎。

马图什金发现,妻子常常躲着他,躲在一个安静的角落里,不停地哼着她那几支柔情脉脉的催眠曲。他不觉感到自己已经被舍弃,默默不语,嫉妒地望着孩子那双蓝莹莹的小眼睛,一阵醋意油然而生:

"这是我的女儿吗?"

家里憋得慌,城里更是憋得慌。马图什金试图浏览《俄罗斯导报》。但是这些绿灰色的书刊并不能给他解忧。读来让人心烦的密密麻麻的小铅字使他的眼睛很快感到疲倦,仿佛书里的词儿和词意都像字母一样带着尾巴,而更主要的是妻子误入歧途这个无可辩驳的证据正隐藏在这些尾巴里,可是他又懒得去追根究底,弄个明白。

他觑眼偷看着重又变得苗条挺秀的妻子在照料婴儿,温和而傲慢地笑了笑,继续想道:

"她这是故意做给我看的,好显示她有多温柔。可我决不会去向

---

① 俄国政治和文学杂志(1856—1906),最初由自由派主办。十九世纪六十年代成为反动派的机关报。

她乞求怜悯……"

由于他越来越感到烦恼,特别是由于某种病态的、过敏的自尊心受到挫伤而加重了的痛苦的孤独悲凉感,他不由地拿对妻子的嫉妒来消愁解闷。

"您这是在幻想?"他干冷而又尖刻地看看妻子,问道。

"是的,"她挑战似的回敬道。

"幻想什么呢,可以让我知道吗?"

"随便想想,总而言之……"

"多半是想英雄豪杰吧。前进,莫畏惧,莫疑虑!①"马图什金挖苦地大声喊着。他觉得自己在说蠢话,便恼羞成怒起来。"对—对,"他接着说道,但几乎都不知道自己在说什么了。"阿尔卡季·克拉斯诺巴耶夫,对,比如说,别人管他叫英雄……"

他不大熟悉妻子所喜欢的人物。当他说起他们时,他眼前总是出现穆哈诺夫那双笑眯眯的眼睛,他总觉得这双眼睛的神态同深藏在妻子眼睛里的笑意之间有着某种一脉相承的东西。

有一回,也是在这么一个谈话场合,瓦尔瓦拉·德米特里耶芙娜走到他跟前,用手戳戳他的脑门,正颜厉色地看看他的眼睛,问道:

"谢尔盖,你想干什么?"

这时,连他自己都不知道是怎么回事,竟然从椅子上滑了下来,紧紧抱住妻子的膝盖,几乎喊出了声来:

"我爱你。我很苦恼,瓦尔瓦拉!难道我不值得你爱吗?可你越来越……你越来越变得陌生了!你这是干什么呢?不能就这么下去呀!"

他感到莫大的耻辱,觉得自己又一次遭到了命运的捉弄和侮辱。

"咱们分道扬镳吧!"妻子心平气和地抚摩着丈夫的头,提议说。

他猛地跳起来,将她推开,说:

---

① 俄国诗人阿·尼·普列晓耶夫(1825—1893)的同名诗(1846)的首句。这首诗在五六十年代进步青年中极为流行。

"你这话当真?你不爱我了?再也不爱了?就这样?你不觉得害臊吗?"

她默默地在屋子里走了两个来回,苦恼地沉思道:

"有时候,我觉得格外地爱你,也许做母亲的就是这么疼爱她苦命的儿子吧。我想,女人的爱情常常包含着母爱。"

"瞧,"马图什金心想,"我在苦恼,可她却在大发议论!"

他觉得妻子的话声听来枯燥乏味,语句冷若冰霜,幼稚可笑,在她整个纤弱的身躯里有一种辛辣的、激起他嫉恨的东西。

"原谅我,"妻子羞红了脸,坐到丈夫身边,说。"说真的,有时候我越来越觉得自己比你成熟。我知道,这很可笑,我二十岁,你比我大,可是有什么办法呢,谢尔盖?"

"嗯,这我明白!"他嘀咕了一声,挪开身子。"你无非是想说明你是贵族身份!"

"不知道,也许是这样,"她想了想说:"好像有一种东西在使我俯就着你,我也说不上来是什么东西,我说俯就——这不对,当然不是的,真的,我没有做对不起你的事情,我只是觉得比你自信些,坚定些。我觉得你是那么缺乏自卫能力,总是顾虑重重,有时你还像个初来乍到的人,对什么都看不惯,对什么都不感兴趣。再就是,你的自尊心,它像刺猬身上的刺,从皮里长出来,支支棱棱的,让人没法挨近,你伤人,你侮辱人。我始终觉得,我没有一句话能够说动得了你,你是想:'她这个黄毛丫头也来教训我,教训我这个凭借自己的脑袋瓜儿……'等等。你这个脑袋瓜儿呀……"

"你倒是有完没有?"他跳起来说,眼睛里冒着火花。"你就明说好了,想要干什么?"

妻子低着头,平心静气地回答:

"我觉得,咱们应该暂时分开过……看来,再没有别的办法……让我们从远处相互观察吧。"

听了这些话,他不由吃了一惊,痛苦欲绝地跑出了家门,在野地里踩着松软的积雪和残雪初融后显露出来的黑土不停地来回走了一整夜,心里想着自己的爱情:爱情对于他就像是一种敌对的力量,它毁了他久已成竹在胸的生活蓝图,它意味着从今往后那漫长而痛苦的孤独岁月。

最难堪的莫过于妻子对他的数落,他不能不感到里面有几分真理,但却又不能因此而容忍她。这颗饱受屈辱和委屈的自尊心在他阴暗的心灵深处燃起了一团嫉恨的怒火,并且越烧越旺了。

一个月明之夜。一片片云影在田野上无声地爬动。土岗忽而在蓝色的月光映照下升起,忽而又在云影的笼罩下降落,一起一伏,仿佛整个大地在苏醒,在呼吸,在运动。

"所有这些话,所有这些观念,所有这一切是多么幼稚无知!"马图什金心里想道,一面收住脚步,环视四周。"她是多么冷酷,多么傲慢……"

他同穆哈诺夫争吵的场面,越来越清晰地浮现在他眼前,不知怎么又想起了一些细枝末节,这都是妻子变节行为的蛛丝马迹。

他继续抬起脚来,驼着背,两手揣在大衣口袋里,磕磕绊绊地朝前走去,套鞋不时陷进雪地里。他暗自欣赏着这一次夜间散步,嫉妒的痛苦使他更加敬重自己。看来,就在这一天夜里他身上的某种人性的东西已经烧成灰烬了。

第二天早晨,他站在妻子跟前,用主人发号施令的口气对她说:

"既然您一定要离开我,那就请便好了!不过,为了避免任何争执和不愉快,我得把话说在前头:按照法律规定,孩子是属于我的。"

瓦尔瓦拉·德米特里耶芙娜不由打了个战栗,脸色煞白,她耸了耸肩膀,显然这是为了掩饰这一战栗。

"没有孩子,我当然不走,这您知道,"她难看地冷冷一笑,说。

妻子的镇静气得他发疯似的叫起来:

"是,太太,这我知道,太太,所以我要利用这个!怎么样呀,太太?卑鄙吗?书里的克拉斯诺巴耶夫们不就是这么做的吗?"

妻子的个子比他矮,跟他说话的时候,要把头昂起来。这个举动总给他一种倨傲的感觉,使他受不了。

可是这一次,她连看都没看他一眼,转身就到孩子屋里去了,嘴里冷冷地说了声:

"小点声,柳芭在睡觉……"

马图什金咬着牙,抱着脑袋,在无法解脱的苦恼和绝望中呆住了。

不久,他成了一个典型的县城官吏。这个来得如此轻而易举,就像更换一件常礼服一样:他开始赌牌,酗酒,挑拨离间;他脸上总是挂着讥讽的冷笑,显得愚蠢而又凶狠;他还常常出门做客,或者邀客上门,挑衅般地望着妻子,在客人面前大放厥词:

"我们做事情不是为了幻想,而是为了事业!国家繁荣昌盛,需要小人物,需要蚂蚁,是的,而不是英雄人物。蚂蚁对于国家来说比任何一位赫尔岑[①]更加有用!"

他的听众们不大熟悉蚂蚁和赫尔岑,更不了解演说者本人。他们摇着脑袋,望着他,竭力想弄明白他想干什么,这个眼睛转个不停、东张西望、皮笑肉不笑的宽脑门的人会给他们带来什么危险。

"国家,"他大声说,"是一座庞大的建筑物,但它是用最普通不过的砖头砌成的;砖头在它的位置上砌得越稳当,宫殿就越经久,越坚固。为了美观,在宫殿正面塑造各种人物形象,什么作家,学者,演员,以及许许多多魔术家之类的,可他们不是基石,不是。基石是我们这些普普通通的砖头。越是砌在底层的砖头,负重量就越大。然而它在发挥自己作用的时候,并不感到沉重,它以此为骄傲,它,——让我把我的想法讲完,——它才是真正的英雄,为了大众利益贡献出自己全部生命!让我们为砖头干杯,为活着的砖头干杯——乌拉!"

他们开怀畅饮,抱怨上司的漠不关心,抱怨微薄的收入、昂贵的生活、居民的愚昧和顽梗;接着就打牌赌博,呼么喝六,没完没了;吃的是

[①] 亚·伊·赫尔岑(1812—1870),俄国伟大的革命民主主义者,唯物主义哲学家,政论家和作家。

乳猪肉、鹅肉、火鸡,喝的是浆果泡成的伏特加,还有名目繁多、应有尽有的甜饮料。等到天亮,个个困倦不堪,气急败坏、丑态百出地各自回家去。

不久,马图什金听说,城里对他议论纷纷:

"牛皮大王,标榜自己是中学毕业生,——说什么,'我是个有学问的人,我对什么都能说出个道道儿来!'要不是厚着脸皮吹大牛,倒真是个不赖的男子汉呢!"

马图什金越来越变得颓废。他难得刮胡子,常常忘记修指甲,并且开始发福,整天闷闷不乐,没精打彩,也不再高谈阔论,因为谁都听不懂,再说,也收不到预期的效果——妻子不去反驳他的论调。

妻子待客热情周到,但很少和他们交谈;她借口照料孩子,不出大门;而且,不知怎么她很快就打消了当地居民对她的好奇心。

"只不过是个贵族小姐,无聊的年轻太太罢了!"马图什金的同僚们对自己老婆议论她时,这样说。

有时,马图什金把客人送走以后,便来到妻子跟前,面色苍白,小胡子底下遮掩着居心不善的笑意,小声说:

"咱们言归于好吧,啊?"

"睡您的觉去吧!"她昂起高傲的小脑袋,冷冰冰地断然回答说。

"好了!都是小事一桩!说真的,全都是空洞的概念,书本、纸片罢了!"他说,由于酒性发作,打着趔趄。"难道我这个活人还不比书本值钱吗,啊?"

妻子冷静地推开他伸过来的两只手,走进自己房间,将门插上了。

他站在门口,苦恼地想:

"为什么我就不能揍她一顿呢?拦住她,强迫她?为什么?"

有一次,他冲着妻子嚷嚷:

"叫我怎么办呢?去轧个姘头?"

"随您的便,"她说。

"好一个女英—雄啊!"马图什金怒吼道。

556

后来，他结识了一个叫索耶多娃的年轻胖女人，总算平息下来了。她是粮食、干草和大麻收购商的老婆，丈夫是个瘫子，很有钱。这女人长着一张像细瓷一样白净、粉扑的脸蛋儿、一双圆溜溜的天蓝色眼睛、一张娃娃般的小嘴。他们刚认识没几天，她就赠给他一个珠绣小钱包，里面装着一个象征幸福的古金币。马图什金拿着这件礼物在妻子面前炫耀，但妻子只是报之以一笑，但这一笑着实使他难堪，除此以外，什么也没得到。

"爸爸，你好！"每天早晨，他那个胖乎乎的四岁小女儿用两只明亮的眼睛严肃地望着他的脸，向他请安。他默默地抚摩着她的鬈发，用干涩的嘴唇轻轻地吻着她额头上那热乎乎的柔滑如缎的皮肤，小女孩笑眯眯地探视着他的眼睛。他感到在她的微笑里包藏着一个问题，但他不想去弄明白，只是内心对女儿产生了厌恶情绪，心想：

"瞧她怎么看我……看得出是别人的……别人的灵魂。大概是她母亲教她的……是的……"

"晚安，爸爸！"晚上女儿向他请安。

父亲再默默地亲亲她，看到她那好奇而严肃的目光，不禁又沉下脸来。

"贵族的血统，"他回忆着穆哈诺夫温存的眼睛，这样想。

他同商人老婆索耶多娃勾搭上以后，妻子便告诫他：

"我求求您不要再亲吻柳芭了。"

"这是为什么？"

"我求求您，"她把头一仰，严肃地望着他的脸，重复了一句。

他想了想，话里带刺地说：

"那么您就别再私下怂恿她来讨我的可怜……"

妻子耸耸肩，感伤地说：

"真庸俗，亏您想得出来，谢尔盖·尼古拉耶维奇！"

"都是您造成的！"他挥舞着两只手，跳起来，大喊大叫。"您把我的心给吃掉了，是的，是您把我的心给吃了！"

这时,瓦尔瓦拉·德米特里耶芙娜径直走到他跟前,两眼冒着火花,制止了他的狂怒:

"住嘴!"她声音不大地说。"您胡说。听见了吗?再不许您对我嚷嚷!"

他不理解,这个娇小孱弱的女人怎么竟敢对他发号施令,竟敢这么侮辱他;他不理解妻子这一股子劲是从哪儿来的,从而便开始怕她了。

……夏天,瓦尔瓦拉常常领着女儿到稠李林去,一去就是一整天,而且往往有赫里亚波夫商人家的娘姨领着主人五岁的孙子瓦纽什卡陪伴着她。瓦纽什卡长得像柳芭一样神气,像个壮实的小庄稼人,宽脑门,头发剃成弧圈垂发式①。有时,还有一个蓄着乌黑的小胡子、成天忧郁不欢、名叫尼丰特·卡片久欣的勤务兵推着儿童车跟在他们后面,车里坐着军事长官布多戈夫斯基那个断腿的哑巴女儿莉达奇卡。

他们来到稠李林,孩子们在林边一块草地上玩耍,细心观察他们所熟悉的小昆虫的生活。勤务兵一面叹息一面念叨着他的故乡,若有所思地小声唱着故乡的歌曲。

高大馨香的松树轻轻地摇曳着苍翠的枝梢,用它那芬芳馥郁的浓荫给孩子们遮凉;旧年金黄的残叶从树枝上凋落,发出簌簌的声音。灰色的羽毛蓬松的煤山雀在啼鸣。啄木鸟咚咚地敲啄树干。蜜蜂和黄蜂嗡嗡地飞鸣。红脖鸥鹐和柳莺在榛树丛中欢唱。交喙鸟在松树顶上啼啭。这是大地在做夏日的弥撒,向蓝天摇炉播香;空中仿佛浮荡着一阵阵抚慰心灵的喃喃祷告声。

卡片久欣定睛望着玛丽娅善良的宽脸庞,拉开柔润的嗓子抑扬顿挫地唱着心中的歌词:

上帝保佑你,

---

① 从前俄罗斯农民的发式。

大　爱

切莫死在异地！
你若死在他乡，
无人为你心伤……①

　　柳芭和瓦纽什卡紧挨着躺在地上。小女孩往前伸出手去，神秘地提示伙伴说：
　　"你别朝下看，对直看。喏，这样……"
　　"我知道，"瓦尼亚②用粗重的声音说。
　　当他们趴在地上凝视丛生的绿草时，眼前就会出现许许多多奇妙的东西，看到聪明伶俐的小生命那有趣的生活。
　　这个，孩子们都知道；当他们玩累了之后，就长时间地、安静地、一动不动地用锐利的小眼睛观察草丛中的动静。
　　一只圆滚滚的黑甲虫张开小爪子，笨拙地摇晃着身子在爬动，身子碰在两旁金黄色和银白色草根的草茎上，它抖动着触须，绕来绕去，转了向。
　　"这是巫师，"柳芭悄声说。
　　瓦纽什卡想了想，说：
　　"是商人，要不就是牧师！"
　　"为什么呢？"
　　"胖不伦墩的呗……"
　　"巫师就没有胖的啦？"
　　"我不知道。反正这是商人。他喝醉了。你看，不是吗？"
　　红宝石颜色的花大姐沿着草茎往上攀了好久，终于攀上了草芯，张开翅鞘，抖动着，飞起来了，不料撞在山毛榉叶子上，仰面朝天地跌倒在地，小黑爪在空中乱踢蹬；一只大头蚂蚁夹着一小块棕黄色针叶不知往哪儿拖去，剩下的蚂蚁朝它爬过来，用触角触触这个辛勤的伙

---

①　乌克兰民歌。
②　瓦纽什卡的别称。

伴,又忙着朝前赶路了。

"看上去像个木工,"瓦纽什卡吸吸他的宽鼻子,想象着。

"修女,"柳芭发现一只青铜色的甲虫说。可瓦纽什卡拿起一根草,挡住了"修女"的去路。

"别碰她,"柳芭挡住他的手,说着情。"她要回家去,家里有孩子……"

车前草叶子上悄悄躲着一只绿颜色椿象。不知为什么瓦纽什卡觉得这是个"调解法官"……

生活展现在孩子们的眼前。他们沉浸在这小小的神奇"世界"里,像小甲虫一样地领会着周围的世界:矮小的草丛在他们说来已经是茂密的森林,小土疙瘩成了大山岗,而甲虫呢,是他们的亲密挚友。

丽达[1]躺在儿童车里,她一动不动,半睁着灰色的大眼睛。玛丽娅摇动着晃晃悠悠的小车,弹簧发出咯吱咯吱的声音。黑胡子士兵不停地唱着沉闷的歌儿。

玛丽娅用女性的善良目光定睛望着他的脸,时而腼腆地笑着请求说:

"瓦尔瓦拉·德米特里耶芙娜,求您让他再唱点什么吧……他家乡的歌儿真太美了,那么悲伤,那么动听……"

卡片久欣不待司库员的妻子请求,微微挑起双眉,脸上露出惊异的神色,轻轻地唱了起来,仿佛是用丝绒线在柔和的空中绣着一曲美丽的歌子:

  噢,大祸临头,
  飞翔的海鸥,
  为何你把雏鸟,
  带上生活的隘口……

---

[1] 莉达奇卡的别称。

歌声把孩子们从神话般的绿色世界召唤出来,他们已经被太阳晒得软乏无力,懒洋洋地爬滚到士兵腿旁。

>盐粮贩子在那边寻找,
>鸥巢被他们找到,
>他们赶走雏鸟,
>他们夺去鸥巢……①

卡片久欣如诉如怨地低声唱着,不时擦擦左眼,玛丽娅也低下头,揩拭鼻涕。

豪壮低沉的生活音响像一股巨流在大地上空川流不息。蜜蜂嗡嗡地叫,鸟儿在啁啾,草儿沙沙响,古老的松林用甜美清脆的声音呼应着。而在这炎热的蓝天上那看不见的云雀的歌声比一切声音更洪亮、更悦耳、更欢快。

小姑娘柳芭晃动着她那长着一头鬈发的小脑袋,走到母亲跟前,爬上她的膝头,小声问:

"他们干吗哭呀?"

"他们可怜海鸥……"

瓦尔瓦拉·德米特里耶芙娜手里捧着一本书,坐在一棵挺拔的松树那裸露的树根上。粗壮的树枝伸向田野,伸向阳光,用它那馥郁的、斑驳的树影,遮蔽着这位身穿灰色裙衣、面容善良而端庄的娇小女人。

女儿朝上看,张望四下,笑吟吟地说:

"妈,你也像一只小甲虫,小不点儿的,这么丁点儿的,你知道吗?"

说着,她掐着那根沾满泥土和松脂的小拇指的第三指骨,伸过去给妈妈看。

"我爷爷有二十对犍牛,"士兵摇晃着脑袋,粗声大气地说。"他

---

① 乌克兰民歌。

是贩运粮盐的,我父亲和两个叔叔也是;父亲还很小的时候,就去海边捞鱼,紧挨着克里米亚那边,他们贩卖过鲱鲤、鲑鱼和石斑鱼。祖父是在一百零三岁上去世的。这没错。可是农奴制废除前他叫地主给弄得破产了,彻底破产了……"

瓦纽什卡躺在士兵膝盖上,一个劲儿地朝上卷着士兵那硬撅撅的黑胡子,不让他说话。

"您想老家吗?"玛丽娅叹息着问。

"唉,好娘姨,好娘姨!"士兵回答着,一面小心翼翼地把孩子的手从胡子上挪开。"哪能不想呢?"

"别讲话!"瓦纽什卡请求说。

儿童车里的哑巴孩子用奇异的目光挨个估量和探索着每一个人。莉达奇卡长着一个尖脑袋,一张拉得长长的老太婆一般的小面孔,脸上那双乌黑的圆眼睛不安地转动着。假使有一只蝴蝶、一只苍蝇,或者一个小甲虫之类的东西歇在小车上,她的黑眼珠就转到鼻根边,锐利的目光凝然不动,纤细干瘦的小手悄悄地伸向小生物。要是能逮住它,就专心致志地一点儿一点儿地扯断它的小腿、翅膀,要是飞跑了,小姑娘的眼睛就久久地、懊丧地盯着它。

"傻样儿!"小男孩叫嚷着,一面吐出舌头,伸出拳头威吓她。

"啊呀!瓦纽什卡,"玛丽娅制止他。"不兴骂人呀!"

"爷爷还骂人呢……"

"莉达奇卡她有病呀,是个残疾人嘛……"

"她残忍,"瓦尼亚回嘴说。

而柳芭抱屈地求情说:

"妈,叫她别逮苍蝇啦!……什么都别逮……"

瓦尔瓦拉·德米特里耶芙娜为了安抚这两个激动的孩子,在给他们讲着什么,他们俩紧偎着她,望着那善良美丽的面容,蒙眬欲睡地听着。难以用言语表达的、有如金色的蜘蛛网一样精深奥妙的思想轻轻地把孩子们缠裹起来。

这时,卡片久欣和玛丽娅悄悄地溜到树后面去了。他们好像并不愿意,而只是为了服从某种命运的召唤而慢吞吞地走去似的。回来时,他们谁也不看谁,不知是不好意思,还是闹了别扭。

可是有一次,玛丽娅急急忙忙地从树林里走出来,泪流满面。她用手掌揩掉脸上的泪水,带着愧悔的笑意走到瓦尔瓦拉·德米特里耶芙娜跟前,挨着她坐了下来,吻吻她的肩头,像是一声抽噎,又像是破涕为笑。

"好,你们再去玩一会儿吧,"司库员妻子忙对孩子们说。"再玩一会儿,咱们就回家!快去吧!"

"我当燕子!"柳芭喊了一声,就飞跑而去了。

"那我呢,当乌鸦!"瓦纽什卡想了想,宣告说。于是他跟在女友后面,蹲下来,像一只青蛙,一蹦一跳,发出粗重的声音,嘎嘎地叫着,然后站起来,吃力地张开两只手臂,平稳地在地面上奔跑。

"怎么啦,玛莎①?"司库员的妻子抚摩着娘姨的头,亲切地问。

"亲爱的,"娘姨满面通红,喘吁吁地小声说。"您是我的好太太,我们作孽了!真没想到,是鬼使神差呀,就这么——脑瓜一热,我们说着,说着,说的可都是好事,后来不知怎的一下儿就抱住了,越抱越紧,啊呀,至高无上的圣母呀,这会儿该怎么办呢?您替我拿个主意吧,您告诉我们,该怎么办?我担心……我们干了见不得人的丑事,往后我不知道该怎么办好了,一点儿也不知道……"

她小声说着,而她的话音和表情都使人感到有一种按捺不住的喜悦,两眼闪烁着无比幸福的光芒。

"愿上帝赐福给你们,"太太和蔼可亲地低声说。"看来,他是个好人……"

"啊呀,瓦尔瓦拉·德米特里耶芙娜,他人可好了!他说话可逗啦:'我的好娘姨!'可我比他小三岁呢!'谢谢您,您对我真好,'他就

---

① 玛丽娅的小名。

这么对我说！而且总是用'您'称呼我,真的！尼丰特！"她兴奋地大声呼唤道:"过来,快过来……"

他低着头,已经站在她们背后,用手指抠着松树皮,对玛丽娅的呼唤难为情地、负疚地说：

"瓦尔瓦拉太太,这是天命；您瞧她,玛丽娅是个多好的人呀,多像我的亲妹妹！我们有话没话都是在一起。她赐给我的怜爱,赏给我的礼物,我打心眼儿里领受。您不用担心,太太,还有您,好娘姨,我们一定要成亲,我再干一年七个月零十一天就满期,满了期我就自由了。"

"亲爱的,"玛丽娅打断他,说道。"我真的说不出有多可怜他：他谈草原,讲他家的犍牛,我呢,放声大哭！孤苦伶仃的,一个人在外乡,连说话口音都不一样……心想:天哪……"

瓦尔瓦拉·德米特里耶芙娜望着他们,高兴得笑了。她多么想对他们说些美好的、难忘的肺腑之言,然而在她心里却隐隐地掀起了一层忧伤的涟漪,对他人的幸福不由产生了几分羡慕。

孩子们跑过来了。他们满面通红,蓬头散发,气喘吁吁地趴倒在地上,这时瓦纽什卡的膝头磕在树根上,疼得他狠狠地咒骂了一句：

"鬼东西！"

他们沿着被阳光晒热的原野,踏着草地上被炎炎的赤日晒蔫了的小草,一路采摘着蜡菊、白的、粉红的、金黄的毛茛和雪青的菟丝子。

他们默默地、不紧不慢地走着,陷入了沉思,有时士兵主动向孩子们提议说：

"来,骑到我脖子上来吧！"

柳芭不想骑,可瓦纽什卡咧着大嘴笑,爬上卡片久欣的脖子,骑在上面,不时用粗重的声音吆喝着：

"驾！开步走！"

土岗后面渐渐露出市镇五颜六色的房顶,房顶上浓荫密布,天窗玻璃上阳光闪烁。县城生活那平淡低微的喧闹声在凝聚的空气里浮动,听来单调。

"替我们想想办法,好太太!"玛丽娅小声说。"您给我们出个主意吧……"

太太莞尔而笑,同样用小声回答说:

"没有什么可怕的,玛莎!就这样去爱吧,让所有那些看着你们的人高兴、夸赞,使得他们自己也想一心一意地去爱!我不知道该对你说些什么,怎么说呢,我是个……不幸的人……"

玛丽娅睁着一双像马一样的善良、湿润的眼睛,望着太太的脸,心疼地说:

"唉,我知道,知道您很孤单,我好心的太太!"

小姑娘饱吸了充满阳光的空气,闻足了林中沁人心脾的馨香,奔跑了一整天,真是美不胜收。现在她累了,和母亲并排走着,用心地听着母亲的低语,把它统统记在心里。夜晚,她躺在床上发问:

"妈,你不幸吗?"

"是的。"

"那我也不幸吗?"

"你也不幸。"

"不幸好吗?"

"睡吧,宝贝……"

柳芭沉默了一会儿,宣布说:

"我今天不会睡觉了!为什么你没有戒指呢?把手伸出来!你看见了吗?没有哇!可爸爸——他有!他还有手表呢。他有钱吗?"

"别打扰我睡觉,小柳芭,"母亲假装用严厉的声音说,一面裹着被单子。

屋子里热得慌。夜蛾轻轻地扑打着窗玻璃。蟋蟀唧唧地叫。蚊子嗡嗡地飞,在薄纱帐里走投无路。

"其实你一点儿也不想睡觉,因为……"女儿说着,爬到母亲胸脯上,用两只小手托着她的脸颊,吻着她的嘴唇。

"妈,你看小柳芭怎么吻小甲虫妈妈来着!"她在妈妈胸脯上颠蹦几下,紧紧地搂住妈妈,胳肢她,等到妈妈要说点什么的时候,就亲吻她。母女俩都乐了,接着,小姑娘不知不觉地睡去,脸上含着微笑。

市镇的生活一天天地按部就班地过去了,好像老妇人走到修道院去做彻夜祈祷。绚丽的夏日不觉换上了金黄和火红色的秋装,绿色的松林变得暗淡下来,田野里刮着潮湿的秋风,冰冷的雨水冲刷着大地,白雪皑皑的冬天又接踵而至。

暴风雪像巨鸟飞奔,不时用它那白色的翅膀沙沙地拍打着玻璃窗,碰在墙壁、房顶和树木上,化成了粉末。彻夜都可听到轻柔的沙沙声,烟囱的呼啸声,教堂报时的钟声在暴风雪的啸鸣中消逝,好像油滴掉进沸水里。

女儿的问题提得越来越复杂。母亲为了回避难题,开始教六岁的女儿认字。同时为了不使她一人感到寂寞,还让瓦纽什卡·赫里亚波夫和她一起学习。学习进展得很顺利。柳芭很快掌握了读书写字的诀窍,常常弄得满手满鼻子都是墨迹。瓦纽什卡总是愁眉苦脸,说话的声音变得比夏天时更粗了。他常常把 ер[①] 这两个字母误写成一个字母 ъ,把 веревка[②] 写成 въевка,верхом[③] 写成 въхом。

女教师告诉他,不能这么写,可他却理直气壮地辩解说:

"怎么不能呢? ер——这儿一连就是两个字母,我把它写成 ъ,想省点事儿呀……这儿没有 ер[④] 吗? 可爷爷怎么说有呢? 要不是在字尾? 唔……"

柳芭得意地笑了,这时她的同学睁大两只眼睛,把练习本端详了好一阵子,最后终于满有把握地说:

"字尾也不能写 ъ,不然就乱套了,要是这样的话,我就不是伊万,而是伊万涅尔[⑤]了……"

---

① 从前字母 ъ(叶尔)的名称。
② 绳子。
③ 骑马。
④ 这里指字母 ъ。
⑤ 涅尔是叶尔(ер)同它前面的辅音字母 Н(Нер)拼音而成。

母女俩禁不住哈哈大笑起来,他望着她们,起先觉得有点委屈,可后来,自己也咧着大嘴哈哈笑了,一面摇摇大脑袋。

这是个文静、温厚的孩子。当他那个头发花白、性情活泼的爷爷同和蔼可亲的、爷爷所喜欢的司库员妻子之间发生这样那样的矛盾时,他常常感到束手无策。

他爷爷的个子瘦削,身子笔直,长相粗陋,但看来倒还结实利索。他的小脸膛上总是带着那么一种表情,似乎这个灵巧的玩具样的人儿总是在暗暗地想:

"怎么,你们得势了?没那么容易!"

赫里亚波夫院子里堆了一座雪山,孩子们在滑雪车,不觉刮起了大风,他们被叫到老爷爷的屋子里,三个人一块儿坐在热炕上:一头坐着瓦尼亚,另一头坐着柳芭。

他也喜欢爷爷。有一回,爷爷提了一个问题:"小瓦尼亚,你长大后想当什么?"瓦尼亚玩着爷爷那撮柔如绒线的圣徒般的长胡子,又自信又沉静地回答:

"也当骗子……"

"为什么想当骗子呢?"爷爷一面笑着,一面吃惊地问。

"因为你是骗子,"瓦尼亚简单地解释道。

"原来是这一样!"爷爷拉长声音,神情严肃认真。他用两只干枯的手紧紧地把孩子们搂在自己怀里。"谁说我是骗子?是你妈妈吗,小柳芭,啊?"

"不是,"小姑娘否认地摇着头解释说。"是庄稼汉这么喊来着……"

"是那些大块头庄稼汉,有三个,"瓦尼亚补充说。

"他们是在哪儿喊的?"

"在修道院那边……"

"我们到林子里去的时候。"

"是上一次……"

"他们说的是我,说的是赫里亚波夫吗?"

"是,"柳芭说,"挺吓人的庄稼汉……是这么个模样的。"她皱起眉头,鼓起腮帮,学着那些可怕的庄稼汉的模样。可瓦尼亚不同意,他说:

"才不是那样的呢……"

瓦尼亚跳下地来,跌跌撞撞,舞动着两只手,大声喊起来:

"他是骗子,赫里亚波夫,老巫师……"

"这么说,是一帮子酒鬼,"爷爷猜着了。他叹了口气,跨下炕来,两手背在后面,在屋子里走来走去。

"嗯——!这帮酒鬼,由他们说去吧!"他嘟哝了一声,便瓮声瓮气地唱起来:

神圣的上帝,
神圣、健壮的上帝,
神圣、永生的上帝,
你宽恕我们吧!①

他的灰色的眉毛在颤动,眼睛仿佛在天花板和墙壁上寻找着什么东西。

孙子使爷爷难堪,女儿越来越经常地使母亲陷入困境。

在她七岁上,有一次,躺在床上,她用一双小手搂住母亲纤细的脖子,贴着她的耳朵说:

"我知道,爸爸不喜欢你……"

瓦尔瓦拉·德米特里耶芙娜不由地一战栗,没有作声。

"他连我也不喜欢。"

"睡吧,小宝贝,"母亲轻轻地挪开女儿搂住她的小手,说。

---

① 东正教常用的祈祷文。

"妈妈,这是真的吗?"小姑娘纠缠不休地问她。

母亲想了想,回答说:

"是真的,柳芭。他只顾爱自己……"

"不,"柳芭兴奋地、自信地打断她说。"他爱女邻居帕芙拉·尼卡诺罗芙娜……"

"是谁告诉你的?"母亲带着一丝淡淡的绝望大声问道。

"是尼丰托娃·玛莎说的。连尼丰特也说,爸爸应该像他爱玛莎那样爱你,他还说,爸爸狠心,爸爸混……"

柳芭说得平静,没有激动,但是她的声音里带着委屈情绪。不一会儿她就入睡了,而母亲两手托着后脖,眼睛望着天花板,在床沿上坐了很久。她一动不动,仿佛停止了呼吸,时而眼睛里流出几滴晶莹冰冷的泪水,慢慢淌到苍白的脸上,落在长衣花边上。天快亮的时候,丈夫回来了。他喘着粗气,打着饱嗝,嘴里发着牢骚。

她一连两次悄悄地走到隔壁房门口,咬着嘴唇,在门口站了片刻,站了五分钟左右。没过多久,他打起鼾来,打得很响,很酣畅。

从那以后,瓦尔瓦拉·德米特里耶芙娜开始把女儿当成大人一样看待。

"我也许不该这么做,柳芭,"她温和而一本正经地说。"可我没有,也不可能有别的办法。我觉得,我应该把全部事情都告诉你,回答你提出来的全部问题。也许这么做没有好处,会夺走你一生中最好的时光和快乐,伤害你的心,可我真不知道,不知道该怎么是好!"

女孩有点儿激动,她体察到母亲的痛苦和忧虑,便体贴地宽慰她说:

"你别担心,妈妈!千万!"

母亲顺应着她的抚爱,顺应着她那双蓝眼睛里闪动着的爱的光芒和她脸蛋上流露出来的严肃神情,好像觉得自己同女儿之间已经没有了距离。每晚上床睡觉的时候,柳芭总是请求说:

"喂,好妈妈,过来,坐下,讲吧!快讲呀!……"

当瓦尔瓦拉·德米特里耶芙娜那第九个年头的畸形生活即将过去的时候,她病倒了。她躺在病榻上,同渐渐摧残着她身体的病魔差不多作了两年的无效抗争之后,在一天夜里悄然死去了。

身子肥胖、面孔通红的马图什金睁着一双因酗酒和穷极无聊而鼓起的眼睛,用力擦着额头,久久地望着这具小小的干枯的尸体。